Danielle Steel

Der Preis des Glücks

Danielle Steel

Der Preis des Glücks

Roman

Aus dem Amerikanischen von
Dr. Ingrid Rothmann

Goldmann Verlag

Die Originalausgabe
erschien unter dem Titel »Fine Things«
bei Delacorte Press, New York

Der Goldmann Verlag
ist ein Unternehmen der Verlagsgruppe Bertelsmann

2. Auflage 1989

Printed in Germany · May + Co, Darmstadt
ISBN 3-442-30369-9

Für John, meine große Liebe,
und für unsere Kinder
Beatrix, Trevor, Todd, Nicholas, Samantha,
Victoria, Vanessa und Maxx
aus ganzem Herzen
und mit Liebe
für alles, was ihr seid
und tut
und was ihr mir bedeutet

Und zur Erinnerung an einen besonderen Menschen,
an Carola Haller und ihre Familie

d. s.

Kapitel

I

Es war fast unmöglich, in die Lexington Avenue und zur Dreiundsechzigsten Straße zu gelangen. Der Wind heulte, und mit Ausnahme von sehr großen Autos waren alle unter Schneewächten begraben. Die Busse waren in der Nähe der Zweiundzwanzigsten Straße stehengeblieben, wo sie nun wie erfrorene Dinosaurier beisammenhockten. Nur hin und wieder löste sich einer aus der Herde und wagte sich stadtauswärts, holperte über die von den Schneepflügen freigeräumten Spuren, um einige wenige beherzte Passagiere aufzunehmen, die unter wildem Armeschwenken aus Hauseingängen stürzten, zur Bordsteinkante schlitterten, den aufgehäuften Schnee übersprangen und mit feuchten Augen und geröteten Gesichtern einstiegen. Bernie hatte Eiszapfen im Bart.

Ein Taxi zu bekommen war unmöglich gewesen. Nach fünfzehnminütiger Wartezeit hatte er aufgegeben und war von der Neunundsiebzigsten Straße aus in südliche Richtung gegangen. Bernie lief sehr oft ins Büro, da es nur achtzehn Blocks von Tür zu Tür waren. Doch als er heute von der Madison zur Park Avenue ging und dann nach rechts in die Lexington abbog, setzte ihm der schneidende Wind so zu, daß er schon nach vier Blocks aufgab. Ein freundlicher Portier erlaubte ihm, in der Lobby zu warten, während ein paar Unbeirrbare hofften, daß der Bus, der auf der Madison Avenue mehrere Stunden für eine kurze Strecke nordwärts gebraucht hatte, wendete und nun die Lexington entlang in südlicher Richtung fuhr und sie zur Arbeit brachte. Empfindlichere Naturen hatten bereits resigniert, als sie den ersten Schimmer des Schneesturms am Morgen sichteten, und sich entschlossen, gar nicht erst zur Arbeit zu fahren. Bernie war überzeugt, daß das Kaufhaus halb leer sein würde. Er selbst war nicht der Typ, der zu Hause bleiben,

Daumen drehen oder Schnulzen im Fernsehen ansehen konnte. Nun war es aber keineswegs so, daß er ins Kaufhaus ging, weil er unbedingt mußte. Bernie ging an sechs Tagen in der Woche zur Arbeit, und auch sehr oft, wenn es wirklich nicht nötig war, so wie heute, nur weil er den Laden liebte. Er aß, träumte und atmete alles das, was von der ersten bis zur achten Etage des Kaufhauses Wolff passierte. Das laufende Jahr war nämlich besonders wichtig. Es war geplant, sieben neue Modetrends einzuführen, von denen vier von bedeutenden europäischen Modeschöpfern entworfen worden waren. Die gesamte Bekleidungsindustrie würde sich verändern, sowohl in der Herren- als auch in der Damenkonfektion. Daran dachte Bernie, während er die Schneewächten anstarrte, an denen sie stadteinwärts vorüberschlitterten, doch sah er dabei nicht mehr den Schnee, nicht die dahintaumelnden, auf den Bus zustrebenden Menschen, auch nicht das, was sie anhatten. Vor seinem geistigen Auge zog die neue Frühjahrskollektion vorüber, die er im November in Paris, Rom und Mailand gesehen hatte, von zauberhaften weiblichen Wesen präsentiert, die wie kostbare Puppen den Laufsteg entlanggeglitten waren und die Modelle perfekt zur Geltung brachten. Plötzlich war er froh, daß er sich auch heute auf den Weg gemacht hatte. Er wollte sich die Mannequins noch einmal genauer ansehen, die sie für die große Vorführung in der kommenden Woche einsetzen wollten. Nachdem er die Modelle ausgewählt hatte, wollte er sich noch einmal vergewissern, daß diese Mädchen auch genau seinen Vorstellungen entsprachen. Bernard Fine kümmerte sich gern selbst um alles, vom Umsatz der einzelnen Abteilungen angefangen bis zum Einkauf der Kleider, der Auswahl der Mädchen und der Gestaltung der Einladungskarten, die an die Kunden verschickt wurden. Für ihn gehörte das alles einfach dazu. Alles zählte. In seinen Augen waren diese Dinge nicht viel anders als bei US-Steel oder bei Kodak. Sie wollten ein Produkt verkaufen, vielmehr eine Vielzahl von Produkten, und seine Aufgabe war, die Produkte so eindrucksvoll wie möglich zu präsentieren.

Das Verrückte daran war, daß er jeden, der ihm vor fünfzehn Jahren, als er Football an der University of Michigan spielte, vorausgesagt hätte, daß er, Bernie Fine, sich dereinst den Kopf darüber zerbrechen würde, was für Unterwäsche ein Mannequin tragen sollte oder wie die Abendkleider am besten zur Geltung kämen, ausgelacht hätte... oder aber er hätte ihm die Zähne eingeschlagen. Eigentlich kam es ihm selbst auch jetzt noch komisch vor, und ab und zu ließ er in seinem riesigen Büro in der achten Etage mit geistesabwesendem Lächeln die Erinnerung Revue passieren. Auf der Uni war er ziemlich sprunghaft gewesen, zumindest die ersten zwei Jahre, bis er sein Interesse für die russische Literatur entdeckt hatte. Die ganze erste Hälfte seines vorletzten Studienjahres war Dostojewski sein Lieblingsschriftsteller gewesen, mit dem es allenfalls noch Tolstoi aufnehmen konnte, dichtauf gefolgt von Sheila Borden, deren Ruhm an diese Größenordnung allerdings nicht heranreichte. Er hatte sie im Russischkurs kennengelernt, nachdem er zu der Erkenntnis gelangt war, daß man die russischen Klassiker nur richtig einschätzen konnte, wenn man nicht auf Übersetzungen angewiesen war. Deshalb belegte er bei Berlitz einen Crash-Kurs, in dessen Verlauf er mit einer Aussprache, die seinen Lehrer sehr beeindruckte, nach dem Postamt, der Toilette und der Bahnverbindung zu fragen lernte. Der Sprachkurs in Russisch hatte seine Seele erwärmt. Und Sheila Borden nicht minder. Sie hatte in der ersten Reihe gesessen, mit glatten schwarzen Haaren, die sie hüftlang trug – ganz romantisch, das war jedenfalls sein Eindruck. Sie hatte einen sehr geschmeidigen und dennoch kompakten Körper. Sheilas Ballettbegeisterung hatte sie in den Russischkurs geführt. Gleich zu Beginn ihrer Bekanntschaft hatte sie ihm erzählt, daß sie seit ihrem fünften Lebensjahr tanze und daß man von Ballett nichts verstünde, wenn man die Russen nicht verstünde. Sie war nervös, drahtig und großäugig, und ihr Körper war ein Gedicht an Ebenmäßigkeit und Grazie. Er war bezaubert, als er ihr am nächsten Tag beim Tanzen zusah.

Sie kam aus Hartford, Connecticut. Ihr Vater arbeitete in einer Bank, was in ihren Augen eine viel zu plebejische Tätigkeit war. Sie sehnte sich nach einem familiären Hintergrund, der mehr Mitgefühl aufkommen ließ –, eine Mutter im Rollstuhl... einen tuberkulösen Vater, der kurz nach ihrer Geburt gestorben war... Noch ein Jahr davor hätte Bernie sie ausgelacht, aber jetzt nicht mehr. Mit zwanzig nahm er sie sehr, sehr ernst. Sheila sei eine phantastische Tänzerin, erklärte er seiner Mutter, als er während der Ferien zu Hause war.

»Ist sie Jüdin?« fragte seine Mutter, als sie den Namen hörte. Sheila klang in ihren Ohren sehr irisch, und Borden war geradezu angsteinflößend. Es hätte ehedem Boardman sein können oder Berkowitz oder vieles andere, was zwar Sheilas Familie zu Feiglingen abgestempelt hätte, sie aber annehmbar machte. Bernie hatte sich über die Frage seiner Mutter geärgert – mit dieser Frage verfolgte sie ihn sein Leben lang, auch schon, als er sich noch nichts aus Mädchen gemacht hatte. Immer hatte sie ihn gefragt: »Ist er... ist sie jüdisch... wie lautete der Mädchenname seiner Mutter...? Hatte er letztes Jahr Bar-Mitzwa...? Was war doch gleich sein Vater? Sie ist doch Jüdin, oder?« War denn nicht jedermann Jude? Der gesamte Bekanntenkreis der Fines jedenfalls war jüdisch. Seine Eltern wollten, daß er auf die Columbia ging oder sogar auf die New York University. Damit er täglich pendeln könne, sagte seine Mutter. Tatsächlich versuchte seine Mutter, ihn dazu zu zwingen. Doch man hatte ihn nur an der University of Michigan angenommen – das war die Rettung! Nichts wie ab ins Land der Freiheit, um sich mit Scharen blonder blauäugiger Mädchen zu verabreden, die nichts von »gefilte Fisch, von Kreplach oder Knisches« wußten und keine Ahnung hatten, wann Passah gefeiert wurde. Für ihn war es eine glückliche Wendung, denn bis dahin hatte er in Scarsdale Verabredungen mit Leuten gehabt, die seiner Mutter gefielen und die er satt hatte. Er sollte etwas Neues, anderes kennenlernen, vielleicht etwas, das im Grunde verboten war. Und alles das war Sheila. Überdies war sie so unglaublich schön mit ihren großen schwarzen Augen und der ebenholzschwarzen Haarflut. Sie eröffnete ihm den Zugang zu russischen Autoren, von denen er nie zuvor gehört hatte, und sie lasen sie alle – natürlich in Übersetzungen. Vergeblich versuchte er, während der Ferien mit seinen Eltern über diese Bücher zu diskutieren.

»Deine Großmutter war Russin. Wenn du gewollt hättest, dann hättest du von ihr Russisch lernen können.«

»Das war nicht dasselbe. Außerdem sprach sie immer nur Jiddisch...« Er beließ es dabei, weil er Debatten mit seinen Eltern haßte. Seine Mutter stritt sich wegen jeder Kleinigkeit. Streit war die Energiequelle ihres Lebens, ihre größte Freude, ihr Lieblingssport. Sie stritt mit allen und besonders mit ihm.

»Sprich nicht so respektlos von den Toten!«

»Das war nicht respektlos. Ich sagte nur, Großmutter hätte immer Jiddisch gesprochen…«

»Und sie sprach auch ein wunderschönes Russisch. Aber was soll dir das jetzt nützen? Du solltest technische Fächer belegen… das ist es, was Männer heutzutage in diesem Land brauchen… oder ein Wirtschaftsstudium…« Sie wollte auch, daß er Arzt würde wie sein Vater oder zumindest Anwalt. Sein Vater war Hals-Nasen-Ohren-Arzt und galt als Kapazität auf seinem Gebiet. Aber Bernie hatte nie daran gedacht, in seine Fußstapfen zu treten, auch als Kind nicht. Er bewunderte seinen Vater sehr, doch er hätte nur sehr widerwillig den ärztlichen Beruf ergriffen. Ungeachtet der Träume seiner Mutter strebte er nach ganz anderen Dingen.

»Russisch? Wer spricht schon Russisch außer Kommunisten?« Sheila Borden… sie lernte Russisch… Bernie blickte seine Mutter verzweifelt an. Sie war attraktiv, war es immer gewesen. Nie hatte er sich für das Aussehen seiner Mutter schämen müssen, übrigens auch nicht für das seines Vaters, der ein großer, magerer Mann war, mit dunklen Augen, grauem Haar und meist abwesendem Blick. Da er seinen Beruf liebte, war er in Gedanken stets bei seinen Patienten. Bernie aber wußte, daß sein Vater immer für ihn da war, wenn er ihn brauchte. Seine Mutter färbte schon seit Jahren ihre Haare blond, »Herbstsonne« hieß der Farbton, und er stand ihr sehr gut. Ihre Augen waren grün wie die Bernies, und ihre Figur war tadellos erhalten. Sie kleidete sich mit dezenter Eleganz. Meist trug sie marineblaue Kostüme und schwarze Kleider, die sündhaft teuer waren und größtenteils von Lord & Taylor oder Saks stammten. Für Bernie aber sah sie einfach wie eine Mutter aus. »Ach, übrigens, warum studiert das Mädchen Russisch? Woher kommen ihre Eltern?«

»Aus Connecticut.«

»Wo in Connecticut?«

Am liebsten hätte er gefragt, ob sie einen Besuch vorhabe.

»Hartford. Ist das so wichtig?«

»Bernard, sei nicht vorlaut.« Sie schien gekränkt. Bernie faltete seine Serviette zusammen und schob den Stuhl zurück. Wenn er mit ihr aß, bekam er unweigerlich Magendrücken.

»Wohin gehst du? Du hast dich nicht entschuldigt.« Als ob er ein fünfjähriger Junge wäre! Manchmal haßte er diese Besuche im Elternhaus. Und er litt deswegen an Schuldgefühlen. Dann wurde er wütend auf seine Mutter, weil sie ihm diese Besuche vergällte und damit Verursacherin seiner Schuldgefühle war...

»Ich muß noch ein wenig lernen, bevor ich zurückfahre.«

»Gottlob spielst du nicht mehr Football!« Immer sagte sie etwas, wogegen er protestieren wollte. Am liebsten hätte er sich umgedreht und ihr gesagt, daß er wieder ins Team zurückgekehrt sei... oder daß er gemeinsam mit Sheila Ballettunterricht nähme, nur um sie ein wenig zu schockieren...

»Das ist keine unwiderrufliche Entscheidung, Mom.«

Ruth Fine funkelte ihn an. »Sprich darüber mit deinem Vater.«

Lou wußte, was er zu tun hatte. Sie hatte mit ihm sehr ausführlich darüber gesprochen: »Falls Bernie wieder mit Football anfangen möchte, biete ihm einen neuen Wagen an...« Hätte Bernie das geahnt, er hätte nicht nur voller Zorn den Wagen abgelehnt, sondern hätte sofort wieder mit Football angefangen. Er verabscheute es, geködert zu werden. Haßte manchmal die Gedankengänge seiner Mutter, ihre übertriebene Besorgtheit, die sie trotz der vernünftigeren Einstellung seines Vaters an den Tag legte. Ein Einzelkind zu sein, war nicht einfach, darin gab Sheila ihm recht, als er wieder in Ann Arbor war. Die Ferien waren auch für sie belastend gewesen. Und sie hatten einander die ganze Zeit über nicht gesehen, obwohl Hartford nicht am Ende der Welt lag. Sheilas Eltern waren bei ihrer Geburt nicht mehr die Jüngsten gewesen und hätten sie auch jetzt noch am liebsten in einen Glasschrank gesperrt. Sie bangten um sie, wenn sie aus dem Haus ging, hatten Angst, sie könne sich verletzen, könne ausgeraubt oder vergewaltigt werden, auf dem Eis ausrutschen, die falschen Männer kennenlernen oder auf die falsche Schule geraten. Auch sie waren von der University of Michigan nicht begeistert gewesen, doch Sheila hatte nicht nachgegeben. Sie wußte genau, wie sie sich ihren Eltern gegenüber durchsetzen mußte. Und es war entsetzlich enervierend, sich von ihnen verzärteln zu lassen. Sie wußte daher genau, wie Bernie zumute war, und nach den Osterferien entwickelten sie einen Plan. Sie wollten sich im Sommer in Europa treffen und mindestens einen Monat zusammen herumzigeunern, ohne jemandem etwas davon zu sagen. Und sie hatten es geschafft.

Es war schiere Wonne, Venedig, Rom und Paris zum erstenmal zu sehen – gemeinsam zu sehen. Sheila war wahnsinnig verliebt, und als sie nackt an einem einsamen Strand auf Ischia lagen und ihr das rabenschwarze Haar über die Schultern fiel, hatte er gewußt, daß er noch nie jemanden gesehen hatte, der so schön wie Sheila war. Das ging so weit, daß er insgeheim daran dachte, ihr einen Heiratsantrag zu machen. Doch er schwieg zunächst lieber. Er träumte davon, sich mit ihr zu Weihnachten zu verloben. Heiraten würden sie dann nach seinem Abschluß im darauffolgenden Juni. Sie fuhren auch nach England und Irland und flogen von London aus gemeinsam zurück.

Wie gewöhnlich hatte sein Vater einen Operationstermin. Seine Mutter holte ihn ab, obwohl er ihr telegrafiert hatte, sie solle es nicht tun. In ihrem neuen beigefarbigen Ben-Zuckerman-Kostüm und der ihm zu Ehren frischgemachten Frisur sah sie viel jünger aus, als es ihren Jahren entsprach. Sie hieß ihn lebhaft winkend willkommen, aber seine liebevollen Gefühle verflüchtigten sich schlagartig, als er bemerkte, wie sie seine Begleiterin musterte.

»Wer ist das?«

»Mam, das ist Sheila Borden.«

Mrs. Fine schien einer Ohnmacht nahe. »Ihr habt die ganze Reise gemeinsam gemacht?« Sie hatten ihm Geld für sechs Wochen mitgegeben – als Geschenk zu seinem einundzwanzigsten Geburtstag. »Ihr seid zusammen gereist... einfach so... schamlos...?« Als er das hörte, wäre er am liebsten gestorben. Sheilas Lächeln gab ihm zu verstehen, daß sie das alles keinen Deut kümmerte.

»Schon gut... macht nichts, Bernie... Ich muß ohnehin den Bus nach Hartford erwischen...« Sie schenkte ihm noch ein vertrauliches Lächeln, faßte nach ihrem Reisesack und verschwand buchstäblich, ohne sich zu verabschieden, während seine Mutter sich die Augen trocknete.

»Mom, bitte...«

»Wie hast du uns nur so belügen können?«

»Ich habe euch nicht angelogen. Ich sagte, ich wolle mich mit Freunden treffen.« Bernies Gesicht war rot angelaufen, und er wünschte sich sehnlich, der Boden möge sich auftun und ihn verschlingen. Am liebsten hätte er seine Mutter nie im Leben wieder gesehen.

»So etwas nennst du Freunde treffen?«

Sofort dachte er an die vielen Male, die sie sich geliebt hatten... an Stränden, in Parks, an Flußufern, in winzigen Hotels... nichts, was seine Mutter sagte, konnte diese Erinnerung auslöschen. Er starrte sie angriffslustig an.

»Sie ist der beste Freund, den ich habe!« Er packte seinen Sack und ging allein aus dem Flughafengebäude. Er ließ seine Mutter einfach stehen, machte aber den Fehler, sich umzudrehen und einmal zu ihr hinzusehen. Und sie hatte dagestanden und hemmungslos geweint. Nein, das konnte er ihr nicht antun. Er ging zurück, entschuldigte sich und verachtete sich hinterher dafür.

Zu Semesterbeginn im Herbst hatte die Romanze weitergeblüht, und als Sheila diesmal zum Thanksgiving nach Hause fuhr, begleitete er sie nach Hartford, um ihre Familie kennenzulernen. Man war ihm höflich, aber kühl begegnet, merklich überrascht, weil Sheila etwas verschwiegen hatte. Auf dem Weg zurück zur Uni hatte Bernie sie deswegen gefragt.

»Waren sie ungehalten, weil ich Jude bin?« Er war neugierig, denn er wollte wissen, ob ihre Eltern diesbezüglich so unnachgiebig waren wie seine eigenen, was er für unwahrscheinlich hielt. Niemand konnte so stur wie Ruth Fine sein, jedenfalls seiner Meinung nach nicht.

»Nein.« Sheila lächelte zerstreut, als sie sich in einer der hintersten Sitzreihen der Maschine nach Michigan einen Joint anzündete. »Nur erstaunt, denke ich. Ich hielt es nicht für erwähnenswert.« Das mochte er an ihr. Sheila nahm alles, was sich ihr in den Weg stellte, mit Gelassenheit und ließ sich durch nichts einschüchtern.

Bernie nahm einen hastigen Zug von dem Joint, ehe Sheila ihn vorsichtig ausdrückte und den Rest in einen Umschlag in ihrer Tasche verstaute. »Sie fanden dich nett.«

»Hm, ich fand sie auch nett.« Das war gelogen. In Wahrheit waren sie ihm entsetzlich langweilig erschienen, und außerdem war er erstaunt, daß ihre Mutter über so wenig Stil verfügte. Gesprächsthemen waren das Wetter, die Nachrichten und sonst nichts. Es war wie ein Leben in einem Vakuum oder als ob man einem immerwährenden Live-Kommentar der Geschehnisse ausgesetzt war. Sheila war ganz anders als ihre Eltern, aber schließlich hatte sie dasselbe von ihm behauptet. Sie hatte seine Mutter nach der einzigen Begegnung als hysterisch bezeichnet, und er hatte ihr nicht widersprochen.

»Werden sie zur Abschlußfeier kommen?«

»Du hast vielleicht Humor.« Sie lachte. »Meine Mutter heult jetzt schon, wenn davon die Rede ist.«

Bernie hatte seine Heiratspläne nicht aufgegeben, aber immer noch nicht darüber gesprochen. Am Valentinstag überraschte er Sheila mit einem wunderhübschen kleinen Diamantring, den er von dem Geld, das seine Großeltern ihm hinterlassen hatten, gekauft hatte. Es war ein kleiner makelloser Smaragdschliff-Solitär, nur zwei Karat, doch der Stein war lupenrein. Nachdem er ihn erstanden hatte, war er mit einem beklemmenden Gefühl in der Brust nach Hause gegangen. Er hatte Sheila hochgehoben, hatte sie heftig auf den Mund geküßt und ihr sodann das rotverpackte Schächtelchen achtlos auf den Schoß geworfen.

»Probier mal, ob die Größe stimmt, Kleines.« Sheila hatte es für einen Scherz gehalten und gelacht, bis sie das Etui öffnete, ihr der Mund vor Staunen offenblieb und sie in Tränen ausbrach. Dann hatte sie das Etui nach ihm geworfen und war wortlos hinausgegangen. Bernie war sprachlos vor Erstaunen und starrte ihr nach. Er verstand die Welt nicht mehr, bis sie spätabends zurückkam und mit ihm über die Sache sprach. Beide hatten ein eigenes Zimmer, doch meist übernachtete Sheila bei Bernie, da er komfortabler wohnte und zwei Schreibtische hatte. Sie starrte unverwandt auf den Ring im offenen Etui auf seinem Schreibtisch.

»Wie hast du so etwas tun können?«

Er begriff sie noch immer nicht. Glaubte sie, der Ring sei zu groß? »Was heißt ›so etwas‹? Ich möchte dich heiraten.« Mit liebevollem Blick streckte er die Arme nach ihr aus, doch sie drehte sich um und wich zurück.

»Ich dachte, du hättest begriffen... die ganze Zeit über dachte ich, alles sei ganz cool.«

»Was, zum Teufel, soll das wieder heißen?«

»Das heißt, daß ich dachte, wir hätten eine auf Gleichberechtigung beruhende Beziehung.«

»Das haben wir doch. Was hat das damit zu tun?«

»Wir brauchen keine Ehe... wir brauchen diesen ganzen traditionellen Humbug nicht.« Angewidert sah sie ihn an, und Bernie war schockiert.

»Wir brauchen nicht mehr als das, was wir jetzt haben... solange es eben dauert.« Noch nie hatte er sie so reden gehört, und er fragte sich, was mit ihr los war.

»Und wie lange wird das sein?«

»Heute... nächste Woche...« Achselzucken. »Wen kümmert es? Was macht es schon aus? Eine Beziehung kann man nicht mit einem Diamantring festigen.«

»Dann entschuldige bitte.« Plötzlich war Bernie wütend. Er griff nach dem Etui, ließ es zuschnappen und warf es in eines seiner Schreibtischschubfächer. »Ich entschuldige mich dafür, daß ich etwas so durch und durch Spießiges getan habe. Vermutlich macht sich Scarsdale bei mir wieder bemerkbar.«

Sie betrachtete ihn mit neuen Augen. »Ich hatte keine Ahnung, daß du darum einen solchen Wirbel machen würdest.« Sie wirkte so ratlos, als könne sie sich plötzlich seines Namens nicht mehr entsinnen. »Ich dachte, du hättest alles verstanden...« Sie setzte sich auf die Couch und starrte ihm nach, als er zum Fenster ging. Unvermittelt drehte er sich um und sah sie an.

»Nein. Weißt du was? Ich begreife gar nichts. Wir schlafen seit mehr als einem Jahr miteinander. Praktisch leben wir zusammen, letztes Jahr sind wir gemeinsam nach Europa gefahren. Was hast du denn geglaubt, was das alles bedeutet? Ist das nur eine belanglose

Affäre?« Nicht für ihn. Er gehörte nicht zu diesem Typ Mann – auch nicht mit einundzwanzig.

»Spar dir diese altmodischen Phrasendreschereien.« Sheila stand auf und streckte sich, als fände sie das alles entsetzlich ermüdend. Ihm fiel auf, daß sie keinen Büstenhalter trug, was alles nur noch verschlimmerte, denn er spürte plötzlich,wie sein Begehren sich regte.

»Vielleicht kam das alles zu früh.« Bernie sah sie hoffnungsvoll an, von dem Gefühl verleitet, das sich zwischen seinen Beinen regte, und von dem, was er im Herzen spürte, und sofort verachtete er sich selbst wegen dieser Schwäche. »Vielleicht brauchen wir mehr Zeit.«

Sie schüttelte den Kopf. Sie gab ihm keinen Gutenachtkuß, als sie zur Tür ging. »Bernie, ich möchte niemals heiraten. Das ist nichts für mich. Ich möchte nach Kalifornien, sobald ich den Abschluß hinter mir habe. Dort möchte ich eine Weile rumhängen.« Auf einmal konnte er sie sich dort gut vorstellen... in einer Kommune.

»Was verstehst du unter ›rumhängen‹? Das ist eine Sackgasse, weiter nichts.«

Lächelnd zog sie die Schultern hoch. »Bernie, im Moment möchte ich nichts anderes.« Ihre Blicke tauchten lange ineinander.

»Vielen Dank jedenfalls für den Ring.« Leise schloß sie die Tür, und er saß sehr lange im Dunkeln, in Gedanken versunken. Er liebte Sheila sehr oder bildete es sich zumindest ein. Aber noch nie hatte er diese Seite an ihr kennengelernt, diese totale Gleichgültigkeit den Gefühlen eines anderen gegenüber. Plötzlich erinnerte er sich, wie sie ihre Eltern behandelt hatte, als er bei ihnen zu Besuch gewesen war. Es war ihr vollkommen egal, wie sie empfanden. In ihren Augen war er verrückt, wenn er zu Hause anrief oder für seine Mutter ein Geschenk besorgte, ehe er nach Hause fuhr. Zum Geburtstag hatte er seiner Mutter Blumen geschickt, und Sheila hatte sich über ihn lustig gemacht. Das alles fiel ihm schlagartig wieder ein. Womöglich waren ihr alle Menschen gleichgültig – auch er. Sie amüsierte sich und tat, wozu sie Lust hatte. Und bis heute hatte sie auf ihn Lust gehabt, nicht aber auf den Verlobungsring. Als er zu Bett ging, lag ihm sein Herz wie ein Stein in der Brust, und er lag noch lange wach in der Dunkelheit und dachte an Sheila.

In den darauffolgenden Wofchen hatte sich ihre Beziehung nicht viel gebessert. Sheila hatte sich einer Bewußtseinsbildungs-Gruppe angeschlossen, zur deren bevorzugten Diskussionsthemen ihr Verhältnis zu Bernie gehörte... Wenn sie nach Hause kam, griff sie ihn fast ununterbrochen wegen seiner Wertvorstellungen, seiner Zielsetzungen und seiner Art, mit ihr zu reden, an.

»Sprich mit mir nicht wie mit einem Kind. Ich bin eine Frau, verdammt noch mal. Und vergiß ja nicht, daß deine Eier nur rein dekorativen Zwecken dienen, ja nicht mal das. Ich bin ebenso klug wie du, ich habe ebensoviel Mumm... meine Zensuren sind ebensogut... mir fehlt nur das Stückchen, das du zwischen den Beinen baumeln hast, und wer ist darauf schon neugierig?«

Er war entsetzt, um so mehr, als sie sogar das Ballett aufgab. Russisch lernte sie weiterhin, doch sie führte ständig Che Guevara im Munde und ging dazu über, Armeestiefel zu tragen und dazu Sachen aus einem Laden, der Militärkleidung verkaufte. Besonders hatten es ihr Männerunterhemden angetan, die man ohne Büstenhalter trug und mehr zeigten als verhüllten. Allmählich wurde es ihm immer peinlicher, sich mit ihr auf der Straße zu zeigen.

»Ist das dein Ernst?« fragte sie, als es darum ging, ob sie auf den Abschlußball gehen sollten. Beide waren sich einig, daß es ein kitschiger Unfug war, doch hatte Bernie zugegeben, daß er hingehen wollte. Es würde eine Erinnerung fürs ganze Leben sein, und schließlich hatte Sheila nachgegeben. Doch sie war bei ihm in ihrer Armeekluft aufgekreuzt, die sie bis zur Mitte offentrug. Darunter blitzte ein zerfetztes rotes T-Shirt hervor. Ihr Schuhwerk war zwar nicht echt militärisch, hätte es aber sein können. Es waren perfekte Kopien von Armeestiefeln mit Gold-Spray angesprüht. Auf Bernies fassungslosen Blick hin erklärte sie lachend, dies seien ihre neuen Partyschuhe. Er trug das weiße Dinner-Jackett, das er im Jahr zuvor für eine Hochzeit bekommen hatte. Sein Vater hatte es ihm bei Brooks Brothers gekauft, und es paßte ihm wie angegossen. Mit seinem brünetten Haar, den grünen Augen und den ersten Ansätzen der Sommerbräune sah er sehr gut aus. Sie aber sah lächerlich aus, und das sagte er ihr.

»Es ist eine Ungehörigkeit jenen gegenüber, denen der Ball etwas bedeutet. Wenn wir tatsächlich hingehen, sind wir es ihnen schuldig, uns entsprechend anzuziehen.«

»Ach, um Himmels willen.« Sie warf sich lässig auf seine Couch –, im Blick die totale Geringschätzung. »Du siehst aus wie der kleine Lord. Großer Gott, wenn ich meiner Gruppe davon erzähle...!«

»Deine Gruppe kann mir den Buckel runterrutschen!« Es war das erste Mal, daß ihm deswegen die Nerven durchgingen. Erstaunt sah sie ihn an, als er näherkam und vor ihr stehenblieb. Sie lümmelte auf der Couch und ließ anmutig die langen Beine in den Armeehosen und goldenen Stiefeln baumeln.

»Jetzt setz deinen Allerwertesten in Bewegung, lauf nach Hause und zieh dich um.«

»Verpiß dich.« Sie lächelte ungerührt zu ihm auf.

»Sheila, es ist mir ernst. In dieser Aufmachung wirst du nicht gehen.«

»Doch ich gehe.«

»Nein, das wirst du nicht.«

»Dann gehen wir eben nicht.«

Er zögerte einen Sekundenbruchteil, ehe er zur Tür ging.

»Nein. Das trifft auf mich nicht zu. Du wirst nicht gehen. Ich gehe allein hin.«

»Na, dann viel Spaß.« Sie winkte ihm zu, und er ging, innerlich schäumend.

Er war allein auf den Ball gegangen, und hatte einen lausigen Abend verbracht. Nicht ein einziges Mal hatte er getanzt und war nur geblieben, um seiner Sheila seine Entschlossenheit zu beweisen. Sie hatte ihm den Abend verdorben. Und sie verdarb ihm mit derselben Marotte auch seine Abschlußfeier, nur war diesmal ärger, weil seine Mutter im Publikum saß. Als sie auf die Bühne ging und ihr Diplom ausgehändigt bekam, drehte Sheila sich um und hielt eine kleine Rede, in der sie sagte, wie leer die Rituale des Establishments seien und wie unterdrückt die Frauen auf der ganzen Welt wären. Ihnen und sich selbst zuliebe lehnte sie den Chauvinismus der University of Michigan ab. Danach zerriß sie langsam ihr Diplom, während das Publikum sie wie gebannt anstarrte und Bernie am liebsten losgeheult hätte. Nachher war er nicht imstande, zu seiner Mutter ein Wort zu sagen. Und noch weniger konnte er an jenem Abend mit Sheila sprechen, als beide sich ans Packen machten. Er sagte ihr nicht, was er nach allem, was vorgefallen war, empfand. Er wagte nicht, überhaupt etwas zu sagen. So kam es, daß Schweigen herrschte, als Sheila ihre Sachen aus seinem Zimmer zusammensammelte. Bernies Eltern dinierten mit Bekannten im Hotel, und er wollte mit ihnen am darauffolgenden Tag festlich zu Mittag essen, ehe sie alle nach New York fuhren. Doch im Moment beobachtete er Sheilas Bewegungen mit verzweifelter Miene. Die vergangenen zwei Jahre waren ein Irrtum gewesen. Obwohl sie die letzten Wochen nur aus Gewohnheit und Bequemlichkeit zusammengeblieben waren, war er nicht imstande, die Trennung hinzunehmen. Trotz der geplanten Europareise mit seinen Eltern konnte er nicht glauben, daß alles zu Ende sein sollte. Sonderbar, wie leidenschaftlich Sheila im Bett sein konnte und wie kühl sie sonst war. Das hatte ihn seit dem ersten Tag ihrer Begegnung maßlos verwirrt. Er war nie imstande gewesen, objektiv zu bleiben. Sheila brach als erste das Schweigen.

»Morgen abend fliege ich nach Kalifornien.«

Er war wie betäubt. »Ich dachte, deine Eltern wollten dich zu Hause bei sich haben.«

Lächelnd warf sie ein paar einzelne Socken in ihren Reisesack.

»Ja, vermutlich.« Als sie wieder gleichmütig die Schultern hochzog, kämpfte er gegen das Verlangen an, sie zu ohrfeigen. Er war wirklich verliebt gewesen... hatte sie heiraten wollen... und sie richtete sich allein nach dem, wozu sie Lust verspürte. Sheila war die größte Egozentrikerin, die ihm je über den Weg gelaufen war.

»Ich stehe auf der Warteliste nach Los Angeles. Von dort fahre ich vermutlich per Anhalter nach San Franzisko.«

»Und dann?«

»Wer weiß?« Sie streckte ihm die Hände entgegen und blickte ihn an, als wären sie einander eben erst begegnet und seien nicht die Freunde und das Liebespaar, das sie waren. In den langen Monaten war Sheila das Wichtigste in seinem Leben gewesen, und jetzt kam er sich vor wie ein verdammter Narr. Zwei lange Jahre hatte er mit ihr vertan.

»Warum kommst du nicht nach San Franzisko, sobald du aus Europa zurück bist? Ich hätte nichts dagegen, dich dort zu sehen.« Sie hätte nichts dagegen? Nach zwei Jahren?

»Nein, ich glaube nicht, daß ich komme.« Zum erstenmal seit Stunden lächelte er, doch in seinem Blick lag noch immer der Schmerz. »Ich muß mich nach einem Job umsehen.« Er wußte, daß sie sich damit nicht belasten mußte. Ihre Eltern hatten ihr zum Abschluß zwanzigtausend Doller geschenkt, die sie angenommen hatte, wie er wußte. Sie verfügte also über genug Geld, um sich einige Zeit in Kalifornien über Wasser halten zu können. Er selbst hatte sich nicht intensiv genug um eine Arbeit gekümmert, weil er nicht sicher war, was er eigentlich wollte. Um so dämlicher kam er sich jetzt vor. Am liebsten wäre ihm eine Anstellung als Lehrer für russische Literatur an einer kleinen Schule in New England gewesen. Er hatte sich mehrfach beworben und wartete auf Antworten.

»Bernie, ist es nicht blöde, sich vom Establishment vereinnahmen zu lassen, einen Job zu haben, den man haßt, für Geld, das man nicht braucht?«

»Du brauchst dir um Geld keine Sorgen zu machen, aber meine Eltern haben nicht die Absicht, mich für den Rest meines Lebens zu erhalten.«

»Meine auch nicht.« Sie spie ihm die Worte entgegen.

»Willst du dich an der Westküste nach einer Arbeit umsehen?«

»Mit der Zeit.«

»Und was hast du vor? In dieser Aufmachung Modell stehen?« Er deutete auf ihre abgeschnittenen Jeans und ihre unbeschreiblichen Stiefel. Das schien sie zu ärgern.

»Du wirst eines Tages wie deine Eltern sein.« Etwas Ärgeres konnte sie gar nicht sagen. Nachdem sie den Reißverschluß des Reisesackes zugezogen hatte, reichte sie ihm die Hand.

»Mach's gut, Bernie.«

Diese Situation ist lächerlich, dachte er bei sich, den Blick starr auf sie gerichtet. »Das ist es also? Nach fast zwei Jahren ein einfaches ›Mach's gut‹?« Es kümmerte ihn nicht, daß sie die Tränen in seinen Augen sah. »Nicht zu fassen... wir wollten heiraten... Kinder haben.«

Sie fand das gar nicht komisch. »Nein, das war nicht unsere Absicht, als es anfing.«

»Was dann, Sheila? Wollten wir nur zwei Jahre lang unseren Spaß im Bett haben? Ich habe dich geliebt, auch wenn das jetzt sehr unglaublich erscheint.«

Plötzlich konnte er sich nicht mehr vorstellen, was er in ihr gesehen hatte, und er wollte sich nicht eingestehen, daß seine Mutter recht gehabt hatte. Und doch war es so. Dieses eine Mal.

»Ich glaube, ich habe dich auch geliebt...« Trotz ihrer zur Schau gestellten Gleichmütigkeit konnte sie nicht verhindern, daß ihre Unterlippe zuckte. Plötzlich ging sie zu ihm, und er umschlang sie in dem kahlen kleinen Zimmer, das für sie ein Heim gewesen war.

»Es tut mir leid, Bernie... Alles hat sich wohl geändert...« Nun weinten beide, und Bernie nickte.

»Ich weiß... es ist nicht deine Schuld...« Das sagte er mit heiserer Stimme, von der Frage bewegt, wessen Schuld es eigentlich war. Er küßte Sheila, und sie sah zu ihm auf.

»Komm nach San Franzisko, wenn es irgendwie geht.«

»Ich will's versuchen.« Er fuhr nie hin.

Sheila verbrachte die folgenden drei Jahre in einer Kommune unweit von Stinson Beach, und er verlor sie aus den Augen, bis einmal eine Weihnachtskarte mit einem Bild kam. Bernie hätte sie nie wiedererkannt. Sie hauste in einem alten, an der Küste geparkten Schulbus, zusammen mit neun Erwachsenen und sechs kleinen Kindern. Sie hatte zwei eigene, zwei Mädchen, wie es aussah. Als er die Karte bekam, war sie ihm schon gleichgültig, obwohl er ihr lange nachgetrauert hatte. Daß seine Eltern nicht viel Aufhebens von der Sache gemacht hatten, erfüllte ihn mit Dankbarkeit. Er war sehr erleichtert, daß seine Mutter kein Wort über Sheila verlor, und sie wiederum war erleichtert, daß Sheila von der Bildfläche verschwunden war.

Sheila war das erste Mädchen gewesen, das er geliebt hatte, und das Ende seiner Träume hatte ihn schwer getroffen. Aber Europa war sehr heilsam für ihn gewesen. Er hatte Scharen von Mädchen in

Paris, London, Südfrankreich, in der Schweiz und in Italien kennengelernt, und er registrierte erstaunt, daß das Reisen mit seinen Eltern ihm viel Vergnügen bereitete. Seine Eltern trafen sich mit Freunden und er ebenso.

Er war in Berlin mit drei Studienkollegen verabredet, und gemeinsam machten sie sich eine schöne Zeit, ehe sie wieder ins wirkliche Leben zurückkehrten. Zwei hatten vor, Jura zu studieren, einer wollte ein letztes Mal richtig ausflippen, ehe er im Herbst heiratete, weil er der Einberufung in die Armee entgehen wollte. Das war etwas, worüber Bernie sich keine Sorgen machen brauchte, so peinlich ihm das auch war. Er hatte als Kind an Asthma gelitten, und sein Vater hatte seine Krankengeschichte sorgfältig dokumentiert. Mit achtzehn war er bei der Musterung als untauglich eingestuft worden – eine Tatsache, die er seinen Freunden zwei Jahre lang verschwieg, die ihm aber jetzt in gewisser Hinsicht sehr zustatten kam. Diese eine Sorge wenigstens war er los. Leider bekam er auf seine Bewerbungen als Lehrer lauter Absagen, weil er seinen akademischen Abschluß noch nicht hatte. Aus diesem Grund wollte er an die Columbia, um dort noch Vorlesungen zu belegen. Die angeschriebenen Schulen hatten ihm geraten, sich in einem Jahr wieder zu melden, sobald er seinen akademischen Grad erworben habe. Doch dies schien ihm noch ein ganzes Lebensalter entfernt, und die Vorlesungen, für die er sich an der Columbia eingeschrieben hatte, waren alles andere als faszinierend.

Er wohnte zu Hause, obwohl seine Mutter ihn wahnsinnig machte. Dazu kam, daß alle seine Bekannten fort – entweder bei der Armee oder auf der Schule – waren, oder sie hatten irgendwo Jobs bekommen. Er kam sich vor wie der einzige zu Hause Gebliebene, und in seiner Verzweiflung bewarb er sich in der Vorweihnachtszeit um einen Aushilfsjob im Kaufhaus Wolff. Es störte ihn nicht, daß er in die Herrenabteilung gesteckt wurde und er Schuhe verkaufen mußte. Alles war besser, als zu Hause zu hocken, und außerdem hatte er den Laden immer schon gemocht. Es war eines jener großen eleganten Kaufhäuser, in denen es angenehm roch und wo man es mit gutgekleidetem Publikum zu tun hatte. Auch das Verkaufspersonal besaß einen gewissen Stil, und sogar in der Vorweihnachtszeit war man hier um einen Hauch höflicher als anderswo. Wolff war einst jenes Haus gewesen, das die Stilrichtungen für jedermann festlegte, und das tat es auch jetzt noch bis zu einem gewissen Grad, obwohl ihm der Chic eines Hauses wie Bloomingdale, das nur drei Blocks entfernt war, fehlte.

Aber Bernie war fasziniert von der Arbeit, und er sagte dem Abteilungsleiter, was seiner Meinung nach notwendig war, um mit Bloomingdale Schritt halten zu können. Der Mann beschränkte sich auf ein Lächeln, Wolff hatte es nicht nötig, mit jemandem Schritt halten zu können. Zumindest war er dieser Meinung. Doch Paul Berman, der Chef des Kaufhauskonzerns, wurde neugierig, als ihm Bernies Vorschlag als Aktennotiz auf den Tisch kam. Der Abteilungsleiter entschuldigte sich überschwenglich bei seinem Chef, als er davon hörte, und versprach, Bernie sofort zu feuern, aber genau das wollte Berman nicht. Er wollte den Jungen mit den interessanten Ideen kennenlernen. Es kam zu einer Begegnung, und Paul Berman erkannte, daß Bernie ein vielversprechender junger Mann war.

Er ging einige Male mit ihm essen, weil ihn die Unbekümmertheit des jungen Mannes amüsierte. Doch der Junge hatte auch Grips. Berman lachte schallend, als er hörte, daß Bernie Lehrer für russische Literatur werden wollte und deshalb Abendkurse an der Columbia besuchte.

»Das halte ich für eine verdammte Zeitverschwendung.«

Bernie war schockiert, obwohl ihm der Mann gefiel. Der Enkel des Firmengründers war ein eher ruhiger, eleganter Typ und ein gewitzter Geschäftsmann, der sich für die Meinung anderer interessierte.

»Russische Literatur war mein Hauptfach«, erklärte Bernie respektvoll.

»Ach was, Sie hätten Wirtschaftsfächer belegen sollen.«

Bernie lächelte. »Das hört sich an, als spräche meine Mutter.«

»Was macht Ihr Vater?«

»Er ist Arzt. Ich habe die Medizin immer verabscheut. Allein bei dem Gedanken daran wird mir ganz übel.« Berman nickte verständnisvoll.

»Mein Schwager war Arzt. Mir war der Gedanke daran auch zuwider.« Stirnrunzelnd sah er Bernard Fine an. »Und was ist mit Ihnen? Was haben Sie wirklich mit sich vor?«

Bernie wollte aufrichtig sein. Er spürte, daß er Berman das schuldig war. Der Betrieb war ihm selbst immerhin so wichtig, daß er die Vorschläge gemacht hatte, die ihn schließlich hierhergeführt hatten. Ihm gefiel das Kaufhaus Wolff. Es war ein großartiger Laden. Aber das alles war nicht das Richtige für ihn, jedenfalls nicht auf Dauer.

»Ich möchte mein Studium abschließen und mich nächstes Jahr wieder um dieselben Stellen bewerben. Mit etwas Glück werde ich im darauffolgenden Jahr an einer Internatsschule unterrichten.« Sein hoffnungsvolles Lächeln ließ ihn sehr jung aussehen. Soviel Unschuld war irgendwie rührend, und Paul Berman empfand spontan Zuneigung zu diesem Jungen.

»Und was ist, wenn die Armee Sie einzieht?«

Bernie gestand ihm, daß er untauglich war.

»Junger Mann, Sie haben verfluchtes Glück. Diese Unannehmlichkeiten in Vietnam könnten eines schönen Tages verdammt ernst werden. Vergessen Sie nicht, wie es den Franzosen dort erging. Sie haben alles bis aufs Hemd verloren. Wenn wir nicht auf der Hut sind, wird's uns ebenso ergehen.« Bernie konnte nicht umhin, ihm recht zu geben.

»Warum lassen Sie die Abendkurse nicht sausen?«

»Und was soll ich statt dessen tun?«

»Ich mache Ihnen einen Vorschlag. Sie bleiben das ganze nächste Jahr bei uns. Wir bilden Sie in verschiedenen Bereichen aus, lassen sie überall reinschnuppern, und wenn Sie bei uns bleiben wollen und bei uns anheuern, schicken wir sie auf ein Wirtschaftscollege. Sie würden so etwas wie eine bezahlte praktische Ausbildung genießen. Na, wie hört sich das an?«

Einen Vorschlag dieser Art hatte das Unternehmen noch niemandem gemacht, doch Berman hatte an dem Jungen mit den großen offenen grünen Augen und dem intelligenten Gesicht Gefallen gefunden. Er war kein hübsches Bübchen, sondern ein gutaussehender junger Mann, dessen Gesicht etwas Gescheites, Nettes und Anständiges ausstrahlte. Paul Berman fühlte sich angesprochen, und das sagte er Bernie auch, ehe dieser an jenem Tag sein Büro verließ. Bernie hatte um eine Bedenkzeit von ein, zwei Tagen gebeten, gestand aber, sich sehr geschmeichelt und geehrt zu fühlen. Es war eine große Entscheidung. Er war nicht sicher, ob er auf ein Wirtschaftscollege wollte, und es widerstrebte ihm, den Traum von der Internatsschule in der verschlafenen Kleinstadt aufzugeben – den Traum, begeistert lauschenden Schülern Dostojewski und Tolstoi nahezubringen. Vielleicht sollte es nur ein Traum bleiben. Einer, der schon jetzt an Bedeutung verlor.

An jenem Abend besprach er die ganze Sache mit seinen Eltern. Sogar sein Vater hatte sich beeindruckt gezeigt. Berman hatte Bernie eine große Chance geboten, falls Bernie in diesem Beruf weiterkommen wollte. Das Ausbildungsjahr im Kaufhaus würde ihm ausreichend Zeit geben festzustellen, ob er für das Unternehmen arbeiten wollte. Der Vorschlag hörte sich an, als könne es gar nicht schiefgehen, und sein Vater beglückwünschte ihn, während seine Mutter sich erkundigte, wie viele Kinder Berman hatte... wie viele Söhne – wie groß die Konkurrenz war, mit anderen Worten – oder ob er Töchter habe... man stelle sich vor, Bernie heiratete eine davon!

»Ruth, laß ihn in Ruhe!« Lou hatte sich unnachgiebig gezeigt, als sie an jenem Abend allein waren, und Ruth hatte sich mit Mühe gezügelt.

Bernie hatte Mr. Berman am darauffolgenden Tag mitgeteilt, er gehe sehr gern auf den Vorschlag ein, und Berman empfahl ihm daraufhin, sich bei mehreren Wirtschaftscolleges gleichzeitig zu bewerben. Er wählte Columbia und die New York City University, weil sie in der Stadt waren, und Wharton und Harvard, wegen ihres Rufes. Es würde lange dauern, bis er erfuhr, ob man ihn aufnähme, doch in der Zwischenzeit gab es viel zu tun.

Die Zeit des Praktikums verging wie im Flug, und schließlich bekam er den Bescheid von drei Wirtschaftscolleges, daß man ihn aufnehmen würde. Nur Wharton gab ihm einen abschlägigen Bescheid. Im nächsten Jahr könne er vielleicht mit einer Aufnahme rechnen, falls er warten wollte. Bernie entschied sich für die Columbia, und fing dort an, während er im Laden noch immer einige Stunden in der Woche arbeitete, weil er am Ball bleiben wollte und entdeckt hatte, daß er sich besonders für die Designer-Aspekte der Herrenbekleidung interessierte. Für seine erste Prüfungsarbeit verfaßte er eine Studie darüber. Er bekam nicht nur gute Zensuren, sondern machte auch einige Vorschläge, die sich in der Praxis bewährten, als Berman ihm einen Versuch in kleinem Maßstab erlaubte. Seine Studienfortschritte waren ausgezeichnet, und nach seinem Abschluß arbeitete er ein halbes Jahr für Berman persönlich, ehe er wieder in die Herrenkonfektionsabteilung ging und anschließend in die Damenabteilung. Er führte Änderungen ein, die im ganzen Haus positiv zu spüren waren. Keine fünf Jahre waren seit seinem Eintritt bei Wolff vergangen, und er war der aufgehende Stern des Unternehmens. Deshalb war es für ihn ein Schlag, als Paul Berman ihm an einem sonnigen Frühlingsnachmittag ankündigte, daß man ihn für zwei Jahre nach Chikago versetzen wolle.

»Aber warum?« Chikago klang für ihn nicht viel anders als Sibirien. Er wollte nicht fort. Er liebte New York, und er leistete im Laden ganze Arbeit.

»Erstens kennst du den Mittleren Westen. Zweitens...« Berman zündete sich seufzend eine Zigarre an, »brauchen wir dich dort draußen. Der Laden läuft nicht so, wie wir möchten. Er braucht eine kleine Spritze, und die sollst du ihm verpassen.« Er lächelte seinem jungen Freund wohlwollend zu. Sie brachten einander große Hochachtung entgegen, doch in diesem Falle gedachte Bernie, ihm erbitterten Widerstand entgegenzusetzen. Er unterlag. Berman zeigte sich unnachgiebig, und zwei Monate später flog Bernie nach Chikago und wurde im nächsten Jahr Manager. Damit hatte er einen Aufgabenbereich übernommen, der ihn weitere zwei Jahre dort festnagelte, obwohl er Chikago haßte. Die Stadt wirkte bedrückend auf ihn, und das Klima setzte ihm zu.

Seine Eltern kamen sehr häufig zu Besuch. Es stand außer Frage, daß seine Position beträchtliches Ansehen mit sich brachte. Mit dreißig Geschäftsführer von Wolff, Chikago, zu sein, war keine Kleinigkeit. Trotzdem wollte er unbedingt zurück nach New York, und seine Mutter gab eine Riesenparty für ihn, als er endlich wieder zurückkam. Er war einunddreißig, und Berman ließ ihn in seinen eigenen Gehaltsscheck den Betrag einsetzen. Dennoch war Berman nur schwer zu überzeugen, als Bernie mit dem Vorschlag kam, die Damenkonfektion niveaumäßig anzuheben. Er wollte ein Dutzend Haute-Couture-Kollektionen präsentieren und Wolff damit die alte Position als stil- und richtungsweisendes Haus mit Vorbildfunktion für das ganze Land zurückerobern.

»Ist dir klar, wie teuer diese Kleider sind?« Berman schien aufrichtig bekümmert, aber Bernie lächelte.

»Ja, aber für uns wird man es billiger machen. Schließlich sind die Modelle dann keine Couture mehr.«

»Aber verdammt nahe dran. Zumindest werden es die Preise sein. Wer soll denn diese Sachen hier kaufen?« Es waren Pläne, die für seinen Geschmack zu hochfliegend waren, aber gleichzeitig war sein Interesse geweckt.

»Paul, ich glaube, unsere Kundinnen werden sich auf das Angebot stürzen. Besonders in Städten wie Chikago, Boston und Washington und sogar in Los Angeles, wo nicht jedes New Yorker Kaufhaus eine Niederlassung hat. Wir werden Paris und Mailand in die Provinz bringen.«

»Und uns selbst an den Bettelstab, meinst du wohl.« Aber Berman widersprach nicht mehr. Nachdenklich ruhte sein Blick auf Bernie. Eine interessante Idee. Er wollte sofort mit der teuersten Ware einsteigen und Kleider für fünf-, sechs- oder siebentausend Dollar anbieten, im Grunde genommen waren sie auch nur Konfektion, wenn sie auch auf Couture-Entwürfen basierten.

»Wir brauchen uns kein großes Lager zuzulegen oder unnötig große Posten zu bestellen. Wir lassen einfach jeden Designer eine Modenschau zusammenstellen, und die Kundinnen können über uns direkt ordern. Das ist noch wirtschaftlicher.« Diese Idee brach Bermans Widerstand endgültig. Für ihn war damit dem Projekt jedes Risiko genommen.

»Ja, du hast es erfaßt, Bernard.«

»Aber zunächst komen wir um einige Neuerungen nicht herum. Unsere Entwurf-Abteilung ist nicht europäisch genug.« Das Gespräch war stundenlang weitergegangen, als die Idee einmal geboren war, und nachdem sie grob skizziert hatten, wie die Sache laufen sollte, schüttelte Berman ihm die Hand. In den letzten Jahren war

Bernard sehr erwachsen geworden. Er war jetzt reif und selbstsicher, und seine geschäftlichen Entscheidungen hatten Hand und Fuß. Er sehe sogar erwachsen aus, zog Berman ihn auf, auf den Bart deutend, den Bernard sich vor seiner Rückkehr nach New York hatte wachsen lassen. Er war einunddreißig und ein sehr gutaussehender Mann.

»Ich glaube, du hast dir da eine feine Sache ausgedacht.« Die zwei Männer tauschten ein Lächeln. Beide freuten sich, denn dem Unternehmen Wolff standen aufregende Zeiten bevor.

»Was nimmst du als erstes in Angriff?«

»Ich möchte mich noch diese Woche mit ein paar Architekten beraten. Die sollen Pläne zeichnen und dir vorlegen. Dann möchte ich unbedingt nach Paris. Mal sehen, was die Modezaren von unserer Idee halten.«

»Meinst du, sie werden sich zieren?«

Bernard runzelte die Stirn, ehe er entschieden den Kopf schüttelte.

»Das glaube ich nicht. Es steckt großes Geld für sie drin.«

Bernie sollte recht behalten. Geziert hatte sich keiner. Sie hatten vielmehr mit beiden Händen zugegriffen, und er konnte einundzwanzig Modeschöpfer vertraglich an sich binden. Bernard war mit der festen Absicht nach Paris gefahren, das Geschäft abzuschließen, und kehrte drei Wochen später in Siegerstimmung nach New York zurück. Das neue Programm sollte in neun Monaten über die Bühne gehen, eine Reihe glanzvoller Modenschauen im Juni, bei denen die Kundinnen ihre Herbstgarderobe ordern konnten, als säßen sie in Paris und ließen sich die Couture-Kollektionen vorführen. Bernie wollte das alles mit einer Party und einer tollen Bühnenshow einleiten, auf der einige Modelle eines jeden Modeschöpfers vorgestellt werden sollten. Diese Modelle sollten nicht verkäuflich sein, sondern nur den Appetit auf die folgenden Modenschauen anregen. Sämtliche Mannequins würden aus Paris kommen. Mit Anlaufen des Projektes waren zusätzlich auch drei amerikanische Modeschöpfer hinzugezogen worden. Alles in allem hatte Bernie sich für die nächsten Monate einen Haufen Arbeit aufgehalst, die sich für ihn aber bezahlt machte, weil er mit zweiunddreißig Stellvertreter des Geschäftsführers wurde.

Die Eröffnung der Modenschauen war das Tollste, was man bislang auf diesem Gebiet gesehen hatte. Die Modelle waren so hinreißend, daß das Publikum aus dem Staunen nicht herauskam und ständig applaudierte. Man spürte, daß hier Modegeschichte gemacht wurde, und zwar dank einer ungewöhnlichen Mischung aus gesunden Geschäftsprinzipien und ausgeprägter Verkaufspolitik. Dazu kam Bernards angeborenes Gespür für Mode. Das alles zusammen hob das Unternehmensimage und verlieh der Firma ein Ansehen, das ihr nicht nur in New York zur führenden Position verhalf. Bernie saß in der letzten Reihe und glaubte sich im siebenten Himmel, als die erste von bekannten Couturiers gestaltete Modenschau ablief und die Kundinnen mit Begeisterung reagierten. Kurz vorher hatte Paul Berman sich blicken lassen. Die allgemeine Stimmung war ausgezeichnet, so daß Bernie sich spürbar entspannte, während er die Mannequins beobachtete, die in Abendroben den Laufsteg entlangschwebten. Ein schlankes Mädchen hatte es ihm besonders angetan, ein schönes katzenhaftes Wesen, blauäugig, mit Gesichtszügen, die wie gemeißelt waren. Fast sah es aus, als gleite sie über dem Boden dahin, und er ertappte sich dabei, daß er immer wieder auf ihren Auftritt wartete, während ein Modell nach dem anderen vorgeführt wurde. Enttäuschung erfaßte ihn, als die Vorführung zu Ende ging und es klar war, daß er sie nicht wiedersehen würde. Anstatt, wie beabsichtigt, sofort wieder in sein Büro zu gehen, blieb er noch ein paar Augenblicke und verschwand hinter den Kulissen, um der Abteilungsleiterin, einer Französin, die jahrelang für Dior gearbeitet hatte, zu gratulieren.

»Marianne, Sie haben sehr gute Arbeit geleistet«, lobte er sie lächelnd, und sie sah ihn mit begehrlichem Blick an. Sie war Ende Vierzig, makellos zurechtgemacht und todschick. Seit sie hier arbeitete, hatte sie ein Auge auf Bernie geworfen.

»Die Modelle haben sich gutgemacht, finden Sie nicht auch, Bernard?« Seinen Namen sprach Marianne mit französischer Betonung aus. Sie wirkte kühl und sexy zugleich. Wie Feuer und Eis. Er aber spähte über ihre Schulter hin zu den vorübereilenden Mädchen in Jeans und Alltagskleidung. Verkäuferinnen liefen hin und her und schleppten Unmengen von Exklusivmodellen heran, damit die Kundinnen anprobieren und bestellen konnten. Alles lief wie am Schnürchen, und dann sah Bernard das blonde Mädchen mit dem Brautkleid aus dem Finale über dem Arm.

»Marianne, wer ist das Mädchen? Gehört dieses Mannequin zum Haus, oder wurde es nur für die Modenschau engagiert?« Marianne, die seinem Blick folgte, ließ sich von seinem unbefangenen Ton nicht täuschen. Sie spürte ihr Herz sinken, als sie das Mädchen sah. Eine bildschöne Person, keinen Tag älter als einundzwanzig.

»Sie arbeitet hin und wieder für uns – als freie Mitarbeiterin. Sie ist Französin.« Mehr brauchte sie nicht zu sagen. Das Mädchen kam direkt auf sie zu, das Brautkleid in die Höhe haltend, den Blick auf Bernard und dann auf Marianne gerichtet. Auf französisch fragte sie, was mit dem Kleid zu geschehen habe, als wage sie nicht, es irgendwo zu deponieren. Marianne sagte ihr, wem sie es übergeben sollte, während Bernie dastand und sie anstarrte. Die Abteilungsleiterin entsann sich ihrer Pflicht und stellte Bernie dem Mädchen vor und erwähnte beiläufig, daß das neue Firmenkonzept von ihm stammte. Sie brachte die beiden höchst widerwillig zusammen, konnte dieses Zusammentreffen aber auch nicht verhindern. Ihr entging Bernies Blick nicht, mit dem er das Mädchen ansah. Irgendwie fand sie das sogar amüsant, weil er sich stets so unzugänglich gab. Daß er Mädchen mochte, war offensichtlich, doch wenn man dem Gerede der Leute Glauben schenken durfte, ließ er sich nie auf tiefere Beziehungen ein. Anders als bei dem Sortiment, das er für Wolff zusammenstellte, zog er bei Frauen Quantität der Qualität vor... »Volumen«, wie es im Handel hieß... aber vielleicht war es diesmal anders...

Sie hieß Isabelle Martin und war vierundzwanzig. In Südfrankreich aufgewachsen, war sie mit achtzehn nach Paris gegangen, um dort für Saint Laurent und später für Givenchy zu arbeiten – mit sensationellem Erfolg, so daß sie bald zur absoluten Spitze gehörte. Die Einladung in die Vereinigten Staaten war keine Überraschung, und ebensowenig überraschend war der Erfolg, den sie seit vier Jahren in New York hatte. Bernie fand es unglaublich, daß sie einander noch nicht begegnet waren.

»Die meiste Zeit arbeite ich nur als Fotomodell, Monsieur Fine.« Ihren Akzent fand er bezaubernd.

»Doch für Ihre Modenschau...« Ihr Lächeln ließ ihn dahinschmelzen und weckte in ihm den Wunsch, ihr die Sterne vom Himmel zu holen. Und schlagartig setzte seine Erinnerung ein. Er kannte sie von den Titelseiten des ›Vogue‹, auf denen sie mehrmals erschienen war, und ebenso von ›Bazaar‹ und ›Women's Wear‹... in Wirklichkeit aber sah sie anders aus, noch schöner. Daß jemand zwischen der Modefotografie und dem Laufsteg pendelte, war ungewöhnlich, doch Isabelle war in beiden Sparten versiert und hatte bei der Modenschau großen Eindruck hinterlassen. Er gratulierte ihr überschwenglich.

»Sie waren großartig, Miß, hm...« Sein Gedächtnis ließ ihn im Stich, was ihr ein Lächeln entlockte.

»Isabelle.« Allein bei ihrem Anblick glaubte er, den Verstand zu verlieren. An jenem Abend führte er sie ins ›La Caravelle‹ zum Essen aus und mußte die Beobachtung machen, daß sich im Restaurant alle nach ihr umdrehten. Und nachher tanzten sie im ›Raffles‹. Bernie wäre am liebsten gar nicht nach Hause gegangen. Er wollte sich nie mehr von ihr trennen, sie nie mehr aus den Augen lassen. Kein Mädchen, das er bis jetzt kennengelernt hatte, war so hinreißend wie Isabelle. Und der Panzer, den er um sich aufgerichtet hatte, nachdem Sheila aus seinem Leben verschwunden war, schmolz unter Isabelles Blicken. Ihr Haar war so blond, daß es fast weiß schimmerte, und was noch ungewöhnlicher war, es war ihre natürliche Farbe. Für ihn war Isabelle das schönste Geschöpf der Welt – ein Urteil, dem kaum jemand widersprochen hätte.

In jenem Jahr verlebten sie einen zauberhaften Sommer in East Hampton. Er hatte ein Häuschen gemietet, in dem Isabelle die Wochenenden mit ihm verbrachte. Gleich zu Beginn ihrer Zeit in New York hatte sie eine Beziehung mit einem bekannten Modefotografen angefangen, um ihn nach zwei Jahren wegen eines Immobilienmaklers zu verlassen. Doch als Bernie auf der Bildfläche erschien, verblaßten neben ihm alle anderen. Für ihn war es eine Zeit, der ein besonderer Zauber anhaftete, die Zeit, als er sie überallhin mitnahm, sich mit ihr brüstete, fotografiert wurde, bis in den Morgen tanzte. Das alles erweckte den Anschein von Jet-set-Gepflogenheiten, wie er belustigt feststellte, als er seine Mutter zum Lunch einlud und sie ihn mit ihrem allermütterlichsten Blick bedachte.

»Meinst du nicht auch, daß die Kleine für dich zu rasant ist?«

»Was soll denn das heißen?«

»Das heißt, daß sie nach Jet-set riecht und ich nicht finde, daß du in dieses Milieu paßt.«

»Heißt es nicht, daß der Prophet im eigenen Land nichts gilt? Sehr schmeichelhaft ist das allerdings nicht.« Er bewunderte das dunkelblaue Diorkostüm seiner Mutter, das er ihr von seiner letzten Auslandsreise mitgebracht hatte und das ihr besonders gut paßte. Doch er verspürte nicht den Wunsch, mit ihr über Isabelle zu diskutieren. Er hatte sie zu Hause nicht vorgestellt und hatte auch nicht die Absicht. Es waren zwei Welten, die nie zusammenpassen würden, obgleich sein Vater wie jeder andere Mann sie sehr gern kennengelernt hätte, wie Bernie wußte. Isabelle war eine reine Augenweide.

»Wie ist sie denn?« Wie immer ließ seine Mutter auch diesmal nicht locker.

»Mom, sie ist ein nettes Mädchen.«

Seine Mutter lächelte nachsichtig. »Na, das ist eine Beschreibung, die ihr nicht gerecht wird. Sie ist unbestritten eine Schönheit.« Isabelles Fotos waren allgegenwärtig, und Ruth Fine hatte allen ihren Freundinnen von ihr erzählt. Beim Friseur zeigte sie jedem das Mädchen... »Nein, das auf der Titelseite... sie ist mit meinem Sohn befreundet...«

»Bist du verliebt in sie?« Sie scheute sich nie zu fragen, wenn sie etwas wissen wollte, aber Bernie verdarb es die Laune, als er diese Worte hörte. Er wollte nicht darüber sprechen, obwohl er verrückt nach Isabelle war, doch ihm war noch zu frisch im Gedächtnis, wie töricht er damals in Michigan gewesen war... der Verlobungsring, den er Sheila am Valentinstag gegeben und den sie ihm praktisch an den Kopf geworfen hatte... die Heiratspläne, die er geschmiedet hatte... der Tag, an dem sie aus seinem Leben gegangen war und ihren Reisesack und sein Herz mitgenommen hatte. Nie wieder wollte er so etwas erleben, und er war deshalb sehr vorsichtig.

»Wir sind gute Freunde.« Mehr fiel Bernie nicht ein.

Seine Mutter starrte ihn an.

»Ich will hoffen, daß es mehr ist.« Ihre ängstliche Miene ließ darauf schließen, daß sie befürchtete, er sei homosexuell – das reizte ihn zum Lachen.

»Es ist mehr..., aber eine Hochzeit ist nicht in Sicht. Zufrieden? Also, was willst du essen?« Er bestellte ein Steak, seine Mutter ein Seezungenfilet. Wie immer drängte sie ihn, von seiner Arbeit zu erzählen. Es hatte sich zwischen ihnen ein fast freundschaftliches Verhältnis entwickelt, da er seine Eltern wesentlich seltener sah als in seiner ersten New Yorker Zeit. Viel Zeit hatte er jetzt nicht mehr, besonders seitdem Isabelle in sein Leben getreten war.

Im Herbst nahm er Isabelle auf eine Geschäftsreise mit nach Europa, und wo immer sie sich zeigten, waren sie der Mittelpunkt. Sie waren unzertrennlich, und kurz vor Weihnachten zog sie zu ihm, so daß Bernie schließlich klein beigeben und sie nach Scarsdale bringen mußte, so sehr er sich auch davor fürchtete. Isabelle war sehr nett zu seinen Eltern, nett, aber zurückhaltend. Nachher gab sie ihm zu verstehen, daß ihr an häufigeren Begegnungen nicht lag.

»Unsere gemeinsame Zeit ist so knapp bemessen...« Sie brachte das in gekonntem Schmollton vor, und er tat nichts lieber, als sich mit ihr der Liebe hinzugeben. Sie war die vollkommenste Frau, der er je begegnet war. Manchmal stand er nur da und betrachtete sie, wenn sie sich schminkte, ihr Haar trocknete, unter der Dusche stand oder mit ihrem Köfferchen zur Tür hereinkam. Sie erweckte den Wunsch in ihm, sie mitten in der Bewegung festzuhalten und sie einfach nur anzusehen.

Sogar seine Mutter benahm sich gemäßigter als sonst. In Isabelles Gegenwart kamen sich alle sehr klein vor, außer Bernie, der sich noch nie männlicher gefühlt hatte. Ihre sexuelle Erfahrung war bemerkenswert, und es war daher kein Wunder, daß ihre Beziehung mehr auf Leidenschaft als auf Liebe beruhte. Sie liebten sich an fast allen möglichen und unmöglichen Orten, in der Badewanne, unter der Dusche, auf dem Boden, auf den Hintersitzen seines Wagens während eines Sonntagsausflugs nach Connecticut. Einmal hätten sie es beinahe im Lift getrieben, kamen jedoch rechtzeitig zur Besinnung, da sie ihre Etage erreicht hatten und die Tür aufging. Es war, als wären sie für die Liebe geboren, als könnte er nie genug von ihr bekommen. Aus diesem Grund nahm er sie im Frühling wieder mit nach Frankreich, und im Sommer fuhren sie wieder nach East Hampton. Diesmal aber waren sie geselliger als im Jahr zuvor und gingen mehr aus. Eines Abends machte sie auf einer Party am Strand von Quogue die Bekanntschaft eines Filmproduzenten. Am nächsten Tag blieb sie für Bernie unauffindbar. Schließlich entdeckte er sie auf Deck einer in der Nähe ankernden Jacht in einer intimen Situation mit dem Hollywood-Produzenten. Bernie blieb wie angewurzelt stehen und starrte sie an, um sodann mit Tränen in den Augen den Rückzug anzutreten. Ihm war nun klar, was er lange Zeit nicht hatte wahrhaben wollen. Isabelle war nicht nur eine große Dame, ein bildhübsches Mädchen, sie war die Frau, die er liebte, und es schmerzte, sie zu verlieren.

Als sie nach stundenlanger Abwesenheit zurückkam, entschuldigte sie sich. Sie hätte sich mit dem Produzenten eingehend unterhalten: über ihre Ziele, die sie im Leben erreichen wollte, was ihre Beziehung zu Bernie bedeutete, was er ihr zu bieten hatte. Der Produzent war auf Anhieb von ihr fasziniert und hatte ihr das auch zu verstehen gegeben. Und als Isabelle zurückkam, sprach sie mit Bernie über ihre Gefühle.

»Ich kann nicht den Rest meines Lebens in einem Käfig verbringen, Bernard... ich muß frei sein, ich muß fliegen können, wohin es mich zieht.« Das alles hatte er schon zu hören bekommen – von einer Frau in Armeestiefeln und mit Reisesack, jetzt von einer in Gucci-Kleid und Chanel-Schuhen, im Nebenzimmer ein geöffneter Louis-Vuitton-Koffer.

»Wenn ich recht verstanden habe, bedeutet für dich ein Leben mit mir ein Leben im Käfig?« In seinem Blick lag Kälte. Er hatte nicht die Absicht, ihr Verhältnis mit einem anderen zu tolerieren! So einfach war das... Ihm drängte sich die Frage auf, ob sie ihn schon vorher betrogen hatte und mit wem.

»Nein, mon amour, du bist ein wunderbarer Mensch. Aber... so zu tun, als sei man verheiratet... das geht nicht für immer...« Es waren acht Monate vergangen, seit sie zu ihm gezogen war, also kaum eine lange Zeit.

»Isabelle, ich habe unsere Beziehung wohl mißverstanden.«

Als sie nickte, sah sie fast noch schöner als sonst aus, und einen Augenblick haßte er sie. »Ja, das hast du, Bernard.« Und dann stieß sie ihm das Messer ins Herz. »Ich möchte eine Zeitlang nach Kalifornien.« Sie war ganz offen. »Dick sagt, er könne für mich Probeaufnahmen in einem Studio arrangieren...« Ihr Akzent brachte sein Herz zum Schmelzen... »und ich würde sehr gern einen Film mit ihm machen.«

»Ich verstehe.« Er zündete sich eine Zigarette an, obwohl er selten rauchte. »Davon hast du noch nie gesprochen.« An sich war alles ganz klar. Es wäre jammerschade gewesen, dieses Gesicht dem Filmpublikum vorzuenthalten. Titelseiten auf Zeitschriften waren zu wenig.

»Ich hielt es nicht für wichtig.«

»Oder wolltest du erst die Firma Wolff nach Möglichkeit ausnützen?« Eine solche Gemeinheit war ihm noch nie über die Lippen gekommen, und er schämte sich deswegen. Sie war nicht auf ihn angewiesen, und das war es, was er eigentlich bedauerte. »Isabelle, entschuldige...« Er ging auf sie zu, während er sie durch den Rauchschleier anstarrte. »Überstürze nichts.« Er wollte sich aufs Bitten verlegen, doch Isabelle blieb hart. Ihr Entschluß stand fest.

»Nächste Woche fliege ich nach Los Angeles.«

Er nickte, ging wieder zurück ans Fenster und blickte aufs Meer. Dann wandte er sich ihr mit einem Lächeln voller Bitterkeit zu. »Der Westen muß etwas Magisches an sich haben. Alle Welt strebt dorthin.« Wieder dachte er an Sheila. Er hatte Isabelle von ihr erzählt. »Vielleicht sollte ich eines schönen Tages auch an die Westküste gehen.«

Isabelle lächelte. »Du gehörst nach New York, Bernard. Du bist so energiegeladen, aufregend und vital wie das Leben in dieser Stadt.«

»Dir genügt das offenbar nicht.« Er sagte es in bekümmertem Ton.

In ihrem Blick lag Bedauern. »Es ist ja nicht, daß... du... wenn ich mich ernsthaft binden wollte... wenn ich heiraten wollte... würde ich mich für dich entscheiden.«

»Davon war nie die Rede.« Beide wußten, daß mit der Zeit sehr wohl die Rede darauf gekommen wäre. Bernie war ein Mensch mit Prinzipien, er bedauerte es fast, als er sie ansah. Er wäre gern leichtsinniger und lebenslustiger gewesen... und vor allem mit der Macht ausgestattet, sie zum Film zu bringen.

»Bernard, ich kann mir einfach nicht vorstellen hierzubleiben.« Sie sah sich schon als Filmstar und ging mit dem Produzenten auf und davon, dem sie im richtigen Moment begegnet war, nämlich in dem Augenblick, in dem sie zum Film wollte. Drei Tage nach der Rückkehr aus East Hampton zog Isabelle aus. Sie packte ihre Sachen, ordentlicher als Sheila, und sie nahm all ihre wunderschönen Kleider mit, die sie Bernie verdankte. Sie packte sie in ihr Louis-Vuitton-Gepäck und hinterließ ihm keine Nachricht. Sie nahm sogar die dreitausend Dollar mit, die er in seiner Schreibtischschublade aufbewahrte. Isabelle bezeichnete sie als ›kleines Darlehen‹ und war überzeugt, er werde Verständnis zeigen. Die Probeaufnahmen wurden gemacht, und genau ein Jahr darauf kam ein Film mit ihr als Darstellerin heraus, zu einem Zeitpunkt, zu dem Bernie die ganze Sache längst überwunden hatte. Er hatte sich inzwischen eine gewisse Härte zugelegt. Es gab immer wieder Models und Sekretärinnen oder Karrierefrauen in seinem Leben. Frauen in Rom, in Mailand eine attraktive Stewardeß, eine Künstlerin, eine Dame der Gesellschaft... unter ihnen aber keine, an der ihm sehr viel lag, und er fragte sich schon, ob es ihm jemals wieder möglich sein würde, sich zu verlieben. Wenn jemand von Isabelle sprach, kam er sich noch immer wie ein Idiot vor. Natürlich gab sie ihm das Geld niemals zurück, auch nicht die Piaget-Uhr, deren Fehlen er erst viel später entdeckt hatte. Nicht einmal eine Weihnachtskarte bekam er von ihr. Sie hatte ihn ausgenutzt und hatte ihn wegen eines anderen fallenlassen. Und vor ihm hatte es andere gegeben. Auch in Hollywood änderte sie ihre Lebensweise nicht, sie verließ den Produzenten, der ihr die erste Filmrolle verschafft hatte, weil sie einen einflußreicheren kennenlernte, der ihr bessere Rollen zuschanzen konnte. Kein

Zweifel, Isabelle Martin würde es weit bringen... Seine Eltern wußten, daß das Thema für ihn tabu war. Sie erwähnten Isabelle niemals wieder, nachdem eine unpassende Bemerkung gefallen war, auf die hin er das Haus in Scarsdale in blinder Wut verlassen hatte. Zwei Monate lang hatte er sich nicht blicken lassen, und seine Mutter war entsetzt über das, was sie erkannt hatte. Daraufhin war das Thema für immer abgeschlossen.

Eineinhalb Jahre nachdem Isabelle gegangen war, hatte er sein Leben wieder im Griff. In seinem Kalender standen mehr Adressen weiblicher Wesen, als er bewältigen konnte, das Geschäft blühte, das ganze Unternehmen wurde meisterhaft geführt, und als er an jenem Morgen erwachte und den Schneesturm gesehen hatte, entschloß er sich trotz des widrigen Wetters ins Büro zu gehen. Es gab immer viel zu tun, vor allem aber wollte er mit Paul Berman die Pläne für den Sommer besprechen, da er ein paar aufregende Neuerungen plante. Als er an der Lexington Avenue in Höhe der Dreiundsechzigsten Straße in seinem schweren englischen Mantel – auf dem Kopf eine russische Pelzmütze – ausstieg, legte er das Stück Weg zum Kaufhaus mit dem Wind entgegengeneigten Kopf zurück und spähte voller Stolz an der Fassade empor. Er war mit der Firma Wolff verheiratet, und das sollte ihm recht sein. Das Unternehmen war wie ein prächtiges altes Mädchen, und er selbst hatte Erfolg auf der ganzen Linie. Ich habe allen Grund, dankbar zu sein, dachte er, als er den Liftknopf für die achte Etage drückte und den Schnee von seinem Mantel schüttelte.

»Guten Morgen, Mr. Fine«, hörte er eine Stimme, und er lächelte. Er schloß kurz die Augen, ehe die Türen wieder aufglitten, in Gedanken bei der Arbeit, die an diesem Tag auf ihn wartete. Vor allem dachte er an all das, was er mit Paul Berman besprechen wollte. Keinesfalls war er auf das gefaßt, was Paul Berman ihm im Verlauf ihrer Unterredung zu sagen hatte.

Kapitel

2

»Lausiger Tag.« Paul Berman warf einen Blick aus dem Fenster auf das Schneetreiben. Er wußte, daß er auch die kommende Nacht in der Stadt verbringen mußte. Es gab keine Möglichkeit, nach Connecticut zu gelangen. Die Nacht zuvor hatte er im ›Pierre‹ verbracht, und er hatte seiner Frau hoch und heilig versprechen müssen, jeden Versuch zu unterlassen, bei dem Schneesturm nach Hause zu fahren.

»Ist überhaupt jemand im Laden?« Er war immer erstaunt, wie viel Geschäft sie auch unter schlechten Witterungsbedingungen machten. Die Leute fanden doch immer einen Weg, ihr Geld loszuwerden.

Bernie nickte ihm zu.

»Erstaunlicherweise sind ein paar Kunden da. Wir bieten an zwei Stellen gratis Tee, Kaffee und heiße Schokolade an. Eine nette Geste, wer auch immer sich das ausgedacht hat. Wer bei diesem Sauwetter einkauft, verdient eine Belohnung.«

»Eigentlich recht vernünftig, wenn man es bedenkt. In einem leeren Laden läßt sich gut einkaufen. Mir ist das auch das liebste.« Die Männer tauschten ein Lächeln. Seit zwölf Jahren waren sie nun befreundet, und Bernard verlor nie die Tatsache aus den Augen, daß Paul ihm zu seiner Karriere verholfen hatte. Er hatte ihn ermutigt, ein Wirtschaftsstudium zu wählen, und er hatte ihm bei Wolff alle Türen geöffnet. Mehr noch, er hatte an ihn geglaubt und ihm ein Vertrauensvotum zu einer Zeit gegeben, als niemand sich an Bernies Vorschläge herangewagt hätte. Er hatte Bernie seit Jahren zur Nummer eins herangezogen, das war ein offenes Geheimnis. Er bot Bernie eine Zigarre an, während dieser wartete, was Berman zu sagen hatte.

»Na, wie kommt dir das Haus in letzter Zeit vor?«

Es war der richtige Tag für ein Gespräch. Von Zeit zu Zeit setzten sie sich spontan zusammen, und diese Plaudereien endeten meist mit einem Ergebnis, das eine glänzende Idee für das Unternehmen beinhaltete. Die letzte Sitzung dieser Art hatte die Entscheidung gebracht, eine neue Abteilungsleiterin für die Damenkonfektion einzustellen. Die neue Kraft, die sie ›Saks‹ weggeschnappt hatten, hatte sich unterdessen ausgezeichnet bewährt.

»Hm, ich glaube, alles läuft wie geschmiert. Meinst du nicht auch, Paul?«

Der Ältere nickte, ein wenig ratlos, wie er beginnen sollte. Irgendwie mußte er einen Anfang finden.

»Ja, das glaube ich auch. Deshalb haben der Vorstand und ich das Gefühl, wir könnten uns einen etwas ungewöhnlichen Schritt leisten.«

»Ach?« Hätte man Bernies Puls in diesem Moment gefühlt, man hätte eine rasche Beschleunigung festgestellt. Paul Berman brachte den Vorstand nur ins Gespräch, wenn es um etwas Ernstes ging.

»Wie du weißt, soll unsere Niederlassung in San Franzisko im Juni eröffnet werden.« Bis dahin waren noch fünf Monate Zeit, und der Bau machte gute Fortschritte. Paul und Bernie waren einige Male vor Ort gewesen und hatten gesehen, daß der Zeitplan eingehalten wurde, im Moment jedenfalls. »Leider ist es uns noch nicht geglückt, einen Leiter für die Niederlassung zu finden.«

Bernie atmete auf. Momentan hatte er befürchtet, es beträfe ihn. Doch er wußte, welche Bedeutung Paul San Franzisko als Markt beimaß. Dort war viel Geld zu Hause, die Frauen kauften Modellkleider wie Brezeln von einem Straßenhändler. Es war höchste Zeit, daß Wolff sich ein Stück vom Kuchen sicherte. In Los Angeles hatten sie sich bereits eingenistet, und firmenintern herrschte die Auffassung, man sollte sich auch weiter nördlich einen Standort schaffen.

»Ich bin immer noch der Meinung, Jane Wilson wäre ideal für den Job, kann mir aber nicht vorstellen, daß sie von New York wegginge.«

Paul Berman zog die Brauen zusammen. Es würde schwieriger werden, als er befürchtet hatte. »Ich glaube nicht, daß Jane ideal ist. Ihr fehlt es an Durchsetzungsvermögen. Und eine neue Filiale braucht einen, der Druck macht, einen, der die Situation beherrscht, einen, der die Leute motiviert und neue Ideen hat. Jane wäre dort sicher fehl am Platz.«

»Was uns wieder an den Ausgangspunkt bringt. Wie wäre es, wenn wir eine neue Kraft einstellen? Vielleicht könnten wir von der Konkurrenz jemanden abwerben?«

Jetzt war der Augenblick der Wahrheit gekommen. Es gab kein Entrinnen mehr. Paul sah ihn unverwandt an.

»Bernard, wir wollen dich dort haben.«

Ihre Blicke trafen sich, und Bernie wurde blaß. Das konnte nicht wahr sein. Aber diese Miene... mein Gott... Paul meinte es ernst. Dabei hatte Bernie seine Zeit abgeleistet. Drei Jahre in Chikago reichten. Oder nicht?

»Paul... ich kann nicht... ich könnte nie... nach San Franzisko?« Es war für Bernie ein echter Schock. »Warum ich?«

»Weil du über alle Eigenschaften verfügst, von denen ich eben sprach, und weil wir dich dort brauchen. Und wenn wir noch so angestrengt suchten, wir fänden keinen Besseren. Die neue Niederlassung liegt uns sehr am Herzen. Das weiß du selbst. Der Markt in San Franzisko ist sehr groß, aber gleichzeitig ein sehr sensibler, hochklassig, hochmodisch und sehr gestylt, und wenn wir in der Eröffnungsphase Fehler machen, werden wir uns nie davon erholen, Bernie...« Paul sah ihn flehend an, »du mußt uns aus der Verlegenheit helfen.« Unter seinem durchdringenden Blick ließ Bernie sich im Sessel zurückfallen.

»Aber... San Franzisko? Und was wird aus meinem Job hier?« Er wollte aus New York nicht fort, er war glücklich hier, liebte seine Tätigkeit. Wenn man ihn jetzt versetzte, war es für ihn sehr hart, obwohl er Paul natürlich nicht enttäuschen wollte.

»Du kannst ja hin- und herfliegen. Und überdies kann ich hier für dich einspringen. Gebraucht wirst du im Westen.«

»Wie lange?«

»Ein Jahr. Zwei vielleicht. Vielleicht auch länger.«

Davor hatte Bernie Angst.

»Paul, das hieß es auch, als ich nach Chikago ging. Nur war ich damals jünger... jetzt habe ich mir meine Sporen verdient. Ich möchte nicht wieder hinaus und Fronarbeit leisten. Ich war schon mal weg von hier. Ich weiß, wie es ist. Eine hübsche Stadt, aber verdammt provinziell.«

»Austoben kannst du dich in Los Angeles. Mach, was du willst, um zu überleben. Aber, allen Ernstes... ich würde dich nicht darum bitten, wenn wir eine andere Wahl hätten, aber wir haben niemanden sonst. Und ich muß sehr bald jemanden nach San Franzisko schicken, ehe etwas schiefgeht. Jemand muß die Endphase des Baues überwachen, die Werbekampagne in Gang setzen, die Öffentlichkeitsarbeit ankurbeln...« Es folgte eine knappe Handbewegung. »Ich brauche dir nicht zu sagen, was dich erwartet – eine Riesenverantwortung. Es geht um einen brandneuen Laden, den feinsten, den wir haben, von New York mal abgesehen.« In gewisser Hinsicht war es für Bernie eine ehrenvolle Aufgabe, aber eine, die er nicht erfüllen wollte – ganz und gar nicht.

Mit einem stillen Seufzer stand er auf. Der Morgen war nun doch nicht so großartig verlaufen. Fast bedauerte er, gekommen zu sein, obwohl ihm die Neuigkeit auch dann nicht erspart geblieben wäre. Hatte Paul einmal einen Entschluß gefaßt, dann gab es kein Entrinnen, und es würde nicht einfach sein, ihm die Sache auszureden. »Ich muß mir alles durch den Kopf gehen lassen.«

»Tu das.« Wieder trafen sich ihre Blicke. Und Paul hatte Angst vor dem, was er diesmal in Bernies Augen sah.

»Wenn ich die feste Zusicherung hätte, daß es nur für ein Jahr wäre, dann könnte ich damit leben.« Er lächelte entschuldigend, doch Paul konnte ihm dieses Versprechen nicht geben. War die Filiale zur Übergabe nicht bereit, dann würde Bernard nicht so rasch wieder fortkönnen. Beide wußten, daß es länger dauern konnte, bis alles reibungslos lief. Es bedurfte in der Regel zwei, drei Jahre sorgfältiger Arbeit, um eine neue Filiale in Schwung zu bringen, und Bernie war nicht gewillt, sich für so lange zu verpflichten. San Franzisko stellte für ihn nicht die geringste Verlockung dar.

Paul Berman stand auf und sah ihn ernst an. »Also, überleg dir die Sache. Aber ich möchte, daß du dir über meine Einstellung dir gegenüber im klaren bist.« Er wollte nicht riskieren, Bernie zu verlieren, egal was der Vorstand sagte. »Ich möchte dich nicht verlieren,

Bernard.« Man sah ihm an, daß er es aufrichtig meinte. Bernard lächelte.

»Und ich möchte dich nicht im Stich lassen.«

»Dann werden wir beide die richtige Entscheidung treffen, wie immer diese auch ausfallen mag.« Paul Berman streckte die Hand aus und drückte Bernies Rechte. »Also, überleg dir die Sache sehr gründlich.«

»Wird gemacht.« Anschließend saß Bernie allein bei geschlossener Tür in seinem Büro, starrte in das Schneetreiben und fühlte sich dabei, als hätte ihn ein Laster angefahren. Im Moment konnte er sich beim besten Willen nicht vorstellen, in San Franzisko zu leben. Er liebte das Leben in New York. In San Franzisko würde er erst Fuß fassen müssen, und die Aussicht, eine neue Niederlassung zu etablieren, lockte ihn nicht, mochte diese auch hochklassig und nobel geplant sein. San Franzisko war nicht New York. Trotz der Schneestürme, trotz des Schmutzes und der unerträglichen Julihitze liebte er diese Stadt. Die hübsche kleine Ansichtskartenstadt an der großen Bucht im Westen lockte ihn nicht. Sie hatte ihn nie gelockt. Mit verbittertem Lächeln dachte er an Sheila. Sie paßte dorthin, besser als er. Ironisch fragte er sich, ob er sich jetzt auch Armeestiefel zulegen mußte. Das ganze Problem bedrückte ihn sehr, so sehr, daß es ihm anzumerken war, als seine Mutter ihn nachmittags anrief.

»Bernard, was ist denn?«

»Nichts, Mom. Der Tag war sehr anstrengend.«

»Bist du krank?« Er schloß die Augen und zwang sich zu einem unbeschwerten Ton. »Nein, mir fehlt nichts. Wie geht es dir und Dad?«

»Wir sind ziemlich am Boden zerstört. Mrs. Goodman ist gestorben. Erinnerst du dich an sie? Sie hat Plätzchen für dich gebacken, als du noch ein kleiner Junge warst.« Schon damals war sie uralt gewesen, und das lag fast dreißig Jahre zurück. Daß sie gestorben war, stellte keine große Überraschung dar, doch seine Mutter liebte es, ihm solche Dinge zu berichten. Sie kam jedoch sofort wieder auf ihn zurück.

»Also, was ist los?«

»Nichts. Ich sagte schon, mir fehlt nichts.«

»Das hört sich aber nicht so an. Du klingst abgespannt und niedergeschlagen.«

»Es war ein anstrengender Tag.« Er wiederholte es zähneknirschend und dachte dabei: Man will mich wieder in die Verbannung schicken. Laut fuhr er fort: »Einerlei, bleibt es dabei, daß wir nächste Woche an deinem Geburtstag zum Dinner ausgehen? Wo möchtest du feiern?«

»Ich weiß es nicht. Dein Vater meinte, du solltest zu uns kommen.«

Eine Lüge, wie er genau wußte. Sein Vater ging sehr gern aus, weil es nach seinem anstrengenden Beruf eine erholsame Ablenkung bedeutete. Seine Mutter war diejenige, die immer wollte, daß er nach Hause kam, als wolle sie ihm etwas beweisen.

»Wie wär's, mit dem ›21‹? Würde dir das gefallen? Oder lieber etwas Französisches? Côte Basque... Grenouille...?«

»Meinetwegen das ›21‹.« Sie gab sich resigniert.

»Großartig. Vielleicht kommt ihr vorher zu mir auf einen Drink, so um sieben? Wir könnten dann um acht essen.«

»Wirst du ein Mädchen mitbringen?« Das klang gequält, als brächte er dauernd Mädchen mit, obwohl sie seit Isabelle keine seiner weiblichen Bekannten kennengelernt hatte. Keine der Beziehungen hatte so lange gedauert, daß es sich gelohnt hätte.

»Warum sollte ich ein Mädchen mitbringen?«

»Warum nicht? Du machst uns nie mit deinen Freunden bekannt. Schämst du dich deiner Eltern?«

Fast hätte ihm diese Frage ein Aufstöhnen entlockt.

»Natürlich nicht, Mom. Hör zu, ich muß jetzt gehen. Wir sehen uns nächste Woche. Um sieben, bei mir.« Zwar wußte er, daß diese Wiederholung sie nicht davon abhalten würde, noch viermal anzurufen und zu fragen, ob es bei der Vereinbarung bliebe, ob er seine Absicht nicht geändert hätte, ob es mit der Reservierung geklappt hätte und ob er ein Mädchen mitbringen würde.«

»Richte Dad von mir Grüße aus.«

»Ruf ihn mal an... Du rufst kaum noch an...« Sie hörte sich an wie eine Witzfigur aus einem Film. Lächelnd legte er auf, von der Frage erfüllt, ob er eines Tages auch so sein würde, falls er jemals

Kinder haben würde... eine Gefahr, die übrigens nicht bestand. Im Jahr zuvor hatte ein Mädchen ein paar Tage lang geglaubt, sie sei schwanger, und er hatte kurz erwogen, sie zu bitten, das Baby auszutragen, nur damit er wenigstens ein Kind hätte. Es hatte sich jedoch als Irrtum herausgestellt, und beide waren erleichtert, obwohl ihn der Gedanke an ein Kind zwei Tage fasziniert hatte, aber er war mit der Wende zufrieden. Sein Kinderwunsch war ohnehin nicht sehr ausgeprägt. Sein Beruf nahm ihn zu stark in Anspruch, und er empfand es als schändlich, ein Kind in die Welt zu setzen, das nicht der Liebe entsprang. In diesem Punkt hatte er sich seinen Idealismus bewahrt, und im Moment gab es keine Kandidatin, die ihm geeignet erschien.

Er saß da, starrte wieder aus dem Fenster und malte sich aus, wie es wohl wäre, wenn er sein gesellschaftliches Leben aufgeben und sich nicht mehr mit Mädchen treffen würde. Als er an jenem Abend, der so kalt und klar war wie eine eisige Kristallkugel, aus dem Büro ging, war er den Tränen nahe. Er versuchte erst gar nicht, einen Bus zu bekommen, denn der Wind hatte sich gelegt. Bernie lief direkt zur Madison Avenue und schlug dann sofort die Richtung zu seiner Wohnung ein, wobei er im Vorübergehen immer wieder Blicke in die Schaufenster warf. Es hatte aufgehört zu schneien. Man kam sich vor wie im Märchenland – ein paar Leute glitten auf Skiern vorüber, Kinder warfen Schneebälle. Die allabendliche Verkehrsspitze, die üblicherweise ein totales Chaos mit sich brachte, war ausgeblieben.

Als er zu Hause angekommen war und im Lift zu seiner Wohnung fuhr, konnte er wieder klar denken. New York verlassen zu müssen war gräßlich, ja unvorstellbar. Einen Ausweg sah er nicht, es sei denn, er kündigte, und das wollte er nicht. Es gab keine andere Lösung, das wurde ihm mit Herzklopfen klar. Kein Ausweg weit und breit.

Kapitel

3

»Du sollst wohin?« Seine Mutter starrte ihn über ihr Dessert hinweg an. Sie schien nicht begriffen zu haben und reagierte so, als habe er etwas ausgesprochen Lächerliches gesagt... als wolle er einer Nudistenkolonie beitreten oder eine Geschlechtsumwandlung vornehmen lassen. »Will man dich feuern oder nur abschieben?« Nicht sehr taktvoll, aber typisch für sie.

»Weder noch, Mom. Ich soll die neue Filiale in San Franzisko übernehmen. Neben New York ist es unsere wichtigste Niederlassung.« Er fragte sich, warum er ihr die Sache zu erklären versuchte... nun, vermutlich wollte er sie sich selbst plausibel machen. Nach zwei Tagen Bedenkzeit hatte er Paul Bescheid gegeben und war seither ziemlich niedergeschlagen, trotz der ansehnlichen Gehaltserhöhung und obwohl Berman ihm in Erinnerung gerufen hatte, daß er eines Tages als oberster Boß des gesamten Unternehmens in Frage käme – vielleicht sogar schon kurz nach seiner Rückkehr nach New York. Er wußte, daß Paul Berman ihm dankbar war, und dennoch war das alles sehr schwer zu verkraften, und Freude wollte sich bei ihm nicht einstellen. Er hatte sich entschlossen, seine Wohnung zu behalten, sie für ein, zwei Jahre weiterzuvermieten und sich in San Franzisko nur eine provisorische Bleibe zuzulegen. Paul hatte er bereits angekündigt, er wolle alles daransetzen in einem Jahr wieder in New York zu sein. Versprochen hatte man ihm nichts, er wußte aber, daß man es versuchen würde, ihm diesen Wunsch zu erfüllen. Auch wenn es achtzehn Monate dauern würde, war es kein Beinbruch. Was aber darüber hinausging, war indiskutabel, doch das verschwieg er seiner Mutter.

»Warum ausgerechnet San Franzisko? Dort wimmelt es von Hippies. Geht man dort überhaupt korrekt gekleidet?«

Er lächelte. »Doch, ja. Sehr teuer sogar. Du mußt mal kommen und dir selbst alles ansehen.« Er sah seine Eltern lächelnd an.

»Wollt ihr zur Eröffnung kommen?«

Sie machte ein Gesicht, als habe er sie zu einer Beerdigung eingeladen. »Möglich. Wann soll die sein?«

»Im Juni.« Er wußte, daß sie um diese Zeit frei waren. Im Juli wollten sie nach Europa, aber vorher hatten sie massenhaft Zeit.

»Ich weiß nicht. Mal sehen. Der Terminkalender deines Vaters...« Sein Vater mußte immer als Vorwand für ihre Stimmungen herhalten, was ihm nicht sonderlich viel auszumachen schien, obwohl er im ›21‹ seinen Sohn besorgt musterte. Es war einer jener seltenen Augenblicke, da sein Vater völlig abschaltete und nicht in Gedanken bei seinem Beruf war.

»Ist es für dich tatsächlich ein Schritt nach oben, Sohn?«

»Ja, Dad.« Er war ganz offen. »Es ist ein ausgesprochen verantwortungsvoller Posten. Paul Berman und der Vorstand haben mich persönlich darum gebeten. Ich muß allerdings gestehen, daß ich lieber in New York bliebe.« Seine Worte waren von einem schuldbewußten Lächeln begleitet.

»Hast du hier eine feste Freundin?« Seine Mutter beugte sich weit über den Tisch, als stelle sie ihm eine ganz persönliche Frage. Bernie lachte.

»Nein, Mom, das ist es nicht. Es geht mir allein um New York. Ich liebe diese Stadt. Deswegen hoffe ich, daß ich spätestens in eineinhalb Jahren wieder zurück bin. Damit läßt sich leben. Es gibt sicher schlimmere Städte als San Franzisko.« Obwohl ihm im Moment keine einfallen wollte. Er trank sein Glas leer und entschloß sich, es philosophisch zu sehen. »Es hätte ja auch Cleveland sein können oder Miami oder Detroit... nicht daß es dort so schlimm wäre, aber New York ist eben einmalig.« Wieder das wehmütige Lächeln.

»Angeblich wimmelt es in San Franzisko von Homosexuellen.« Das sagte seine Mutter in bedeutungsvollem Ton, wobei sie ihren Sohn mit schmerzlichem Blick ansah.

»Mom, ich kann auf mich aufpassen.« Dann sah er wieder beide Eltern an. »Ihr werdet mir fehlen.«

»Ja, kommst du denn nicht mehr zurück?« In ihren Augen schimmerten Tränen. Fast tat ihm seine Mutter leid, nur pflegte sie immer zu weinen, wenn es ihr in den Kram paßte, deshalb war er weniger bewegt, als es andernfalls der Fall gewesen wäre.

Er tätschelte beruhigend ihre Hand. »Ich werde oft zu Besuch kommen. Tatsache aber bleibt, daß ich dort wohnen werde. Ihr müßt auch oft kommen. Bei der Eröffnung möchte ich euch unbedingt dabei haben. Ihr werdet sehen, es wird ein piekfeiner Laden.«

Das sagte Bernie sich auch immer wieder, als er Anfang Februar seine Sachen packte, sich von seinen Freundinnen und Bekannten verabschiedete und sich ein letztes Mal mit Paul in New York zum Essen traf. Am Valentinstag, drei Wochen nachdem man ihm den Job angeboten hatte, saß er in der Maschine nach San Franzisko und fragte sich, was er sich da angetan hatte und ob es nicht besser gewesen wäre, wenn er gekündigt hätte. Beim Start in New York setzte wieder ein Blizzard ein, während bei der Landung in San Franzisko um zwei Uhr nachmittags die Sonne schien, die Luft mild war und eine sanfte Brise wehte. Alles stand in Blüte, so daß man sich fühlte wie in New York im Mai oder Juni. Schlagartig stellte sich Zufriedenheit darüber ein, daß er hier war, eine Weile wenigstens. Zumindest war hier das Klima angenehm, ein Punkt, über den man sich freuen konnte. Und auch sein Zimmer im Huntington war sehr komfortabel. Viel wichtiger aber war es, daß die neue Niederlassung, obwohl noch im Bau, ganz ansehnlich war. Als er Paul am nächsten Tag anrief und ihm darüber berichtete, schien dieser sehr erleichtert. Alles lief nach Plan. Mit dem Bau ging es zügig weiter, die Inneneinrichtung wartete nur darauf, nach der Fertigstellung geliefert zu werden. Bernie traf Verabredungen mit Vertretern der Werbefirma, besprach mit der Abteilung für Öffentlichkeitsarbeit die Gestaltung der Anlaufphase und gab dem ›Chronicle‹ ein Interview. Alles entsprach exakt ihren Erwartungen. Bernie hatte alles im Griff.

Blieben nur noch die Eröffnung und die Suche nach einer Wohnung, keine geringfügigen Aufgaben, wobei ihm die Eröffnung größeres Kopfzerbrechen bereitete. Aus diesem Grund mietete er im Eiltempo ein möbliertes Appartement in einem modernen Hochhaus auf dem Nob Hill, das zwar den Charme der alten Häuser, die man hier überall sah, vermissen ließ, doch für seine Bedürfnisse ausreichend und vor allem nicht weit vom Kaufhaus entfernt war.

Die Eröffnung war ein glanzvolles Ereignis, genauso wie die Unternehmensleitung es geplant hatte. Schon vorher war die Berichterstattung in der Presse überaus positiv gewesen. Man hatte eigens für die Presseleute eine Party im voraus gegeben, auf der Mannequins in wunderschönen Kleidern erschienen und geschultes Bedienungspersonal Kaviar, Hors d'œuvres und Champagner servierte. Es gab Tanz und Unterhaltung und die Gelegenheit, den ganzen Laden ungestört und ohne Publikum zu durchstöbern. Hier war ein Kaufhaus geschaffen worden, das den Schick New Yorks und gleichzeitig die sportliche Lässigkeit der Westküste anbot.

Auch Paul Berman, der aus diesem Anlaß angereist kam, war begeistert. Die Scharen von Neugierigen, die zur Eröffnung herbeiströmten, mußten mittels Polizeikordons und eines Riesenaufgebots lächelnder PR-Leute in Zaum gehalten werden. Es sollte sich zeigen, daß der Aufwand sich gelohnt hatte, wie die Rekordverkaufszahlen am Ende der ersten Woche bewiesen. Sogar seine Mutter hatte Grund, auf Bernie sehr stolz zu sein. Sie hatte ihm versichert, die neue Filiale sei eines der schönsten Kaufhäuser, die sie je gesehen hatte. Jeder Verkäuferin, die sie in den nächsten fünf Tagen bediente, vertraute sie an, daß ihr Sohn der Filialleiter sei und er eines Tages nach New York zurückkehren und die gesamte Kaufhauskette leiten würde. Davon war sie überzeugt.

Von San Franzisko fuhren seine Eltern weiter nach Los Angeles, und Bernie registrierte erstaunt, wie einsam er sich fühlte, als sie und die übrigen Gäste aus New York wieder fort waren. Sämtliche Vorstandsmitglieder flogen am Tag nach der Eröffnung wieder nach Hause, und Paul hatte abends eine Maschine nach Detroit genommen. Plötzlich war Bernie ganz allein in der Stadt, in die man ihn verpflanzt hatte, ohne einen einzigen Freund, in einer Wohnung, die ihm steril und häßlich erschien, mit ihren Braun- und Beigetönen, die in seinen Augen viel zu matt für die sanfte Sonne Nordkaliforniens waren. Jetzt tat es ihm leid, daß er sich keine hübsche, kleine Wohnung im viktorianischen Stil gemietet hatte. Aber allzuviel machte das ohnehin nicht aus. Er war ständig im Geschäft, sieben Tage in der Woche, da in Kalifornien die Läden die ganze Woche über geöffnet waren. An den Wochenenden hätte er nicht ins Büro gemußt, doch er hatte nichts anderes zu tun, also fuhr er hin, und alle registrierten es genau. Bernie Fine schuftete wie ein Sklave, hieß es, und alle waren sich einig, daß er ein netter Mensch war... Er forderte viel von den Mitarbeitern, aber noch mehr forderte er von sich, und mit einem Arbeitstier wie ihm ließ sich schwer diskutieren. Er schien über ein untrügliches Gefühl dafür zu verfügen, was für das Geschäft richtig war und welche Ware geordert werden sollte. Kein Mensch hätte es gewagt, seine Entscheidungen in Frage zu stellen. Er war risikofreudig und traf meist die richtige Wahl, wie die Verkaufszahlen belegten. Sein angeborenes Gespür dafür, was gut verkäuflich war und was nicht, kam ihm zugute – in dieser Stadt, die er kaum kannte. Ständig war alles in Bewegung, ständig mußte die Einkaufsabteilung neu ordern, da jene Posten, die in San Franzisko nicht gingen, sofort an andere Filialen weitergegeben wurden. Doch es klappte immer. Es klappte sogar hervorragend, und Bernie erfreute sich an seinem neuen Standort allgemeiner Beliebtheit. So nahm man es ihm auch nicht übel, daß er täglich stundenlang durch die Abteilungen streifte. Er wollte wissen, was die Menschen anhatten, was sie taten, wie sie einkauften, was ihnen gefiel. Er unterhielt sich mit Hausfrauen, mit jungen Mädchen, mit männlichen Kunden. Er interessierte sich sogar für Kinderbekleidung. Er wollte einfach alles wissen, und aus diesem Grund mußte er ständig an vorderster Front stehen. Häufig konfrontierte man ihn mit Problemen, die einen Anruf nötig machten, mit Posten, die retourniert werden mußten, und er tat, was in seinen Kräften stand, und war jedesmal über den Kontakt mit einem Kunden glücklich. Das Personal gewöhnte sich allmählich an seine Gegenwart. Er war überall und fiel auf mit seinem brünetten Haar, dem adrett gestutzten Bart, seinen warmen grünen Augen, stets mit einem gutgeschnittenen englischen Anzug gekleidet. Nie kam ein unfreundliches Wort über seine Lippen, und wenn er einen Wunsch äußerte, tat er es ganz ruhig und erklärte alles genau, so daß jedem klar wurde, was er wollte. Dies alles zusammen bewirkte, daß alle ungeheuren Respekt vor ihm hatten.

Paul Berman, der in New York die Verkaufszahlen der kalifornischen Filiale überprüfte, wußte, daß er die richtige Wahl getroffen hatte, was ihn nicht verwunderte. Bernie war im Begriff, die Filiale in San Franzisko zum umsatzstärksten Haus der Kette aufzubauen. Er war der Mann, der einmal in seine Fußstapfen treten würde. Paul war seiner Sache sicher.

Kapitel

4

Der erste Monat war für alle hektisch, im Juli aber lief schon alles ganz glatt, und die ersten Herbstsachen kamen herein. Bernie hatte für den kommenden Monat einige Modenschauen geplant. Und außerdem mußte er Vorbereitungen für das größte gesellschaftliche Ereignis von San Franzisko treffen. Im Sommer wurde alljährlich die Opernsaison eröffnet, und bei diesem rauschenden Fest gab es viele Damen, die ein Kleid für fünf-, sieben-, ja sogar zehntausend Dollar kaufen würden.

Die Ständer mit den exquisiten Abendroben, die ein Vermögen wert waren, befanden sich bereits in einem abgeschlossenen Raum, vor dem ein Sicherheitsbeamter Posten bezog, damit die Kleider nicht kopiert, unerlaubt fotografiert oder, was eine Katastrophe gewesen wäre, nicht gestohlen wurden. Bernie war in Gedanken bei diesen Abendkleidern, als er Mitte Juli in eines der oberen Stockwerke fuhr. Er verließ den Lift in der Kinderabteilung, nur um sich zu überzeugen, daß alles in Ordnung war. Es hatte Schwierigkeiten mit den Schulartikeln gegeben, die in der Woche zuvor hätten geliefert werden müssen. Jetzt wollte er sehen, wie die Sache gelaufen war. Er traf den Abteilungsleiter an der Kasse, gab den Verkäuferinnen, die ihm zulächelten, ein paar Anweisungen und sah sich dann an den Kleiderständern um, ehe er systematisch die Abteilung durchging. Plötzlich befand er sich vor einem Ständer mit knallbunten Badeanzügen, die in der nächsten Woche in den Ausverkauf gehen sollten, und sah sich den großen blauen Augen eines kleinen Mädchens gegenüber. Die Kleine blickte ihn unverwandt ohne Lächeln, aber auch ohne Anzeichen von Furcht an. Sie schien ihn nur zu beobachten, als wolle sie sehen, was er als nächstes tun würde. Bernie sah lächelnd auf sie hinunter.

»Hallo, wie geht's?« Er wußte nicht, ob man ein Kind, das nicht älter als fünf sein konnte, so ansprechen konnte, und kam sich ein wenig komisch vor. Sein bester Satz – »Wie gefällt es dir in der Schule?« – schien völlig unangebracht. »Wie gefällt dir unser Laden?«

»Ach, der ist in Ordnung.« Sie zuckte mit den Achseln. Ihr Interesse war eindeutig auf ihn gerichtet.

»Ich hasse Bärte.«

»Das tut mir leid.« Sie war das niedlichste kleine Mädchen, das er je gesehen hatte, mit zwei langen blonden Zöpfen und rosa Zopfschleifchen, die zu ihrem rosa Kleidchen paßten. Mit einer Hand zog sie eine Puppe hinter sich her, ihrem Zustand nach zu urteilen, war das ihr Lieblingsspielzeug.

»Bärte kratzen.« Das stellte die Kleine ganz sachlich fest, und Bernie nickte ernsthaft, während er sich über den Bart strich, der ihm ziemlich weich vorkam. Doch er war an ihn gewöhnt und hatte ihn noch nie an der Wange einer Fünfjährigen gerieben. In San Franzisko hatte er noch gar keine Gelegenheit gehabt, ihn an irgendeiner Wange zu reiben. Sie war das hübscheste Mädchen, das ihm hier über den Weg gelaufen war. Bislang hatte er nur festgestellt, daß die Frauen von San Franzisko nicht seinem Geschmack entsprachen. Sie trugen ihr Haar lang und offen, hatten an den bloßen Füßen häßliche, wenn auch sichtlich bequeme Sandalen, und die eindeutig bevorzugte Kleidung waren T-Shirts und Jeans. Er vermißte hier den New Yorker Schick, die hohen Absätze, die Hüte... die Accessoires, die modischen Frisuren, die Ohrringe, die einem Gesicht erst den richtigen Rahmen verliehen, die Pelze... frivole Details, doch in seinen Augen waren sie ausschlaggebend. Hier sah man davon nichts.

»Ich heiße übrigens Bernie.« Er fand die Unterhaltung amüsant, deshalb reichte er ihr die Hand, die sie ernst ergriff, ohne den Blick von ihm zu wenden.

»Und ich Jane. Arbeitest du hier?«

»Ja.«

»Sind sie nett?«

»Sehr nett.« Er konnte ihr nicht sagen, daß ›sie‹ in diesem Fall er selbst war.

»Du hast Glück. Zu meiner Mami ist man bei der Arbeit nicht immer nett. Manchmal sind sie richtig gemein zu ihr.« Das alles brachte sie ganz ernst vor, und er mußte gegen ein Lächeln ankämpfen, während er sich immer mehr wunderte, wo ihre Mutter beschäftigt sein mochte. Zugleich fragte er sich, ob das Kind verlorengegangen war, ohne es zu wissen, was ihm als wahrscheinlichste Möglichkeit erschien. Er wollte ihr keine Angst machen, indem er davon sprach. »Manchmal läßt man sie nicht mal zu Hause bleiben, wenn ich krank bin.« Sie erzählte weiter, offensichtlich empört über die Rücksichtslosigkeit der Arbeitgeber ihrer Mutter, während sie unausgesetzt zu ihm aufblickte. Doch gleichzeitig war ihr eingefallen, daß ihre Mutter nicht bei ihr war, und ihre Augen wurden groß.

»Wo ist meine Mami?«

»Jane, das weiß ich nicht.« Er lächelte liebevoll und sah sich suchend um. Bis auf die Verkäuferinnen, die sich mit dem Abteilungsleiter unterhielten, war niemand zu sehen. Die Gruppe umstand die Registrierkasse, doch sonst war niemand da.

»Weißt du noch, wo du sie zum letztenmal gesehen hast?« Bei der Bemühung, sich zu erinnern, kniff Jane die Augen zusammen.

»Sie kaufte unten eine rosa Strumpfhose...« Sie blickte ratlos zu ihm auf. »Ich wollte mir die Badesachen ansehen.« Sie ließ ihren Blick wandern. Überall hing Badezeug, ganz klar, sie war auf eigene Faust losgezogen, um sich alles anzusehen. »Nächste Woche fahren wir an die Küste...« Sie sprach nicht weiter und sah ihn an. »Die Badeanzüge sind sehr hübsch.« Sie hatte neben einem Ständer mit winzigen Bikinis gestanden, als er sie zuerst bemerkte. Jetzt sah er, daß ihre Unterlippe zitterte. Er streckte die Hand nach ihr aus.

»Wir wollen versuchen, deine Mami zu finden.« Doch Jane schüttelte den Kopf und wich einen Schritt zurück.

»Ich darf mit niemandem mitgehen.«

Er deutete auf eine der Frauen, die sich unauffällig näherte. In den Augen des Kindes glänzten Tränen, die sie niederzukämpfen versuchte, ein Versuch, der ihm sehr tapfer vorkam.

»Wie wär's, wenn wir ins Restaurant gingen und dort ein Eis oder sonst was äßen, während diese Dame deine Mutter sucht?« Jane warf ihm argwöhnische Blicke zu, denen die Verkäuferin mit einem Lächeln begegnete. Bernie erklärte, daß Janes Mutter Strumpfhosen gekauft habe, während Jane sich selbständig machte. Leise setze er hinzu:

»Benutzen sie einfach die interne Lautsprecheranlage.« Diese war zwar nur für den Fall eines Brandes, einer Bombendrohung oder für andere Notfälle vorgesehen, doch in dieser Situation war das die einfachste Lösung.

»Rufen Sie mein Büro an, und man wird die Sache übernehmen.« Wieder sah er Jane an, die ihre Puppe benutzte, um sich die Augen zu trocknen.

»Wie heißt deine Mami? Mit dem Familiennamen, meine ich.« Sie sah vertrauensvoll zu ihm auf, trotz ihrer Weigerung, mit ihm zu gehen. Ihre Mutter hatte ihr immer wieder eingebleut, sich keinem Fremden anzuvertrauen, und er respektierte es.

»So wie ich.« Fast lächelte Jane wieder.

»Und das wäre?«

»O'Reilly.« Diesmal grinste sie. »Das ist irisch. Und katholisch bin ich auch. Und du?« Sie schien fasziniert von ihm, und er war es gleichermaßen von ihr. Insgeheim lächelnd dachte er, daß dies vielleicht das weibliche Wesen war, auf das er gewartet hatte – vierunddreißig Jahre lang. Gewiß war sie das Netteste, was er seit langem kennengelernt hatte.

»Ich bin jüdisch«, erklärte er, als die Verkäuferin sich entfernte, um die Durchsage über die verborgenen Lautsprecher durchzugeben.

»Was ist denn das?« Die Kleine schien neugierig.

»Das bedeutet, daß wir statt Weihnachten Chanukka feiern.«

»Kommt der Weihnachtsmann trotzdem zu dir?« Diese schwierig zu beantwortende Frage schien ihr am Herzen zu liegen.

»Wir beschenken uns sieben Tage lang.« Er wich ihrer Frage mit einer eigenen Erklärung aus, und sie schien beeindruckt.

»Sieben Tage? Nicht schlecht.« Plötzlich wurde sie ernster und vergaß ihre Mutter ganz. »Glaubst du an Gott?«

Er nickte überrascht von der tiefsinnigen Frage. Er selbst hatte lange keinen Gedanken mehr an Gott verschwendet, schämte sich aber, es zuzugeben. Offenbar war Jane ihm gesandt worden, damit er sich mit diesem Thema beschäftigte.

»Ja. Ich glaube an ihn.«

»Ich auch.« Sie nickte und sah ihn daraufhin wieder forschend an. »Glaubst du, daß meine Mami bald zurückkommt?« Wieder drohten Tränen zu fließen, doch sie hatte sich jetzt besser in der Gewalt.

»Aber sicher. Hättest du jetzt Interesse an einem Eis? Das Restaurant ist gleich dort drüben.« Er zeigte es ihr, und sie blickte, neugierig geworden, in die angedeutete Richtung. Ein Eis war zu verlokkend. Wortlos faßte sie nach seiner Hand. Ihre Zöpfe wippten, als sie Hand in Hand losgingen. Bernie half ihr auf einen Hocker an der Bar und bestellte ein Bananensplit, das sie nicht auf der Karte hatten, ihm zuliebe aber gewiß zubereiten konnten, was auch der Fall war. Jane machte sich mit glückseligem Lächeln und besorgtem Blick darüber her. Sie hatte ihre Mutter keineswegs vergessen, war aber sehr beschäftigt, sich mit Bernie über ihre Wohnung, den Strand und die Schule zu unterhalten. Sie wünschte sich einen Hund, obwohl der Hausbesitzer ihr keinen erlauben wollte.

»Er ist richtig gemein«, sagte sie mit schokoladenverschmiertem Gesicht und vollem Mund.

»Und seine Frau auch... die ist fett dazu...« Sie schob sich unter Bernies beifälligem, ernsthaftem Nicken einen Löffel Nüsse, Eis und Sahne in den Mund, während er sich fragte... wie er so lange ohne sie hatte auskommen können.

»Ihre Badeanzüge sind toll.« Sie nahm wieder einen Löffel voll.

»Welcher gefällt dir am besten?«

»Die kleinen mit unten und oben. Meine Mami sagt, ich brauche oben nichts, wenn ich nicht möchte... aber ich möchte immer.«

Sie setzte eine betont brave Miene auf, während die Schokolade schon bis zur Nase reichte. »Mir gefällt der blaue und der rosa und der rote und orangefarbene...« Jetzt verschwand wieder ein Stück Eis in ihrem Mund, gefolgt von der als Garnierung dienenden Kirsche mit Sahne. Plötzlich entstand Bewegung am Eingang, und eine junge Frau mit einer langen Lohe goldenen Haars, das wie ein Goldschleier wirkte, als sie durch den Raum flog, stürzte ins Restaurant.

»Jane!« Sie war eine sehr hübsche Person und Jane sehr ähnlich. Ihr Gesicht wies Tränenspuren auf, und in ihren Augen loderte es, während sie mit ihrer Tasche, drei Päckchen, Janes Jäckchen und einer zweiten Puppe kämpfte. »Wohin bist du verschwunden?«

Jane lief rot an und sah sie verlegen an. »Ich wollte nur...«

»Mach das niemals wieder!« unterbrach ihre Mutter sie, packte sie am Arm und schüttelte sie heftig. Dann nahm sie das Kind rasch in die Arme und drückte sie, während sie die Tränen herunterschluckte, fest an sich. Sie mußte entsetzliche Ängste ausgestanden haben. Es dauerte ziemlich lange, bis sie Bernard bemerkte, der dastand und beide bewunderte. »Entschuldigen Sie.« Sie blickte ihn an, und sie gefiel ihm. Janes Mutter trug Sandalen, ein T-Shirt und Jeans. Doch sie war überdurchschnittlich hübsch, zierlich, zerbrechlich und blond. Dazu hatte sie so blaue Augen wie Jane.

»Ich muß mich für die Mühe entschuldigen, die wir verursacht haben.« Das ganze Kaufhauspersonal hatte sich an der Suche nach Mutter und Kind beteiligt, und das gesamte Hauptgeschoß befand sich inzwischen in heller Aufregung. Janes Mutter, die eine Entführung befürchtet hatte, hatte sich in ihrer Verzweiflung an eine Verkäuferin gewandt und außerdem den Stellvertreter des Abteilungsleiters und schließlich diesen selbst mobil gemacht. Alle taten ihr Bestes, und schließlich kam über die interne Lautsprecheranlage die Nachricht, die Kleine befinde sich im Restaurant.

»Ach, schon gut. Wir können hier ein wenig Aufregung gut gebrauchen. Und wir beide haben uns blendend verstanden.« Er und Jane wechselten einen tiefsinnigen Blick, und plötzlich piepste Jane mit einem spitzbübischen Grinsen:

»Du dürftest gar kein Fruchteis essen... du würdest schrecklich aussehen. Deswegen mag ich Bärte nicht!« Beide lachten, und Janes Mutter machte ein entsetztes Gesicht.

»Jane!«

»Ist doch wahr!«

»Sie hat ganz recht«, gestand er gutgelaunt. Er hatte die Gesellschaft der Kleinen richtig genossen und ließ sie ungern ziehen. Als er ihr zulächelte, errötete die hübsche junge Frau.

»Ich entschuldige mich noch einmal.« Da fiel ihr ein, daß sie sich noch nicht vorgestellt hatte. »Ach, verzeihen Sie, ich bin Elizabeth O'Reilly.«

»Und Sie sind katholisch.« Er dachte an Janes Eröffnung. Auf das verdutzte Gesicht ihrer Mutter hin versuchte er, diese Bemerkung zu erklären. »Jetzt muß ich mich entschuldigen... Jane und ich hatten ein ernstes Gespräch über dieses Thema.«

Jane nickte altklug und schob eine Maraschino-Kirsche in ihren Mund, während sie die beiden beobachtete. »Und er ist etwas anderes...« Mit zusammengekniffenen Augen sah sie zu ihm auf. »Wie hieß das doch?«

»Ich bin jüdisch«, half er ihr, und Elizabeth O'Reilly lächelte. Sie war Janes Art gewöhnt, aber manchmal...

»Und er hat siebenmal Weihnachten...« Das schien sie ungemein zu beeindrucken, und wieder lachten die beiden Erwachsenen. »Ehrlich, das hat er wirklich. Hat er jedenfalls gesagt. Stimmt's?« Sie sah Bernie bestätigungsheischend an, und er grinste und nickte.

»Chanukka. Klingt eigentlich ganz verlockend.« Seit Jahren war er nicht mehr in der Synagoge gewesen. Seine Eltern waren reformiert, und er selbst war überhaupt nicht religiös. Doch er dachte an jemand anderen. Er fragte sich, wie katholisch Mrs. O'Reilly sein mochte, ob es einen Mr. O'Reilly gab oder nicht. Er hatte nicht daran gedacht, Jane zu fragen, und sie hatte nicht davon gesprochen.

»Ich kann Ihnen gar nicht genug danken.« Elizabeth sah Jane mit gespielt finsterer Miene an, die nun schon viel glücklicher dreinsah. Sie drückte die Puppe nicht mehr so krampfhaft an sich und genoß die letzten Löffel Eiskrem recht unbeschwert.

»Hier gibt es auch tolle Badeanzüge.«

Elizabeth schüttelte den Kopf und streckte Bernie noch einmal die Hand entgegen.

»Vielen Dank dafür, daß Sie die Kleine gefunden haben. Komm, Jane, wir gehen. Wir haben noch anderes zu erledigen.«

»Können wir uns die Badesachen nicht wenigstens ansehen?«

»Nein.« Ihre Mutter blieb fest und bedankte sich noch einmal bei Bernie. Jane verabschiedete sich mit einem Händedruck und bedankte sich ebenfalls sehr höflich, den Blick mit einem sonnigen Lächeln auf ihn gerichtet.

»Sie waren sehr nett, und das Eis war sehr gut. Danke vielmals.« Sie hatten den Zwischenfall offensichtlich genossen, und Bernie tat es richtig leid, daß sie ging. Er stand am oberen Absatz der Rolltreppe und sah ihre Zopfschleifchen verschwinden. Er hatte das Gefühl, seine einzige Freundin in Kalifornien verloren zu haben.

Er ging zurück zur Kasse und bedankte sich bei den Angestellten für ihre Mithilfe. Im Weggehen fiel sein Blick auf die kleinen Bikinis. Er zog drei in Größe sechs heraus. Orange, Rosa und Blau. Der Rote war in dieser Größe nicht mehr da – dazu zwei Sommerhütchen für die Sonne und einen kleinen Frotteemantel. Alles war wie für Jane gemacht. Er brachte die Sachen an die Kasse.

»Haben wir eine Elizabeth O'Reilly im Computer? Ich weiß nicht, ob sie ein Konto bei uns hat oder wie ihr Mann heißt.« Er hoffte, daß sie keinen hatte. Es wurde nachgeprüft, und das Ergebnis befriedigte ihn. Zwei Minuten später wurde ihm bestätigt, daß sie ein neues Konto habe und an der Vallejo Street in Pacific Heights wohne. »Großartig.« Er notierte sich Telefonnummer und Adresse und tat dabei so, als brauche er es für seine Unterlagen… und nicht für sein leeres Adreßbuch… Er wies das Personal an, die Badesachen an »Miß Jane…« zu schicken und mit dem Betrag sein Konto zu belasten. Auf ein Billett, das er beilegte, schrieb er: »Vielen Dank für eine reizende Begegnung. Hoffentlich sehen wir uns bald wieder. Dein Freund Bernie Fine.« Mit leichtem Schritt und einem rätselhaften Lächeln eilte er zurück in sein Büro, überzeugt, daß alles sein Gutes hatte.

Kapitel

5

Die Badeanzüge kamen Mittwoch nachmittag an, und Liz rief ihn sofort am nächsten Tag an, um sich bei ihm für seine Großzügigkeit zu bedanken.

»Sie hätten das wirklich nicht tun sollen. Jane schwärmt noch immer von dem Bananeneis und wie gut sie sich unterhalten hat.« Elizabeth O'Reilly hatte eine ganz junge Stimme. Bernie sah vor seinem geistigen Auge ihr schimmerndes blondes Haar, während er mit ihr telefonierte.

»Ich fand sie sehr tapfer. Als ihr klar wurde, daß sie verlorengegangen war, war sie zwar sehr erschrocken, bewahrte aber die ganze Zeit über Haltung. Für eine Fünfjährige sehr ordentlich.«

Elizabeth lächelte. »Sie ist ein gutes Kind.«

Zu gern hätte er darauf gesagt »Wie ihre Mutter«, unterließ es aber. »Na, haben die Bikinis gepaßt?«

»Jedes einzelne Stück. Den ganzen letzten Abend stolzierte sie darin herum, und sie trägt jetzt einen unterm Kleid... sie ist mit ein paar Freunden im Park. Heute hatte ich sehr viel zu tun... jemand überläßt uns sein Haus in Stinson Beach, Jane ist also richtig ausgestattet.« Liz lachte. »Vielen Dank...« Sie wußte nicht weiter, und auch er war um Worte verlegen. Plötzlich war ihm alles fremd, als spräche man hier eine andere Sprache. Es war wie ein Neuanfang.

»Könnte ich... könnte ich Sie wohl wiedersehen?« Er kam sich wie ein Vollidiot vor, als er die Worte in die Muschel sprach... wie ein schnaufender anonymer Anrufer. Um so erstaunter war er, als sie bejahte.

»Ja. Sehr gern.«

»Ach, Sie wollen?« Man merkte ihm sein Erstaunen an, und sie lachte.

»Ja, ich möchte. Möchten Sie einmal nachmittags hinaus nach Stinson Beach kommen?« Das klang so ungezwungen und natürlich, daß er Dankbarkeit empfand. Sie vermied es, ihm das Gefühl zu geben, als liefe er mit hängender Zunge hinter ihr her und sei ihr lästig. Es klang vielmehr, als wäre sie gar nicht erstaunt und freue sich, ihn zu sehen.

»Ja, sehr gern. Wie lange bleiben Sie dort draußen?«

»Zwei Wochen.«

Blitzschnell rechnete er nach. Es gab keinen Grund, warum er sich nicht einen Samstag frei machen sollte. Er war nicht verpflichtet, im Geschäft zu sein. Er hatte an den Wochenenden immer nur gearbeitet, weil er nichts anderes zu tun hatte.

»Wie wär's mit Samstag?« Bis dahin waren es nur zwei Tage, und der Gedanke daran ließ seine Handflächen feucht werden.

Sie machte eine Pause und überlegte, wen sie wann eingeladen hatte. Stinson Beach bot ihr immer die Gelegenheit, alle ihre Freunde zu sehen und sie für einen Tag einzuladen. Samstag war noch frei. »Klingt gut... großartig...« Sie lächelte, während sie ihn vor sich sah. Ein gutaussehender Mann, der nett zu Jane gewesen war. Er wirkte nicht schwul, und einen Ehering hatte er auch nicht... »Sie sind übrigens nicht verheiratet, oder?« Es schadete nie, wenn man fragte. Es hinterher herauszukriegen war immer ein kleiner Schock. Es war ihr schon passiert, aber diesmal nicht.

»Guter Gott, nein! Was für ein Gedanke!«

Aha. Also so einer. »Allergisch gegen die Ehe?«

»Nein, ich arbeite nur sehr intensiv.«

»Was hat das denn damit zu tun?« Sie war offen, direkt und plötzlich sehr aufgeregt und neugierig auf ihn. Sie selbst hatte ihre Gründe, nicht wieder zu heiraten. Ein gebranntes Kind scheut bekanntlich das Feuer, aber sie selbst hatte es wenigstens einmal versucht. Vielleicht hatte er das auch. »Sind Sie geschieden?«

Er lächelte verwundert. Warum fragte sie? »Nein, das bin ich nicht. Ja, ich mag Mädchen. Und ich habe in meinem Leben mit zwei Frauen zusammengelebt und fühle mich in meiner momentanen Situation sehr wohl. Ich hatte nie viel Zeit zu verschenken. Die letzten zehn Jahre habe ich mich ganz auf den Beruf konzentriert.«

»Das kann viel Leere mit sich bringen.« Das hörte sich an, als wüßte sie Bescheid, und er fragte sich, welchen Beruf sie hatte.

»Ich bin gut dran, weil ich Jane habe.«

»Ja, das sind Sie.« Er schwieg, als er an die Kleine dachte. Alle übrigen Fragen wollte er sich für Stinson Beach aufsparen, wenn er ihr Gesicht, ihre Augen und ihre Hände sehen konnte. Er hatte nie etwas davon gehalten, jemanden durchs Telefon kennenzulernen. »Dann sehe ich Sie beide also am Samstag. Kann ich etwas mitbringen? Ein Picknick? Wein? Etwas aus dem Kaufhaus?«

»Aber sicher. Ein Nerzmantel wäre wunderbar.«

Er lachte, und sie legten auf. Noch eine ganze Stunde nachher fühlte er sich wunderbar. Sie hatte eine ganz besondere Stimme... Warm und herzlich, und man hatte das Gefühl, daß sie zufrieden war – keine Frau, die Männer haßte, zumindest machte sie nicht diesen Eindruck. Sie schien auch nicht zu jenen zu gehören, die sich ständig bestätigen wollen. Er freute sich wirklich auf den gemeinsamen Nachmittag in Stinson Beach. Freitag abend vor dem Nachhausefahren ging er in die Feinkostabteilung und kaufte zwei Tüten voller Lebensmittel, die er mitbringen wollte. Einen Teddybär aus Schokolade für Jane, eine Schachtel Schoko-Trüffel für Liz, zwei Sorten Brie, ein aus Frankreich eingeflogenes Baguette, eine winzige Dose Kaviar, eine andere mit Pastete, zwei Flaschen Wein, weiß und rot, und ein Döschen glasierte Maronen.

Die Tüten stellte er in den Wagen und fuhr nach Hause. Am nächsten Morgen um zehn duschte er und rasierte sich... um dann Jeans und ein altes blaues Hemd anzuziehen, dazu ausgetretene Turnschuhe. Aus dem Dielenschrank holte er sich eine warme Jacke. Er hatte sich aus New York bequeme alte Sachen für die Bauphase mitgebracht, die sich jetzt als nützlich für den Strand erwiesen. Als er nach den zwei Einkaufstüten griff, läutete das Telefon. Erst wollte er nicht abheben, dann aber fiel ihm ein, daß es womöglich Elizabeth sein konnte, der etwas dazwischengekommen war oder die ihn bitten wollte, unterwegs etwas abzuholen, oder dergleichen. Deshalb hob er ab, mit Jacke und Tüten kämpfend.

»Ja?«

»So meldet man sich nicht am Telefon, Bernard.«

»Hallo, Mom. Wollte eben aus dem Haus.«

»Ins Geschäft?« Das übliche Verhör.

»Nein… an den Strand. Ich besuche heute Freunde.«

»Kenne ich sie?« Im Klartext hieß das: Würde ich sie billigen?

»Glaube ich nicht, Mom. Alles in Ordnung?«

»Sehr gut.«

»Gut. Dann rufe ich abends an oder morgen vom Geschäft aus. Ich muß laufen.«

»Hm, das muß aber wichtig sein, wenn du nicht mal fünf Minuten für deine Mutter erübrigen kannst. Ist es ein Mädchen?« Nein. Eine Frau. Und natürlich auch noch Jane.

»Nein, nur ein paar Freunde.«

»Du hängst doch nicht mit diesen Burschen draußen herum, Bernard.« Ach, herrjeh… Am liebsten hätte er gesagt, daß er genau das vorhatte, nur um sie zu ärgern.

»Nein, tue ich nicht. Hör zu, wir sprechen uns bald.«

»Schon gut, schon gut… und geh nicht ohne Hut in die Sonne.«

»Liebe Grüße an Dad.«

Er legte auf und lief aus der Wohnung, ehe sie noch einmal anrufen und ihm sagen konnte, er solle sich vor Haien in acht nehmen. Am liebsten warnte sie ihn vor irgendwelchen Gefahren, über die sie in der Zeitung gelesen hatte. So fürchtete sie einmal, er könnte dieselben verdorbenen Lebensmittel zu sich nehmen wie zwei Personen, die in Des Moines an Vergiftung gestorben waren… er könnte krank werden… Botulismus… Legionärskrankheit… Herzanfall… Hämorrhoiden… toxischer Schock. Es boten sich ungezählte Möglichkeiten. Es war zwar nett, wenn sich jemand um einen sorgte, aber nicht mit der Inbrunst seiner Mutter.

Bernie stellte die zwei Einkaufstüten hinten in den Wagen, stieg ein und fuhr zehn Minuten später über die Golden Gate Bridge Richtung Norden. Stinson Beach kannte er nicht und fand Gefallen an der gut angelegten, wenn auch kurvenreichen Straße, die auf Hügelrücken dahinführte und direkte Sicht auf die aus dem Wasser aufragenden Klippen bot. Es war ein Big Sur im kleinen, und er genoß die Fahrt sehr. Er durchfuhr die kleine Stadt und steuerte die angegebene Adresse an. Das Haus lag in einer privaten, *Seadrift* genannten Feriensiedlung, und er mußte dem Posten am Schlagbaum seinen Namen angeben. Von dem Posten abgesehen machte die

Siedlung keinen allzu luxuriösen Eindruck. Die Häuser waren Durchschnitt, die Menschen, die vorüberschlenderten, waren barfuß und in Shorts. Es war wie in einem jener Orte, die vornehmlich von Familien mit Kindern frequentiert werden. Wie Long Island oder Cape Code, erholsam und hübsch, wie Bernie fand, als er in die Zufahrt der angegebenen Hausnummer einbog. Vor der Tür standen ein Dreirad und ein ausgebleichtes Schaukelpferd, das aussah, als sei es jahrelang schutzlos den Elementen ausgesetzt gewesen. Bernard klingelte an einer alten, am Gartentor befestigten Schulglocke, ehe er das Tor aufstieß. Und dann stand plötzlich Jane vor ihm – in einem der Bikinis, die er ihr geschickt hatte, dazu trug sie das Frotteemäntelchen.

»Hallo, Bernie.« Strahlend sah sie zu ihm auf, während beide an das Bananeneis und an das Gespräch über Weihnachten und Gott dachten.

»Mein neuer Bikini ist prima.«

»Paßt dir auch großartig.« Er kam näher, und sie lächelte.

»Wir könnten dich als Kindermannequin im Laden gebrauchen. Wo steckt deine Mutter? Sag bloß nicht, daß sie wieder verlorengegangen ist.« Er runzelte mißbilligend die Stirn, und Jane lachte ganz laut. Es war ein Lachen, das an sein Herz rührte. »Macht sie das öfter?«

Jane schüttelte den Kopf. »Nur in Läden... manchmal...«

»Was soll ich angeblich in Läden machen?« Elizabeth steckte den Kopf aus der Tür und sah Bernard an. »Ach, hallo. Wie war die Fahrt?«

»Sehr schön.« Er machte den Eindruck, als hätte er die Fahrt wirklich genossen, als sie ein warmes, ausdrucksvolles Lächeln tauschten.

»Das sagt nicht jeder, wenn er ankommt. Immerhin ist die Straße sehr kurvenreich.«

»Ich muß mich auf der Fahrt immer übergeben«, informierte Jane ihn mit spitzbübischem Grinsen. »Aber wenn wir da sind, gefällt es mir.«

»Sitzt du vorne bei offenen Fenstern?« Er schien aufrichtig besorgt.

»Ja.«

»Und nimmst du auch Tabletten, ehe du losfährst? Nein... jede Wette, daß du dich mit Eiskrem vollschlägst...« Da fiel ihm der Teddybär aus Schokolade ein. Er zog ihn aus der Tüte und gab ihn der Kleinen, ehe er alles andere Liz überreichte.

»Für beide ein paar Leckereien aus dem Laden.«

Elizabeth war überrascht und gerührt, und Jane stieß einen Freudenschrei aus, als sie den Teddy in Händen hielt. Er war noch größer als ihre Puppe, und sein Anblick machte ihr den Mund wäßrig.

»Kann ich ihn gleich essen, Mami?... Bitte?...« Sie richtete flehende Augen auf Liz, die mit einem Aufstöhnen protestieren wollte. »Bitte, Mami?... Bitte... nur ein Ohr...«

»Schon gut, ich gebe mich geschlagen. Aber nicht zu viel. Wir essen sehr bald.«

»Na gut.« Damit trollte sie sich mit dem Bär wie ein Hündchen mit dem Knochen, und Bernard lächelte Liz zu.

»Die Kleine ist ein Prachtkind.« Jemand wie Jane rief ihm in Erinnerung, daß es in seinem Leben leere Flecken gab. Kinder waren einer dieser Flecken.

»Sie ist verrückt nach Ihnen.« Liz lächelte.

»Na ja, Eis und Schoko-Bären sind recht hilfreich. Sie kennt mich so wenig, daß ich der Würger von Boston mit einer Schokobärenquelle sein könnte.« Er folgte Elizabeth in die Küche, wo sie die Tüten leerten. Sie staunte nicht schlecht, als sie den Kaviar, die Pastete und alle anderen teuren Leckereien sah.

»Bernie, das hätten Sie nicht tun sollen! Meine Güte... sehen Sie nur...« Sie hielt die Schachtel mit den Schoko-Trüffeln in der Hand und tat mit einem schuldbewußten Blick genau das, was Jane auch getan hätte. Sie bot ihm die offene Schachtel an und ließ sodann ein Stück in ihrem Mund verschwinden, bevor sie die Augen vor Wonne schloß. »Hmm... ist das gut...« Das klang sehr sinnlich und gab ihm die Möglichkeit, sie wieder zu bewundern. Elizabeth war zart und anmutig und auf klare, saubere, sehr amerikanische Art schön. Das lange blonde Haar trug sie zu einem langen Pferdeschwanz zusammengefaßt, und ihre Augen waren so blau wie das verschossene Denim-Hemd, das sie trug. Weiße Shorts gaben ihre wohlgeformten Beine frei. Ihm fiel auf, daß sie ihre Zehennägel sorgfältig rot lackiert hatte, wenigstens ein kleines Zeichen für ein wenig Eitelkeit. Sie verzichtete auf Augen-Make-up und Lippenstift, und ihre Fingernägel waren kurz geschnitten. Sie war ein hübsches Mädchen, eigentlich mehr als hübsch, und doch sah man ihr an, daß sie nicht leichtsinnig war... und das gefiel ihm an ihr. Sie raubte einem nicht den Atem, dafür wärmte sie einem das Herz... tatsächlich wärmte sie nicht nur das, als sie sich bückte, um die zwei Weinflaschen einzuräumen, und sich dann mit einem Lächeln, das dem Janes sehr ähnlich war, zu ihm umwandte. »Bernard, Sie haben uns schrecklich verwöhnt... ich weiß gar nicht, was ich dazu sagen soll!«

»Ach was, es ist schön, neue Freunde zu gewinnen... hier habe ich nicht viele.«

»Seit wann sind Sie hier?«

»Seit fünf Monaten.«

»Sie kommen aus New York?«

Er nickte. »Ich habe mein Leben in New York verbracht, von drei Jahren in Chikago abgesehen, aber das ist lange her.«

Sie holte zwei Bier aus dem Kühlschrank und bot ihm eines an, sichtlich neugierig geworden. »Von dort komme ich her. Warum sind Sie nach Chikago gegangen?«

»Meine Feuerprobe. Ich ging hin, um eine Filiale zu übernehmen...« Es war ihm anzumerken, daß er in Gedanken in jene Zeit zurückschweifte. »Und jetzt bin ich hier.« Noch immer erschien es ihm wie eine Verbannung, wenn auch ein wenig gemildert, als er sie ansah und ihr dann in das gemütliche Wohnzimmer des kleinen Hauses folgte, dessen Boden mit Strohmatten bedeckt war. Die Sitzmöbel waren mit ausgebleichtem Denim überzogen, auf Regalen sah man Treibholz und Muscheln. Das Haus hätte überall stehen können, in East Hampton, auf Fire Island, in Malibu... es war ganz unauffällig, doch vom Panoramafenster aus bot sich die Aussicht auf den phantastischen Strand, auf das weite Meer und nach einer Seite hin auf San Franzisko, das sich auf den Hügeln zusammendrängte und in der Sonne glitzerte. Es war eine schöne Aussicht... und mehr noch, Elizabeth war ein schönes Mädchen. Sie bot ihm einen bequemen Sessel an, ehe sie sich selbst auf der Couch niederließ, die Beine im Schneidersitz angezogen.

»Gefällt es Ihnen hier? In San Franzisko, meine ich.«

»Gelegentlich.« Er war aufrichtig. »Ich muß zugeben, daß ich noch nicht viel gesehen habe. Mein Beruf hat mich zu sehr in Anspruch genommen. Aber das Klima sagt mir zu. Als ich New York verließ, schneite es, und als ich hier fünf Stunden später ankam, war es Frühling. Immerhin ein Pluspunkt.«

»Aber?« Elizabeth lächelte einladend. Sie hatte eine nette Art, die in einem das Verlangen weckte, endlos mit ihr zu plaudern und ihr seine geheimsten Gedanken mitzuteilen. Mit plötzlicher Klarsicht erkannte er, daß sie eine nette Frau sein mußte, eine, mit der man gern befreundet war, und er war gar nicht sicher, ob das alles war, was er von ihr wollte. Sie hatte etwas an sich, das ihm ungemein ansprechend erschien, etwas, das auf subtile und nicht zu definierende Weise sexy war... die Rundung ihrer Brust, unter dem alten blauen Hemd, das sie trug, die Art, wie sie den Kopf neigte... die Art, wie kleine Haarsträhnen sich sanft um ihr Gesicht ringelten. Er verspürte den Wunsch, sie zu berühren, ihre Hand zu halten... die vollen Lippen zu küssen, als sie lächelte... es fiel ihm sogar schwer, sich auf das zu konzentrieren, was sie sagte.

»Ohne Freunde muß es hier für Sie einsam sein. Im ersten Jahr war ich auch sehr ungern hier.«

»Sie sind dennoch geblieben?« Jetzt war seine Neugierde geweckt. Er wollte etwas von ihr erfahren, wollte alles wissen, was sie erlebt hatte.

»Ja. Eine Zeitlang hatte ich keine andere Wahl. Ich hatte damals keine Familie mehr, zu der ich hätte gehen können. Meine Eltern kamen bei einem Autounfall ums Leben... ich war damals im ersten Semester an der Northwestern.« Ihr Blick umwölkte sich in der Erinnerung, und er zuckte innerlich zusammen.

»Ich glaube, das hat mich verwundbarer gemacht, und ich verliebte mich wahnsinnig in den Star des Stückes, in dem ich im vorletzten Uni-Jahr mitspielte.«

Die Erinnerung verdunkelte ihren Blick. Komisch, für gewöhnlich war sie nicht so mitteilsam, doch mit ihm sprach sie leicht. Sie beobachteten Jane durch das Panoramafenster. Die Kleine spielte draußen im Sand mit ihrer Puppe und winkte ihnen hin und wieder zu. Bernie hatte etwas an sich, das in ihr den Wunsch weckte, von Anfang an aufrichtig zu ihm zu sein. Sie hatte auch nichts zu verlieren. Wenn ihm nicht paßte, was er zu hören bekam, würde er nicht wieder anrufen, aber wenigstens würde alles zwischen ihnen klar sein, falls er wieder anrief. Das war schon etwas. Sie hatte die Spielchen satt, die im allgemeinen so gespielt wurden, und das »So-tun-als-ob« der Menschen, wenn sie einander kennenlernten. Ihr Stil war das nicht. Sie sah ihn mit großen, aufrichtigen blauen Augen an. »Ich war an der Northwestern... natürlich studierte ich Schauspielerei.«

Die Erinnerung entlockte ihr ein Lächeln. »Und gleich nach dem Tod meiner Eltern waren wir im Sommertheater zusammen. Ich war wie betäubt, richtig wie ein Zombie, weil ich niemanden mehr auf der Welt hatte. Deswegen verliebte ich mich Hals über Kopf in ihn. Er war ein prachtvoller Mann, ein netter Kerl, das dachte ich jedenfalls, und ich wurde kurz vor Studienabschluß schwanger. Er sagte, daß er mich hier im Westen heiraten wolle. Jemand hatte ihm eine Rolle in Hollywood angeboten. Er kam also hierher, und ich folgte ihm. Ich wußte ja nicht wohin, und eine Abtreibung kam nicht in Frage. Deswegen fuhr ich Chandler nach, obwohl damals alles nicht mehr so rosig war. Er war von der Schwangerschaft nicht eben begeistert, um es mal vorsichtig zu formulieren. Ich aber war noch immer wahnsinnig verliebt in ihn und dachte, es würde sich alles zum Guten wenden.« Sie warf durch das Fenster Jane einen Blick zu, wie um sich zu vergewissern, daß es tatsächlich so gekommen war.

»Ich fuhr per Anhalter nach Los Angeles und traf mich wieder mit Chandler. Chandler Scott... später stellte sich heraus, daß er in Wirklichkeit Charlie Schiavo hieß und seinen Namen geändert hatte... na, jedenfalls, die Rolle hatte er nicht gekriegt..., und er war auf der Jagd nach Starlets und Jobs, während ich als Kellnerin jobbte und mit jedem Tag umfangreicher wurde. Schließlich heirateten wir doch, drei Tage vor Janes Geburt. Ich dachte, der Friedensrichter würde in Ohnmacht fallen... und dann verschwand

Chandler. Er rief mich an und behauptete, er hätte eine Rolle an einer Bühne in Oregon… da war die Kleine fünf Monate alt. Im nachhinein kam ich dahinter, daß er im Knast saß. Es sah aus, als hätte ihm die Heirat einen solchen Schrecken eingejagt, daß er sich aus dem Staub machen mußte. Später konnte ich mir ausrechnen, daß er die ganze Zeit über alle möglichen krummen Dinger gedreht hatte. Er saß wegen Hehlerei und landete dann wegen eines Einbruchs wieder hinter Gittern.

Als Jane neun Monate alt war, kam er zurück und blieb ein paar Monate, und als sie ein Jahr war, verschwand er wieder. Als ich diesmal entdeckte, daß er im Gefängnis war, reichte ich die Scheidung ein, und das war's dann auch. Ich zog nach San Franzisko und habe nie wieder etwas von ihm gehört. Er war von Anfang bis zum Ende ein Tunichtgut, und doch bin ich in meinem ganzen Leben nie einem überzeugenderen Menschen begegnet. Würde ich ihm heute begegnen, würde ich wahrscheinlich nicht wieder auf ihn hereinfallen, aber er war so glatt… ich weiß nicht… Ist das nicht eine bedrückende Erkenntnis? Seit der Scheidung trage ich wieder meinen Mädchennamen… mehr gibt es nicht zu sagen.« Sie schien ganz sachlich auf ihre Vergangenheit zurückzublicken, und das erstaunte ihn, denn jede andere Frau hätte allein bei dem Gedanken daran zu ihrem Taschentuch gegriffen. Doch sie hatte es überstanden, und zwar gut überstanden. Sie sah gesund und glücklich aus und hatte ein entzückendes Kind.

»Jetzt ist Jane meine Familie. Ich glaube, ich hatte alles in allem doch Glück.« Diese Worte machten, daß ihr sein Herz zuflog.

»Und was weiß Jane von allem?« Ihn interessierte, was Liz dem Kind gesagt hatte.

»Nichts. Sie glaubt, daß er tot ist. Ich sagte ihr, er sei ein schöner Schauspieler gewesen, wir hätten nach dem Studium geheiratet und wären hierhergezogen. Dann sei sie zur Welt gekommen, und er sei gestorben, als sie ein Jahr alt war. Alles andere weiß sie nicht, und da wir ihn ohnehin niemals wiedersehen werden, spielt es keine Rolle. Er treibt sich Gott weiß wo herum. Wahrscheinlich wird er noch für den Rest seines Lebens hinter Gittern landen, und außerdem interessiert er sich ohnehin nicht für uns. Er war nie an uns interessiert. Mir ist lieber, wenn sie ein paar Illusionen über ihre Herkunft hat... bis auf weiteres jedenfalls.«

»Sicher haben Sie recht.« Er konnte ihr seine Bewunderung nicht versagen. Er bewunderte sie sogar sehr. Sie war ein tapferes Mädchen und hatte das Beste aus ihrer Lage gemacht. Das Kind schien darunter nicht gelitten zu haben, da Liz die Kleine über alles liebte. Dieses Mädchen war nicht von Tragik umwittert, sie hatte viel Mut und Herz und sah reizend aus. Liz hatte sich selbst ein ganz neues Leben geschaffen.

Kalifornien war dafür ein geeigneter Ort. Es war tatsächlich der geeignetste Ort, um ein neues Leben zu beginnen. Und das hatte sie getan.

»Ich unterrichte jetzt. Ich verwendete das Geld aus der Versicherung meiner Eltern zum Besuch einer Abendschule, bis ich die Lehrbefähigung hatte und hier unterrichten konnte. Ich liebe meine Arbeit. Ich unterrichte eine zweite Klasse, und meine Kinder sind großartig!« Sie lächelte glücklich. »Jane geht ebenfalls auf diese Schule, und mich kostet es weniger Schulgeld. Einer der Gründe, weshalb ich mich für den Lehrberuf entschied. Ich wollte, daß sie eine anständige Schule besucht, und ich wußte, daß ich mir eine Privatschule nur unter großen Schwierigkeiten leisten konnte. Es hat sich also gut gefügt.« Aus ihrem Mund klang das alles wie eine Erfolgsstory und nicht wie Mühsal und Plackerei, und sie hatte es ja auch geschafft. Wirklich bemerkenswert. Sie hatte dem Rachen der Niederlage einen Sieg entrissen, und er konnte sich gut vorstellen, wie es gekommen war. »Chandler Scott«, oder wie immer er wirklich hieß, klang nach einer männlichen Version von Isabelle, obwohl er ganz sicher weniger Profi war als diese und Isabelle noch nie im Knast gelandet war.

»Vor ein paar Jahren ließ ich mich mit jemandem ein, der ähnlich war.« Mit ihrem Geständnis hatte sie sich seine Aufrichtigkeit verdient. »Eine schöne Französin, ein Fotomodell und Mannequin, das mir bei einer Modenschau begegnete. Über ein Jahr hatte sie mich praktisch in der Hand, und mir blieb kein niedliches kleines Mädchen aus dieser Affäre.« Als er die spielende Jane beobachtete, lächelte er. Dann sah er wieder Liz an, die ihm gegenübersaß.

»Es endete damit, daß ich mir ausgenutzt vorkam und einige tausend Dollar und eine Uhr, ein Geschenk meiner Eltern, vermißte. Eine aalglatte Person. Ein Produzent bot ihr eine Filmkarriere an, und ich ertappte die beiden in flagranti auf seiner Jacht. Vermutlich gedeiht diese Sorte unter beiden Geschlechtern und in allen Nationalitäten. Aber eine Erfahrung wie diese bewirkt, daß man beim nächstenmal darauf achtet, mit wem man es zu tun hat. Die Sache liegt jetzt drei Jahre zurück, aber seither war ich mit niemandem mehr näher liiert.« Er machte eine Pause. »Menschen wie diese lassen einen im nachhinein an der eigenen Urteilsfähigkeit zweifeln. Man fragt sich, wie man ein solcher Idiot sein konnte.«

Sie lachte. »Das kann man wohl sagen! Zwei Jahre lang habe ich keine Verabredungen getroffen... und noch jetzt bin ich sehr vorsichtig... ich mag meine Arbeit, meine Freunde... Alles andere« – sie zuckte mit den Achseln und vollführte eine wegwerfende Geste – »darauf kann ich verzichten.«

Bernie lächelte. Was er da hörte, fand er bedauerlich.

»Sollte ich jetzt gehen?«

Beide lachten, und sie stand auf, um nach der Quiche zu sehen, die sie vorbereitet hatte, und als sie das Backrohr öffnete, drang das Aroma bis ins Zimmer.

»Junge, Junge, das riecht aber gut!«

»Danke. Ich koche gern.« Sie machte den Salat so fachmännisch an wie sein Lieblingskellner im »21« in New York. Anschließend goß sie ihm eine Bloody Mary ein und klopfte ans Fenster, um Jane hereinzurufen. Die Kleine bekam ein Erdnußbutter- und ein Schinkensandwich und kam mit dem Teddybär, dem ein Ohr fehlte, an den Tisch.

»Kann er dich noch hören, Jane?«

»Was?« Bernies Frage hatte sie verwirrt.

»Ich meine den Bären... ohne Ohr.«

»Ach.« Sie grinste verschmitzt. »Ja, er hört mich. Als nächstes beiße ich seine Nase ab.«

»Der Arme. Bis zum Abend wird er in einer schrecklichen Verfassung sein. Ich werde dir einen anderen bringen müssen.«

»Das würdest du wirklich tun?« rief Jane hellauf begeistert, als

Liz das Essen brachte. Der Tisch war mit Strohsets, orangefarbenen Servietten, hübschem Geschirr und Besteck gedeckt. In der Mitte stand eine Vase mit leuchtend orangefarbenen Blumen.

»Wir sind sehr gern hier draußen«, erklärte Liz. »Es sind für uns wunderbare Ferien. Das Haus gehört einer Lehrerin an unserer Schule. Ihr Mann ist Architekt, sie haben es vor Jahren gekauft. Da die beiden Jahr für Jahr an die Ostküste nach Marthas Vineyard fahren, überlassen sie es uns. Das ist die schönste Zeit des Jahres, nicht wahr, Jane?« Die Kleine nickte und richtete lächelnd den Blick auf Bernie.

»Gefällt es dir auch?« fragte sie ihn.

»Sehr gut.«

»Hast du dich unterwegs auch übergeben?« Das Thema schien sie zu faszinieren, und sie brachte ihn damit zum Lachen. Ihre offene und ungekünstelte Art gefiel ihm ungemein. Sie war Liz in allem sehr ähnlich, auch äußerlich. Jane war eine Miniaturausgabe ihrer Mutter.

»Nein. Wenn man selbst fährt, ist man besser dran.«

»Das sagt Mami auch. Sie übergibt sich nie.«

»Jane...« Liz' Blick sprach Bände, und Bernie beobachtete die beiden entspannt und glücklich. Es wurde ein ungezwungener fauler Nachmittag. Liz schlug nach dem Essen einen Spaziergang am Strand vor, und Jane lief voraus und hielt nach Muscheln Ausschau. Bernie konnte sich gut vorstellen, daß es für die beiden nicht immer einfach gewesen war. Allein mit einem Kind, das brachte Probleme mit sich, aber Liz war weit davon entfernt, sich zu beklagen. Sie war ein lebensbejahender Mensch, der sich nicht unterkriegen ließ. Bernie erzählte ihr von seiner Arbeit, wie sehr er an der Firma hing, aber auch, wie sehr er sich gewünscht hatte, Lehrer zu werden. Doch für ihn hatte der Traum anders geendet. Er erzählte ihr sogar von Sheila und wie ihm ihretwegen fast das Herz gebrochen war. Als er auf dem Rückweg auf sie hinuntersah, fiel ihm auf, daß sie viel kleiner war als er, und auch das gefiel ihm.

»Wissen Sie, ich habe das Gefühl, wir würden uns schon seit Jahren kennen, komisch, nicht?« Dieses Gefühl hatte er noch bei keinem Menschen erlebt.

Sie lächelte zu ihm auf. »Sie sind ein netter Mann. Das wußte ich schon in dem Augenblick, als ich Sie im Kaufhaus sah.«

»Nett, daß Sie das sagen.« Er freute sich, denn es lag ihm etwas an ihrem Urteil.

»Ich merkte es an der Art, wie Sie mit Jane sprachen, und sie redete auf der Heimfahrt in einem fort von Ihnen. Es hört sich an, als wären Sie ihr bester Freund.«

»Das wäre ich sehr gern.« Er sah Liz in die Augen, und sie lächelte.

»Seht, was ich gefunden habe!« Jane kam angelaufen und warf sich zwischen sie. »Einen Silberdollar, ganz blank. Nicht gebrochen oder verbogen.«

»Laß mich sehen.« Er bückte sich und streckte ihr die flache Hand entgegen. Vorsichtig legte sie die runde weiße Muschel auf seine Handfläche und begutachtete sie.

»Du hast recht. Dein Silberdollar ist wunderschön.« Er gab ihr die Muschel ebenso vorsichtig zurück, und als er aufstand, begegnete er wieder dem Blick ihrer Mutter. »Ich glaube, ich muß zurück.« Nicht daß er zurück wollte.

»Möchten Sie nicht zum Abendessen bleiben? Es gibt Hamburger.« Liz mußte mit ihrem Budget sehr sparsam umgehen, doch sie kam immer damit aus. Anfangs war es hart gewesen, aber inzwischen hatte sie es gelernt. Sie schneiderte Janes Sachen meist selbst, hatte kochen gelernt, buk sogar ihr Brot selbst, und da sie Freunde wie diejenigen hatte, die ihr das Haus in Stinson Beach überließen, hatten sie alles, was sie brauchten. Sogar Bernie und seine Badesachen waren hilfreich... Sie hatte geplant, Jane einen oder vielleicht zwei Bikinis zu kaufen. Und jetzt hatte sie dank Bernie mehr als genug.

»Ich habe eine bessere Idee.« Er hatte im Vorbeifahren das Restaurant bemerkt. »Wie wär's, wenn ich die Damen abends ausführe?« Da fiel ihm seine Aufmachung ein. »Wird man mich ins ›Sand Dollar‹ so reinlassen?« Er streckte die Arme aus, als die Damen ihn begutachteten, und Liz lachte.

»Sie sehen tadellos aus.«

»Na, wie wär's dann?«

»Komm, Mami, bitte... können wir nicht gehen?... Bitte?« fing

Jane zu betteln an, und auch Liz gefiel die Idee. Sie nahm also gern an und schickte Jane auf ihr Zimmer, damit sie sich umzog, während sie Bernie ein Bier im Wohnzimmer anbot. Er lehnte ab.

»Ich trinke nicht viel«, gestand er.

Elizabeth war erleichtert. Nichts haßte sie mehr, als mit Männern auszugehen, die von ihr erwarteten, daß sie viel trank. Chandler hatte immer zuviel getrunken, und das hatte sie sehr gestört, doch damals hatte sie nicht gewagt, Einwände zu erheben. Jetzt besaß sie den Mut. »Komisch, wie verärgert manche Menschen sind, wenn man nicht trinkt.«

»Es macht ihnen Angst, besonders wenn sie selbst zuviel trinken.« Das Zusammensein mit ihm war so unkompliziert, daß sie es gar nicht fassen konnte. Und sie verbrachten einen wunderbaren Abend im »Sand Dollar«, der die Atmosphäre eines alten Saloons hatte. Den ganzen Abend kamen und gingen die Gäste durch die Schwingtüren, stellten sich an die Bar oder vertilgten die gewaltigen Steak- oder Hummerportionen, die hier serviert wurden. Es sei das einzige Lokal in der Stadt, erklärte Liz, ein Glück, daß das Essen gut war. Sogar Jane zeigte Appetit und machte sich über ein kleines Steak her. Es kam nicht oft vor, daß sie so nobel essen gingen. Auf der Rückfahrt schlief die Kleine auf den Rücksitzen ein, und Bernie trug sie ins Haus und legte sie sacht aufs Bett. Sie schlief im winzigen Gästezimmer des Hauses, gleich neben Liz' Zimmer. Auf Zehenspitzen gingen sie zurück ins Wohnzimmer...

»Ich glaube, ich bin im Begriff, mich in die Kleine zu verlieben.« Er sah Liz an, und sie lächelte.

»Das beruht auf Gegenseitigkeit. Wir haben einen herrlichen Tag verbracht.«

»Ich auch.« Langsam ging er an die Tür. Er wollte sie küssen, fürchtete aber, daß es zu früh war. Verschrecken wollte er sie nicht, dazu gefiel sie ihm zu gut. Bernie kam sich vor wie ein Schuljunge. »Wann sind Sie wieder in der Stadt?«

»In zwei Wochen von heute an gerechnet. Aber warum kommen Sie nicht nächste Woche wieder? Die Fahrt ist nicht weit. Sie schaffen es in vierzig Minuten, wenn Ihnen die kurvenreiche Straße nichts ausmacht. Wir essen früh zu Abend, und Sie können dann noch nach Hause fahren. Wenn Sie wollen, können Sie sogar bleiben. Sie bekommen Janes Zimmer, und sie schläft bei mir.« Bernie hätte es vorgezogen, bei ihr zu schlafen, doch das wagte er nicht zu sagen, nicht einmal im Scherz. Es war zu früh, um so etwas vorzuschlagen, und er wollte nichts aufs Spiel setzen. Da Jane das Leben ihrer Mutter so sehr beherrschte, würde es ohnehin nicht einfach werden. Das Kind war immer dabei, das mußte er bedenken. Er wollte nichts tun, was Jane schaden würde.

»Ja, ich würde gern kommen, wenn ich zu einer vernünftigen Zeit aus dem Laden weg kann.«

»Wann gehen Sie gewöhnlich?« Sie unterhielten sich flüsternd im Wohnzimmer, damit sie Jane nicht weckten, und er lachte.

»Zwischen neun und zehn Uhr abends, aber so bin ich eben. Ich bin selbst schuld. Ich arbeite sieben Tage in der Woche«, gestand er, und sie lachte.

»Das ist doch kein Leben!«

»Etwas Besseres habe ich nicht zu tun.« Es war ein schreckliches Eingeständnis, das sich auch in seinen Ohren nicht gut anhörte. Von nun an würde er vielleicht etwas Besseres zu tun haben… mit den beiden. »Ich werde mich ab nächster Woche zu bessern versuchen. Ich werde Sie anrufen.« Liz nickte, von der Hoffnung erfüllt, er werde es wirklich tun. Der Anfang war immer so schwierig, bis man Kontakt gefunden hatte und seine Hoffnungen und Träume offenbarte. Aber mit ihm war es einfacher. Es war der netteste Mann, den sie seit langer, langer Zeit kennengelernt hatte. Mit diesen Überlegungen begleitete sie ihn hinaus zu seinem Wagen.

Sie glaubte, noch nie so viele Sterne gesehen zu haben, als sie zum Himmel hochsah. Dann sah sie Bernie an, und er erwiderte ihren Blick. »Es war ein wunderbarer Tag, Liz.« Sie war so offen und so herzlich gewesen. Sie hatte ihm sogar ehrlich über ihre katastrophale Ehe mit Chandler Scott berichtet. Es tat ihm gut, wenn man solche Dinge von Anfang an wußte.

»Ich freue mich auf ein Wiedersehen.« Er ergriff ihre Hand, ehe er einstieg.

»Ich auch. Fahren Sie vorsichtig.«

Er lachte ihr aus dem offenen Fenster zu. »Ich werde mich bemühen, mich unterwegs nicht zu übergeben.«

Beide lachten, und er winkte ihr zu, als er in der Zufahrt zurücksetzte und dann davonfuhr, in Gedanken bei Liz und Jane, und wie sie beim Dinner geplaudert und gelacht hatten.

Kapitel 6

In der folgenden Woche schaffte Bernie es zweimal, zum Abendessen nach Stinson Beach zu fahren. Einmal kochte Liz, beim zweitenmal führte er sie wieder in den »Sand Dollar« aus, und schließlich kam er noch einmal am Samstag. Diesmal brachte er für Jane einen neuen Ball und ein paar Spielsachen – Wurfringe, mit denen sie am Strand spielten, und Förmchen und Schaufel für den Sand –, Dinge, über die Jane sich sehr freute. Liz schenkte er einen Badeanzug. Er war hellblau, fast genau der Ton ihrer Augen.

»O Gott, Bernie... das muß aufhören.« Sie sagten längst du zueinander.

»Warum? Der Badeanzug war an einer Schaufensterpuppe, die dir so ähnlich war, daß ich ihn mitbringen mußte.« Er freute sich, denn er genoß es, sie zu verwöhnen, und er wußte, daß es noch nie zuvor jemand getan hatte, und aus diesem Grund machte es ihm noch mehr Vergnügen.

»Du darfst uns nicht soviel schenken.«

»Warum nicht?«

»Ach«... ein trauriger Ausdruck huschte über ihr Gesicht, gleich darauf lächelte sie wieder. »Wir könnten uns daran gewöhnen, und was dann? Wir würden täglich an deine Tür im Kaufhaus trommeln und um Badeanzüge und Schoko-Teddys, um Kaviar und Pasteten betteln...« Die Bilder, die sie heraufbeschwor, brachten ihn zum Lachen.

»Schon deswegen muß ich dafür sorgen, daß der Nachschub nicht abreißt, meinst du nicht?« Doch er wußte genau, was sie meinte. Es würde schwierig sein, wenn er wieder aus dem Leben der beiden verschwände, aber das konnte er sich gar nicht vorstellen. Im Gegenteil, er wollte nicht einmal daran denken. In der folgenden Woche kam er noch zweimal, und beim zweiten Mal hatte Liz sich einen Teenager aus der Nachbarschaft als Babysitter für Jane besorgt, so daß sie allein ausgehen konnten, in den »Sand Dollar« natürlich – ein anderes Lokal gab es nicht – aber beide mochten das Essen und die Atmosphäre.

»Ich finde es rührend, daß du immer uns beide ausführst.« Liz lächelte ihm zu.

»Ich bin noch nicht sicher, welche von euch beiden mir besser gefällt. Also trifft sich im Moment alles sehr gut.«

Liz lachte. Mit ihm fühlte sie sich so wohl, weil er ein so netter, unkomplizierter lebensfroher Mensch war. Und das sagte sie ihm.

»Ein wahres Wunder.« Jetzt war es an ihm zu lächeln. »Mit einer Mutter wie der meinen hätte ich bis zum Erwachsenenalter mindestens ein paar verrückte Angewohnheiten und eine große Neurose bekommen müssen.«

»So übel kann sie nicht sein«, protestierte sie, was ihm ein Aufstöhnen entlockte.

»Du hast ja keine Ahnung. Wart's nur ab... sollte sie jemals wieder herkommen, was ich sehr bezweifle, stelle ich sie dir vor. Im Juni gefiel es ihr gar nicht. Wenigstens hatte sie an der neuen Filiale nichts auszusetzen. Aber du kannst dir nicht vorstellen, wie schwierig sie ist.« In den letzten zwei Wochen war er den Anrufen seiner Mutter ausgewichen. Er hatte keine Lust, ihr zu erklären, wo er seine Zeit verbrachte. Sie brauchte nicht zu wissen, daß er so viel mit einer Frau zusammen war.

»Ich klappere alle Bars ab, Mom.« Was sie darauf zu sagen hatte, wußte er ohnehin schon. Daß er mit einer Frau namens »O'Reilly« ausging, hätte dem Faß den Boden ausgeschlagen. Doch das konnte er Liz noch nicht sagen. Er wollte sie nicht erschrecken.

»Wie lange sind deine Eltern schon verheiratet?«

»Achtunddreißig Jahre. Mein Vater hat sich einen Orden verdient.« Liz lachte auf. »Im Ernst. Du weißt nicht, wie sie ist.«

»Ich würde sie gern einmal kennenlernen.«

»Allmächtiger! Pst...« Er warf einen Blick nach hinten, als erwarte er, seine Mutter dort mit einer Axt in der Hand stehen zu sehen. »Sag so was nicht, Liz. Es könnte gefährlich werden!« scherzte er, und sie lachte. Sie unterhielten sich die halbe Nacht.

Bei seinem zweiten Besuch hatte er sie geküßt, und Jane hatte sie seither dabei sogar ein- oder zweimal überrascht, doch die Romanze war nicht darüber hinaus gediehen. Jane machte ihn ein wenig nervös, und außerdem war es ihm viel lieber, Liz auf altmodische Weise den Hof zu machen. Für alles andere war noch genug Zeit, wenn sie wieder in der Stadt war und Jane nicht durch eine papierdünne Wand von ihnen getrennt im anschließenden Raum schlief.

Am letzten Samstag war er gekommen, um Liz beim Packen zu helfen. Ihre Freunde hatten ihr gesagt, sie könne noch einen zusätzlichen Tag bleiben. Man merkte ihr und Jane an, wie ungern sie nach Hause fuhren. Für sie bedeutete es das Ende der Ferien, denn sie würden nicht mehr verreisen. Liz konnte sich größere Unternehmungen, ob mit oder ohne Jane, nicht leisten. Ihre Stimmung war so gedrückt, daß sich bei Bernie Mitgefühl regte.

»Hört zu, ihr beiden Damen. Warum fahren wir nicht zusammen irgendwohin? Vielleicht nach Carmel oder Lake Tahoe? Na, wie hört sich das an? Ich kenne diese Gegend überhaupt nicht, und ihr beide könnt mir alles zeigen. Ach, eigentlich könnten wir zwei Ausflüge machen.«

Liz und Jane stießen einen Freudenschrei aus, und am nächsten Tag bat er seine Sekretärin, für ihn eine Unterkunft reservieren zu lassen. Sie ergatterte eine Ferienwohnung in Lake Tahoe mit drei Schlafräumen für das übernächste Wochenende und den Labor Day. Als er Liz und Jane an jenem Abend davon berichtete, waren sie außer sich vor Freude. Jane warf ihm eine Kußhand zu, als sie von Liz zu Bett gebracht wurde, doch als Liz sich in ihrem winzigen Wohnzimmer zu ihm setzte, war ihre Miene ernst. Sie hatte eine Zwei-Zimmer-Wohnung, in der Jane in dem einen Zimmer schlief, während Liz mit einer Klappcouch im Wohnzimmer vorliebnehmen mußte. Rasch wurde ihm klar, daß ihr Liebesleben hier keine wesentliche Steigerung erfahren würde.

Sie schien besorgt, als sie ihn schuldbewußt ansah.

»Bernie... mißversteh mich bitte nicht... aber ich glaube nicht, daß wir mit dir nach Lake Tahoe fahren sollten.«

Er sah sie an wie ein enttäuschtes Kind. »Warum nicht?«

»Weil das alles so wundervoll ist... gewiß hört sich das verrückt an... aber ich kann mir diese Ferien mit Jane nicht leisten. Und wenn ich nun zulasse, daß du uns einlädst... was werden wir nachher machen?«

»Nach was?« Aber er wußte, was sie meinte. Er verstand sie, ohne es zu wollen.

»Wenn du nach New York zurückgehst.« Ihre Stimme klang seidenweich. Sie hielt seine Hand fest, während sie auf der Couch saßen und plauderten. »Oder wenn du mich satt hast. Wir sind Erwachsene, und im Moment erscheint uns alles so wundervoll, aber wer weiß, was nächsten Monat passieren wird, oder gar nächstes Jahr...?«

»Ich möchte, daß du mich heiratest.« Sie starrte ihn an, als er dies mit leiser und bestimmter Stimme sagte. Dennoch war sie nicht annähernd so erstaunt wie er.

Die Worte waren ihm ganz zwanglos über die Lippen gekommen, und jetzt waren sie ausgesprochen. Als er sie ansah, wußte er, daß er das Richtige getan hatte.

»Du... wie bitte? Das kann nicht dein Ernst sein.« Liz sprang auf und fing an, unruhig in dem kleinen Raum auf und ab zu laufen. »Du kennst mich doch gar nicht richtig.«

»Doch, das tue ich. Mein Leben lang bin ich mit Frauen ausgegangen, bei denen ich schon beim ersten Mal wußte, daß ich sie nie wiedersehen wollte, aber ich dachte mir immer: Was soll's? Versuch es halt, man kann nie wissen... und zwei Monate später, es mögen auch drei oder sechs gewesen sein, warf ich das Handtuch und rief nie wieder an. Und jetzt habe ich dich gefunden, und ich wußte vom ersten Augenblick an, daß ich dich liebe. Als ich dich das zweite Mal sah, war mir klar, daß du die Richtige für mich bist, die wunderbarste Frau, die mir jemals begegnet ist. Und wenn ich ganz großes Glück habe, wirst du mich für den Rest meines Lebens zu deinen Füßen haben wollen... was also soll ich jetzt tun? Ein halbes Jahr herumspielen und so tun, als müßte ich mir erst Klarheit verschaffen? Das ist nicht nötig. Ich liebe dich. Ich möchte dich heiraten.« Er strahlte sie an, da er sich plötzlich bewußt wurde, daß er nie etwas Schöneres erlebt hatte. »Liz, willst du meine Frau werden?«

Als sie lächelte, sah sie viel jünger aus als siebenundzwanzig.

»Du bist übergeschnappt. Weißt du das? Total übergeschnappt!« Aber auch sie war glücklich, denn sie war ebenso verliebt wie er. »Ich kann dich nicht nach nur drei Wochen heiraten. Was würden die Leute sagen? Was würde deine Mutter dazu sagen?« Sie sprach die magischen Worte aus, auf die er mit einem Aufstöhnen reagierte, doch er strahlte noch immer über das ganze Gesicht.

»Hör zu, solange du nicht Rachel Nußbaum heißt und deine Mutter vor der Heirat nicht Greenberg oder Schwartz hieß, ist der Nervenzusammenbruch ohnehin vorprogrammiert, also ist es doch egal.«

»Aber sie würde bestimmt in Ohnmacht fallen, wenn du ihr sagst, daß du mich erst seit drei Wochen kennst.«

Sie ging auf ihn zu, und er zog sie neben sich auf die Couch und faßte nach ihren Händen. »Ich liebe dich, Elizabeth O'Reilly. Mir ist es einerlei, ob du dem Papst den Ring küßt oder daß ich dich erst kurze Zeit kenne. Das Leben ist nicht lang genug, um es mit Spielereien zu vertun. Das habe ich nie getan und werde es nie tun. Wir wollen nicht vergeuden, was wir haben.« Und dann fiel ihm plötzlich etwas ein. »Weißt du was? Wir machen alles ganz formell. Wir wollen uns verloben. Heute haben wir den ersten August, da könnten wir zu Weihnachten heiraten. Bis dahin sind es noch fast fünf Monate. Wenn du mir dann erklärst, du hättest dich anders entschieden, werden wir unsere Pläne fallenlassen. Na, wie hört sich das an?«

Er war in Gedanken schon bei dem Ring, den er kaufen wollte... fünf Karat... sieben... acht... zehn... was sie wollte. Er legte den Arm um ihre Schultern, und Liz lachte unter Tränen.

»Ist dir klar, daß wir noch nicht einmal miteinander geschlafen haben?«

»Ein Versäumnis meinerseits.« Er schien es auf die leichte Schulter zu nehmen. Dann sah er sie nachdenklich an.

»Eigentlich wollte ich ohnehin mit dir darüber sprechen. Glaubst du, du könntest in den nächsten Tagen einen Babysitter auftreiben? Nicht daß ich deine Tochter nicht ins Herz geschlossen hätte« – fast hatte er das Gefühl, die Kleine gehöre schon seit langem zu ihm –, »aber ich gebe mich bösen, lüsternen Träumen hin, die zum Inhalt haben, daß du auf ein paar Stunden zu mir in die Wohnung kommst…«

»Mal sehen, was sich machen läßt.« Noch immer lachte sie ihn an. Es war das Verrückteste, was ihr je passiert war. Aber Bernie war ein außergewöhnlicher Mann, und sie wußte, daß er zu ihr und Jane ein ganzes Leben lang wundervoll sein würde. Aber was noch wichtiger war – sie liebte ihn. Es war nur so verdammt schwer zu begreifen, daß das alles in nur drei Wochen passiert war, aber sie wußte, daß es richtig war.

Sie konnte es kaum erwarten, es Tracy zu erzählen, ihrer besten Freundin an der Schule, einer Aushilfslehrerin, die bald von einer Kreuzfahrt zurückkommen würde. Sie hatte Liz als einsame Frau zurückgelassen und würde sie bei der Rückkehr als Verlobte antreffen – verlobt mit dem Geschäftsführer von Wolff. Es war absolut verrückt. »Schon gut, schon gut, ich besorge einen Babysitter.« Er bedrängte sie.

»Soll das heißen, daß wir verlobt jetzt sind?« Er strahlte sie an.

»Ich schätze ja.« Liz konnte es noch immer nicht fassen, und er dachte mit zusammengekniffenen Augen nach.

»Wie wär's, wenn wir am neunundzwanzigsten Dezember heiraten, das ist ein Samstag.« Das wußte er, weil er im Geschäft weit voraus planen mußte. »Wir können mit Jane Weihnachten feiern und die Flitterwochen in Hawaii oder sonstwo verbringen.« Liz ließ sich von ihm glatt überfahren, und als sie lachte, beugte er sich über sie und küßte sie. Plötzlich sahen beide einer glücklichen Zukunft entgegen. Es war ein wahrgewordener Traum, und sie waren das vollkommene Paar, ein Paar, das ein kleines Mädchen, ihr Engel, und ein Eis zusammengeführt hatten.

Bernie küßte Liz, und sie spürte sein Herzklopfen, als er sie an sich drückte. Beide wußten mit absoluter Sicherheit, daß sie jemanden fürs Leben gefunden hatten.

Kapitel 7

Liz brauchte zwei Tage, um einen Babysitter zu finden, und als sie es Bernie am Telefon sagte, errötete sie dabei. Sie wußte genau, was er im Sinn hatte, und es machte sie verlegen, daß sie die Sache so nüchtern planten. Leider blieb ihnen nichts anderes übrig, da Jane im einzigen Schlafzimmer der Wohnung schlief. Die Babysitterin sollte um sieben Uhr kommen und war einverstanden, bis eins zu bleiben.

»Ich komme mir ein bißchen wie Aschenputtel vor, aber was macht das schon?« sagte Liz lächelnd.

»Mach dir darüber keine Gedanken.« Er hatte einen Fünfzigdollarschein in der Hand, den er der Babysitterin unauffällig zustecken wollte, wenn Liz zu Jane gehen und ihr einen Gutenachtkuß geben würde. »Zieh heute etwas Hübsches an.«

»Etwa einen Straps?« Sie war nervös wie eine Braut, und er lachte über ihre Frage.

»Klingt großartig, aber darüber solltest du ein Kleid tragen. Wir wollen auswärts essen.«

Liz staunte. Sie hatte sich vorgestellt, sie würden direkt in seine Wohnung gehen, und das »erste Mal« fast wie eine Operation hinter sich bringen. Diese ersten Male waren immer eine eher peinliche Angelegenheit, und sie war froh, statt dessen essen gehen zu können. Nachdem er sie abgeholt hatte, gingen sie ins »L'Étoile«. Er hatte dort einen Tisch für zwei Personen reservieren lassen, und Liz wurde merklich lockerer, als sie sich unterhielten wie immer. Bernie berichtete ihr, was sich im Geschäft tat, was für den Herbst an Veranstaltungen und Modenschauen geplant war. Die Eröffnung der Opernsaison stand noch bevor, und Bernie hatte alle Hände voll zu tun, seine luxuriöse Kollektion von Abendkleidern anzubieten. Sie war fasziniert von seiner Arbeit und fand, daß er durch und durch Geschäftsmann war und sich bei allem von den Prinzipien der Wirtschaftlichkeit leiten ließ. Dies und sein ungewöhnliches Gespür für neue Trends waren die Gründe, warum alles, was er anfaßte, zu Gold wurde, wie Paul Berman sagte. Und seit einiger Zeit litt Bernie auch nicht mehr darunter, daß man ihn nach San Franzisko geschickt hatte. Seiner Berechnung nach stand ihm noch allerhöchstens ein Jahr in Kalifornien bevor – Zeit genug, um zu heiraten und ein paar Monate allein zu verbringen, ehe sie nach New York gingen, wo Liz es mit seiner Mutter zu tun bekommen würde. Bis dahin war vielleicht schon ein Baby unterwegs... und er mußte eine Schule für Jane ausfindig machen... aber über das alles sprach er noch nicht. Er hatte sie zwar vorgewarnt, daß sie einmal nach New York ziehen würden, doch er wollte sie noch nicht mit Einzelheiten und den Konsequenzen dieses Umzugs belasten. Schließlich war bis dahin mindestens noch ein Jahr Zeit, und vorher mußten sie die Hochzeit hinter sich bringen.

»Wirst du ein richtiges Brautkleid tragen?« Er hätte es wundervoll gefunden. Erst vor zwei Tagen hatte er bei einer Vorführung ein Kleid gesehen, das an ihr wunderschön ausgesehen hätte, doch Liz errötete bei dem Gedanken.

»Dir ist es also ganz ernst?«

Bernie nickte und hielt unter dem Tisch ihre Hand. Sie saßen Seite an Seite auf der Sitzbank an der Wand. Er genoß das Gefühl, ihr Bein an seinem zu spüren. Sie trug ein hübsches weißes Seidenkleid, das ihre Sonnenbräune betonte. Das Haar hatte sie zu einem losen Knoten geschlungen. Er sah, daß sie Nagellack aufgetragen hatte – für sie war das ganz ungewöhnlich, und er war froh darüber, sagte ihr aber nicht warum, als er sich zu ihr beugte und sie sachte auf den Nacken küßte. »Ja, mir ist es ernst. Ich glaube, manchmal weiß man ganz genau, daß man das Richtige tut. Ich habe es eigentlich immer gewußt, ob etwas gut oder schlecht für mich war. Die einzigen Fehler, die ich machte, unterliefen mir, als ich nicht auf meine innere Stimme hörte. Wenn ich aber auf sie hörte, dann war es immer richtig.« Sie verstand ihn, und doch erschien es ihr fast unvernünftig, so überstürzt zu heiraten, obwohl sie wußte, daß es kein Fehler war und sie es nie bereuen würde.

»Ich hoffe, du wirst eines Tages so sicher sein, wie ich es jetzt bin, Liz.« Sein Blick lag liebevoll auf ihr, und ihr Herz flog ihm zu. Das Gefühl, ihren Schenkel ganz nahe zu spüren, war herrlich, und er fühlte, wie die Erregung in ihm wach wurde, wenn er daran dachte, daß er bald neben ihr liegen würde, doch noch war es zu früh. Er hatte den ganzen Abend bis zur Perfektion geplant.

»Weißt du, das Verrückte ist, daß ich ganz sicher bin... ich kann es nur niemandem erklären.«

»Liz, ich glaube, das wirkliche Leben ist so. Immer wieder hört man von Menschen, die zehn Jahre zusammenleben und nicht glücklich sind – dann lernt einer der beiden einen anderen Menschen kennen und heiratet ihn nach fünf Tagen... weil die erste Verbindung nie wirklich perfekt gewesen ist und der Betreffende erkannte, daß die zweite Beziehung genau richtig sein würde.«

»Ich weiß, das dachte ich selbst sehr oft. Aber nie hätte ich geglaubt, daß mir so etwas je passieren könnte.« Das sagte sie lächelnd.

An diesem Abend aßen sie Ente, Salat und ein Soufflé. Danach gingen sie in die Bar und tranken Champagner, hörten dem Klavierspieler zu und plauderten wie immer. Sie tauschten Meinungen, Ideen und Hoffnungen und Träume aus. Es war der schönste Abend, den Liz seit sehr, sehr langer Zeit erlebt hatte. Das Zusammensein mit Bernie ließ sie alles Schlimme vergessen, das ihr widerfahren war – den Tod der Eltern, den Alptraum mit Chandler Scott und die langen einsamen Jahre seit Janes Geburt, in denen niemand ihr geholfen hatte oder für sie dagewesen war. Es war, als sei ihr ganzes bisheriges Leben nur eine Vorbereitung für diesen Mann gewesen, der jetzt so wunderbar zu ihr war. Daneben sank alles zur Bedeutungslosigkeit herab.

Als Bernie nach dem Champagner die Rechnung verlangte, gingen sie langsam Hand in Hand die Treppe hinauf, und sie wollte schon auf den Ausgang zustreben, als er behutsam ihren Arm nahm und sie durch die Hotelhalle geleitete. Sie dachte sich nichts dabei, bis sie vor den Aufzügen stehenblieben und er mit einem jungenhaften, kaum durch seinen Bart verhüllten Lächeln auf sie niedersah.

»Möchtest du auf einen Drink zu mir hinaufkommen?« Sie wußte, was er vorhatte, und sie wußte, daß er nicht hier wohnte, aber irgendwie kam es ihr romantisch vor und zugleich ein wenig abenteuerlich. Er hatte ihr die Frage im Flüsterton gestellt, und sie antwortete mit einem Lächeln.

»Wenn du mir versprichst, es deiner Mutter nicht zu sagen.« Es war erst zehn Uhr, sie hatten noch drei Stunden Zeit. Der Lift hielt im obersten Stockwerk, und Liz folgte Bernie wortlos zu einer Tür, die dem Lift direkt gegenüberlag. Er zog einen Schlüssel aus der Tasche und ließ sie eintreten – es war die schönste Suite, die sie je gesehen hatte, sei es im Kino oder im wirklichen Leben oder auch im Traum. Alles war in Weiß und Gold gehalten, feine Seidenstoffe, erlesene Antiquitäten und ein Kristallüster, der zu ihren Häupten funkelte, ohne eingeschaltet zu sein, denn die Beleuchtung war gedämpft. Auf einem Tischchen, auf dem eine Käseplatte, Obst und eine Champagnerflasche im Eiskübel standen, brannten Kerzen.

Liz sah Bernie nur an, da ihr die Worte fehlten. Was Bernie auch tat, er tat es mit viel Stil und Feingefühl.

»Mr. Fine, Sie sind erstaunlich... wissen Sie das?«

»Ich dachte mir, es sollte alles stimmen, da es immerhin unser Honeymoon ist.« Besser hätte man es gar nicht machen können. Auch im anschließenden Zimmer war die Beleuchtung gedämpft. Er hatte die Suite selbst gemietet und in Augenschein genommen, ehe er Liz abholte, um sicherzugehen, daß alles perfekt war. Das Zimmermädchen hatte er gebeten, das Bett zurechtzumachen, auf dem ein wunderschöner Morgenrock lag, mit Marabubesatz, dazu rosa Satinpantöffelchen und ein rosa Satinnachthemd. Liz sah es, als sie nach nebenan ging, und hielt den Atem an. Die hübschen Sachen schienen auf einen Filmstar zu warten und nicht auf die kleine unscheinbare Liz O'Reilly aus Chikago.

Das sagte sie ihm auch, als er sie in die Arme nahm.

»Ach, das bist du also?« meinte er. »Die kleine unscheinbare Liz

O'Reilly aus Chikago? Na ja, wer weiß... sehr bald wirst du die kleine Liz Fine aus San Franzisko sein.« Er küßte sie hungrig, und seine Küsse wurden erwidert, als er sie sacht aufs Bett legte und den Morgenrock beiseite schob. Es war ihre erste Gelegenheit, ihr Verlangen zu stillen. Drei Wochen unerfüllten Begehrens brandeten über sie herein wie eine Woge. Ihre Kleidungsstücke landeten in einem Durcheinander auf dem Boden, bedeckt vom rosa marabubesetzten Morgenrock, als ihre Körper sich ineinander verschlangen. Liz' Lippen erforschten jeden Zoll seines Körpers, während Bernie sie mit seinen Händen liebkoste. Sie machte all seine Träume wahr, und er steigerte ihre Lust bis zu den höchsten Gipfeln der Leidenschaft – und dann endlich erlebten sie den ersten gemeinsamen Höhepunkt, bis sie schließlich erschöpft und glücklich im halbdunklen Raum nebeneinander lagen. Liz hatte ihren Kopf an seine Schulter gelegt, und Bernie spielte mit dem langen blonden Haar.

»Du bist die schönste Frau, die ich je gesehen habe... weißt du das?«

»Und du bist ein wunderbarer Mann, Bernie Fine... innerlich und äußerlich.« Ihre Stimme war heiser, als sie ihm zärtlich in die Augen sah. Plötzlich schüttelte sie ein Lachkrampf, weil sie bemerkte, was er unter ihrem Kissen versteckt hatte. Es war ein schwarzer Spitzenstraps mit roter Rosette. Den hielt sie in die Höhe wie eine Trophäe und küßte Bernie, bevor sie ihn anzog und das Spiel von vorne begann. Es war die schönste Nacht, die beide je erlebt hatten. Lange nach ein Uhr saßen sie zusammen in der Badewanne, und er spielte mit ihren Brustspitzen.

»Wenn du wieder anfängst, komme ich nie mehr nach Hause.« Sie lächelte schläfrig, den Kopf an die Marmorwand gelehnt. Sie hatte die Babysitterin anrufen und ihr sagen wollen, daß sie später komme, aber Bernie hatte ihr gestanden, daß die Sache bereits arrangiert war. Liz errötete.

»Du hast sie bezahlt?« Die Vorstellung entlockte ihr ein Kichern.

»Ja, das habe ich.« Er schien überglücklich, und Liz küßte ihn.

»Ich liebe dich so sehr, Bernie Fine.« Er lächelte und wünschte sich mehr denn je, die ganze Nacht mit ihr verbringen zu können, doch er wußte, daß das nicht ging. Es tat ihm schon leid, daß er vorgeschlagen hatte, erst nach Weihnachten zu heiraten. So lange warten zu müssen, schien ihm jetzt nahezu unmöglich, aber der Gedanke daran rief ihm etwas ins Gedächtnis, was er schon fast vergessen hatte.

»Wohin willst du?« Erstaunt blickte sie auf, als er, über und über mit Schaum bedeckt, aus der Wanne stieg. Bernie hatte einen kraftvollen Körper mit breiten Schultern und langen, wohlgeformten Beinen. Sein Körper war begehrenswert, und sie spürte wieder das Verlangen in sich aufsteigen, während sie ihm nachsah. Mit geschlossenen Augen lehnte Liz sich in der Wanne zurück und wartete. Bernie kam sehr schnell zurück und streichelte ihre Brüste, als er wieder im Wasser versank, und ehe er die Chance hatte, ihr zu geben, was er aus dem Nebenzimmer geholt hatte, wanderten seine Finger tiefer und machten sich von neuem daran, ihren wunderbaren Körper zu erkunden, während sein Mund ihre Lippen fand. Diesmal liebten sie sich in der Wanne, und die Geräusche ihrer Leidenschaft hallten in dem rosa Marmorbad wider.

»Pst...«, flüsterte sie hinterher mit unterdrücktem Kichern. »Man wird uns hier rauswerfen.«

»Entweder das, oder man verkauft Tickets an Neugierige.« Seit Jahren war er nicht so glücklich gewesen, und er wollte, daß es so blieb. Für immer. Eine Frau wie sie hatte er noch nie kennengelernt. Beide hatten über längere Zeit enthaltsam gelebt, so daß sie jetzt ihren Hunger stillen konnten.

»Übrigens, ich habe etwas für dich geholt, ehe du mich überfallen hast.«

»Ich... habe dich überfallen... ha!« Doch sie warf einen Blick über die Schulter in die Richtung, in die er wies. Das Zusammensein mit ihm war immer wie Weihnachten, und sie war neugierig, womit er sie jetzt überraschen wollte... Morgenröcke... Strapse... er hatte neben die Wanne eine Schuhschachtel gestellt, und als sie diese öffnete, sah sie darin ein Paar auffallende, straßbesetzte Goldslipper. Sie lachte, unsicher, ob das ernstgemeint war oder nicht.

»Sind das Erbstücke von Aschenputtel?«

Es waren übertrieben modische Schuhe, und sie wußte nicht recht, warum er sie ihr geschenkt hatte. Bernie beobachtete Liz höchst amüsiert. Die Slipper waren über und über mit großen Glasklunkern verziert, und von der einen Ristspange baumelte ein riesiger falscher Stein.

»O Gott!« entfuhr es ihr, als ihr klarwurde, was er getan hatte. Sie fuhr in der Wanne auf und starrte ihn an.

»Bernie,... nein, das kannst du nicht tun!« Doch er hatte es getan, und sie hatte es durchschaut. Einen Verlobungsring mit großem Stein, auf den ersten Blick nicht von den falschen zu unterscheiden, war an den Schuh geheftet. Doch Liz hatte den Ring entdeckt, und Tränen stiegen ihr in die Augen, als sie den Slipper in die Hand nahm. Bernie stand auf und machte den Ring los, denn ihre Hände zitterten zu stark. Als er Liz den Ring über den Finger streifte, liefen ihr die Tränen über die Wangen. Der Stein hatte acht Karat, ein schlichter Stein im Smaragdschliff. Es war ein Ring, der ihm auf den ersten Blick gefallen hatte.

»O Bernie...« Sie umschlang ihn, im Bad stehend, und er strich ihr übers Haar und küßte sie. Nachdem er sich und sie vom Seifenschaum befreit und abgetrocknet hatte, trug er sie zum Bett, und wieder liebten sie sich... diesmal sanfter... langsamer... in zärtlichen wogenden Rhythmen, die wie ein wundervoller Tanz zu einer leisen romantischen Melodie zu sein schienen, dann hielten sie sich lange ganz fest in den Armen, bis Liz vor Wonne bebte und Bernie mit einem leisen Aufstöhnen seinen Höhepunkt genoß.

Erst um fünf Uhr morgens kam sie nach Hause, gepflegt und adrett, als käme sie von einer Sitzung des Lehrerkollegiums. Niemand hätte ihr angesehen, was sie erlebt hatte. Sie entschuldigte sich überschwenglich bei der Babysitterin, doch diese sagte, daß es ganz in Ordnung sei, und beide wußten, warum. Die Babysitterin hatte ohnehin seit Stunden geschlafen; sie schloß leise die Tür hinter sich, als sie ging. Liz saß allein in ihrem Wohnzimmer und blickte hinaus in den Sommernebel. Sie dachte mit unendlicher Zärtlichkeit an den Mann, den sie bald heiraten würde. Was für ein Glück, daß sie ihn gefunden hatte! Der riesige Diamant an ihrer Hand funkelte, und in ihren Augen standen Tränen. Liz rief Bernie an, kaum daß sie im Bett lag, und sie unterhielten sich noch eine Stunde im Flüsterton, voll des Bedauerns, weil sie nicht zusammensein konnten.

Kapitel

8

Nach dem Ausflug an den Lake Tahoe mit Jane, bei dem sie in getrennten Zimmern schliefen, sagte Liz immer wieder zu ihrer Tochter, daß es wunderschön wäre, wenn sie für immer mit Bernie zusammensein könnten. Bernie bestand darauf, daß Liz sich für die Eröffnung der Opernsaison, die ein glänzendes Ereignis zu werden versprach, ein Kleid im Kaufhaus aussuchte. Es war einer der Höhepunkte des gesellschaftlichen Lebens in San Franzisko, und sie würden eine Loge für sich haben. Bernie wußte, daß sie kein geeignetes Kleid in ihrem Schrank hatte, deswegen wollte er ihr ein Abendkleid schenken.

»Mein Schatz, es ist höchste Zeit, daß du die Vorteile wahrnimmst, die das Kaufhaus bietet. Es muß doch etwas Gutes haben, wenn man sieben Tage in der Woche schuftet.«

Obwohl er nichts umsonst bekam, war der Nachlaß für ihn doch beträchtlich. Und er freute sich, sie an diesem Vorteil teilhaben zu lassen.

Liz ging also in die Abteilung, probierte Dutzende von Modellen an und entschied sich schließlich für ein Abendkleid, das ein italienischer Modeschöpfer entworfen hatte, den Bernie sehr schätzte. Das Kleid war aus weichem kognakfarbenen Samt, bestickt mit Goldperlen und winzigen Steinchen, die aussahen wir Halbedelsteine. Auf den ersten Blick erschien es Liz viel zu auffallend und pompös, ähnlich den Slippern, die Bernie ihr mit dem Verlobungsring geschenkt hatte. Aber als sie es anhatte, sah sie, wie großartig es ihr stand. Mit dem tiefen Dekolleté, den üppigen Ärmeln und dem langen, in einer kleinen Schleppe auslaufenden Rockteil, den man an einer kleinen Schlinge mit einem Finger hochraffen konnte, erinnerte es stark an die Gewänder der Renaissance-Zeit. Als sie in der Modellabteilung auf und ab schritt, kam sie sich vor wie eine Königin, und sie musterte sich amüsiert im Spiegel. Sie erschrak, als die Tür aufging und sie eine vertraute Stimme hinter sich hörte.

»Hast du etwas gefunden?« Seine Augen funkelten, als er sie in dem Kleid sah. Es war ihm schon aufgefallen, als es aus Italien eingetroffen war, da es in der Modellabteilung ziemlich Aufsehen erregt hatte und zu den teuersten Modellen des Sortiments gehörte. Das vergaß er aber vollkommen, als Liz auf ihn zukam. Bernie war wie elektrisiert, weil dieser kognakfarbene Traum geradezu für sie gemacht schien. Dank seines persönlichen Rabatts würde der Preis ihm nicht allzusehr weh tun. »Donnerwetter! In diesem Kleid sollte dich der Modeschöpfer sehen, Liz!« Auch die Verkäuferin lächelte.

Es war ein Vergnügen, eine Erscheinung wie Liz in einem Kleid zu sehen, das ihr auf den Leib geschneidert schien und ihre Schönheit, die goldene Bronzehaut, die Augen und die Figur so vorteilhaft betonte. Bernie küßte sie und spürte dabei das weiche Material unter den Händen. Die Tür schloß sich diskret hinter der Verkäuferin, die im Hinausgehen murmelte: »... muß etwas suchen... vielleicht passende Schuhe...« Sie verstand ihr Geschäft und galt als überaus gewandt und tüchtig.

»Gefällt es dir?« Liz' Augen sprühten Funken wie die Straßstickerei des Kleides, als sie sich graziös vor ihm drehte und ihr Lachen silberhell erklang. Sein Herz drohte vor Entzücken zu zerspringen, als er sie ansah. Er konnte kaum erwarten, sich mit ihr in der Oper zu zeigen.

»Ich bin begeistert. Es ist für dich wie geschaffen, Liz. Hast du außerdem noch etwas gesehen, das dir gefallen würde?« Als sie lachte, nahm ihre Sommerbräune einen rosigen Schimmer an. Ausnützen wollte sie ihn nicht. »Ich sollte mir wohl besser etwas anderes aussuchen. Man hat mir den Preiszettel nicht zeigen wollen... aber ich habe das Gefühl, daß dieses Kleid leider viel zu teuer ist.« So wie sich der Stoff anfühlte, wußte sie, daß sie sich das Kleid nicht leisten konnte, doch es machte Spaß, sich zu kostümieren, so wie Jane es unter ähnlichen Umständen getan hätte. Zudem wußte sie, daß sie dank Bernie Rabatt bekommen würde. Aber dennoch... Er lächelte ihr zu. Liz war ein erstaunliches Mädchen, und plötzlich mußte er an Isabelle Martin aus seiner fernen Vergangenheit denken und wie sehr sich die beiden unterschieden. Die eine hatte gar nicht genug bekommen können, während die andere gar nichts nehmen wollte. Er hatte wirklich Glück.

»Mrs. O'Reilly, Sie kaufen hier gar nichts. Dieses Kleid ist ein Geschenk Ihres zukünftigen Ehemannes... und dazu kommt noch alles andere, was du siehst und was dir gefällt.«

»Bernie... ich...«

Er verschloß ihr die Lippen mit einem Kuß und ging nach einem letzten Blick über die Schulter zur Tür.

»Such dir dazu noch passende Schuhe aus, Liebling. Und komm hinauf in mein Büro, sobald du fertig bist. Wir wollen anschließend zusammen essen.« Er verschwand endgültig, als die Verkäuferin wiederkam, den Arm voller Kleider, die Liz ihrer Meinung nach noch probieren sollte. Liz aber weigerte sich. Sie wollte sich nur noch passende Schuhe aussuchen. Sie fand ein Paar kognakfarbene Satinschuhe, die mit ähnlichen Steinen bestickt waren wie das Kleid. Die Schuhe bildeten eine ideale Ergänzung. Liz betrat strahlend Bernies Büro, und als beide das Haus verließen, erzählte sie ganz glücklich von ihren Errungenschaften. Sie fand das Kleid hinreißend und war überwältigt, daß er sie so verwöhnte. Arm in Arm wanderten sie zu »Trader Vic« und gönnten sich ein ausgedehntes Mittagessen, das sich bis in den Nachmittag hinzog und bei dem viel gelacht und gescherzt wurde. Zu Bernies Bedauern mußte er sie kurz vor drei verlassen, und Liz wollte Jane bei einer Freundin abholen. Jane und Liz genossen ihre Freiheit, weil die Schule noch nicht wieder begonnen hatte – bis zum kommenden Montag blieben ihnen nur mehr ein paar Tage.

Im Moment aber stand die Opernpremiere im Vordergrund. Am Freitagnachmittag ging Liz zum Friseur und gönnte sich eine Maniküre. Um sechs schlüpfte sie in das zauberhafte neue Kleid. Vorsichtig zog sie den Reißverschluß zu und blieb einen Augenblick wie gebannt vor dem Spiegel stehen. Ihr Haar wurde von einem Goldnetz gebändigt, das sie bei einem ihrer Streifzüge bei Wolff gefunden hatte, und unter den schweren Samtfalten ihres Kleides lugten die Schuhspitzen hervor.

Da hörte sie wie aus der Ferne die Türklingel, und plötzlich stand

Bernie in der Tür zum Schlafzimmer und sah selbst wie ein Traumbild aus – Frack, weiße Fliege, gestärkte Hemdbrust und dazu die diamantbesetzten Manschettenknöpfe, die seinem Großvater gehört hatten.

»Mein Gott, Liz…« Mehr brachte er nicht heraus, als er sie sah und sie ganz vorsichtig küßte, um ihr Make-up nicht zu gefährden. »Wundervoll siehst du aus«, flüsterte er, während Jane, die im Moment in Vergessenheit geraten war, von der Tür her zusah.

»Fertig?«

Liz nickte. Dabei fiel ihr Blick auf Jane, die alles andere als glücklich aussah. Einerseits freute sie sich, ihre Mutter so hübsch zurechtgemacht zu sehen, andererseits beunruhigte es sie, daß die beiden so vertraut miteinander umgingen. Das machte ihr seit den Tagen am Lake Tahoe große Sorgen. Liz wußte, daß sie mit Jane sehr bald über ihre Pläne reden mußte, sah dieser Aussprache aber mit Bangen entgegen. Wenn Jane sich gegen die Ehe stemmte, was dann? Liz wußte, daß die Kleine Bernie mochte, aber das genügte nicht. In gewisser Weise sah Jane Bernie als ihren Freund und nicht als den ihrer Mutter an.

»Gute Nacht, Schätzchen.« Liz bückte sich, um ihr einen Kuß zu geben. Mit zornigem Blick wandte Jane sich ab und würdigte Bernie diesmal keines Wortes. Liz, die ein ungutes Gefühl beschlich, sagte nichts zu diesem Benehmen, weil sie nicht wollte, daß dieser zauberhafte Abend getrübt würde.

Den Auftakt bildete ein Dinner im Museum of Modern Art, vor dem sie in einem gemieteten Rolls vorfuhren. Ein Schwarm von Fotografen empfing sie und bemühte sich, von ihnen und den anderen ebenso eleganten Gästen ein Foto zu schießen. Liz fühlte sich inmitten dieser luxuriösen und glitzernden Gesellschaft wie zu Hause und war stolz darauf, daß sie an Bernies Seite war, während die Blitzlichter um sie herum aufflammten. Sie wußte, daß sie fotografiert wurden, weil Bernie als Chef des nobelsten Kaufhauses der Stadt mittlerweile einen gewissen Bekanntheitsgrad hatte. Viele der eleganten weiblichen Gäste schienen ihn zu kennen. Im Museum, das von den Damen der Gesellschaft dekoriert worden war, schwebten Silber- und Goldballons in der Luft, und künstliche Bäume waren mit Gold angesprüht worden. Neben jedem Gedeck lag ein wunderhübsch verpacktes Geschenk, Rasierwasser für die Herren und ein edles Parfumfläschchen für die Damen, von Wolff natürlich, wie an der unverwechselbaren Verpackung zu erkennen war.

Dichtgedrängt strebten die Menschen der großen Halle zu, in der gespeist wurde. Liz sah lächelnd zu Bernie auf, als dieser ihren Arm drückte und schon wieder ein Fotograf eine Aufnahme schoß.

»Gefällt es dir?« Liz nickte, obwohl »gefallen« nicht das richtige Wort war. Sie war fasziniert von dem Gedränge, den eleganten Roben und den vielen Juwelen. Und über allem schwebte eine knisternde Erwartung. Alle Anwesenden wußten, daß sie an einem bedeutenden Ereignis teilhatten.

Bernie und Liz saßen an einem Tisch mit einem Ehepaar aus Texas, mit dem Kurator des Museums und seiner Frau, einer wichtigen Kundin von Wolff und ihrem fünften Ehemann sowie mit der Bürgermeisterin und deren Ehemann. Es war eine interessante Gesellschaft, bei der die Unterhaltung unbeschwert und leicht dahinplätscherte, während man aß und immer wieder Wein nachgeschenkt wurde. Man plauderte über den Sommer, über Kinder, über die in jüngster Zeit unternommenen Reisen und wann man Placido Domingo zum letzten Mal gehört hatte. Der Opernstar war eigens nach San Franzisko gekommen, um an diesem Abend mit Renata Scotto in »La Traviata« zu singen – das war für die wenigen echten Opernliebhaber unter den Gästen ein wahrer Leckerbissen. Opernbesuche in San Franzisko hatten mehr mit dem gesellschaftlichen Status und mit Mode zu tun als mit wirklicher Musikleidenschaft. Das wußte Bernie schon seit Monaten, doch es kümmerte ihn nicht. Er fand alles großartig und genoß es, mit Liz einem so glänzenden Ereignis beizuwohnen. Die Opernstars waren für ihn nur willkommenes Beiwerk, da er von Opern herzlich wenig verstand.

Doch als sie ein wenig später die hufeisenförmige Zufahrt überquerten und zum War Memorial Opera House gingen, bekam auch Bernie einen Vorgeschmack von der Bedeutung des Augenblicks. Wieder wurden sie von Fotografen empfangen, die von jedem, der das Opernhaus betrat, ein Foto schossen. Die neugierigen Zaungäste konnten nur mühsam mittels Absperrungen und Polizei zurückgehalten werden. Viele waren gekommen, um die Prominenz an diesem Abend zu bestaunen, und Bernie hatte plötzlich das Gefühl, an der Oscar-Verleihung teilzunehmen, nur starrte die Menge nicht Gregory Peck und Kirk Douglas an, sondern ihn. Ein berauschendes Gefühl, als er Liz vor dem Trubel abschirmend ins Gebäude und die breite Treppe hinauf zu ihrer Loge geleitete. Sie fanden ihre Plätze sofort, und er bemerkte um sich herum lauter bekannte Gesichter, zumindest kannte er viele Damen. Es waren samt und sonders Kundinnen von Wolff. Er war sehr erfreut, daß er seit Beginn des Abends so viele Abendroben entdeckt hatte, die aus dem Kaufhaus stammten. Doch Liz in ihrem Renaissance-Kleid, das Haar von einem Goldnetz zusammengehalten, war die weitaus Schönste. Er hätte sie am liebsten ungeachtet der vielen neugierigen Blicke geküßt. Sanft drückte er ihre Hand, als das Licht ausging. Den ganzen ersten Akt hindurch hielten sie sich an den Händen. Die beiden großen Opernstars garantierten eine glanzvolle Aufführung, so daß es in jeder Hinsicht ein atemberaubender Abend wurde. In der Pause folgten Bernie und Liz den anderen in die Bar, wo der Champagner in Strömen floß und die Fotografen wieder eifrig blitzten. Liz war inzwischen mindestens fünfzehnmal fotografiert worden, was ihr aber nichts auszumachen schien, obwohl sie scheu und zurückhaltend wirkte. Sie fühlte sich nur an Bernies Seite sicher. Alles an ihr erweckte in ihm den Wunsch, sie zu beschützen. Bernie reichte ihr ein Glas Champagner, und sie standen da und tranken und beobachteten die anderen Gäste, und plötzlich hörte er Liz kichern und sagen: »Komisch, nicht?«

Bernie grinste. Die Szene war so luxuriös und elegant, daß es überwältigend wirkte, und alle nahmen sich selbst so ernst. Man glaubte sich in eine andere Zeit zurückversetzt, als Anlässe wie dieser von viel größerer Bedeutung waren.

»Eine nette Unterbrechung der Alltagsroutine, findest du nicht?«

Wieder lächelte sie und nickte. Am nächsten Morgen würde sie wieder in Safeway sein und Lebensmittel für die ganze Woche für sich und Jane besorgen, und am Montag würde sie einfache Additionen auf eine Tafel schreiben.

»Es erscheint so unwirklich.«

»Ich glaube, das gehört zum Zauber der Oper.« Ihm gefiel es, daß die Eröffnung der Opernsaison in San Franzisko im großen Stil begangen wurde, und ganz besonders gefiel ihm, daß er daran teilhatte – und noch dazu mit einer so bezaubernden Frau wie Liz an seiner Seite. Es war eine Premiere für sie beide, und er wünschte sich ein Leben voller Premieren mit ihr. Ehe er noch etwas sagen konnte, wurde die Beleuchtung gedämpft, um sofort wieder aufzuflammen, ein diskretes Klingeln forderte die Zuschauer auf, auf ihre Plätze zu gehen.

»Wir müssen zurück.« Sie stellten ihre Gläser ab, bemerkten aber, daß die anderen Gäste sich nicht stören ließen. Als sie schließlich vom beharrlichen Klingeln gedrängt die Bar verließen, blieben die meisten Inhaber der Logenplätze in der Bar, plauderten, lachten und tranken weiter. Auch das gehörte in San Franzisko zur Tradition. Die Bar samt Klatsch und Intrigenspiel war in mancherlei Hinsicht viel wichtiger als die Musik.

Die Logen blieben während des zweiten Aktes halb leer, auch die ihre, und in der Bar herrschte Gedränge, als sie in der zweiten Pause wieder hingingen. Liz unterdrückte ein Gähnen und warf Bernie einen verlegenen Blick zu.

»Müde, mein Schatz?«

»Ein wenig... es ist alles so überwältigend.« Beide wußten, daß es mehr war. Nachher gingen sie ins »Trader Vic«, um noch eine Kleinigkeit zu sich zu nehmen, und bekamen sogar einen Platz in der Captain's Cabin, da Bernie dort Stammgast war. Nach dem Essen wollten sie noch rasch auf dem Opernball in der City Hall vorbeischauen. Vermutlich würden sie erst um drei oder vier Uhr morgens nach Hause kommen, bei einem gesellschaftlichen Anlaß dieser Größenordnung, der wie der Kronjuwel eines Diadems alles andere überstrahlte, war das nur zu verständlich.

Ihr Wagen wartete bereits in der Auffahrt, und sie stiegen ein und fuhren zu »Trader Vic«. Auch dort war diesmal alles besser als sonst. Sie tranken Champagner und aßen Kaviar, Bongo-Bongo-Suppe und Pilz-Crêpes. Liz lachte entzückt auf, als sie den Spruch in ihrem Glücksplätzchen las.

»Er wird dich stets so lieben wie du ihn.«

»Das gefällt mir sehr.« Sie sah ihn strahlend an. Es war ein zauberhafter Abend. Placido Domingo und die Scotto waren samt Gefolge eben im Lokal eingetroffen und bekamen einen Ecktisch zugewiesen, was nicht ohne Wirbel und Aufsehen vor sich ging. Viele Fans baten um Autogramme, und beide Künstler schienen darüber sehr erfreut zu sein.

Es war eine bemerkenswerte Vorstellung gewesen.

»Danke für den schönen Abend, mein Liebling.«

»Noch ist er nicht vorüber.« Er streichelte zärtlich ihre Hand und schenkte ihr Champagner nach, wogegen Liz energisch protestierte.

»Wenn ich noch mehr davon trinke, mußt du mich hier hinaustragen.«

»Das schaffe ich schon.« Sanft legte er den Arm um sie und trank ihr mit einem liebevollen Blick zu. Es war schon nach eins, als sie »Trader Vic« verließen und zum Opernball fuhren, der nach allen vorangegangenen Ereignissen des Abends fast enttäuschend wirkte. Liz erkannte die Gesichter, die sie schon zuvor gesehen hatte, im Museum, in der Oper, in der Bar, bei »Trader Vic«, und alle schienen sich blendend zu unterhalten. Sogar die Presseleute nahmen die Sache lockerer und amüsierten sich. Inzwischen hatte man schon genügend Storys und Bildmaterial gesammelt. Trotzdem wurden Liz und Bernie noch einmal aufgenommen, als sie in einem anmutigen Walzer über die Tanzfläche glitten und Liz' Kleid im Licht funkelte.

Genau dieses Foto war es auch, das am nächsten Morgen die Berichterstattung beherrschte: Ein großes Bild von Liz in Bernies Armen auf der Tanzfläche der City Hall während des Opernballs. Man konnte darauf einige Einzelheiten des Kleides erkennen, mehr noch, man konnte sehen, daß Liz strahlend zu Bernie emporlächelte, der sie fest in den Armen hielt.

»Mami, ich glaube, du magst ihn wirklich!« Jane stützte nachdenklich das Kinn in beide Hände, und Liz kämpfte gegen gewaltige

Kopfschmerzen, als sie beide am nächsten Morgen die Zeitung lasen. Um halb fünf erst war sie nach Hause gekommen, und als sich vor dem Einschlafen das Zimmer langsam um sie zu drehen schien, war ihr klargeworden, daß sie mit Bernie mindestens vier Flaschen Champagner geleert haben mußte. Es war der schönste Abend ihres Lebens gewesen, doch im Moment verursachte ihr allein der Gedanke an das prickelnde Getränk Übelkeit. Und vor allem war sie nicht in der Stimmung, sich mit ihrer Tochter in eine Diskussion einzulassen.

»Er ist ein besonders netter Mensch, und er mag dich sehr, Jane.« Diese Antwort erschien ihr im Moment am vernünftigsten, vor allem war es die einzige, die ihr einfallen wollte.

»Ich mag ihn auch.« Doch in Janes Augen war zu lesen, daß sie ihrer Sache nicht so sicher war wie noch vor kurzem. Im Laufe des Sommers hatten sich die Dinge kompliziert. Ganz instinktiv spürte sie, wie ernst diese Beziehung geworden war.

»Wieso gehst du so oft mit ihm aus?«

In Liz' Kopf dröhnte es unheilvoll. Schweigend starrte sie ihre Tochter über die Kaffeetasse hinweg an. Dann sagte sie:

»Weil ich ihn gern habe.« Zum Teufel, sie entschloß sich, die Wahrheit zu sagen. »Eigentlich liebe ich ihn.« Mutter und Tochter starrten sich lange an. Sie sagte Jane nichts, was diese nicht ohnehin schon wußte, doch war es das erste Mal, daß Jane diese Worte hörte, und es sah gar nicht so aus, als ob sie ihr gefielen.

»Ich liebe ihn.« Liz' Stimme geriet bei diesem Satz ins Schwanken, und sie haßte sich dafür.

»Ach?... Na und?« Jane stand auf und wollte weggehen, doch der Blick ihrer Mutter hielt sie zurück.

»Was ist schlimm daran?«

»Wer sagt, daß etwas schlimm daran ist?«

»Du... deine Reaktion. Er liebt dich auch, das weißt du.«

»Ach? Woher weißt du das?« Jane hatte Tränen in den Augen, und das Dröhnen in Liz' Kopf nahm zu.

»Ich weiß es, weil er es mir gesagt hat.« Sie stand auf und ging langsam auf ihr Kind zu. Sie war nicht sicher, ob sie ihr auch von ihren Hochzeitsplänen erzählen sollte. Irgendwann mußte Jane ja davon erfahren, und vielleicht war gerade jetzt der richtige Zeitpunkt dafür. Sie setzte sich auf die Couch und zog Jane zu sich auf den Schoß. Janes Körper war steif, sie setzte sich aber nicht zur Wehr.

»Er möchte uns heiraten.« Leise klang die Stimme ihrer Mutter durch den stillen Raum. Jetzt konnte Jane ihre Tränen nicht mehr zurückhalten. Sie hielt schluchzend die Hände vors Gesicht, drückte ihr Gesicht an ihre Mutter und schmiegte sich an sie. Auch Liz hatte Tränen in den Augen, als sie das kleine Mädchen in den Armen hielt, das einmal ihr Baby gewesen war und es immer bleiben würde.

»Ich liebe ihn, mein Schatz...«

»Warum?... Ich meine, warum müssen wir ihn heiraten? Nur wir zwei allein... das war doch prima.«

»Wirklich? Hast du dir nie einen Daddy gewünscht?«

Das Schluchzen verstummte für einen Augenblick.

»Ja, manchmal. Aber ohne ist es auch ganz gut.« Sie hing noch immer der Illusion über den Vater nach, den sie nie gekannt hatte, und den »hübschen Schauspieler«, der gestorben war, als sie noch klein war.

»Aber vielleicht wird es mit einem Daddy viel besser. Hast du je daran gedacht?«

Jane schluchzte in Liz' Armen. »Du müßtest mit ihm in einem Bett schlafen, und ich könnte am Wochenende nicht mehr zu dir ins Bett.«

»Aber sicher könntest du das.« Beide wußten jedoch, daß alles anders werden würde. In gewisser Weise war es traurig, andererseits aber auch etwas Schönes. »Stell dir vor, was für tolle Sachen wir mit ihm unternehmen könnten... an den Strand gehen, Auto fahren, segeln. Denk nur, was für ein netter Mann er ist, Baby.«

Jane nickte verständig. Das konnte sie nicht abstreiten. Sie war zu fair, als daß sie versucht hätte, Bernie herabzusetzen.

»Hm, ich glaube, ich mag ihn auch irgendwie... auch mit Bart...« Sie lächelte ihrer Mutter unter Tränen zu und fragte dann, was sie eigentlich wissen wollte. »Wirst du mich noch liebhaben, wenn du ihn hast?«

»Immer.« Tränen liefen Liz über die Wangen, und sie drückte Jane noch fester an sich. »Immer und immer und immer.«

Kapitel

9

Jane und Liz besorgten sich sämtliche Hochzeitsjournale, die sie auftreiben konnten, und als sie schließlich darangingen, bei Wolff ihre Garderobe für die Hochzeit auszusuchen, hatte Jane sich nicht nur mit der Neuigkeit abgefunden, sie fing sogar an, die Situation zu genießen. Eine ganze Stunde verbrachten sie in der Kinderabteilung auf der Suche nach dem richtigen Kleidchen, und schließlich fanden sie es. Es war aus weißem Samt mit einer rosa Schärpe und einer winzigen rosa Rose am Halsausschnitt, genau das, was Jane sich wünschte. Die Suche nach Liz' Kleid verlief ebenso erfolgreich. Und anschließend führte Bernie die beiden zum Lunch aus.

In der nächsten Woche erfuhr Berman in New York die große Neuigkeit. In der Firma sprach sich so etwas rasch herum, und Bernie war ein wichtiger Mann des Unternehmens. Berman rief ihn voll belustigter Neugierde an.

»Na, ich soll es wohl als letzter erfahren?« Man hörte das Lächeln aus der Frage heraus, und Bernie kam sich richtig albern vor.

»Eigentlich nicht.«

»Wie ich höre, hat Amor an der Westküste ein paar Pfeile verschossen. Sind es Gerüchte, oder ist es die Wahrheit?« Er freute sich für seinen langjährigen Freund und wünschte ihm das Beste. Wer immer die Glückliche war, er war sicher, daß Bernie eine gute Wahl getroffen hatte, und er hoffte, sie bald kennenzulernen.

»Es stimmt, aber eigentlich wollte ich es dir selbst sagen, Paul.«

»Dann heraus damit. Wer ist sie? Ich weiß nur, daß sie ein Brautkleid aus der dritten Etage ausgesucht hat.« Er lachte. Sie lebten in einer kleinen, von Gerüchten und Klatsch bewegten Welt.

»Sie heißt Liz und ist Lehrerin. Eigentlich stammt sie aus Chikago, hat an der Northwestern studiert, ist siebenundzwanzig und hat ein niedliches fünfjähriges Mädchen namens Jane. Unmittelbar nach Weihnachten wollen wir heiraten.«

»Das hört sich ja sehr vernünftig an. Wie heißt deine Zukünftige?«

»O'Reilly.«

Paul lachte dröhnend. Er kannte Mrs. Fine von einigen Begegnungen her.

»Was hat deine Mutter gesagt?«

Jetzt lächelte auch Bernie. »Sie weiß es noch nicht.«

»Dann laß uns wissen, wann du es ihr sagst. Ich wette, ihre Überraschung macht sich akustisch bis hierher bemerkbar, oder ist sie am Ende in letzter Zeit toleranter geworden?«

»Nicht daß ich wüßte.«

Wieder lachte Berman. »Na, ich wünsche euch beiden viel Glück. Werde ich Liz kennenlernen, wenn du nächsten Monat kommst?«

Bernie mußte nach New York und anschließend nach Europa, aber Liz hatte nicht die Absicht, ihn zu begleiten. Sie mußte arbeiten und sich um Jane kümmern, außerdem waren sie auf der Suche nach einem Haus, das sie für das nächste Jahr mieten konnten. Ein Haus zu kaufen hatte keinen Sinn, da sie bald nach New York übersiedeln wollten.

»Ich glaube, sie hat hier einiges zu tun. Wir würden dich aber sehr gern bei der Hochzeit sehen.« Die Einladungen waren schon bestellt, bei Wolff natürlich. Es war eine kleine Hochzeit geplant, nicht mehr als fünfzig oder sechzig Gäste bei einem einfachen Lunch. Anschließend wollten sie nach Hawaii fahren. Tracy, Liz' Freundin und Kollegin, hatte versprochen, mit Jane im neuen Haus zu bleiben, damit sie unbesorgt verreisen konnten. Das war für sie eine große Erleichterung.

»Wann ist es soweit?« fragte Paul, und Bernie sagte es ihm.

»Na, ich werde sehen, ob ich es schaffe und kommen kann. Könnte mir denken, daß du es mit New York nicht mehr so eilig hast.« Diese Worte ließen Bernies Herz sinken.

»Das stimmt nicht unbedingt. Bei meinem nächsten Besuch möchte ich mich nach einer Schule für Jane in New York umsehen, und Liz wird dann im Frühjahr die endgültige Entscheidung treffen.« Er wollte Berman ein wenig unter Druck setzen, doch vom anderen Ende der Leitung kam nichts, und das veranlaßte Bernie zu einem Stirnrunzeln.

»Wir möchten Jane für nächsten Herbst einschreiben lassen.«

»Recht so... Na, wir sehen uns also in einigen Wochen in New York. Und nochmals meinen Glückwunsch.« Nach dem Anruf saß Bernie da, den Blick ins Leere gerichtet, und abends sprach er sich darüber mit Liz aus. Er hatte Bedenken, was seine Versetzung betraf.

»Verflixt, wenn die mich hier drei Jahre schmoren lassen wie in Chikago...«

»Kannst du nicht ernsthaft mit ihm reden, wenn du hinfährst?«

»Die Absicht habe ich.«

Doch als es soweit war und er Paul Berman in New York fragte, wollte dieser sich wegen eines Rückkehrdatums nicht festlegen.

»Du bist doch erst ein paar Monate drüben. Du mußt das Haus für uns richtig in Schwung bringen. Ich dachte, das hätten wir so ausgemacht.«

»Der Laden läuft wunderbar, und ich bin seit acht Monaten in San Franzisko.«

»Der Laden läuft nicht mal ganze fünf Monate. Gib noch ein Jahr dran. Du weißt, wie dringend wir dich brauchen. Der Stil des Unternehmens wird auf Jahre durch das festgelegt, was du jetzt leistest, und du bist der beste Mann, den wir haben.«

»Noch ein ganzes Jahr... das ist verdammt lange.« Bernie kam es vor wie ein ganzes Leben.

»Laß uns in einem halben Jahr wieder darüber reden.« Paul wollte sich nicht festlegen. Und als Bernie sich von ihm verabschiedete, war er ziemlich deprimiert und ganz und gar nicht in Stimmung, sich mit seinen Eltern zu treffen. Er hatte sich mit ihnen im »Côte Basque« verabredet, da er keine Zeit hatte, nach Scarsdale zu fahren. Er wußte, wie begierig seine Mutter auf ein Wiedersehen wartete. Am Nachmittag hatte er ihr eine schicke Handtasche gekauft, und er hoffte sehr, daß sie ihr gefiel. Doch als er vom Hotel zum Restaurant ging, tat er es schweren Herzens. Es war einer jener schönen Oktoberabende, an denen das Wetter sich perfekt präsentierte, so wie in San Franzisko das ganze Jahr über. In New

York aber waren diese seltenen Augenblicke immer eine Besonderheit.

Alles schien so voller Leben unter einem klaren Himmel, die Autos sausten vorüber, Hupen ertönten, und elegante Frauen in raffinierten Kostümen und kostbaren Mänteln entstiegen Taxis und Limousinen, unterwegs ins Theater… zu Konzerten oder Dinnerpartys. Bernie dachte an all das, was ihm in den vergangenen acht Monaten gefehlt hatte, und er wünschte sich, Liz könnte bei ihm sein. Er schwor sich, sie nächstes Mal mitzunehmen. Mit ein wenig Glück konnte er seine Geschäftsreise im Frühjahr so planen, daß sie mit ihren Osterferien zusammenfiel.

Rasch durchschritt er die Drehtür im »Côte Basque« und genoß die erlesene Atmosphäre seines Lieblingsrestaurants.

Die Wandmalereien waren noch schöner, als er sie in Erinnerung hatte, und die Beleuchtung gedämpft, Frauen im »kleinen Schwarzen«, nur dezent mit Juwelen geschmückt, saßen in den Wandnischen, begutachteten die Vorübergehenden und plauderten mit ihren Begleitern, die in ihren einheitlich grauen Anzügen geradezu uniformiert wirkten. Und alle strahlten eine Aura von Geld und Macht aus. Nachdem er sich kurz umgesehen hatte, wechselte er ein Wort mit dem Maître d'hôtel. Seine Eltern waren bereits da und hatten an einem Tisch für vier Personen im rückwärtigen Teil Platz genommen. Kaum war er an ihren Tisch getreten, als seine Mutter die Arme mit schmerzlichem Blick nach ihm ausstreckte und wie eine Ertrinkende seinen Hals umfing.

Es war ein Begrüßungsstil, der ihm zutiefst peinlich war und der ihn wütend machte. Er freute sich plötzlich gar nicht mehr über das Wiedersehen.

»Hallo, Mom.«

»Ist das alles, was du nach acht Monaten zu sagen hast? Hallo, Mom?« Ruth Fine schien ernsthaft gekränkt, als sie ihren Mann auf einen Stuhl verwies, damit sie neben Bernie in der Nische Platz fand. Er hatte das Gefühl, daß alle Anwesenden ihn anstarrten, als sie ihn seiner Gefühllosigkeit wegen ausschalt.

»Mom, wir sind in einem Restaurant. Du kannst mir hier keine Szene machen.«

»Das nennst du eine Szene? Du hast deine Mutter seit acht Monaten nicht gesehen, sagst zur Begrüßung kaum ein Wort und nennst das eine Szene?« Am liebsten hätte er sich unter dem Tisch verkrochen. Alle Gäste im Umkreis von fünfzehn Metern konnten hören, was sie sagte.

»Wir haben uns im Juni gesehen.« Das sagte er absichtlich in gedämpftem Ton, doch hätte er wissen müssen, daß Widerspruch sinnlos war.

»Das war in San Franzisko.«

»Das zählt doch auch.«

»Nicht, wenn du so beschäftigt bist, daß du für mich kaum Zeit hast.« Es war zur Eröffnung der Filiale gewesen. Damals hatte er sich trotz seines Arbeitspensums freigenommen, um sich ihnen zu widmen, wenn sie es jetzt auch nicht zugeben wollte.

»Du siehst großartig aus.« Höchste Zeit, das Thema zu wechseln. Sein Vater bestellte einen Bourbon mit Eis für sich und einen Rob Roy für seine Mutter. Bernie bestellte einen Kir.

»Was für ein Drink ist das?« fragte ihn seine Mutter argwöhnisch.

»Du kannst kosten. Ein sehr leichter Drink. Mom, du siehst wunderbar aus.« Er versuchte es von neuem, voller Bedauern darüber, daß die Gespräche zwischen ihm und seiner Mutter sich unweigerlich als schwierig erwiesen. Er konnte sich gar nicht entsinnen, wann er mit seinem Vater ein ernsthaftes Gespräch geführt hatte, und fand es fast verwunderlich, daß dieser seine medizinischen Fachblätter nicht mit ins »Côte Basque« gebracht hatte.

Die Drinks wurden gebracht. Bernie nahm einen tiefen Schluck Kir und reichte seiner Mutter das Glas, aber sie lehnte ab. Er überlegte, ob es besser war, vor oder nach dem Essen über Liz zu sprechen. Rückte er erst nachher damit heraus, würde sie ihn der Unaufrichtigkeit bezichtigen, weil er ihr nicht gleich alles offenbart hatte. Sagte er es vorher, würde sie vielleicht eine Szene machen und ihn noch mehr in Verlegenheit bringen. Nach dem Essen war sicherer, vorher war ehrlicher. Er nahm noch einen tiefen Schluck aus seinem Glas und entschied sich dafür, gleich seine große Beichte abzulegen.

»Mom, ich habe eine gute Nachricht für dich.« Er hörte selbst, wie unsicher seine Stimme klang, und spürte ihren Falkenblick auf sich. Seine Mutter fühlte, daß er ein wichtiges Thema anschneiden wollte.

»Du kommst zurück nach New York?« Ihre Worte durchfuhren ihn wie Messerstiche.

»Noch nicht. Aber lange wird es nicht mehr dauern. Nein, das, was ich meine, hat mehr Bedeutung.«

»Du bist befördert worden?«

Er hielt die Luft an. Dem Ratespiel mußte ein Ende bereitet werden.

»Ich werde heiraten.« Die Welt schien stehenzubleiben. Seiner Mutter war buchstäblich die Spucke weggeblieben, während sie ihn wortlos anstarrte. Ihm kam vor, es seien ganze fünf Minuten vergangen, bis sie ihre Sprache wiederfand. Wie immer äußerte sein Vater keinen Ton.

»Würdest du wohl so gut sein, dich näher zu erklären?«

Er hatte das Gefühl, er hätte ihnen eröffnet, daß man ihn wegen Drogenhandels anklagen würde. Tief in seinem Innern begann sich Ärger zu regen.

»Mom, sie ist ein wunderbares Mädchen. Du wirst sie sofort ins Herz schließen. Sie ist siebenundzwanzig und das schönste Mädchen, das du dir vorstellen kannst, von Beruf ist sie Lehrerin.« Ein Beweis, daß sie ganz gesund und normal war. Seine Zukünftige war kein Go-go-Girl, keine Bardame und keine Stripperin. »Und sie hat ein Töchterchen namens Jane.«

»Sie ist geschieden?«

»Ja, ist sie. Jane ist fünf.«

Seine Mutter suchte Bernies Blick, um herauszukriegen, wo der Haken lag. »Seit wann kennst du sie?«

»Seit ich in San Franzisko bin«, log er und fühlte sich wie ein Zehnjähriger. Er suchte die Fotos heraus, die er mitgebracht hatte, Bilder von Liz und Jane in Stinson Beach, die ihm sehr lieb waren. Er reichte die Bilder seiner Mutter, die sie an seinen Vater weitergab. Dieser bewunderte die hübsche junge Frau und das kleine Mädchen gebührend, während Ruth Fine ihren Sohn anstarrte und die Wahrheit wissen wollte.

»Warum hast du sie uns im Juni nicht vorgestellt?« Das konnte nur bedeuten, daß sie hinkte, einen gespaltenen Gaumen hatte oder aber einen Ehemann, mit dem sie noch zusammenlebte.

»Damals kannte ich sie eigentlich noch nicht.«

»Soll das heißen, daß du sie erst seit ein paar Wochen kennst und schon Heiratspläne schmiedest?« Sie machte es ihm unmöglich, ihr alles zu erzählen, doch als nächstes holte sie zum entscheidenden Schlag aus. Unumwunden stieß sie zum Kern der Sache vor, was vielleicht nicht das Schlechteste war.

»Ist sie Jüdin?«

»Nein.« Bernie dachte, daß sie auf der Stelle in Ohnmacht fallen würde, konnte dennoch ein Lächeln nicht unterdrücken, als er ihren Gesichtsausdruck bemerkte.

»Mach doch kein solches Gesicht. Es kann nicht jeder Jude sein.«

»Ach was, es gibt genug davon, also hättest du eine finden können. Was ist sie?« Nicht daß es eine Rolle gespielt hätte. Sie wollte nur noch unter Beweis stellen, wie sehr ihr Sohn sie quälte. Aber Bernie hatte nicht vor, sie zu schonen.

»Liz ist Katholikin. Sie heißt O'Reilly.«

»O mein Gott!« Mit geschlossenen Augen sank sie in ihrem Stuhl zusammen, und einen Augenblick lang dachte er schon, sie sei wirklich bewußtlos. Erschrocken wandte er sich an seinen Vater, der ihm mit einer gelassenen Handbewegung zu verstehen gab, daß alles nur Theater war. Gleich darauf schlug seine Mutter die Augen auf und sah ihren Mann an.

»Hast du gehört, was er sagte? Weißt du, was er vorhat? Er tötet mich. Und was macht ihm das aus? Nichts, es macht ihm gar nichts aus.« Sie fing zu weinen an und zog eine Schau ab, indem sie die Tasche aufmachte, ein Taschentuch hervorzog und dies an die Augen preßte, während die Leute vom Nebentisch zusahen und der Kellner in ihrer Nähe respektvoll wartete, unsicher, ob er eine Bestellung aufnehmen sollte oder nicht.

»Ich glaube, wir sollten bestellen.« Bernie sagte es ganz ruhig, worauf sie ihn anfuhr.

»Du... du kannst essen. Ich, ich bekäme einen Herzanfall bei Tisch.«

»Bestell doch eine Suppe«, schlug ihr Mann vor.

»Die könnte ich nicht hinunterbringen.«

Am liebsten hätte Bernie sie eigenhändig erwürgt.

»Mom, Liz ist ein wunderbares Mädchen. Du wirst sie sicher liebgewinnen.«

»Du bist also fest entschlossen?«

Er nickte.

»Wann soll die Hochzeit sein?«

»Am neunundzwanzigsten Dezember.« Er vermied die Formulierung »nach Weihnachten« mit Absicht. Sie fing trotzdem zu weinen an.

»Alles geplant, alles arrangiert... das Datum... das Mädchen... und ich erfahre gar nichts. Wann hast du dich entschieden? Bist du deswegen nach Kalifornien gezogen?« Es nahm kein Ende. Der Abend würde sehr lang werden.

»Ich lernte sie erst in San Franzisko kennen.«

»Wie? Wer hat euch bekannt gemacht? Wer hat mir das angetan?« Als die Suppe gebracht wurde, trocknete sie sich wieder die Augen.

»Ich lernte sie im Kaufhaus kennen.«

»Wie? Im Lift? Auf der Rolltreppe?«

»Um Himmels willen, Mom, hör auf damit!«

Er schlug mit der Hand auf den Tisch, und seine Mutter fuhr auf – ebenso wie die Gäste an den Nachbartischen.

»Ich werde heiraten. Punktum. Ich bin fünfunddreißig. Ich bekomme eine wunderbare Frau. Und ehrlich gesagt, wäre es mir auch egal, wenn sie Buddhistin wäre. Sie ist eine gute Frau, ein guter Mensch und eine gute Mutter, mehr brauche ich nicht.« Er machte sich wütend über sein Essen her, während seine Mutter ihn aufmerksam betrachtete.

»Ist sie schwanger?«

»Nein.«

»Warum dann diese Eile? Warte doch eine Weile ab.«

»Ich habe fünfunddreißig Jahre gewartet. Das reicht.«

Sie seufzte mit bekümmertem Blick. »Kennst du ihre Eltern?«

»Nein. Sie sind tot.« Einen Moment schien Liz Ruth fast leid zu tun, doch hätte sie es nie zugegeben. Statt dessen saß sie da und litt stumm. Erst beim Kaffee fiel ihm das Geschenk ein, das er ihr mitgebracht hatte. Er reichte es ihr über den Tisch, und sie schüttelte den Kopf und wollte es nicht annehmen.

»Das ist kein Abend, an den ich erinnert werden möchte.«

»Nimm es trotzdem. Es wird dir gefallen.« Er hatte das Gefühl, als müsse er es ihr vor die Füße werfen. Zögernd nahm sie das Paket und stellte es auf den Sitz neben sich wie eine Zeitbombe, die vor Ablauf einer Stunde explodieren würde.

»Ich begreife nicht, wie du das tun kannst.«

»Es ist das Beste, was ich je getan habe.« Am heutigen Abend fand er es besonders bedrückend, daß seine Mutter so schwierig war. Es wäre so viel einfacher gewesen, wenn sie sich mit ihm gefreut und ihm gratuliert hätte. Seufzend lehnte er sich gegen die Nischenwand, nachdem er einen Schluck Kaffee getrunken hatte.

»Wenn ich dich recht verstehe, kommst du nicht zur Hochzeit?«

Wieder fing sie zu weinen an und tupfte sich die Augen nicht mit dem Taschentuch, sondern mit der Serviette trocken. Sie sah ihren Mann an, als wäre Bernie gar nicht da.

»Nicht mal bei seiner Hochzeit will er uns dabeihaben.« Sie weinte lauter und heftiger. Bernie hatte das Gefühl, noch nie im Leben so erschöpft gewesen zu sein.

»Mom, das habe ich nicht gesagt. Ich nahm nur an...«

»Nimm ja nichts an!« schleuderte sie ihm schrill entgegen, um sofort wieder in den alten Jammerton zu verfallen und ihrem Mann zu sagen:

»Ich kann gar nicht glauben, daß das alles wahr ist.«

Lou tätschelte ihr die Hand. Den Blick auf seinen Sohn gerichtet, sagte er: »Es ist für sie nicht einfach, aber sie wird sich daran gewöhnen.«

»Und was ist mir dir, Dad?« Bernie sah ihn unverwandt an. »Was sagst du dazu?« Es war sonderbar, aber irgendwie wollte er den Segen seines Vaters.

»Sie ist ein wunderschönes Mädchen. Hoffentlich macht sie dich glücklich.« Sein Vater lächelte ihm zu und fuhr fort, Ruths Hand zu tätscheln.

»Ich glaube, ich bringe deine Mutter jetzt besser nach Hause... Es war für sie ein schwerer Abend.«

Ruth Fine verteilte finstere Blicke an beide und machte sich daran, das Päckchen auszupacken, das Bernie ihr gegeben hatte. Im nächsten Augenblick war die Schachtel offen und die Handtasche aus dem Seidenpapier gewickelt.

»Sehr hübsch.« Ihr Mangel an Begeisterung war unüberhörbar, als sie ihren Sohn ansah und ihm das Ausmaß des seelischen Schadens beizubringen versuchte. Hätte sie ihn gerichtlich belangen können, sie hätte es getan.

»Ich trage niemals Beige.« Nur jeden zweiten Tag, dachte Bernie, doch er hielt den Mund. Er wußte, bei der nächsten Begegnung würde sie die Tasche tragen.

»Tut mir leid, ich dachte, sie würde dir gefallen.«

Sie nickte, als wolle sie ihn besänftigen, und Bernie bestand darauf, die Rechnung zu bezahlen. Als sie aus dem Restaurant gingen, faßte sie nach seinem Arm.

»Wann kommst du wieder nach New York?«

»Erst im Frühjahr. Morgen fliege ich nach Europa. Von Paris aus geht es dann direkt wieder nach San Franzisko.« Nach allem, was sie ihm an diesem Abend angetan hatte, brachte er es nicht über sich, besonders herzlich zu sein.

»Und du kannst nicht mal einen Abend in New York unterbrechen?« Sie schien am Boden zerstört.

»Keine Zeit. Ich muß sofort weiter zu einer wichtigen Besprechung. Wir sehen uns bei der Hochzeit, falls du kommst.«

Darauf gab sie zunächst keine Antwort. Kurz vor der Drehtür sah sie ihn an. »Ich möchte, daß du am Thanksgivingday nach Hause kommst. Es ist der letzte gemeinsame Feiertag.« Mit diesen Worten ging sie durch die Drehtür und wartete draußen auf der Straße auf Bernie.

»Mutter, ich trete keine Gefängnisstrafe an. Ich werde heiraten, deswegen ist es nicht der letzte Feiertag. Und ich hoffe sehr, nächstes Jahr wieder in New York zu sein. Dann können wir jedes Jahr Thanksgiving zusammen feiern.«

»Du und das Mädchen? Wie hieß sie doch gleich?« Bekümmert

sah sie ihn an und tat, als litte sie an Gedächtnisschwäche, obwohl er wußte, daß sie jede kleinste Einzelheit von dem wußte, was er über das »Mädchen« gesagt hatte. Wahrscheinlich hätte sie auch die Fotos in allen Einzelheiten beschreiben können.

»Sie heißt Liz, und sie wird meine Frau. Versuch dir das zu merken.« Er küßte sie und winkte ein Taxi heran, da er den Abschied keine Sekunde hinauszögern wollte. Seine Eltern hatten das Auto in der Nähe der Praxis geparkt.

»Du kommst also nicht zum Thanksgiving?« Sie lehnte sich an das Taxi, und er schüttelte den Kopf und schob sie in den Wagen, als wolle er ihr helfen.

»Ich kann nicht. Wir sprechen uns, wenn ich aus Paris zurückkomme.«

»Ich muß mit dir über die Hochzeit reden.« Sie lehnte aus dem Fenster, und der Fahrer war nahe daran, sie barsch anzuherrschen.

»Es gibt nichts zu besprechen. Am neunundzwanzigsten in der Emanuel-Synagoge. Der Empfang ist in einem kleinen Hotel in Sausalito geplant.« Seine Mutter wollte ihn fragen, ob Liz zu den Hippies gehörte, hatte aber keine Zeit mehr, weil Lou dem Fahrer die Adresse seiner Praxis nannte.

»Ich habe nichts anzuziehen.«

»Geh ins Kaufhaus und kauf dir, was dir gefällt. Die Rechnung überlaß mir.«

Jetzt erst kam ihr schlagartig zu Bewußtsein, was er gesagt hatte. Sie wollten in der Synagoge heiraten.

»Sie ist einverstanden, sich in einer Synagoge trauen zu lassen?« Ruth Fine schien erstaunt. Nie hätte sie geglaubt, daß sich Katholiken zu so etwas bereit erklärten, aber Liz war ja geschieden, wie Bernie gesagt hat. Vielleicht war sie exkommuniziert worden oder dergleichen.

»Ja, sie ist mit einer Trauung in der Synagoge einverstanden. Liz wird dir gefallen, Mom.« Er faßte nach ihrer Hand, und seine Mutter lächelte ihm mit feuchten Augen zu.

»Mazeltov.« Damit zog sie sich endgültig ins Wageninnere zurück, und das Taxi brauste holpernd los. Bernie konnte erleichtert aufatmen – geschafft!

Kapitel

10

Thanksgiving verbrachten sie bei Liz in der Wohnung mit Jane und Liz' Freundin Tracy. Sie war eine liebenswerte Frau Anfang Vierzig, deren Kinder erwachsen und aus dem Haus waren. Der Sohn war in Yale und kam über die Feiertage nicht nach Hause, die verheiratete Tochter lebte in Philadelphia. Tracy war seit vierzehn Jahren Witwe und gehörte zu jenen frohgemuten, starken Menschen, die, vom Unglück oft und hart getroffen, dennoch den Kopf nicht hängen lassen. Sie war begeisterte Hobbygärtnerin, kochte gern und hielt sich in ihrer winzigen Wohnung in Sausalito einen großen Labrador und mehrere Katzen. Sie und Liz hatten sich angefreundet, als Liz anfing zu unterrichten. Tracy hatte ihr während der ersten schwierigen Zeit, als Liz sich keinen Babysitter für Jane leisten konnte, oft geholfen. Manchmal hatte sie auf Jane aufgepaßt, damit Liz wenigstens einmal ins Kino oder in die Stadt gehen konnte. Niemand freute sich mehr über Liz' Glück als Tracy. Sie hatte sich bereit erklärt, bei der Hochzeit als Brautjungfer zu fungieren, und Bernie faßte sofort Zuneigung zu ihr, wie er erstaunt feststellte.

Die große und hagere Tracy, die prinzipiell Gesundheitsschuhe trug, stammte aus dem Staat Washington und war noch nie in New York gewesen. Sie war eine warmherzige Person und stand mit beiden Beinen im Leben. Sie mochte Bernie auf Anhieb, und ihrer Meinung nach hätte Liz gar nichts Besseres finden können, denn er war wie geschaffen für sie. So wie Tracys Mann für sie geschaffen war. Zwei Menschen, aus demselben Holz geschnitzt, aufeinander eingestimmt, zur Zweisamkeit geschaffen. Einen wie ihn hatte Tracy nie wieder gefunden, deshalb hatte sie schon seit langem die Suche aufgegeben und gab sich mit ihrem bescheidenen Leben in Sausalito zufrieden, mit ein paar guten Freunden und ihren Schülern. Sie sparte eisern, damit sie zu ihrem Enkelkind nach Philadelphia fahren konnte.

»Liz, könnten wir ihr nicht helfen?« fragte Bernie einmal spontan. Es war ihm unangenehm, einen kostspieligen Wagen zu fahren, teure Kleider zu kaufen, Liz einen Diamantring und Jane eine antike Puppe für vierhundert Dollar zum Geburtstag zu schenken, während Tracy buchstäblich jeden Penny sparte, um ihr Enkelkind, das sie noch nie gesehen hatte, besuchen zu können.

»Es ist nicht richtig, daß sie sich so einschränken muß.«

»Ich glaube nicht, daß sie von uns etwas annehmen würde.« Für Liz war es noch immer unglaublich, daß sie nun sorglos leben konnte, wenngleich sie sich standhaft weigerte, vor der Hochzeit Geld von Bernie zu nehmen. Dafür überhäufte er sie mit kostbaren Geschenken.

»Würde sie nicht wenigstens ein Darlehen annehmen?« Schließlich hatte er das Thema offen angeschnitten, nachdem am Thanksgivingday der Tisch abgeräumt worden war, weil es ihm keine Ruhe mehr ließ. Es war ein ruhiger Augenblick, da Liz gerade Jane zu Bett brachte.

Bernie und Tracy hatten es sich vor dem Kamin bequem gemacht.

»Tracy, ich weiß nicht, wie ich es anfangen soll.« In gewisser Hinsicht war es schwerer, als gegen seine Mutter anzukämpfen, da er wußte, daß Tracy sehr stolz war. Doch er mochte sie so gern, daß er wenigstens den Versuch wagte.

»Möchtest du mit mir ins Bett, Bernie? Ich wäre entzückt.« Sie verfügte über viel Humor und hatte noch immer das Gesicht eines jungen Mädchens, ein frisches Gesicht mit klarer Haut und blauen Augen, die nie altern würden. Es waren Augen, wie man sie bei alten Nonnen und bei gewissen Engländerinnen findet. Und wie diese hatte auch Tracy immer Gartenerde unter den Fingernägeln. Fast jedes Mal brachte sie Liz Blumen, Salat, Karotten oder Tomaten aus ihrem Garten mit.

»Nein, eigentlich dachte ich an etwas anderes.« Er atmete tief durch und begann hastig. Tracy war kurz darauf in Tränen aufgelöst, faßte nach seiner Hand und hielt sie fest. Sie hatte kraftvolle kühle Hände, die für zwei Kinder und einen Ehemann gesorgt hatten. Tracy gehörte zu jenem Frauentyp, den man sich als Mutter wünscht.

»Wenn es um etwas anderes ginge, ein Kleid, einen Wagen oder ein Haus, würde ich ablehnen... aber ich wünsche mir sehnlichst, das Baby zu sehen... und ich nehme es nur als Darlehen.« Sie bestand darauf, sich auf die Warteliste setzen zu lassen, damit das Tikket billiger wäre. Da er die Geduld verlor, kaufte er ihr schließlich selbst ein Business-Class-Flugticket nach Philadelphia. In der Vorweihnachtswoche brachten sie Tracy zum Flughafen. Es war ihr Geschenk für sie, und für Tracy bedeutete das unendlich viel. Sie versprach, am siebenundzwanzigsten wieder dazusein – zwei Tage vor der Hochzeit.

Weihnachten wurde für alle sehr hektisch. Bernie schaffte es, Jane ins Kaufhaus mitzunehmen, damit sie den Weihnachtsmann sehen konnte, und außerdem feierten sie auch Chanukkah. Daneben waren sie aber mit dem Umzug ins neue Haus so beschäftigt, daß ihnen alles doppelt anstrengend vorkam. Bernie zog am dreiundzwanzigsten ein und Jane am siebenundzwanzigsten. An diesem Abend kam auch Tracy zurück, die sie vom Flughafen abholten. Unter Tränen strahlte und umarmte sie alle drei und berichtete von ihrem Enkel.

»Zwei Zähne hat er schon, und das mit fünf Monaten! Das soll ihm einer nachmachen!« Sie platzte vor Stolz und mußte es sich gefallen lassen, auf der Rückfahrt kräftig geneckt zu werden. Liz und Bernie luden Tracy abends in ihr neues Haus ein, um der Freundin ihr neues Reich zu zeigen. Es war ein hübsches kleines Haus in viktorianischem Stil an der Buchanan Street, an einen Hang direkt neben einem Park, in den Liz Jane nach der Schule führen konnte, gebaut. Das Häuschen war genau das, was sie sich gewünscht hatten. Sie hatten es für ein Jahr gemietet. Bernie hoffte zwar, sie würden nicht so lange bleiben, doch die Firma würde im Falle seiner Versetzung nach New York den Mietvertrag ablösen.

»Und wann kommen deine Eltern, Bernie?«

»Morgen abend.« Er seufzte. »Mir ist zumute, als stünde uns Attila der Hunnenkönig ins Haus.« Tracy lachte. Sie würde Bernie ihr ganzes Leben lang dankbar sein, weil er ihr die Reise zu ihrer Tochter ermöglicht hatte und ihr Angebot, das Geld zurückzuzahlen, energisch zurückgewiesen hatte.

»Darf ich deine Mutter Großmutter nennen?« fragte Jane gähnend, als sie in ihrem neuen Schlafzimmer saßen. Es war ein gutes Gefühl, endlich unter einem Dach gemeinsam zu wohnen und nicht mehr hin und her zu pendeln.

»Aber sicher kannst du sie so nennen«, antwortete Bernie gelassen. Insgeheim betete er darum, daß seine Mutter es zulassen würde. Kurz darauf holte Tracy ihren Wagen aus der Garage und fuhr nach Sausalito, und Liz legte sich in ihr neues Bett im neuen Haus und schlang die Arme um Bernies Hals. Gemütlich an ihn gekuschelt lag sie da, als sie ein leises Stimmchen neben dem Bett vernahmen und Bernie erschrocken auffuhr. Jane tippte ihm auf die Schulter.

»Ich fürchte mich.«

»Wovor?« Er bemühte sich, würdig auszusehen, während Liz sich unter der Decke vor Lachen krümmte.

»Ich glaube, unter meinem Bett liegt ein Ungeheuer.«

»Nein, bestimmt nicht. Ich habe das ganze Haus genau untersucht, bevor wir eingezogen sind. Ehrlich.« Er kämpfte um eine aufrichtige Miene, aber es war ihm unendlich peinlich, daß die Kleine ihn mit ihrer Mutter im Bett ertappt hatte.

»Dann ist es nachher hereingeschlichen... Die Möbelpacker haben es mitgebracht.« Jane war sehr durcheinander, und Liz tauchte unter der Decke hervor, um ihre Tochter mit strengem Blick zurechtzuweisen.

»Jane O'Reilly, geh sofort wieder in dein Bett.« Die Kleine fing zu weinen an und klammerte sich an Bernie.

»Ich fürchte mich zu sehr.«

»Und wenn ich hinaufgehe und wir gemeinsam nach dem Ungeheuer suchen?« Bernie hatte Mitleid mit dem Kind.

»Du gehst als erster.« Plötzlich wanderte ihr Blick von ihm zu ihrer Mutter und wieder zurück.

»Wieso schläfst du in Mamis Bett, wenn ihr noch gar nicht verheiratet seid? Ist das nicht gegen das Gesetz?«

»Nein... eigentlich nicht... na ja, gewöhnlich macht man es nicht, aber manchmal... ergibt es sich so, wie du siehst...« Liz verbiß sich das Lachen, und Jane starrte ihn höchst interessiert an.

»Warum suchen wir nicht das Ungeheuer?« Er schwang die Beine aus dem Bett, heilfroh, daß er eine Pyjamahose anhatte.

»Darf ich zu euch ins Bett?« Sie sah von ihm zu ihrer Mutter, und Liz stöhnte. Sie kannte diese Szenen, und immer wenn sie nachgegeben hatte, setzte es hinterher wochenlange Diskussionen.

»Ich bringe sie ins Bett.« Liz wollte aufstehen, doch er hielt sie zurück und sah sie bittend an.

»Nur dieses eine Mal... das Haus ist ihr fremd...«, machte Bernie sich für Jane stark, die ihn anstrahlte und ihre Hand in seine gleiten ließ. Sie hatten ein überbreites Doppelbett, in dem für alle Platz war, wenngleich damit Liz' Pläne für den Abend umgeworfen wurden.

»Ich geb's auf.« Sie warf sich in die Kissen, und Jane kletterte über Bernie wie über einen freundlichen Berg und drückte sich in den schmalen Zwischenraum zwischen ihnen.

»Das ist schön.« Sie grinste ihren Wohltäter an und dann ihre Mutter, und Bernie erzählte ihr lustige Geschichten aus seiner Kindheit. Als Liz einschlief, waren die beiden noch immer am Plaudern.

Kapitel

11

Die Maschine landete mit zwanzigminütiger Verspätung, da sie wegen schlechten Wetters in New York später gestartet war, doch Bernie stand am Flughafen bereit. Er hatte sich entschlossen, allein zu kommen, da er seine Eltern erst im Hotel unterbringen wollte. Später würde dann Liz dorthin zum Cocktail kommen. Zum Dinner wollten sie ins »L'Étoile«, das für sie mit glücklichen Erinnerungen behaftet war. Erinnerungen an die Nacht, die sie dort verbracht hatten und in der sie sich zum erstenmal liebten und er ihr den Verlobungsring schenkte. Er hatte dort ein ganz besonderes Dinner bestellt. Seine Eltern beabsichtigten, nach der Hochzeit nach Mexiko zu fliegen, und er und Liz wollten anschließend nach Hawaii. Es war also die einzige Möglichkeit, gemeinsam einen ruhigen Abend zu verbringen. Seine Mutter hatte eigentlich vorgehabt, schon eine Woche früher zu kommen, da aber im Kaufhaus Weihnachtsrummel herrschte, Ausverkäufe geplant werden mußten und der Umzug ins neue Haus bevorstand, hätte Bernie für sie keine Zeit gehabt. Er hatte sie daher gebeten, nicht zu kommen.

Er stand da und sah die ersten Passagiere von Bord gehen und erspähte plötzlich ein vertrautes Gesicht mit Pelzmütze und neuem Nerzmantel. Sie hatte die Louis-Vuitton-Reisetasche dabei, die er ihr im Vorjahr geschenkt hatte, und sein Vater trug einen pelzbesetzten Mantel. Als er sie in die Arme nahm, brachte seine Mutter doch tatsächlich ein Lächeln zustande.

»Hallo, Liebling.« Sie drückte sich kurz an ihn. In der Öffentlichkeit hatte er ein solches Benehmen erwartet. Er lächelte ihr zu und warf dann seinem Vater einen langen Blick zu.

»Hallo, Dad.« Sie begrüßten sich mit einem Händedruck, und Bernie wandte seine Aufmerksamkeit wieder seiner Mutter zu.

»Du siehst wunderbar aus, Mom.«

»Du auch.« Sie prüfte mit kritischem Blick sein Gesicht. »Na, ein bißchen abgespannt vielleicht. Der Urlaub auf Hawaii wird dir guttun.«

»Ich kann es kaum erwarten.« Sie hatten drei Wochen eingeplant. Liz hatte Urlaub von der Schule bekommen, und beide freuten sich schon riesig. Da bemerkte er, daß seine Mutter neugierig um sich blickte.

»Wo ist sie?«

»Liz ist nicht mitgekommen. Ich dachte, ihr wolltet es euch erst im Hotel gemütlich machen, und dann gehen wir zusammen mit Liz zum Dinner.« Es war jetzt vier. Bis sie im Hotel eintrafen, würde es fünf sein. Er hatte Liz gesagt, sie solle um sechs in die Bar kommen. Den Tisch hatte er für sieben Uhr bestellt, das war für seine Eltern wegen der Zeitverschiebung schon sehr spät – zehn Uhr, und sie waren bestimmt sehr müde. Außerdem würde der nächste Tag ohnehin sehr anstrengend werden. Die Trauung in der Synagoge, den Empfang im Alta-Mira-Hotel und dann der Flug nach Hawaii... und seine Eltern flogen nach Acapulco.

»Warum ist sie nicht mitgekommen?« Seine Mutter schien Lust

zu haben, sich zu ärgern, und Bernie lächelte, in der Hoffnung, sie davon abzubringen. Sie würde sich nie ändern, und doch glaubte er immer wieder, daß sie eines Tages anders reagieren würde. Es war, als hätte er erwartet, ein anderer Mensch hätte mit seinem Vater die Maschine verlassen.

»Mom, wir hatten so schrecklich viel zu tun. Das neue Haus und alles…«

»Sie konnte nicht kommen, um ihre Schwiegermutter kennenzulernen?«

»Sie trifft sich mit uns im Hotel.«

Seine Mutter schenkte ihm ein tapferes Lächeln und hängte sich bei ihm ein, als sie das Gepäck abholen gingen. Sie schien diesmal leidlich guter Dinge zu sein. Es gab keine Berichte über Todesfälle in der Nachbarschaft, über Scheidungen in der Verwandtschaft, über irgendwelche Lebensmittel, die krank machten oder zahllose unschuldige Menschen ums Leben brachten. Und sie ertrug es einigermaßen gelassen, als einer ihrer Koffer nicht gleich auftauchte. Es war der letzte, der von dieser Maschine aufs Laufband kam, und Bernie ergriff ihn mit einem erleichterten Seufzer, um dann den Wagen zu holen und in die Stadt zu fahren. Unterwegs war die Hochzeit das Hauptthema, und seine Mutter sagte ihm, wie sehr ihr das Kleid gefiel, das sie sich vor einigen Wochen bei Wolff ausgesucht hatte. Es sei hellgrün und stehe ihr sehr gut, mehr wollte sie nicht verraten. Und dann plauderte sie mit seinem Vater, bis sie vor dem Hotel ankamen. Er setzte seine Eltern ab und versprach, in einer Stunde wiederzukommen.

»Ich bin bald wieder da«, beruhigte er sie wie verlassene Kinder und sprang in den Wagen, um nach Hause zu fahren, zu duschen, sich umzuziehen und Liz abzuholen. Als er ankam, stand Liz noch unter der Dusche. Jane war in ihrem Zimmer und spielte mit einer neuen Puppe. Sie wirkte in letzter Zeit ernst und nachdenklich, und er machte sich Sorgen, daß das neue Haus sie ängstigte. Sie hatte die vergangene Nacht wieder bei ihnen geschlafen, und er hatte Liz versprechen müssen, daß es nie wieder vorkommen würde.

»Hallo, wie geht's meiner Freundin?« Er blieb an der Tür stehen und sah auf sie hinunter. Mit einem kleinen sparsamen Lächeln blickte zu ihm auf, als er eintrat und sich neben ihr niederließ. Und plötzlich lachte sie ihn an.

»Du siehst aus wie Goldlöckchen.« Jane kicherte so schalkhaft, daß sie ihn damit zum Lachen brachte.

»Mit Bart? Was für komische Bücher liest du denn?«

»Ich meine, weil du zu groß bist für den Stuhl.« Er hatte sich auf eines ihrer kleinen Kinderstühlchen gesetzt.

»Ach so.« Er legte den Arm um sie. »Alles klar?«

»Ja.« Sie seufzte. »So ziemlich.«

»Was soll das heißen? Hast du noch immer Angst vor dem Ungeheuer unterm Bett? Wenn du willst, können wir nachsehen, aber es ist niemand da, das weißt du.«

»Natürlich.« Ihr unwilliger Blick gab ihm zu verstehen, wie unpassend seine Bemerkung war. Nur Babys behaupteten, sie hätten Angst, oder Kinder, die über Nacht ins mütterliche Bett wollten.

»Na, was gibt es dann?«

Sie sah ihn direkt an. »Du nimmst mir meine Mami weg... und für so lange...« Plötzlich blitzten Tränen in ihren Augen, und in ihrem Blick lag Verzweiflung. Er war überwältigt von dem Gefühl, schuld an ihrem Kummer zu sein.

»Es ist... nun ja, es sind unsere Flitterwochen. Tante Tracy wird sich um dich kümmern.« Sehr überzeugend klang das nicht und war auch nicht angetan, Jane aus ihrer traurigen Stimmung zu reißen.

»Ich möchte nicht bei ihr bleiben.«

»Warum nicht?«

»Immer will sie, daß ich Gemüse esse.«

»Und wenn ich ihr sage, daß sie nicht darauf bestehen soll?«

»Sie tut es trotzdem. Sie ißt nur Grünzeug. Tote Tiere seien schlecht für Menschen, sagt sie.«

Er zuckte zusammen, als er an die toten Tiere dachte, die er im »L'Étoile« verspeisen würde und auf die er sich freute. »So würde ich das nicht sagen.«

»Sie erlaubt mir nie, Hot Dogs oder Hamburger oder etwas von den Sachen, die ich gern habe...« Jane brach verzweifelt ab.

»Und wenn ich ihr sage, daß du essen darfst, was du möchtest?«

»Worum geht es denn?« Liz stand in der Tür, in ein Badetuch gehüllt, und blickte auf die beiden hinunter. Das blonde Haar fiel ihr offen auf die feuchten Schultern. Bernie sah mit Leidenschaft im Blick zu ihr auf.

»Ach, wir haben nur etwas besprochen.« Beide machten ein schuldbewußtes Gesicht.

»Hast du noch Hunger, Jane? In der Küche sind Äpfel und Bananen.« Liz hatte ihr das Abendessen samt riesigem Dessert schon gegeben.

»Nein, ich bin satt.« Wieder setzte Jane ein ernstes Gesicht auf, und Liz winkte Bernie.

»Wenn du dich nicht beeilst, kommen wir zu spät.« Kaum war die Badezimmertür geschlossen, flüsterte er ihr zu: »Sie ist ziemlich geknickt, weil wir für drei Wochen verreisen.«

»Hat sie das behauptet?« Liz schien überrascht, als er nickte.

»Zu mir hat sie nichts gesagt. Ich glaube, sie ist dahintergekommen, was für ein Softie du bist.« Lächelnd schlang sie die Arme um seinen Nacken. »Und sie hat recht.« Das Badetuch glitt zu Boden, und er stöhnte auf, als er ihren Körper an seinem spürte.

»Wenn du so etwas tust, werde ich nie fertig.« Langsam begann er, sich auszuziehen, mit der Absicht, unter die Dusche zu gehen, doch er konnte den Blick nicht von ihr wenden, und sein Interesse war unübersehbar, als er nackt vor ihr stand. Sie liebkoste ihn mit anhaltender Zärtlichkeit, und er drückte sie gegen den Handtuchstapel neben dem Waschbecken. Sekunden später küßte er sie leidenschaftlich, und sie streichelte ihn, während er die Hand ausstreckte und die Tür versperrte, um sogleich den Wasserhahn aufzudrehen. Der Raum füllte sich mit heißem Dampf, und als sie sich liebten, mußte Liz sich zwingen, nicht laut aufzustöhnen, wie sie es sonst immer tat. So schön war es für sie noch nie gewesen, aber sie genoß die Liebe mit ihm, und beide wirkten sehr glücklich, als er mit jungenhaftem Grinsen unter die Dusche ging.

»Das war aber nett... Erster Gang... oder Hors d'œuvres?« Verschmitzt sah sie zu ihm auf.

»Warte, bis du heute dein Dessert bekommst...« Er drehte die Dusche auf und sang vor sich hin, während er sich einseifte, und sie kam zu ihm unter den Wasserstrahl, so daß er in Versuchung geriet, wieder von neuem anzufangen. Nur die Eile hielt ihn davon ab. Er wollte nicht zu spät kommen, damit seine Mutter bei der ersten Begegnung mit Liz keinen Grund zum Ärger hatte. Das wollte er um jeden Preis verhindern.

Sie gaben Jane einen Gutenachtkuß, erklärten dem Babysitter, wo alles zu finden war, und liefen hinaus zum Wagen.

Liz hatte ein Kleid an, das Bernie ihr gekauft hatte, ein schickes graues Flanellkleid mit weißem Satinkragen... Dazu trug sie eine Perlenschnur, die er bei Chanel entdeckt hatte, und graue Chanel-Schuhe mit schwarzer Satinkappe. Ihr goldblondes Haar hatte sie aufgesteckt, Verlobungsring, Perl- und Diamantohrringe und ein dezentes, aber makelloses Make-up vervollständigten die Erscheinung. Liz sah hinreißend und dabei zurückhaltend und sehr schön aus. Seine Mutter war sichtlich beeindruckt, als sie einander in der Hotelhalle begrüßten. Sie musterte Liz forschend, als hoffe sie, etwas Negatives zu entdecken, doch als sie in die Bar gingen und Liz den Arm seines Vaters nahm, flüsterte sie ihrem Sohn zu:

»Sieht sehr nett aus, das Mädchen!« Aus ihrem Mund war das das allerhöchste Lob.

»Unsinn«, flüsterte er zurück. »Sie ist ein Prachtstück.«

»Hübsches Haar«, gab seine Mutter zu. »Ist es echt?«

»Natürlich«, erwiderte Bernie das Flüstern, als sie sich an einen Tisch setzten und Drinks bestellten. Seine Eltern tranken das Übliche und er und Liz je ein Glas Weißwein. Er wußte, sie würde von ihrem nur nippen, ehe sie zum Dinner gingen.

»Also...« Ruth Fine sah Liz an, als wolle sie ein Urteil verkünden, etwas Schreckliches mitteilen oder eine unangenehme Eröffnung machen.

»Wie habt ihr beiden euch kennengelernt?«

»Mom, das sagte ich dir doch schon«, unterbrach Bernie sie.

»Du sagtest, ihr hättet euch im Kaufhaus kennengelernt.«

Seine Mutter wußte noch alles, genau wie er vermutet hatte.

»Näher hast du das nie erklärt.«

Liz lachte nervös auf.

»Eigentlich hat meine Tochter ihn entdeckt. Sie ging verloren, und Bernie fand sie. Er spendierte ihr ein Eis, während man mich suchte.«

»Sie hatten die Kleine gar nicht selbst gesucht?« Fast hätte Liz laut aufgelacht, so treffend hatte Bernie seine Mutter beschrieben. Und er hatte Liz vorgewarnt, wie alles ablaufen würde. Die spanische Inquisition in Nerz, hatte er im Scherz gesagt und damit ins Schwarze getroffen. Doch sie war darauf vorbereitet.

»Doch, ich suchte sie verzweifelt, bis man mir sagte, daß sie im Restaurant sitzt, und dort traf ich Bernie. Das war's dann auch. Er schickte ihr Badesachen, und ich lud ihn an den Strand ein... er schenkte Jane einen Schoko-Bären oder zwei« – sie und Bernie lächelten in der Erinnerung daran – »und so kam alles. Liebe auf den ersten Blick, schätze ich.« Sie sah Bernie glückstrahlend an, und Mrs. Fine lächelte ebenfalls. Vielleicht war Liz in Ordnung – vielleicht. Es war zu früh, um sich ein Urteil zu bilden. Natürlich blieb immer noch die Tatsache, daß sie keine Jüdin war.

»Und Sie erwarten, daß diese Beziehung von Dauer ist?« Sie sah Liz forschend an, während Bernie innerlich aufstöhnte wegen dieser unverblümten Feststellung.

»Doch, das glaube ich, Mrs. Fine.« Als Liz bemerkte, daß seine Mutter den riesigen Verlobungsring anstarrte, wurde sie plötzlich verlegen. Der Ring von Mrs. Fine war nicht halb so groß – etwas, das seine Mutter mit geübtem Auge wie ein Schätzmeister registriert hatte.

»Hat Ihnen mein Sohn den Ring geschenkt?«

»Ja.« Liz sagte es leise. Es war ihr noch immer peinlich, doch war der Ring so schön, und sie war ihm so dankbar.

»Sie sind ein Glücksmädchen.«

»Ja, das bin ich«, gab Liz ihr recht, während Bernie unter seinem Bart errötete.

»Ich bin der Glückliche.«

Seine Stimme war rauh, sein Blick sanft.

»Das will ich hoffen.« Seine Mutter starrte ihn eindringlich an, ehe sie den Blick wieder zu Liz wandern ließ, um die hochnotpeinliche Befragung fortzusetzen.

»Bernie sagt, Sie seien Lehrerin.«

Liz nickte. »Ja, ich unterrichte eine zweite Klasse.«

»Haben Sie die Absicht, auch weiterhin zu unterrichten?« Bernie hätte sie am liebsten gefragt, was sie das angehe, doch er kannte seine Mutter zu gut, um auch nur den Versuch zu wagen. Sie fragte Liz, die zukünftige Frau ihres einzigen Sohnes, in aller Selbstherrlichkeit aus. Liz, die so süß und blond und jung war, tat ihm plötzlich leid, so daß er nach ihrer Hand faßte und sie mit warmem Lächeln drückte. Sein Blick sagte ihr, wie sehr er sie liebte. Auch Lou sah Liz an. Ein liebes Mädchen, dachte er. Ruth aber war ihrer Sache nicht so sicher.

»Sie wollen auch weiterhin unterrichten?« Sie ließ nicht locker.

»Ja, das möchte ich. Der Unterricht dauert bis zwei Uhr. Wenn Bernie abends nach Hause kommt, bin ich da, und mit Jane kann ich den ganzen Nachmittag zusammensein.«

Dagegen war nun wirklich nichts einzuwenden. Der Ober kam, um sie an ihren Tisch zu führen. Als sie Platz genommen hatten, stellte Ruth Fine noch die Frage, ob es sehr klug sei, vor der Hochzeit zusammenzuwohnen, und behauptete, Janes wegen hielte sie selbst es nicht für gut. Liz errötete. Bernie sagte seiner Mutter, daß sie erst seit zwei Tagen im neuen Haus waren, und das besänftigte sie ein wenig. Trotzdem bot an diesem Abend buchstäblich alles Grund zu einem kritischen Kommentar.

Es war wie immer. Ruth Fine machte Bemerkungen über alles, was ihr einfiel, und sie hielt nicht mit ihrer Meinung hinter dem Berg.

»Du lieber Gott, und sie wundert sich auch noch, warum ich so ungern mit ihr zusammen bin«, stöhnte Bernie, als er mit Liz allein war. Auch die Bemühungen seines Vaters, den Ablauf des Abends reibungslos zu gestalten, hatten ihn nicht sanfter gestimmt.

»Sie kann nichts dafür, mein Schatz, du bist ihr einziges Kind.«

»Das ist das vortrefflichste mir bekannte Argument, sich ein Dutzend Kinder anzuschaffen. Manchmal macht sie mich richtig wahnsinnig. Nein, nicht manchmal, sondern immer.« Er sah alles andere als fröhlich drein, und Liz lächelte.

»Sie wird sich beruhigen. Wenigstens hoffe ich es. Na, habe ich die Prüfung bestanden?«

»Glänzend.« Er streckte die Hand aus und strich ihr unter dem Kleid das Bein entlang.

»Mein Vater hat den ganzen Abend nur deine Beine angesehen. Jedesmal, wenn du dich bewegt hast, starrte er auf deine Beine.«

»Er ist reizend. Ein hochinteressanter Mensch. Er erklärte mir ein paar komplizierte Operationstechniken, so daß ich mir einbilde, sie richtig begriffen zu haben. Als du dich mit deiner Mutter unterhieltest, führte ich ein sehr nettes Gespräch mit ihm.«

»Er redet sehr gern von seiner Arbeit.« Bernie sah Liz zärtlich an. Über seine Mutter ärgerte er sich immer. Den ganzen Abend hatte sie die Nervensäge gespielt, aber das tat sie ohnehin immer. Sie quälte ihn mit Wonne. Und jetzt hatte sie Liz als neues Opfer und womöglich auch noch Jane – eine bedrückende Vorstellung. Vor dem Zubettgehen schenkte er sich einen Drink ein. Gemeinsam setzten sie sich vor den Kamin und sprachen von ihren Hochzeitsplänen. Er wollte sich am morgigen Tag bei einem Freund umziehen. Liz würde sich mit Jane zu Hause für die Feier vorbereiten, und Tracy würde kommen und mit den beiden zur Synagoge fahren. Bernie wollte seine Eltern in einer Limousine abholen. Bill Robbins, der mit Liz befreundete Architekt, dem das Haus in Stinson Beach gehörte, hatte sich bereit erklärt, die Rolle des Brautvaters zu übernehmen. Seine Frau, er und Liz waren seit Jahren befreundet, kamen aber nur selten zusammen. Bill war ein ernster Mensch, den Liz sehr schätzte und der ihr für diese Rolle bei der Hochzeit am geeignetsten erschienen war.

Bernie und Liz fühlten sich etwas benommen und sehr glücklich, während sie dasaßen, in die Flammen starrten und redeten.

»Mir ist ganz elend, wenn ich daran denke, Jane hier drei Wochen allein zu lassen«, gestand er Liz.

»Nicht doch.« Sie lehnte ihren Kopf an ihn. »Wir haben ein Recht darauf. Wir hatten ja kaum ein paar Augenblicke für uns allein.«

Natürlich war da etwas Wahres dran, aber er erinnerte sich noch deutlich an Janes traurige Miene, als sie erklärte, sie wolle nicht bei Tracy bleiben.

»Sie ist noch so klein... erst fünf... was weiß sie schon von Flitterwochen?«

Liz seufzte... Auch ihr tat Jane leid. Sie hatte sie bis jetzt sehr selten allein gelassen. Aber diesmal hatte sie das Gefühl, sie müßte es sich selbst und Bernie zuliebe tun, und hatte sich damit abgefunden. Sie machte sich keine allzu großen Sorgen, es freute sie aber, daß Bernie an das Wohl ihrer Tochter dachte. Er würde einen wundervollen Vater abgeben.

»Weißt du, daß du ein wunderbarer Vater bist? Ein Mann mit butterweichem Herzen.« Das liebte sie so an ihm. Er war der gutherzigste Mensch der Welt, und als Jane in der Nacht wieder aufkreuzte, hob er sie so behutsam ins Bett, daß ihre Mutter nicht erwachte, und drückte sie fest an sich. Allmählich betrachtete er sie als seine Tochter. Es kam ihm selbst erstaunlich vor, wieviel Liebe er für sie empfand. Am nächsten Tag standen sie auf Zehenspitzen auf, putzten sich Seite an Seite die Zähne, machten das Frühstück für Liz und brachten es ihr auf einem Tablett, auf dem eine Vase mit einer Rose stand.

»Einen schönen Hochzeitstag!« stimmten sie an, und Liz sah mit verschlafenem Lächeln zu ihnen auf.

»Einen glücklichen Hochzeitstag... ihr beide... wann seid ihr aufgestanden?« Ihr Blick wanderte argwöhnisch von Bernie zu Jane. Sie vermutete eine Verschwörung, von der sie nichts wußte, aber keiner der beiden wollte gestehen. Da setzte sie sich auf und machte sich über das von ihnen zubereitete Frühstück her.

Nachher verschwand Bernie und fuhr zu seinem Freund, um sich umzuziehen. Die Trauung war für zwölf Uhr angesetzt, so daß sie noch jede Menge Zeit hatten und Liz Janes Haar mit dünnen weißen Seidenbändchen durchflechten konnte. Jane zog das schöne weiße Samtkleidchen an, das sie gemeinsam bei Wolff ausgesucht hatten, und Liz befestigte ein Krönchen aus Schleierkraut in ihrem Haar. Jane trug weiße Söckchen zu ihren schwarzen Lackschuhen und einen dunkelblauen Wollmantel, den Bernie ihr aus Paris mitgebracht hatte. Sie sah aus wie ein kleiner Engel, als sie in der Tür auf Liz wartete, die sie an der Hand nahm und mit ihr zu der wartenden Limousine ging, die Bernie bestellt hatte. Liz trug ein elegantes weißes Dior-Modell mit üppigen Ärmeln und einem Rocksaum, der die Knöchel frei ließ, damit man die ebenso eleganten Dior-Schuhe sehen konnte. Alles, was sie trug, war von der Farbe alten Elfenbeins, der Kopfschmuck eingeschlossen, der ihr Haar zurückhielt, das sie wie ein junges Mädchen offen trug. Sie sah phantastisch aus, und Tracy betrachtete sie mit Tränen in den Augen.

»Liz, du sollst immer so glücklich sein wie in diesem Augenblick.« Sie wischte sich die Tränen ab und sah zu Jane hinunter.

»Deine Mami sieht heute toll aus, findest du nicht?«

»Ja.« Janes Blick war voller Bewunderung. Liz war die hübscheste Frau, die sie je gesehen hatte.

»Du aber auch.« Tracy faßte nach dem durchflochtenen Haar, von der Erinnerung an die eigene Tochter bewegt. Dann fuhren sie zum Arguello Boulevard, wo sie vor der Synagoge ausstiegen. Alles war schön und feierlich, als sie hineingingen. Unter Herzklopfen und mit angehaltenem Atem hielt sie Janes Hand ganz fest in der ihren, und die Kleine blickte vertrauensvoll zu ihr auf. Sie tauschten ein Lächeln des Einverständnisses. Es war für beide ein großer Tag. Sie wurden schon von Bill Robbins erwartet. Sein dunkelblauer Anzug, der würdige graue Bart und gütige Blick ließen ihn wie einen Kirchenältesten aussehen. Die Gäste hatten bereits in den Bankreihen Platz genommen, als die Musik einsetzte, und schlagartig wurde Liz deutlich bewußt, was passierte. Bislang war alles wie ein Traum gewesen, und plötzlich wurde es Wirklichkeit. Und als sie den Mittelgang entlangblickte, sah sie Bernie, neben ihm Paul Berman und Bernies Eltern in der ersten Reihe. Doch sie sah eigentlich nur Bernie, bärtig, stattlich, würdig, der sie erwartete, während sie zum Traualtar schritt – in ein neues Leben.

Kapitel
12

Der Empfang im »Alta Mira« wurde ein glänzender Erfolg, und alle Gäste unterhielten sich prächtig. Man stand plaudernd auf der Terrasse und bewunderte die Aussicht. Es war zwar nicht so pompös wie in einem der großen Hotels, doch hatte dieses Restaurant mehr Atmosphäre. Liz hatte für dieses malerische Haus immer eine Vorliebe gehabt, und Bernie mußte ihr recht geben. Nicht einmal seine Mutter fand hier etwas auszusetzen. Den ersten Tanz tanzte Bernie mit ihr, und sein Vater mit Liz, dann wechselten sie die Partner, und nach einer Weile warb Paul Berman Liz ab, und Bernie tanzte mit Tracy. Anschließend forderte Bernie Jane auf, die entzückt war, daß sie in das Ritual einbezogen wurde.

»Na, wie gefällt es dir, Jane? Alles in Ordnung?«

»Ja.« Sie wirkte viel unbeschwerter, doch er hatte noch immer Gewissensbisse. Er nahm seine neuen Vaterpflichten sehr ernst, deswegen hatte Liz ihn am Abend zuvor weidlich geneckt. Sie machte sich ebenfalls Sorgen um Jane, zudem hatte sie sie in den vergangenen fünf Jahren äußerst selten allein gelassen, doch sie wußte, daß Jane bei Tracy gut aufgehoben war, und meinte, daß sie ein Recht auf Flitterwochen hatten.

»Ich bin Jude, was hast du also erwartet?« hatte er gesagt. »Das Schuldgefühl ist Teil meines Wesens.«

»Dann spar es dir für etwas anderes auf. Jane wird schon nichts passieren.« Nach dem Tanz führte er Jane ans Buffett und half ihr, den Teller zu beladen, um sie dann in der Obhut ihrer neuen Großmutter zu lassen. Er selbst wollte wieder mit seiner Frau tanzen.

»Hallo.« Jane blickte zu Ruth auf, die sie eingehend musterte. »Dein Hut gefällt mir. Was für ein Fell ist das?« Diese Frage verblüffte Ruth einigermaßen, doch sie fand, daß Jane ein hübsches Kind war und zudem sehr artig, nach allem, was sie von ihr gesehen hatte.

»Das ist Nerz.«

»Paßt gut zu deinem Kleid... und das Kleid hat die gleiche Farbe wie deine Augen. Wußtest du das?«

Ruth war fasziniert, daß die Kleine alle Details bemerkte, und unwillkürlich lächelte sie ihr zu.

»Du hast schöne blaue Augen.«

»Danke. Sie sind ähnlich wie die meiner Mutter. Mein Vater ist tot.« Das sagte sie ganz sachlich, den Mund halbvoll mit Roastbeef, und plötzlich empfand Ruth Mitleid mit ihr. Es mußte für Liz und die Kleine sehr schwer gewesen sein, ehe Bernie in ihr Leben getreten war. Jetzt sah sie Bernie im Licht des Retters, aber Liz sah das auch so, also schadete es nicht. Weder Liz noch Jane hätten ihr widersprochen – allenfalls Bernie.

»Das mit deinem Vater tut mir leid.« Etwas anderes fiel Ruth nicht ein.

»Mir auch. Aber jetzt habe ich einen neuen Daddy.« Sie sah voller Stolz zu Bernard, und Ruths Augen füllten sich mit Tränen. Dann sah Jane ganz unerwartet Ruth an.

»Du bist die einzige Großmutter, die ich habe.«

»Ach.« Es war ihr peinlich, daß das Kind ihre Tränen sah. Sie faßte nach der kleinen Hand.

»Das ist sehr nett. Du bist auch mein einziges Enkelkind.« Jane lächelte bewundernd und erwiderte den Händedruck.

»Schön, daß du so nett zu mir bist. Erst hatte ich ziemlich Angst vor dir.« Bernie hatte sie am Morgen sehr behutsam miteinander bekannt gemacht.

»Ich dachte, du würdest richtig alt oder verbiestert oder sonst was sein.«

Ruth war entsetzt. »Hat dir Bernie das gesagt?«

»Nein.« Jane schüttelte den Kopf. »Er sagte, du seist wunderbar.« Nun hatte Ruth Grund zum Strahlen. Die Kleine war ein wahrer Schatz. Ruth tätschelte Janes Hand und nahm von einem Tablett, das vorübergetragen wurde, ein Plätzchen und gab es Jane. Diese brach es in zwei Hälften und reichte ihr die eine Hälfte, die Ruth aß, ohne Janes Hand loszulassen. Als Liz sich umziehen ging, waren die beiden dicke Freundinnen. Und als Jane ihre Mutter verschwinden sah und ihr klarwurde, wie spät es war, fing sie leise zu weinen an. Bernie bemerkte das und war sofort an ihrer Seite.

»Was ist denn, mein Schatz?« Ruth tanzte ein letztes Mal mit ihrem Mann. Bernie bückte sich und legte einen Arm um Jane.

»Ich möchte nicht, daß du mit Mami fortgehst.« Das äußerte Jane in leisem Klageton, so daß ihm fast das Herz brach.

»Wir bleiben ja nicht lange fort.« Aber drei Wochen erschienen ihr als halbe Ewigkeit, und seiner Meinung nach hatte sie nicht ganz unrecht. Es war eine lange Zeit, die sie bei jemand anderem verbringen mußte. Als Tracy kam, weinte Jane noch heftiger, und gleich darauf war Ruth bei ihr. Jane klammerte sich an sie, als hätte sie sie schon immer gekannt.

»Allmächtiger, was ist denn das?« Bernie erklärte seiner Mutter, was los war, und Ruth machte ein mitfühlendes Gesicht.

»Warum nehmt ihr sie nicht mit?« flüsterte sie ihrem Sohn zu.

»Hm, ich glaube, Liz würde das für keine gute Idee halten... es sind unsere Flitterwochen...«

Erst sah seine Mutter ihn mißbilligend an, dann wanderte ihr Blick zu dem weinenden Kind.

»Könntest du dir das jemals verzeihen? Hättest du wirklich Ruhe, wenn du immer an sie denken müßtest?«

Bernie grinste.

»Mom, ich habe dich lieb.« Mit der Masche vom Schuldgefühl war buchstäblich alles durchsetzbar. Er machte sich auf die Suche nach Liz und teilte ihr seinen Entschluß mit.

»Du kannst sie nicht einfach mitnehmen. Wir haben für sie nichts gepackt. Wir haben nicht mal Platz für sie im Hotel«, wandte Liz überrascht ein.

»Den bekommen wir... wenn nötig, wohnen wir woanders...«

»Und wenn es kein anderes Zimmer gibt?«

»Dann wird sie bei uns schlafen.« Er grinste. »Und wir machen ein andermal Flitterwochen.«

»Bernard Fine... was ist denn in dich gefahren?« Sie sagte es lächelnd, dankbar, daß sie einen Mann gefunden hatte, der ihr Kind so sehr liebte. Auch sie hatte Gewissensbisse gehabt, Jane zurückzulassen, und in gewisser Weise war jetzt alles leichter.

»Na schön. Aber was jetzt? Fahren wir nach Hause und suchen ein paar Sachen zusammen?«

»So rasch wie möglich.« Er warf einen Blick auf die Uhr, lief zur Rezeption, gab seiner Mutter hastig einen Kuß, wechselte einen Händedruck mit Paul Berman und mit seinem Vater und nahm Jane in die Arme, als Liz auftauchte und die Reiskörner rieselten. Jane machte ein verängstigtes Gesicht. Sie begriff nichts und hielt dies für den Abschied, doch er drückte sie fester an sich und flüsterte ihr ins Ohr:

»Du kommst mit uns. Mach die Augen zu, damit kein Reiskorn hineinkommt.« Jane kniff die Augen zusammen und lachte glücklich, während er sie mit einem Arm festhielt und mit der freien Hand Liz umfaßte. Gemeinsam liefen sie unter einem Regen von Blütenblättern und Reis zur Tür. Im nächsten Augenblick saßen sie im Wagen und fuhren zurück nach San Franzisko.

Um Janes Sachen zu packen, brauchten sie nur zehn Minuten, so daß sie die Maschine rechtzeitig erreichten. In der ersten Klasse war noch ein Platz frei. Er buchte ihn für Jane und hoffte, sie würden im Hotel ebensolches Glück haben. Jane lächelte zufrieden, als sie an Bord gingen. Ein wundervoller Sieg! Sie durfte mit! Glücklich wippte sie auf Bernies Schoß auf und ab und schlief dann friedlich in den Armen ihrer Mutter, als sie dem Westen entgegenflogen. Sie hatten sozusagen alle drei geheiratet. Und Bernie beugte sich zu Liz und küßte sie sanft auf die Lippen, als die Beleuchtung gedämpft wurde, damit die Filmvorstellung beginnen konnte.

»Ich liebe dich, Mrs. Fine.«

»Ich liebe dich«, hauchte sie tonlos, um das schlafende Kind nicht zu wecken. Sie lehnte den Kopf an ihn und döste bis Hawaii. Die Nacht verbrachten sie in Waikiki, um am nächsten Tag nach Kona auf der Insel Hawaii weiterzufliegen. Sie hatten im »Mauna Kea Resort Hotel« gebucht, und das Glück war auf ihrer Seite. Sie bekamen zwei nebeneinanderliegende Zimmer, mußten aber die bestellte Suite aufgeben. Wenigstens mußten sie nicht ein Zimmer mit dem Kind teilen, wenngleich dies auch nicht viel anders gewesen wäre. Denn im »Mauna Kea« lag auch ein Ungeheuer unter Janes Bett, und sie verbrachte die meisten Nächte zwischen ihnen im großen Bett, während die Sonne über den Palmen aufging. Es waren gemeinsame Flitterwochen für alle drei, und eine Geschichte, die sie noch jahrelang erzählen würden, wie Bernie dachte, als er Liz ein wenig dümmlich über Janes Kopf zulächelte. Manchmal lagen sie einfach da und lachten über die komische Situation.

»Paris im Frühling, das schwöre ich!« Er hob die Schwurhand wie ein guter Pfadfinder, und sie lachte ihn aus.

»Bis sie wieder zu jammern anfängt.«

»Nein, diesmal gelobe ich... keine Schuldgefühle.«

»Ha, daß ich nicht lache!« Doch ihr war es einerlei. Sie war glücklich. Sie beugte sich über die schlafende Jane und küßte Bernie. Schließlich war es ihr Leben, und sie teilten es mit Jane. Es waren himmlische drei Wochen, und die drei kehrten braun, glücklich und erholt von »ihren Flitterwochen« zurück. Jane prahlte überall damit, daß sie die Hochzeitsreise ihrer Mutter mitgemacht habe. Es war eine Reise, die ihnen allen für immer in Erinnerung bleiben würde.

Kapitel

13

Nach Hawaii schienen die Monate zu verfliegen, da sie sehr beschäftigt waren. Bernie stellte den Zeitplan für sämtliche Sommer- und Herbstmodenschauen auf, suchte die neue Kollektion aus und hatte Besprechungen mit Leuten aus New York. Liz war mit dem Haus beschäftigt und zeigte sich unermüdlich im Kochen, Backen und Nähen. Es gab nichts, was sie nicht selbst machte. Auch wenn Gäste kamen, bereitete sie alles allein vor. Sie fing sogar an, Rosen in dem kleinen Gärtchen an der Buchanan Street zu züchten, und mit Tracys Hilfe wurde ein Gemüsegarten auf dem Flachdach angelegt. Das Leben war in dieser Zeit sehr erfüllt, so daß der April kam, ehe man es sich versah. Der Zeitpunkt der Geschäftsreise nach New

York und anschließend nach Europa, so wie jedes Jahr, rückte näher. Da Liz weder New York noch Europa kannte, konnte Bernie es kaum erwarten, ihr alles zu zeigen. Fast war er versucht, Jane auch diesmal mitzunehmen, aber er hatte Liz versprochen, daß diese Reise eine echte Hochzeitsreise werden sollte. Er hatte den Reisetermin in die Schulferien gelegt. Liz und Jane hatten also frei. Sie wollten das Kind mit nach New York nehmen und zu den Großeltern Fine bringen. Das war eine wunderbare Lösung, denn Jane war darüber so entzückt, daß es sie kaum störte, die Europareise nicht mitmachen zu dürfen.

»Wir gehen sogar in die Radio City Music Hall!« verkündete sie laut in der Maschine nach New York. Es sollte ein wahrer Triumphzug werden. Sie würden das Museum of Natural History besuchen und die Dinosaurier sehen, von denen sie in der Schule gehört hatte, das Empire State Building und die Freiheitsstatue. Sie konnte es kaum erwarten und Ruth ebensowenig, wie Bernie den Telefonaten entnahm. In letzter Zeit verliefen diese Telefongespräche viel unbefangener. Liz rief Ruth oft an, nur um »Hallo« zu sagen und sie mit Neuigkeiten zu versorgen. Damit war dieser Druck von ihm genommen, zudem wollte seine Mutter hauptsächlich mit Jane sprechen. Es war erstaunlich, wieviel Zuneigung sie für das Kind entwickelte, und Jane war geradezu vernarrt in sie. Ihr gefiel es, eine Großmutter zu haben, und eines Tages hatte sie Bernie sehr ernst die Frage gestellt, ob sie seinen Namen in der Schule führen dürfe.

»Natürlich.« Er war geradezu überwältigt von ihrer Frage, die sie sehr ernst meinte. Und vom nächsten Tag an hieß sie in der Schule offiziell Jane Fine und kam strahlend nach Hause.

»Jetzt bin ich auch mit dir verheiratet«, hatte sie gesagt. Liz schien sich ebenfalls zu freuen, vor allem war sie erleichtert, während ihrer Abwesenheit Jane in guten Händen zu wissen. Ihre Wahl wäre eigentlich auf Tracy gefallen, doch diese kam mit Jane in letzter Zeit nicht besonders gut aus. Jane wurde langsam welterfahrener und raffinierter als ihre gemeinsame alte Freundin, was Tracy eher komisch fand. Doch sie nahm es dem Kind nicht übel und war glücklich, daß die drei eine glückliche Familie geworden waren.

In New York wartete »Großmama Ruth« am Flughafen.

»Na, wie geht es meinem kleinen Liebling?« Zum erstenmal in Bernies Leben spürte er bei diesen Worten nicht die Arme seiner Mutter um seinen Hals – ein Gefühl, das im Moment sehr merkwürdig war. Dann aber sah er Jane in die Arme seiner Mutter stürzen, und er hatte feuchte Augen, als er seinem Vater die Hand schüttelte und Liz seine Eltern mit einem Kuß begrüßte. Dann erst umarmte er seine Mutter. Zu fünft fuhren sie nach Scarsdale, und während der Fahrt sprach und plapperte alles durcheinander. Es war, als wären sie plötzlich eine große Familie und keine Gegner mehr. Bernie wurde klar, daß Liz durch ihre zauberhafte Art, mit Menschen umzugehen, dieses Wunder vollbracht hatte. Er bemerkte, wie sie seiner Mutter zulächelte und die beiden Frauen einen wissenden Blick über eine Äußerung Janes tauschten, dem wieder ein Lächeln folgte. Es war eine Erleichterung zu wissen, daß seine Eltern seine Frau akzeptiert hatten. Bernie hatte ursprünglich befürchtet, daß seine Mutter sich nie mit seiner Heirat abfinden würde, aber er hatte unterschätzt, was es für sie bedeutete, Großmutter zu sein.

»Jetzt heiße ich wie ihr«, verkündete Jane stolz im Wagen, um ganz ernst fortzufahren: »Das läßt sich viel einfacher buchstabieren. Den anderen Namen habe ich nie richtig hingekriegt.« Sie lächelte mit Zahnlücken. Sie hatte in dieser Woche ihren ersten Zahn verloren und berichtete ihrer Großmutter, wieviel die Zahnfee ihr gebracht hatte.

»Fünfzig Cents?« Ruth zeigte sich beeindruckt. »Zu meiner Zeit waren es nur zehn Cents.«

»Ach, das war früher«, antwortete Jane geringschätzig. Sie gab ihrer Großmutter einen Kuß auf die Wange und flüsterte ihr zu: »Ich kauf' dir ein Eis, Großmama.

»Wir beide werden eine Menge amüsanter Dinge unternehmen, während deine Mami und dein Daddy fort sind.« Jane nannte ihn jetzt auch Daddy, und er hatte Liz schon gefragt, ob er Jane formell adoptieren sollte.

»Das könntest du«, hatte sie erwidert. »Ihr Vater hat uns verlassen, und er hat keinen Anspruch auf das Sorgerecht. Aber ich sehe nicht ein, warum du dir diese Mühe machen solltest. Wenn sie deinen Namen führt, dann wird dies im Laufe der Jahre durch Gewohnheitsrecht legalisiert, und außerdem hat sie sich von selbst entschlossen, dich Daddy zu nennen.« Bernie hatte sich damit zufriedengegeben. Jane mit einer Gerichtsverhandlung zu belasten, wäre bestimmt nicht unbedingt das Richtige.

Es war das erste Mal seit Jahren, daß er bei seinen Eltern wohnte, und er mußte verwundert feststellen, wie wohl er sich hier mit Liz und Jane fühlte. Liz half seiner Mutter in der Küche und nach dem Essen beim Abräumen. Ihr Hausmädchen Hattie war krank, das einzige traurige Bulletin, das seine Mutter am Abend herauszugeben hatte. Da Hattie aber nur an entzündeten Fußballen litt, die operiert worden waren, reichte dies bei weitem nicht an die üblichen Schlaganfälle und Herzattacken heran. Die allgemeine Stimmung im Haus war ausgezeichnet. Nur war es ihm entsetzlich peinlich, als Liz sich ihm im Bett liebevoll näherte.

»Was ist, wenn meine Mutter hereinkommt?« flüsterte er im Dunkeln und brachte sie damit zum Kichern.

»Ich könnte aus dem Fenster klettern und im Garten warten, bis die Luft rein ist.«

»Klingt ja sehr gut...« Er drehte sich um und ließ seine Hand unter ihr Seidennachthemd gleiten. Lachend rangen sie miteinander, küßten und liebten sich. Sie flüsterten und kamen sich bei alldem wie ungezogene Kinder vor. Als sie sich nachher im Dunkeln unterhielten, sagte er ihr, was für eine Veränderung sie in der Familie bewirkt hatte.

»Du kannst dir nicht vorstellen, wie meine Mutter war, ehe du kamst. Ich schwöre dir, manchmal habe ich sie richtig gehaßt.« Es kam ihm wie ein Sakrileg vor, dies in ihrem eigenen Haus auszusprechen, doch gelegentlich war es tatsächlich der Fall gewesen.

»Ich glaube, daß eher Jane diejenige war, die diesen Zauber vollbracht hat.«

»Das wart ihr beide.« Als er sie im Mondschein sah, drohte sein Herz vor Liebe zu zerspringen.

»Du bist wirklich die bemerkenswerteste Frau, die mir je begegnet ist.«

»Besser als Isabelle?« zog sie ihn auf, und er kniff sie zärtlich in die Brust.

»Wenigstens hast du nicht meine Uhr mitgehen lassen… nur mein Herz…«

»Ist das alles?« Sie schmollte sehr reizvoll, was sein Begehren von neuem entfachte, als er seine Hand zwischen ihre Schenkel gleiten ließ.

»Ich hatte etwas anderes gemeint, Monsieur.« Sie sagte es spaßeshalber mit Akzent, und er fing wieder an, sie mit Zärtlichkeiten zu überschütten. Beide fühlten sich, als hätten die Flitterwochen eben begonnen. Und Jane kam diesmal nicht hereingeschlichen, und das war ein Glück, denn Liz' Nachthemd war irgendwo unter dem Bett verschwunden, und Bernie hatte seinen Pyjama überhaupt vergessen.

Beim Frühstück am nächsten Morgen sahen beide in ihren Morgenmänteln sehr respektabel aus. Während sie mit Jane Orangensaft auspreßte, ließ sich seine Mutter vernehmen:

»Heute haben wir leider keine Zeit, euch zum Flughafen zu bringen.« Liz und Ruth wechselten einen Verschwörerblick, und Jane schien der bevorstehende Abflug der Eltern kaltzulassen.

»Wir gehen in die Radio City Music Hall. Karten haben wir schon.«

»Es ist der erste Tag der Oster-Show!« Jane war so aufgeregt, daß sie ganz außer sich geriet, und Bernie warf Liz einen bedeutsamen Blick zu – ein kluger Schachzug seiner Mutter. Sie hatte es so eingerichtet, daß Jane sie nicht abfliegen sah.

So würde sie auch keine Abschiedstränen vergießen können. Es war eine ideale Lösung, denn so mußten sie Jane und Großmama Lebwohl zuwinken, als diese den Zug bestiegen. Selbst das war für das Kind schon ein aufregendes Erlebnis. Großpapa wollte sie im »Plaza Hotel« abholen!

»Stell dir das vor!« hatte Jane ausgerufen. »Und wir werden in einer Droschke fahren, das ist eine Kutsche mit einem Pferd! Durch den Central Park.« Nur einen Moment, als sie sie zum Abschied umarmten, hatte Jane die Mundwinkel traurig verzogen, doch im nächsten Augenblick war sie fort und plapperte glückselig mit Ruth, während Bernie und Liz zurückfuhren und sich wieder der Liebe hingaben. Als sie aus dem Haus gingen, sperrten sie die Tür sorgfältig zu. Dann fuhren sie mit dem Taxi zum Flughafen und traten ihre Hochzeitsreise an.

»Na, bereit für Paris, Madame Fine?«

»Oui, Monsieur.« Sie kicherte, und dann lachten beide. New York hatte Liz noch immer nicht kennengelernt. Doch sie hatten sich entschlossen, auf der Rückfahrt noch drei Tage in New York Station zu machen. Das war auch für Jane besser, denn sie konnte dann noch ein paar Tage mit den beiden verbringen und würde die Zeit ihrer Abwesenheit schneller vergessen. Bernie konnte so auch besser seine Geschäftsinteressen wahrnehmen.

Sie flogen mit der Air France nach Paris und landeten am nächsten Morgen ganz früh und hellwach in Orly. Es war acht Uhr morgens Ortszeit, und zwei Stunden später waren sie im Ritz, nachdem sie ihr Gepäck geholt, den Zoll hinter sich gebracht hatten und in die Stadt gefahren waren. Die Firma hatte eine Limousine für ihn bestellt, und Liz war von dem Hotel geradezu überwältigt. Etwas so Schönes wie die Eingangshalle des Ritz mit dem eleganten Publikum, den Hotelpagen, die Pudel und Pekinesen ausführten, hatte sie noch nie gesehen, und die Läden an der Faubourg St. Honoré waren noch schicker, als sie es sich vorgestellt hatte. Es war alles wie in einem Traum. Bernie zeigte ihr die Stadt – Fouquet, das Maxim, das Tour d'Argent, den Eiffelturm, den Arc de Triomphe, die Seinedampfer, die Galeries Lafayette, den Louvre, den Jeu de Paume, sogar das Rodin-Museum. Die eine Woche in Paris war die glücklichste ihres Lebens, und sie wünschte sich, sie möge nie zu Ende gehen. Dann flogen sie nach Rom und Mailand weiter, um sich die Modellkollektionen für die kommende Saison anzusehen. Noch immer war es sein Aufgabengebiet, die wichtigen Kollektionen für Wolff zusammenzustellen, eine Aufgabe, die verantwortungsvoll und schwierig war, wie Liz beeindruckt feststellte. Sie begleitete Bernie überall hin, machte Notizen, probierte einige Male Kleider an, damit man sehen konnte, wie sie sich an einer »gewöhnlichen Sterblichen« machten und nicht an jemandem, dessen Beruf es war, Kleider vorzuführen. Sie sagte ihm, wie sie sich anfühlten, ob sie sich angenehm trugen und wie sie ihrer Meinung nach noch zu verbessern waren. Auf diese Weise lernte sie in den einzelnen Modezentren sehr viel über seine Arbeit. Bernie hingegen fiel die Wirkung auf, die diese Modenschauen auf Liz ausübten. Sie war plötzlich sehr modebewußt und kleidete sich schicker. Ihr äußeres Erscheinungsbild wurde eleganter, zumal sie viel mehr Sorgfalt bei der Auswahl ihrer Accessoires aufwendete. Sie hatte schon ein gewisses natürliches Flair besessen, als sie sich kennengelernt hatten. Jetzt, da es ihre Mittel erlaubten, hatte sie rasch bewiesen, wie gut sie sich zu kleiden verstand. Sie war nicht nur schick; sie war plötzlich umwerfend elegant. Und sie war glücklicher als je zuvor, da sie mit Bernie reisen und täglich mit ihm zusammenarbeiten konnte. Die Nachmittage im Hotel waren der Liebe vorbehalten, am Abend gingen sie bis tief in die Nacht aus. Natürlich stand auch ein Bummel auf der Via Veneto auf ihrem Programm, und sie warfen die obligaten Münzen in die Fontana di Trevi.

»Na, was wünschst du dir, Liebling?« Nie hatte er sie mehr geliebt als in diesem Augenblick.

»Du wirst schon sehen.« Liz lächelte ihm zu.

»Ach? Was denn?« Doch er glaubte es zu wissen. Er wünschte sich dasselbe, und sie bemühten sich sehr, daß der Wunsch wahr wurde.

»Wird die Erfüllung eines Wunsches dich dick und rund werden lassen?« Ihm gefiel die Vorstellung, daß Liz ein Kind von ihm bekommen würde, andererseits hielt er es für verfrüht, sich darum Gedanken zu machen.

»Wenn ich dir sage, was ich mir wünsche, wird es nicht in Erfüllung gehen.« Sie drohte ihm scherzhaft mit dem Finger, und sie gingen zurück ins »Excelsior« und liebten sich wieder. Es war eine schöne Vorstellung, daß sie in diesen zweiten Flitterwochen möglicherweise ein Kind zeugen könnten. Doch während der letzten beiden Tage in London stellte es sich heraus, daß Liz nicht schwanger war, und sie war so enttäuscht, daß sie weinte, als sie mit Bernie darüber sprach.

»Mach dir nichts draus.« Tröstend legte er den Arm um sie. »Wir geben nicht auf. Und versuchen es weiter.« Das taten sie dann auch eine Stunde später, obwohl sie wußten, daß sie davon nicht schwanger werden würde, aber Spaß machte es trotzdem. Und es war nicht zu übersehen, wie glücklich sie waren, als sie nach den schönsten zwei Wochen ihres Lebens zurück nach New York flogen. Ebenso war nicht zu übersehen, daß sie nicht die einzigen waren, die diese Zeit genossen hatten. Jane brauchte zwei volle Stunden, um ihnen alles das zu berichten, was sie unternommen hatte. Es sah aus, als hätte Großmama Ruth das Kaufhaus Schwarz für Jane leergekauft.

»Wir werden einen Laster brauchen, um die Sachen nach Hause zu schaffen.« Bernie starrte ratlos die Puppen, die Spielzeuge, einen lebensgroßen Stoffhund, ein winziges Pferdchen, ein Puppenhaus und einen Mini-Herd an. Ruth war es zunächst ein wenig peinlich, dann aber äußerte sie energisch:

»Sie hatte hier keine Spielsachen. Ich hatte ja nur deine alten.« Das klang fast anklagend. Und das Einkaufen hatte Riesenspaß gemacht.

»Oh.« Lächelnd überreichte Bernie seiner Mutter die Schachtel von Bulgari. Er hatte ihr Ohrringe mitgebracht, aus alten Münzen geformt, umgeben von winzigen Diamanten in Sechseckform. Für Liz hatte er die gleichen gekauft, und sie war außer sich vor Freude. Und Ruth freute sich nicht minder. Sie steckte sich die Ohrringe sofort an, umarmte sie beide und lief dann, um Lou das Geschenk zu zeigen, während Liz Jane an sich drückte. Sie hatte ihr sehr gefehlt, doch die Europareise war herrlich gewesen. Es hatte ihnen gutgetan, allein zu sein.

Die Tage, die sie noch in New York verbrachten, waren fast ebenso schön. Abendessen im »Côte Basque« und im »21« und »Grenouille«, Bernies Lieblingsrestaurants, mit deren Spezialitäten er Liz verwöhnte. Ihre Drinks nahmen sie im »Oak Room« im »Plaza Hotel« und im »Sherry Netherland«, abends hörten sie sich im »Carlyle« Bobby Short an, in den Liz sich sofort verliebte. Sie machte bei Bergdorf, Saks, Bendel und im legendären Bloomingdale Einkäufe, behauptete aber steif und fest, daß Wolff das schönste Kaufhaus sei. Bernie zeigte ihr die Stadt. Eines Tages stand sie lachend mit ihm an der Bar im »P. J. Clark« und beobachtete die Typen, die hier verkehrten.

»Es ist wunderbar mit dir, weißt du das? Bernie, du bringst in mein Leben so viel Schönes. Ich wußte gar nicht, daß man es so genießen kann. Vorher war ich so sehr damit beschäftigt, über die Runden zu kommen, daß es mir jetzt ganz unglaublich erscheint. Das Leben mit dir ist wie ein Riesengemälde... wie die Chagall-Malereien im Lincoln Center.« Auch dorthin hatte er sie geführt. »Lauter Rot- und Grüntöne, sonniges Gelb und helles Blau... und zuvor war alles irgendwie nur grau und weiß.« Bewundernd blickte sie zu ihm auf, und er beugte sich über sie, um sie zu küssen. Ihre Lippen schmeckten nach Pimm's Cup.

»Liz, ich liebe dich.«

»Ich liebe dich auch.« Sie flüsterte und hatte darauf so laut Schluckauf, daß der Mann vor ihnen sich nach ihr umdrehte. Liz sah zu Bernie auf und sagte: »Wie war doch gleich Ihr Name?«

»George. George Murphy. Ich bin verheiratet und habe sieben Kinder in der Bronx. Sollen wir in ein Hotel gehen?«

Der Mann, der an der Bar neben ihnen stand, starrte sie fassungslos an. Hier wimmelte es von Männern, die auf eine schnelle Nummer aus waren, sich aber meist hüteten, von Frau und Kindern zu sprechen.

»Warum gehen wir nicht nach Hause und machen noch eines?« schlug sie gutgelaunt vor.

»Großartige Idee.«

Auf der Third Avenue winkte er ein Taxi herbei, das sie auf schnellstem Weg nach Scarsdale brachte. Sie kamen noch vor Jane und Ruth zu Hause an, und Lou war noch im Krankenhaus. Es war schön, allein mit ihr zu Hause zu sein. Es war mit ihr überall schön, besonders im Bett, dachte er, als sie zwischen die kühlen Laken schlüpften. Nur ungern stand er wieder auf, als seine Mutter und Jane kamen, und noch viel widerstrebender verließ er New York und flog wieder nach Kalifornien. Er hatte mit Paul Berman ein Gespräch über seine Rückkehr geführt, ohne Erfolg.

»Komm, Paul, jetzt bin ich ein Jahr in Kalifornien. Eigentlich vierzehn Monate.«

»Der Laden ist aber erst seit zehn Monaten geöffnet. Warum diese Eile? Du hast eine reizende Frau, ein nettes Haus. San Franzisko ist für Jane kein schlechter Ort.«

»Wir möchten sie hier einschulen.«

Keine Schule hatte ihrem Antrag zugestimmt, solange nicht zweifelsfrei feststand, wann Jane nach New York ziehen würde.

»Wir können doch nicht jahrelang in San Franzisko in der Schwebe bleiben.«

»Jahrelang nicht... aber sagen wir noch ein Jahr. Wir haben niemanden, der für den Job auch nur annähernd so gut geeignet wäre.«

»Na schön.« Er seufzte. »Aber länger nicht. Steht das fest?«

»Schon gut, schon gut... man möchte meinen, wir hätten dich ins letzte Kaff strafversetzt. San Franzisko ist keine Strafkolonie.«

»Ich weiß. Aber ich gehöre nun mal hierher, und das weißt du auch.«

»Das kann ich nicht abstreiten, Bernard. Aber im Moment wirst du in San Franzisko gebraucht. Wir werden unser Bestes tun, dich in einem Jahr zurückzuholen.«

»Ich rechne ganz fest damit.«

Er verließ New York höchst ungern, mußte aber zugeben, daß die Rückkehr nach San Franzisko gar nicht so schlimm war. Ihr kleines Haus war hübscher, als er es in Erinnerung hatte, und das Kaufhaus kam ihm am ersten Tag sehr ansprechend vor. Nicht so schön zwar wie das Stammhaus in New York, aber trotzdem ganz annehmbar. Was ihn am meisten störte, war der Umstand, daß er nicht den ganzen Tag mit Liz zusammensein konnte. Deswegen kreuzte er in der Cafeteria ihrer Schule zu Mittag auf, um am ersten Tag mit ihr zusammen ein Sandwich zu essen. In seinem dunkelgrauen englischen Anzug wirkte er sehr großstädtisch und stattlich. Liz trug einen Faltenrock und einen roten Pullover, den sie zusammen im Trois Quartiers gekauft hatten, dazu Schuhe aus Italien. Sie sah sehr jung und attraktiv aus. Jane war sehr stolz auf die beiden.

»Dort drüben, das ist mein Daddy mit meiner Mami.« Sie zeigte ihn einigen Freundinnen und ging dann zu ihm, um zu beweisen, daß er zu ihr gehörte.

»Hallo, Kleines«, sagte er und warf sie in die Luft, was er mit drei Freundinnen wiederholen mußte. Er war in der Cafeteria ein richtiger Hit, und auch Tracy kam, um ihn zu begrüßen. Sie umarmte ihn und eröffnete ihnen, daß ihre Tochter wieder schwanger war. Als sie den wehmütigen Blick in Liz' Augen bemerkte, drückte sie deren

Hand. Liz fing an, sich Sorgen zu machen, daß etwas mit ihr nicht in Ordnung war. Aber Bernie gab zu bedenken, daß es möglicherweise seine Schuld sein könnte, da sie schon ein Kind hatte. Schließlich beschlossen sie, die Sache gelassener zu nehmen und sich nicht nervös machen zu lassen. Aber trotzdem beschäftigte sie dieses Problem sehr. Beide wünschten sich sehnsüchtig ein Kind.

Im Juni sorgte Bernie für eine Überraschung. Er hatte in Stinson Beach ein Haus für zwei Monate gemietet, und Liz war hellauf begeistert. Es war für sie ideal, sie hatten ein Schlafzimmer für sie beide, eines für Jane, ein Gästezimmer für Freunde und ein großes Wohnzimmer mit Eßecke, eine sonnige Küche und ein nicht einzusehendes Flachdach, auf dem sie nackt sonnenbaden konnten, wenn sie Lust hatten, was in Janes Gegenwart ohnehin nicht in Frage kam. Es war wunderschön, und Liz hätte gar nicht glücklicher sein können. Sie entschlossen sich, für die ganzen zwei Monate hinauszuziehen. Bernie würde täglich nach San Franzisko fahren. Aber sie waren keine zwei Wochen draußen, als Liz an Grippe erkrankte. Sie brauchte zwei Wochen, bis sie wieder ganz in Ordnung war. Bernie fragte seinen Vater telefonisch um Rat, und Lou meinte, Liz könnte einen Nebenhöhlenkatarrh haben. Liz solle unbedingt zu einem Arzt gehen und sich Antibiotika verschreiben lassen. Den ganzen Tag über hatte sie einen schweren Kopf, und gegen Abend wurde ihr übel. Sie war erschöpft und niedergeschlagen und konnte sich nicht erinnern, sich jemals so elend gefühlt zu haben. Im zweiten Ferienmonat besserte sich ihr Zustand nur wenig, so daß sie kaum etwas vom Urlaub hatte, während Jane es mit vielen Freundinnen nicht lustiger hätte haben können. Allabendlich lief sie mit Bernie den Strand entlang, Liz aber konnte kaum ein paar Schritte gehen, ohne daß ihr übel wurde. Sie wollte nicht mal in die Stadt fahren und das Kleid für die Eröffnung der Opernsaison anprobieren. In diesem Jahr hatte sie sich für ein gewagtes schwarzes Modell von Galanos entschieden, das eine Schulter frei ließ und mit einem gefältelten Cape zu tragen war. Als sie dann gleich nach dem Labor Day zur Anprobe ging, erlebte sie einen Schock.

»Welche Größe ist das?« Sie war wie vor den Kopf geschlagen. Meist trug sie Größe achtunddreißig, doch dieses Kleid konnte sie nicht mal zumachen. Die Verkäuferin warf einen Blick auf das Etikett und setzte mit ihrer Äußerung Liz noch mehr in Erstaunen.

»Es ist Größe vierzig, Mrs. Fine.«

»Na, wie sieht es aus?« Bernie steckte den Kopf in die Kabine. Ein finsterer Blick seiner Frau traf ihn.

»Schrecklich.« Zugenommen konnte sie nicht haben. Seit Juli hatte sie ständig unter Übelkeit gelitten. Schließlich hatte sie sich doch einen Arzttermin geben lassen. In einer Woche war Schulbeginn, sie mußte rasch wieder auf die Beine kommen. Liz war so weit, daß sie sich sogar einer Roßkur unterworfen hatte und die Antibiotika, die ihr ihr Schwiegervater empfohlen hatte, nehmen wollte.

»Die müssen das falsch ausgezeichnet haben. Das hier ist höchstens sechsunddreißig. Ich begreife das nicht.« Sie hatte das Mustermodell bei der Bestellung anprobiert, und damals war es ihr viel zu groß gewesen. Das war Größe achtunddreißig gewesen, und was sie jetzt anhatte, war viel größer.

»Hast du in den Ferien zugenommen?« Er betrat die Probierkabine, um sich die Sache näher anzusehen. Liz hatte recht. Der Reißverschluß ließ sich nicht zuziehen. Gut fünf Zentimeter Haut blieben sichtbar. Er warf der Verkäuferin einen Blick zu. »Kann man etwas herauslassen?« Er wußte, wie teuer das Kleid war und daß es eine Sünde war, Änderungen vornehmen zu lassen. Da war es besser, eine andere Größe nachzubestellen, nur hatten sie zu wenig Zeit. Ließ sich das Kleid nicht ändern, mußte sie zur Eröffnung etwas anderes anziehen. Es kostete die Verkäuferin nur einen Blick, dann schüttelte sie den Kopf. Sie tastete Liz' Mitte ab und sah sie fragend an.

»Haben Sie am Strand zugenommen, Madame?« Es war eine Französin, die Bernie aus New York mitgebracht hatte. Sie arbeitete schon jahrelang für Wolff und war vorher bei Patou gewesen.

»Ich weiß es nicht, Marguerite.« Diese Verkäuferin hatte mit Liz schon viel zu tun gehabt. Sie hatte Liz bei allen Käufen beraten.

»Ich glaube eigentlich nicht.« Doch im Urlaub hatte sie nur legere alte Kleider getragen, Jogginganzüge, Sweatshirts, ganz weite alte Hemden. Sogar heute hatte sie ein formloses Baumwollkleid angezogen. Plötzlich warf sie Bernie einen Blick zu, der von einem Lächeln begleitet war. »O mein Gott!«

»Alles in Ordnung?« Er war besorgt, obwohl sie ihn strahlend anlächelte. Erst war sie blaß geworden, dann rot angelaufen, und jetzt fing sie zu lachen an. Sie schlang die Arme um seinen Nacken und küßte ihn, und er lächelte auch, als die Verkäuferin sich diskret aus der Kabine zurückzog. Sie arbeitete gern für Liz, weil diese immer freundlich war. Und das junge Paar war so verliebt. Die Nähe solcher Menschen war angenehm.

»Na, was ist los, Liz?« Verwirrt sah er sie an, weil sie noch immer glücklich lächelte, obwohl das Kleid nicht in Frage kam – oder vielleicht gerade deshalb?

»Ich glaube, die Antibiotika nehme ich doch nicht.«

»Warum nicht?«

»Ich denke, dein Vater hat sich geirrt.«

»Woher willst du das wissen?« fragte er lächelnd.

»Es wird Zeit, daß ich darauf komme.« Sie hatte kein Symptom erkannt – kein einziges!

»Ich glaube nicht, daß es eine Nebenhöhlenentzündung ist.« Sie ließ sich auf einem Stuhl nieder und sah mit strahlendem Lächeln zu ihm auf, und endlich begriff er. Erstaunt warf er einen Blick auf das Kleid und sah dann wieder Liz an.

»Bist du sicher?«

»Nein... bis eben jetzt wäre ich gar nicht auf den Gedanken gekommen... aber jetzt bin ich fast sicher... ich habe im Urlaub am Strand einfach nicht darauf geachtet.« Plötzlich fiel ihr auch ein, daß eine Periode ausgeblieben war. Sie war seit vier Wochen überfällig. Die ständige Übelkeit hatte sie so mitgenommen, daß sie das gar nicht bemerkt hatte.

Am nächsten Tag lieferte der Arzt ihr die Bestätigung. Sie sei in der sechsten Woche schwanger, sagte er, und Liz lief eilig zu Bernie ins Geschäft, um ihm die Neuigkeit mitzuteilen. Sie traf ihn in seinem Büro an, wo er eben ein paar Berichte aus New York durchsah. Er blickte auf, als sie eintrat.

»Na?« Er hielt den Atem an, und sie ließ ihn die Flasche Champagner sehen, die sie hinter ihrem Rücken versteckt hatte.

»Herzlichen Glückwunsch, Dad.« Liz stellte die Flasche auf seinen Schreibtisch, und er schlang mit einem Freudenschrei die Arme um ihren Hals.

»Wir haben es geschafft! Haha... du bist schwanger!« Es folgten Gelächter und Küsse, und Bernie hob Liz hoch. Seine Sekretärin wunderte sich schon, was sie trieben, denn sie kamen lange nicht aus seinem Büro, und als sie sich endlich blicken ließen, schien Mr. Fine hocherfreut und sehr zufrieden mit sich zu sein.

Kapitel 14

Seine übliche herbstliche Geschäftsreise nach New York unternahm Bernie allein. Anschließend mußte er nach Paris, und er fürchtete, daß eine solche Tour für Liz zu anstrengend war. Er wollte, daß sie sich ausruhte, die Füße hochlagerte, sich gesund ernährte und nichts mehr tat, sobald sie aus der Schule nach Hause kam. Und vor der Abreise bat er Jane, gut auf sie achtzugeben. Als sie Jane die Neuigkeit eröffnet hatten, war sie wie vor den Kopf geschlagen, doch nach einer Weile freute sie sich von Herzen.

»Es wird wie eine große Puppe«, erklärte ihr Bernie. Sie freute sich, daß er sich einen kleinen Jungen wünschte, und sagte, daß sie immer sein kleines Mädchen bleiben würde. Sie versprach, in seiner Abwesenheit auf Liz aufzupassen, und er rief beide sofort nach seiner Ankunft in New York an. Er war im »Regency« abgestiegen, weil er es dort nicht weit in die Firma hatte, und gleich am ersten Abend traf er sich zum Dinner mit seinen Eltern. Sie aßen im »Le Cirque«. Auf Bernies Gesicht lag ein Lächeln, als er auf ihren Tisch zukam.

Er gab seiner Mutter einen Kuß, setzte sich, bestellte einen Kir. Er hatte das Gefühl, von seiner Mutter argwöhnisch unter die Lupe genommen zu werden.

»Es ist etwas passiert.«

»Aber nein.«

»Man hat dich entlassen.«

Da lachte er laut und bestellte eine Flasche Dom Perignon, während seine Mutter ihn nicht aus den Augen ließ.

»Was ist passiert?«

»Etwas sehr Hübsches.«

Sie glaubte ihm kein Wort, starrte ihn an und bohrte weiter: »Kommst du zurück nach New York?«

»Noch nicht.«

Obwohl er sich das immer noch wünschte, beschäftigten ihn im Moment ganz andere Gedanken.

»Viel besser.«

»Ihr zieht irgendwohin um?« Ruths Argwohn ließ sich nicht beschwichtigen, doch sein Vater lächelte. Er ahnte, um was es ging, und die beiden Männer wechselten einen bedeutsamen Blick, als der Kellner den Champagner einschenkte und Bernie sein Glas erhob.

»Auf Großmama und Großpapa... Mazeltov!«

»Wieso?« Ruth sah ihn zunächst verwirrt an, dann traf sie die Erkenntnis wie ein Blitz. Sie sank auf ihrem Stuhl zusammen und starrte ihn groß an.

»Nein! Ist Liz... sie ist...?« Es war einer jener seltenen Augenblicke im Leben, bei denen ihr die Worte fehlten. Als er mit breitem Lächeln nickte und nach ihrer Hand faßte, kamen ihr die Tränen.

»Wir bekommen ein Baby, Mom.« Er war so selig, daß er beinahe die Fassung verlor. Sein Vater gratulierte ihm, während seine Mutter unzusammenhängendes Zeug stammelte und alle am Champagner nippten.

»Ich kann mir einfach nicht vorstellen... ist alles in Ordnung?... Ernährt sie sich richtig?... Wie fühlt sie sich?... Ich muß sie sofort anrufen, wenn wir nach Hause kommen.« Da fiel ihr unvermittelt Jane ein, und sie sah Bernie besorgt an.

»Wie hat die Kleine es aufgenommen?«

»Im ersten Moment war sie erschrocken, glaube ich. Sie ist wohl nie auf den Gedanken gekommen, daß wir ihr so etwas antun könnten, aber wir haben ihr alles ganz genau erklärt und ihr immer wieder versichert, wieviel sie uns bedeutet. Liz wird ihr Bücher besorgen, damit sie eventuelle negative Gefühle besser bewältigt.«

Seine Mutter sah ihn strafend an: »Du redest auch schon wie einer von denen... die Kalifornier sprechen ja kein Englisch mehr. Gib acht, damit du nicht so wie sie wirst und drüben bleibst.«

Das hatte ihr Sorgen bereitet, seitdem er weggegangen war, jetzt aber waren ihre Gedanken einzig und allein auf das kommende Enkelkind gerichtet. »Nimmt Liz Vitaminpräparate?« Ohne die Antwort ihres Sohnes abzuwarten, wandte sie sich an Lou. »Du solltest mit ihr sprechen, wenn ich sie heute anrufe. Erklär ihr, was sie essen soll und welche Vitamine nötig sind.«

»Ruth, sie hat doch sicher einen Frauenarzt. Der wird sie beraten.«

»Ach, was kann der schon wissen? Womöglich ist sie zu einem Hippie gegangen, der Gesundheitssandalen trägt, ihr Kräuter auf den Kopf streicht und ihr rät, sie solle nackt am Strand schlafen.« Kampflustig sah sie ihren Sohn an.

»Du solltest in New York wohnen, wenn das Kind geboren wird. Es sollte im New York Hospital zur Welt kommen, gesund und sicher. Dort gehört es hin, weil sich dein Vater um alles kümmern kann.«

»Ruth, an der Westküste gibt es sehr gute Krankenhäuser.« Die zwei Männer belächelten belustigt Ruths Aufregung.

»Sicher wird Bernie alles bestens arrangieren.« Was natürlich stimmte. Er war mit Liz bereits beim Arzt gewesen. Es war ein Frauenarzt, den Bernie sehr nett fand und der Liz von einer Freundin empfohlen worden war. Sie würden auch einen Lamaze-Kurs besuchen, da Liz sich für eine natürliche Geburt entschlossen hatte, bei der Bernie ihr beistehen und mit ihr zusammensein konnte. Der Gedanke daran machte ihn zwar nervös, doch er wollte sie nicht im Stich lassen und beabsichtigte, zur Stelle zu sein.

»Mom, alles entwickelt sich optimal. Vor meiner Abreise war ich mit ihr beim Arzt. Er scheint mir sehr kompetent, und außerdem kommt er aus New York.« Er wußte, daß sie das beruhigen würde, doch sie hörte es gar nicht. Sie war in Gedanken noch bei dem, was er zuvor gesagt hatte.

»Was heißt das, du warst mit ihr beim Arzt? Ich will hoffen, du bist im Wartezimmer geblieben.«

Bernie schenkte ihr Champagner ein und lächelte.

»Nein. So geht das heutzutage nicht mehr. Der Vater nimmt an allem teil.«

»Du wirst doch nicht bei der Entbindung dabeisein?« Sie war entsetzt, da sie die neuen Sitten für verwerflich hielt. In New York wurde so etwas auch schon praktiziert. Für sie war der Gedanke, daß ein Mann seiner Frau beim Gebären zusah, die schlimmste Vorstellung.

»Mom, ich habe die Absicht, Liz beizustehen.«

Sie schnitt eine Grimasse. »Das ist doch das Abscheulichste, was mir je zu Ohren kam.« Im halblauten Verschwörerton fuhr sie fort: »Wenn du siehst, wie das Kind zur Welt kommt, wirst du nie wieder so für sie empfinden können wie früher. Mein Wort darauf. Ich kenne Geschichten, da würde dir übel werden... Außerdem«, sie richtete sich mit würdigem Schnauben auf, »eine anständige Frau würde das nie zulassen. Für einen Mann ist eine Geburt ein gräßliches Erlebnis.«

»Mom, es ist ein Wunder... Es ist doch nichts Schreckliches oder Unanständiges, wenn man die Geburt seines eigenen Kindes miterlebt.«

Er war so stolz auf seine Frau und wollte sehen, wie das Kind zur Welt kam, wollte es mit ihr gemeinsam willkommen heißen. Sie hatten vor, sich zusammen einen Film über eine Geburt anzusehen, damit sie erfuhren, was sie erwartete. Er wußte, daß auch Liz ein wenig nervös war, obwohl sie schon ein Kind geboren hatte, doch das lag schon sechs Jahre zurück. Beiden schien der Termin noch so fern. Ein halbes Jahr mußte noch vergehen, und sie konnten es kaum erwarten. Bis zum Ende des Dinners hatte Ruth nicht nur die gesamte Babyausstattung in allen Einzelheiten geplant und ihm die besten Kindergärten von Westchester aufgezählt, sie redete ihm auch zu, seinen Sohn Jurist werden zu lassen. Sie tranken viel Champagner, so daß sie alle ein wenig beschwipst waren, als sie das Restaurant verließen, doch es war das netteste Zusammensein gewesen, das er seit langem mit Ruth erlebt hatte. Er lud seine Eltern auch im Namen von Liz nach San Franzisko ein. Er selbst war gerade so angetrunken, daß die Aussicht, seine Eltern bei sich zu haben, ihn nicht mal erschreckte.

»Liz möchte, daß ihr über die Feiertage kommt.« Er sah beide an.

»Du etwa nicht?«

»Aber natürlich, Mom. Sie möchte, daß ihr bei uns wohnt.«

»Wo denn?«

»Jane kann indessen das Babyzimmer bewohnen.«

»Macht euch keine Mühe. Wir werden im ›Huntington‹ wohnen wie letztes Mal, damit wir euch nicht stören. Wann sollen wir kommen?«

»Ihre Weihnachtsferien beginnen am einundzwanzigsten Dezember, wenn ich nicht irre. Könnt ihr um diese Zeit kommen?«

»Sie wird doch nicht so lange arbeiten?«

Er lächelte. »Mein Leben lang hatte ich es mit eigensinnigen Frauenzimmern zu tun. Sie wird bis zu den Osterferien arbeiten und dann endgültig Urlaub nehmen. Ihre Freundin Tracy springt für sie ein. Das haben die beiden schon abgesprochen.«

»Total meschugge. Sie sollte um diese Zeit ihre Tage im Bett verbringen.«

Bernie zog die Schultern hoch. »Das wird sie nicht, und der Arzt sagt, sie könne bis zum Schluß arbeiten... also, kommt ihr?«

Ihr Lächeln war von einem Augenzwinkern begleitet.

»Was glaubst du denn? Glaubst du, ich würde meinen einzigen Sohn nicht besuchen... an dem gottverlassenen Ort, an dem er wohnt?«

Bernie mußte lachen.

»Na, so würde ich es nicht nennen, Mom.«

»New York ist es nicht.«

Als sie warteten, daß der Türsteher für sie ein Taxi heranwinkte, sah er die Autos vorbeirasen, die Menschen vorüberhasten, die kleinen Läden, an der Madison Avenue, die ganz nahe lagen. Ab und zu hatte er das Gefühl, seine Romanze mit New York würde nie ein Ende finden. San Franzisko war für ihn noch immer gleichbedeutend mit einem Exil.

»San Franzisko ist gar nicht so übel.« Noch immer mußte er sich das einreden, ungeachtet der Tatsache, daß er dort sehr glücklich mit Liz war, doch in New York wäre er noch glücklicher gewesen. Seine Mutter reagierte mit einem Achselzucken und einem bedauernden Blick.

»Sieh trotzdem zu, daß du bald nach Hause kommst. Besonders jetzt.« Alle dachten sie an Liz und das Kind. Seine Mutter tat so, als wäre es als spezielles Geschenk für sie gedacht.

»Gib acht auf dich.« Sie umarmte ihn fest, als endlich ein Taxi anhielt. In ihren Augen schimmerten Tränen.

»Mazeltov, euch beiden.« Sie ließ ihn los und trat zurück.

»Danke, Mom.« Er drückte ihre Hand und wechselte mit seinem Vater einen verständnisinnigen Blick. Dann winkten sie und waren fort, und er ging langsam zu seinem Hotel, in Gedanken bei seinen Eltern, bei Liz und bei Jane. Wie glücklich er doch war, egal wo er lebte. Vielleicht spielte das jetzt gar keine so große Rolle mehr... In San Franzisko würde Liz es vermutlich leichter haben. Sie brauchte dort nicht zu befürchten, auf eisigem Untergrund auszurutschen, und mußte nicht gegen Schnee und Unwetter ankämpfen. Es trifft sich ganz gut, redete er sich ein... Als er am nächsten Tag abflog, regnete es in Strömen. Dennoch sah die Stadt in seinen Augen schön aus. Sie war ganz in Grau gehüllt, und als sich die Maschine in die Lüfte erhob, dachte er wieder an seine Eltern. Für sie war es sicher nicht einfach, daß er so weit entfernt von ihnen lebte. Plötzlich brachte er für ihre Situation viel mehr Verständnis auf, weil er selbst bald ein Kind haben würde. Ihm würde es später auch nicht recht sein, wenn sein Sohn so weit entfernt von ihm lebte. Zufrieden lehnte er sich zurück, dachte an Liz und an das Baby... Hoffentlich würde es ihr ähnlich sein... ihm würde ein kleines Mädchen auch willkommen sein... ein kleines Mädchen... er nickte ein und verschlief den größeren Teil des Fluges über den Atlantik.

Die Woche in Paris verging viel zu schnell, und anschließend ging es wie immer nach Rom und Mailand. Diesmal aber standen auch Dänemark und Berlin auf seinem Reiseplan, und zum Abschluß hatte er noch einige Besprechungen in London anberaumt. Es war eine sehr erfolgreiche Tour, die fast drei Wochen in Anspruch nahm. Als er Liz wiedersah, lachte er sie aus. Ihr Bauch schien in seiner Abwesenheit explodiert zu sein, keines ihrer Kleider paßte mehr. Wenn sie im Bett lag, sah sie aus, als hätte sie eine Wassermelone verschluckt.

»Was ist denn das?« fragte er lächelnd und deutete auf ihren Bauch, als sie sich zum erstenmal wieder liebten.

»Keine Ahnung.« Sie hob die Hände in einer Geste, die Unwissenheit andeuten sollte. Sie lag nackt auf dem Bett, das Haar zu kleinen Zöpfen zusammengefaßt. Ihre Sachen waren über den Boden verstreut. Sie hatten keine Zeit verloren. Tracy sollte bald mit Jane von einem Ausflug nach Hause kommen.

Doch als Liz aufstand und durchs Zimmer ging, bemerkte sie, daß Bernie sie beobachtete. Es war ihr plötzlich peinlich, und sie zog sein Hemd an und bedeckte sich.

»Sieh mich nicht an... ich bin so dick, daß ich mich selbst nicht mehr mag.«

»Dick? Bist du wahnsinnig? Du hast nie schöner ausgesehen. Du bist prachtvoll.« Er ging zu ihr und liebkoste zärtlich ihre Kehrseite, um dann seine Hand fasziniert über die Wassermelone gleiten zu lassen.

»Hast du eine Ahnung, was es ist?« fragte er neugierig.

Sie lächelte und zuckte mit den Achseln. »Es ist größer als Jane in diesem Stadium, aber das will nichts sagen.« Hoffnungsvoll setzte sie hinzu: »Vielleicht wird es ein Junge. Das wäre dir ohnehin lieber, nicht?«

Er legte den Kopf schräg und sah sie an.

»Ich glaube, mir ist es einerlei. Was kommt, soll mir recht sein. Wann gehen wir wieder zum Arzt?«

»Möchtest du wirklich mitkommen?« Ihre Frage erstaunte ihn nicht wenig.

»Was ist denn passiert?« Dann ging ihm ein Licht auf. »Hat meine liebe Mutter am Ende Weisheiten von sich gegeben?«

Sie errötete und zog wieder die Schultern hoch, in dem Bemühen, die Frage abzutun und gleichzeitig zu beantworten. Er zog sie an sich. »Für mich bist du schön. Und ich möchte alles mit dir zusammen erleben... alles... das Gute, das Schlechte, das Angsteinflößende, das Wunder. Wir beide haben dieses Kind gezeugt und werden alles gemeinsam durchstehen. Ist das in deinem Sinne?«

Ihre strahlenden Augen verrieten ihre Erleichterung.

»Bist du sicher, daß du dich nicht abgestoßen fühlst?« Sie schien so besorgt, und er lachte, als er an ihre Kapriolen im Bett von vorhin dachte. Er deutete auf das Bett und küßte sie zärtlich.

»Hat es so ausgesehen, als ob ich mich abgestoßen fühle?« Liz lachte und umarmte ihn. »Schon gut... tut mir leid...« Und in diesem Augenblick ertönte die Türklingel, und sie zogen sich in Windeseile an, um Tracy und Jane zu begrüßen. Bernie warf die Kleine in die Luft und zeigte ihr die Mitbringsel aus Frankreich. Es vergingen Stunden, bis Liz und Bernie wieder allein waren.

Sie kuschelte sich im Bett an ihn, und sie plauderten eine Weile über seine Arbeit, das Geschäft, die Reise und das Baby. Dieses Thema schien sie in erster Linie zu beschäftigen, Bernie platzte fast vor Stolz auf Liz. Er nahm sie in die Arme, und sie schliefen ein, während Liz vor Behagen fast schnurrte.

Kapitel

15

Bernies Eltern trafen am zweiten Tag der Weihnachtsferien ein, und Liz, die inzwischen fünfeinhalb Monate schwanger war, fuhr mit Jane zum Flughafen, um sie abzuholen. Ruth überbot sich mit Geschenken, von einer Baby-Ausstattung von Bergdorf bis zu Gesundheitsbroschüren, die ihr Lou aus dem Krankenhaus hatte bringen müssen. Dazu hatte sie jede Menge Ratschläge parat, die noch von ihrer eigenen Großmutter stammten. Nach einem prüfenden Blick auf Liz' Silhouette, den sie sich in der Gepäckausgabe gestattete, verkündete sie, daß es sicher ein Junge würde, und alle waren entzückt.

Die Eltern blieben ein paar Tage und unternahmen dann mit Jane einen Ausflug nach Disneyland, damit Bernie und Liz ihren Hochzeitstag ungestört feiern konnten, und sie feierten drei Nächte hintereinander. An ihrem Hochzeitstag gingen sie ins »L'Étoile« und gaben sich anschließend zu Hause stundenlang der Liebe hin. Am Abend darauf besuchten sie eine firmeninterne Wohltätigkeitsveranstaltung, und zu Silvester gingen sie mit Freunden aus und landeten abermals in der Bar des »L'Étoile«. Für beide waren es wunderbare Tage, doch als Ruth und Lou zurückkamen, vertraute Ruth Bernie an, Liz sähe schrecklich aus. Blaß, erschöpft und abgespannt. Und den ganzen letzten Monat hatte sie über Schmerzen in den Hüften und im Rücken geklagt.

»Warum machst du mit ihr nicht ein paar Tage Urlaub?«

»Ja, das sollte ich wirklich tun.« Er war mit seiner Arbeit so beschäftigt, daß er keinen Gedanken daran verschwendet hatte, und im kommenden Jahr würde es für ihn ohnehin schwierig werden. Das Baby war genau zu dem Termin fällig, an dem er immer nach New York und Europa flog. Er würde die Reise bis nach der Geburt verschieben müssen, nicht zuletzt weil es um diese Zeit auch im Geschäft mehr zu tun gab. »Mal sehen, ob es sich machen läßt?«

Seine Mutter hob mahnend den Zeigefinger. »Bernard, vergiß nicht, daß du eine große Verantwortung übernommen hast.«

Da lachte er. »Wessen Mutter bist du eigentlich? Ihre oder meine?« Manchmal empfand er Mitleid mit Liz, weil sie keine eigene Familie hatte, außer ihm und Jane und seinen Eltern in New York. So nervtötend Ruth ab und zu sein konnte, so war es doch beruhigend zu wissen, daß sich jemand um einen Sorgen machte.

»Spar dir deine superklugen Bemerkungen. Es täte Liz sicher sehr gut, vor der Entbindung auszuspannen.« Diesmal hörte er auf seine Mutter und fuhr mit Liz für ein paar Tage nach Hawaii. Sie nahmen Jane nicht mit, obwohl sie deswegen noch wochenlang schmollte. Bernie überraschte Liz mit einer Ladung leichter, tropengerechter Umstandskleider aus dem Geschäft und eröffnete ihr, daß er die Plätze bereits reserviert habe. Damit stellte er sie vor vollendete Tatsachen, und drei Tage später flogen sie ab. Als sie zurückkamen, war Liz braungebrannt und gesund und fühlte sich ganz so wie früher. Oder beinahe so – abgesehen von Sodbrennen, Schlaflosigkeit, Rückenschmerzen, geschwollenen Beinen und ständiger Müdigkeit

– laut Aussage des Arztes ganz normale Zustände. Die Rücken- und Hüftschmerzen waren das schlimmste, doch auch das war normal.

»Ach Gott, Bernie, hin und wieder habe ich das Gefühl, mir geht es nie mehr so wie früher.« Sie hatte mehr als dreißig Pfund zugenommen, und vor ihr lagen noch zwei Monate, Bernie aber fand sie noch immer hübsch. Im Gesicht war sie runder geworden, was nicht schadete, da es sie jünger machte. Was aber das Wichtigste war, sie kleidete sich immer adrett und elegant. Er war der Meinung, daß sie wundervoll aussah, wenngleich er spürte, daß sein Verlangen nach ihr abnahm. Insgeheim kam es ihm nicht mehr richtig vor, Liz zu bedrängen, obwohl sie sich manchmal deshalb beklagte. Er fürchtete, dem Kind zu schaden, besonders wenn sie, was sehr oft der Fall war, zu leidenschaftlich wurden. Mit der Zeit nahm aber auch bei Liz das Verlangen ab. Ende März war sie schon so schwerfällig, daß sie sich kaum rühren konnte. Sie war richtig erleichtert, daß sie nicht mehr arbeiten mußte, denn sie hätte es keinen einzigen Tag länger in einer Klasse ausgehalten, da sie sich nicht mehr zutraute, ihre Schützlinge zu bändigen.

Ihre Klasse ließ es sich nicht nehmen, eine Baby-Party für sie zu veranstalten, zu der jeder etwas Selbstgebasteltes mitbrachte. Liz bekam winzige Schuhe, Jäckchen, Mützchen, einen Aschenbecher, drei Zeichnungen, eine Wiege, die ein Vater gezimmert hatte, und ein winziges Paar Holzschuhe und dazu noch die vielen Geschenke ihrer Kolleginnen. Außerdem schleppte Bernie aus dem Laden alle paar Tage neue Sachen heran. Wenn man das zusammenzählte, was er brachte und was seine Mutter aus New York schickte, hätte man mindestens Vierlinge ausstatten können. Doch es machte Spaß, die vielen hübschen Dinge zu sehen, und Liz konnte den Geburtstermin kaum erwarten, da sie immer nervöser wurde und in der Nacht kaum mehr Schlaf fand. Sie durchstreifte die Räume, setzte sich im Wohnzimmer hin und strickte, sah die Spätsendungen im Fernsehen oder ging ins Kinderzimmer und malte sich aus, wie es sein würde, wenn ihr Baby geboren war.

Dort hielt sie sich eines Nachmittags auf, während sie darauf wartete, daß Jane aus der Schule kam. Sie saß in dem Schaukelstuhl, den Bernie erst vor kurzem für sie frisch gestrichen hatte. Da läutete das Telefon. Liz erwog, es läuten zu lassen. Doch wenn Jane nicht zu Hause war, wagte sie das nicht. Man konnte nie wissen, ob nicht etwas passiert war. Es bestand immer die Gefahr, daß sie sich auf dem Heimweg verletzt hatte. Es hätte ja auch Bernie sein können, mit dem sie gern schwatzte. Ächzend stemmte sie sich aus dem Stuhl hoch und schleppte sich, ihren Rücken massierend, ins Wohnzimmer.

»Hallo!«

»Guten Tag.« Die Stimme kam ihr irgendwie bekannt vor, ohne daß sie sich ihrer Sache sicher war – vermutlich jemand, der ihr etwas verkaufen wollte.

»Ja?«

»Na, wie geht's?« Allein der Ton bewirkte, daß es sie kalt überlief.

»Wer spricht?« Liz war bemüht, ganz beiläufig zu klingen, obwohl sie schwer atmete und den Hörer krampfhaft umklammerte. Die Stimme hatte etwas Bedrohliches an sich, das sie nicht benennen konnte.

»Du erinnerst dich nicht mehr an mich?«

»Nein.« Sie wollte auflegen, in der Hoffnung, es handle sich um einen üblen Scherz, doch die Stimme hielt sie zurück.

»Liz, warte!« Das war ein Befehl. Die Stimme hatte plötzlich die Andeutung von Verbindlichkeit eingebüßt. Sie klang scharf und schneidend, und plötzlich wußte sie auch... aber das war unmöglich... es klang wohl nur so. Reglos stand sie da, den Hörer in der Hand, und sagte kein Wort.

»Ich möchte mit dir reden.«

»Ich weiß nicht, wer Sie sind.«

»Von wegen...« Er lachte. Es war ein böses, rauhes Auflachen. Sein Lachen hatte sie nie gemocht. Sie wußte jetzt genau, wer der Anrufer war. Wie er sie gefunden hatte und warum er in Verbindung mit ihr trat, war ihr ein Rätsel. Sie war gar nicht sicher, ob sie es wissen wollte. »Wo ist meine Tochter?«

»Was geht dich das an?«

Es war Chandler Scott, der Mann, der Jane gezeugt hatte. Das war etwas völlig anderes, als Vater zu sein. Was er getan hatte, hatte mit Liz zu tun, aber nichts mit ihrem Kind. Der Mann, der Janes Vater war, hieß Bernie Fine, und Liz wollte mit Chandler nichts zu tun haben. Das sagte ihm ihr Ton, als sie antwortete.

»Was meinst du damit?«

»Du hast sie sechs Jahre lang nicht gesehen, Chan. Sie weiß gar nicht, wer du bist.« Oder daß du am Leben bist, doch das sprach sie nicht aus. »Wir wollen dich nicht sehen.«

»Wie ich hörte, hast du wieder geheiratet.« Liz blickte auf ihren Bauch und lächelte. »Jede Wette, daß dein Alter reichlich Kies hat.« Was er sagte, war widerwärtig und erregte ihren Zorn.

»Das geht dich nichts an!«

»Ich möchte wissen, wie es meiner Kleinen geht. Vor allem möchte ich sie mal sehen. Ich glaube, sie sollte wissen, daß sie einen richtigen Vater hat, der sich um sie kümmert.«

»Wirklich? Falls dein Interesse wirklich so groß ist, hättest du ihr dies schon längst zeigen können.«

»Woher hätte ich wissen sollen, wo du steckst? Du warst ja verschwunden.« Auf diesen Vorwurf hätte sie sehr viel zu sagen gehabt. Doch das alles lag so lange zurück, Jane war jetzt sieben Jahre. »Wie hast du mich gefunden?« Sie stellte ihm die Frage mit Herzklopfen.

»Das war nicht weiter schwierig. Dein Name stand in einem alten Telefonbuch. Und deine frühere Vermieterin nannte mir deinen jetzigen Namen. Also, wie geht's Jane?«

Zähneknirschend stieß sie hervor: »Sehr gut.«

»Ich dachte mir, ich könnte dieser Tage vielleicht mal vorbeikommen und guten Tag sagen.« Er gab sich betont unbefangen.

»Spar dir deine Zeit. Ich werde nicht zulassen, daß du sie zu sehen bekommst.« Jane lebte in dem Glauben, daß er tot war, und Liz wünschte, es wäre tatsächlich der Fall.

»Du kannst sie mir nicht vorenthalten, Liz.« Seine Worte hatten einen unangenehmen Beigeschmack.

»Ach nein? Und warum nicht?«

»Versuch einem Richter zu erklären, warum du einem leiblichen Vater den Kontakt mit seiner Tochter nicht erlaubst.«

»Dann versuch du ihm klarzumachen, daß du sie vor sechs Jahren verlassen hast. Sicher wird er dir sein Mitgefühl nicht vorenthalten.« Die Türklingel läutete, und Liz' Herz begann noch heftiger zu pochen. Es war Jane, und Liz wollte vermeiden, daß sie von dem Gespräch etwas mitbekäme. »Chan, laß dich hier nicht blicken. Oder besser gesagt, hau ab und misch dich nicht in unsere Angelegenheiten.«

»Zu spät. Noch heute suche ich einen Anwalt auf.«

»Warum?«

»Ich möchte mein Kind sehen.«

Wieder klingelte es, und Liz rief hinaus, daß sie gleich aufmachen würde.

»Warum?« fragte sie unwillig.

»Weil es mein Recht ist.«

»Und was dann? Willst du dann wieder für sechs Jahre verschwinden? Warum läßt du Jane nicht in Ruhe?«

»Falls du das möchtest, wirst du dich ausführlich mit mir unterhalten müssen.« Also das war es. Eine Gaunerei. Er war auf Geld aus. Sie hätte es sich denken können.

»Wo bist du? Ich rufe zurück.« Er gab ihr eine Nummer in Marin, die sie sich notierte.

»Bis zum Abend möchte ich von dir hören.«

»Das wirst du, Dreckskerl«, murmelte sie zähneknirschend, als sie auflegte und verwirrt an die Tür ging, um Jane einzulassen. Die Kleine hatte mit ihrem Frühstücksbehälter gegen die Tür gehämmert, und ein großes Stück schwarzer Farbe war abgegangen. Liz schalt sie lautstark, und das brachte Jane zum Weinen. Türenschlagend verschwand sie in ihrem Zimmer. Liz lief ihr nach und ließ sich, selbst den Tränen nahe, auf dem Bett nieder.

»Es tut mir leid, Schätzchen. Ich hatte einen scheußlichen Nachmittag.«

»Ich hatte es auch nicht schön. Mein Gürtel ist weg.« Jane trug einen rosa Rock, zu dem ein weißer Gürtel gehörte, den sie heiß liebte. Bernie hatte ihn ihr mitgebracht, und sie hütete ihn wie einen Schatz – wie alles, was von ihm kam. Doch am allerliebsten hatte sie Bernie selbst.

»Daddy wird dir einen anderen bringen.«

Jane ließ sich besänftigen und von Liz in die Arme nehmen, zwar etwas zögernd und noch schnüffelnd. Es war für alle eine schwere Zeit. Liz war müde. Bernie war nervös und ging allabendlich mit der Angst zu Bett, daß Liz das Kind in der Nacht bekommen würde. Und Jane wußte nicht recht, ob der Neuankömmling ihre Position innerhalb der Familie verändern würde. Es war also nur natürlich, daß die Atmosphäre ständig gespannt war. Und das plötzliche Auftauchen Chandler Scotts machte die Sache nicht einfacher. Liz strich Jane das Haar aus dem Gesicht und gab ihr einen Teller Plätzchen, die sie gebacken hatte, und dazu ein Glas Milch. Und als Jane sich zu ihren Hausaufgaben setzte, ging Liz leise ins Wohnzimmer. Seufzend ließ sie sich beim Telefon nieder und wählte Bernies Durchwahlnummer. Er hob selbst ab, schien aber in großer Eile zu sein.

»Na, mein Liebling, bist du in Eile?« Sie war so verdammt müde und hatte die ganze Zeit über Schmerzen, besonders wenn sie sich aufregte wie eben jetzt über Chandler.

»Nein, nein, schon gut.« Ein schrecklicher Gedanke kam ihm. »Ist es soweit?«

»Nein.« Sie lachte. Bis zum errechneten Termin waren es noch zwei Wochen. Und es konnte noch länger dauern, hatte ihr der Arzt immer wieder gesagt.

»Alles in Ordnung?«

»Mir geht es gut… mehr oder weniger…« Sie wollte mit ihm sprechen, bevor er nach Hause kam, damit Jane nichts mitbekam. »Heute ist etwas höchst Unangenehmes passiert.«

»Hast du dich verletzt?« Langsam wurde er wie Großmama Ruth, und Liz lächelte matt.

»Nein, ein alter Freund rief an. Besser gesagt, ein alter Feind.«

Verwundert runzelte er die Stirn. Liz und Feinde? Sie hatte nie davon gesprochen. Jedenfalls konnte er sich nicht daran erinnern. »Wer war es?«

»Chandler Scott.« Es war ein Name, der beide elektrisierte. Bernie sagte zunächst gar nichts.

»Wenn ich mich nicht irre, ist das dein Ex-Gatte«, ließ er dann verlauten.

»Wenn man ihn so nennen kann. Ich glaube, wir lebten alles in allem etwa vier Monate zusammen, als Verheiratete noch viel weniger.«

»Woher kommt er?«

»Vermutlich aus dem Knast.«

»Und wie, zum Teufel, hat er dich ausfindig gemacht?«

»Durch meine alte Vermieterin. Offenbar hat sie ihm meinen jetzigen Namen genannt und ihm gesagt, daß wir hier wohnen. Alles andere war ganz einfach.«

»Man möchte meinen, sie würde sich erst erkundigen, ehe sie eine Information weitergibt.«

»Ach, sicher hat sie keinerlei Verdacht geschöpft.« Liz rutschte unbehaglich auf der Couch hin und her. Im Moment war alles sehr mühsam. Sitzen, Stehen, Liegen. Sogar das Atemholen fiel ihr schwer. Das Baby war ziemlich groß und bewegte sich ständig.

»Was wollte er?«

»Er behauptete, er wolle Jane sehen.«

»Warum?« Bernie war entsetzt.

»Ehrlich gesagt, glaube ich gar nicht, daß er es möchte. Er meinte, er wolle mit uns darüber ›diskutieren‹. Und er sagte auch, daß er sich bei einem Anwalt über sein Besuchsrecht erkundigen würde, wenn wir nicht gesprächsbereit wären.«

»Klingt nach Erpressung.«

»Ja. Aber ich glaube, wir sollten mit ihm reden. Ich sagte, daß wir ihn heute abend zurückrufen würden. Er gab mir eine Nummer in Marin.«

»Ich werde mit ihm sprechen. Du hältst dich da besser raus.« Besorgt starrte er vor sich auf den Schreibtisch. Der Zeitpunkt hätte gar nicht ungünstiger sein können. Liz konnte keine zusätzlichen Sorgen gebrauchen.

»Ich glaube, wir sollten selbst einen Anwalt zu Rate ziehen. Womöglich hat dieser Kerl mittlerweile gar keine Rechte mehr.«

»Gute Idee, Liz. Ich gehe der Sache auf den Grund, ehe ich nach Hause komme.«

»Weißt du, an wen du dich wenden könntest?«

»Wir haben einen Rechtsberater in der Firma. Mal sehen, was er vorschlägt.« Er legte auf, und Liz ging zu Jane, um nachzusehen, ob sie mit ihren Hausaufgaben fertig war. Sie klappte eben ihre Bücher zu und sah Liz erwartungsvoll entgegen.

»Bringt mir Daddy einen neuen Gürtel mit?« Das klang sehr hoffnungsvoll.

»Ach, du liebe Güte... ich habe vergessen, ihn darum zu bitten... wir wollen ihn heute abend fragen.«

»Mami...« Jane fing zu weinen an, und Liz hätte am liebsten selbst geheult. Plötzlich tauchten an allen Ecken und Enden Schwierigkeiten auf. Es fiel ihr schwer, sich überhaupt zu bewegen und einen Fuß vor den anderen zu setzen, und dabei wollte sie Jane die Veränderung leichter machen und nicht erschweren. Die Ärmste war völlig durcheinander wegen des Babys, das nun in ihr Leben treten würde. Sie kletterte ihrer Mutter auf den Schoß, von dem Wunsch beseelt, selbst noch ein Baby zu sein, und Liz hielt die weinende Jane im Arm. Nachher fühlten beide sich besser, unternahmen einen langen Spaziergang und kauften ein paar Zeitschriften. Jane wollte Blumen für Bernie kaufen, und sie suchte einen Strauß mit Iris und Narzissen aus. Langsam wanderten sie heimwärts.

»Glaubst du, das Baby kommt bald?« Jane sah ihre Mutter halb hoffnungsvoll und halb ängstlich an... manchmal wünschte sie, es würde überhaupt nicht kommen. Zwar hatte der Kinderarzt Liz erklärt, in Janes Alter könne man dies gut verkraften. Jane würde sich sehr rasch umstellen, sobald das Baby da war, doch Liz hatte ihre Zweifel.

»Ich weiß es nicht, Schätzchen. Ich hoffe es. Langsam habe ich es satt, so dick zu sein.« Sie wechselten ein Lächeln, Hand in Hand dahinschlendernd.

»Ach, du siehst nicht mal so übel aus. Kathys Mutter sah gräßlich aus. Ihr Gesicht wurde dick wie bei einem Schwein« – Jane blies die Backen auf, und Liz lachte – »und sie bekam an den Beinen die blauen Streifen.«

»Krampfadern.« Sie selbst hatte Glück und litt nicht daran. »Muß schrecklich sein, ein Kind zu kriegen, hm?«

»Nein, das ist es nicht. Es ist schön. Weißt du, im nachhinein lohnt es sich. Man vergißt alle unangenehmen Sachen, und so schlimm ist es eigentlich gar nicht. Wenn man mit dem Mann, den man liebt, ein Baby hat, dann ist es das Schönste auf der Welt.«

»Hast du meinen Daddy auch liebgehabt?« Jane schien deswegen besorgt. Merkwürdig, daß sie diese Frage ausgerechnet heute stellte, an dem Tag, an dem Chandler Scott nach langer Zeit angerufen hatte und Liz daran erinnert worden war, wie sehr sie ihn haßte. Doch das konnte sie Jane gerade jetzt nicht sagen, und sie bezweifelte, ob sie es ihr je sagen würde, denn es stand zu befürchten, daß Janes Selbstwertgefühl darunter litt.

»Ja. Sogar sehr.«

»Wie ist er gestorben?« Es war das erste Mal, daß Jane ihr diese Frage stellte, so daß Liz sich fragte, ob sie das Gespräch mit Bernie angehört hatte. Sie hoffte inständig, daß dies nicht der Fall war.

»Er kam bei einem Unfall ums Leben.«

»War es ein Autounfall?«

Diese Erklärung war so gut wie jede andere. »Ja. Er war auf der Stelle tot. Er hat nicht gelitten.« Sie vermutete ganz richtig, daß es für das Kind ein wichtiger Punkt war.

»Da bin ich aber froh. Es muß für dich sehr traurig gewesen sein.«

»Ja, sehr«, log Liz.

»Wie alt war ich damals?« Sie waren fast zu Hause angelangt, und Liz war so außer Atem, daß sie kaum sprechen konnte.

»Ein paar Monate, Schätzchen.« Sie stiegen die Stufen zur Haustür hinauf, und Liz sperrte auf. Drinnen setzte sie sich an den Küchentisch, während Jane die Blumen für Bernie in eine Vase tat. Sie sah mit glücklichem Lächeln zu ihrer Mutter hin.

»Ich bin froh, daß du geheiratet hast, jetzt habe ich wieder einen Daddy.«

»Ich bin auch froh.« Denn Bernie ist viel besser als der andere.

Jane brachte die Blumen ins Wohnzimmer, und Liz machte sich daran, das Essen zuzubereiten. Sie ließ es sich noch immer nicht nehmen, jeden Abend zu kochen, selbst das Brot zu backen und Janes und Bernies Lieblingsdesserts vorzubereiten. Sie wußte nicht, wie sie sich nach der Entbindung fühlen würde und wieviel Arbeit das Baby machte, deshalb war es für sie einfacher, die beiden jetzt zu verwöhnen. Das machte sie sich täglich zur Aufgabe, und Bernie freute sich aufs Nachhausekommen und auf die Leckerbissen, die sie für ihn parat hatte. Er selbst hatte zehn Pfund zugenommen und schob es scherzhaft auf die Schwangerschaft.

An jenem Abend kam er früh nach Hause, begrüßte beide überschwenglich und bedankte sich bei Jane für die Blumen. Seine Besorgnis ließ er sich erst anmerken, als er mit Liz allein war und Jane schon im Bett lag. Er hatte das Thema nicht besprechen wollen, aus Angst, Jane könnte mithören. Er schloß die Tür zum Schlafzimmer und die zu Janes Zimmer und schaltete den Fernsehapparat ein, damit die Kleine nicht verstehen konnte, was geredet wurde. Er sah Liz niedergeschlagen an.

»Peabody, unser Rechtsberater, empfahl mir einen Anwalt, einen gewissen Grossman, mit dem ich mich am Nachmittag beriet.« Der Mann schien Bernie vertrauenswürdig, weil er aus New York stammte und an der Columbia University studiert hatte. »Er sagt, es stehe nicht gut. Der Kerl hat Rechte.«

»Wie bitte?« Liz war richtig schockiert. Sie hatte sich mühsam auf das Fußende des Bettes gesetzt und rang um Atem. Es ging ihr richtig elend. »Nach all den Jahren? Wie ist das nur möglich?«

»Weil die Gesetze in diesem Staat sehr liberal sind – deswegen.« Nie hatte er mehr bedauert als jetzt, daß Berman ihn nicht schon nach New York versetzt hatte. »Hätte ich Jane adoptiert, dann hätte er nichts mehr zu bestellen. Aber ich habe es unterlassen. Das war ein Fehler. Ich wollte mich mit diesem ganzen juristischen Kram nicht abgeben, da sie ohnehin meinen Namen trägt.« Nach allem, was der Anwalt gesagt hatte, hätte er sich deswegen am liebsten die Haare gerauft.

»Und daß er sie verlassen hat, macht nichts aus… daß er uns beide einfach sitzenließ?«

»Das könnte den Ausschlag zu unseren Gunsten geben, aber selbstverständlich ist das nicht. Es hängt alles vom Richter ab. Das Ganze wird zu einem ›Fall‹, und der Richter muß entscheiden, was es mit diesem ›Verlassen‹ auf sich hat. Gewinnen wir – großartig. Wenn nicht, können wir Berufung einlegen. Aber in der Zwischenzeit und noch ehe die Sache zur ersten Verhandlung kommt, was eine ganze Weile dauern kann, wird man ihm das zeitweilige Besuchsrecht einräumen, nur um ihm gegenüber ›fair‹ zu sein.«

»Aber dieser Mann ist ein Knastbruder, ein Gauner, ein Betrüger.« So erregt hatte er Liz noch nie erlebt. Es war ihr anzumerken, wie sie diesen Mann haßte, und sie hatte allen Grund dazu. Allmählich stauten sich auch in Bernie Haßgefühle auf. »Man riskiert es, ein Kind ohne weiteres dieser Gefahr auszusetzen?«

»Offenbar ja. Man geht davon aus, daß der natürliche Vater ein guter Mensch ist, solange nicht das Gegenteil bewiesen ist. Also wird man ihm erlauben, Jane zu besuchen. Als nächstes ziehen wir vor Gericht, um die Sache auszufechten, und dann gewinnen oder verlieren wir. In der Zwischenzeit aber müssen wir ihr erklären, wer er ist, warum er sie besucht und was wir dabei empfinden.« Liz war entsetzt, so entsetzt, wie Bernie nach dem Gespräch mit dem Anwalt gewesen war. Er entschloß sich, ihr alles zu sagen.

»Und Grossman sagt, wir könnten den Prozeß leicht verlieren. In diesem Staat neigt man dazu, zugunsten des Vaters zu entscheiden, und der Richter könne Sympathien für ihn entwickeln, auch wenn wir der Ansicht sind, daß es sich um einen Halunken handelt. Hier geht man davon aus, daß die Väter Rechte haben, es sei denn, sie mißhandeln ihre Kinder oder dergleichen. Und auch wenn dies vorkommen sollte, ist zwar vorgesehen, daß das Kind geschützt wird, daneben bleibt aber das Besuchsrecht erhalten. Ist das nicht entsetzlich?« Er war so wütend, daß er rückhaltlos alles gesagt hatte. Erst als Liz zu weinen anfing, wurde ihm sein unkluges Verhalten bewußt. Sie war nicht in der Verfassung, sich all diesen Möglichkeiten zu stellen. »Mein Liebling, es tut mir leid... das alles hätte ich dir nicht sagen dürfen.«

»Ich muß wissen, ob es stimmt«, schluchzte sie. »Können wir denn nichts unternehmen, um ihn loszuwerden?«

»Ja und nein. Grossman war ganz offen zu mir. Es ist gegen das Gesetz, wenn wir den Kerl finanziell abfinden, doch hat man sich schon oft auf diese Weise geholfen. Und es steht zu vermuten, daß das alles ist, was er will. Nach all den Jahren ist es eher unwahrscheinlich, daß er sich mit Jane beschäftigen möchte. Meiner Ansicht nach will er ein paar Scheinchen, um sich über die Zeit hinwegzuretten, bis er wieder im Knast landet. Allerdings besteht dann die Gefahr, daß er immer aufkreuzt, wenn er knapp bei Kasse ist. Diese Lösung könnte sich als Faß ohne Boden erweisen.« Im Moment war er versucht, es wenigstens einmal mit Geld zu versuchen. Vielleicht wurde man den Kerl damit ein für allemal los. Auf der Heimfahrt hatte er darüber nachgedacht. Er war gewillt, ihm zehntausend Dollar zu geben, falls er endgültig aus ihrem Leben verschwände. Er hätte ihm auch mehr gegeben, fürchtete aber, damit nur seinen Appetit anzuregen. Das sagte er auch Liz, und und sie gab ihm recht.

»Sollen wir ihn anrufen?« Sie wollte die Sache rasch hinter sich bringen, denn die nun fast ständig spürbaren Stiche in ihrem Bauch machten sie fast wahnsinnig. Sie spürte, wie heftig ihr Herz schlug, als sie Bernie den Zettel gab, auf dem sie sich Chandlers Nummer notiert hatte.

»Ich möchte selbst mit ihm sprechen, weil ich es für besser halte, wenn du dich heraushältst. Wer weiß, vielleicht hat er es darauf abgesehen, dich aus dem Gleichgewicht zu bringen, und je weniger Gelegenheit wir ihm dazu bieten, desto leichter wird er sich abwimmeln lassen.« Das hörte sich sehr vernünftig an, und Liz war froh, Bernie alles überlassen zu können.

Die Verbindung kam zustande, und Bernard verlangte Chandler Scott, als abgehoben wurde. Dann hieß es warten – endlos, wie es schien. Als sich endlich eine Männerstimme meldete, hielt Bernie den Hörer so, daß auch Liz mithören konnte. Er wollte sich vergewissern, ob er den Richtigen erwischt hatte, und sie gab ihm mit einem Nicken zu verstehen, daß es Chandler Scott war. Von da an nahm Bernie die Sache in die Hand.

»Mr. Scott? Mein Name ist Fine.«

»So?« Chandler Scott begriff erst nach einer Sekunde der Ratlosigkeit. »Ach, richtig. Sie sind mit Liz verheiratet.«

»Ganz recht. Ich hörte, daß Sie heute angerufen haben. Es ging um ein Geschäft.« Grossman hatte ihm geraten, weder das Kind noch den Zweck des Geldes zu erwähnen für den Fall, daß Scott das Gespräch auf Band aufnahm. »Wir sind zu einem Entschluß gelangt.«

Scott war sofort im Bilde. Ihm imponierte ein Mann, der nicht lange fackelte, obwohl es ihm Spaß gemacht hätte, wieder mit Liz zu sprechen. »Was meinen Sie, sollen wir uns treffen und alles besprechen?« Er benutzte ähnliche Umschreibungen wie Bernard, wahrscheinlich aus Angst vor der Polizei. Worauf sie sich da einließen, war nicht abzusehen, dachte Liz.

»Das halte ich für überflüssig. Mein Klient hat mir den Preis genannt. Zehntausend für das ganze Paket. Nur ein einziges Mal, für Ihre früheren Leistungen. Ich glaube, man möchte Sie endgültig abfinden.« Die Bedeutung dieser Worte war allen dreien klar. Nun trat am anderen Ende längeres Schweigen ein.

»Müßte ich etwas unterschreiben?« Scott war auf der Hut.

»Das ist nicht nötig.« Bernie wäre es zwar lieber gewesen, aber Grossman hatte ihm gesagt, daß die Unterschrift nicht das Papier wert wäre, auf dem sie stünde.

Der Kerl kam ohne Umschweife zum Kern der Sache, was nach Bernies Meinung auf ziemliche Gier schließen ließ. »Wie komme ich an das Zeug?« In einer braunen Papiertüte an der Bushaltestelle. Fast hätte Bernie laut aufgelacht, nur war das alles leider gar nicht komisch. Er wollte diesen Taugenichts möglichst schnell loswerden, vor allem Liz zuliebe, die so knapp vor der Entbindung keinen zusätzlichen Belastungen ausgesetzt werden sollte.

»Ich bringe es an einen Treffpunkt.«

»In bar?«

»Natürlich.« Dieser Schweinehund war nur hinter dem Geld her. An Jane lag ihm nicht das mindeste. Das war auch früher so gewesen, hatte Liz ihm gesagt.

»Wenn Sie wollen, treffen wir uns morgen.«

»Wo wohnen Sie?« Ihre Adresse stand nicht im Telefonbuch, und Bernie war sehr froh darüber. Sein Büro war als Treffpunkt ebensowenig zu empfehlen. Am liebsten war ihm eine Bar, ein Restaurant oder ein Hauseingang. Langsam kam Bernie sich vor wie in einem Gangsterfilm, während er angestrengt überlegte, wo er sich mit dem Kerl treffen konnte.

»Treffen wir uns bei ›Harry‹ an der Union Street. Um die Mittagszeit.« Bernies Bank lag in unmittelbarer Nähe. Er konnte das Geld abliefern und dann sofort nach Hause fahren und nach Liz sehen.

»Großartig.« Chandler Scott klang so begeistert, als hätte er jetzt keine Sorgen mehr. »Also, dann bis morgen.« Damit legte er auf.

»Er geht darauf ein.« Bernie wandte sich erleichtert an Liz.

»Glaubst du, das ist alles, was er möchte?«

»Im Moment schon. Ich glaube, für ihn sind zehntausend ein Haufen Geld. Im Moment ist er nicht fähig, darüber hinauszudenken. Wie Grossman ganz richtig sagt, ist das einzige Problem dabei die Möglichkeit, daß er es später wieder versucht. Doch dem wollen wir uns stellen, wenn es soweit ist.« Monatliche Zahlungen dieser Größenordnung konnte er sich nicht leisten. »Mit etwas Glück werden wir schon in New York sein, wenn er wieder pleite ist. Dort findet er uns niemals. Nächstes Mal werden wir deiner früheren Vermieterin vor einem Umzug unsere Adresse nicht verraten, oder nur unter der Bedingung, daß sie sie nicht weitergibt.« Liz nickte. Bernie hatte recht. Waren sie erst in New York, würde Chandler sie vermutlich nicht mehr ausfindig machen können. »In der Firma wollte ich mich nicht mit ihm treffen, weil ich ihm keinen Anhaltspunkt liefern wollte.«

Liz sah ihn voller Dankbarkeit an. »Es tut mir ja so leid, daß ich dich in all das hineinziehe, Liebling. Ich verspreche dir, daß ich alles zurückzahlen werde, sobald ich das Geld zusammengespart habe.«

»Mach dich nicht lächerlich.« Er legte den Arm um sie. »Die Sache ist nun mal passiert, und morgen werden wir sie ein für allemal aus der Welt schaffen.«

Liz' ernste Miene verriet, wie sehr sie unter der Situation litt, in die Chandler Scott sie gebracht hatte. Ein Beben durchlief sie, so daß sie voller Angst eine Hand nach Bernie ausstreckte. »Versprichst du mir etwas?«

»Was du willst.« Nie hatte er sie mehr geliebt als jetzt, in ihrem Zustand, der sie so hilflos erscheinen ließ.

»Wirst du Jane vor ihm beschützen, falls mir jemals etwas zustößt?« Sie sah ihn mit großen Augen an, und Bernie zog die Brauen zusammen.

»Sag nicht solche Sachen.« Er war noch jüdisch genug, um abergläubisch zu sein, wenn auch nicht so wie seine Mutter, aber es reichte. »Es wird dir nichts zustoßen.« Der Arzt hatte ihm gesagt, daß Frauen kurz vor der Entbindung manchmal an Angstzuständen, ja sogar unter Todesahnungen litten. Vielleicht war ihre Stimmung ein Anzeichen dafür, daß die Geburt knapp bevorstand.

»Versprichst du es mir? Ich will nicht, daß er in Janes Nähe kommt, niemals. Schwöre mir...« Sie steigerte sich immer mehr in ihre Angst, und er versprach es ihr.

»Du weißt, daß ich sie liebhabe wie ein eigenes Kind. Mach dir also keine Sorgen.« Doch Liz hatte Alpträume, als sie in der Nacht in seinen Armen lag, und Bernie selbst war kaum imstande, seiner Nervosität Herr zu werden, als er mit einem Umschlag voller Hundertdollarscheine zu dem Treffen mit Scott ging. Liz hatte ihm gesagt, daß er nach einem großen, schlanken, blonden Mann Ausschau halten sollte und daß Scott wahrscheinlich nicht so aussehen würde, wie es unter den gegebenen Umständen zu erwarten war.

»Dem Aussehen nach würde man ihn eher mit einer Jacht in Verbindung bringen oder ihn gern der eigenen kleinen Schwester vorstellen.«

»Wie schrecklich. Womöglich gehe ich auf einen ganz harmlosen Menschen zu, übergebe ihm den Umschlag und handle mir einen Kinnhaken ein oder... noch schlimmer, er nimmt den Umschlag und türmt.«

Als Bernie in der Bar stand, fühlte er sich wie ein russischer Spion bei einem Einsatz. Er musterte die Mittagsgäste aufmerksam und bemerkte Scott, kaum daß dieser die Schwelle überschritten hatte. Wie Liz gesagt hatte, sah er hübsch und flott in seinem Blazer und der grauen Hose aus. Erst auf den zweiten Blick zeigte sich, daß der Blazer billig war, die Hemdmanschetten ausgefranst und die Schuhe abgetreten. Seine äußere Aufmachung bedurfte zweifellos einer Auffrischung. Als er an die Bar ging, einen Scotch pur bestellte und mit dem Glas in der zitternden Hand die Leute beobachtete, sah er aus wie ein angejahrter Schuljunge, den das Glück im Stich gelassen hatte. Bernie hatte ihm von sich keine Beschreibung gegeben, war daher im Vorteil. Er war fast sicher, daß dies sein Mann war und spitzte die Ohren, als Scott sich mit dem Barkeeper unterhielt. Er sei eben aus Arizona zurückgekommen, erklärte Chandler Scott, und nach ein paar weiteren Minuten und der Hälfte seines Glases hörte

Bernie das Eingeständnis, daß er dort hinter Gittern gesessen habe. Mit einem jungenhaften Lächeln zog Scott die Schultern hoch und fuhr fort:

»Der Teufel soll sie holen, wenn sie nicht mal einen kleinen Jux verstehen... Ich bezahlte mit ungedeckten Schecks, und der Richter spielte verrückt. Schön, wieder in Kalifornien zu sein.« Seine Bemerkung warf ein betrübliches Licht auf die Gesetzgebung dieses Staates, und wieder regte sich in Bernie Bedauern darüber, daß sie noch nicht wieder in New York waren. Endlich entschloß er sich, den Mann anzusprechen.

»Mr. Scott?« Er sprach ganz leise und glitt diskret auf den Hokker neben Chandler, der sichtlich nervös seinen zweiten Drink in die Hand nahm. Aus der Nähe sah Bernie, daß Chandler Scotts Augen blau waren wie die von Jane. Da jedoch Liz auch blaue Augen hatte, ließ sich schwer feststellen, wessen Augen Jane geerbt hatte. Er sah gut aus, wirkte aber älter als neunundzwanzig. Eine Strähne seines dichten blonden Haares fiel ihm schräg in die Stirn. Bernie konnte verstehen, daß Liz auf ihn hereingefallen war. Der Kerl verfügte über eine unschuldige jungenhafte Art, die es ihm sehr erleichterte, die Leute auszunehmen und sie zu überzeugen, daß es sich lohnte, in seine Luftgeschäfte zu investieren. Seit seinem achtzehnten Lebensjahr hatte er von Betrügereien gelebt und sich trotz häufiger Gefängnisaufenthalte nicht wesentlich geändert. Noch immer trug er das naive Aussehen eines Jungen aus dem Mittleren Westen zur Schau. Man merkte ihm an, daß er von seinem Country-Klub-Auftreten, das er sich einst zugelegt hatte, noch zehrte, ohne verbergen zu können, daß sein Glück ihn verlassen hatte. Er sah Bernie mit gierigem Blick an, als dieser ihn ansprach.

»Ja?« Sein Lächeln erreichte nur die Lippen, seine Augen blieben eiskalt, während sein Blick Bernie abschätzte.

»Mein Name ist Fine.« Mehr brauchte er nicht zu sagen.

»Na großartig.« Chandler strahlte. »Ist für mich was dabei?«

Bernie nickte, ließ sich aber mit der Übergabe des Umschlags Zeit, während Chandler Scotts Blick jede Einzelheit von Bernies Kleidung registrierte. »Ja.« Der Blick fiel auf Bernies Uhr. Es war nicht die Patek Philippe, auch nicht seine Rolex. Er hatte mit Absicht eine Uhr gewählt, die sein Vater ihm vor Jahren geschenkt hatte, als er noch studierte, aber auch sie war kein Billigmodell, und Scott bemerkte es. Das Gefühl vertiefte sich, daß er diesmal ins Schwarze getroffen hatte.

»Sieht mir ganz danach aus, als hätte die kleine Liz sich diesmal einen netten Ehemann geangelt.«

Bernie ersparte sich eine Bemerkung. Wortlos zog er den Umschlag aus seiner Brusttasche. »Ich glaube, das ist es, was Sie wollen. Sie können nachzählen. Es ist alles da.«

Den Bruchteil eines Augenblicks sah Chandler Scott Bernie an. »Woher soll ich wissen, ob es echt ist?«

»Wie bitte?« Bernie war außer sich. »Woher sollte ich mir Ihrer Meinung nach Falschgeld beschaffen?«

»So was soll vorkommen.«

»Dann gehen Sie damit zur Bank und lassen Sie die Scheine prüfen. Ich warte inzwischen hier.« Bernie ließ sich nicht aus der Ruhe bringen, und Scott machte nicht den Eindruck, als würde er irgendwohin gehen, als er die Hundertdollarscheine im Umschlag aufblätterte. Zehntausend Dollar. »Ehe Sie gehen, möchte ich Ihnen eines sagen: Lassen Sie sich nie wieder blicken. Nächstes Mal springt kein lausiger Cent für Sie heraus. Ist das klar?«

Sein Blick bohrte sich in den Chandlers. Der nette blonde Mann lächelte. »Verstanden.« Er trank aus, setzte das Glas ab, steckte den Umschlag in seine Jacke und sah Bernie ein letztes Mal an. »Grüßen Sie Liz. Tut mir leid, daß ich sie nicht gesehen habe.« Am liebsten hätte Bernie ihm einen Tritt versetzt, er blieb aber reglos sitzen. Interessant, daß der Bursche Jane nicht ein einziges Mal erwähnt hatte. Er hatte sie für zehntausend Dollar verkauft und verließ, nachdem er dem Barkeeper lässig zugewinkt hatte, das Lokal und verschwand um die Ecke. Bernie blieb indessen zornbebend an der Bar sitzen. Nicht einmal auf seinen Drink hatte er noch Lust. Er wollte heim zu Liz und sich vergewissern, daß es ihr gutging. Die vage Befürchtung, der Kerl würde auftauchen und Liz erschrecken oder aber versuchen, Jane trotz ihrer Abmachung zu sehen, ließ ihn nicht los. Andererseits hielt er es für unwahrscheinlich, daß Chandler Scott etwas an dem Kind lag.

Nach einer Weile ging auch Bernie, stieg in seinen Wagen und fuhr nach Hause. Er ließ das Auto vor der Garage stehen und lief eilig die Stufen hinauf. Die Begegnung hatte ihn ziemlich erschüttert, warum, das hätte er gar nicht sagen können. Er wußte nur, daß er Liz rasch sehen mußte. Während er mit dem Schlüssel kämpfte, dachte er schon, daß niemand zu Hause sei. Da fiel sein Blick in die Küche, und er sah Liz, die sich eine Haarsträhne aus den Augen strich. Sie war eben dabei, für ihn und Jane etwas zu backen.

»Hallo, du.« Sein Lächeln kam zögernd. Er war so erleichtert, sie zu sehen, daß er fast geweint hätte. Liz ließ sich schwerfällig auf einem Küchenstuhl nieder und erwiderte sein Lächeln. Sie sah aus wie eine Märchenprinzessin, von ihrem großen Bauch abgesehen. »Na, mein Schatz.« Er ging zu ihr und berührte sacht ihr Gesicht. Sie ließ den Kopf gegen seine Schulter sinken. Den ganzen Morgen über war sie in Angst und Sorge gewesen. Dazu kam ihr Schuldbewußtsein, weil sie ihm Umstände und Unkosten bereitete.

»Ist alles glatt gegangen?«

»Perfekt. Und er sah genauso aus, wie du ihn mir beschrieben hast. Ich schätze, daß er das Geld sehr dringend braucht.«

»Wenn das stimmt, dann wird er bald wieder hinter Gittern landen. Der Kerl hat mehr Betrügereien und linke Touren auf dem Kerbholz, als man sich vorstellen kann.«

»Und wozu braucht er das Geld?«

»Zum Überleben, denke ich. Eine andere Art, sich das fürs Leben Nötige zu verdienen, kennt er gar nicht. Ich war immer der Meinung, wenn er all diese Energien in ehrliche Arbeit stecken würde, könnte er längst der Boß von General Motors sein.« Bernie reagierte mit einem ironischen Lächeln. »Hat er nach Jane gefragt?«

»Nein, mit keinem Wort hat er sie erwähnt. Er nahm das Geld und machte sich davon.«

»Gut. Hoffentlich läßt er sich niemals wieder blicken.« Mit einem erleichterten Aufatmen sah sie Bernie an. Liz war sehr dankbar, daß es ihn gab, besonders nach den schweren Zeiten, die sie durchgemacht hatte, ehe sie ihn traf, und sie vergaß keinen Augenblick, wie gut es das Schicksal mit ihr gemeint hatte.

»Das hoffe ich auch, Liz.« Insgeheim war er nicht so überzeugt,

Chandler Scott nie mehr wiederzusehen. Der Bursche war zu gerissen. Doch das sagte er Liz nicht, da sie genug andere Sorgen hatte. Er aber dachte jetzt ernstlich daran, Jane zu adoptieren, wollte Liz aber vor der Entbindung nicht mit seinem Plan belasten. Sie war die meiste Zeit über sehr matt und fühlte sich gar nicht wohl. »Denk jetzt nicht mehr daran. Es ist vorbei und abgeschlossen. Wie geht's unserem kleinen Kameraden?« Er strich über ihren Bauch, der so groß war wie bei einer Buddha-Figur, und sie lachte.

»Er teilt kräftige Tritte aus. Ich habe das Gefühl, er könnte jeden Augenblick kommen.« Das Baby war sehr schwer und lag schon so tief, daß sie kaum mehr gehen konnte. Bernie hätte nicht mehr gewagt, sich ihr zu nähern. Man konnte spüren, wie der Kopf des Kindes gegen den Muttermund drückte, und Liz klagte über einen ständigen Druck auf der Blase. In der Nacht hatte sie einige heftige Schmerzattacken, und er drängte sie, den Arzt anzurufen, der sich jedoch nicht allzu beeindruckt zeigte. Wieder im Bett konnten sie keinen Schlaf finden.

Die nächsten drei Wochen vergingen im Schneckentempo. Zehn Tage nach dem errechneten Termin war Liz so erschöpft, daß sie sich hinsetzte und losheulte, als Jane ihr Abendbrot nicht essen wollte.

»Schon gut, mein Schatz.« Bernie hatte angeboten, etwas zusammen zu unternehmen, doch Jane war erkältet, und Liz war zu müde. Sie wollte sich nicht mehr hübsch anziehen und zurechtmachen und litt ständig unter Schmerzen. Bernie las Jane an jenem Abend eine Geschichte vor und brachte sie am nächsten Tag selbst zur Schule, so daß sie nicht auf die Fahrgemeinschaft angewiesen waren. Er hatte kaum sein Büro betreten, als seine Sekretärin sich über die Sprechanlage meldete. Er war eben dabei, die aus New York eingetroffenen Verkaufszahlen für März durchzusehen, die sensationell waren.

»Ja?«

»Mrs. Fine auf vier.«

»Danke, Irene.« Er nahm ab, den Blick noch immer auf seine Unterlagen gerichtet, von der Frage bewegt, warum sie anrief. »Was gibt es, Liebling?« Zu Hause vergessen hatte er nichts. War womöglich Janes Erkältung schlimmer geworden, so daß er sie jetzt von der Schule abholen sollte? »Alles klar?«

Liz lachte herzlich, was eine gewaltige Verbesserung ihrer Stimmung seit heute morgen signalisierte. Sie war gereizt und mißlaunig gewesen und hatte auf seinen Vorschlag, auswärts zu Abend zu essen, ablehnend reagiert. Doch er hatte Verständnis dafür, daß sie sich lausig fühlte und nervös war, und regte sich nicht weiter auf, wenn sie ihre Laune an ihm ausließ. »Alles ist bestens.« Das klang aufgeregt und glücklich.

»Na, du klingst ja sehr munter. Ist etwas Besonderes passiert?«

»Möglich.«

»Was heißt das?« Er fuhr blitzartig seine Antenne aus.

»Das Fruchtwasser ist abgegangen.«

»Hallelujah! Ich komme sofort.«

»Nicht nötig, ansonsten rührt sich nämlich nichts, nur ein paar kleine Krämpfe.« Dennoch war sie siegessicher, und er hielt es nun nicht mehr aus. Darauf hatten sie neuneinhalb Monate gewartet, und er wollte bei ihr sein.

»Hast du den Arzt schon angerufen?«

»Ja. Wir sollen ihn verständigen, wenn die Sache in Bewegung kommt.«

»Und wie lange wird es seiner Meinung nach dauern?«

»Du weißt, was wir im Kurs gehört haben. Es kann in einer halben Stunde losgehen oder aber auch erst morgen früh. Ich glaube, es wird nicht lange dauern.«

»Bin gleich bei dir draußen. Brauchst du etwas?«

Sie lächelte. »Nur dich, mein Schatz... es tut mir leid, daß ich in den letzten Wochen so ungenießbar war... ich fühlte mich so elend.« Dabei hatte sie ihm gar nicht gesagt, wie schlimm ihre Kreuz- und Hüftschmerzen waren.

»Ich weiß. Aber keine Angst, Liebling, das ist jetzt bald vorbei.«

»Ich kann es kaum erwarten, das Baby zu sehen.« Aber plötzlich bekam Liz Angst, und als er zu Hause eintraf, war sie voller Anspannung. Bernie massierte ihr den Rücken und versuchte, sie mit harmlosem Geplauder abzulenken, während sie duschte. Und die Dusche war es, die alles in Gang zu setzen schien. Nachher ließ sie sich mit ernstem Blick nieder und zuckte zusammen, als die ersten starken Wehen kamen. Er ließ sie richtig atmen und stoppte die Abstände zwischen den Wehen mit seiner Uhr. »Mußt du das Ding mit dir herumtragen?« Liz wurde wieder angriffslustig, doch beide hatten im Kurs gelernt, warum das so war. Vermutlich befand sie sich schon in der Eröffnungsphase. »Warum mußt du die Uhr tragen? Ich finde sie richtig kitschig.« Insgeheim lächelte er, weil er wußte, daß die Sache Fortschritte machte – ihre Gereiztheit war ein Anzeichen dafür.

Er rief Tracy in der Schule an und bat sie, Jane den Nachmittag über zu sich zu nehmen. Tracy war ganz aufgeregt, als sie hörte, bei Liz hätten die Wehen eingesetzt. Um ein Uhr kamen die Wehen stark und in immer geringeren Abständen, so daß Liz dazwischen kaum mehr Atem holen konnte. Es war höchste Zeit loszufahren. Im Krankenhaus wurden sie bereits vom Arzt erwartet. Bernie schob Liz im Rollstuhl, gefolgt von einer Schwester. Bei jeder Wehe gab Liz ihm das Zeichen anzuhalten. Und plötzlich winkte sie verzweifelt. Sie war nicht mehr imstande zu atmen, als eine Wehe die andere jagte. Als man ihr im Wehenzimmer aus dem Rollstuhl ins Bett half und Bernie ihr beim Ausziehen zur Hand ging, fing sie zu schreien an.

»Schon gut... schon gut...« Seine Angst war verflogen. Er konnte sich gar nicht mehr vorstellen, anderswo zu sein als bei ihr und dem Kind, das geboren wurde. Auch bei der nächsten Wehe stieß sie einen schrecklichen Schrei aus und einen noch lauteren, als der Arzt sie untersuchte. Bernie hielt ihre Hände und sagte ihr, wie sie atmen sollte, doch sie konnte sich nur schwer konzentrieren und stand im Begriff, die Beherrschung zu verlieren. Der Arzt aber schien hochzufrieden.

»Liz, Sie machen das fabelhaft«, lobte er sie. Er war ein gütiger Mann mit grauem Haar und blauen Augen. Wie Liz, so hatte auch Bernie sofort Vertrauen zu ihm gefaßt. Er strahlte Wärme und Erfahrung aus, aber Liz hörte seine Worte gar nicht. Sie hielt Bernies Arm umklammert und schrie bei jeder Wehe. »Acht Zentimeter erweitert... wir brauchen noch zwei Zentimeter... dann können Sie pressen.«

»Ich will nicht pressen… ich will nach Hause…« Bernie lächelte dem Arzt zu und beschwor Liz, tief durchzuatmen. Liz machte ihre Sache besser, als der Arzt erwartet hatte. Um vier Uhr lag sie im Kreißsaal und preßte. Seit Einsetzen der Wehen waren unterdessen acht Stunden vergangen, aber für Bernie verging die Zeit wie im Flug. Er redete Liz gut zu und beruhigte sie immer wieder, doch für sie, die von Schmerzen durchtobt wurde, war es eine Ewigkeit.

»Ich kann nicht mehr!« Sie schrie es plötzlich heraus und weigerte sich zu atmen. Eilig legte man ihre Beine auf die Stützen, und der Arzt kündigte an, daß er einen Dammschnitt machen wolle. »Ist mir egal, was Sie machen… Holen Sie das Baby heraus…« Sie schluchzte wie ein Kind, und Bernie spürte, wie ihm die Kehle eng wurde. Es war unerträglich, mitansehen zu müssen, wie sie sich vor Schmerzen wand. Das Atmen schien ihr überhaupt keine Erleichterung zu verschaffen, doch der Arzt schien unbesorgt.

»Können Sie ihr nichts geben?« flüsterte Bernie ihm zu. Der Arzt schüttelte den Kopf, während die Schwestern in Bewegung gerieten und zwei Frauen in grünen OP-Kitteln ein Kinderbettchen mit Heizlampe hereinschoben. Schlagartig wurde alles Realität. Das Bettchen war für ihr Baby bestimmt. Das Baby würde jetzt auf die Welt kommen. Er beugte sich zu Liz' Ohr und ermutigte sie, zu atmen und zu pressen, wenn der Arzt es wollte.

»Ich kann nicht… kann nicht… es tut so weh…« Mehr hielt sie einfach nicht mehr aus, Bernie war wie betäubt, als er auf die Uhr sah und feststellte, daß es sechs Uhr vorbei war. Seit mehr als zwei Stunden hatte sie Preßwehen.

»Kommen Sie…« Der Arzt ließ nicht locker. »Fester pressen… los… noch einmal! Jetzt! Sehr schön… wieder pressen… der Kopf ist schon zu sehen… er kommt… los!« Und plötzlich war neben Liz' Schmerzensschrei noch ein Schrei, ein leiserer, zu hören, und Bernie starrte fassungslos hin, als der Kopf des Kindes zwischen ihren Beinen erschien, von den Händen des Arztes gehalten. Bernie stützte Liz' Schultern, damit sie zusehen und pressen konnte, und plötzlich war er da. Ihr Sohn. Liz weinte und lachte, und Bernie küßte sie und weinte mit ihr. Es war ein Fest des Lebens, und wie man ihr versprochen hatte, waren die Schmerzen so gut wie vergessen.

Der Arzt schnitt die Nabelschnur durch, nachdem auch die Plazenta abgegangen war, und er reichte Bernie seinen Sohn, während Liz zitternd und lächelnd auf dem Entbindungsbett lag und zusah. Die Schwester beruhigte sie, daß das Zittern eine normale Reaktion sei. Sie wurde gewaschen, während Bernie den Kopf des Neugeborenen an ihre Wange hielt. Zärtlich küßte sie die seidige Wange ihres Babys.

»Wie soll er heißen?« fragte der Arzt lächelnd den strahlenden Bernie, während Liz voller Staunen das Baby abtastete.

Zwischen den glücklichen Eltern wurde ein Blick gewechselt, und Liz sprach den Namen ihres Sohnes zum ersten Mal aus. »Alexander Arthur Fine.«

»Arthur hieß mein Großvater«, erklärte Bernie. Der zweite Vorname wollte ihnen nicht so recht zusagen, aber Bernie hatte seiner Mutter versprochen, ihn so zu nennen. »Alexander A. Fine«, wiederholte er und küßte seine Frau, die das Kind in den Armen hielt. Ihre Tränen vermischten sich mit ihren Küssen, und das Baby schlief selig, während Bernie die beiden umfangen hielt.

Kapitel 16

Die Ankunft Alexander Arthur Fines verursachte eine Aufregung, wie Bernie sie in der jüngeren Geschichte seiner Familie nie erlebt hatte. Seine Eltern kamen zu Besuch und schleppten Einkaufstüten voller Geschenke für Jane, Liz und das Baby herbei. Großmama Ruth achtete dabei sehr sorgfältig darauf, Jane nicht zu vernachlässigen. Bernie und Liz waren ihr sehr dankbar, daß sie so viel Aufhebens um die Kleine machte.

»Weißt du, immer wenn ich glaube, ich kann sie nicht mehr ertragen, tut meine Mutter etwas sehr Liebes, kaum zu glauben, daß es dieselbe ist, die mich fast in den Wahnsinn treibt.«

Liz lächelte. Seit dem gemeinsamen Erlebnis von Alexanders Geburt standen sie einander noch näher. Es war ein Ereignis, an das sie mit ehrfürchtigem Schweigen zurückdachten. »Vielleicht wird Jane eines Tages auch so von mir sprechen.«

»Das glaube ich nie und nimmer.«

»Ich wünschte, ich könnte da so sicher sein.« Liz lachte. »Ich bin nicht überzeugt, daß ich so viel anders bin... eine Mutter ist eine Mutter...«

»Keine Angst, ich werde es nicht zulassen...« Er tätschelte die Kehrseite des Kleinen, der an der Brust seiner Mutter eingeschlafen war, nachdem sie ihn gestillt hatte. »Keine Angst, Kleines, sollte sie je Flausen im Kopf haben, werde ich sie ihr an deiner Stelle austreiben.« Und er beugte sich nieder und küßte Liz, die bequem in ihrem Bett saß, um die Schultern ein eisblaues Bettjäckchen, ein Geschenk von Ruth.

»Deine Mutter verwöhnt mich nach allen Regeln der Kunst.«

»Das soll sie ruhig tun. Du bist ihre einzige Tochter.« Sie hatte Liz den Ring gegeben, den Lou ihr vor sechsunddreißig Jahren nach Bernies Geburt geschenkt hatte, einen von kleinen, lupenreinen Diamanten umgebenen Smaragd. Es war eine Geste, die beide zutiefst gerührt hatte.

Seine Eltern blieben drei Wochen und wohnten wieder im »Huntington«. Ruth half Liz mit dem Baby, während Jane in der Schule war, und die Nachmittage widmete sie Jane, führte sie aus und unternahm allerhand kleine Streifzüge mit ihr. Für Liz war es eine große Hilfe, denn sie hatte sonst niemanden und wollte auch nicht, daß Bernie jemanden einstellte. Sie wollte sich selbst um das Baby kümmern, und Haushalt und Kocherei hatte sie ohnehin immer allein bewältigt. »Ich könnte es nicht ertragen, wenn jemand anderer es für mich täte.« Darin blieb sie so eisern, daß er sie nicht weiter bedrängte. Aber ihm fiel auf, daß sie nicht wieder richtig zu Kräften kam. Dasselbe stellte auch seine Mutter vor dem Abflug nach New York fest.

»Ich glaube, Liz sollte das Baby nicht mehr stillen. Es kostet sie zuviel Kraft. Sie ist sehr erschöpft.«

Der Arzt hatte auch schon mit Liz darüber gesprochen, doch sie zeigte sich unbeeindruckt, auch als Bernie ihr sagte, sie würde sich seiner Meinung nach rascher erholen, wenn sie das Stillen aufgäbe.

»Du redest wie deine Mutter.« Sie warf ihm vom Bett aus einen unmutigen Blick zu. Nach vier Wochen verbrachte sie die meiste Zeit noch immer im Bett. »Für das Baby ist das Stillen das Allerwichtigste. Es bekommt damit die nötige Widerstandskraft...« Sie betete das Credo der Still-Befürworter herunter, aber Bernie war nicht überzeugt. Seine Mutter hatte ihm angst gemacht. Er fürchtete, Liz' Mattigkeit sei nicht normal.

»Sei doch nicht so kalifornisch.«

»Kümmere dich um deine Angelegenheiten.« Sie lachte ihn aus und wollte nichts mehr davon hören. Sorgen machte ihr einzig und allein die Tatsache, daß ihre Hüften noch immer schmerzten.

Im Mai, nachdem seine Eltern abgereist waren, fuhr er nach New York und Europa. Liz war zu erschöpft, um ihn zu begleiten, und sie dachte nicht daran, das Kleine zu entwöhnen. Als Bernie zurückkam und sie unverändert erschöpft vorfand, regte er sich sehr auf, aber noch mehr, als ihr Zustand sich auch im Sommer in Stinson Beach nicht ändern wollte. Er hatte manchmal den Eindruck, daß ihr das Laufen Mühe machte. Liz wollte es jedoch weder vor ihm noch vor dem Arzt zugeben.

»Liz, ich glaube, du solltest noch einmal zur Untersuchung.« Jetzt drängte er sie unentwegt. Alexander war vier Monate alt und ein lebhaftes Baby, das von seinem Vater die grünen Augen und von der Mutter die goldenen Locken geerbt hatte. Liz aber sah auch nach zwei Wochen am Meer bleich und ausgezehrt aus, und als sie sich dann auch noch weigerte, mit ihm zur Eröffnung der Opernsaison zu gehen, war dies für ihn ein Alarmzeichen. Sie behauptete, es mache ihr zuviel Mühe, ein Kleid auszusuchen, und außerdem habe sie ohnehin keine Zeit. Im September war Schulanfang. Wie erschöpft sie wirklich war, wurde ihm erst richtig klar, als er hörte, daß sie mit Tracy vereinbarte, daß sie sie teilweise vertreten sollte, bis Liz sich besser fühlte.

»Sag mal, was soll das alles? Du willst nicht in die Stadt, kein Kleid aussuchen, du hast keine Lust, mich nach Europa zu begleiten« – auch das hatte sie abgelehnt, obwohl er wußte, wie sehr es ihr seinerzeit in Paris gefallen hatte – »und jetzt willst du nur stundenweise unterrichten. Was ist los mit dir?« Er bekam es mit der Angst zu tun und rief am Abend seinen Vater an. »Dad, was könnte dahinterstecken?«

»Ich weiß es nicht. War sie beim Arzt?«

»Sie will nicht hingehen. Sie behauptet, ihr Zustand sei normal, und stillende Mütter fühlten sich immer schlapp. Immerhin ist der Kleine fünf Monate alt, und sie will ihn noch immer nicht entwöhnen.«

»Das wird sie aber müssen. Womöglich ist sie anämisch.« Das war eine ungefährliche Krankheit, und Bernie war nach diesem Gespräch sehr erleichtert. Er bestand allerdings darauf, daß Liz zum Arzt ging, und vermutete insgeheim, daß sie schon wieder schwanger war.

Unwillig erklärte sie sich bereit, sich für die darauffolgende Woche einen Termin geben zu lassen, aber der Frauenarzt konnte bei ihr nichts Ungewöhnliches entdecken. Jedenfalls war sie nicht wieder schwanger. Er überwies sie für ein paar Tests an einen Internisten. EKG, Blutproben, Röntgenuntersuchungen und was immer der Internist für angebracht hielt. Um drei Uhr nachmittags hatte sie den Termin. Bernie war sehr erleichtert, daß sie sich endlich zu einer gründlichen Untersuchung entschlossen hatte. Er mußte in wenigen Wochen nach Europa und wollte vorher wissen, was ihr fehlte. Konnten die Ärzte in San Franzisko nichts feststellen, dann wollte er Liz nach New York mitnehmen und sie bei seinem Vater lassen. Sicher hatte dieser einen Kollegen an der Hand, der die Ursache für ihre Schwäche herausfand.

Der Internist, der sie untersuchte, schien der Ansicht zu sein, daß sie gesund war. Er machte ein paar ganz simple Untersuchungen. Der Blutdruck war in Ordnung, das EKG sah gut aus, die Blutwerte waren normal. Nun begann er mit komplizierteren Untersuchungen. Als er sie abhörte, glaubte er, bei ihr eine leichte Rippenfellentzündung entdeckt zu haben.

»Das war es vermutlich, was Ihnen so zugesetzt hat.« Der Arzt lächelte. Er war ein Hüne nordischen Typs mit großen Händen und lauter Stimme. Liz faßte sofort Vertrauen zu ihm. Er überwies sie an ein Labor zu einer Röntgenaufnahme. Um halb sechs kam sie nach Hause und gab Bernie, der Jane die Wartezeit mit dem Vorlesen einer Geschichte vertrieben hatte, einen Kuß. Liz hatte die Kinder den Nachmittag über in der Obhut einer Babysitterin gelassen, was sie nur selten tat.

»Siehst du... mir fehlt nichts... ich hab's ja gewußt.«

»Und wieso dann die ständige Müdigkeit?«

»Rippenfellentzündung. Er schickte mich zu einer Röntgenaufnahme, nur um festzustellen, daß ich nicht an einer geheimnisvollen Krankheit leide. Abgesehen davon fehlt mir nichts.«

»Du bist zu erschöpft, um mit nach Europa zu kommen.« Bernie war nicht überzeugt. »Wie heißt übrigens der Arzt?«

»Warum?« Seine Frage trug ihm einen mißtrauischen Blick von Liz ein. Was hatte er vor? Was erwartete er von ihr?

»Mein Vater soll Erkundigungen über ihn einholen.«

»Ach, um Himmels willen...« Das Baby brüllte und mußte gestillt werden, und Liz lief ins Kinderzimmer, während Bernie den Scheck für die Babysitterin ausschrieb. Alexander war rund, blond und mit seinen grünen Augen sehr hübsch. Er krähte fröhlich, als sie zu ihm kam, und schmiegte sich voller Behagen an ihre Brust, die er mit einer Hand bearbeitete, während sie ihn an sich drückte. Als sie ihn später schlafen legte und auf Zehenspitzen aus dem Zimmer schlich, stand Bernie da und erwartete sie schon. Lächelnd blickte sie auf und strich ihm über die Wange. »Mach dir keine Sorgen, Liebling«, flüsterte sie ihm zu. »Alles ist in Ordnung.«

Er nahm sie in die Arme und hielt sie fest. »So soll es auch sein.« Jane spielte in ihrem Zimmer, das Baby schlief, und er musterte seine Frau, die so erschreckend bleich war und ständig dunkle Ringe unter den Augen hatte. Außerdem war Liz viel zu dünn. Er wollte glauben, daß alles in Ordnung war, aber die nagende Angst in seinem Innern sagte ihm, daß irgend etwas nicht stimmte. Bernie hielt Liz lange fest. Dann ging sie in die Küche und bereitete das Abendessen zu, und er spielte mit Jane. In der Nacht, als Liz schlief, sah er von Sorge erfüllt auf sie nieder. Um vier Uhr, als das Baby wach wurde, weckte Bernie sie nicht, sondern machte ein Fläschchen zurecht, das der Kleine zugefüttert bekam.

Alexander gab sich damit zufrieden und nuckelte in Bernies Armen zufrieden an der Flasche. – Schließlich wechselte Bernie noch die Windel und legte dann das Kind wieder hin. Er hatte sich zu einem wahren Experten auf diesem Gebiet gemausert. Am Morgen war es Bernie, der ans Telefon ging, als es klingelte, denn Liz schlief noch.

»Hallo?«

»Mrs. Fine, bitte.« Der Ton war nicht unhöflich, aber kurz angebunden. Bernie ging und weckte Liz.

»Für dich, Liz.«

»Wer denn?« Verschlafen blinzelte sie ihn an. Es war neun Uhr an einem Samstagmorgen.

»Ich weiß es nicht. Das sagte er nicht.« Bernie vermutete, daß es der Arzt war. Er war bemüht, Liz seine Angst nicht merken zu lassen.

»Ein Mann? Für mich?«

Der Anrufer nannte seinen Namen und bat sie, um zehn Uhr ins Krankenhaus zu kommen. Es war Dr. Johanssen.

»Stimmt etwas nicht?« fragte sie, den Blick auf ihren Mann gerichtet.

Der Arzt ließ sich mit der Antwort zu lange Zeit. Es konnte doch nicht sein... Sie war müde, aber nicht so müde... Unwillkürlich warf sie Bernie einen Blick zu und hätte sich ohrfeigen können dafür.

»Hat es nicht Zeit?« Aber Bernie schüttelte verneinend den Kopf.

»Mrs. Fine, ich glaube nicht. Ich möchte Sie bitten, gemeinsam mit Ihrem Mann zu kommen.« Das klang viel zu ruhig, so ruhig, daß es ihr Angst einjagte. Sie legte auf und spielte Bernie zuliebe die Sache herunter.

»Herrjeh, er tut so, als hätte ich Syphilis.«

»Was ist es denn?«

»Das hat er nicht gesagt. Er meinte nur, wir sollten in einer Stunde bei ihm sein.«

»Gut, wir werden hingehen.« Er hatte entsetzliche Angst, tat jedoch so, als sei er unbesorgt. Während Liz sich anzog, rief er Tracy an, die versprach, in einer halben Stunde zu kommen. Sie stecke zwar mitten in der Gartenarbeit und sähe schrecklich aus, freue sich aber, ein, zwei Stunden auf die Kinder aufzupassen. Sie war ebenso voller Sorge wie er, stellte aber keine Fragen, als sie ankam. Tracy war gutgelaunt und drängte die beiden, sich zu beeilen.

Unterwegs zum Krankenhaus, wo sie sich mit dem Arzt treffen sollten, wurde kaum ein Wort gesprochen. Dr. Johanssen erwartete sie schon. Die beiden Röntgenaufnahmen hingen an der Leuchtwand, als Liz und Bernie eintraten, und er begrüßte sie mit einem Lächeln, doch irgendwie wirkte das Lächeln nicht richtig fröhlich. Plötzlich wollte Liz, der vor Angst die Kehle eng wurde, die Flucht ergreifen, um nicht hören zu müssen, was er zu sagen hatte.

Bernie stellte sich vor, und Dr. Johanssen bat beide, Platz zu nehmen. Nach fast unmerklichem Zögern kam er ohne Umschweife zur Sache. Es war etwas Ernstes. Liz erstarrte vor Entsetzen.

»Mrs. Fine, als ich Sie gestern untersuchte, dachte ich, Sie hätten eine Rippenfellentzündung, womöglich eine sehr schwache. Heute möchte ich mit Ihnen darüber sprechen.« Er vollführte mit seinem Stuhl eine Drehung und wies mit der Spitze seines Stiftes auf zwei Flecken an ihrer Lunge. »Diese beiden Punkte gefallen mir nicht.« Er war ganz offen.

»Was haben sie zu bedeuten?« Sie erstickte fast an ihrer Angst.

»Das weiß ich nicht mit Sicherheit. Aber ich möchte jedem Symptom nachgehen, das Sie gestern erwähnten. Da wären die Hüftschmerzen.«

»Was haben die mit meiner Lunge zu tun?«

»Eine spezielle Untersuchung könnte uns darüber Aufschluß geben.« Er erklärte ihnen das Verfahren. Im Krankenhaus war bereits alles Nötige veranlaßt worden. Es war ein einfacher Test, bei dem ihr radioaktive Isotopen injiziert wurden, die krankhafte Veränderungen sichtbar machten.

»Was könnte es Ihrer Meinung nach sein?« Liz, konfus und einer Panik nahe, war gar nicht sicher, ob sie die Wahrheit wissen wollte. Doch sie mußte danach fragen.

»Ich weiß es nicht sicher. Die Flecken auf der Lunge könnten auf ein Problem irgendwo im Körper hinweisen.«

Sie konnte kaum einen klaren Gedanken fassen. Geistesabwesend hielt sie Bernies Hand umklammert. Es drängte ihn, seinen Vater anzurufen, aber er konnte sie jetzt unmöglich allein lassen. Er war bei ihr, als sie die Injektion bekam. Sie war grau vor Angst, die Schmerzen hielten sich jedoch in Grenzen. Das Schlimmste war, dazusitzen und darauf zu warten, daß der Arzt seine Diagnose mit ihnen besprach.

Und seine Erkenntnisse hätten nicht betrüblicher sein können. Es sah danach aus, daß Liz an Osteosarkom oder Knochenkrebs litt, der bereits Metastasen bis in die Lunge gebildet hatte. Damit waren die Rücken- und Hüftschmerzen des vergangenen Jahres ebenso erklärt wie ihre häufige Atemnot. Dies alles hatte sie ihrer Schwangerschaft zugeschrieben. Statt dessen hatte sie Krebs. Eine Gewebsprobe würde endgültige Klarheit bringen, erklärten die Ärzte, während Liz und Bernie Hand in Hand dasaßen und ihren Tränen freien Lauf ließen. Sie trug noch immer den grünen Krankenhauskittel, als Bernie sie in die Arme nahm und mit dem Gefühl tiefster Verzweiflung festhielt.

Kapitel 17

»Das kümmert mich einen Dreck! Ich werde es nicht tun!« Liz war der Hysterie nahe.

»Hör mir zu!« Er schüttelte sie, und beide weinten. »Du kommst mit mir nach New York…« Er kämpfte um Fassung… sie mußten jetzt vernünftig sein… Krebs bedeutete nicht unbedingt das Ende… was wußte dieser Kerl schon?… Der Arzt selbst hatte sie an vier Spezialisten weiterempfohlen. An einen Knochenspezialisten, einen Chirurgen, einen Lungenfacharzt und einen Onkologen. Er riet zur Entnahme einer Gewebsprobe, zu einer anschließenden Operation und dann zu Bestrahlung oder Chemotherapie, das würde davon abhängen, was die anderen Ärzte für besser hielten. Er gab zu, auf diesem Gebiet zu wenig bewandert zu sein.

»Eine Chemotherapie lasse ich nicht über mich ergehen. Das ist schrecklich. Die Haare fallen einem aus, ich werde sterben... ich werde sterben...« Sie schluchzte in seinen Armen, und er hatte das Gefühl, als kehre sich ihm das Innerste nach außen. Beide mußten ihre Ruhe wiederfinden. Sie mußten.

»Du wirst nicht sterben! Wir werden gegen die Sache ankämpfen. Jetzt beruhige dich, verdammt noch mal, und hör mir zu! Wir nehmen die Kinder mit nach New York, und du kannst dort die besten Ärzte konsultieren.«

»Und was werden die mit mir machen? Ich will keine Chemotherapie!«

»Hör dir erst an, was sie zu sagen haben. Kein Mensch hat behauptet, daß du dich unbedingt einer Chemotherapie unterziehen mußt. Dieser Arzt hier weiß nicht mit Sicherheit, was dir helfen wird. Nach dem, was wir bis jetzt wissen, könntest du auch Arthritis haben, auch wenn er annimmt, daß es Krebs ist.« Es wäre zu schön gewesen, wenn er daran hätte glauben können.

Doch der Lungenfacharzt und der Knochenspezialist sagten etwas anderes. Ebenso der Chirurg. Sie bestanden auf einer Gewebsprobe. Und nachdem Bernie seinen Vater überredet hatte, diese Ärzte anzurufen, riet auch er dazu. Die Ärzte in New York würden diese Untersuchung ohnehin verlangen. Und die Biopsie bewies ihnen, daß Johanssen sich nicht geirrt hatte. Es war Knochenkrebs. Aber das war noch nicht das Ärgste. Die Beschaffenheit der entnommenen Zellen sowie die Verbreitung der Metastasen in beiden Lungen ließen eine Operation als zwecklos erscheinen. Man riet vielmehr zu kurzer und intensiver Bestrahlung und anschließender Chemotherapie. Liz hatte das Gefühl, in einen Alptraum gestürzt zu sein, aus dem es kein Erwachen gab. Zu Jane hatten sie nichts gesagt. Sie erklärten ihr nur, daß Liz sich von der Geburt noch nicht so richtig erholt hätte und ein paar Tests machen lassen müsse. Sie waren ratlos, wie man ihr die schreckliche Nachricht beibringen sollte.

Nachdem sie das Ergebnis der Biopsie erfahren hatten, saß Bernie noch spät abends am Krankenhausbett bei Liz, die Pflaster über beiden Brüsten hatte, wo die Proben entnommen worden waren. Jetzt blieb ihr nichts übrig, als das Baby abzustillen. Der Kleine brüllte zu Hause, und sie lag im Krankenhaus, weinte sich in Bernies Armen aus und versuchte ihm klarzumachen, was sie empfand – die Gewissensbisse, die Reue und die Angst.

»Ich habe das Gefühl, ich vergifte ihn, wenn ich ihn weiterhin stille... ist das nicht entsetzlich? Wenn man bedenkt, was ich ihm die ganze Zeit über eingeflößt habe...«

Bernie sagte ihr, was beide ohnehin wußten. »Krebs ist nicht ansteckend.«

»Woher willst du das wissen? Woher willst du wissen, ob ich es nicht irgendwo auf der Straße aufgefangen habe... irgendeinen irren verdammten Keim, der dahergeflogen kam... direkt in mich... im Krankenhaus, als das Kind kam...« Sie putzte sich die Nase und sah ihn an, und keiner von ihnen konnte glauben, daß die Lage wirklich so ernst war. Das war etwas, das anderen zustieß, aber nicht Menschen wie ihnen, die ein siebenjähriges Kind und ein Baby zu Hause hatten.

Während dieser Zeit rief Bernie seinen Vater fünfmal am Tag an. In New York war alles für Liz vorbereitet. Am nächsten Morgen, ehe er Liz vom Krankenhaus abholte, sprach er wieder mit Lou.

»Sie kommt dran, sobald ihr eintrefft.« Sein Vater sagte es ernst, und Ruth weinte neben ihm.

»Großartig.« Bernie versuchte sich selbst vorzumachen, daß er in New York positive Neuigkeiten erhalten würde, während er unter großen Ängsten litt. »Sind es die besten Ärzte?«

»Ja.« Sein Vater sagte es ganz ruhig. Sein Herz fühlte mit seinem einzigen Sohn und der Frau, die dieser liebte. »Bernie... es wird nicht einfach sein... gestern sprach ich selbst mit Johanssen. Es sieht aus, als seien die Metastasen schon weit verbreitet.« Es war ein Wort, das er haßte. »Hat sie Schmerzen?«

»Nein. Sie leidet nur unter großer Müdigkeit.«

»Richte ihr liebe Grüße von uns aus.« Das brauchte sie. Und dazu ihre Gebete. Als er den Hörer auflegte, entdeckte Bernie Jane in der Tür zum Schlafzimmer.

»Was ist mit Mami?«

»Sie... sie ist erschöpft, mein Liebling. Das sagten wir dir schon gestern. Das Baby hat sie viel Kraft gekostet.« Er lächelte, während er an einem Kloß in der Kehle würgte. Dennoch brachte er es fertig, den Arm um die Kleine zu legen. »Sie wird sich wieder völlig erholen.«

»Man geht doch nicht ins Krankenhaus, nur weil man müde ist.«

»Manchmal schon.« Er rang sich ein unbekümmertes Lächeln ab und gab ihr einen Kuß auf die Nasenspitze. »Mami kommt heute nach Hause.« Er holte tief Luft. Es wurde Zeit, sie vorzubereiten. »Und nächste Woche besuchen wir alle Großmama und Großpapa in New York. Das wird sicher ein Spaß.«

»Muß Mami wieder ins Krankenhaus?« Jane wußte bereits zuviel. Sie hatte gelauscht. Das ahnte er, wollte sich der Situation aber nicht stellen.

»Vielleicht. Nur ein, zwei Tage.«

»Warum?« Um ihre Lippen zuckte es, und ihre Augen füllten sich mit Tränen. »Was hat sie denn?« Es war ein jämmerliches Wehklagen, als wüßte sie in ihrem Inneren, wie schlimm es um ihre Mami stand.

»Wir müssen sehr, sehr lieb zu ihr sein«, sagte Bernie unter Tränen, während er die Kleine festhielt. Tränen fielen in seinen Bart. »Sehr, sehr lieb...«

»Ich habe sie sehr lieb.«

»Ich weiß. Ich habe sie auch lieb.« Sie sah, daß er weinte, und wischte ihm die Augen mit ihren kleinen Händen trocken. Er hatte das Gefühl, Schmetterlinge streiften seinen Bart.

»Du bist ein wunderbarer Daddy.« Es waren Worte, die seine Tränen von neuem fließen ließen. Lange, lange hielt er Jane an sich gedrückt. Es tat ihnen beiden gut, und am Nachmittag, als er Liz holte, teilte er mit Jane ein besonderes Geheimnis. Das Geheimnis von Liebe und Tapferkeit. Jane wartete im Wagen mit einem Strauß rosa Röschen, und Liz hielt sie auf der Heimfahrt umschlungen, während Jane und Bernie ihr berichteten, was für komische Dinge Alexander den ganzen Tag gemacht hatte. Es war, als wüßten beide, daß Liz Hilfe brauchte, daß sie alle sie mit ihrer Liebe, ihren Scherzen und komischen Geschichten am Leben erhalten müßten. Es war ein Band, das sie noch fester miteinander verband, zugleich aber auch eine Last, die ihnen angst machte.

Liz lief sofort ins Kinderzimmer, und Alexander erwachte und stieß einen Schrei des Entzückens aus, als er sie sah. Er strampelte heftig und wollte hochgehoben werden, doch als Liz ihn in die Arme nahm, zuckte sie zusammen, weil er in seinem Ungestüm die Stellen traf, an denen die Gewebsproben entnommen worden waren.

»Wirst du ihn noch stillen, Mami?« Jane stand in der Tür und beobachtete sie mit großen ängstlichen Augen.

»Nein.« Liz schüttelte traurig den Kopf. Sie hatte zwar noch Milch, wagte aber nicht mehr, das Baby zu nähren, auch wenn es angeblich ungefährlich war. »Er ist schon zu groß. Nicht wahr, Alex?« Sie versuchte, gegen die Tränen anzukämpfen, die sich doch nicht zurückhalten ließen. Sie drehte Jane den Rücken zu, um ihre Fassung wiederzuerlangen. Leise ging Jane zurück in ihr Zimmer. Dort setzte sie sich mit ihrer Puppe hin und starrte aus dem Fenster.

Bernie war indessen in der Küche und half Tracy bei der Zubereitung des Abendessens. Die Tür war geschlossen, und das Wasser lief. Er weinte in ein Küchentuch, während Tracy ihm hin und wieder tröstend auf die Schulter klopfte. Sie hatte selbst geweint, als sie von Liz' Krankheit erfuhr, doch jetzt hatte sie das Gefühl, sie müsse Kraft für Bernie und die Kinder haben.

»Möchtest du einen Drink?« Er schüttelte den Kopf, und sie berührte wieder seine Schulter, als er tief Atem holend aufblickte.

»Was können wir für sie tun?« Er kam sich völlig hilflos vor, da er nicht einmal seinen Tränen Einhalt gebieten konnte.

»Alles, was nur möglich ist«, gab Tracy zurück. »Und vielleicht geschieht ein Wunder. Manchmal gibt es so etwas.« Der Onkologe hatte es ähnlich formuliert, vielleicht weil er nicht viel mehr bieten konnte. Er hatte mit ihnen von Gott, von Wundern und von der Chemotherapie gesprochen, doch Liz weigerte sich standhaft, sich behandeln zu lassen.

»Sie lehnt die Chemotherapie rundweg ab.« Trotz seiner Verzweiflung war ihm klar, daß er sich zusammennehmen und den Schock überwinden mußte. Der Schlag, der sie getroffen hatte, war unmenschlich.

»Kann man es ihr verdenken, daß sie nicht will?« Tracy, die den Salat anrichtete, warf ihm einen fragenden Blick zu.

»Nein... aber in manchen Fällen hilft die Behandlung... eine Zeitlang wenigstens.« Johanssen hatte gesagt, daß man damit einen vorübergehenden Stillstand der Krankheit erreichen wollte. Eine längere Atempause. Fünfzig Jahre vielleicht, oder zehn, oder zwanzig... oder fünf... oder zwei... oder ein Jahr.

»Wann wollt ihr nach New York?«

»Ende der Woche. Mein Vater hat alles arrangiert. Und ich habe Paul Berman, meinem Chef, gesagt, daß ich nicht nach Europa fliege. Gottlob zeigte er sich sehr verständnisvoll. Alle waren wunderbar.« Seit zwei Tagen war er nicht mehr im Büro gewesen, und er wußte nicht, wann er wieder arbeiten würde. Seine Mitarbeiter aber hatten versprochen, ihn nach besten Kräften zu vertreten.

»Vielleicht wird man in New York zu einer anderen Behandlung raten«, meinte Tracy voller Optimismus.

Das war aber nicht der Fall. Die Ärzte sagten dasselbe: Chemotherapie, Gebete und Wunder. Bernie saß im Krankenhaus an Liz' Bett, und wenn er sie ansah, hatte er den Eindruck, sie sei schon zusammengeschrumpft. Die dunklen Ringe unter den Augen waren noch dunkler geworden, sie nahm ständig ab. Das alles war unfaßbar – wie ein böser Zauber, mit dem das Schicksal sie belegt hatte. Bernie faßte nach ihrer Hand. Beide hatten Angst und machten kein Hehl daraus. Er verbarg auch seine Tränen nicht. Sie saßen da, hielten einander an den Händen und weinten, während sie über ihre Empfindungen sprachen. Das Zusammensein bot einen gewissen Trost.

»Wie ein böser Traum, nicht?« Mit einer Kopfbewegung warf Liz ihre Haarflut über die Schulter, um sich gleich darauf in Erinnerung zu rufen, daß sie bald kein Haar mehr haben würde.

Als sie wieder in San Franzisko ankamen, hatte sie sich mit der Chemotherapie abgefunden. Bernie erwog, bei Wolff zu kündigen und wieder nach New York zu ziehen, falls man ihn nicht endlich versetzte. Er wollte unbedingt erreichen, daß Liz sich in New York einer Behandlung unterziehen konnte. Doch sein Vater eröffnete ihm, daß dies nichts bringen würde. Die Ärzte verstünden ihre Sache in San Franzisko ebensogut, und für Liz war die vertraute Umgebung besser. Tatsächlich boten sich hier viele Vorteile. Sie brauchte sich nicht den Kopf wegen eines Umzuges zu zerbrechen, auch nicht wegen eines neuen Hauses oder einer neuen Schule für Jane. Für beide war es im Moment wichtiger und besser, sich an das zu klammern, was sie hatten... an ihr Haus... an ihre Freunde... sogar an ihren Beruf. Auch darüber hatte Liz mit Bernie gesprochen. Sie wollte weiter unterrichten. Und die Ärzte hatten nichts dagegen einzuwenden. Zunächst sollte sie einmal wöchentlich zur Chemotherapie – einen Monat lang –, danach einmal alle zwei Wochen, schließlich einmal alle drei Wochen. Der erste Monat würde schrecklich werden, bei den nachfolgenden Behandlungen würde es ihr nur einen oder zwei Tage schlechtgehen, und Tracy konnte sie fallweise vertreten. Die Schulleitung hatte keine Einwände erhoben. Liz und Bernie waren der Meinung, sie würde sich besser fühlen, wenn sie nicht daheim saß und Trübsal blies.

»Möchtest du mit mir nach Europa, sobald du dich wieder besser fühlst?« Liz lächelte. Bernie war so gut zu ihr. Und das Verrückte war, daß sie sich im Moment gar nicht schlecht fühlte. Sie war immer nur sehr müde – und dem Tod geweiht.

»Es tut mir so leid, daß ich dir das alles antue... daß du all dies durchmachen mußt...«

Bernie lächelte unter Tränen. »Jetzt bist du wirklich meine Frau.« Er lachte unter Tränen. »Du klingst schon ganz wie eine Jüdin.«

Kapitel 18

»Großmama Ruth?« In dem dunklen Raum klang das Stimmchen kleinlaut und verzagt. Ruth hielt Janes Hand fest. Sie hatte eben für ihre Mami gebetet. Bernie verbrachte die Nacht im Krankenhaus, und Hattie, Ruths alte Haushälterin, half mit dem Baby. »Glaubst du, Mami wird wieder gesund?« Janes Augen wurden wieder feucht, und sie drückte verzweifelt Ruths Hand. »Gott wird sie doch nicht zu sich nehmen, oder?« Die Kleine verschluckte sich fast vor Schluchzen. Ruth stand über sie gebeugt da und hielt sie fest. Ihre eigenen Tränen fielen auf das Kissen neben Janes Kopf. Das alles war nicht recht, es war unfair... mit ihren vierundsechzig Jahren wäre Ruth gern an Liz' Stelle gegangen... Liz, die so jung, so schön, so verliebt in Bernie war... und zwei Kinder hatte, die sie so dringend brauchten.

»Wir müssen den lieben Gott bitten, daß er sie bei uns läßt.«

Jane nickte, voller Hoffnung, daß es helfen würde. Dann sah sie wieder Ruth an. »Kann ich morgen mit dir in die Synagoge?« Sie wußte, daß Samstag ihr wöchentlicher Feiertag war, doch Ruth ging nur einmal im Jahr in die Synagoge, an Yom Kippur. Diesmal wollte sie eine Ausnahme machen.

»Großpapa und ich werden dich mitnehmen.« Und am nächsten Tag gingen sie zu dritt in die Westchester-Reform-Synagoge in Scarsdale. Alex blieb mit Hattie zu Hause, und als Bernie abends heimkam, berichtete Jane ihm ganz ernst, daß sie mit den Großeltern gebetet hatte. Es trieb ihm die Tränen in die Augen, wie übrigens alles in letzter Zeit. Alles war so innig, so traurig und so gefühlvoll. Er nahm das Baby in die Arme, das Liz so stark ähnelte, daß es Bernie kaum ertragen konnte.

Und doch kam ihm alles viel weniger tragisch vor, als sie wieder bei ihnen war, denn zwei Tage darauf kam sie aus dem Krankenhaus, und sofort waren die matten Witze wieder da, die kehlige Stimme, die er so liebte, das Lachen, ihr Sinn für Humor. Nichts kam ihm mehr schrecklich vor, und Liz ließ nicht zu, daß er ins Grübeln geriet. Sie hatte Angst vor der Chemotherapie, war aber entschlossen, keinen Gedanken daran zu verschwenden, bevor es nicht unbedingt nötig war.

Einmal gingen sie in New York zum Dinner aus. In einer gemieteten Limousine fuhren sie ins »La Grenouille«, aber sie hatten das Essen noch nicht zur Hälfte hinter sich, als Bernie seiner Frau anmerkte, daß sie total erschöpft war – so sehr, daß Ruth ihn drängte, Liz nach Hause zu bringen. Unterwegs wurde nicht viel gesprochen.

Erst im Bett entschuldigte sie sich und fing ganz langsam und sacht an, ihn zu streicheln. Beklommen zog er sie an sich, von seiner Sehnsucht nach ihr getrieben, andererseits von der Befürchtung zurückgehalten, ihr zu schaden.

»Schon gut... die Ärzte haben es erlaubt...«, flüsterte sie, und er war entsetzt über sich, als er sie unbeherrscht und leidenschaftlich liebte, doch er war so ausgehungert nach ihr. Er wollte sie mit aller Macht zu sich zurückziehen, als entglitte sie ihm allmählich. Nachher weinte er und umarmte sie fest. Er haßte sich für das, was er getan hatte. Er wollte tapfer, stark und männlich sein und fühlte sich statt dessen wie ein kleiner Junge, als er an ihre Brust geschmiegt dalag, weil er sie so sehr brauchte. Wie Jane wollte er sich an sie klammern, sie zum Bleiben bewegen, um ein Wunder beten. Vielleicht würde die Chemotherapie dieses Wunder bewirken.

Großmama nahm Jane zu Wolff mit, ehe sie abflogen, und kaufte ihr einen überdimensionalen Teddybären und eine Puppe und ließ sie für Alexander etwas aussuchen. Jane wählte einen großen Clown, der auf Rädern rollte und Musik machte und der den Kleinen hellauf begeisterte, als er ihn sah.

Der letzte gemeinsame Abend verlief in herzlicher, gemütlicher und sehr bewegender Atmosphäre. Liz ließ es sich nicht nehmen, Ruth beim Kochen zu helfen. Sie schien in besserer Verfassung als seit langem. Sie war zwar nicht so lustig wie sonst, wirkte aber viel kräftiger. Und nachher berührte sie Ruths Hand und sah ihr in die Augen.

»Danke für alles.«

Ruth schüttelte den Kopf und konnte nur mit Mühe die Tränen zurückhalten. Nach einem langen Leben, in dem sie über viele Bagatellen Tränen vergossen hatte, konnte sie doch damit nicht aufhören, wenn es um etwas wirklich Wichtiges ging. Aber diesmal mußte sie sich zügeln. »Liz, bedank dich nicht bei mir. Tu nur all das, was du tun mußt.«

»Ja, das werde ich.« Liz schien in den letzten Wochen älter geworden zu sein, irgendwie reifer. »Ich habe jetzt ein viel besseres Gefühl, und Bernie auch, glaube ich. Es wird nicht leicht sein, aber wir werden es schaffen.« Ruth nickte. Sie war nicht imstande, etwas zu erwidern.

Am nächsten Tag brachten sie und Lou die Familie zum Flughafen, Bernie trug das Baby, und Liz hielt Jane an der Hand. Sie gingen ohne Hilfe an Bord, während die älteren Fines um Fassung kämpften. Kaum aber hatte die Maschine abgehoben, ließ Ruth sich schluchzend in die Arme ihres Mannes sinken. Unfaßbar, wie tapfer Liz und Bernie waren, unfaßbar auch, welch böses Schicksal diese beiden wunderbaren Menschen befallen hatte, die sie so liebte. Auf einmal ging es nicht um den Enkel der Rosengardens... oder um Mr. Fishbeins Vater... nein, ihre eigene Schwiegertochter... und Alex und Jane... und Bernie waren vom Schicksal betroffen. Es war so schlimm, so unfair und hart, und während sie sich in den Armen ihres Mannes ausweinte, glaubte sie, ihr Herz müsse brechen. Sie konnte es nicht ertragen.

»Komm, Ruth. Wir wollen nach Hause.« Liebevoll nahm Lou sie an der Hand, und sie gingen zurück zum Wagen. Als sie ihn ansah, wurde ihr klar, daß eines Tages die Reihe an ihnen sein würde.

»Lou, ich liebe dich. Ich liebe dich über alles...« Wieder fing sie zu weinen an, und er strich ihr über die Wange, ehe er die Tür für sie öffnete. Es war für sie alle schrecklich, doch Liz und Bernie waren am schlimmsten dran.

In San Franzisko wurden sie von Tracy erwartet, die sie mit ihrem Wagen abholte. Sie fuhr mit ihnen in die Stadt, lachte und plauderte und hielt das Baby an sich gedrückt.

»Schön, euch wieder da zu haben.« Sie lächelte ihren Freunden zu, erkannte aber mit einem Blick, daß Liz am Ende ihrer Kräfte war. Am nächsten Tag sollte sie im Krankenhaus mit der Chemotherapie beginnen.

Als Liz am Abend im Bett lag, drehte sie sich zu Bernie um, den Kopf auf die Hand gestützt, und sah ihn an. »Ich wünschte, ich wäre wieder normal.« Das sagte sie wie ein Teenager, der sich die Pickel wegwünscht.

»Ich auch.« Er lächelte. »Und das wirst du eines schönen Tages auch wieder sein.« Beide erhofften sich sehr viel von der Chemotherapie. »Und wenn die nicht hilft, dann bleibt uns immer noch Christian Science.«

»Mach dich nur lustig darüber«, entgegnete sie ganz ernst. »Eine der Lehrerinnen an unserer Schule ist Anhängerin von Christian Science, und manchmal hilft es wirklich...« Ihr nachdenklicher Ton verriet, daß sie darüber schon nachgedacht hatte.

»Na, versuchen wir es erst mal mit der Behandlung.« Schließlich war Bernie Jude und Arztsohn.

»Glaubst du, es wird wirklich so schrecklich?« Liz schien sehr ängstlich, und er wurde daran erinnert, wieviel Furcht und Schmerzen sie schon ausgestanden hatte, als Alexander geboren worden war. Aber diesmal war es anders. Diesmal war es so... endgültig.

»Na ja, ein Hochgenuß wird es nicht sein.« Belügen wollte er sie nicht. »Es hat geheißen, daß man dir Valium oder ähnliches geben wird, damit es erträglich ist. Und ich werde bei dir sein.«

Sie beugte sich über ihn und gab ihm einen Kuß auf die Wange.

»Du gehörst zur aussterbenden Spezies der fabelhaften Ehemänner, weißt du das?«

»Ach?...« Er drehte sich um und ließ eine Hand unter ihr Bettjäckchen gleiten. In letzter Zeit fror Liz ständig und ging mit seinen Socken zu Bett. Und diesmal liebte er sie sehr behutsam, von dem Gefühl beseelt, ihr etwas von seiner Kraft und Gesundheit geben zu müssen, ein Geschenk von ihm, und sie lächelte schläfrig. »Ich wünschte, ich könnte wieder schwanger werden...«

»Vielleicht wirst du es eines Tages.« Doch das war zuviel verlangt. Er hätte sich damit begnügt, Liz zu behalten anstatt sich noch ein Kind zu wünschen. Alexander war ihnen jetzt um so wertvoller. Ehe sie am nächsten Morgen ins Krankenhaus fuhr, nahm Liz den Kleinen lange in die Arme. Sie hatte das Frühstück für Jane selbst hergerichtet und ihr dann ihr Lieblingslunchpaket für die Schule mitgegeben. In gewisser Hinsicht machte sie alles noch schwieriger, weil sie ihre Familie so verwöhnte. Um so mehr würde sie ihnen fehlen, wenn das Schrecklichste eintraf.

Bernie brachte Liz ins Krankenhaus, wo man sie in der Aufnahme in einen Rollstuhl setzte. Eine Lernschwester schob sie die Rampe hinauf, während Bernie neben ihr ging und Liz' Hand hielt. Sie wurden von Dr. Johanssen schon erwartet. Liz entkleidete sich und zog ein Krankenhausnachthemd an. Draußen sah die Welt so sonnig und hell aus. Es war ein schöner Novembermorgen.

»Ich wünschte, ich müßte das alles nicht durchmachen«, seufzte Liz beklommen.

»Ich auch.« Als sie sich hinlegte, hatte er das Gefühl, sie käme auf den elektrischen Stuhl. Er hielt sie an der Hand, als eine Schwester erschien, die Asbesthandschuhe trug. Das Zeug, das verwendet wurde, strahlte so stark, daß es der Schwester die Hände verbrannt hätte. Und dieses Zeug wollte man nun bei der Frau, die er liebte, innerlich anwenden. Der Gedanke war unerträglich. Zunächst aber bekam Liz intravenös Valium, und als die Behandlung begann, dämmerte sie im Halbschlaf dahin. Dr. Johanssen blieb bei ihr und überwachte die Behandlung. Nachher schlief sie friedlich, doch um Mitternacht mußte sie sich übergeben und litt unter Übelkeit. Die folgenden fünf Tage waren ein Alptraum.

Der Rest des Monats war ähnlich schlimm, und Thanksgiving war diesmal kein Festtag für die Familie Fine. Erst kurz vor Weihnachten fühlte Liz sich wieder halbwegs menschlich, doch die Haare waren ihr ausgegangen, und sie war spindeldürr. Immerhin war sie wieder zu Hause und mußte sich dem Alptraum Chemotherapie nur mehr alle drei Wochen stellen. Der Arzt behauptete, daß die Übelkeit nur ein, zwei Tage anhalten würde. Nach den Weihnachtsferien würde sie wieder unterrichten können. Sobald Liz wieder zu Hause war, schien Jane wie ausgewechselt, und Alexander fing zu krabbeln an.

Die letzten zwei Monate hatten von allen Beteiligten ihren Tribut gefordert. Jane weinte viel in der Schule, wie sie von der Lehrerin erfuhren, Bernie herrschte seine Mitarbeiter an und befand sich in einem ständigen Spannungszustand. Er engagierte Babysitterinnen, die den Tag über aushelfen sollten, doch dabei gab es ständig Pannen. Eine blieb mit dem Baby zu lange weg, eine andere kam erst gar nicht, so daß er das Kind zu einer geschäftlichen Besprechung mitnehmen mußte. Niemand kochte für ihn und Jane, und von Alexander abgesehen schien auch keiner von beiden etwas essen zu wollen. Doch als Weihnachten nahte und Liz sich besser fühlte, normalisierte sich allmählich alles.

»Meine Eltern möchten rüberkommen.« Sie saßen im Bett, als er ihr das sagte und sie ansah. Liz hatte ein Handtuch um den Kopf gewickelt, um ihre Krankheit zu verdecken. Sie seufzte und lächelte matt. »Fühlst du dich danach?« Sie fühlte sich natürlich nicht danach, aber sie wollte seine Eltern sehen und wußte, wieviel es für Jane bedeutete und auch für Bernie, obwohl er es nicht zugeben wollte. Sie dachte an die Zeit vor einem Jahr, als die Großeltern Jane nach Disneyland ausgeführt und Bernie und ihr Gelegenheit gegeben hatten, den ersten Hochzeitstag zu feiern. Damals war sie schwanger gewesen... und ihr ganzes Sein war auf Leben ausgerichtet gewesen, nicht auf den Tod.

Als sie davon sprach, lag Zorn in seinem Blick. »Das ist es jetzt auch«, protestierte er.

»Nicht so eindeutig.«

»Unsinn!« All sein hilfloser Zorn richtete sich gegen Liz, ohne daß er sich hätte zügeln können. »Was glaubst du, wozu die Chemotherapie gut ist, oder gibst du dich auf? Herrgott, nie hätte ich gedacht, daß du ein Drückeberger bist.« Mit Tränen in den Augen lief er ins Bad und knallte die Tür hinter sich zu. Es dauerte zwanzig Minuten, bis er wieder zu ihr ging. Sie lag ruhig im Bett und wartete auf ihn. Verlegen setzte er sich neben sie und nahm ihre Hand. »Tut mir leid – ich habe mich wie ein Idiot benommen.«

»Ach, das hast du nicht. Und ich liebe dich. Ich weiß, daß es für dich auch schwer ist.« Unwillkürlich faßte sie nach dem Tuch um ihren Kopf. Sie kam sich so häßlich vor und haßte sich deswegen. Dieser runde und unförmige Kopf... wie ein Monster. »Es ist schrecklich für uns alle. Wenn ich schon sterben muß, dann hätte mich ein Laster überfahren sollen, oder ich hätte in der Badewanne ertrinken sollen.« Sie versuchte ein Lächeln, doch keiner der beiden fand es komisch. Plötzlich standen Tränen in ihren Augen. »Wie ich diese Kahlheit hasse.« Aber mehr als das haßte sie den Gedanken, sterben zu müssen.

Als er nach dem Tuch fassen wollte, wich sie aus. »Ich liebe dich mit oder ohne Haar.« Auch er hatte Tränen in den Augen.

»Nicht, Bernie...«

»Es gibt keinen Teil an dir, den ich nicht liebe oder den ich häßlich finde.« Das hatte er entdeckt, als sie ihren gemeinsamen Sohn geboren hatte. Seine Mutter hatte nicht recht behalten. Er war weder schockiert gewesen, noch hatte er es abstoßend gefunden. Er war vielmehr gerührt gewesen, und seine Liebe war noch stärker geworden – wie jetzt. »Äußerlichkeiten sind nicht wichtig. Dann bist du eben kahl. Das werde ich eines Tages auch sein. Ich versuche es jetzt auszugleichen.« Lächelnd strich er sich über den Bart.

»Ich liebe dich.«

»Ich dich auch... und das hat mit Leben zu tun.« Sie tauschten ein Lächeln. Beide fühlten sich wieder besser. Es bedeutete ständig Kampf, den Kopf über Wasser zu halten. »Also, was soll ich meinen Eltern sagen?«

»Sag ihnen, daß sie kommen sollen. Sie können ja wieder im ›Huntington‹ wohnen.«

»Meine Mutter meinte, Jane würde gern wieder mit ihnen etwas unternehmen. Was meinst du?«

»Ich glaube nicht, daß sie es möchte. Sag ihnen, sie sollen deswegen nicht gekränkt sein.« Jane klammerte sich an Liz und fing manchmal schon zu weinen an, wenn ihre Mutter den Raum verließ.

»Sie wird Verständnis haben.« Seine Mutter, die sein Leben lang nur Schuldgefühle in ihm geweckt hatte, trug plötzlich einen Heiligenschein. Mehrmals in der Woche sprach er mit ihr, und sie zeigte für ihn so tiefes Verständnis, wie er es bei ihr noch nie gefunden hatte. Anstatt ihn zu quälen, war sie nun für ihn eine Quelle des Trostes.

Und das war sie auch, als sie kurz vor Weihnachten kamen und für beide Kinder Berge von Geschenken mitbrachten. Ruth rührte Liz zu Tränen, da sie ihr etwas schenkte, was sich diese sehnlichst wünschte. Eigentlich brachte sie ein halbes Dutzend davon mit. Sie schloß die Tür des Zimmers und überreichte Liz zwei riesige Hutschachteln.

»Was ist denn das?« Liz hatte sich ausgeruht, und wie immer waren Tränen über ihre Wangen gerollt. Sie wischte sie fort, als sie sich aufsetzte. Ruth war ein bißchen nervös, weil sie nicht wußte, wie Liz über ihr Mitbringsel denken würde.

»Ich habe für dich ein Geschenk mitgebracht.«

»Einen Hut?«

Ruth schüttelte den Kopf. »Nein, etwas anderes. Hoffentlich bist du nicht gekränkt.« Sie hatte versucht, etwas zu finden, das dem wundervollen goldenen Haar entsprach, und es war nicht einfach gewesen. Als sie die Deckel von den Schachteln hob, sah Liz vor sich eine Fülle von Perücken mit verschiedenen Frisuren, alle in der vertrauten Farbe. Sie fing zu lachen und zu weinen an, beides gleichzeitig. Ruth sah sie zweifelnd an. »Du bist mir nicht böse?«

»Wie könnte ich?« Dankbar streckte sie ihrer Schwiegermutter die Arme entgegen und nahm dann die Perücken aus der Schachtel. Sämtliche Frisuren waren vertreten, von einem kurzen Jungenhaarschnitt bis zu einer langen Lockenpracht. Es waren sehr kunstvolle, echt wirkende Perücken, und Liz war so gerührt, daß sie kaum Worte fand. »Ich wollte immer schon eine, hatte aber Hemmungen, in einen Laden zu gehen.«

»Das dachte ich mir… und ich dachte mir auch, so wäre es lustiger.« Lustig… was war schon lustig, wenn man sein Haar verloren hatte?… Aber Ruth hatte ihr die Sache sehr erleichtert.

Liz ging zum Spiegel und nahm langsam das Tuch ab, während Ruth diskret den Blick abwandte. Sie war so jung und so schön. Es war nicht fair. Nichts war mehr fair. Erst als Liz eine der blonden Perücken aufgesetzt hatte und sich im Spiegel begutachtete, sah Ruth wieder zu ihr hin. Liz hatte eine Pagenkopffrisur gewählt, die ihr perfekt paßte.

»Das sieht ja wunderbar aus!« Ruth klatschte vor Begeisterung in die Hände. »Gefällst du dir?«

Liz nickte, und in ihren Augen tanzten Fünkchen, als sie sich im Spiegel sah. Endlich sah sie wieder anständig aus… besser noch als anständig – vielleicht sogar hübsch. Tatsächlich fühlte sie sich großartig – endlich wieder wie eine richtige Frau. Plötzlich lachte sie auf, so gesund und jung fühlte sie sich. Ruth reichte ihr eine andere Perücke. »Du mußt wissen, daß meine Großmutter kahl war. Alle orthodoxen Frauen rasieren ihre Köpfe. Aus dir wird noch eine gute jüdische Ehefrau, du wirst schon sehen.« Sie faßte Liz liebevoll am Arm. »Du sollst wissen… wie lieb wir dich haben…« Hätte Liebe sie heilen können, dann hätte sich die gewünschte Verlangsamung des Krankheitsverlaufes längst eingestellt. Ruth hatte entsetzt festgestellt, daß Liz stark abgenommen hatte, daß ihr Gesicht schmal geworden war, daß die Augen tief in den Höhlen lagen, und doch wollte sie nach Weihnachten wieder unterrichten.

Nachdem Liz alle anderen Perücken probiert hatte, wählte sie für ihren ersten Auftritt den Pagenkopf. Sie setzte die Perücke auf und zog eine frische Bluse an. Die Frisur verlangte nach einer raffinierten Aufmachung. So zurechtgemacht betrat sie ganz unbefangen das Wohnzimmer, wo Bernie sie fassungslos anstarrte. Er war wie vom Donner gerührt.

»Woher hast du denn das?« Sein Lächeln zeigte ihr, daß sie ihm gefiel.

»Von Großmama Ruth. Was dachtest denn du?« fragte sie halblaut.

»Großartig siehst du aus.« Das meinte er aufrichtig.

»Warte, bis du die anderen siehst.« Es war ein Geschenk, das ihre Lebensgeister geweckt hatte und für das Bernie seiner Mutter sehr dankbar war, besonders in dem Moment, als Jane in den Raum stürmte und verdutzt innehielt.

»Du hast dein Haar wieder!« Entzückt schlug sie die Hände zusammen. Liz sah lächelnd ihre Schwiegermutter an.

»Nicht ganz, Schätzchen. Großmama hat mir neues Haar aus New York mitgebracht.« Dazu lachte sie, und Jane kicherte.

»Wirklich? Kann ich mal sehen?« Liz nickte und ließ sie die Schachteln sehen. Jane probierte sofort eine Perücke selbst an, doch an ihr sahen sie eher komisch aus. Liz mußte herzlich lachen, und plötzlich war ihnen allen zumute wie auf einer Party.

An jenem Abend gingen sie gemeinsam aus, und es war wie ein Gottesgeschenk, daß Liz sich während der Feiertage besser fühlte. Sie schafften es, noch zweimal auszugehen, und Liz fuhr sogar in die Stadt, um sich mit Jane und Bernie den Weihnachtsbaum bei Wolff anzusehen. Ruth tat so, als mißbillige sie es, obwohl Liz wußte, daß dies nicht der Fall war. Sie hatten auch Chanukkah gefeiert, und freitags wurden vor dem Abendessen die Kerzen angezündet. Und als die feierliche Stimme ihres Schwiegervaters die Gebete anstimmte, empfanden es alle als richtig. Mit geschlossenen Augen betete Liz zu Gott um Genesung.

Kapitel 19

Ihr zweiter Hochzeitstag gestaltete sich ganz anders als der erste. Tracy lud Jane und Alexander über Nacht zu sich ein, und Bernies Eltern gingen allein auswärts essen. Liz und Bernie verbrachten einen ruhigen Abend. Eigentlich hatte er sie ausführen wollen, doch sie hatte gestanden, daß sie zu müde war. Er begnügte sich damit, eine Flasche Champagner zu entkorken, und schenkte ihr ein Glas ein. Sie nippte kaum daran, während sie vor dem Kamin saßen und plauderten.

Es war, als hätten sie ein stilles Gelübde abgelegt, nicht über ihre Krankheit zu sprechen. Sie wollte an diesem Abend nicht daran denken, auch nicht an die Chemotherapie, die ihr in einer Woche wieder bevorstand. Es war ohnehin schon schwer genug, und sie sehnte sich danach, wie alle anderen zu sein, über ihren Job zu jammern, über die Kinder zu lachen, ein Abendessen für Freunde zu planen und sich Sorgen zu machen, ob man in der Schneiderei den Reißverschluß in Ordnung bringen würde. Sie sehnte sich nach einfachen Problemen. Sie saßen Hand in Hand da und starrten in die Flammen, vorsichtig bemüht, schwierigen Themen auszuweichen... es war sogar sehr schmerzlich, von ihren zwei Jahre zurückliegenden Flitterwochen zu sprechen, obwohl Bernie ihr ins Gedächtnis rief, wie niedlich Jane damals am Strand gewesen war. Sie war noch so klein gewesen. Und jetzt war sie fast acht. Bernie wunderte sich sehr, als Liz plötzlich von Chandler Scott sprach.

»Du wirst immer an dein Versprechen denken, ja?«

»Was für ein Versprechen war das?« Er schenkte ihr Champagner nach, obwohl er wußte, daß sie ihn nicht trinken würde.

»Ich möchte nicht, daß dieser Kerl Jane jemals besucht. Versprichst du das?«

»Das habe ich schon versprochen, oder?«

»Genau das meine ich.« Sie schien sich Sorgen zu machen, und er küßte sie auf die Wange und glättete mit sanften Fingern die Furchen auf ihrer Stirn.

»Ich auch.« In letzter Zeit hatte er sehr oft ernsthaft an eine Adoption gedacht, befürchtete aber, Liz wäre nicht imstande, das Verfahren durchzustehen. Deswegen entschloß er sich, die Sache zu verschieben, bis es ihr besserging.

An jenem Abend liebten sie sich nicht, denn Liz schlief in seinen Armen vor dem Kamin ein. Er trug sie ins Bett und lag dann da und sah auf sie hinunter. Sein Herz drohte zu zerspringen, als er an die vor ihnen liegenden Monate dachte. Sie beteten noch immer, die Krankheit möge zu einem Stillstand kommen.

Am fünften Januar wollten Bernies Eltern zurück nach New York fliegen. Ruth machte den Vorschlag, länger zu bleiben, Liz aber sagte, sie wolle ohnehin wieder unterrichten, wenn auch nur an drei Vormittagen in der Woche, aber damit wäre sie bestimmt sehr beschäftigt. Unmittelbar nach den Feiertagen hatte sie ihre Chemotherapie hinter sich gebracht, und diesmal war es ihr dabei gutgegangen. Das war für alle eine Erleichterung. Liz konnte es jetzt kaum erwarten, wieder in die Schule zu gehen.

»Bist du sicher, daß sie sich nicht übernimmt?« fragte die Mutter Bernie, als sie ihn am Tag vor der Abreise im Kaufhaus besuchte.

»Sie möchte etwas tun.« Sehr begeistert war Bernie nicht, doch Tracy hatte gemeint, es würde ihr guttun. Vielleicht war etwas dran. Zumindest konnte es ihr nicht schaden, und falls es zu anstrengend wurde, mußte sie es ohnehin aufgeben. Aber Liz war beharrlich geblieben.

»Was sagt der Arzt dazu?«

»Er sagt, es könne ihr nicht schaden.«

»Sie sollte sich mehr schonen.« Bernie nickte. Aber immer wenn er Liz zur Ruhe riet, sah sie ihn mit flammendem Blick an, von dem

Bewußtsein getrieben, daß ihre Zeit knapp bemessen war. Sie wollte möglichst viel tun und nicht ihr Leben verschlafen.

»Mom, wir müssen sie tun lassen, was sie tun möchte. Das mußte ich ihr versprechen.« In letzter Zeit hatte sie ihm etliche Versprechen entlockt. Als er seine Mutter hinunterbegleitete, sprachen beide kein Wort. Es gab nicht viel zu sagen, und beide hatten Angst, ihre Gedanken auszusprechen. Alles war so schrecklich, so unglaublich schmerzlich.

»Liebling, ich weiß nicht, was ich sagen soll.« Mit Tränen in den Augen blickte Ruth zu ihrem einzigen Sohn auf, inmitten des Gedränges im Eingang zum Kaufhaus.

»Ich weiß, Mom... ich weiß...« Auch seine Augen waren feucht, und seine Mutter nickte, als sie die Tränen nicht mehr zurückhalten konnte. Ein paar Neugierige drehten sich nach ihnen um, von der Frage bewegt, welches Drama sich hier abspielen mochte, aber sie hasteten sofort wieder weiter. Ruth blickte ihn unverwandt an.

»Es tut mir so leid...«

Er nickte nur und war nicht imstande, ihr zu antworten, berührte ihren Arm und ging dann stumm und mit gebeugtem Kopf wieder hinauf. Sein Leben hatte sich schlagartig in einen Alptraum verwandelt, der sich nicht verflüchtigte, was man auch unternahm, um ihm ein Ende zu bereiten.

Abends war es noch schlimmer, als er seine Eltern zurück ins Hotel brachte, nachdem Liz für sie gekocht hatte. Am nächsten Morgen wollten sie abreisen, und Liz hatte darauf bestanden, noch einmal die Gastgeberin zu spielen. Das Abendessen war köstlich gewesen wie immer, doch es war schrecklich, mitansehen zu müssen, wie sie sich mit allem abmühte, was ihr zuvor so mühelos von der Hand gegangen war. Jetzt war für sie nichts mehr mühelos, nicht einmal das Atemholen.

Er gab seiner Mutter im Hotel einen Kuß. Seine Eltern wollten am nächsten Tag allein zum Flughafen fahren. Als Bernie mit seinem Vater einen Händedruck wechselte, trafen sich ihre Blicke, und plötzlich hielt Bernie es nicht mehr aus. Er sah sich als kleinen Jungen, der diesen Mann geliebt hatte... sah sich, wie er ihn im weißen Ärztekittel bewundert hatte... sah sich mit ihm im Sommer in Neuengland angeln gehen... Das alles überkam ihn ganz plötzlich, und er fühlte sich wie ein Fünfjähriger. Sein Vater, der dies spürte, umarmte ihn, und Bernie brach in Tränen aus. Ruth mußte sich abwenden, weil sie sein Unglück nicht mehr mit ansehen konnte.

Lou begleitete Bernie hinaus. Lange standen sie in der kühlen Nachtluft, und sein Vater hielt ihn umfangen.

»Schon gut, Sohn, Tränen sind manchmal notwendig...« Dabei liefen ihm selbst die Tränen übers Gesicht und fielen auf die Schultern seines Sohnes.

Niemand konnte Bernie helfen. Und schließlich gab Bernie Lou und Ruth, die ihnen gefolgt war, einen Abschiedskuß, und er dankte ihnen. Als er nach Hause kam, war Liz schon im Bett und wartete auf ihn. Sie trug eine der neuen Perücken. Sie trug jetzt ständig eine, und machmal zog Bernie sie deshalb auf, insgeheim enttäuscht, daß er nicht selbst auf den Gedanken gekommen war, ihr Perücken zu kaufen. Liz fühlte sich sehr wohl mit ihnen. Natürlich nicht so wie mit ihrem eigenen Haar, doch sie halfen ihr ein wenig, ihre Selbstachtung zu retten, und sorgten für ständigen Gesprächsstoff zwischen ihr und Jane. »Nein, Mami, die andere gefällt mir viel besser... die lange... ja, die ist hübsch.« Jane lächelte. »Mit lockigem Haar siehst du komisch aus.« Aber wenigstens ängstigte sie sich nicht mehr.

»Na, wie war es mit deinen Eltern, mein Schatz?« Sie empfing Bernie mit einem fragenden Blick. »Die Fahrt zum Hotel hat lange gedauert.«

»Wir haben noch ein wenig geplaudert.« Er lächelte, um eine schuldbewußte Miene bemüht, damit ihr verborgen blieb, wie bedrückt er war. »Du kennst ja meine Mutter. Sie kann sich von ihrem Jungen nicht trennen.« Er drückte ihre Hand und ging, um sich auszuziehen. Augenblicke später lag er neben ihr im Bett. Doch Liz war bereits eingeschlafen. Er lauschte den angestrengten Atemzügen neben sich. Vor einem Vierteljahr hatte man entdeckt, daß sie Krebs hatte. Sie kämpfte sehr tapfer gegen die Krankheit an, und die Ärzte waren der Meinung, daß die Chemotherapie gut anschlug. Bernie aber war der Meinung, daß es ihr immer schlechter ging. Mit jedem Tag wurden ihre Augen größer und sanken tiefer in die Höhlen zurück, ihr Gesicht wurde spitzer, und sie verlor immer mehr an Gewicht. Ihre Atemschwierigkeiten wurden immer ärger. Aber er wollte sie bei sich behalten, solange es ging, wollte tun, was nötig war, gleichgültig, wie schwer es ihr fiel. Sie mußte kämpfen – er beschwor sie, sich nicht aufzugeben… er wollte nicht zulassen, daß sie ihn verließ.

In jener Nacht schlief er unruhig und träumte, sie wolle eine Reise antreten, von der er sie abzuhalten versuchte.

Die Arbeit in der Schule schien Liz irgendwie zu beleben. Sie liebte »ihre« Kinder, wie sie sie nannte, über alles. In diesem Jahr hatte sie nur den Leseunterricht übernommen. Tracy unterrichtete in der Klasse Rechnen, und eine andere Vertretung übernahm die restlichen Fächer. Die Direktion der Schule hatte sich bei der Reduzierung von Liz' Stundenplan überraschend flexibel gezeigt. Man schätzte sie sehr und hatte mit Fassungslosigkeit reagiert, als sie der Schulleitung offen und ohne Dramatik eröffnete, wie es um sie stand. Die traurige Neuigkeit hatte rasch die Runde gemacht, aber man sprach darüber nur im Flüsterton. Liz wollte nicht, daß Jane von ihrem tatsächlichen Zustand erfuhr, und sie hoffte inständig, daß keines der Kinder etwa darüber Bescheid wußte. Im Lehrerkollegium war ihre Krankheit kein Geheimnis, die Schüler aber brauchten noch nichts davon zu wissen. Sie war sich darüber im klaren, daß sie kommendes Jahr nicht mehr da sein würde. Das Treppensteigen machte ihr jetzt schon Mühe, sie war aber entschlossen, das laufende Schuljahr um jeden Preis zu beenden, das hatte sie dem Rektor versprochen. Im März konnte sie ihre Krankheit nicht mehr verheimlichen, das wurde Liz klar, als eine ihrer kleinen Schülerinnen mit Tränen in den Augen und Spuren eines Kampfes an der Kleidung zu ihr kam.

»Na, Nancy, was gibt es?« Das Mädchen hatte vier Brüder und galt als ziemlich rauflustig. Liz strich ihr die Bluse glatt und lächelte ihr liebevoll zu. Nancy war ein Jahr jünger als Jane, die jetzt in die dritte Klasse ging. »Hast du dich mit jemandem geprügelt?«

Das Kind nickte, ohne den Blick von ihr zu wenden. »Ich gab Billy Hitchcock eins auf die Nase.«

Liz lachte. Jeder Tag, den sie mit ihren Schülern verbrachte, war voller Leben. »Und warum?«

Die Kleine zögerte zunächst, um sodann mit kampflustig gerecktem Kinn zu erklären: »Er behauptete, Sie würden sterben... und ich sagte, er sei ein dummer Lügner!« Wieder fing sie zu weinen an und wischte sich mit den Fäusten über die Augen, wobei sich Tränen und Schmutz vermischten und auf ihren Wangen zwei große Streifen zurückblieben. »Es stimmt doch nicht, Mrs. Fine, oder?«

»Komm, wir wollen uns darüber unterhalten.« Sie zog im leeren Klassenzimmer einen Stuhl heran. Es war Mittagspause, und Liz hatte die Zeit benutzt, um ein paar Unterlagen durchzusehen. Jetzt setzte sie das kleine Mädchen neben sich und hielt es an der Hand. Es war der Augenblick gekommen, den sie so gerne noch hinausgezögert hätte. »Du weißt sicher, daß wir alle einmal sterben müssen, oder?« Die kleine Hand hielt die ihre so fest, als wolle Nancy sichergehen, daß Liz sie nie verlassen würde. Nancy hatte ihr im Jahr zuvor das erste Geschenk für Alexander gegeben, einen winzigen selbstgestrickten blauen Schal mit unzähligen Löchern, Knötchen und fallengelassenen Maschen, und Liz hatte sich hellauf begeistert gezeigt.

Nancy nickte, abermals den Tränen nahe. »Unser Hund starb voriges Jahr, aber der war richtig alt. Mein Daddy sagte, als Mensch wäre er hundertneunzehn Jahre gewesen. Aber so alt sind Sie nicht.« Sie schien von Zweifeln befallen. »Oder?«

Liz lachte. »Nicht ganz. Ich bin dreißig. Das ist nicht sehr alt... aber manchmal... manchmal kommt alles anders. Wir alle müssen zu verschiedenen Zeiten heim zu Gott... manche Menschen müssen gehen, solange sie noch Babys sind. Und nach langer, langer Zeit, wenn du uralt bist und zu Gott gehen sollst, werde ich dort auf dich warten.« Sie spürte einen Kloß in ihrem Hals und kämpfte gegen ihre Tränen an. Sie wollte nicht weinen, und das war gar nicht einfach. Sie wollte auch auf niemanden warten. Sie wollte hier sein – mit Bernie, Alexander und Jane.

Nancy verstand sie. Hemmungslos weinend schlang sie ihre Arme um Liz' Nacken. »Ich will nicht, daß Sie fortgehen... ich will nicht...« Nancys Mutter trank, und ihr Vater war viel unterwegs.

Seit dem Kindergarten hatte sie zu Liz große Zuneigung entwickelt. Und jetzt sollte sie sie verlieren. Das war nicht fair. Nichts war mehr fair. Liz tröstete sie mit Süßigkeiten und versuchte ihr zu erklären, wie die Chemotherapie wirkte und was sie von der Behandlung erwartete.

»Die Möglichkeit einer Besserung besteht immer, Nancy. Vielleicht bleibe ich euch dadurch viel länger erhalten. Bei manchen Menschen hat die Behandlung das Leben um Jahre verlängert.« Und bei manchen nicht, dachte sie bei sich. Sie sah die Symptome ganz genau. Und sie verabscheute es mittlerweile, in den Spiegel zu sehen. »Bis zu den Ferien werde ich noch hier sein, und das ist noch sehr lange. Also mach dir keine Sorgen, ja?«

Die kleine Nancy Farrell nickte und ging hinaus, um über Liz' Worte nachzudenken, eine Handvoll Schoko-Plätzchen in der Hand.

Als Liz nachmittags mit Jane heimfuhr, fühlte sie sich wie ausgelaugt, und Jane starrte wortlos aus dem Fenster. Fast sah es so aus, als sei sie wütend auf ihre Mutter, und knapp vor dem Ziel drehte sie mit einem Ruck den Kopf und sah sie anklagend an.

»Du wirst sterben, nicht wahr, Mami?«

Liz war schockiert über die Abruptheit und Heftigkeit dieser Worte. Sie wußte auch sofort, wer diesen Angriff verursacht hatte: Nancy Farrell. »Sterben müssen alle.« Aber Jane ließ sich nicht so einfach beschwichtigen wie Nancy. Für sie stand mehr auf dem Spiel.

»Du weißt, was ich meine... dieses Zeug... die Chemotherapie... die hilft nicht.« Sie sprach es aus, als sei es ein unanständiges Wort.

»Es hilft ein bißchen.« Aber nicht genug. Das wußten sie alle. Und sie fühlte sich sehr schlecht, manchmal glaubte sie, die Therapie töte sie rascher.

»Nein, es hilft nicht.« Mit einem Blick gab sie Liz zu verstehen, daß sie der Meinung war, daß Liz sich zu wenig um Gesundung bemühte.

Liz seufzte, als sie vor dem Haus anhielt. Sie fuhr noch immer den alten Ford, den sie vor der Ehe gehabt hatte, und parkte ihn am Straßenrand, da Bernie die Garage für seinen BMW brauchte. »Liebling, es ist für uns alle sehr schwierig. Und ich bemühe mich wirklich, daß ich gesund werde.«

»Warum klappt es denn nicht?« Die großen blauen Augen in dem Kindergesicht füllten sich mit Tränen, und plötzlich sank Jane auf dem Sitz neben ihrer Mutter zusammen. »Warum geht es dir noch nicht besser?... Warum nicht?...« Mit angsterfülltem Blick sah sie auf. »Nancy Farrell sagt, daß du sterben wirst...«

»Ich weiß, Liebling, ich weiß.« Jetzt ließen sich auch bei Liz die Tränen nicht zurückhalten. Und Jane hörte, wie mühsam sie Atem holte. »Ich weiß nicht, was ich sagen soll. Eines Tages muß jeder sterben, und bei mir wird es vielleicht noch einige Zeit dauern. Aber es kann auch anders kommen. Und das kann jedem passieren. Jemand könnte eine Bombe werfen, während wir hier sitzen.«

Schluchzend sah Jane ihre Mutter an. »Das wäre mir lieber... ich möchte zusammen mit dir sterben...«

Liz drückte sie so fest an sich, daß es schmerzte. »Nein, das wirst du nicht... Sag so etwas niemals wieder... Du hast ein langes Leben vor dir...« Liz war aber auch erst dreißig.

»Warum mußte uns das passieren?« Jane sprach die Frage aus, die sie alle sich stellten. Es gab darauf keine Antwort.

»Ich weiß es nicht...« Ihre Stimme war kaum mehr als ein Flüstern, als sie im Wagen saßen, einander umfangen hielten und verzweifelt einen Ausweg suchten.

Kapitel

20

Im April mußte Bernie sich entscheiden, ob er nach Europa fliegen würde oder nicht. Er hatte immer gehofft, Liz würde mitkommen können, doch inzwischen war klar, daß sie zu schwach war. Sie hatte nicht mehr die Kraft, überhaupt irgendwohin zu gehen. Jeder

Besuch bei Tracy in Sausalito war ein größeres Wagnis. Liz unterrichtete immer noch, aber nur zweimal wöchentlich.

Bernie rief Paul Berman an, um ihm seine Entscheidung mitzuteilen. »Paul, ich lasse dich sehr ungern im Stich, aber ich möchte jetzt nicht weg.«

»Das kann ich gut verstehen.« Paul sagte es voller Mitgefühl. Die Tragödie ging ihm sehr nahe, und es tat ihm jedesmal weh, wenn er mit Bernie sprach. »Dann müssen wir diesmal eben jemand anderen rüberschicken.« Es war das zweite Mal, daß Bernie seine Europareise absagte, doch die Unternehmensleitung zeigte sich sehr verständnisvoll. Trotz allem, was er durchmachen mußte, leistete er in der Filiale in San Franzisko ganze Arbeit, wie Paul zu erwähnen nicht vergaß. »Bernard, ich weiß gar nicht, wie du das schaffst. Wenn du mal Urlaub brauchst, dann laß es uns wissen.«

»Mach' ich. Vielleicht in ein paar Monaten, aber nicht jetzt.« Wenn es mit Liz zu Ende ging, wollte er nicht arbeiten müssen – falls es überhaupt so rasch gehen würde... Ab und zu ging es ihr ein paar Tage lang gut, oder sie hatte merklich bessere Laune, plötzlich aber war sie wieder niedergeschlagen und matt. Wenn Bernie dann in Panik geriet, strengte Liz sich besonders an, um ihm ihren Zustand zu verheimlichen. Das alles war eine Folter, weil er nie im voraus wußte, wie sie auf die Behandlung ansprach, ob der Krankheitsverlauf sich verlangsamte und sie ihnen noch lange Zeit erhalten blieb oder ob es nur mehr ein paar Wochen oder Monate dauern würde. Auch die Ärzte konnten es ihm nicht sagen.

»Wie steht es mit einer Rückkehr nach New York? Unter den gegebenen Umständen würde ich dich nicht drängen, in San Franzisko zu bleiben, Bernard.« Bernie war seit Jahren für Paul wie ein Sohn, deswegen wollte er ihm gegenüber fair sein. Wenn seine Frau nicht mehr lange zu leben hatte, konnte man ihn nicht zwingen, in Kalifornien zu bleiben. Doch Bernie setzte ihn mit seiner Antwort in Erstaunen. Er war von Anfang an offen zu ihm gewesen und hatte ihm nicht verschwiegen, daß Liz Krebs hatte. Das war für alle ein großer Schock gewesen. Nicht zu fassen, daß die blonde Schönheit, mit der Paul erst vor zwei Jahren auf ihrer Hochzeit getanzt hatte, nicht mehr lange zu leben hatte.

»Ehrlich gesagt, Paul, denke ich im Moment an keinen Ortswechsel. Es wäre großartig, wenn du jemanden an der Hand hättest, der die Zusammenstellung der Kollektion für mich übernimmt und zweimal im Jahr nach Europa fährt. Momentan möchten wir nicht weg von hier. Liz ist hier zu Hause, und ich möchte sie nicht aus der gewohnten Umgebung herausreißen. Das wäre nicht gut, glaube ich.« Sie hatten lange darüber nachgedacht und waren gemeinsam zu diesem Entschluß gelangt. Liz hatte ihm rundheraus gesagt, daß sie nicht von San Franzisko fort wolle. Sie wollte seinen Eltern nicht zur Last fallen und ihm auch nicht, und sie wollte auch nicht, daß Jane sich an eine neue Schule und an neue Freunde gewöhnen mußte. Für Liz selbst war es ein Trost, ihren alten Freunden, besonders Tracy, nahe zu sein. Es war für sie sogar tröstlich, daß sie Bill und Marjorie Robbins häufiger sah.

»Dafür habe ich vollstes Verständnis.« Bernie war nun genau drei Jahre in Kalifornien, doppelt so lange, als er beabsichtigt hatte, doch das spielte keine Rolle mehr.

»Im Moment kann ich nicht fort, Paul.«

»Geht in Ordnung. Wenn du deine Absicht änderst, laß es mich wissen, damit ich jemanden suchen kann, der das Haus in San Franzisko übernimmt. Du fehlst uns in New York. Bestünde die Möglichkeit« – er warf einen Blick in seinen Kalender –, »daß du nächste Woche zur Vorstandssitzung kommst?«

Bernie runzelte die Stirn. »Da muß ich erst mit Liz sprechen.« Es stand zwar keine Behandlung bevor, aber er ließ sie dennoch nur ungern allein. »Wir werden sehen. Wann soll das sein?« Paul nannte ihm das Datum, und Bernie notierte es sich.

»Es würde dich nicht mehr als drei Tage kosten. Du könntest Montag fliegen und Mittwoch wieder zu Hause sein, allenfalls Donnerstag, falls du so lange wegbleiben kannst. Wie du dich auch immer entscheidest, ich habe vollstes Verständnis für deine Lage.«

»Danke, Paul.« Wie immer benahm Paul Berman sich großartig. Auch er verzweifelte aber letztlich daran, daß er ihm nicht helfen konnte. Am Abend fragte Bernie Liz, was sie davon halte, wenn er für ein paar Tage nach New York fliege. Er fragte sie sogar, ob sie mitkommen wollte, doch sie schüttelte mit mattem Lächeln den Kopf.

»Ich kann nicht, mein Schatz. In der Schule gibt es zuviel zu tun.« Doch das war nicht der Grund, wie beide wußten. In zwei Wochen stand Alexanders Geburtstag bevor, und sie würde dann Bernies Mutter ohnehin sehen. Lou konnte die Praxis zwar nicht wieder im Stich lassen, aber Ruth hatte versprochen zu kommen. Sie wollte sich das große Ereignis nicht entgehen lassen, und vor allem wollte sie Liz sehen.

Als Bernie aus New York zurückkam, sah er dasselbe, was seine Mutter sah, als sie eintraf. Er sah, wie rasend schnell Liz sich veränderte. In den wenigen Tagen hatte er genug Distanz gewonnen, um sich darüber klarzuwerden, wie schlecht es um sie stand. Am Abend seiner Heimkehr schloß er sich im Bad ein und weinte in ein großes weißes Handtuch. Er hatte Angst, daß sie ihn hören konnte, doch er war nicht mehr in der Lage, sich zu beherrschen. Liz war bleich und schwach und hatte noch mehr abgenommen. Er flehte sie an, mehr zu essen, und brachte ihr alle erdenklichen Leckerbissen mit nach Hause, von Erdbeertörtchen bis zu Räucherlachs – alles aus der Feinkostabteilung des Kaufhauses. Es war zwecklos. Liz litt an Appetitlosigkeit und wog kaum mehr neunzig Pfund, als Alexanders Geburtstag heranrückte. Ruth war entsetzt, als sie Liz sah, mußte aber so tun, als hätte sie nichts bemerkt. Die schmalen Schultern fühlten sich sehr zerbrechlich an, als sie sich bei der Begrüßung umarmten, und Bernie mußte ein Elektrowägelchen holen, um sie zur Gepäckabholung zu bringen, da sie so weit nie hätte gehen können und einen Rollstuhl ablehnte.

Auf der Fahrt nach Hause plauderten sie über alles mögliche, nur nicht über das, was wirklich wichtig war. Ruth hatte das Gefühl, es würde verzweifelt Wasser getreten. Sie hatte für Alexander ein großes gefedertes Schaukelpferd mitgebracht und für Jane wieder eine Puppe, und sie konnte das Wiedersehen mit den Kindern kaum erwarten. Liz aber machte ihr große Sorgen. Um so erstaunter war sie, als sie sie bei der Zubereitung des Abendessens beobachtete. Liz kochte immer noch selbst und erledigte alle im Hause anfallenden

Arbeiten, und das alles neben ihrer Lehrertätigkeit. Sie war die bemerkenswerteste Frau, die Ruth je gesehen hatte. Es brach ihr fast das Herz, wenn sie den täglichen Kampf beobachtete, den Liz führte, um am Leben zu bleiben. Ruth war noch da, als Liz zur nächsten Behandlung mußte, und sie paßte auf die Kinder auf, während Bernie über Nacht bei Liz im Krankenhaus blieb. Er schlief neben ihr auf einem Notbett, das man hereingerollt hatte.

Der kleine Alexander sah aus wie Bernie als Kind. Er war ein pausbäckiger, fröhlicher kleiner Junge. Es war unglaublich, daß er erst ein Jahr war und nun von dieser Tragödie betroffen wurde. Als Ruth ihn zu Bett brachte, ging sie weinend aus dem Zimmer, weil sie daran denken mußte, daß er seine Mutter nie richtig kennenlernen würde.

»Na, wann besuchst du uns wieder in New York?« fragte Ruth Jane, als sie sich zu einem Gesellschaftsspiel hinsetzten. Janes Lächeln kam sehr zögernd. Sie liebte Großmama Ruth, konnte sich aber nicht vorstellen, länger bei ihr zu bleiben. »Erst wenn es Mami bessergeht«, hatte bis jetzt ihre Standardantwort gelautet, doch diesmal sagte sie statt dessen: »Ich weiß es nicht, Großmama. In den Ferien gehen wir nach Stinson Beach. Mami möchte sich dort ausruhen. Der Unterricht strengt sie sehr an.« Beide wußten, daß das langsame Sterben sie anstrengte, doch das war so schrecklich, daß es lieber unausgesprochen blieb.

Bernie hatte das Haus in Stinson Beach wieder gemietet, mit der Absicht, in diesem Jahr drei Monate an der Küste zu verbringen. Liz sollte dort möglichst wieder zu Kräften kommen. Der Arzt hatte angedeutet, daß sie den Vertrag mit der Schule nicht mehr verlängern sollte, weil es für sie zuviel wurde. Liz widersprach nicht und sagte zu Bernie, daß sie den Aufenthalt am Strand für eine gute Idee hielt. Sie würde mehr Zeit für ihn und die Kinder haben. Und Bernie gab ihr recht. Alle konnten es kaum erwarten, an die Küste zu kommen, als ließe sich damit das Rad der Zeit zurückdrehen. Im Krankenhaus beobachtete Bernie die schlafende Liz, berührte ihr Gesicht und hielt liebevoll ihre Hand, als sie sich bewegte und zu ihm aufsah. Einen Augenblick lang drohte sein Herz auszusetzen, weil sie aussah, als würde sie jeden Augenblick sterben.

»Ist etwas?« Erstaunt hob sie den Kopf, und er lächelte beruhigend, mit Mühe die Tränen zurückhaltend.

»Geht's dir einigermaßen, Liebling?«

»Mir geht es gut.« Sie ließ den Kopf wieder auf das Kissen zurücksinken. Die bei der Chemotherapie eingesetzten Mittel waren so stark, daß die Behandlung zu einem Herzanfall führen konnte. Das hatte man ihnen von Anfang an gesagt, doch sie hatten keine andere Wahl gehabt, Liz mußte es riskieren.

Sie schlief wieder ein, und Bernie ging auf den Gang und rief zu Hause an. Vom Zimmer aus wollte er nicht telefonieren, aus Angst, daß sie davon wieder aufwachen würde. Eine Schwester saß unterdessen an ihrem Bett. Bernie hatte sich an die Krankenhausatmosphäre gewöhnt – so sehr, daß sie ihm fast normal vorkam. Es schockierte ihn nicht mehr wie früher. Und er wünschte sich, sie hätten einen Stock tiefer sein können wie im Vorjahr, bei der Geburt ihres Babys... und nicht hier, unter den Sterbenden.

»Hallo, Mom. Wie geht's?«

»Alles in Ordnung, mein Lieber.« Sie betrachtete Jane. »Deine Tochter schlägt mich dauernd beim Mensch-ärgere-dich-nicht. Und Alexander ist eben eingeschlafen. Er ist so niedlich. Die ganze Flasche hat er leergetrunken und mich angelächelt. Er ist noch in meinen Armen eingeschlafen. Er hat sich nicht gerührt, als ich ihn hinlegte.« Alles klang so normal, nur hätte Liz ihm das alles erzählen sollen und nicht seine Mutter. Er hätte von einer Besprechung in der Firma kommen sollen, und sie hätte ihm sagen sollen, daß zu Hause alles in Ordnung war. Statt dessen lag Liz im Krankenhaus und wurde von chemischen Substanzen vergiftet, und seine Mutter kümmerte sich um die Kinder. »Wie fühlt sich Liz?« Das fragte Ruth halblaut, damit Jane sie nicht hören konnte, aber die Kleine spitzte die Ohren, so sehr, daß sie aus Versehen eine von Ruths Figuren auf dem Brett verschob. Später zog Ruth sie damit auf und behauptete, sie mogle, obwohl sie wußte, warum es passiert war. Jane brauchte einen Hauch Heiterkeit und Frohsinn im Leben, denn sie erlebte eine Zeit, in der sie davon nicht viel abbekam. Und dabei war sie erst acht. Das Kind war von tiefer Traurigkeit umgeben, die knapp unter der Oberfläche des Alltags zu spüren war. Es war fast unmöglich, Jane aufzuheitern.

»Liz geht es gut. Sie schläft jetzt. Wir kommen morgen um die Mittagszeit nach Hause.«

»Wir werden dasein. Bernie, brauchst du etwas? Bist du hungrig?« Seine Mutter so fürsorglich zu erleben, erschien ihm sehr sonderbar. In Scarsdale hatte sie alles Hattie überlassen. Aber es waren ungewöhnliche Zeiten, für alle, für Liz und Bernie im besonderen.

»Ach, mir geht es tadellos. Gib Jane von mir einen Kuß. Wir sehen uns dann morgen.«

»Gute Nacht, Liebling. Grüße Liz schön, wenn sie aufwacht.«

»Geht es Mami gut?« Jane wandte sich mit verängstigtem Blick an Ruth, die zu ihr kam und sie umarmte.

»Ja, es geht ihr gut, und sie läßt dich grüßen. Morgen kommt sie wieder nach Hause.« Wären die Grüße tatsächlich von Liz und nicht von Bernie gekommen, wäre es schöner gewesen.

Am Morgen erwachte Liz unter Schmerzen. Sie hatte mit einemmal das Gefühl, sämtliche Rippen auf einer Seite würden brechen. Es war ein plötzlicher intensiver Schmerz, wie sie ihn nie zuvor erlebt hatte, und sie beschrieb ihn Dr. Johanssen, der den Onkologen und den Knochenspezialisten verständigte. Ehe man sie entließ, wurden eine Röntgenaufnahme und ein Knochen-Scan gemacht.

Die Nachricht, die sie wenige Stunden danach bekamen, war deprimierend. Die Chemotherapie war so gut wie wirkungslos. Die Metastasenbildung war fortgeschritten. Man ließ Liz zwar nach Hause gehen, doch Dr. Johanssen teilte Bernie mit, daß dies der Anfang vom Ende sei. Von nun an würden die Schmerzen immer schlimmer werden. Man würde zwar alles tun, um sie zu lindern, aber am Ende würde nichts mehr helfen. Der Arzt eröffnete ihm dies in einem kleinen Sprechzimmer, das von dem Gang abzweigte, an dem auch Liz' Zimmer lag, und Bernie schlug mit der Faust auf den Schreibtisch des Arztes.

»Was, zum Teufel, heißt das, Sie können ihr nur wenig helfen? Was soll das heißen, verdammt noch mal?« Der Arzt hatte vollstes Verständnis. Bernie hatte allen Grund, mit dem Schicksal zu hadern, das Liz getroffen hatte, und auch mit den Ärzten, die ihr nicht helfen konnten. »Was macht ihr Ärzte eigentlich den ganzen langen Tag? Holt ihr nur Splitter aus den Füßen der Leute, oder schneidet ihr Furunkel auf? Meine Frau geht an Krebs zugrunde, und Sie sagen mir einfach so, daß Sie gegen die Schmerzen nicht viel unternehmen können?« Er fing hemmungslos zu schluchzen an, während er Johanssen gegenüber saß und ihn anstarrte. »Was sollen wir tun... o Gott... jemand muß ihr helfen...« Jetzt war alles aus. Er wußte es. Und man sagte ihm, daß man für sie kaum etwas tun könne. Liz würde unter entsetzlichen Qualen sterben. Das war zu schrecklich. Es war ein gräßliches Zerrbild all dessen, was er für die Wirklichkeit gehalten hatte. Am liebsten hätte er jemanden geschüttelt, um die Zusicherung zu erzwingen, daß man das Schicksal abwenden und Liz helfen konnte, zu überleben. Er wünschte sich, daß jemand ihm sagte, daß alles nur ein entsetzlicher Irrtum gewesen war und sie gar nicht an Krebs litt.

Den Kopf auf den Schreibtisch gelegt, ließ Bernie seinen Tränen freien Lauf, und Dr. Johanssen, dem er unendlich leid tat und der sich seiner Hilflosigkeit schämte, wartete geduldig. Nach einer Weile stand er auf und holte ihm ein Glas Wasser. Er reichte es Bernie, sah ihn aus traurigen Augen an und schüttelte den Kopf. »Ich weiß, wie schrecklich es ist, und es tut mir sehr leid. Mr. Fine. Wir werden alles in unseren Kräften Stehende tun. Ich wollte Ihnen nur zu verstehen geben, daß auch uns Grenzen gesetzt sind.«

»Was heißt das?« Bernies Blick war der eines waidwunden Tiers. Er hatte das Gefühl, das Herz würde ihm aus dem Leib gerissen.

»Wir werden mit Tabletten anfangen. Und schließlich werden wir zu Injektionen übergehen – Morphium. Sie wird immer stärkere Dosierungen bekommen, weil wir die Schmerzen möglichst gering halten wollen.«

»Kann ich ihr selbst die Spritzen geben?« Er wollte alles tun, um ihr das Leben zu erleichtern.

»Wenn Sie möchten. Vielleicht werden Sie eine Pflegerin engagieren. Ich weiß, daß Sie zwei Kinder haben.«

Bernie dachte an die Urlaubspläne. »Was meinen Sie... können wir nach Stinson Beach, oder sollen wir lieber näher an der Stadt bleiben?«

»Es wird keinesfalls schaden, wenn Sie an die Küste gehen. Ein Tapetenwechsel kann Ihrer Frau und Ihnen nur guttun, besonders Liz. Bis in die Stadt ist es nur eine halbe Stunde. Ich fahre manchmal selbst hinaus. Tut der Seele gut.«

Bernie nickte verbittert und stellte das Glas ab, das ihm der Arzt gegeben hatte. »Sie ist sehr gern draußen.«

»Dann bringen Sie sie rasch nach Stinson Beach.«

»Und wie steht es mit der Schule?« Plötzlich mußten sie ihr gesamtes Leben neu überdenken. Und es war erst Frühling. Bis zu den Ferien waren es noch zwei Wochen. »Soll sie jetzt schon mit dem Unterricht aufhören?«

»Das soll Liz selbst entscheiden. Schaden kann es ihr nicht, falls Sie das befürchten sollten. Aber wenn sie zu große Schmerzen hat, wird sie ohnehin nicht weitermachen können. Sie soll selbst bestimmen, wie es weitergehen soll.« Er stand auf, und Bernie seufzte tief.

»Was werden Sie Liz sagen? Sagen Sie ihr, daß die Knochen angegriffen sind?«

»Das ist nicht nötig, denke ich. Sie merkt selbst an den Schmerzen das Fortschreiten der Krankheit. Wir brauchen sie mit diesen Schreckensmeldungen nicht zusätzlich zu entmutigen« – er sah Bernie fragend an, »es sei denn, Sie sind der Ansicht, daß wir mit ihr darüber sprechen sollten.«

Bernie schüttelte den Kopf, insgeheim von der Frage bewegt, wie viele schlechte Nachrichten sie noch ertragen konnte oder ob sie die Sache insgesamt falsch angepackt hatten. Vielleicht wäre es besser, wenn er sie nach Mexiko zu einem Heilpraktiker brachte oder wenn sie sich makrobiotisch ernährte oder nach Lourdes pilgerte oder sich an Christian Science wandte. Immer wieder hörte man von Menschen, deren Krebs durch ausgefallene Diäten, durch Hypnose oder durch Glauben geheilt worden war. Was sie bislang versucht hatten, war wirkungslos geblieben. Er wußte aber auch, daß Liz mit diesen Dingen nichts im Sinn hatte. Sie wollte sich nicht verrückt machen lassen und auf der ganzen Welt nach Heilung suchen. Sie wollte zu Hause bei Mann und Kindern bleiben und an der Schule unterrichten, an der sie seit Jahren tätig war. Sie bemühte sich, ein Leben zu führen, das dem Normalzustand weitgehend angepaßt war.

»Na, Liebling, alles in Ordnung?« Angezogen erwartete sie ihn im Zimmer. Sie trug eine neue Perücke, die seine Mutter ihr gebracht hatte. Und diese sah so echt aus, daß er sich selbst fast hätte täuschen lassen. Bis auf die dunklen Ringe unter den Augen und ihre Magerkeit sah sie sehr hübsch aus. Liz trug ein hellblaues Hemdblusenkleid und passende Espandrillos. Das blonde Perückenhaar fiel ihr ähnlich wie ihr eigenes über die Schultern.

»Was hat man dir gesagt?« fragte sie besorgt. Sie wußte genau, daß sich ihre Krankheit verschlimmert hatte. Die Rippen schmerzten sehr stark. Es war ein schneidender Schmerz, den sie nie zuvor empfunden hatte.

»Nicht viel. Nichts Neues. Die Behandlung scheint zu wirken.« Liz sah den Arzt an. »Warum tut mir dann mein Brustkorb so weh?«

»Haben Sie das Baby oft auf den Arm genommen?« Er lächelte, und sie nickte. Sie schleppte Alexander viel herum. Da er noch nicht laufen konnte, wollte er ständig getragen werden.

»Ja.«

»Und wieviel wiegt der Kleine?«

Die Frage zauberte ein Lächeln auf ihre Züge. »Der Kinderarzt will ihn auf Diät setzen. Er wiegt sechsundzwanzig Pfund.«

»Na, ist damit Ihre Frage beantwortet?« Sie war es nicht, doch es war ein tapferer Versuch, für den Bernie sehr dankbar war.

Die Schwester schob die Patientin im Rollstuhl in die Eingangshalle, und Liz verließ das Krankenhaus Arm in Arm mit Bernie. Sie ging sehr langsam, und Bernie fiel auf, daß sie beim Einsteigen ins Auto zusammenzuckte.

»Sind die Schmerzen so stark?« Erst zögerte sie, nickte dann aber. Sie konnte kaum sprechen. »Meinst du, die Lamaze-Atmung würde helfen?« Das war ein glänzender Einfall, und sie versuchten es auf der Heimfahrt. Liz behauptete, die Atemmethode bringe ihr Erleichterung. Sie hatte die Tabletten dabei, die ihr der Arzt verschrieben hatte.

»Ich möchte sie nicht nehmen, ehe es nicht unbedingt nötig ist.«

»Spiel nicht die Heldin.«

»Mr. Fine, Sie sind der Held.« Sie beugte sich zu ihm hinüber und küßte ihn liebevoll.

»Liz, ich liebe dich.«

»Du bist der beste Mann der Welt... es tut mir so leid, daß ich dir solchen Kummer bereite...« Es war für alle sehr schwer, und das wußte sie. Sie verabscheute sich oft selbst, weil sie eine solche Belastung für ihre Umwelt darstellte, und manchmal wurde sie richtig zornig auf all die Menschen, die am Leben bleiben durften.

Bernie brachte sie nach Hause und half ihr die Stufen hinauf. Sie wurden bereits von seiner Mutter und Jane erwartet, die ein ängstliches Gesicht zog, weil es schon spät war. Als sie nach Hause kamen, war es schon vier Uhr, und Jane hatte die Großmama stundenlang mit Fragen gelöchert.

»Sie kommt doch immer mittags nach Hause, Großmama. Ich weiß, daß etwas passiert sein muß.« Sie hatte Ruth dazu gebracht anzurufen, doch inzwischen war Liz schon unterwegs, und als die Haustür aufging, warf Ruth Jane einen triumphierenden Blick zu.

»Siehst du!« Aber Ruth und Jane bemerkten sofort, daß Liz viel schwächer aussah als zuvor und Schmerzen zu haben schien, wenngleich sie das nicht zugab.

Trotz allem weigerte sie sich, ihre Unterrichtstätigkeit ganz aufzugeben. Sie war entschlossen, bis zu den Ferien weiterzumachen, und Bernie ließ sich mit ihr darüber auf keine Debatten ein, obwohl Ruth protestierte und ihm Vorwürfe machte, als sie an ihrem letzten Tag in San Franzisko zu ihm ins Büro kam.

»Sie hat nicht mehr die Kraft für die Schule. Kannst du das nicht sehen?«

»Verdammt, Mom, der Arzt sagte, es könne ihr nicht schaden!« brüllte er sie unvermittelt an.

»Es wird sie umbringen!«

Und plötzlich richtete sich seine ohnmächtige Wut gegen seine Mutter.

»Nein, das wird es nicht! Umbringen wird sie vielmehr dieser verdammte Krebs! Ja, das ist es, was sie töten wird, diese scheußliche Krankheit, die ihren ganzen Körper zerfrißt... die wird sie töten. Es ist völlig egal, ob sie zu Hause sitzt und auf den Tod wartet oder in die Schule geht, ob sie eine chemische Behandlung über sich ergehen läßt oder nicht oder nach Lourdes pilgert... der Krebs wird sie töten.« Die Tränen strömten, als sei ein Damm gebrochen, so daß er nicht weitersprechen konnte. Aufgeregt lief er im Raum auf und ab. Schließlich blieb er mit dem Rücken zu seiner Mutter stehen und starrte aus dem Fenster, ohne etwas wahrzunehmen. »Es tut mir leid.« Es war die Stimme eines gebrochenen Menschen, und Ruth zerriß es fast das Herz, als sie es hörte. Langsam ging sie zu ihm und legte die Hände auf seine Schultern.

»Es tut mir leid... so leid, mein Sohn... das alles sollte gar nicht passieren dürfen!« Er wünschte diese Erfahrung niemandem. Niemandem. Dann drehte er sich langsam um. »Ich muß immer daran denken, was aus dem Baby und aus Jane werden soll... Was werden wir ohne Liz tun?« Wieder kamen ihm die Tränen. Er hatte das Gefühl, monatelang nichts anderes getan zu haben, als zu weinen. Vor einem halben Jahr hatte man die Krankheit entdeckt – ein halbes Jahr war vergangen, seitdem sie in den Abgrund geglitten waren und beteten, daß irgendwoher eine Rettung käme.

»Soll ich noch eine Weile bleiben? Es wäre möglich. Dein Vater hat vollstes Verständnis. Er hat es schon von sich aus vorgeschlagen, als ich ihn gestern anrief. Oder ich könnte die Kinder mitnehmen, das wäre aber vielleicht nicht gut für sie oder für Liz.« Ruth hatte sich zu einer so besonnenen und vernünftigen Person entwikkelt, daß Bernie sich nicht genug wundern konnte. Verschwunden war die Frau, die ihn sein Leben lang mit Berichten über Mrs. Silbermanns Gallensteine verfolgt hatte, die Frau, die mit einem gespielten Herzanfall reagierte, wenn er mit einem Mädchen ausging, das nicht aus einem jüdischen Haus stammte. Mit einem Lächeln dachte er an den Abend im ›Côte Basque‹, als er ihr eröffnet hatte, daß er eine Katholikin namens Elizabeth O'Reilly heiraten wolle.

»Weißt du noch, als ich dir zum erstenmal von Liz erzählte, Mom?« Beide lächelten. Das lag nun zweieinhalb Jahre zurück, und es erschien ihnen wie ein ganzes Menschenleben.

»Ja. Ich hoffe sehr, du vergißt mein Benehmen an diesem Abend.« Die Erinnerung daran entlockte ihm jedoch nur noch ein Lächeln.

»Wie wär's, wenn ich hierbliebe und euch Kindern helfe?« Er war siebenunddreißig und fühlte sich weiß Gott nicht mehr wie ein Kind – eher wie ein Hundertjähriger.

»Mom, ich weiß dein Angebot zu schätzen, ich glaube aber, daß es für Liz sehr wichtig ist, nach Möglichkeit ein ganz normales Leben zu führen. Gleich zu Ferienbeginn richten wir uns im Haus an der Küste ein, und ich werde pendeln. Sechs Wochen nehme ich mir frei, ab Mitte Juli, und wenn es sein muß, bekomme ich auch noch mehr Urlaub. Paul Berman hat sich sehr verständnisvoll gezeigt.«

»Na schön.« Sie nickte geistesabwesend. »Aber wenn ihr mich braucht, komme ich mit der nächsten Maschine. Ist das klar?«

»Ja, Gnädigste.« Er salutierte und umarmte sie. »Jetzt geh und kauf schön ein. Wenn dir Zeit bleibt, könntest du für Liz etwas Nettes besorgen. Sie trägt jetzt große Kindergrößen.«

Es war von Liz praktisch nichts mehr übrig. Sie war von hundertzwanzig Pfund auf fünfundachtzig abgemagert. »Über etwas Neues würde sie sich sehr freuen. Sie hat nicht mehr die Energie, sich selbst etwas auszusuchen.« Für Jane auch nicht mehr, aber er selbst schleppte kartonweise Kindersachen nach Hause. Die Abteilungsleiterin hatte Jane besonders ins Herz geschlossen und hatte Alexander schon mit Geschenken überschüttet, als dieser noch gar nicht geboren war. Im Moment kam Bernie die Aufmerksamkeit, die man den Kindern erwies, sehr zustatten. Er selbst war durch Liz' Krankheit so abgelenkt, daß er befürchtete, keinem der beiden gerecht zu werden. Er hatte das Gefühl, daß er Alexander nicht mehr angesehen hatte, seit dieser sechs Monate alt geworden war, und Jane fuhr er immer häufiger an, nur weil sie da war, obwohl er sie nach wie vor sehr liebte. Beide kamen sich dabei so hilflos vor. Es waren schwere Zeiten für alle. Bernie bedauerte schon, daß er nicht Tracys Vorschlag gefolgt war und die Hilfe eines Psychiaters in Anspruch genommen hatte, aber Liz hätte diesen Vorschlag bestimmt energisch zurückgewiesen.

Der schlimmste Augenblick kam am nächsten Tag, als Ruth sich vor dem Abflug verabschiedete. Es war am Morgen, ehe Liz zur Schule fuhr. Tracy hatte Jane wie jeden Tag schon abgeholt, und Bernie war bereits in die Stadt gefahren. Liz wartete auf den Babysitter, damit sie selbst losfahren konnte, und Alexander machte sein Morgenschläfchen. Liz ging an die Tür, und einen Augenblick standen die beiden Frauen sich schweigend gegenüber, in dem Bewußtsein des endgültigen Abschieds. Als sich ihre Blicke trafen, erkannten beide die Wahrheit. Dann umarmte Liz ihre Schwiegermutter.

»Danke, daß du gekommen bist…«

»Ich wollte mich verabschieden, Liz, ich werde für dich beten.«

»Danke.« Mehr konnte sie nicht sagen, als sie mit Tränen in den Augen Ruth ansah. »Großmama, gib auf die Kinder acht…« Es war nur ein Flüstern… »Und gib auf Bernie acht.«

»Das verspreche ich. Gib du auf dich selbst acht. Tu alles, was man dir sagt.« Sie umfaßte die schmalen Schultern und nahm plötzlich wahr, daß Liz das Kleid trug, das sie ihr am Tag zuvor gebracht hatte. »Wir haben dich lieb, Liz… sehr lieb…«

»Ich habe dich auch lieb.« Sie standen umschlungen da, dann löste sich Ruth aus der Umarmung und wandte sich nach einem letzten Winken um. Liz blieb im Eingang stehen und sah dem Taxi nach. Ruth winkte, solange Liz zu sehen war.

Kapitel 21

Liz schaffte es tatsächlich, bis zum Ferienbeginn in der Schule durchzuhalten – eine Leistung, die Bernie und dem Arzt unglaublich erschien. Sie mußte jetzt jeden Nachmittag Demerol nehmen, und Jane beklagte sich, daß ihre Mutter die ganze Zeit schlief. Es waren Vorwürfe, die ihrer Hilflosigkeit entsprangen. In Wahrheit beklagte sie das langsame Sterben ihrer Mutter.

Am letzten Schultag zog Liz eines der neuen Kleider an, die Ruth ihr geschenkt hatte. Ruth rief sehr oft an, plauderte mit ihr und erheiterte sie mit Histörchen über die Leute in Scarsdale.

Am letzten Tag brachte Liz Jane selbst zur Schule, und Jane war selig. Ihre Mutter sah so schön wie früher aus und wirkte auch einigermaßen fit, nur war sie dünner und ihre Augen größer. Am nächsten Tag wollten sie nach Stinson Beach in die lange herbeigesehnten Ferien fahren. Jane betrat in einem rosa Kleid und schwarzen Lackschuhen – Sachen, die sie mit Großmama Ruth für diese Gelegenheit ausgesucht hatte – das Klassenzimmer. Ehe die Kinder in die Ferien entlassen wurden, gab es eine kleine Party mit Kuchen, Plätzchen und Milch.

Als Liz ihre Klasse betrat, schloß sie leise die Tür und drehte sich zu ihren Schülern um. Alle waren sie da, einundzwanzig kleine saubere, leuchtende Gesichter, strahlende Augen, in denen sich erwartungsvolles Lächeln spiegelte. Liz wußte, daß sie geliebt wurde. Ebenso sicher wußte sie, daß sie die Schüler liebte. Und jetzt mußte sie ihnen Lebewohl sagen. Sie war nicht imstande, sie einfach zu verlassen und ohne eine Erklärung zu verschwinden. Entschlossen drehte sie sich um und zeichnete mit rosa Kreide ein großes Herz auf die Tafel. Alles lachte.

»Allen einen schönen Valentinstag!« Sie sah heute sehr glücklich aus und war es auch, denn sie hatte etwas vollbracht, das ihr viel bedeutete. Es war ihr Geschenk an die Kinder, an sich selbst und Jane.

»Heute ist nicht Valentinstag!« verkündete Bill Hitchcock. »Es ist Weihnachten!« Dieser Sprücheklopfer! Liz lachte.

»Unsinn. Heute ist mein Valentinstag für euch. Heute sage ich euch, wie lieb ich euch habe.« Sie spürte, wie ihr die Kehle eng wurde, und kämpfte gegen die Tränen an. »Seid bitte ganz still. Ich habe ein kleines Valentinsgeschenk für alle... und dann feiern wir eine Party... vor der anderen Party!«

Damit war die Neugierde der Kinder geweckt, die sich in Anbetracht des Umstandes, daß es der letzte Schultag war, geradezu musterhaft still verhielten. Sie rief sie der Reihe nach auf und überreichte jedem ein Geschenk, eine Kleinigkeit, die dem Betreffenden sagte, was sie an ihm besonders schätzte, seine Fähigkeiten, seine besten Eigenschaften und was er geleistet hatte, auch wenn er nur den Spielplatz schön gefegt hatte. Und sie erinnerte alle an den gemeinsam erlebten Spaß, und jedes Geschenk war mit Ausschnitten, Bildern und komischen Sprüchen bedeckt, die jedem Kind etwas bedeuteten. Die Kinder saßen da, ein wenig verlegen, und hielten die Valentinsandenken wie ein seltenes Kleinod fest. Es hatte Wochen gedauert und Liz' letzte Kraft gekostet, sie zu basteln.

Sodann zauberte sie zwei Tabletts mit herzförmigen Napfkuchen und dazu ein Tablett mit hübsch dekorierten Plätzchen hervor. Das hatte sie für alle gemacht und nicht einmal Jane etwas davon verraten. Sie hatte behauptet, es sei für die allgemeine Party. Für diese hatte sie natürlich auch etwas fabriziert, aber das hier war etwas Besonderes. Es war für ›ihre‹ Klasse.

»Und als letztes möchte ich euch sagen, wie sehr ich euch liebhabe und wie stolz ich bin, daß ihr das ganze Jahr über so fabelhaft gelernt habt... ich weiß, wie gut ihr euch in der dritten Klasse bei Mrs. Rice bewähren werdet.«

»Werden Sie nicht mehr dasein, Mrs. Fine?« ließ sich ein Piepsstimmchen aus der letzten Reihe vernehmen. Ein kleiner schwarzhaariger und dunkeläugiger Junge sah sie betrübt an, das Valentinsandenken in einer Hand, den Kuchen, der so hübsch war, daß keiner ihn essen wollte, in der anderen.

»Nein, Charlie, ich werde nicht mehr dasein. Ich werde für eine Weile fortgehen.« Jetzt kamen die Tränen. »Ihr werdet mir alle sehr fehlen. Aber eines Tages werde ich euch wiedersehen... jeden von euch. Denkt daran...« Sie atmete tief durch und ließ ihren Tränen freien Lauf. »Und wenn ihr meine Jane seht, dann gebt ihr von mir einen Kuß.« Aus der ersten Reihe ertönte lautes Schluchzen. Es war Nancy Farrell, die aufstand, nach vorne lief und Liz die Arme um den Nacken schlang.

»Bitte, gehen Sie nicht fort, Mrs. Fine... Wir haben Sie so lieb...«

»Nancy, es geht nicht anders. Wirklich nicht... ich muß...« Und dann kamen sie, einer nach dem anderen, und sie gab jedem Kind einen Kuß und drückte alle an sich. »Ich liebe euch. Jeden von euch.« Da ertönte die Schulglocke, und sie holte tief Luft und sah sie an. »Ich glaube, es ist Zeit, daß wir auf die Party gehen.« Aber die richtige Unbeschwertheit wollte sich nicht einstellen, und Billy Hitchcock fragte, ob sie sie wenigstens noch besuchen würde. »Wenn ich es schaffe, Billy.« Er nickte, und sie gingen ordentlich in einer Reihe hinaus in die Halle, ordentlicher als das ganze Jahr über, die Süßigkeiten und Andenken in kleinen Tüten. Alle sahen Liz an, und sie lächelte. Sie würde für immer Teil von ihnen sein. Als sie dastand und ihre Schar betrachtete, kam Tracy vorüber. Sie spürte, was los war. Vor allem aber wußte sie, daß der letzte Tag in der Schule für Liz sehr schwer sein würde.

»Na, wie ist es gelaufen?« fragte sie im Flüsterton.

»Gut, denke ich.« Liz putzte sich die Nase und wischte über ihre Augen.

»Hast du es ihnen gesagt?« Ihre Freundin umfaßte liebevoll ihre Schultern.

»Mehr oder weniger. Ich sagte, daß ich fortgehe. Aber ich glaube, es war deutlich genug. Manche haben es verstanden.«

»Ich finde, daß du sehr tapfer bist. Dieser Abschied ist besser, als einfach aus ihrem Leben zu verschwinden.«

»Das hätte ich nicht fertiggebracht.« Das konnte sie niemandem antun. Deswegen hatte sie es zu schätzen gewußt, daß Ruth auf dem Weg zum Flughafen noch einmal bei ihr vorbeigeschaut hatte. Die Zeit des endgültigen Abschiednehmens war gekommen, und sie wollte nicht darauf verzichten. Auch der Abschied von den Kollegen war nicht einfach. Sie war völlig niedergeschlagen, als sie mit Jane am späteren Vormittag nach Hause fuhr. Jane war so still, daß Liz es mit der Angst zu tun bekam. Womöglich hatte sie von ihrer Valentinsparty gehört und war nun böse auf sie. Jane wollte die Wahrheit noch immer nicht akzeptieren.

»Mami?« So ernst hatte Liz ihre Tochter noch nie gesehen, als sie vor dem Haus den Zündschlüssel herauszog.

»Ja, mein Liebes?«

»Es geht dir noch immer nicht besser, nicht wahr?«

»Vielleicht ein bißchen besser.« Liz wollte so tun, als ob – Jane zuliebe, doch beide wußten, daß sie log.

»Gibt es denn keine spezielle Medizin, die dir hilft?« Schließlich war Liz ja auch ein ganz spezieller Mensch. Jane war acht und stand im Begriff, die Mutter zu verlieren, die sie liebte. Wieso konnte niemand ihr helfen?

»Ich fühle mich ganz gut.« Jane nickte, doch die Tränen liefen ihr über die Wangen, als Liz heiser flüsterte: »Es tut mir so leid, daß ich dich verlassen muß. Aber ich werde immer in deiner Nähe sein und dich behüten, dich und Daddy und Alex.« Jane warf sich in die Arme ihrer Mutter, und es dauerte lange, bis sie ausstiegen und Arm in Arm ins Haus gingen. Jane wirkte fast erwachsener als ihre Mutter.

Am Nachmittag kam Tracy, die Jane auf ein Eis und einen Spaziergang im Park ausführen wollte, und Jane ging mit leichterem Schritt, als Liz sie seit Monaten gesehen hatte, aus dem Hause. Sie selbst fühlte sich besser und dem Kind näher. Leichter war es nicht, doch es war irgendwie besser.

Als sie allein war, setzte sie sich mit vier Bogen Papier hin und schrieb an jeden einen Brief, keinen langen, doch sie schrieb all ihren Lieben, wie sehr sie an sie dachte und wieviel sie ihr bedeuteten und wie leid es ihr täte, sie zu verlassen. Ein Brief für Bernie, für Ruth, für Jane und Alexander. Für ihn fiel es ihr am schwersten, weil er sie nie richtig kennenlernen würde.

Sie steckte die Briefe in die Bibel, die sie in einer der Kommodenladen aufbewahrte, und fühlte sich nachher sehr erleichtert, weil sie dieses lange geplante Vorhaben ausgeführt hatte. Als Bernie an jenem Abend nach Hause kam, packten sie für Stinson Beach und fuhren am nächsten Morgen in Hochstimmung los.

Kapitel

22

Drei Wochen später hatte sie einen Termin für die nächste Chemotherapie in der Stadt. Am Tag zuvor eröffnete sie Bernie, daß sie diese Behandlung auslassen wolle. Zunächst war er am Boden zerstört, dann aber rief er Johanssen an und bat ihn um Rat.

»Sie sagt, daß sie hier draußen glücklich ist und in Ruhe hierbleiben möchte. Heißt das, daß sie aufgibt?« Bernie hatte mit dem Anruf gewartet, bis Liz mit Jane spazierengegangen war. Sie gingen immer ans Wasser, setzten sich in den Sand und beobachteten die Brandung. Manchmal schleppte Jane das Baby mit. Liz hatte im Urlaub keine Hilfe haben wollen. Sie kochte noch immer selbst und versorgte Alexander, so gut es ging. Und schließlich war Bernie da, der ihr zur Hand ging, und Jane tat nichts lieber, als ihr mit Alexander zu helfen.

»Könnte sein«, antwortete der Arzt. »Aber ich kann nicht behaupten, daß es einen Sinn hätte, sie zu zwingen und die Behandlung fortzuführen. Es kann ihr nicht schaden, wenn sie diesen Termin ausläßt. Warum verschieben wir die Behandlung nicht auf nächste Woche?«

Nachmittags gestand Bernie Liz, daß er mit dem Arzt gesprochen hatte, und sie schalt ihn aus, lachte aber dabei. »Auf deine alten Tage wirst du ein Heimlichtuer, weißt du das?« Sie beugte sich zu ihm und küßte ihn. Er dachte an die vielen glücklichen Aufenthalte hier und an das erste Mal, als er sie hier besucht hatte.

»Daddy, weißt du noch, wie du mir die Badesachen geschickt hast? Die habe ich immer noch!« Jane liebte die Sachen über alles und wollte sich nicht von ihnen trennen, obwohl sie längst aus ihnen herausgewachsen war. Die Kleine war bald neun. Alexander war vierzehn Monate, und an dem Tag, an dem Liz die Chemotherapie ausließ, fing er zu laufen an. Er krabbelte den Strand entlang, richtete sich auf und kam dann unsicher und fröhlich krähend auf Liz zu, während alle lachten. Liz sah Bernie triumphierend an.

»Siehst du, wie gut es war, daß wir nicht in die Stadt gefahren sind!« Sie war nicht abgeneigt, den Termin in der kommenden Woche wahrzunehmen. »Vielleicht«, sagte sie. Sie hatte nun die meiste Zeit über Schmerzen, kam aber mit ihren Tabletten aus. Zu Spritzen wollte sie noch keine Zuflucht nehmen. Sie fürchtete, daß die stärkeren Mittel – zu früh eingenommen – im Ernstfall nicht mehr wirken würden. Sie war Bernie gegenüber in dieser Beziehung ganz offen.

An dem Abend des Tages, an dem das Baby laufen lernte, fragte er sie, ob sie Bill und Marjorie Robbins einladen sollten. Er rief die beiden an, doch sie waren ausgegangen. Deshalb telefonierte sie mit Tracy, nur so zum Plaudern. Sie unterhielten sich lange und lachten viel. Und als Liz auflegte, lächelte sie. Sie hing sehr an Tracy.

Am Samstag abend gab es zum Dinner das Lieblingssteak der Familie. Das Grillen übernahm Bernie, und Liz machte die Folienkartoffeln, Spargel und Sauce hollandaise und als Dessert Eis mit heißer Himbeersoße. Alexander stürzte sich kopfüber ins Dessert und verschmierte es übers ganze Gesicht, was alle zum Lachen brachte. Er hatte seine Sauce nicht heiß bekommen, damit er sich nicht verbrannte, und Jane erinnerte Bernie an das Bananeneis, zu dem er sie eingeladen hatte, als sie bei Wolff verlorengegangen war. Es war die Zeit des Erinnerns für alle... Hawaii... die Flitterwochen zu dritt... die Hochzeit... der erste Sommer in Stinson Beach... die erste Parisreise... Liz redete den ganzen Abend.

Am nächsten Morgen hatte sie solche Schmerzen, daß sie nicht aufstehen konnte. Bernie bat Johanssen, zu kommen und nach ihr zu sehen. Bemerkenswerterweise tat er es, und Bernie war ihm dankbar. Der Arzt gab Liz eine Morphiuminjektion, und sie schlief lächelnd ein, um am Spätnachmittag zu erwachen. Tracy war gekommen, um Bernie mit den Kindern zu helfen. Sie lief mit ihnen den Strand entlang, Alexander in einem Sitz, den sie auf dem Rükken trug und den sie sich eigens für diese Gelegenheit besorgt hatte.

Der Arzt hatte Morphium für Liz dagelassen, und Tracy wußte, wie die Spritzen zu geben waren. Es war ein wahrer Segen, sie im Haus zu haben. Zum Abendessen wachte Liz gar nicht auf. Die Kinder aßen schweigend und gingen zu Bett. Um Mitternacht rief Liz plötzlich nach Bernie.

»Liebling?... Wo ist Jane?« Er hatte gelesen und war erstaunt, wie munter Liz wirkte. Sie sah tatsächlich aus, als wäre sie den ganzen Tag wohlauf gewesen und hätte keine Schmerzen gehabt. Es war eine Erleichterung, sie so fröhlich zu sehen. Sie kam ihm auch nicht mehr so dünn wie vorher vor, und er fragte sich schon, ob dies der Anfang einer Verlangsamung des Krankheitsverlaufes war. In Wahrheit war es der Anfang von etwas anderem, doch das wußte er nicht.

»Jane ist im Bett, mein Schatz. Möchtest du etwas essen?« Sie sah so wohl aus, daß er dachte, sie müsse Hunger haben, weil sie eine Mahlzeit ausgelassen hatte, doch sie schüttelte lächelnd den Kopf.

»Ich möchte Jane sehen.«

»Jetzt?«

Liz nickte und machte dabei ein sehr ernstes Gesicht. Bernie, der sich ein wenig albern vorkam, zog seinen Bademantel an und schlich auf Zehenspitzen durchs Wohnzimmer und an der auf der Couch schlafenden Tracy vorüber. Sie hatte sich entschlossen zu bleiben, für den Fall, daß Liz in der Nacht eine Spritze brauchte oder Bernie am Morgen bei den Kindern Hilfe benötigte.

Jane bewegte sich, als er ihr erst einen Kuß aufs Haar drückte und dann auf die Wange. Sie machte ein Auge auf und blinzelte Bernie an. »Hallo, Daddy«, raunte sie verschlafen, bevor sie sich sofort ruckartig aufsetzte. »Geht es Mami gut?«

»Ja, sehr gut. Du fehlst ihr. Möchtest du kommen und ihr einen Kuß geben?« Jane freute sich, daß sie zu einer so wichtigen Angelegenheit gerufen wurde. Sie stand auf und folgte ihrem Vater ins Schlafzimmer. Liz war hellwach und wartete schon.

»Hallo, Baby.« Sie sprach mit sonderbar klarer Stimme, und in ihren Augen schimmerte es, als Jane sich über sie beugte und sie küßte. Nie war ihre Mutter ihr schöner erschienen und vor allem gesünder.

»Mami! Geht's dir besser?«

»Viel besser.« Sie hatte nicht einmal mehr Schmerzen. Im Moment tat ihr gar nichts weh. »Ich wollte dir nur sagen, daß ich dich liebhabe.«

»Kann ich zu dir ins Bett?« Jane fragte das mit hoffnungsvoller Miene, und Liz schlug lächelnd die Decke zurück.

»Sicher.« Erst jetzt sah man, wie entsetzlich dünn sie war. Nur im Gesicht sah sie aus, als wäre sie wieder bei Kräften – zumindest im Moment.

Sie flüsterten und wisperten eine Weile, bis Jane einschlief, nachdem sie noch einmal die Augen geöffnet und Liz zugelächelt hatte, die ihr sagte, wie sehr sie sie liebte. Dann schlief sie in den Armen ihrer Mutter ein, und Bernie trug sie leise in ihr eigenes Bett zurück. Als er wiederkam, war Liz aufgestanden. Er suchte im Bad nach ihr, da war sie nicht, und dann hörte er sie in dem neben ihrem Schlafzimmer gelegenen Raum. Er traf sie über Alexanders Bettchen gebeugt an und beobachtete, wie sie liebevoll über die blonden Locken des Kleinen strich. »Gute Nacht, du Süßer...« Er war ein so wunderhübsches Baby. Auf Zehenspitzen schlich sie unter Bernies besorgten Blicken in ihr Zimmer zurück.

»Du solltest versuchen zu schlafen, Liebes, sonst bist du morgen zu erschöpft.« Aber Liz sah munter und lebendig aus, sie schmiegte sich in seine Arme, und sie unterhielten sich im Flüsterton. Bernie hielt sie fest, streichelte ihre Brust, und sie schnurrte vor Behagen und sagte ihm, wie sehr sie ihn liebte. Es war, als strecke sie die Hände nach allem aus und klammere sich ein letztes Mal an das Leben, bevor sie sich selbst von allem löste. Als die Sonne aufging, schlief sie ein. Fast die ganze Nacht hatte sie sich mit Bernie unterhalten, und er nickte mit ihr gemeinsam ein. Er hielt sie fest an sich gedrückt und fühlte ihre Wärme neben sich. Noch einmal schlug sie die Augen auf und sah, daß er schlief. Da lächelte sie und schloß die Augen. Und als Bernie am nächsten Morgen aufwachte, war sie nicht mehr. Sie war in aller Stille gestorben, im Schlaf – in seinen Armen. Sie hatte noch allen Lebewohl gesagt, bevor sie sie verlassen hatte. Lange, lange stand er da und betrachtete sie traurig. Kaum zu glauben, daß sie nicht nur schlief. Zunächst hatte er sie geschüttelt... nach ihrer Hand gefaßt... und dann in ihr Gesicht... und da hatte er es gewußt, und ein lautes Schluchzen entrang sich seiner Brust. Er versperrte die Schlafzimmertür von innen, damit niemand herein konnte. Dafür öffnete er die Schiebetüren, die auf den Strand hinausführten. Er trat hinaus, schloß die Türen und lief – weit, weit weg. Er spürte sie neben sich... laufen... laufen... und laufen.

Als er zurückkam, ging er in die Küche. Tracy war eben dabei, den Kindern das Frühstück zu geben. Er sah sie an, und sie fing zu schwatzen an, und plötzlich merkte sie, was los war, hielt inne und sah ihn fragend an. Er nickte und sah auf Jane hinunter, setzte sich neben sie und nahm sie in die Arme, um ihr das Schlimmste zu sagen, was sie je von ihm oder jemandem anderen hören würde.

»Mami ist weggegangen, Liebling.«

»Weg? Wohin?... Wieder ins Krankenhaus?...« Sie rückte ein Stück von ihm ab, damit sie ihm ins Gesicht sehen konnte, und dann holte sie tief Luft, als sie begriff. Sie fing in seinen Armen zu weinen an. Es war ein Morgen, den sie ihr Leben lang nie vergessen würden.

Kapitel

23

Nach dem Frühstück brachte Tracy die Kinder nach Hause, und zu Mittag kamen bereits die Leute von dem Bestattungsinstitut. Bernie saß allein im Haus und wartete. Die Schlafzimmertür war noch immer versperrt. Schließlich ging er von außen durch die Schiebetüren und setzte sich zu Liz, hielt ihre Hand und wartete, daß die Leute kämen. Es war das letzte Mal mit ihr allein, das letzte Mal, daß sie im Bett lag, das letzte Mal überhaupt... Es hat keinen Sinn, sich zu quälen, sagte er sich ständig vor. Sie war von ihm gegangen. Doch als er auf sie niedersah und ihre Finger küßte, hatte er nicht das Gefühl, daß sie tatsächlich fort war. Sie war Teil seines Lebens und seiner Seele. Und er wußte, daß es immer so sein würde. Er hörte den Wagen des Bestattungsinstituts vorfahren, sperrte die Tür auf und empfing die Leute. Wie man Liz zudeckte und aus dem Haus schaffte, konnte er nicht mitansehen. Unterdessen besprach er im Wohnzimmer mit einem Angestellten alle Einzelheiten. Er sagte ihm, daß er gegen Abend in der Stadt sein würde. Er mußte noch das Haus aufräumen und abschließen. Der Mann nickte und gab Bernie seine Karte. Man würde ihm nach Möglichkeit alles abnehmen und erleichtern. Erleichtern! Was war leicht, wenn man seine Frau verlor, die Frau, die man liebte, die Mutter seiner Kinder?

Tracy hatte an seiner Stelle Dr. Johanssen angerufen, während Bernie die Hauseigentümer benachrichtigte. Er hatte vor, das Haus noch am Nachmittag aufzugeben, da er nicht mehr zurückkommen wollte. Es wäre für ihn zu schmerzlich gewesen. Und plötzlich mußte er sich um so viele Einzelheiten kümmern, von denen keine einzige wirklich wichtig war. Der Mann vom Bestattungsunternehmen tat so, als sei es von Bedeutung, ob der Sarg aus Mahagoni, aus Metall oder Pinienholz war, in Rosa, Blau oder Grün ausgeschlagen. Wen kümmerte das schon! Sie war nicht mehr hier... drei Jahre nur, und alles war vorüber... er hatte Liz verloren. Sein Herz lag ihm wie ein Stein in der Brust, als er Janes Sachen in eine Tasche warf und Alexanders Sachen in eine andere... und das Schubfach aufzog, in dem er die Perücken fand. Und plötzlich setzte er sich hin und fing zu weinen an. Es schien ihm, als ob er nie wieder aufhören konnte zu weinen. Er blickte zum Himmel empor und aufs Meer und rief: »Warum, o Gott? Warum?!« Niemand gab ihm Antwort. Das Bett war jetzt leer. Sie war fort. Sie war in der vorangegangenen Nacht aus seinem Leben verschwunden, nachdem sie ihn geküßt hatte und ihm für das gemeinsame Leben und das gemeinsame Kind gedankt hatte. Er hatte sie trotz aller seiner Bemühungen nicht zurückhalten können.

Als er mit dem Packen fertig war, rief er seine Eltern an. Mittlerweile war es zwei Uhr, und seine Mutter hob ab. In New York war es höllisch heiß, nicht einmal die Klimaanlage brachte Erleichterung. Sie war mit Bekannten in der Stadt verabredet und dachte nun, diese würden anrufen, um zu sagen, daß sie sie erst später abholten.

»Hallo?«

»Hallo, Mom.« Er war so niedergeschlagen, daß er kaum noch die Energie aufbrachte, mit ihr zu sprechen.

»Liebling, ist etwas passiert?«

»Ich...« er nickte, ja, dann nein, und dann kamen wieder die Tränen. »Du sollst wissen...« Er brachte die Worte nicht über die Lippen. Er war wieder fünf Jahre alt, und seine Welt war untergegangen... »Liz... Mutter...« Er schluchzte wie ein Kind, und sie fing ebenfalls zu weinen an. »Sie ist gestorben... letzte Nacht...« Er konnte nicht weitersprechen, und Ruth gab dem neben ihr stehenden Lou ein Zeichen.

»Wir kommen sofort.« Sie warf einen Blick auf die Uhr, auf ihren Mann und auf ihr Dinnerkleid. Tränen strömten über ihre Wangen – in Gedanken bei dem Mädchen, das er geliebt hatte, die Mutter ihres Enkelkindes. Es war unvorstellbar, daß Liz nun tot sein sollte, und es war nicht recht. Es drängte sie, Bernie in die Arme zu nehmen. »Wir kommen mit der nächsten Maschine.« Sie gestikulierte heftig, doch Lou verstand sofort, und schließlich ließ Ruth es zu, daß er ihr den Hörer aus der Hand nahm.

»Mein Sohn, wir fühlen mit dir. Wir kommen, sobald es sich machen läßt.«

»Gut... gut... ich...« Er wußte nicht, was man sagte, was man tat... er wollte weinen und schreien, mit den Füßen um sich treten und Liz zurückholen. Aber sie würde nie wieder zu ihm zurückkommen. Niemals. »Ich kann nicht...« Und doch konnte er. Er mußte. Er mußte jetzt an seine beiden Kinder denken. Er war allein. Sie waren alles, was ihm geblieben war.

»Wo bist du, Bernard?« Lou war in größter Sorge um seinen Sohn.

»Noch in Stinson Beach.« Bernie atmete tief durch. Er hielt es nicht mehr in dem Haus aus, in dem ihm der liebste Mensch gestorben war. Er konnte es kaum erwarten wegzukommen und war froh, daß das Gepäck schon im Wagen war. »Es ist hier passiert.«

»Bist du allein?«

»Ja... ich habe Tracy mit den Kindern nach Hause geschickt. Man hat... Liz vor einer Weile geholt.« Er schluckte. »Man hat sie mit einem Bahrtuch zugedeckt... auch das Gesicht, den Kopf...« Der Gedanke daran bereitete ihm Übelkeit. »Ich muß jetzt losfahren und mich um alles kümmern.«

»Wir werden versuchen, abends bei dir zu sein.«

»Ich möchte bei ihr bleiben, dort wo sie aufgebahrt ist.« So wie er mit ihr im Krankenhaus geblieben war. Er wollte sie bis zur Beerdigung nicht verlassen.

»In Ordnung. Wir kommen so bald wie möglich.«

»Danke, Dad.«

Wieder klang er wie ein kleiner Junge, und seinem Vater brach beinahe das Herz, als er auflegte und sich zu Ruth umdrehte, die lautlos vor sich hinschluchzte. Er nahm sie in die Arme, während auch ihm die Tränen über die Wangen rannen. Er weinte um seinen Jungen, der eine Tragödie durchlebte. Liz war eine so liebe Frau gewesen. Sie alle hatten sie ins Herz geschlossen.

Sie sagten die Dinnerverabredung mit ihren Freunden ab und schafften es, die Neun-Uhr-Maschine zu erreichen. Um Mitternacht Ortszeit trafen sie in San Franzisko ein. Das war für sie drei Uhr morgens, doch Ruth hatte während des Fluges ein wenig gedöst und wollte sofort zu der Adresse fahren, die Bernie ihnen angegeben hatte.

Er saß in der Leichenhalle des Bestattungsinstitus neben dem geschlossenen Sarg seiner Frau. Er hätte es nicht ertragen, sie ansehen zu müssen. So wie es war, war es schlimm genug. Er war allein in der leeren Halle. Alle anderen Trauernden waren schon vor Stunden nach Hause gegangen. Nur zwei ernste Männer in Schwarz waren da, um den Fines die Tür zu öffnen, als sie um ein Uhr morgens eintrafen. Ihr Gepäck hatten sie unterwegs im Hotel abgeliefert. Ruth trug ein schlichtes schwarzes Kostüm mit schwarzer Bluse und dazu schwarze Schuhe. Der Vater war im dunkelgrauen Anzug mit schwarzer Krawatte gekommen. Bernie, ebenfalls in grauem Anzug mit schwarzer Krawatte, wirkte älter als siebenunddreißig. Er war zuvor nach Hause zu den Kindern gefahren und dann erst hierhergekommen. Jetzt bat er seine Mutter, im Haus zu bleiben, damit jemand da war, wenn die Kinder am Morgen erwachten. Sein Vater wollte die Nacht mit ihm am Sarg verbringen.

Sie sprachen nur wenig. Am Morgen fuhr Bernie nach Hause, um zu duschen und sich umzuziehen, während sein Vater sich ins Hotel bringen ließ. Ruth machte das Frühstück, während Tracy Anrufe erledigte. Sie wußte bereits, daß Paul Berman um elf ankommen würde, um an der um die Mittagszeit stattfindenden Beerdigung teilzunehmen. Jüdischer Tradition folgend, sollte Liz noch am gleichen Tag beerdigt werden.

Ruth hatte für Jane ein weißes Kleidchen ausgewählt. Alexander würde mit einer Babysitterin, die Liz schon einige Male beschäftigt hatte, zu Hause bleiben. Er begriff noch nicht, was um ihn herum vor sich ging und lief auf wackligen Beinchen um den Tisch und rief: »Mama, Mama«, und Bernie bekam wieder einen Weinkrampf. Ruth, die ihren Sohn zu beruhigen versuchte, riet ihm, sich eine Weile hinzulegen, doch er setzte sich zu Jane an den Tisch.

»Na, mein Schatz, wie geht's dir?« Aber wie konnte es ihr unter diesen Umständen schon gehen? Doch er mußte mit ihr sprechen. Er fühlte sich jedenfalls elend, und das wußte sie. Alle waren traurig. Mit einem Achselzucken schob sie ihre kleine Hand in die seine. Wenigstens stellten sie sich nicht mehr dauernd die Frage, warum das Schicksal gerade sie so hart getroffen hatte. Es war passiert, und sie mußten damit leben. Liz war nicht mehr. Und sie wollte, daß sie weiterlebten. Davon war er überzeugt. Aber wie? Das war die alles beherrschende Frage.

Er ging ins Schlafzimmer, um die Bibel zu holen, in der Liz hin und wieder gelesen hatte. Er erwog, den dreiundzwanzigsten Psalm bei der Beerdigung vorlesen zu lassen. Als er das Buch aus dem Schubfach nahm, merkte er, daß es dicker als gewöhnlich war, und gleich darauf fielen die vier Briefe heraus. Bernie bückte sich nach ihnen und sah sofort, was es war. Wieder mußte er weinen, als er den an ihn gerichteten Brief las, und er rief Jane, damit sie den für sie bestimmten lesen konnte. Dann übergab er seiner Mutter das ihr zugedachte Schreiben. Den an Alexander gerichteten Brief würde er erst sehr viel später weitergeben. Bernie wollte ihn aufbewahren, bis Alexander alt genug war, um ihn zu verstehen.

Es war ein Tag ununterbrochenen Schmerzes und ständiger Erinnerungen. Bei der Beerdigung stand Paul Berman neben Bernie, der Jane an der Hand hielt. Lou hielt Ruths Arm, und alle weinten, als Freunde, Nachbarn und Kollegen sich um sie versammelten. Liz würde ihnen allen fehlen, sagte die Rektorin der Schule, und Bernie war gerührt, daß auch so viele seiner Mitarbeiter von Wolff gekommen waren. Viele Menschen hatten Liz geliebt und würden sie vermissen... am meisten aber er und die Kinder, die sie hinterlassen hatte. »Eines Tages werden wir uns wiedersehen«, hatte sie allen versprochen. Sie hatte es ihren Schülern am letzten Schultag gesagt... es ihnen versprochen... an dem Tag, den sie Valentinstag genannt hatte. Bernie hoffte, sie würde recht behalten, denn er wollte sie wiedersehen... er wünschte es sich verzweifelt... aber zunächst mußte er zwei Kinder großziehen... Er drückte Janes Hand, während sie dastanden, den Worten des dreiundzwanzigsten Psalmes lauschten, und er sich wünschte, Liz wäre bei ihnen, sie wäre geblieben... tränenblind und von Sehnsucht nach ihr verzehrt. Doch Elizabeth O'Reilly war nicht mehr. Sie war für immer von ihnen gegangen.

Kapitel 24

Bernies Vater mußte zurück nach New York, Ruth aber blieb drei Wochen und bestand darauf, die Kinder für eine gewisse Zeit mitzunehmen, wenn sie nach Hause fuhr. Mittlerweile war es fast August geworden, und sie hatten sonst nichts vor. Bernie mußte wieder arbeiten, und Ruth war insgeheim der Meinung, daß ihm die Beschäftigung guttun würde. Das Haus in Stinson Beach hatten sie ohnehin aufgegeben, die Kindern hatten also nichts anderes zu tun, als mit einer Babysitterin im Haus zu bleiben, während er im Büro war.

»Du mußt dein Leben wieder in den Griff bekommen, Bernard.« Sie war wunderbar gewesen, langsam aber gerieten sie wieder öfter aneinander. Er war voller Zorn auf das Leben und auf das Schicksal, das ihm zugedacht worden war, und diesen Zorn versuchte er an anderen auszulassen, und seine Mutter war das nächste Ziel.

»Was, zum Teufel, soll das heißen?« Die Kinder waren im Bett, und sie hatte ein Taxi bestellt, das sie ins Hotel bringen sollte. Sie wohnte noch immer im ›Huntington‹. Sie wußte, daß er täglich eine gewisse Zeit des Alleinseins brauchte, und bei ihr war es ähnlich. Es war für sie eine echte Erleichterung, ins Hotel zurückzufahren, nachdem die Kinder zu Bett gebracht worden waren.

Jetzt aber funkelte er sie wütend an. Er war in Kampfstimmung, und sie wollte sich nicht mit ihm anlegen.

»Du willst wissen, was es heißt? Meiner Meinung nach solltest du aus diesem Haus ausziehen. Es wäre der ideale Zeitpunkt für eine

Rückkehr nach New York. Falls das noch nicht möglich ist, dann sieh wenigstens zu, daß du aus dem Haus herauskommst. Hier ist für euch alles voller Erinnerungen. Jane kriecht jeden Tag in den Wandschrank ihrer Mutter und riecht ihr Parfum. Jedesmal, wenn du ein Schubfach aufziehst, liegt ein Hut, eine Tasche oder eine Perücke da. Das kannst du dir auf die Dauer nicht antun. Also zieh hier aus.«

»Wir bleiben.« Es sah aus, als wolle er mit dem Fuß aufstampfen. Doch seiner Mutter war es ernst.

»Bernard, du bist ein Dummkopf. Du quälst die Kinder und dich.« Sie versuchten, sich an Liz festzuklammern, und das war eine zusätzliche Belastung.

»Das ist lächerlich. Das ist unser Haus, und wir ziehen nicht um.«

»Du hast es nur gemietet. Was ist denn schon so Wundervolles an diesem Haus?«

Wundervoll war, daß Liz hier gelebt hatte, und er war noch nicht bereit, dies alles hinter sich zu lassen, egal was die Leute sagten oder wie selbstzerstörerisch es sein mochte. Er wollte nicht, daß jemand die Sachen von Liz anfaßte oder daß auch nur ihre Nähmaschine weggerückt wurde. Ihr Kochgeschirr stand am gewohnten Platz. Tracy hatte seinerzeit bei dem Tod ihres Mannes genauso empfunden, wie sie Ruth vor ein paar Tagen bei einem Besuch klarzumachen versuchte. Zwei Jahre hatten vergehen müssen, ehe sie imstande gewesen war, die Sachen ihres Mannes wegzugeben. Ruth regte sich über diese Haltung sehr auf, die allen nur schadete. Und sie hatte recht. Aber Bernie zeigte sich unnachgiebig. »Dann gib mir wenigstens für ein paar Wochen die Kinder mit nach New York. Bis für Jane wieder die Schule anfängt.«

»Ich will es mir überlegen.«

Und das tat er. Er ließ die Kinder gehen. Ende der Woche flogen sie ab, noch immer in sich gekehrt und geschockt. Bernie arbeitete fortan bis neun oder zehn Uhr abends. Zu Hause pflegte er sich dann ins Wohnzimmer zu setzen und vor sich hinzustarren – in Gedanken bei Liz. Ans Telefon ging er nur selten. Manchmal rief er seine Mutter an.

»Du mußt dich nach einem Kindermädchen umsehen, Bernard.«

Ruth wollte sein Leben neu organisieren, und er wollte in Ruhe gelassen werden. Hätte er gern getrunken, er wäre längst Alkoholiker geworden, so aber dachte er nicht mal an die Möglichkeit, diesen Ausweg wahrzunehmen. Er saß einfach da, tat nichts, war wie erstarrt und schleppte sich um drei Uhr morgens ins Bett. Er haßte das gemeinsame Bett, weil Liz nicht mehr darin lag. Er schaffte es kaum ins Büro und saß auch dort nur herum. Er befand sich in einem richtigen Schockzustand. Tracy erkannte die Symptome als erste, aber niemand konnte ihm helfen. Sie sagte ihm, er solle anrufen, wann immer ihm danach zumute sei, doch er meldete sich nicht. Sie erinnerte ihn zu stark an Liz. Und jetzt stand er vor dem Wandschrank wie Jane und roch ihr Parfum.

»Ich kümmere mich selbst um die Kinder.« Das sagte er seiner Mutter ständig, und sie gab ihm stets darauf zurück, daß er verrückt sei.

»Willst du deinen Beruf aufgeben?« Sie hoffte, ihn mit Sarkasmus aus seiner Starre hervorzulocken. Es war nicht ungefährlich, ihn sich selbst zu überlassen, Lou aber war der Meinung, er würde früher oder später wieder zur Vernunft kommen. Viel größere Sorgen machte er sich um Jane, die an Alpträumen litt und in drei Wochen fünf Pfund abgenommen hatte. Bernie hatte in Kalifornien zwölf Pfund abgenommen. Nur Alexander gedieh prächtig, wenngleich er ein erstauntes Gesicht machte, wenn jemand Liz' Namen nannte, als frage er sich, wo sie war und wann sie zurückkam. Jetzt erhielt er keine Antwort auf sein ›Mami... Mami...‹ mehr.

»Mom, ich brauche meinen Beruf nicht aufzugeben, wenn ich mich um die Kinder kümmere.« Er war richtig unvernünftig und genoß es auch noch.

»Ach? Wirst du Alexander mit ins Büro nehmen?«

Daran hatte er nicht gedacht. Er hatte an Jane gedacht. »Ich kann ja die Frau nehmen, die auch Liz hatte, wenn sie in der Schule war. Und Tracy würde auch immer aushelfen.«

»Und abends wirst du kochen, die Betten machen und staubsaugen? Bernard, mach dich nicht lächerlich. Du brauchst eine Hilfe. Das ist keine Schande. Du mußt ein Mädchen einstellen. Soll ich kommen und dir beim Aussuchen helfen?«

»Nein, nein.« Er schien verärgert. »Ich kümmere mich selbst darum.« Er war ständig gereizt. Wütend auf alles und alle, ab und zu sogar auf Liz, weil sie ihn verlassen hatte. Das war nicht fair. Sie hatte ihm so viel versprochen. Sie hatte alles für ihn getan. Für alle. Sie hatte gekocht, gebacken, genäht, sie hatte alle geliebt, sie hatte sogar bis zum Schluß gearbeitet. Wie ersetzt man eine solche Frau durch eine Hausangestellte oder ein Au-pair-Mädchen? Diese Vorstellung war ihm alles andere als sympathisch, als er am nächsten Tag verschiedene Arbeitsvermittlungsfirmen anrief und erklärte, was er benötigte.

»Sind Sie geschieden?« fragte ihn eine Frau mit blecherner Stimme. Sieben Zimmer, keine Haustiere, zwei Kinder, keine Frau.

»Nein, ich bin nicht geschieden.« Ich bin Kidnapper und brauche Hilfe für zwei Kinder. Mist. »Die Kinder haben...« Er stand im Begriff zu sagen... keine Mutter, doch es war schrecklich, so von Liz zu sprechen. »Ich bin alleinstehend. Das ist alles. Ich habe zwei Kinder. Sechzehn Monate und fast neun. Das heißt, schon neun. Junge und Mädchen. Die Neunjährige geht zur Schule.«

»Versteht sich. Schläft sie im Haus oder außerhalb?«

»Im Haus. Für ein Internat ist sie zu klein.«

»Nicht das Kind. Das Kindermädchen.«

»Ach so... na, ich weiß nicht... Das habe ich mir noch nicht überlegt. Ich denke, sie könnte so um acht kommen und nach dem Abendessen gehen.«

»Haben Sie ein Zimmer für ein Au-pair-Mädchen?« Er überlegte. Das Mädchen könnte im Babyzimmer schlafen, wenn es ihr nichts ausmachte.

»Ja, ich denke schon.«

»Wir werden unser Bestes tun.« Doch ihr Bestes war nicht sonderlich gut. Die Agentur schickte eine Handvoll Kandidatinnen zu Wolff, und Bernie war entsetzt über die Auswahl, die man ihm präsentierte. Die meisten hatten keine Erfahrung mit Kindern oder hielten sich illegal im Land auf, andere waren absolut interesselos – eine richtige Katastrophe. Schließlich entschied er sich für eine unscheinbare Norwegerin. Sie hatte sechs Geschwister, sah vertrauenerweckend aus und wollte nach eigener Aussage ein Jahr oder länger im

Land bleiben. Sie behauptete, sie könne kochen, und sie begleitete ihn zum Flughafen, als er die Kinder abholte. Jane sah nicht sehr begeistert aus, während Alexander sie neugierig musterte und lächelnd in die Hände klatschte. Leider ließ sie den Kleinen frei herumlaufen, während Bernie das Gepäck holte und das Wägelchen für den Kleinen aufklappte. Jane fing Alexander auf halbem Weg zur Tür ein. Sie bedachte das Mädchen mit einem wütenden Blick, und Bernie wurde wütend.

»Anna, bitte, lassen Sie das Kind nicht aus den Augen.«

»Klar.« Sie lächelte einem Jungen mit Rucksack und langem blonden Haar zu.

»Wo hast du die her?« flüsterte Jane Bernie zu.

»Einerlei. Wenigstens bekommen wir etwas zu essen.« Dann erst schenkte er Jane ein Lächeln. Bei der Ankunft hatte sie sich ihm in die Arme geworfen und den vor Entzücken krähenden Alexander fast zwischen ihnen zerquetscht. Bernie hatte den Kleinen hoch in die Luft geschleudert und dann dasselbe mit Jane gemacht. »Ihr beide habt mir gefehlt.« Ruth hatte ihm von den Alpträumen erzählt. In diesen Träumen ging es immer um Liz. »Du ganz besonders.«

»Du mir auch.« Sie sah noch immer sehr traurig aus. Ihm aber merkte man auch an, was er durchgemacht hate. »Großmama war so nett zu mir.«

»Sie hat dich sehr lieb.« Beide lächelten und suchten einen Träger, der ihnen mit dem Gepäck half. Wenig später war alles im Wagen verstaut, und sie fuhren in die Stadt. Jane saß vorne neben Bernie. Alexander und das Mädchen saßen hinten. Sie steckte in abgetragenen Jeans und einem dunkelroten Hemd und hatte langes zottiges blondes Haar. Jane, die unterwegs mit ihr plauderte, schien nicht sehr angetan. Anna antwortete meist einsilbig oder mit einem Brummlaut und zeigte kein übergroßes Interesse, sich mit den Kindern anzufreunden. Zu Hause angekommen, zeigte es sich, daß das Abendessen, das sie ihnen hinstellte, aus Frühstücksflocken und französischem Toast bestand, der zu wenig braun war. In seiner Verzweiflung ließ Bernie eine Pizza kommen, auf die sich das Mädchen stürzte, ehe die anderen zulangen konnten. Und plötzlich brüllte Jane sie wutentbrannt an. »Woher hast du diese Bluse?« Jane starrte Anna an, als sähe sie einen Geist vor sich.

»Was? Diese da?« Anna lief rot an. Sie hatte ihr rotes Hemd gegen eine hübsche grüne Seidenbluse eingetauscht, die nun von Schweißrändern geziert wurde, die vorher nicht dagewesen waren. Sie deutete zum Schlafzimmer hin, und nun war es an Bernie, wütend zu werden. Sie hatte sich eine von Liz' Blusen angeeignet.

»Unterstehen Sie sich ja nicht, wieder etwas von den Sachen meiner Frau zu nehmen«, stieß er zähneknirschend hervor, was sie lediglich zu einem Achselzucken veranlaßte.

»Was macht es schon aus? Sie kommt ja doch nicht wieder.« Jane stand vom Tisch auf und ging hinaus. Bernie folgte ihr und entschuldigte sich bei ihr.

»Es tut mir leid, mein Schatz. Als sie sich vorstellte, kam sie mir viel netter vor. Sie sah sauber und jung aus, und ich glaubte, ein junges Mädchen wäre für euch netter als irgendein alter Drachen.« Jane lächelte traurig. Das Leben war für sie alle so schwierig geworden. Und dies war erst der erste Abend zu Hause. Für sie würde es nie wieder richtig schön werden, das wußte sie ganz instinktiv.

»Sollen wir ihr eine Probezeit von einigen Tagen einräumen und sie rauswerfen, wenn sie uns nicht gefällt?« Jane nickte, sie war erleichtert, daß ihr nichts aufgezwungen wurde. Schwierig war es für alle. Und Anna trieb sie in den nächsten Tagen fast in den Wahnsinn. Sie nahm sich ständig Liz' Kleider und ab und zu auch Sachen von Bernie. So tauchte sie in seiner liebsten Kaschmirjacke auf und borgte sich einmal sogar Socken von ihm. Sie wusch sich nicht, das Haus roch schrecklich, und wenn Jane nachmittags von der Schule kam, traf sie Alexander in schmutzigen Hosen, losen Windeln und Unterhemd an. Seine Füße waren schmutzig, das Gesicht mit Essensresten verschmiert, während Anna mit ihrem Freund telefonierte oder Rockmusik auf der Stereoanlage hörte. Das Essen war ungenießbar, die Unordnung im Haus unbeschreiblich, und Jane mußte sich fast die ganze Zeit über allein um Alexander kümmern. Kaum von der Schule zu Hause, badete sie ihn und zog ihn um, ehe Bernie kam. Sie fütterte ihn, brachte ihn zu Bett und lief zu ihm, wenn er weinte. Die Wäsche wurde nicht gemacht, die Betten nicht frisch überzogen, die Kindersachen blieben schmutzig liegen. Anna machte sie verrückt. Es dauerte keine zehn Tage, und sie warfen sie hinaus. Bernie kündigte es ihr am Samstagabend an, als die Steaks in einem großen unsauberen Kochtopf verschmorten und sie telefonierend auf dem Küchenboden hockte, während Alexander in der Wanne saß. Jane fand ihn dort vor, schlüpfrig wie ein Fisch. Er versuchte eben über den Wannenrand zu klettern, und sie rettete ihn aus dieser Situation. Er hätte ertrinken können, ein Gedanke, der alle mit Entsetzen erfüllte, nur Anna nicht. Bernie sagte ihr, daß sie auf der Stelle ihre Sachen packen und aus dem Haus gehen sollte, und das tat sie auch. Sie verschwand ohne Entschuldigung in Bernies roter Kaschmirjacke – seinem Lieblingsstück.

»So, das wär's.« Er stellte den Topf mit den verschmorten Steaks in die Spüle und ließ heißes Wasser darüberrinnen. »Könnte ich dich heute abend für eine Pizza interessieren?« Pizza hatten sie in letzter Zeit oft gegessen. Sie entschlossen sich, Tracy einzuladen.

Als Tracy kam, half sie Jane, das Baby zu Bett zu bringen. Zu dritt machten sie die Küche sauber. Es war fast so wie in alten Zeiten, nur fehlte ihnen ein sehr wichtiger Mensch, und das spürten alle. Damit nicht genug, eröffnete Tracy ihnen, daß sie nach Philadelphia zu ziehen gedachte. Jane war am Boden zerstört. Es war, als stünde sie im Begriff, ihre zweite Mutter zu verlieren, und sie war noch wochenlang, nachdem sie Tracy zum Flughafen gebracht hatten, sehr niedergeschlagen.

Das nächste Kindermädchen war nicht viel besser. Sie war Schweizerin und ausgebildete Säuglingsschwester, was Bernie beim Vorstellungsgespräch sehr beeindruckte. Was sie ihm aber verschwieg, war der Umstand, daß sie ihre Ausbildung bei der preußischen Armee bekommen haben mußte. Sie war starr, unbeugsam und unfreundlich. Das Haus war makellos, die Portionen bei den Mahlzeiten winzig, die Regeln eisern und zahlreich, und zudem schlug sie Alexander sehr oft. Der Arme weinte ständig, und Jane kam nach der Schule immer widerwilliger nach Hause. Milch und Plätzchen standen auf der Verbotsliste, ebenso alle anderen Leckereien. Bei Tisch durfte nicht gesprochen werden, wenn der Vater nicht anwesend war. Fernsehen war eine Sünde und Musik ein Vergehen gegen Gott. Bernie gelangte zu der Einsicht, daß er es mit einer Irren zu tun hatte. Als Jane an einem Samstagnachmittag, zwei Wochen nachdem die Person ins Haus gekommen war, einmal lachen mußte, bekam sie dafür von dieser Person zwei saftige Ohrfeigen. Jane war so fassungslos, daß sie zunächst gar nicht weinte. Aber Bernie bebte vor Zorn, als er sich erhob und der Schweizerin mit ausgestrecktem Arm die Tür wies. »Hinaus, Miß Strauss. Auf der Stelle!« Er nahm ihr den Kleinen ab, legte den Arm tröstend um Jane, und eine Stunde darauf schlug die Haustür lautstark zu.

Die nächste Zeit war sehr entmutigend. Bernie hatte das Gefühl, er habe schon die halbe Stadt bei den Vorstellungsgesprächen Revue passieren lassen. Er traute niemandem mehr über den Weg. Als erstes verschaffte er sich eine Putzfrau, aber auch das half nicht viel. Sein großes Problem waren Jane und Alexander. Er brauchte jemanden, der sich intensiv um sie kümmerte. Allmählich kamen sie ihm sehr unglücklich und bedrückt vor, er wußte, daß er ohne Hilfe verloren war. Er war sehr nervös, weil er täglich nach Hause rasen mußte, um sich um die Kinder zu kümmern. Vorübergehend hatte er tagsüber eine Babysitterin, die aber nur bis fünf bleiben konnte. Seine Mutter hatte recht. Es war sehr schwierig, ganztägig zu arbeiten und sich dann abends um Kinder, Haus, Wäsche, Einkauf, Kochen, Bügeln und den Garten zu kümmern.

Sechs Wochen nach Schulbeginn sollte sich das Blatt zu ihren Gunsten wenden. Die Agentur rief ihn wieder an, und er hörte sich das übliche Märchen an. Mary Poppins war aufgetaucht und wartete nur auf ihn. Wollte man der Agentur glauben, war sie wie geschaffen für den Job.

»Mr. Fine, Mrs. Pippin ist für Sie geradezu ideal.« Gelangweilt hatte er den Namen notiert. »Sie ist sechzig, Britin und war in ihrer letzten Stellung zehn Jahre bei zwei Kindern, einem Jungen und einem Mädchen. Und« – die Mitarbeiterin der Agentur klang siegessicher – »die hatten auch keine Mutter.«

»Ist das etwas, worauf man besonders stolz sein kann?« Das ging niemanden etwas an, verdammt noch mal.

»Es bedeutet nur, daß sie mit einer Situation dieser Art fertig wird.«

»Wunderbar. Und wo ist der Haken?«

»Es gibt keinen.« Bernie war kein einfacher Kunde gewesen. Man ärgerte sich in der Agentur über den Argwohn, den er allen Bewerberinnen entgegenbrachte. Die Frau machte sich doch tatsächlich eine Notiz, daß man ihm niemanden mehr schicken sollte, falls ihm Mrs. Pippin auch nicht paßte.

An einem Donnerstagabend um sechs klingelte Mrs. Pippin an der Haustür. Bernie war eben nach Hause gekommen und hatte Jacke und Krawatte abgelegt. Er hielt Alexander in den Armen, und Jane half, das Abendessen vorzubereiten. Es waren Hamburger geplant, zum drittenmal hintereinander, dazu Kartoffelchips und Brötchen und Salat. Doch er hatte seit dem Wochenende keine Zeit zum Einkaufen gehabt.

Bernie öffnete und sah auf eine winzige Frau mit kurzem weißem Haar und hellblauen Augen hinunter. Sie trug einen Marine-Hut und feste schwarze Schuhe, die wie Golfschuhe aussahen. Die Frau von der Vermittlung hatte recht gehabt. Sie sah wirklich aus wie Mary Poppins. Sie hatte sogar einen fest zusammengerollten schwarzen Schirm bei sich.

»Mr. Fine?«

»Ja.«

»Ich komme von der Vermittlung. Ich bin Mary Pippin.« Ihr schottischer Akzent entlockte Bernie ein Grinsen. Es war ein Witz. Nicht Mary Poppins, sondern Mary Pippin.

»Hallo.« Lächelnd trat er zurück und bat sie mit einer Handbewegung ins Wohnzimmer, als Jane eben aus der Küche kam, einen Hamburger in der Hand. Sie war neugierig, wen man diesmal geschickt hatte. Die Frau war kaum größer als Jane. Sie lächelte Jane zu und fragte, was sie gekocht habe.

»Wie lieb von dir, dich um deinen Dad und dein Brüderchen zu kümmern. Ich bin selbst keine sehr gute Köchin, mußt du wissen.« Sie schmunzelte, und Bernie faßte fast augenblicklich Zuneigung zu ihr. Plötzlich wußte er auch, was für Schuhe sie trug. Es waren keine Golfschuhe. Es waren echt schottische, von besonders derber Machart. Sie war Schottin durch und durch. Ihr Rock war aus Tweed, die Bluse weiß und gestärkt, und als sie den Hut abnahm, sah er, daß sie ihn mit einer Haarnadel festgesteckt hatte.

»Das ist Jane«, erklärte Bernie, als die Kleine wieder in der Küche verschwand. »Sie ist neun. Und Alexander ist jetzt fast achtzehn Monate.« Er setzte ihn auf den Boden, als sie sich niederließen, und der Kleine lief mit Höchstgeschwindigkeit seiner Schwester in die Küche nach. Bernie lächelte Mrs. Pippin zu. »Er ist den ganzen Tag auf den Beinen und wacht jede Nacht auf. Jane ebenso.« Er sprach halblaut weiter: »Sie hat Alpträume. Und ich brauche jemanden, der mir hilft. Wir sind jetzt ganz allein.« Dieser Teil der Anfangsgespräche war ihm verhaßt, denn gewöhnlich starrten ihn die Kandidatinnen stumpfsinnig an, aber diese Frau nickte verständnisvoll und mitfühlend. »Ich brauche jemanden, der sich den ganzen Tag um Alexander kümmert, jemanden, der da ist, wenn Jane aus der Schule kommt, der mit ihnen etwas unternimmt, den Kindern Freundin ist...« Es war das erste Mal, daß er das sagte, aber irgendwie schien sie eine solche Frau zu sein... »der für uns kocht, die Kleidung in Ordnung hält, einkauft, wenn ich keine Zeit habe.«

»Mr. Fine« – sie lächelte sanft – »Sie brauchen eine Nanny.« Sie schien ihn völlig zu verstehen.

»Ja, genau.« Er dachte flüchtig an die schlampige Norwegerin, die sich immer aus Liz' Garderobe bedient hatte, und warf einen Blick auf Mrs. Pippins gestärktes Krägelchen. Er wollte aufrichtig sein. »Hinter uns oder vielmehr hinter den Kindern liegen schwere Zeiten.« Er warf einen Blick zur Küche hin. »Meine Frau war fast ein ganzes Jahr krank, ehe...« Er konnte das Wort nicht über die Lippen bringen, auch jetzt noch nicht. »Und jetzt ist sie seit drei Monaten nicht mehr bei uns. Die Kinder konnten sich nur schwer daran gewöhnen.« Und ich auch, doch das ließ er unausgesprochen, und ihre Augen sagten ihm, daß sie es ohnehin wußte. Und plötzlich war ihm, als könne er aufatmen und sich auf die Couch legen und sie alles tun lassen. Etwas an ihr erweckte in ihm den Eindruck, daß sie perfekt war. »Die Aufgabe ist nicht einfach, aber auch nicht unmöglich.« Er verschwieg ihr nicht, daß sie zwei Vorgängerinnen hatte, und erzählte ihr von den vielen Vorstellungsgesprächen. Er beschrieb ihr ganz genau, was er wollte. Wunderbarerweise schien sie das völlig normal zu finden.

»Es hört sich wunderbar an. Wann könnte ich anfangen?« Sie strahlte ihn an, und Bernie konnte seinen Ohren nicht trauen.

»Sofort, wenn Sie wollen. Ach, eines habe ich vergessen... Sie müßten bei dem Baby schlafen, ist das ein Problem?«

»Aber gar nicht. Mir ist das sogar sehr lieb.«

»Mit der Zeit werden wir vielleicht umziehen, im Moment aber ist nichts dergleichen geplant.« Er war diesbezüglich unsicher, und sie nickte. »Eigentlich...« Er hatte soviel im Kopf, daß er ganz durcheinander war. Er wollte ganz aufrichtig sein. »Eines schönen Tages werde ich vielleicht nach New York zurückgehen, aber im Moment weiß ich auch darüber nichts Genaues.«

»Mr. Fine«, sie lächelte weise – »Ich verstehe. Im Moment wissen Sie nicht aus noch ein und die Kinder auch nicht, aber das ist ganz normal. Sie alle haben plötzlich die Stütze des Lebens verloren. Sie brauchen Zeit, um darüber hinwegzukommen, und jemanden, der Ihnen hilft, ein normales Leben zu führen. Es wäre mir eine große Freude, wenn ich dieser Mensch sein dürfte, ich wäre glücklich, wenn Sie die Kinder meiner Obhut überließen. Und ob Sie in ein anderes Haus umziehen, in eine Wohnung, nach New York oder Kenia, ist gar kein Problem. Ich bin Witwe, kinderlos, und meine Heimat ist die Familie, für die ich arbeite. Ich gehe, wohin Sie gehen, falls Sie mich brauchen können.« Sie lächelte, als spräche sie mit einem Kind, und er wäre am liebsten in Jubel ausgebrochen.

»Das hört sich ja wundervoll an, Mrs. Poppins... ich meine Mrs. Pippin... Entschuldigung...«

»Keine Ursache.« Sie lachte mit ihm und ging ihm in die Küche nach. Trotz ihrer Zierlichkeit ging von ihr etwas Kraftvolles aus, und was am erstaunlichsten war, die Kinder mochten sie sofort. Jane lud sie zum Dinner ein, und als Mrs. Pippin die Einladung annahm, legte sie noch einen Hamburger in die Pfanne. Alexander saß auf ihrem Schoß, bis er in die Badewanne mußte, und anschließend besprach Mrs. Pippin die finanzielle Seite mit Bernie. Sie war nicht einmal sehr anspruchsvoll, wie sich zeigte. Und sie war genau das, was er brauchte.

Sie versprach, am nächsten Tag mit ihren Sachen wiederzukommen. Sie hatte ihre vorige Familie im Juni verlassen. Die Kinder waren erwachsen und brauchten sie nicht mehr. Danach hatte sie Ferien in Japan gemacht und war auf der Rückreise durch San Franzisko gekommen. Eigentlich befand sie sich auf dem Weg nach Boston, hatte sich aber entschieden, bei der Agentur nachzufragen, weil sie die Stadt bezaubernd fand, und voilà.

Nachdem sie zurück in ihr Hotel gefahren war und Jane Alex zu Bett brachte, rief Bernie seine Mutter an.

»Ich habe sie gefunden.« Er klang glücklicher als seit Monaten. Tatsächlich lächelte er. Beinahe konnte man es hören, und vor allem hörte man etwas anderes heraus. Nämlich Erleichterung.

»Wen hast du gefunden?« Ruth hatte schon halb geschlafen. In Scarsdale war es elf Uhr abends.

»Mary Poppins... nein, Mary Pippin.«

»Bernie« – sie hörte sich energischer und viel wacher an – »hast du getrunken?« Ein mißbilligender Blick traf ihren Mann, der noch wach gewesen war und neben ihr seine medizinischen Fachzeitschriften gelesen hatte. Er schien unbesorgt. Bernie hatte unter diesen Umständen ein Recht darauf zu trinken. Wer hätte es nicht getan?

»Nein, ich habe eine Kinderschwester, ein Kindermädchen gefunden. Eine schottische Nanny, einfach phantastisch.«

»Wer ist sie?« Bei seiner Mutter regte sich sofort Mißtrauen, und er berichtete ihr sämtliche Einzelheiten. »Ja, sie könnte in Ordnung sein. Hast du ihre Zeugnisse überprüft?«

»Das mache ich morgen.« Doch ihre Referenzen waren genauso, wie sie sie beschrieben hatte. Die Familie in Boston überschlug sich geradezu in Lobeshymnen über ihre geliebte ›Nanny‹. Sie hatten ins Zeugnis geschrieben, daß jeder, der sie beschäftigte, großes Glück hatte. Als sie am nächsten Tag ihre Stelle antrat, merkte er selbst, was er an ihr hatte. Sie räumte das Haus auf, sortierte die Wäsche, las Alexander vor, entdeckte einen hübschen Anzug, den sie ihm anzog, und präsentierte ihn seinem Vater, als dieser nach Hause kam, sauber und gekämmt. Jane trug ein rosa Kleid, im Haar rosa Schleifen und ein Lächeln zum Dinner, und plötzlich spürte er einen Kloß in der Kehle, weil er daran denken mußte, wie er sie zum ersten Mal gesehen hatte. Im Kaufhaus umherirrend, mit langen Zöpfen und rosa Schleifen, ähnlich denen, die Mrs. Pippins ihr für den Abend ins Haar geflochten hatte.

Das Essen war keine Offenbarung, doch es war anständig und einfach. Der Tisch war nett gedeckt, und nachher spielte sie mit beiden Kindern im Kinderzimmer ein Spiel. Um acht Uhr war das Haus wieder aufgeräumt, der Tisch für das Frühstück gedeckt. Beide Kinder waren im Bett, zufrieden, sauber und satt. Als Bernie beiden gute Nacht sagte und Mrs. Pippin dankte, wünschte er, Liz hätte sie sehen können.

Kapitel 25

Es war am Tag nach Halloween. Bernie kam nach Hause, setzte sich auf die Couch, sah die Post durch und blickte erstaunt auf, als Mrs. Pippin aus der Küche auftauchte, sich Mehl von den Händen wischte und ihm eine Nachricht aushändigte.

»Vorhin hat jemand für Sie angerufen, Mr. Fine.« Sie lächelte. Es war ein Vergnügen, zu ihr nach Hause zu kommen, und die Kinder hingen sehr an ihr. »Es war ein Herr. Hoffentlich habe ich den Namen richtig verstanden.«

»Aber sicher. Vielen Dank.« Er nahm das Stück Papier und warf einen Blick darauf, als sie schon im Weggehen war. Der Name bedeutete ihm zunächst gar nichts, und als er in die Küche ging, um für sich einen Drink zu machen, fragte er Mrs. Pippin aus. Sie briet Fisch zum Abendessen, und Jane half ihr, während Alexander auf dem Boden mit einem Stapel bunter Schächtelchen spielte. Es war eine Szene, wie auch Liz sie bei der Arbeit um sich geschaffen hätte, und es griff ihm ans Herz, die Kinder so zu sehen. Noch immer bewirkte auch die kleinste Ursache, daß ihm schlagartig sein Verlust bewußt wurde. »War das der Vor- oder Familienname des Mannes, Mrs. Pippin?«

»Leider konnte ich den Vornamen nicht aufschreiben, obwohl er ihn nannte.« Ihre Aufmerksamkeit galt dem Fisch, der in der Pfanne brutzelte. Sie sah Bernie gar nicht an. »Der Familienname war Scott.« Noch immer war Bernie ratlos. »Der Vorname lautete Chandler.«

Als sie das sagte, stockte sein Herzschlag, und er ging zurück ins Wohnzimmer, um sich die Nummer anzusehen. Dann überlegte er lange, ohne bei Tisch etwas zu sagen. Es war ein Ortsanschluß. Chandler war zurückgekommen und wollte wieder Geld. Bernie erwog, die Nachricht einfach zu ignorieren, doch um zehn Uhr an diesem Abend läutete das Telefon, und er nahm mit einer bösen Vorahnung den Hörer ab. Er hatte sich nicht geirrt. Es war Chandler Scott.

»Hallo.« In seinem Tonfall lag dieselbe falsche Munterkeit wie beim letzten Mal. Bernie ließ sich nicht täuschen.

»Ich dachte, ich hätte mich beim letzten Mal klar ausgedrückt.« Bernies Ton ließ jeden Anflug von Freundlichkeit vermissen.

»Ach, ich bin nur auf der Durchreise, mein Freund.«

»Dann lassen Sie sich nicht aufhalten.«

Chandler lachte, als hätte Bernie etwas sehr, sehr Komisches gesagt.

»Wie geht's Liz?« Bernie wollte ihm nicht sagen, was passiert war. Es ging den Mann nichts an.

»Gut.«

»Und wie geht's meinem Kind?«

»Jane ist nicht Ihr Kind. Sie ist jetzt mein Kind.« Das war ein Fehler, und Bernie hörte, wie dem anderen der Kamm schwoll.

»Das habe ich anders in Erinnerung.«

»Wirklich? Und wie steht es mit der Erinnerung an die zehntausend Dollar?« Bernies Ton war hart, doch Chandlers Redeweise blieb schleimig.

»Meine Erinnerung ist intakt, aber meine Investitionen erwiesen sich als Pleiten.«

»Das tut mir leid.« Also war er tatsächlich gekommen, um Geld zu fordern.

»Mir auch. Ich dachte mir, wir sollten uns vielleicht noch mal kurz unterhalten – über meine Tochter.« Bernies Miene verhärtete sich. Er wußte, was er Liz versprochen hatte. Er wollte den Burschen ein für allemal loswerden, und nichts konnte er weniger gebrauchen, als daß er immer wieder aufkreuzte. Seit er ihm das Geld gegeben hatte, waren insgesamt eineinhalb Jahre vergangen.

»Scott, ich dachte, ich hätte Ihnen beim letzten Mal klargemacht, daß es sich um eine einmalige Sache handelt.«

»Mag sein, mein Freund, mag ja sein.« Sein Ton hatte etwas an sich, das in Bernie den Wunsch weckte, ihm die Visage zu polieren. »Aber vielleicht müssen wir die Sache noch einmal überdenken.«

»Das glaube ich nicht.«

»Wollen Sie mir weismachen, das Töpfchen sei leer?« Widerwärtig – diese Redeweise. Er hörte sich genau so an, wie er war. Ein schmieriger, kleiner Gauner.

»Ich sagte schon, daß ich nicht mehr mitmache. Kapiert?«

»Wie steht's dann mit einem kleinen Besuch bei meiner Tochter?« Er pokerte hoch.

»Sie hat kein Interesse.«

»Das wird sich ändern, wenn ich Sie vor Gericht bringe. Wie alt ist sie jetzt? Sieben? Acht?« Er war sich nicht sicher.

»Was macht das schon aus?« Sie war neun, und der Kerl wußte es nicht einmal.

»Warum fragen Sie nicht Liz, was sie davon hält?«

Das war Erpressung im wahrsten Sinne des Wortes, und Bernie hatte es satt bis oben hin. Sollte der Kerl wissen, daß Liz nicht mehr lebte. »Liz hält gar nichts davon, Scott. Sie ist im Juli gestorben.« Nun trat langes, langes Schweigen ein.

»Das tut mir leid.« Wenigstens das klang ehrlich.

»Ist damit unser Gespräch beendet?« Plötzlich war Bernie froh, daß er es ihm gesagt hatte. Vielleicht würde dieser Bastard sich endlich trollen, aber er hatte sich gründlich in ihm geirrt.

»Nicht ganz. Das Kind lebt noch. Woran ist Liz übrigens gestorben?«

»Krebs.«

»Hm, schlimm. Na ja, Jane bleibt mein Kind, ob mit oder ohne Liz, und ich kann mir vorstellen, daß Sie mich schleunigst loswerden möchten. Für einen bestimmten Preis komme ich diesem Wunsch sehr gern nach.«

»Für wie lange? Ein weiteres Jahr? Nein, Scott, das ist mir die Sache nicht wert. Diesmal steige ich nicht ein.«

»Zu schade. Ich schätze, ich muß vor Gericht gehen und mir das Besuchsrecht amtlich bestätigen lassen.«

Bernie dachte daran, was er Liz versprochen hatte, und entschloß sich zu einem Bluff. »Tun Sie das, Scott. Tun Sie, was Ihnen beliebt. Ich habe kein Interesse.«

»Für weitere zehntausend verdrücke ich mich. Hören Sie, ich komme Ihnen entgegen. Wie steht's mit achttausend?«

Allein der Gedanke an ihn verursachte bei Bernie Gänsehaut. »Verpiß dich.« Er knallte den Hörer auf. Am liebsten hätte er dem Kerl einen Tritt versetzt. Doch drei Tage später war es Chandler, der ihm einen versetzte. Mit der Post kam die Benachrichtigung von einem Anwalt an der Market Street, daß Chandler Scott, Vater von Jane Scott, Exgatte von Elizabeth O'Reilly Scott Fine, sein Besuchsrecht bei seiner Tochter beanspruchte. Bernies Hand zitterte, als er das las. Er wurde vorgeladen, am siebzehnten November vor Gericht zu erscheinen, glücklicherweise ohne Kind. Sein Herz schlug ihm bis zum Hals. Er rief sofort im Büro Bill Grossmans an.

»Was soll ich machen?« Bernie war verzweifelt. Grossman hatte den Anruf sofort entgegengenommen. Er konnte sich noch gut an sein erstes Gespräch mit Bernie in dieser Sache erinnern.

»Sieht aus, als müßten Sie vor Gericht.«

»Hat er denn Rechte?«

»Haben Sie das Kind adoptiert?«

Sein Herz sackte ab. Immer war etwas los gewesen, das Baby, Liz' Krankheit, die letzten neun Monate, dann die Zeit des Umgewöhnens... »Nein... das habe ich nicht... Verdammt, ich wollte es immer tun, aber es gab eigentlich keinen konkreten Grund für eine Adoption. Da wir ihn einmal mit Geld abgefunden haben, dachte ich, wir hätten eine Zeitlang vor ihm Ruhe.«

»Sie haben ihm Geld gegeben?« Der Anwalt schien besorgt.

»Ja. Vor eineinhalb Jahren – zehntausend Dollar, damit er verschwindet.« Es war zwanzig Monate her. Er wußte es genau, da es knapp vor Liz' Entbindung gewesen war.

»Kann er es beweisen?«

»Nein, ich weiß noch, daß Sie mir damals sagten, es sei ungesetzlich.« Grossman hatte zu bedenken gegeben, es würde bewertet wie das Kaufen von Kindern auf dem schwarzen Markt. Man konnte ein Kind nicht von jemandem kaufen oder es jemandem verkaufen, und Chandler Scott hatte Jane an Bernie um zehntausend Dollar verhökert. »Ich bezahlte in bar und gab ihm das Geld in einem Umschlag.«

»Tja, da kann man nichts machen.« Grossman klang nachdenklich. »Das Problem besteht darin, daß die Leute es früher oder später wieder versuchen, wenn man sich einmal darauf eingelassen hat. Will er jetzt wieder Geld?«

»So hat es angefangen. Vor ein paar Tagen rief er mich an, verlangte wieder zehntausend und versprach zu verschwinden. Tatsächlich ging er auf achttausend herunter.«

»Allmächtiger.« Grossman sagte es verärgert. »Ein reizender Mensch.«

»Ich dachte, er würde das Interesse verlieren, wenn ich ihm sage, daß meine Frau tot ist. Ich rechnete damit, daß er glauben würde, ich ließe mich auf nichts ein.«

Grossman schwieg. »Ich wußte nicht, daß Ihre Frau inzwischen verstarb. Das bedaure ich sehr.«

»Ja, im Juli.« Bernie sagte es leise, in Gedanken bei Liz und dem Versprechen, das er ihr hatte geben müssen. Sie hatte ihn beschworen, Jane um jeden Preis von Chandler Scott fernzuhalten. Vielleicht hätte er ihm das Geld einfach geben sollen. Vielleicht hätte er nicht bluffen sollen.

»Hat sie eine testamentarische Verfügung in bezug auf das Kind hinterlassen?« Sie hatten über ein Testament gesprochen, doch hatte Liz nichts besessen, nur die Sachen, die Bernie ihr gekauft hatte. Sie hatte alles ihm und den Kindern hinterlassen.

»Nein, sie hatte ja kein Vermögen.«

»Und das Fürsorgerecht? Hat sie es Ihnen übertragen?«

»Natürlich.« Bernie sagte es mit einem Anflug von Kränkung. Wem sonst hätte sie ihre Kinder anvertrauen sollen?

»Hat sie es schriftlich niedergelegt?«

»Nein, das hat sie nicht.«

Bill Grossman seufzte insgeheim. Bernie hatte sich ein großes Problem geschaffen. »Da Ihre Frau tot ist, hat er das Gesetz auf seiner Seite. Er ist der leibliche Vater des Kindes.« Bernie überlief ein Schaudern.

»Im Ernst?« Ihm drohte das Blut in den Adern zu stocken.

»Ja.«

»Der Bursche ist ein Gauner, ein Knastbruder. Wahrscheinlich kommt er direkt aus dem Gefängnis.«

»Das macht gar nichts. In Kalifornien sind die Behörden der Ansicht, daß ein leiblicher Vater auf jeden Fall Rechte hat, mag er sein, wie er will. Sogar Mörder haben ein Recht, ihre Kinder zu sehen.«

»Was jetzt?«

»Man wird ihm möglicherweise zeitweiliges Besuchsrecht einräumen, und es wird ein Verfahren geben.« Daß Bernie dabei Gefahr lief, das Fürsorgerecht zu verlieren, verschwieg er ihm. »Hatte er jemals eine Beziehung zu dem Kind?«

»Niemals. Jane weiß gar nicht, daß er noch am Leben ist. Nach Aussage meiner Frau hat er die Kleine zum letzten Mal gesehen, als sie ein paar Monate alt war. Seine Ansprüche sind unbegründet.«

»Nein, so ist es nicht. Machen Sie sich nichts vor. Er ist der leibliche Vater... Wie war der Verlauf der Ehe?«

»Die Ehe existierte praktisch nur auf dem Papier. Ein paar Tage vor der Geburt des Kindes wurde geheiratet, und danach verschwand er, glaube ich. Knapp vor Janes erstem Geburtstag kam er für ein, zwei Monate zurück und verschwand dann wieder, diesmal für immer. Liz reichte die Scheidung ein, weil er sie verlassen hatte... Es erfolgte kein Einspruch von seiner Seite, wahrscheinlich erfuhr er nicht einmal gleich davon, da man ja nicht wußte, wo er steckte... bis zu seinem Auftauchen vor einem Jahr.«

»Ein Jammer, daß Sie das Kind nicht adoptierten, ehe er aufkreuzte.«

»Das ist lächerlich!«

»Ich gebe Ihnen recht, das heißt aber noch lange nicht, daß es der Richter auch so sieht. Glauben Sie, sein Interesse an dem Kind ist echt?«

»Glauben Sie das, wenn er sie für zehntausend Dollar verkaufte und es vor drei Tagen noch einmal für achttausend getan hätte? Er ist offenbar der Meinung, sie ist so eine Art Sparkasse für ihn. Als ich mich damals wegen des Geldes mit ihm traf, hat er mit keinem Wort nach Jane gefragt. Was halten Sie davon?«

»Ich glaube, daß er ein gerissener Gauner ist, der Ihnen die Daumenschrauben ansetzen möchte. Vermutlich hören Sie noch von ihm, ehe wir am siebzehnten vor Gericht gehen.« Grossman sollte recht behalten. Drei Tage vor dem Termin meldete Scott sich wieder und bot Bernie an zu verschwinden. Diesmal aber war der Preis höher. Er verlangte fünfzigtausend.

»Sind Sie verrückt?«

»Ich habe ein paar Erkundigungen über Sie eingezogen, Freundchen.«

»Ich bin nicht Ihr Freund, Sie Schweinehund.«

»Soviel ich weiß, sind Sie ein schwerreicher New Yorker Jude und leiten ein nobles Kaufhaus. Wahrscheinlich sind Sie sogar der Eigentümer.«

»Wohl kaum.«

»So oder so, Freund. Das ist eben diesmal mein Preis. Fünfzigtausend Mäuse, oder Sie können die Sache vergessen.«

»Ich sage zehntausend und nicht einen Cent mehr.« Bernie wäre bis zwanzigtausend gegangen, hielt aber damit zurück. Das kostete Scott nur einen Lacher.

»Fünfzig oder gar nichts.« Es war widerwärtig, dieses Feilschen um ein Kind.

»Scott, dieses Spiel mache ich nicht mit.«

»Sie werden müssen. Da Liz tot ist, wird das Gericht mir geben, was ich möchte. Wenn ich will, bekomme ich sogar das Sorgerecht… Hm, wenn ich es mir recht überlege, ist der Preis eben auf hunderttausend hinaufgeschnellt.« Bernie blieb fast das Herz stehen. Kaum hatte Scott aufgelegt, rief Bernie Grossman an.

»Weiß er denn überhaupt, was er da redet? Ist das möglich?«

»Möglich schon.«

»Mein Gott...« Er war entsetzt. Was, wenn er Jane an ihn verlor? Und er hatte Liz doch versprochen... Außerdem war Jane inzwischen für ihn wie sein eigen Fleisch und Blut.

»Vor dem Gesetz haben Sie keinerlei Rechte an dem Kind. Auch wenn Ihre Frau Sie testamentarisch zum Vormund bestimmt hätte, dann wären die Rechte des leiblichen Vaters nicht erloschen. Wenn Ihnen jetzt der Beweis gelingt, daß er als Vormund ungeeignet ist, dann kommen Sie damit vielleicht durch, es sei denn, der Richter ist ein totaler Idiot. Wenn aber beide Prozeßgegner Banker, Anwälte oder Geschäftsleute wären, dann würde der leibliche Vater gewinnen. In diesem Fall kann er Sie nur für eine Weile in Angst und Schrecken versetzen und dem Kind einen scheußlichen Alptraum bereiten.«

»Um ihr das zu ersparen, fordert er hunderttausend Dollar«, äußerte Bernie voller Verbitterung.

»Haben Sie das Gespräch aufgezeichnet?«

»Natürlich nicht. Was glauben Sie denn? Soll ich meine Telefonate mitschneiden? Ich bin doch kein Drogendealer, ich leite ein Kaufhaus.« Seine Nerven machten nicht mehr mit. Es war eine ungeheuerliche Situation. »Also, was soll ich jetzt tun?«

»Wenn Sie ihm die hunderttausend nicht geben wollen – und ich rate Ihnen ab, sonst steht er nächste Woche wieder da und will noch mehr –, dann gehen wir vor Gericht und beweisen, daß er als Vater unfähig ist. Man wird ihm möglicherweise vorübergehendes Besuchsrecht nach dem ersten Gerichtstermin einräumen, aber das ist keine große Sache.«

»Für Sie nicht. Aber das Kind kennt ihn ja nicht mal. Jane weiß gar nicht, daß er am Leben ist. Ihre Mutter ließ sie in dem Glauben, er sei vor Jahren gestorben. Jane hat im vergangenen Jahr genug Schocks erlitten. Seit dem Tod ihrer Mutter leidet sie an Alpträumen.«

»Wenn ein Psychiater dies bestätigt, wird damit vielleicht sein Ansuchen um ständiges Besuchsrecht beeinflußt.«

»Und der Antrag auf vorübergehendes Besuchsrecht?«

»Dem wird auf jeden Fall stattgegeben. Die Gerichte stehen auf dem Standpunkt, nicht mal Attila der Hunnenkönig könnte bei gelegentlichen Zusammenkünften Schaden anrichten.«

»Und wie wird das gerechtfertigt?«

»Das ist gar nicht nötig. Das Gericht sitzt am längeren Hebel. Mr. Scott hat Sie und sich selbst der Gnade des Gerichtes ausgeliefert.« Und auch Jane. Er hatte Jane dem Gericht ausgeliefert. Allein bei dem Gedanken wurde ihm übel. Er wußte, daß Liz verzweifelt wäre. Es hätte sie ins Grab gebracht. Und die Ironie, die in diesem Satz lag, entlockte ihm kein Lächeln. Die ganze Situation war zu ungeheuerlich.

Der Tag des Gerichtstermins dämmerte dunkel und grau herauf, die perfekte Entsprechung seiner Stimmung. Jane wurde von der Fahrgemeinschaft in die Schule gebracht, und Mrs. Pippin hatte mit Alexander zu tun, als Bernie zum Gericht fuhr. Er hatte niemandem gesagt, was los war, da er noch immer hoffte, daß die Sache günstig für ihn ausgehen würde. Neben Grossman im Gerichtssaal der City Hall stehend, betete er darum, die ganze Situation möge sich in Wohlgefallen auflösen. Auf der anderen Seite des Saales sah er Chandler Scott an der Wand lehnen, in einem anderen Blazer, einem eleganteren, und in neuen Gucci-Schuhen. Sein Haar war ordentlich geschnitten. Wer es nicht besser wußte, hätte ihn für einen anständigen Menschen gehalten.

Bernie zeigte ihn Bill, der einen beiläufigen Blick in Chandler Scotts Richtung warf. »Sieht tadellos aus.« Er flüsterte es Bernie zu.

»Das hatte ich befürchtet.«

Grossman sagte, daß die Anhörung des Falles zwanzig Minuten dauern würde, und als der Richter sie aufrief, erklärte Grossman, daß das Kind seinen leiblichen Vater nicht kenne und durch den Tod der Mutter vor kurzem einen schweren Schock erlitten habe. Es sei daher günstiger, von einem vorübergehenden Besuchsrecht abzusehen, bis die ganze Sache endgültig geregelt sei. Der Beklagte sei der Ansicht, daß gewisse Punkte zu beachten seien, die die endgültige Entscheidung des Gerichtes wesentlich beeinflussen könnten.

»Da bin ich sicher«, ließ sich der Richter vernehmen und lächelte beiden Vätern und beiden Anwälten zu. Mit Fällen wie diesem hatte er tagtäglich zu tun, und er ließ sich nicht von Emotionen beeinflussen. Zum Glück bekam er die von seinen Entscheidungen betroffenen Kinder fast nie zu Gesicht. »Es wäre aber nicht fair, Mr. Scott das Recht zu verweigern, seine Tochter zu sehen.« Sein wohlwollendes Lächeln fiel auf Scott und dann, eher mitfühlend, auf Grossman. »Sicher ist es betrüblich für Ihren Klienten, Mr. Grossman, und wir werden natürlich mit Interesse alle Punkte anhören, wenn die Sache zur Hauptverhandlung gelangt. In der Zwischenzeit gewährt das Gericht Mr. Scott einen Besuch wöchentlich.« Bernie glaubte sich einer Ohnmacht nahe und flüsterte Grossman ins Ohr, Scott sei wegen Betruges mehrfach verurteilt worden.

»Das kann ich jetzt nicht vorbringen«, flüsterte Grossman zurück. Bernie hätte am liebsten losgeheult. Er wünschte, er hätte dem Kerl gleich nach dem Anruf die zehntausend Dollar gegeben. Oder sogar die fünfzigtausend nach dem zweiten. Die hunderttausend Dollar, die er zuletzt gefordert hatte, waren ein Wahnsinn, da sie seine finanziellen Möglichkeiten bei weitem überstiegen.

Grossman fragte mit lauter Stimme den Richter. »Wo werden diese Besuche stattfinden?«

»Wo Mr. Scott es wünscht. Das Kind ist...« Der Richter suchte in seinen Unterlagen, um sich dann mit verständnisvollem Lächeln an beide Parteien zu wenden. »Hm... sie ist neun... Ich wüßte nicht, warum sie mit ihrem Vater nicht ausgehen könnte. Mr. Scott wird sie zu Hause abholen und dort wieder abliefern. Ich schlage vor, an Samstagen von neun Uhr morgens bis sieben Uhr abends. Erscheint dies beiden Parteien als vernünftig?«

»Nein!« flüsterte Bernie Grossman in lautem Bühnengeflüster zu.

Sofort kam Grossmans geflüsterte Entgegnung: »Sie haben keine andere Wahl. Und wenn Sie jetzt auf den Richter eingehen, wird er Sie später vielleicht besser behandeln.« Und Jane? Wie wurde sie behandelt?

Bernie war empört, als sie hinaus in den Wandelgang gingen. »Was soll dieser Unfug?«

»Nicht so laut!« Grossman ermahnte ihn in gedämpftem Ton und mit unbewegter Miene, als Chandler Scott mit seinem Anwalt vorüberging. Er hatte sich einen der zwielichtigsten Anwälte der Stadt genommen, sagte Grossman später. Er war überzeugt, er würde versuchen, Bernie die Prozeßkosten aufzuhalsen. Doch im Moment ließ er diesen Punkt lieber unerwähnt. Sie hatten genug andere Sorgen. »Im Moment müssen Sie sich damit abfinden.«

»Warum? Es ist eine falsche Entscheidung. Warum muß ich etwas zulassen, von dem ich weiß, daß es meiner Tochter schadet?« Das sagte er ganz spontan und ohne Überlegung. Grossman schüttelte den Kopf.

»Sie ist nicht Ihre Tochter, sondern seine, und das ist der springende Punkt.«

»Das Schlimme daran ist, daß der Kerl nur Geld möchte. Nur verlangt er jetzt so viel, daß ich ihn nicht bezahlen kann.«

»Sie hätten sich diese Erpressung so und so nie leisten können. Solche Typen schrauben die Forderungen immer höher. Sie sind besser dran, wenn Sie die Sache vor Gericht ausfechten. Der nächste Termin ist am vierzehnten Dezember. Sie müssen also einen Monat die Besuche dulden, ehe ein endgültiges Urteil ausgesprochen wird. Glauben Sie wirklich, daß er von seinem Besuchsrecht Gebrauch macht?«

»Könnte sein.« Bernie hoffte auf das Gegenteil. »Und wenn er sie entführt?« Es war ein Gedanke, der ihm auf der Seele lastete, seitdem Scott wieder aufgetaucht war. Es war seine Variante des Verfolgungswahns. Grossman beeilte sich, seine Befürchtungen zu zerstreuen.

»Lächerlich. Der Mann ist gierig, aber nicht verrückt. Er wäre wahnsinnig, sie bei einem Besuch zu entführen.«

»Wenn aber doch? Was dann?« Er wollte den Gedanken zu Ende verfolgen, nur um zu wissen, welche Mittel ihm dann zur Verfügung stünden.

»So etwas gibt es nur im Film.«

»Hoffentlich behalten Sie recht.« Bernie sah Grossman mit zusammengekniffenen Augen an. »Ich sage Ihnen gleich jetzt, daß ich ihn umbringen werde, wenn er ihr etwas antun sollte.«

Kapitel

26

Bernie blieb nicht viel Zeit, da die Besuche mit dem kommenden Samstag beginnen sollten. Nach dem Gerichtstermin führte er Jane zum Dinner aus und atmete tief durch, ehe er alles gestand. Er hatte sie ins ›Hippo‹ geführt, eines ihrer Lieblingslokale, doch er war so wortkarg, daß sie ihn nur anzuschauen brauchte, um festzustellen, daß etwas nicht stimmte. Sie wußte nur nicht was. Vielleicht stand der Umzug nach New York bevor, oder es drohte irgendeine neue Katastrophe. Als er mit sorgenvollem Blick nach ihrer Hand faßte, war sie sich dessen sicher.

»Kleines, ich muß dir etwas sagen.« Ihr Herz fing an zu rasen. Am liebsten wäre sie weggelaufen. Ihr entsetztes Gesicht brach ihm fast das Herz. Er bezweifelte, ob sie je wieder so unbeschwert sein würde wie früher, obwohl sie dank Mrs. Pippin in letzter Zeit viel gelöster geworden war. Sie weinte nicht mehr so häufig und brachte es manchmal sogar fertig zu lachen. »So schlimm ist es nicht, mein Schatz. Mach kein solches Gesicht.«

Ihr erschrockener Blick war auf ihn gerichtet. »Ich dachte, du würdest jetzt sagen...« Sie konnte die Worte nicht aussprechen.

»Was sagen?«

»Daß du Krebs hättest.« Das sagte sie so leise und traurig, daß ihm die Tränen kamen. Er schüttelte den Kopf. Es war das Schlimmste, was beide sich vorstellen konnten.

»Nein, das ist es nicht. Es geht um etwas ganz anderes. Also... du weißt doch, daß deine Mami schon mal verheiratet war?« Es war merkwürdig, ihr das zu sagen, doch er mußte von vorne beginnen.

»Ja. Sie sagte, sie sei mit einem gutaussehenden Schauspieler verheiratet gewesen, der starb, als ich noch klein war.«

»Ja, so ähnlich.« Er wußte nicht genau, was Liz ihr erzählt hatte.

»Und sie sagte, sie hätte ihn sehr lieb gehabt.« Janes unschuldiger Blick machte ihm das Herz schwer.

»Ach?«

»Das sagte sie mir.«

»Na schön. Mir hat sie das etwas anders erzählt, aber das spielt jetzt keine Rolle.« Plötzlich fragte er sich, ob er im Begriff war, sie gegen einen Menschen einzunehmen, den Liz aufrichtig geliebt hatte. Vielleicht hatte sie Scott wirklich geliebt und nicht den Mut gehabt, es ihrem zweiten Mann einzugestehen. Doch da fiel ihm ein, wie ernst es ihr mit dem Versprechen gewesen war, das er ihr hatte geben müssen. »Mir sagte sie, daß jener Mann, dein eigentlicher Vater, kurz nach deiner Geburt verschwand und sie sehr enttäuschte. Ich glaube, er hat dann etwas Dummes gemacht, Geld gestohlen oder so, und er mußte ins Gefängnis.«

Jane schien schockiert.

»Mein Vater?«

»Hm... ja... Na jedenfalls war er eine Zeitlang verschwunden, kam dann zurück, als du neun Monate warst, und verschwand wieder, als du ein Jahr alt warst. Nachher hat deine Mutter ihn nie wieder gesehen. Ende der Geschichte.«

»Weil er starb?« Die Sache hatte sie verwirrt.

Bernie schüttelte den Kopf, da der Kellner ihre Teller abräumte. Jane nippte nachdenklich an ihrem Soda.

»Nein, er ist nicht tot. Darum geht es ja. Er verschwand einfach, und deine Mutter hat sich von ihm scheiden lassen. Und nach ein paar Jahren bin ich aufgetaucht, und wir heirateten.« Er lächelte und drückte ihre Hand ein wenig fester, worauf sie auch lächelte.

»Von da an hatten wir Glück... das sagte Mami immer.« Und es war klar, daß sie die Meinung ihrer Mutter in diesem Punkt wie auch in allen anderen teilte. Inzwischen idealisierte sie Liz mehr als zu deren Lebzeiten. Aber die Tatsache, daß ihr Vater noch am Leben sein sollte, machte ihr angst.

»Ja, und ich hatte auch großes Glück. Na, jedenfalls verschwand dieser Mr. Chandler Scott und tauchte vor zwei Wochen wieder auf... hier in San Franzisko.«

»Und warum hat er mich nie angerufen?«

»Ich weiß es nicht.« Er entschloß sich zur Offenheit. »Vor etwa einem Jahr rief er schon einmal an, weil er Geld von deiner Mami wollte. Und als wir es ihm gaben, ging er wieder. Aber nun ist er zurückgekommen. Da ich der Ansicht war, wir sollten ihm nicht noch mehr Geld geben, weigerte ich mich.« Das war natürlich stark vereinfacht, stimmte aber im Prinzip. Er verschwieg ihr, daß sie ihn abgefunden hatten, damit er auf ein Treffen mit Jane verzichtete und daß Liz ihn verabscheut hatte. Jane sollte sich selbst ein Bild machen, wenn sie ihn kennenlernte. Er befürchtete ein wenig, daß sie ihn nett finden würde.

»Wollte er mich sehen?« Sie war neugierig auf den hübschen Schauspieler.

»Jetzt möchte er dich sehen.«

»Kann er mal zum Abendessen kommen?« Für sie war das ganz einfach, aber Bernie schüttelte den Kopf. Die Kleine sah ihn erstaunt an.

»So einfach geht das nicht. Er und ich, wir waren heute vor Gericht.«

»Warum?« Ihre Verwunderung wuchs, und die Angst regte sich wieder. Gericht hörte sich so unheilvoll an.

»Ich ging vor Gericht, weil ich glaube, daß er kein netter Mensch ist, und weil ich dich vor ihm beschützen möchte. Das ist ein ausdrücklicher Wunsch deiner Mutter.« Er hatte es Liz versprochen und hatte sein Bestes getan, dieses Versprechen zu halten.

»Glaubst du, daß er böse zu mir ist?«

Bernie wollte ihr keine Angst einjagen, schließlich würde sie in zwei Tagen für zehn Stunden mit ihm zusammen sein müssen. »Nein, aber meiner Meinung nach will er eigentlich nur Geld. Und wir wissen wirklich nicht viel von ihm.«

Sie sah ihm tief in die Augen. »Warum hat Mami mir gesagt, daß er tot ist?«

»Ich glaube, sie hielt es für das Einfachste, einfacher jedenfalls, als wenn du ständig daran gedacht hättest, wo er steckt oder warum er fortgegangen ist.«

Jane nickte. Das hörte sich vernünftig an, aber ihre Enttäuschung konnte sie nicht verhehlen.

»Ich glaube nicht, daß Mami mich jemals angelogen hat.«

»Das glaube ich auch nicht... bis auf dieses eine Mal. Sie war der Meinung, daß es besser für dich war.«

Jane nickte, um Verständnis bemüht.

»Und was haben die bei Gericht gesagt?« Ihre Neugierde war wach.

»Daß wir nächsten Monat wieder einen Termin haben, daß er dich aber in der Zwischenzeit sehen kann. Jeden Samstag von neun Uhr morgens bis zum Abendessen.«

»Aber ich kenne ihn doch gar nicht! Was soll ich den ganzen Tag mit ihm reden?«

Bernie entlockte diese Sorge ein Lächeln. »Dir wird schon etwas einfallen.« Das war das geringste Problem.

»Und wenn ich ihn nicht mag? So nett kann er nicht gewesen sein, wenn er Mami allein gelassen hat.«

»Das dachte ich mir auch.« Er entschied sich wieder, offen zu sein. »Und als ich ihn traf, gefiel er mir gar nicht.«

»Du hast ihn getroffen?« Ihr Staunen wuchs. »Wann denn?«

»Damals, als er Geld von deiner Mami wollte. Das war kurz vor Alexanders Geburt, und sie hat mich zu ihm geschickt, damit ich ihm das Geld gebe.«

»Sie wollte ihn nicht sehen?«

Als Bernie den Kopf schüttelte, wußte Jane genug.

»Nein, das wollte sie nicht.«

»Vielleicht hatte sie ihn nicht sehr lieb.«

»Vielleicht.« In dieses Thema wollte er sich nicht vertiefen.

»War er wirklich im Gefängnis?« Das schien ihr am meisten angst zu machen. Bernie nickte. »Und wenn ich nicht mit ihm zusammensein möchte?«

Jetzt kam das Schwerste. »Liebling, leider mußt du das.«

»Warum?« In ihren Augen standen Tränen. »Ich kenne ihn gar nicht. Und wenn ich ihn nicht mag?«

»Dann mußt du eben die Zeit irgendwie hinter dich bringen. Es sind ja nur vier Treffen, bis wir wieder den Gerichtstermin haben.«

»Viermal?« Tränen rollten über ihre Wangen.

»Jeden Samstag.« Bernie hatte das Gefühl, seine einzige Tochter verkauft zu haben, und er haßte Chandler Scott und dessen Anwalt und vor allem den Richter, weil sie alle daran schuld waren – besonders Grossman, der ihm so kühl geraten hatte, die Sache vorerst auf sich beruhen zu lassen. Chandler Scott würde ihm am Samstag das Kind schon nicht wegnehmen.

»Daddy, ich will nicht.« Sie heulte los, und er gestand ihr die ganze häßliche Wahrheit.

»Du mußt.« Er gab ihr sein Taschentuch, setzte sich auf die Sitzbank neben sie und legte ihr den Arm um die Schultern. Jane lehnte den Kopf an ihn und weinte noch heftiger. Für sie war jetzt alles ohnehin so schwer. Da war es nicht richtig, ihr noch mehr Kummer zu bereiten. Bernies Wut und Haß waren grenzenlos. »Du mußt es so sehen: Es sind nur vier Tage. Zu Thanksgiving kommen die Großeltern aus New York. Da haben wir genug Zeit, um zu überlegen.« Er hatte die Europareise wieder abgesagt, weil er im Haus noch keine Hilfe gehabt hatte, und Berman hatte ihn nicht gedrängt. Und seine Eltern hatte er seit Monaten nicht mehr gesehen – seit August, als seine Mutter die Kinder mitgenommen hatte. Und Mrs. Pippin hatte versprochen, am Thanksgivingday Truthahn zu machen. Sie hatte sich als wahrer Engel entpuppt, der zu sein sie versprochen hatte, und Bernie war begeistert von ihr. Er hoffte nur, daß seine Mutter sich mit ihr vertrug. Sie waren etwa gleich alt und so verschieden wie Tag und Nacht. Ruth kleidete sich sehr kostspielig und modisch, war überaus gepflegt, ein wenig gefallsüchtig, und wenn sie es darauf anlegte, sehr, sehr schwierig. Mrs. Pippin war sauber und schlicht und so wenig eitel, wie eine Frau nur sein konnte, dafür aber anständig, warmherzig und tüchtig, wunderbar zu seinen Kindern und sehr britisch. Eine interessante Kombination.

Er bezahlte beim Ober und ging mit Jane zum Wagen. Als sie nach Hause kamen, war Mrs. Pippin noch wach, um Jane Gesellschaft zu leisten, während sie badete, ihr vorzulesen und sie ins Bett zu bringen. Und als Jane zur Tür hereinkam, lief sie als erstes zu ›Nanny‹, wie sie von allen genannt wurde, schlang ihr die Arme um den Nacken und jammerte im Tragödienton: »Nanny, ich habe noch einen Vater.« Bernie lächelte, weil das so ungeheuer dramatisch klang, und Nanny schnüffelte diskret, als sie Jane ins Badezimmer brachte.

Kapitel

27

Der ›andere Vater‹, wie Jane ihn bezeichnete, tauchte fast pünktlich am Samstag morgen auf. Es war der Tag vor Thanksgiving. Alle saßen sie im Wohnzimmer und warteten. Bernie, Jane, Mrs. Pippin und Alexander.

Die Uhr auf dem Kaminsims im Wohnzimmer tickte erbarmungslos, während alle schwiegen und Bernie schon hoffte, daß sich Chandler Scott die Sache anders überlegt hatte. Aber so viel Glück hatten sie nicht. Es läutete an der Tür, und Jane richtete sich auf, als Bernie öffnen ging. Sie wollte noch immer nicht mit Scott ausgehen und war sehr aufgeregt, als sie an Nanny geschmiegt mit Alexander spielte und dabei ein Auge auf den Mann hatte, der im Eingang stand und mit Bernie sprach. Sie konnte ihn nicht richtig sehen. Aber sie konnte ihn hören. Er hatte eine laute Stimme und klang nett, vielleicht weil er Schauspieler war – zumindest früher.

Dann sah sie Bernie beiseite treten, und der Mann kam ins Wohnzimmer und sah von ihr zu Alexander, fast so, als wüßte er nicht, wer wer war, dann musterte er Nanny und noch einmal Jane.

»Hallo, ich bin dein Dad.« Peinlich, so etwas zu sagen. Doch alles war peinlich. Er gab ihr nicht die Hand, ging nicht auf sie zu, und Jane war nicht sicher, ob ihr seine Augen gefielen. Sie waren von derselben Farbe wie ihre, doch sie sahen sich unstet im Raum um. Er schien sich für ihren richtigen Daddy, wie sie Bernie nannte, mehr zu interessieren als für sie. Er sah Bernies goldene Rolex und schien den ganzen Raum abzuschätzen, die adrette Frau in der blauen Uniform und mit den blauen derben Sportschuhen, die mit dem Baby auf dem Schoß dasaß und ihn beobachtete.

»Bist du fertig?«

Jane erschrak, und Bernie trat vor.

»Warum plaudert ihr nicht ein bißchen miteinander und lernt euch kennen, ehe ihr ausgeht?« Scott gefiel der Vorschlag nicht, das war ihm anzusehen. Er blickte auf seine Uhr, um gleich darauf Bernie verärgert anzusehen.

»Ich glaube, dazu haben wir keine Zeit.« Warum nicht? Wohin wollte er? Bernie gefiel das Ganze nicht, wollte das aber nicht zu erkennen geben und Jane nicht noch ängstlicher machen, als sie ohnehin schon war.

»Sicher können Sie ein paar Minuten erübrigen. Möchten Sie eine Tasse Kaffee?« Bernie haßte sich dafür, daß er so liebenswürdig war, aber er war es nur Jane zuliebe. Scott lehnte ab. Jane, die auf der Armlehne von Nannys Sessel saß, registrierte jede Einzelheit. Er trug einen Rollkragenpulli, Jeans und eine braune Lederjacke... er war hübsch... aber nicht so, daß er ihr gefallen hätte. Er wirkte irgendwie geleckt und falsch, nicht warm und vertrauenerweckend wie Daddy. Und ohne Bart, wie Bernie ihn trug, wirkte er zu jung und unscheinbar.

»Wie heißt der kleine Bursche?« Chandler sah ohne viel Interesse auf das Baby, und Nanny sagte ihm, daß sein Name Alexander sei. Sie beobachtete die Miene des Mannes, vor allem seine Augen. Was sie sah, gefiel ihr nicht, und Bernie ebenfalls nicht. Sein Blick war unruhig, sein Interesse für Jane war gleich Null.

»Zu schade – das mit Liz«, sagte er zu Jane, und sie verschluckte sich beinahe. »Du bist ihr sehr ähnlich.«

»Danke«, erwiderte Jane wohlerzogen. Dann stand Chandler auf und sah wieder auf die Uhr.

»Also dann bis später, Leute.« Er gab Jane nicht die Hand und sagte auch nicht, was er mit ihr unternehmen wollte. Er ging einfach zur Tür und wartete, daß seine Tochter ihm folgte wie ein Hündchen. Janes Miene ließ erkennen, daß sie den Tränen nahe war. Bernie lächelte ihr aufmunternd zu und umarmte sie, ehe sie ging, ein rosa Jäckchen an sich drückend, das zu ihrem Kleid paßte. Sie sah aus, wie für eine Party zurechtgemacht.

»Es ist gar nicht so schlimm«, flüsterte er ihr zu. »Es ist ja nur für ein paar Stunden.«

»Lebwohl Daddy.« Sie hing an seinem Hals. »Lebwohl, Nanny... Alex.« Sie winkte beiden und warf dem Baby ein Handküßchen zu, als sie zur Tür ging. Plötzlich sah sie wieder aus wie ein ganz kleines Mädchen, und Bernie wurde an jenes erste Mal erinnert, als er sie kennenlernte. Tief in seinem Inneren regte sich der Wunsch, hinauszulaufen und sie aufzuhalten, doch er tat es nicht. Statt dessen beobachtete er die beiden vom Fenster aus. Chandler Scott sagte etwas, als sie in einen klapprigen alten Wagen stiegen. Eine böse Vorahnung befiel Bernie, und er notierte die Zulassungsnummer des Autos, als Jane schüchtern einstieg und die Tür zuschlug. Im nächsten Moment fuhren sie los, und als Bernie sich umdrehte, sah er, daß Mrs. Pippin ihn mit gerunzelter Stirn beobachtete.

»Mr. Fine, mit dem Mann stimmt was nicht. Er gefällt mir gar nicht.«

»Mir auch nicht, da muß ich Ihnen recht geben. Aber das Gericht berücksichtigt bei seinen Entschlüssen den Charakter eines Mannes nicht, einen ganzen Monat lang jedenfalls. Hoffentlich passiert ihr nichts, ich würde diesen Dreckskerl umbringen...« Er dachte den Gedanken nicht zu Ende, und Nanny ging in die Küche, um sich eine Tasse Tee zu holen. Es war fast Zeit für Alexanders Vormittagsschlaf, und sie hatte viel Arbeit vor sich, doch den ganzen Tag sorgte sie sich um Jane, und Bernie erging es ähnlich. Er werkelte im Haus herum und hatte Schreibarbeiten und anderes zu erledigen, aber er konnte sich auf nichts konzentrieren. Den ganzen Tag hielt er sich im Haus auf – für den Fall, daß sie anrief. Und ab sechs saß er ungeduldig im Wohnzimmer und wartete. In einer Stunde sollte sie kommen, und er konnte es kaum erwarten, Jane wieder zu Hause zu haben.

Nanny brachte ihm den Kleinen, ehe er ins Bett mußte, doch Bernie hatte nicht einmal für ihn genug Geduld, so daß Nanny Alexander kopfschüttelnd in sein Zimmer verfrachtete. Sie sagte nichts, aber sie hatte schon den ganzen Tag ein schreckliches Gefühl in der Magengrube. Sie dachte nur mit Unbehagen an den Mann, der Jane abgeholt hatte – irgendwie ahnte sie, daß etwas Grauenvolles passieren würde. Aber sie traute sich nicht, mit Bernie darüber zu sprechen, da sie merkte, wie nervös und ungeduldig er war.

Kapitel 28

»Rein in die Karre«, war alles, was Chandler Scott sagte, als Jane die Eingangsstufen herunterkam, und einen Augenblick lang war sie versucht, wieder ins Haus zu laufen. Sie wollte nicht mit ihm gehen, und sie konnte sich nicht vorstellen, was ihre Mutter an ihm gemocht haben konnte. Der Mann hatte einen gemeinen Blick und schmutzige Fingernägel, und seine Art, mit ihr zu reden, machte ihr angst. Kaum hatte er die Wagentür geöffnet, forderte er sie wieder barsch auf, sich in den Wagen zu setzen. Mit einem letzten Blick zum Fenster und zu Bernie hin stieg sie ein.

Sofort schoß der Wagen los, so daß Jane sich an der Tür festhalten mußte, um nicht vom Sitz zu fallen, während er Kurven schnitt und in südlicher Richtung zum Highway fuhr.

»Wohin fahren wir?«

»Wir verabschieden eine Freundin am Flughafen.« Er hatte alles genau geplant und dachte nicht daran, mit dem Kind darüber zu diskutieren. Es ging sie einen Dreck an.

Jane wollte ihn bitten, nicht so schnell zu fahren, hatte aber Angst, irgend etwas zu sagen, und er sprach kein einziges Wort mit ihr. Auf dem Parkplatz des Flughafens angekommen, nahm er eine kleine Tragetasche vom Rücksitz und packte Jane am Arm, um sie zum Flughafengebäude zu zerren. Er machte sich gar nicht die Mühe, den Wagen abzuschließen.

»Wohin gehen wir?« Jetzt konnte Jane die Tränen nicht mehr zurückhalten. Der Mann war ihr unheimlich, sie wollte nach Hause. Jetzt gleich – nicht erst am Abend.

»Ich sagte schon, Kleine, wir wollen zum Flughafen.«

»Wohin will deine Freundin?«

»Du bist meine Freundin.« Scott drehte sich zu ihr um und sah sie an. »Und wir fliegen nach San Diego.«

»Den Tag über?« Sie wußte, daß es dort einen Zoo gab, aber ihr

Daddy hatte gesagt, sie würden um sieben wieder zu Hause sein. Jane kam sich vor, als sei sie bei einem Fremden, vor dem ihre Eltern sie gewarnt hatten. Von so einem Menschen durfte man sich nicht ansprechen lassen, und jetzt war sie mit ihm, allein, auf dem Weg nach San Diego.

»Ja, abends sind wir wieder zurück.«

»Sollte ich nicht meinen Daddy anrufen und es ihm sagen?« Scott lachte über ihre Naivität.

»Nein, Süße. Ich bin jetzt dein Daddy. Und du brauchst ihn nicht anzurufen. Ich werde ihn anrufen, wenn wir angekommen sind. Glaube mir, Baby, ich spreche mit ihm.«

Alles an ihm war unheimlich. Er hielt ihren Arm mit festem Griff und trieb sie zur Eile an, als sie die zum Terminal-Gebäude führende Straße überquerten. Plötzlich wollte sie fortlaufen, aber sein Griff war unerbittlich, und sie spürte, daß er sie nicht loslassen würde.

»Was machen wir in San Diego, Mr.... Daddy?« Ihm schien daran zu liegen, daß sie ihn so nannte. Vielleicht war er dann netter zu ihr.

»Freunde besuchen.«

»Ach.« Sie wunderte sich, daß er dies nicht an einem anderen Tag tun konnte, dann aber sagte sie sich, daß es dumm wäre, den schönen Tag nicht zu genießen. Am Abend würde sie etwas Aufregendes zu erzählen haben. Aber als sie zum Sicherheits-Check kamen, packte er sie noch fester. Mit angespannter Miene ermahnte er sie, sich zu beeilen. Plötzlich kam Jane eine Idee. Sie wollte sagen, daß sie dringend zur Toilette mußte. Dort war vielleicht ein Telefon, von dem aus sie Bernie anrufen konnte. Sie hatte das komische Gefühl, ihn würde es sehr interessieren, daß sie mit ihrem ›anderen Daddy‹ nach San Diego flog. Als sie die Tür mit dem bekannten Symbol sah, machte sie sich von Chandler Scott los und rannte drauf zu, aber er holte sie mit ein paar ausgreifenden Schritten ein.

»Nein, nein, kommt nicht in Frage.«

»Aber ich muß mal.« Jetzt standen Tränen in ihren Augen. Sie wußte jetzt, daß er etwas Schlimmes vorhatte. Er wollte sie nicht aus den Augen lassen. Nicht mal auf die Toilette wollte er sie gehen lassen.

»Das kannst du in der Maschine erledigen.«

»Ich glaube, ich sollte Daddy anrufen und ihm sagen, wohin wir fliegen.«

Er lachte nur. »Keine Angst, ich sagte schon, daß ich ihm Bescheid gebe...« Sie hatte den Eindruck, daß er sich verstohlen umsah, während er sie keinen Augenblick losließ, und plötzlich näherte sich ihnen eine Frau mit gefärbtem blonden Haar und dunkler Sonnenbrille. Sie trug enge Jeans, einen dunkelroten Parka, eine Baseballmütze und Cowboystiefel. Ihr Gesicht kam Jane irgendwie hart vor.

»Hast du die Tickets?« Das fragte er ohne die Spur eines Lächelns, und sie nickte. Wortlos übergab sie Chandler die Tickets. Seite an Seite verfielen sie in Gleichschritt. Jane, die sich fragte, was da los war, hatten sie zwischen sich genommen.

»Ist sie das?« fragte sie schließlich. Scott nickte nur, und in Jane stieg das Entsetzen hoch. Sie blieben am Foto-Automaten stehen, ließen sich für einen Dollar vier Aufnahmen machen, und zu Janes großer Verwunderung zog Chandler Scott einen Paß heraus und klebte eines der Fotos hinein. Es war ein gefälschter Paß, der einer näheren Inspektion nicht standgehalten hätte, aber er wußte, daß Kinderpässe selten genau kontrolliert wurden. Am Gate versuchte sie, sich zur Wehr zu setzen und Widerstand zu leisten, doch Chandler Scott umfaßte ihren Arm so fest, daß sie fast aufschrie. Und er sagte ihr genau, was er tun würde, wenn sie sich weiter widerspenstig zeigte.

»Wenn du einen Ton sagst oder wieder zu türmen versuchst, werden dein Daddy, wie du ihn nennst, und dein Brüderchen um fünf Uhr tot sein. Verstanden, Goldkindchen?«

Mit einem bösartigen Lächeln sprach er leise auf sie ein, während die Frau sich eine Zigarette anzündete und ständig wachsam um sich blickte. Sie schien sehr nervös zu sein.

»Wohin bringt ihr mich?« Nach allem, was er ihr jetzt gesagt hatte, fürchtete sie sich, laut zu sprechen. Das Leben von Vater und Bruder lag in ihrer Hand, und sie hätte nichts getan, um sie zu gefährden. Angsterfüllt fragte sie sich, ob die beiden sie auch umbringen wollten. Falls ja, würde sie zu ihrer Mami kommen, tröstete sie sich. Da war sie ganz sicher, und damit war alles ein bißchen weniger schrecklich.

»Wir machen einen kleinen Ausflug.«

»Kann ich im Flugzeug auf die Toilette?«

»Vielleicht.« Er sah sie gleichgültig an, und wieder wunderte sie sich, daß ihre Mutter mit diesem Mann einmal verheiratet gewesen sein konnte. Er sah so böse und verkommen aus, daß sie nichts Hübsches an ihm entdecken konnte.

»Was immer du tust, Herzchen«, stieß er zähneknirschend hervor, »du wirst ohne uns keinen Schritt machen. Du, meine liebste Tochter, bist unsere kleine Goldmine.« Jane begriff noch immer nicht, was da im Gange war. Sie war überzeugt, daß die beiden sie töten würden. Als Scott seiner Freundin eine Beschreibung von Bernies goldener Rolex lieferte, äußerte Jane hoffnungsvoll:

»Vielleicht gibt er dir die Uhr, wenn du mich zurückbringst.« Die beiden lachten nur und zerrten sie zu der wartenden Maschine. Den Stewardessen schien nichts Ungewöhnliches aufzufallen, und Jane hätte nicht gewagt, sich bemerkbar zu machen, nachdem er die Drohung gegen Bernie und Alexander ausgestoßen hatte. Scott und die Frau gaben ihr keine Antworten mehr und bestellten Bier, sobald die Maschine gestartet war. Jane bekam eine Coke, aber sie war weder hungrig noch durstig. Reglos saß sie auf ihrem Sitz und dachte daran, wohin man sie mit dem gefälschten Paß bringen würde und ob sie Bernie, Alexander und Mrs. Pippin je wiedersehen würde. Im Moment kam es ihr sehr unwahrscheinlich vor.

Kapitel

29

Es war acht Uhr vorbei, als Bernie schließlich Grossman anrief. Eine Stunde lang hatte er sich einzureden versucht, daß Scott und Jane sich nur verspätet hatten. Vielleicht hatte er auf der Rückfahrt eine Panne mit seiner alten Kiste, vielleicht... aber bis acht hätte er anrufen müssen. Plötzlich wurde Bernie klar, daß etwas Schreckliches passiert war.

Grossman war zu Hause. Er hatte Freunde zum Dinner eingeladen, und Bernie entschuldigte sich wegen der Störung.

»Schon gut. Wie ist es heute gelaufen?« Er hoffte, daß es keine Schwierigkeiten gegeben hatte. Es war einfacher für alle Beteiligten, wenn man sich mit dem Unvermeidlichen abfand, und seine Erfahrung sagte ihm, daß Chandler Scott sich nicht leicht abwimmeln lassen würde.

»Bill, deswegen rufe ich an. Jane sollte schon seit über einer Stunde hiersein, aber sie ist noch nicht da. Ich mache mir Gedanken. Nein, ich bin in größter Sorge.« Grossman hielt das für übertrieben und glaubte außerdem, daß Bernie Scott als schlimmeren Gauner hinstellte, als er tatsächlich war.

»Vielleicht hatte er eine Reifenpanne«, meinte er.

»Dann hätte er anrufen können. Und wann hatten Sie Ihre letzte Reifenpanne?«

»Mit sechzehn, als ich den Mercedes meines Vaters geklaut habe.«

»Also. Was kann passiert sein? Was sollen wir tun?«

»Als erstes müssen Sie sich beruhigen. Wahrscheinlich versucht er, ihr zu imponieren. Die beiden werden um neun auftauchen, nach einer Doppelvorstellung im Kino und zehn Eistüten.«

Grossman war noch immer davon überzeugt, daß alles ganz harmlos war, und wollte sich von Bernie nicht verrückt machen lassen.

»Beruhigen Sie sich«, beschwor er seinen Klienten noch einmal. Bernie sah auf die Uhr. »Ich gebe ihm noch eine Stunde.«

»Und was dann? Wollen Sie mit Ihrer Flinte die Straßen absuchen?«

»Bill, ich finde das längst nicht so lustig wie Sie. Er ist mit meiner kleinen Jane unterwegs.«

»Ich weiß, ich weiß, tut mir leid. Aber sie ist seine Tochter. Und er müßte ein Verrückter sein, wenn er ihr etwas antut – besonders beim ersten Mal. Der Mann mag ein Widerling sein, aber ich halte ihn nicht für einen Dummkopf.«

»Hoffentlich haben Sie recht.«

»Hören Sie, Bernie, am besten warten Sie bis neun und rufen mich dann wieder an. Wir werden sehen, was wir unternehmen müssen.«

Bernie rief fünf vor neun wieder an und war nicht gewillt, sich wieder vertrösten zu lassen. »Jetzt rufe ich die Polizei an.«

»Und was wollen Sie denen sagen?«

»Erstens habe ich mir die Zulassungsnummer von Scotts Wagen notiert, zweitens werde ich ihnen sagen, daß ich befürchte, mein Kind sei entführt worden.«

»Bernie, hören Sie auf mich und behalten Sie einen klaren Kopf, auch wenn es Ihnen schwerfällt. Erstens ist Jane nicht Ihre Tochter, sie ist seine – so sieht es auch das Gesetz, und zweitens, falls er sie mitgenommen hat, woran ich ehrlich gesagt zweifle, dann gilt das als Kindeswegnahme und nicht als Kidnapping.«

»Wo liegt da der Unterschied?« Bernie verstand nichts mehr.

»Kindeswegnahme ist nur ein Vergehen und bedeutet, daß ein Elternteil sein Kind irgendwohin mitgenommen hat.«

»In diesem Fall ist es nicht ein ›Mitnehmen‹, sondern Kidnapping. Der Bursche ist ein gemeiner Verbrecher. O Gott, er würdigte sie nicht eines Wortes, als er sie holte. Er hat sich nur im Haus umgesehen und ist wieder hinausmarschiert, mit der festen Überzeugung, daß Jane ihm nachlaufen würde wie ein Hund. Dann fuhr er in seiner altersschwachen Kiste los, und Gott allein weiß, wo sie jetzt stecken.« Allein der Gedanke machte ihn wahnsinnig, und er hatte das Gefühl, Liz verraten und sein Versprechen gebrochen zu haben. Sie hatte ihn angefleht, Jane nicht Chandlers Obhut zu überlassen, und genau das hatte er getan. Um zehn Uhr rief Bernie die Polizei an. Man zeigte sich mitfühlend, aber nicht sonderlich besorgt. Wie Bill, so war auch die Polizei der Meinung, daß Chandler noch auftauchen würde. »Vielleicht hat er ein paar über den Durst getrunken«, hieß es. Doch um elf, als Bernie einer Panik nahe war, zeigte sich die Polizei bereit, zu ihm zu kommen und alles zu Protokoll zu nehmen. Inzwischen war es auch mit Grossmans Ruhe vorbei.

»Noch immer nichts gehört?« Die Polizei war noch im Haus.

»Nein. Glauben Sie mir jetzt?«

»O Gott, hoffentlich haben Sie sich geirrt.« Er hatte der Polizei Janes Kleidung beschrieben, während Nanny in Morgenrock und Pantoffeln ruhig im Wohnzimmer saß. Sie sah sehr adrett aus, Bernie war sehr froh, daß er nicht allein war, als die Polizei eine halbe Stunde später feststellte, daß die Zulassungsnummer, die Bernie notiert hatte, zu einem gestohlenen Wagen gehörte. Jetzt war die Sache ganz ernst – für Bernie wenigstens. Für die Polizei aber war es genau das, was Grossman vorausgesehen hatte. Kindeswegnahme, nicht mehr – ein Vergehen und kein Verbrechen. Daß der Mann ein ellenlanges Vorstrafenregister hatte, kümmerte sie nicht. Der gestohlene Wagen war ihnen wichtiger, und sie gaben einen Funkspruch durch, der nur das Auto betraf, wegen Jane unternahmen sie nichts.

Mit dieser Neuigkeit rief er um Mitternacht Grossman an. Kaum hatte er aufgelegt, schrillte das Telefon. Endlich rief Chandler an!

»Hallo, Kumpel.« Bernie bekam fast einen hysterischen Anfall, als er seine Stimme hörte. Die Polizei war wieder fort, er war allein. Und Scott hatte seine Tochter in der Gewalt.

»Wo, zum Teufel, sind Sie?«

»Jane und mir geht es gut.«

»Ich fragte, wo Sie sind.«

»Außerhalb der Stadt, ein kleiner Ausflug. Es geht ihr gut, stimmt's, Schätzchen?« Scott faßte Jane grob unters Kinn. Vor Kälte zitternd stand sie neben ihm in der Telefonzelle. Sie hatte nur eine Jacke mit, und es war November.

»Was heißt außerhalb der Stadt?«

»Ich wollte Ihnen Zeit geben, das Geld zusammenzubringen.«

»Welches Geld?«

»Die fünfhunderttausend, die Sie mir geben werden, damit ich die Kleine wieder bei Ihnen abliefere. Richtig, Schätzchen?« Er blickte auf sie nieder, ohne sie wirklich anzusehen.

»Jane dachte sogar, Sie würden mir vielleicht die tolle Uhr spendieren, die Sie heute getragen haben, und ich finde die Idee fabelhaft. Für meine Freundin hier könnten Sie auch noch eine lockermachen.«

»Welche Freundin?« Bernie überlegte fieberhaft, was er tun konnte, aber ihm fiel nichts ein.

»Egal. Reden wir lieber vom Geld. Wann können Sie es zusammenhaben?«

»Sie meinen das tatsächlich ernst?« Bernies Herz klopfte wie verrückt.

»Sehr ernst.«

»Niemals... Mein Gott, wissen Sie, was Sie von mir verlangen? Ein ganzes Vermögen. Soviel Geld habe ich nicht!« In seinen Augen standen Tränen. Er hatte nicht nur Liz verloren, er hatte auch Jane verloren – möglicherweise für immer. Gott allein mochte wissen, wo sie steckte und was man ihr antun würde.

»Sehen Sie zu, daß Sie es auftreiben, Fine, oder Sie sehen Jane niemals wieder. Ich habe Zeit. Ich kann mir vorstellen, daß Sie die Kleine zurückhaben möchten.«

»Sie sind ein verdammter Schweinehund!«

»Und Sie ein reicher Schweinehund.«

»Wo kann ich Sie finden?«

»Ich rufe Sie morgen an. Hände weg vom Telefon und ja kein Anruf bei der Polizei, sonst bringe ich Jane um.« Jane stand da und starrte Scott mit entsetzten Augen an, als er das sagte, doch er bemerkte es nicht, da er sich auf das Gespräch mit Bernie konzentrieren mußte.

»Woher soll ich wissen, daß Sie sie nicht schon ermordet haben?« Der Gedanke entsetzte Bernie. Es war mehr, als er ertragen konnte. Er hatte das Gefühl, eine Hand drücke ihm bei diesen Worten das Herz ab.

Chandler Scott hielt Jane den Hörer vors Gesicht.

»Hier, sprich mit deinem Alten.« Sie war klug genug, um nicht zu verraten, wo sie war. Das wußte sie selbst nicht genau. Sie hatte die Waffen gesehen und wußte, daß es den beiden ernst war.

»Hallo, Daddy.« Ihre Stimme klang verzagt, und sie fing sofort zu weinen an. »Ich habe dich lieb... mir geht es gut...«

»Ich hole dich nach Hause, mein Schatz... egal, was es kostet... das verspreche ich dir...« Aber Chandler Scott ließ ihr nicht die Zeit zu einer Antwort, sondern riß ihr den Hörer aus der Hand und hängte ein.

Bernie wählte mit zitternden Fingern Grossmans Nummer. Inzwischen war es halb eins.

»Er ist mit ihr weg.«

»Ich weiß. Wo ist er?«

»Das wollte er nicht sagen. Und er verlangt eine halbe Million.« Bernie war so atemlos, als wäre er gelaufen. Nun trat längeres Schweigen ein.

»Er hat sie gekidnappt?« Grossman war wie vor den Kopf geschlagen.

»Ja, Sie Idiot. Habe ich Ihnen das nicht von Anfang an gesagt... tut mir leid. Was soll ich jetzt tun? Soviel Geld habe ich nicht.« Er kannte nur einen Menschen, der ihm möglicherweise helfen konnte. Aber der hatte das Geld bestimmt nicht in bar, doch er mußte es versuchen.

»Ich werde die Polizei verständigen.«

»Schon geschehen.«

»Jetzt hat sich die Situation aber geändert.« Aber auch das stimmte nicht. Die Polizei zeigte sich nicht mehr beeindruckt als eine Stunde zuvor. Für sie war dieser Fall eine Privatangelegenheit zwischen zwei Männern, die sich um ein Kind stritten, das jeder für sich beanspruchte. Die Polizei wollte sich heraushalten. Und das mit dem Geld war wahrscheinlich nicht so ernst gemeint.

Die ganze Nacht über saß Nanny mit Bernie zusammen, schenkte ihm Tee ein und schließlich Brandy. Den brauchte er. Er war weiß wie ein Laken. Zwischen zwei Anrufen sah sie ihm direkt in die Augen und sagte ihm, wie einem verängstigten Kind: »Wir kriegen sie wieder.«

»Woher wissen Sie das?«

»Weil Sie ein intelligenter Mensch sind und das Recht auf Ihrer Seite haben.«

»Nanny, ich wünschte, ich wäre dessen so sicher.« Sie tätschelte ihm beruhigend die Hand, und er wählte Paul Bermans Nummer in New York, dort war es fast fünf Uhr morgens, und Berman antwortete ihm, daß er nicht soviel Geld hatte. Er war entsetzt über das, was geschehen war, aber er hatte keine halbe Million zur Verfügung. Er würde Wertpapiere verkaufen müssen, die ihm und seiner Frau gemeinsam gehörten. Er brauchte also das Einverständnis seiner Frau. Zudem würde er bei einem Verkauf ein Vermögen verlieren, weil die Aktien im Moment im Keller waren, und es würde eine Weile dauern, bis er das Geld hatte. Bernie war klar, daß dies nicht die Lösung sein konnte.

»Hast du die Polizei benachrichtigt?«

»Denen ist die Sache einerlei. Offenbar ist ›Kindeswegnahme‹, wie es genannt wird, in Kalifornien keine große Sache. Der leibliche Vater kann praktisch nichts Unrechtes tun.«

»Den sollte man umlegen.«

»Das werde ich tun, wenn ich ihn gefunden habe.«

»Laß mich wissen, wenn ich dir trotzdem helfen kann.«

»Danke Paul.« Er legte auf.

Danach rief er wieder Grossman an. »Ich bekomme das Geld nicht zusammen. Was nun?«

»Ich hätte da eine Idee. Ich kenne einen Detektiv, mit dem ich schon öfter zusammengearbeitet habe.«

»Könnten wir ihn jetzt anrufen?«

Sein Zögern dauerte nur den Bruchteil einer Sekunde. Im Grunde war Grossman ein anständiger Kerl, nur viel zu vertrauensselig.

»Ich werde mit ihm Kontakt aufnehmen.« Fünf Minuten später rief Grossman zurück und kündigte an, daß er zusammen mit dem Detektiv in einer halben Stunde bei Bernie sein würde.

Es war drei Uhr morgens, als die Gruppe sich in Bernies Wohnzimmer zusammenfand. Bill Grossman, Bernie und der Detektiv, ein bulliger, durchschnittlich aussehender Mann Ende Dreißig, eine Frau, die er mitgebracht hatte, und schließlich Nanny in Morgenrock und Pantoffeln. Sie machte Kaffee für alle. Bernie trank noch einen Brandy. Die anderen mußten nüchtern bleiben, wenn sie Jane finden wollten.

Der Detektiv hieß Jack Winters, und seine Begleiterin war seine Frau Gertie. Beide waren ehemalige Drogenfahnder. Nach jahrelanger Untergrundarbeit für die Polizei von San Franzisko hatten sie sich selbständig gemacht. Bill Grossman schwor, daß sie sehr erfolgreich seien.

Bernie erzählte ihnen alles, was er wußte – von Chandler Scotts Vergangenheit, von seiner Beziehung zu Liz, von seinen Haftstrafen und seinem Verhalten Jane gegenüber. Dann nannte er ihnen die Zulassungsnummer des gestohlenen Fahrzeugs, lehnte sich zurück und starrte voller Angst auf die beiden.

»Können Sie Jane finden?«

»Vielleicht.« Der Detektiv, der einen hängenden Schnurrbart hatte, benahm sich, als wäre er nicht gerade mit Intelligenz gesegnet, aber seine Augen blitzten hellwach. Seine Frau schien ähnlich veranlagt zu sein. Sie wirkte unscheinbar, war aber alles andere als dumm. »Ich vermute, daß er nach Mexiko abgehauen ist.«

»Warum?«

Sein Blick bohrte sich in den Bernies.

»Nur so ein Gefühl. Lassen Sie mir ein paar Stunden Zeit, dann werde ich ein paar Nachforschungen anstellen. Fotos haben Sie wohl keine von ihm?« Bernie schüttelte den Kopf. Er glaubte auch nicht, daß Liz welche gehabt hatte, und wenn, hatte er sie nie zu Gesicht bekommen.

»Was soll ich ihm sagen, wenn er anruft?«

»Daß Sie dabei sind, das Geld zusammenzubringen. Sie müssen ihn in Atem halten und Zeit gewinnen... lassen Sie ihn warten... und lassen Sie sich Ihre Angst nicht anmerken, sonst könnte er glauben, daß Sie das Geld nie aufbringen.«

Bernies Gesichtsausdruck wurde immer besorgter. »Ich habe ihm schon gesagt, daß ich es nicht habe.«

»Das ist ganz in Ordnung. Er hat es Ihnen nicht geglaubt.« Sie versprachen, sich gegen Abend zu melden, und rieten ihm, Ruhe zu bewahren.

Ihn beschäftigte nur noch eine Frage, und er fürchtete sich, sie zu stellen, aber er mußte sich Klarheit verschaffen.

»Glauben Sie… ist es möglich… meinen Sie, er könnte ihr etwas antun?« stammelte Bernie – das Wort ›töten‹ brachte er nicht über die Lippen.

Gertie sah ihn mit weisem Blick an, als sie leise auf ihn einredete. Sie war eine Frau, die viel gesehen hatte, das spürte er.

»Das wollen wir nicht hoffen. Wir werden tun, was in unseren Kräften steht, um ihn zu finden, bevor er etwas unternimmt. Vertrauen Sie uns.«

Das tat er, es blieb ihm ohnehin nichts anderes übrig. Zwölf Stunden später waren sie wieder da. Für Bernie war die Wartezeit entsetzlich lang gewesen. Er war auf und ab gelaufen, hatte noch mehr Kaffee und Brandy getrunken, und schließlich war er um zehn Uhr morgens ins Bett gefallen. Er war mit den Nerven am Ende und total erschöpft. Nanny war überhaupt nicht zu Bett gegangen und hatte sich den ganzen Tag über um Alexander gekümmert. Sie fütterte ihn gerade, als es an der Haustür klingelte und die Detektive wiederkamen. Bernie war erstaunt, denn sie hatten eine Fülle interessanter Informationen gesammelt. Sie hatten sich eine vollständige Aufstellung von Scotts Gaunereien und Vorstrafen verschafft. Er hatte in sieben Staaten Haftstrafen abgesessen, immer wegen Diebstahls oder Einbruchs und verschiedener Betrügereien. Er war auch wegen Scheckbetrugs festgenommen worden, doch diese Anklage war fallengelassen worden. Möglicherweise hatte er Schadenersatz geleistet, aber das war nicht sicher und spielte auch keine Rolle.

»Interessant ist daran, daß dieser Mann alles nur um des Geldes willen tut. Keine Drogen, kein Sex, keine Laster… nur Geld. Man könnte sagen, es ist sein Hobby.«

Bernie sah den Detektiv bekümmert an.

»Eine halbe Million würde ich nicht als Hobby bezeichnen.« Winters nickte. »Das ist sein größter Coup.«

Sie hatten sich bei seinem Bewährungshelfer erkundigt, da dieser zufällig ein alter Freund von Jack war, und hatten sofort Glück gehabt, und das, obwohl es Sonntag war. Jetzt wußten sie, wo Scott gewohnt hatte. Er war am Tag zuvor ausgezogen und hatte verlauten lassen, daß er nach Mexiko fahren wolle. Der gestohlene Wagen wurde auf dem Flughafenparkplatz entdeckt. Drei gefälschte Tikkets für den Flug nach San Diego waren ausgestellt worden, das bedeutete, daß die drei inzwischen längst außer Landes waren. Die Stewardeß, mit der Gertie zwischen zwei Flügen sprechen konnte, glaubte sich an ein kleines Mädchen zu erinnern, war aber ihrer Sache nicht sicher.

»Ich bin sicher, daß sie in Mexiko sind. Und sie werden Jane nicht freigeben, ehe Sie das Geld nicht beisammen haben. Ehrlich gesagt, seitdem ich das Vorstrafenregister dieses Typs gesehen habe, ist mir viel wohler. Kein einziger Fall von Gewaltanwendung. Das ist zumindest eine positive Nachricht. Wenn wir Glück haben, wird er ihr nichts antun.«

»Aber wie finden wir den Kerl?«

»Wir fangen gleich mit der Suche an. Wenn Sie wollen, können wir schon heute losfahren. Wir sollten in San Diego beginnen. Vielleicht findet sich dort eine Spur. Vielleicht haben sie wieder einen Wagen gestohlen oder einen gemietet, den sie nicht zurückgeben. Scott ist nämlich nicht so professionell, wie es den Anschein hat. Ich denke, daß der Kerl weiß, daß ihm nicht viel passieren kann. Man wird ihn hier nicht unter Anklage stellen. Ein leiblicher Vater, der sein Kind zu sich holt – in den Augen des Gesetzes ist das Kleinkram.« Bernie wurde wütend, als er das hörte, aber er hatte ja selbst schon die Erfahrung gemacht, daß es stimmte. Deshalb war er so dankbar, daß die Winters ihm halfen, Jane zu finden, und er wollte alles tun, um sie dabei zu unterstützen.

»Ich möchte, daß Sie sofort anfangen.« Das Paar nickte. Sie hatten für diesen Fall bereits Vorkehrungen getroffen.

»Was soll ich sagen, falls er anruft?« Er hatte sich bis jetzt noch nicht wieder gemeldet.

»Sagen Sie ihm, daß Sie dabei sind, das Geld zusammenzukratzen, aber daß es unter Umständen ein, zwei Wochen dauern könnte. Wir brauchen Zeit, um uns umzusehen. Zwei Wochen müßten reichen. Bis dahin müßten wir ihn aufgestöbert haben.« Es war eine optimistische Prognose, aber schließlich hatten sie eine ziemlich genaue Beschreibung seiner Freundin, die ebenfalls vorbestraft war und noch Bewährung hatte. Sie hatte mit Scott in dem Hotel gewohnt, aus dem sie am Samstag ausgezogen waren.

»Glauben Sie wirklich, Sie finden ihn in zwei Wochen?«

»Wir werden unser Bestes tun.« Er glaubte ihnen.

»Wann fahren Sie los?«

»So um zehn Uhr abends. Wir müssen noch einiges erledigen.« Sie bearbeiteten im Moment drei andere Fälle, dieser aber war der größte. Die anderen würden ihre Mitarbeiter übernehmen müssen.

Bernie kam auf ihr Honorar zu sprechen, das ziemlich hoch war, aber er wollte nicht feilschen. Und ihm blieb gar nichts anderes übrig, als sich einverstanden zu erklären.

»In Ordnung. Wie kann ich mit Ihnen Kontakt aufnehmen, wenn er mich anruft?«

Sie gaben ihm die Nummer, unter der sie bis zur Abfahrt zu erreichen waren. Zwanzig Minuten nachdem sie gegangen waren, rief Chandler an.

»Na, wie geht's, alter Freund?«

»Gut. Ich bemühe mich, das Geld aufzutreiben.«

»Freut mich zu hören. Wann werden Sie es haben?« Plötzlich kam Bernie ein Gedanke.

»In einer oder zwei Wochen. Ich muß es mir in New York holen.«

»Mist, Mann«, stieß Scott wütend hervor, und Bernie hörte, wie er sich mit seiner Freundin beriet. Dann war er wieder in der Leitung. Sie hatten die Geschichte geschluckt.

»Na schön. Zwei Wochen. Keinen Tag länger. Ich rufe Sie in zwei Wochen von heute an gerechnet an. Seien Sie zur Stelle, oder ich bringe die Kleine um.« Damit legte er auf, ohne ihm die Gelegenheit zu geben, mit Jane ein paar Worte zu wechseln. Trotz seiner Verzweiflung zwang er sich, Winters' Nummer zu wählen.

»Warum haben Sie gesagt, daß Sie nach New York müßten?« fragte Winters überrascht.

»Weil ich mit Ihnen mitfahren möchte.« Kurzes Schweigen am anderen Ende.

»Sind Sie sicher? Es könnte hart auf hart kommen. Und er würde Sie erkennen, wenn Sie in seiner Nähe auftauchen.«

»Ich möchte in Janes Nähe sein, falls sie mich braucht, wenn Sie eingreifen. Sie hat nur noch mich. Und ich hielte es sowieso nicht aus, hier zu sitzen und zu warten.« Bernie merkte nicht, daß Nanny in der Tür stand, zuhörte und dann still verschwand. Sie begrüßte seinen Entschluß, nach Mexiko zu fahren und sich an der Suche zu beteiligen.

»Kann ich mitkommen? An Ihrem Honorar würde sich natürlich nichts ändern.«

»Deswegen mache ich mir keine Sorgen. Ich denke vielmehr an Sie. Wäre es nicht besser, wenn Sie versuchen würden, hier ein ganz normales Leben zu führen?«

»Mit der Normalität ist es seit gestern, sieben Uhr abends, vorbei. Sie wird sich erst wieder einstellen, wenn ich meine Tochter gefunden habe.«

»Wir holen Sie in einer Stunde ab. Wenig Gepäck, bitte.«

»Bis dann.« Als er auflegte, fühlte Bernie sich schon viel besser. Er rief Grossman an, der ihm versicherte, am nächsten Morgen das Gericht über die Sache in Kenntnis zu setzen, und danach sprach er mit Paul Berman in New York und mit seinem Assistenten im Geschäft. Zuletzt telefonierte er mit seiner Mutter.

»Mom, schlechte Nachrichten.« Seine Stimme bebte vor Nervosität, aber er mußte ihr sagen, was los war. Thanksgiving war verdorben, vielleicht sogar Weihnachten und Neujahr... und der Rest seines Lebens.

»Ist dem Baby etwas passiert?« Ruths Herz drohte stillzustehen.

»Nein. Es geht um Jane.« Nach einem tiefen Atemzug faßte er sich ein Herz.

»Für Erklärungen habe ich jetzt nicht viel Zeit. Aber der Exmann von Liz ist vor einiger Zeit aufgetaucht, ein richtiger Gauner, der die letzten zehn Jahre oft im Gefängnis war. Na, jedenfalls hat er versucht, Geld von mir zu erpressen. Da ich nicht zahlen wollte, hat er Jane entführt. Er will fünfhunderttausend Dollar von mir.«

»O mein Gott.« Das hörte sich an, als sei sie einer Ohnmacht nahe. »Mein Gott... Bernie...« Sie konnte es nicht glauben. Was für ein Mensch mochte das sein, der so etwas tat? Ein Geistesgestörter?

»Weißt du, wie es ihr geht?«

»Ich glaube, sie ist wohlauf. Aber die Polizei will nichts unternehmen, weil er der leibliche Vater ist und es sich nur um ein Vergehen handelt und nicht um ein Verbrechen wie Kidnapping. Für die Polizei eine Bagatelle.«

»O Bernie...« Ruth fing zu weinen an.

»Nicht, Mom, bitte, ich halte das nicht aus. Ich rufe an, weil ich nach Mexiko fliege und mich mit zwei Detektiven auf die Suche nach Jane mache. Die glauben, sie könnte dort sein... Thanksgiving ist natürlich ins Wasser gefallen.«

»Das ist doch jetzt egal, du mußt Jane finden. Mein Gott...« Zum erstenmal im Leben glaubte sie wirklich, sie stehe vor einem Herzanfall, und Lou war auf irgendeiner verdammten Sitzung.

»Ich werde dich anrufen, wenn ich etwas Neues weiß. Der Detektiv meint, wir könnten sie in zwei Wochen finden...« Für ihn hörte es sich hoffnungsvoll an, für sie wie ein Alptraum, und sie schluchzte.

»Großer Gott... Bernie...«

»Ich muß Schluß machen, Mom. Ich habe dich lieb.« Er packte das Allernötigste in eine Reisetasche, zog Hemd, einen Pullover, Jeans, Parka und Wanderschuhe an. Und als er sich bückte und nach seinem Aktenkoffer fassen wollte, sah er Nanny Pippin mit dem Baby in den Armen im Eingang stehen. Er sagte ihr, was er vorhatte, versprach, so oft wie möglich anzurufen, und bat sie, gut auf das Baby achtzugeben. Plötzlich war er sehr besorgt, nach allem, was Jane zugestoßen war, Nanny aber versicherte ihm, daß der Kleine gut aufgehoben war.

»Bringen Sie bloß Jane bald zurück.« Das klang wie ein Befehl, und er lächelte über ihren schottischen Akzent, als er seinen Sohn küßte.

»Seien Sie vorsichtig, Mr. Fine. Wir brauchen Sie heil und gesund.«

Wortlos umarmte er sie und ging zur Tür, ohne sich noch einmal umzusehen. Zu viele Menschen hatten ihn schon verlassen... Jane und Liz... und als Winters draußen in einem alten Lieferwagen, den einer seiner Mitarbeiter fuhr, hupte, lief er die Stufen hinunter.

Kapitel 30

Auf der Fahrt zum Flughafen konnte Bernie nicht umhin zu überlegen, wie sonderbar sein Leben sich gestaltet hatte. Ein knappes Jahr zuvor war alles noch in normalen Bahnen verlaufen. Eine Frau, die er liebte, ein neugeborenes Baby, und das Kind, das Liz in die Ehe mitgebracht hatte. Und jetzt war Liz nicht mehr, Jane war entführt worden und würde nur gegen Lösegeld freikommen, und er stand im Begriff, mit zwei ihm vollkommen fremden Menschen, die er bezahlte, daß sie Jane fanden, durch ganz Mexiko zu fahren. Als er aus dem Fenster sah, überwältigten ihn die Gedanken an Jane. Er befürchtete, Chandler Scott und seine Komplizin könnten ihr etwas antun. Diese Sorge hatte ihn die ganze Nacht über verfolgt. Auf dem Flughafen sprach er mit Gertie darüber, aber sie war sich sicher, daß Scotts Interesse allein dem Geld galt, und Bernie ließ sich gern überzeugen.

Vom Flughafen aus rief er Grossman an und versprach, ihn über ihre Fortschritte auf dem laufenden zu halten.

Die Nacht wurde sehr lang. Um halb zwölf landeten sie in San Diego und mieteten einen großen Wagen mit Allradantrieb. Winters hatte ihn von San Franzisko aus vorbestellt, so daß sie direkt vom Flughafen aus losfahren konnten. Sie verloren keine Zeit damit, in einem Hotel anzuhalten, und überquerten bei Tijuana die Grenze. Rosarito und Descanso lagen bald hinter ihnen, und nach einer Stunde hatten sie Ensenada erreicht. Winters mutmaßte, daß Scott diese Route gefahren war. Der Grenzposten in Tijuana hatte sich für fünfzig Dollar an das Pärchen mit dem Kind erinnert.

Es war mittlerweile ein Uhr vorbei, aber die Bars waren noch voller Leben. In Ensenada verwandten sie eine ganze Stunde darauf, ein Dutzend Kneipen abzuklappern, wobei jeder sich ein paar Lokale vornahm, ein Bier bestellte und dann Scotts Bild herumzeigte. Gertie wurde fündig. Ein Barkeeper konnte sich an das Kind erinnern.

Ein ganz blondes Mädchen, sagte er, ein Kind, das sich vor den beiden Erwachsenen zu fürchten schien. Scotts Freundin hatte sich nach der Fähre von Cabo Haro nach Guaymas erkundigt.

Gertie lief mit dieser Information zum Wagen zurück, und sie fuhren die Strecke, die der Barkeeper ihr beschrieben hatte, südwärts durch San Vicente, San Telmo, Rosario und dann östlich über die Baja nach El Marmol. Das waren an die zweihundert Meilen, und die Fahrt dauerte fünf Stunden über die Landstraßen. Um sieben Uhr morgens tankten sie in El Marmol, und um acht hielten sie an der Ostküste der Baja an, um zu frühstücken. Bis Santa Rosalia fuhren sie noch zweihundert Meilen. Es war eine lange, ermüdende Strecke, bevor sie dort kurz vor drei eintrafen. Jetzt mußten sie zwei Stunden auf die Fähre nach Guaymas warten. Aber sie erfuhren wieder Neuigkeiten. Der Fährmann, der ihnen half, den Wagen zu verladen, erinnerte sich an Scott, die Frau und das Kind, das zwischen ihnen saß.

»Jack, was halten Sie davon?« Er und Bernie waren an Deck, Gertie stand in einiger Entfernung.

»So weit, so gut, aber erwarten Sie ja nicht, daß es so weitergeht. In der Regel geht es nicht immer so glatt. Aber wenigstens hat sich zu Anfang alles gut angelassen.«

»Na, vielleicht haben wir Glück, und es bleibt so.« Bernie wollte es gern glauben, während Jack Winters wußte, daß das wenig wahrscheinlich war. Von Santa Rosalia nach Empalme waren es hundert Meilen, und zweihundertfünfzig von Empalme nach Espiritu Santo, wo Scott von der Fähre gefahren war, wenn der Mann auf dem Schiff sich richtig erinnerte. In Espiritu Santo erfuhren sie von Dockarbeitern, daß er nach Mazatlan gefahren war, das weitere zweihundertfünfzig Meilen entfernt lag. Und dort verlor sich die Spur. Am Mittwoch wußten sie nicht mehr als in San Franzisko. Es dauerte eine Woche, ehe sie mit mühsamer Kleinarbeit und Nachforschungen in fast jeder Bar, jedem Lokal, Laden und Hotel in Mazatlan entdeckten, daß die Spur weiter nach Guadalajara führte.

Von Mazatlan nach Guadalajara waren es noch einmal dreihundertvierundzwanzig Meilen, und es hatte acht Tage mühsamer Arbeit bedurft, um herauszufinden, daß Scott dorthin gefahren war.

In Guadalajara erfuhren sie, daß er in einem winzigen Hotel namens Rosalba in einer Seitenstraße gewohnt hatte, das war aber auch das einzige, was sie in Erfahrung bringen konnten. Jack hatte das Gefühl, daß sich die Entführer ins Landesinnere abgesetzt hatten, vielleicht hatten sie einen der kleinen Orte auf dem Weg nach Aguascalientes angepeilt. Es kostete sie weitere zwei Tage, ihre Fährte wiederaufzugreifen, und inzwischen war es Freitag, und Bernies Zeit war abgelaufen. Er mußte in zwei Tagen in San Franzisko sein, um Scotts Anruf entgegenzunehmen.

»Was machen wir jetzt?« Es stand fest, daß Bernie von Guadalajara zurückfliegen würde, falls sie Jane bis dahin nicht gefunden hatten. Die Winters sollten in Mexiko bleiben, und er würde sie auf dem laufenden halten. Täglich rief Bernie Grossman und Nanny an. Zu Hause war alles in Ordnung, aber Alex fehlte Bernie sehr. Doch am Freitag dachte er nur an Jane und den Halunken, der sie als Geisel festhielt.

»Ich glaube, Sie sollten morgen nach Hause fahren.« Winters dachte laut, während sie beide im Hotel ein Bier tranken. »Es wäre vermutlich das beste, wenn Sie dem Kerl sagen würden, daß Sie das Geld haben.« Er kniff die Augen zusammen, während er einen Plan austüftelte, aber Bernie gefiel das nicht.

»Eine halbe Million? Und was mache ich, wenn ich das Geld übergeben soll? Ihm sagen, daß es nur ein Scherz war?«

»Machen Sie einen Treffpunkt aus, über alles andere werden wir uns nachher den Kopf zerbrechen. Wenn er Sie nach Mexiko dirigiert, könnten wir einen Anhaltspunkt bekommen. Sie können ihm ja sagen, daß Sie ein, zwei Tage für die Fahrt brauchen. Mit etwas Glück haben wir ihn inzwischen gefaßt.« Winters überlegte ohne Unterlaß, aber Bernie ebenfalls.

»Glauben Sie nicht, daß die inzwischen wieder in den Staaten sein könnten?«

»Ganz ausgeschlossen.« Winters war seiner Sache sicher.

»Der hat doch viel zuviel Schiß vor den Bullen. Er ist ja nicht dumm. Die Sache mit dem Kind ist für ihn nicht so schlimm, aber bei seinen Vorstrafen bringt ihn der Autodiebstahl sofort wieder hinter Gitter, weil er ja noch Bewährung hat.«

»Merkwürdig, nicht?« Bernie warf ihm einen Blick zu, aus dem Bitterkeit sprach. »Er entführt ein Kind, bedroht es, fügt ihm vielleicht noch einen Schaden zu, an dem es für den Rest seines Lebens leiden muß, und der Polizei geht es in erster Linie um eine klapprige alte Karre. Hübsch, unser System, finden Sie nicht? Am liebsten möchte ich den Kerl dafür baumeln sehen!«

»Das werden Sie nicht.« Winters nahm es philosophisch. Er hatte auf diesem Gebiet schon sehr viel gesehen, auch Ärgeres. Es reichte jedenfalls, daß er kein Kind wollte, und seine Frau teilte diese Ansicht. Sie hatten nicht einmal mehr einen Hund, nachdem man ihren letzten gestohlen und vergiftet hatte und ihnen der Kadaver vor die Tür gelegt worden war – von einem Typen, den sie einmal gefaßt hatten.

Am nächsten Tag gab es keine neuen Erkenntnisse, so daß Bernie am Freitag abend nach San Franzisko flog. Um neun Uhr kam er an und beeilte sich, nach Hause zu kommen, weil er plötzlich große Sehnsucht nach dem Baby hatte. Alexander war das einzige, was ihm geblieben war. Jetzt war ihm nicht nur Liz genommen worden, auch Jane war fort, und er fragte sich, ob er jemals wieder ihre Stimme im Flur hören würde, wenn sie ihm entgegenlief und »Hallo, Daddy« rief. Diese Vorstellung war zuviel für ihn. Nachdem er sein Gepäck abgestellt hatte, ging er leise ins Wohnzimmer, setzte sich und weinte lautlos vor sich hin, die Hände vors Gesicht geschlagen. Jane auch noch zu verlieren, das war zu viel, und noch dazu auf diese Weise. Er hatte das Gefühl, Liz enttäuscht zu haben, und zwar genau in dem Punkt, der ihr am wichtigsten gewesen war.

»Mr. Fine?« Nanny hatte ihn gehört. Sie hatte Alexander in seinem Bettchen gelassen und sich auf die Suche nach seinem Vater gemacht. Leise betrat sie das dunkle Wohnzimmer. Sie wußte, daß die hinter ihm liegenden zwei Wochen schlimm gewesen waren... eigentlich die letzten Monate. Er war ein anständiger Mensch, den sie aus ganzem Herzen bedauerte. Nur ihr Glaube an Gott ließ sie unerschütterlich sicher sein, daß man Jane finden und sie nach Hause bringen würde, und das versuchte sie ihm zu sagen. Zunächst gab er keine Antwort. »Sie wird wieder nach Hause kommen. Gott wird uns helfen, sie zu finden.« Aber Bernie dachte an die viele Jahre zurückliegende Entführung des Lindbergh-Babys und an den Schmerz, den diese Menschen erlebt hatten.

»Und wenn wir sie nie finden?« Das sagte er wie ein Kind, überzeugt, daß alles verloren war, aber Nanny wollte das nicht glauben. Langsam hob er den Kopf und sah sie an. Das Licht hinter ihr im Flur ließ nur ihre Silhouette erkennen.

»Nanny, das könnte ich nicht ertragen.«

»Dank der Gnade Gottes werden Sie es nicht ertragen müssen.« Sie kam zu ihm, klopfte ihm auf die Schulter und machte Licht. Es vergingen nur ein paar Minuten, und vor ihm standen eine große Tasse Tee und ein Sandwich.

»Sie sollten heute früh zu Bett gehen. Am Morgen kann man besser nachdenken, Mr. Fine.« Aber was gab es noch zu überlegen? Sollte er so tun, als besäße er die halbe Million? Seine Angst ließ ihn nicht einschlafen, so daß er sich die ganze Nacht über hin und her wälzte und sich den Kopf zermarterte.

Am Morgen kam Bill Grossman zu ihm. Bernie berichtete ihm, wo sie gewesen waren, was sie gefunden hatten und daß sich die Spur in Guadalajara verloren hatte. Winters rief an, nur um sich zu melden – es gab nichts Neues. Nur Gertie hatte eine Idee gehabt und einen Vorschlag gemacht.

»Sie meint, wir sollten es in Puerto Vallarta versuchen.« Sie waren schon einmal darauf zu sprechen gekommen, waren jedoch zu der Ansicht gelangt, Chandler Scott würde dort zu sehr auffallen und sich daher entscheiden, weiter ins Landesinnere zu kommen. »Vielleicht hat sie recht. Vielleicht besitzt er die Frechheit, so etwas auszuprobieren. Wir wissen, daß er das gute Leben liebt. Könnte ja sein, daß er mal eine Jacht genießen möchte.« Bernie hielt das für ziemlich unwahrscheinlich.

»Versuchen kann man es ja.« Er blieb den ganzen Tag zu Hause, denn er hatte große Angst, Scotts Anruf zu verpassen, falls sich dieser früher als besprochen meldete. Und Grossman leistete ihm bis zum Spätnachmittag Gesellschaft. Er hatte ihm bereits gesagt, daß das Gericht Mr. Scotts unbedachtes Vorgehen sehr bedauert habe.

»Bedauert?« hatte Bernie ausgerufen. »Bedauert? Haben denn alle ihren gottverdammten Verstand verloren? Mein Kind befindet sich weiß Gott wo, dank der Dummheit des Gerichtes, das die Sache bedauert? Wie bewegend.« Grossman wußte, wie erregt er war, und zwar zu Recht. Er erzählte ihm nicht, daß die Sozialarbeiterin, die den Fall übernommen hatte, der Meinung war, Mr. Scott habe wahrscheinlich die verlorene Zeit gutmachen und seine Tochter richtig kennenlernen wollen. Wäre Grossman so unbedacht gewesen, ihm das zu sagen, wäre Bernie wohl ins Sozialamt gestürzt und hätte die Frau umgebracht – oder sie zumindest angeschrien. Er war mit den Nerven ziemlich am Ende, als das Telefon läutete. Bernie war sicher, daß Scott sich meldete, und holte erst tief Luft, ehe er abhob.

»Ja?« Es war nicht Scott. Es war Winters. »Wir haben etwas für Sie. Hat er schon angerufen?« Es war wie beim Räuber-und-Gendarm-Spiel, nur war Bernie sein Herz... sein Kind gestohlen worden.

»Nein, ich warte noch immer. Was ist los?«

»Ich bin nicht ganz sicher... aber vielleicht haben wir ihn gefunden. Gertie hatte recht. Er wurde in Puerto Vallarta gesehen.«

»Ist Jane bei ihm?« O Gott... bitte, lieber Gott... laß nicht zu, daß die ihr was angetan haben... Er hatte immer häufiger an jene Eltern denken müssen, die ihre Kinder nach einer Entführung nie wieder zu Gesicht bekommen hatten. Alljährlich Tausende... es waren erschreckende Zahlen, so um die hunderttausend...

»Ich bin mir nicht sicher. Er hat viel, sehr viel Zeit in einer Kneipe mit Namen Carlos O'Brien verbracht. Wie jedermann in Vallarta. Es ist die beliebteste Bar in der Stadt.« Scott war ein Dummkopf, daß er sich dort blicken ließ. Aber kein Mensch schien sich an das Kind oder an die Frau erinnern zu können. Wahrscheinlich hatte er die beiden im Hotel zurückgelassen.

»Versuchen Sie, etwas aus ihm herauszubekommen, wenn er anruft. Vielleicht können Sie das Gespräch hinziehen... auf die freundliche Tour.« Allein bei dem Gedanken bekam Bernie feuchte Hände.

»Ich werde es versuchen.«

»Treffen Sie eine Verabredung mit ihm. Tun Sie so, als hätten Sie das Geld.«

»Mach' ich.«

Bernie war ein nervöses Wrack, als er auflegte und Grossman die Lage erklärte. Es vergingen keine fünf Minuten, und das Telefon läutete wieder. Diesmal war es Scott. Eine sehr schlechte Fernverbindung.

»Na, wie geht's, Kumpel?« Er klang glücklich und entspannt, und Bernie wünschte, er hätte ihm die Hände um die Kehle legen und zudrücken können.

»Gut. Ich habe für Sie eine gute Nachricht.« Er bemühte sich, beherrscht und sorglos zu klingen, und mußte gleichzeitig das Knakken in der Leitung übertönen.

»Welche Nachricht?«

»Eine, die eine halbe Million wert ist.« Bernie spielte seine Rolle überzeugend. »Wie geht es Jane?«

»Eine tolle Nachricht.« Scott klang erfreut, wenn auch nicht so sehr, wie Bernie gehofft hatte.

»Ich fragte, wie es Jane geht?« Er umklammerte krampfhaft den Hörer, von Grossman unausgesetzt beobachtet.

»Gut. Aber ich habe trotzdem eine schlechte Information für Sie.« Bernies Herzschlag drohte auszusetzen.

»Der Preis ist gestiegen. Sie ist ein so niedliches kleines Dingelchen, viel mehr wert, als ich ursprünglich dachte.«

»Ach, wirklich?«

»Tja, ich glaube, jetzt ist sie eine Million wert, was meinen Sie?« Allmächtiger!

»Das wird nicht einfach sein.« Bernie kritzelte den Betrag auf einen Zettel, damit Grossman es sehen konnte. Vielleicht konnten sie damit auf Zeit spielen. »Ich muß erst wieder zurück zu meinen Quellen.«

»Die halbe Million haben Sie schon?«

»Ja«, log er.

»Warum einigen wir uns nicht auf Raten?«

»Bekomme ich Jane nach der ersten Zahlung zurück?«

Scott lachte ihn aus. »Wo denken Sie hin!« Dreckskerl. Noch nie hatte Bernie jemanden so gehaßt und aus so gutem Grund.

»Sie bekommen Jane, wenn wir die ganze Million haben.«

»Sehr gut, dann bekommen Sie keine Raten.«

Scotts Stimme verhärtete sich. »Ich gebe Ihnen eine Woche Zeit, die andere Hälfte aufzutreiben, Fine. Und wenn Sie es nicht schaffen...« Er war die personifizierte Geldgier. Aber sie hatten eine Woche Zeit gewonnen, um Jane zu finden. In Puerto Vallarta, mit etwas Glück.

»Ich möchte Jane sprechen.« Bernies Ton hatte sich dem von Scott angeglichen.

»Sie ist nicht da.«

»Wo ist sie?«

»In Sicherheit, keine Angst.«

»Scott, eines möchte ich Ihnen klarmachen. Wenn Sie Jane auch nur ein Haar krümmen, bringe ich Sie um. Verstanden? Und Sie kriegen keinen Cent, wenn ich nicht mit eigenen Augen sehe, daß sie am Leben und wohlauf ist.«

»Geht in Ordnung.« Scott lachte. »Sie ist sogar braun geworden.«

Also doch Puerto Vallarta.

»Wo ist sie?«

»Einerlei. Sie kann Ihnen alles sagen, wenn sie wieder zu Hause ist. Ich rufe Sie in einer Woche an. Sorgen Sie dafür, daß das Geld da ist, Fine.«

»Ja, und Sie sorgen dafür, daß Sie Jane bei sich haben.«

»Das nenne ich einen Handel.« Er lachte. »Für eine Million.« Und mit diesen Worten legte er auf. Atemlos lehnte Bernie sich zurück. Seine Stirn war schweißnaß, und als er Grossman ansah, bemerkte er, daß der Anwalt bebte.

»Ein reizender Mensch.« Grossman wurde übel.

»Nicht wahr?« In Bernies Tonfall lag Bitterkeit. Er hatte das Gefühl, nie über dieses Trauma hinwegzukommen, auch wenn er Jane wohlbehalten wiederbekommen sollte.

Eine halbe Stunde später klingelte wieder das Telefon. Es war Winters. Er machte nicht viel Worte. »Wir haben ihn.«

»O Gott, ist das Ihr Ernst? Eben habe ich mit ihm gesprochen.« Bernies Hand, die den Hörer hielt, zitterte, und seine Stimme klang unsicher.

»Ich meine damit, daß wir wissen, wo er ist. Eine Kellnerin im Carlos O'Brien hat für Jane Babysitter gespielt. Ich mußte ihr tausend Dollar für diese Information zahlen, es hat sich aber gelohnt. Sie sagt, daß das Kind wohlauf ist. Die Kleine sagte ihr, daß Scott nicht ihr richtiger Dad sei, daß er ›es mal war‹, daß er mal mit ihrer Mutter verheiratet gewesen sei und daß er ihr gesagt habe, wenn sie wegliefe oder versuche, Hilfe zu holen, würde er ihren richtigen Daddy und das Baby töten. Offenbar war es seine Freundin leid, jeden Abend aufpassen zu müssen, während Scott sich amüsierte, deshalb heuerte er diese Kellnerin an.«

»Um Himmels willen, wie konnte er Jane so etwas erzählen?«

»Das ist nicht ungewöhnlich. Meist wird den Kindern eingeredet, die Eltern seien tot oder wollten sie nicht mehr sehen. Erstaunlich, was Kinder alles glauben, wenn sie sich fürchten.«

»Warum ist die Kellnerin nicht zur Polizei gegangen?«

»Sie sagte, sie wolle da nicht hineingezogen werden, denn man wüßte ja nie, ob Kinder die Wahrheit sagen. Und außerdem hat er sie bezahlt. Nun, wir haben ihr eben mehr gegeben. Vielleicht hat er auch mit ihr geschlafen, wenn ich auch bezweifle, ob das bei ihr sehr zu Buche schlägt.« Sie hatte sich Winters für eine schnelle Nummer angeboten, für hundert Dollar, er hatte die Gelegenheit nicht wahrgenommen, sich auf Spesenrechnung zu amüsieren. Lächelnd hatte Winters seiner Frau davon berichtet, die aber die Sache weniger amüsant fand als er.

»Was hat er am Telefon gesagt?« Winters befürchtete, daß Scott nach dem Telefongespräch irgend etwas unternehmen und es schwierig werden würde, ihm unbemerkt zu folgen.

»Jetzt will er eine Million. Er läßt mir eine Woche Zeit, das Geld zusammenzubekommen.«

»Großartig. Das heißt, daß er in seiner Wachsamkeit zunächst mal nachlassen wird. Ich möchte mir das Kind heute nacht holen. Ist Ihnen das recht? Für weitere tausend Dollar wird das Mädchen aus der Bar mir helfen. Sie soll heute auf Jane aufpassen. Diese Gelegenheit möchte ich nützen.« Bernie drehte sich das Herz im Leibe um. Bitte, lieber Gott, behüte Jane. »Von hier aus kriegen wir heute keinen Flug mehr, wir wollen aber so schnell wie möglich nach Mazatlan fahren und von dort aus am Morgen nach Hause fliegen.«

Es hörte sich an, als spräche ein echter Profi... und das war er auch. Aber Bernie wäre lieber selbst zur Stelle gewesen. Er wußte, wie furchterregend das alles für Jane sein mußte. Und Jack und Gertie waren für sie nur Fremde. Die beiden waren aber ohne ihn viel beweglicher.

»Mit etwas Glück ist Jane morgen zu Hause.«

»Halten Sie mich auf dem laufenden.«

»Um Mitternacht hören Sie von uns.« Das würden die schlimmsten Stunden seines Lebens. Grossman ging um sieben nach Hause und bat ihn, ohne Rücksicht auf die Zeit anzurufen, wenn sich etwas Neues ergeben sollte. Bernie dachte auch daran, seine Mutter zu benachrichtigen, entschied sich aber zu warten, bis er ihr mehr zu sagen hatte. Es dauerte nicht so lange, wie Winters geglaubt hatte.

Kurz nach zehn kam ein R-Gespräch aus Valle de Banderas in Jalisco.

»Übernehmen Sie die Kosten?« fragte die Vermittlung, und er bejahte, ohne zu zögern. Nanny Pippin war zu Bett gegangen, und er befand sich allein in der Küche. Eben hatte er sich frischen Kaffee gekocht.

»Jack?«

»Wir haben sie. Sie ist wohlauf. Jetzt schläft sie im Wagen bei Gertie... total erschöpft, die Ärmste. Tut mir leid, das sagen zu müssen, aber wir haben ihr einen Riesenschrecken eingejagt. Das Mädchen hat uns ins Zimmer gelassen, und wir schnappten uns Jane. Das Mädchen wird Scott sagen, daß die Bullen das Kind geholt haben. Wahrscheinlich werden Sie eine Zeitlang nichts von ihm hören. Na ja, wir haben jedenfalls Reservierungen für neun Uhr in einer Maschine von Mazatlan aus. Die Nacht über sind wir im Holiday Inn. Jetzt rührt Jane niemand mehr an.« Bernie wußte, daß die beiden bewaffnet waren. Tränen liefen ihm über die Wangen, während er noch den Hörer in der Hand hielt. »Danke«, stammelte er. Mehr brachte er nicht heraus. Dann legte er auf und setzte sich an den Küchentisch. Er legte den Kopf auf die Arme und schluchzte vor Erleichterung, vor Reue und Erschöpfung. Sein Kind würde nach Hause kommen... wenn nur Liz mit Jane kommen würde...

Kapitel 31

Die Maschine landete um elf Uhr Ortszeit. Bernie wartete mit Nanny, Grossman und Alexander auf dem Flughafen. Jane ging an Gerties Hand von Bord, und Bernie lief ihr entgegen, nahm sie in die Arme und hielt sie an sich gedrückt, während er ohne Hemmungen weinte. Und in diesem Augenblick war auch Nanny nicht mehr imstande, Haltung zu bewahren. Aus ihren blauen Augen liefen die Tränen, und sie küßte das Kind. Sogar von Bill Grossman bekam Jane einen Kuß.

»Ach, Kleines... es tut mir ja so leid...« Bernie brachte kaum ein Wort heraus, und Jane hörte nicht auf zu weinen und zu lachen, als sie ihn, Alexander und Nanny umarmte.

»Sie haben gesagt, wenn ich etwas verraten oder versuchen würde wegzulaufen...« Wieder fing sie zu weinen an und fand die Worte nicht, aber er wußte ohnehin alles von Winters. »...sie sagten, sie hätten einen Verfolger auf dich angesetzt.«

»Das war eine Lüge wie alles andere, was sie dir erzählt haben.«

»Er ist ein schrecklicher Mensch. Ich weiß gar nicht, warum Mami ihn geheiratet hat. Und hübsch ist er gar nicht, er ist garstig, und seine Freundin war gräßlich...« Gertie vertraute Bernie an, daß nichts, was Jane ihr erzählt hatte, darauf hindeutete, daß ihr jemand zu nahe getreten sei. Die beiden waren einzig am Geld interessiert und hatten womöglich total durchgedreht, als sie nach ihrer Rückkehr aus der Bar herausfanden, daß Jane verschwunden war.

Zu Hause angekommen, sah Jane sich um, als befände sie sich im siebenten Himmel. Genau sechzehn Tage waren vergangen, seitdem sie das Haus verlassen und für alle der Alptraum begonnen hatte. Vierzigtausend Dollar hatte die Suche gekostet. Bernies Eltern hatten Aktien verkauft, damit sie sich am Honorar für Winters beteiligen konnten, aber die Rettung war jeden einzelnen Cent wert. Als Jane mit Großmama Ruth sprechen wollte, konnte diese nur schluchzen und mußte den Hörer an Lou weitergeben. Sie war die ganze Zeit überzeugt gewesen, man würde das Kind töten. Auch sie hatte ständig an den Fall Lindbergh denken müssen. Damals war sie eine junge Frau gewesen, doch dieses Ereignis war ihr fürs ganze Leben im Gedächtnis geblieben.

Bernie hielt Jane an jenem Tag stundenlang in den Armen. Er meldete der Polizei, daß Jane gefunden worden sei, aber dort fand das niemand weiter aufregend. Auch das Gericht wurde davon in Kenntnis gesetzt. Man sagte ihm, daß man sich freue, und Bernie verspürte Bitterkeit gegen jedermann, außer gegen Jack Winters, von dem er sich Leibwächter vermitteln ließ. Jane und Alexander durften ohne bewaffnete Begleitung nicht mehr aus dem Haus, außerdem wollte Bernie einen Leibwächter im Haus haben, wenn er selbst nicht da war. Dann rief er Paul Berman an und sagte ihm, daß er am nächsten Tag wieder im Büro sein würde. Obwohl er sich nur zwei Wochen freigenommen hatte, erschien ihm diese Zeit wie ein ganzes Menschenleben.

»Ist Jane gesund?« Berman war entsetzt über das, was passiert war. Diese armen Menschen hatten einen Alptraum nach dem anderen durchmachen müssen. Erst der Tod von Liz und jetzt dies. Berman hatte tiefstes Mitgefühl mit Bernie, und er war bereits auf der Suche nach einem Topmanager, der ihn in Kalifornien ersetzen konnte. Sogar Berman war klar, daß es unfair gewesen wäre, Bernie noch länger in Kalifornien festzunageln. Der Ärmste hatte genug durchgemacht. Gleichzeitig wußte er, daß es Monate, ja vielleicht ein Jahr dauern würde, bis ein Ersatz für ihn gefunden war. Aber die Suche hatte zumindest begonnen.

»Jane geht es gut.«

»Bernie, wir alle haben für sie gebetet.«

»Danke, Paul.«

Er legte auf, voller Dankbarkeit, daß Jane wieder zu Hause war.

Wieder mußte er an die Eltern denken, die ihre Kinder nie mehr wiedersahen, Väter und Mütter, die ihr Leben lang von der Frage gequält wurden, ob ihre Kinder noch am Leben waren. Eltern, die Fotos von Fünfjährigen wie Kostbarkeiten hüteten, obwohl ihre Kinder inzwischen zwanzig oder dreißig waren und sich oft gar nicht mehr an ihre Eltern erinnern konnten. Für Bernie war Kindesentführung fast so schlimm wie ein Mord.

Während des Abendessens läutete das Telefon. Nanny hatte Steaks mit Spargel und Sauce hollandaise gemacht, weil es Janes Lieblingsgericht war. Als Dessert gab es einen großen Schokoladenkuchen, mit dem Alexander liebäugelte, als Bernie aufstand und an den Apparat ging. Den ganzen Nachmittag und Abend über hatte das Telefon geläutet, Anrufe von Leuten, die ihnen zum glücklichen Ausgang gratulieren wollten und erleichtert waren, daß die Zeit der Angst vorüber war. Sogar Tracy hatte aus Philadelphia angerufen, und Nanny hatte ihr berichtet, was sich zugetragen hatte.

»Hallo?« sagte Bernie mit einem Lächeln, das Jane galt. Sie hatten den ganzen Tag mit den Blicken aneinandergehangen, und sie war kurz vor dem Essen auf seinem Schoß sitzend eingeschlafen.

In der Leitung knackte und knisterte es, dann meldete sich eine leider allzu vertraute Stimme. Bernie konnte seinen Ohren nicht trauen. Rasch schaltete er die Tonbandanlage ein, die Grossman ihm am Vortag gebracht hatte. Die Forderung über eine Million hatte er ebenfalls aufgenommen.

»Na, haben Sie Ihr Baby glücklich zurück?« Scotts Enttäuschung und Wut waren unüberhörbar.

»Wie ich hörte, hat die Polizei Ihnen aus der Patsche geholfen.« Das Mädchen hatte Scott wie verabredet die Geschichte aufgetischt, Bernie empfand große Erleichterung.

»Ich habe Ihnen nichts mehr zu sagen.«

»Sicher werden Sie vor Gericht einiges vorzubringen haben.« Ein Scherz. Scott würde nicht wagen, wieder vor Gericht zu gehen.

»Scott, deswegen brauche ich mir keine Sorgen zu machen, und falls Sie Jane je wieder anfassen, lasse ich Sie verhaften. Verhaften lassen könnte ich Sie überdies jetzt schon.«

»Und weswegen? Ich habe mich nur eines Vergehens schuldig gemacht und würde allerhöchstens für eine Nacht hinter Gittern landen.«

»Ich bin nicht sicher, ob Kindesentführung mit Erpressung vor Gericht Billigung fände.«

»Dann versuchen Sie mir etwas nachzuweisen, Fine. Schriftlich haben Sie von mir nichts, und wenn Sie so dämlich waren, unser Gespräch aufzunehmen, wird es Ihnen nichts nützen. Tonbandaufnahmen gelten nicht als Beweise.« Der Bursche wußte genau, was er tat. »Wir sind miteinander noch nicht fertig, Fine. Es gibt mehr Möglichkeiten, eine Katze zu häuten.« In diesem Augenblick legte Bernie auf und schaltete das Tonbandgerät ab. Nach dem Essen rief er Grossman an, und dieser bestätigte ihm, was Chandler Scott behauptet hatte. Bandaufnahmen waren vor Gericht als Beweise nicht zulässig.

»Warum haben Sie mir dann das Gerät gegeben?« In diesem Fall war das Gesetz eindeutig nicht auf seiner Seite. Man hatte von allem Anfang an keinen Finger gerührt, um ihm zu helfen.

»Auch wenn die Aufnahmen nicht beweiskräftig sind, kann man sie dem Familiengericht vorspielen, damit die endlich merken, was da läuft.« Aber als Bill die Aufnahmen dem Familienrichter vorspielte, war dieser alles andere als verständnisvoll und erklärte, Scott hätte sich wahrscheinlich einen Scherz erlaubt oder unter entsetzlichem Druck gestanden, weil er seine Tochter so lange nicht gesehen hatte und erfahren mußte, daß seine Exfrau gestorben war.

»Sind die übergeschnappt, oder erlaubt man sich mit mir einen dummen Witz?« Bernie hatte den Richter fassungslos angestarrt. »Der Mensch ist ein Verbrecher. Er hat Jane entführt, eine Million Lösegeld gefordert und das Mädchen sechzehn Tage in Mexiko als Geisel festgehalten. Und nach alldem ist das Gericht der Meinung, daß er nur unter Druck gestanden hat?« Bernie konnte es nicht fassen. Erst zeigte sich die Polizei ungerührt, als Scott Jane einfach mitgenommen hatte, und jetzt zeigte sich das Gericht ebenso unbeeindruckt von der Lösegeldforderung.

Aber das Ärgste sollte in der darauffolgenden Woche kommen, als ein Gerichtsbescheid eintraf, in dem stand, daß Scott einen Antrag auf Übertragung des Sorgerechts gestellt habe.

»Eine Vorladung wegen des Sorgerechtsantrags?« Fast hätte Bernie das Kabel aus der Wand gerissen, als Bill ihm am Telefon davon erzählte.

»Sorgerecht wofür?«

»Für seine Tochter. Er behauptet, der einzige Grund dafür, daß er mit ihr nach Mexiko gefahren ist, sei seine übergroße Liebe zu ihr. Er möchte sie bei sich haben, weil sie zu ihm gehört.«

»Wo denn? Im Gefängnis? Nimmt man Kinder in San Quentin auf? Dort gehört dieser Galgenvogel hin.« Bernie bekam im Büro fast einen hysterischen Anfall. Genau in diesem Augenblick hielt Jane sich im Park mit Nanny Pippin, dem Baby und einem schwarzen Leibwächter auf, der zehn Jahre zuvor bei den Redskins als Stürmer gespielt hatte, knapp zwei Meter maß und weit über hundert Kilo wog. Bernie sandte ein Stoßgebet zum Himmel, Scott möge nur ein einziges Mal das Mißfallen dieses Hünen erregen.

»Beruhigen Sie sich. Noch hat er das Sorgerecht nicht. Er hat erst den Antrag gestellt.«

»Warum? Warum tut er mir das alles an?«

»Möchten Sie wissen warum?« Es war der schlimmste Fall, mit dem Grossman je zu tun gehabt hatte, und sein Haß auf Scott konnte es langsam mit dem Bernies aufnehmen, aber das brachte sie auch nicht weiter. Man mußte den Fall ganz rational sehen.

»Er tut das alles, weil er Ihnen Jane verkaufen wird, wenn er, Gott behüte, das Sorgerecht oder auch nur das Besuchsrecht zugesprochen bekommt. Wenn er es nicht mit einer Entführung schafft, versucht er es auf legalem Weg. Das Gesetz ist auf seiner Seite, er ist ihr leiblicher Vater. Sie aber haben Geld, und das ist es, was er eigentlich haben möchte.«

»Dann geben wir es ihm eben. Warum der Umweg über das Gericht und alle möglichen Schikanen? Wenn er Geld will, dann bieten wir es ihm.« Für Bernie war das alles ganz einfach. Scott mußte ihn nicht erst quälen, um an sein Ziel zu gelangen.

»So einfach ist das nicht. Es ist ungesetzlich, daß Sie ihm Geld anbieten.«

»Ach, ich verstehe«, brüllte Bernie außer sich. »Aber das Gesetz findet nichts dabei, wenn er das Kind entführt und eine Million verlangt. Aber wenn ich versuche, den Gauner mit Geld abzufinden, ist es ungesetzlich. Großer Gott...« Er schlug mit der Faust auf den Schreibtisch und warf den Apparat zu Boden, hielt aber den Hörer noch immer in der Hand. »Was ist denn los mit unseren Gesetzen?«

»Immer mit der Ruhe, Bernie!« versuchte Grossman ihn zu beschwichtigen, vergeblich, wie es sich zeigte.

»Kommen Sie mir nicht damit! Er will das Sorgerecht für mein Kind, und ich soll ruhig bleiben? Vor drei Wochen hat er sie entführt, und ich bin in ganz Mexiko herumgerast, dachte, sie sei tot, und jetzt soll ich Ruhe bewahren? Sind Sie auch schon übergeschnappt?« Er war aufgestanden und brüllte mit höchster Lautstärke. Dann knallte er den Hörer hin, ließ sich auf den Schreibtischstuhl fallen und fing zu weinen an. Alles *ihre* gottverdammte Schuld. Wäre sie nicht gestorben, dann wäre das alles nicht passiert, und diese Gedanken bewirkten, daß er um so heftiger weinte. Er war ohne Liz so einsam, daß ihm jeder Atemzug weh tat, daß er sogar das Zusammensein mit den Kindern als schmerzlich empfand. Nichts war mehr so wie früher... nichts... das Haus nicht... die Kinder nicht... auch nicht das Essen... oder wie die Wäsche zusammengelegt war... nichts war mehr wie gewohnt und würde auch nie wieder so sein. Noch nie im Leben war er sich so einsam vorgekommen. So saß er an seinem Schreibtisch und weinte stille Tränen. Und zum erstenmal wurde ihm richtig klar, daß Liz nie mehr zurückkommen würde. Niemals wieder.

Kapitel 32

Der neue Gerichtstermin war auf den einundzwanzigsten Dezember festgesetzt. Der Fall besaß besondere Dringlichkeit, da es sich um einen Sorgerechtsantrag handelte. Offenbar hatte man die Sache mit dem Autodiebstahl unterdessen nicht weiter verfolgt, deshalb gab es auch keinen Verstoß gegen die Bewährung. Die Eigner des Wagens wollten keine Anzeige erstatten, da es sich laut Jack Winters um Drogenhändler handelte. Deshalb konnte Chandler Scott problemlos ins Land zurückkehren.

Als er mit seinem Anwalt den Gerichtssaal betrat, wirkte er anständig und dezent. Bernie trat im dunkelblauen Anzug und weißem Hemd, begleitet von Bill Grossman, vor Gericht. Der schwarze Leibwächter war indessen zu Hause bei Nanny Pippin und den Kindern. Erst am Morgen hatte sich Bernie das Lachen nicht verbeißen können, als er das Bild sah, das sie boten. Nanny so winzig, weiß und britisch mit blitzenden blauen Augen und derben Schuhen, und er wirkte so riesig, schwarz und bedrohlich, bis er lächelte und seine Zähne aufblitzen ließ und Alexander in die Luft warf und mit Jane Seilspringen spielte. Einmal hatte er sogar Nanny unter dem Gelächter der anderen in die Luft geworfen. Die Gründe für die Notwendigkeit seiner Anwesenheit waren zwar unglücklich, aber er war ein wahrer Segen. Er hieß Robert Blake, und Bernie war froh, daß er ihn hatte.

Beim Betreten des Gerichtssaales dachte Bernie nur an Chandler Scott und daran, wie sehr er ihn haßte. Den Vorsitz führte derselbe Richter wie beim letzten Mal, der Familienrichter. Ein verschlafen aussehender weißhaariger Mann mit freundlichem Lächeln, der sich in dem Glauben wiegte, jeder liebe jeden oder könne zumindest mühelos dazu gebracht werden. Der Richter rügte Scott, weil dieser das Zusammensein mit seiner Tochter über Gebühr ausgedehnt hatte. Grossman mußte Bernie am Arm festhalten, damit dieser ruhig sitzen blieb. Dann wandte sich der Richter an Bernie und bat ihn, Verständnis dafür zu haben, daß ein leiblicher Vater beim Zusammensein mit seinem Kind von Gefühlen übermannt worden war. Diesmal war Grossman nicht imstande, ihn zu bändigen.

»Euer Ehren, seine Gefühle haben neun Jahre überhaupt keine Rolle gespielt. Und sein stärkster Impuls war, von mir für die Rückgabe meiner Tochter eine Million Dollar zu verlangen...«

Der Richter bedachte Bernie mit einem wohlwollenden Lächeln.

»Sicher war das nur als Scherz gemeint, Mr. Fine. Nehmen Sie wieder Platz.« Bernie hätte am liebsten losgeheult, als die Verhandlung fortschritt. Am Abend zuvor hatte er seine Mutter angerufen, und Ruth war felsenfest davon überzeugt gewesen, daß man ihn allein deswegen benachteiligte, weil er Jude war. Bernie wußte, daß das Unsinn war. Man machte ihm Schwierigkeiten, weil er nicht Janes leiblicher Vater war – als ob das etwas ausgemacht hätte. Chandler Scotts einzige Heldentat bestand darin, mit Janes Mutter geschlafen und sie geschwängert zu haben. Darauf beschränkte sich sein einziger Beitrag zu Janes Leben und Wohlergehen, während Bernie ihr für die halbe Zeit ihres Lebens alles bedeutet hatte. Grossman tat sein Bestes, um dies dem Gericht klarzumachen.

»Mein Klient ist der Überzeugung, daß Mr. Scott weder seelisch noch finanziell in der Lage ist, zu diesem Zeitpunkt die Verantwortung für ein Kind zu übernehmen. Vielleicht zu einem späteren Zeitpunkt, Euer Ehren...« Bernie schnellte vor, wurde aber von Bill mit einem Blick zur Vernunft gebracht.

»Mr. Scott ist mit dem Gesetz mehrfach in Konflikt geraten und geht seit Jahren keiner geregelten Arbeit nach, wie unsere Ermittlungen ergaben. Im Moment lebt er in einem Heim für Obdachlose in East Oakland.« Scott zuckte unmerklich zusammen.

»Stimmt das, Mr. Scott?« Der Richter lächelte ihm zu, erpicht auf eine Aussage, die Scott zu einem guten Vater stempeln würde, und Scott war versessen darauf, sie ihm zu liefern.

»Nicht ganz, Euer Ehren. Ich bezog meine Einkünfte aus einem Fonds, den mir meine Familie vor einiger Zeit hinterließ.« Wieder beschwor er die Country-Klub-Atmosphäre herauf, aber Grossman stellte dies sofort in Frage.

»Können Sie das beweisen, Mr. Scott?« warf er ein.

»Nun ja, das Geld... ist natürlich mittlerweile aufgebraucht, leider. Aber ich fange noch diese Woche bei der Atlas Bank zu arbeiten an.«

»Was... mit diesem Vorstrafenregister?« flüsterte Bernie Grossman zu.

»Einerlei... wir zwingen ihn, Beweise vorzulegen.«

»Und gestern habe ich eine Wohnung in der Stadt gemietet.« Sein triumphierender Blick galt Bernie und Grossman.

»Natürlich habe ich nicht soviel Geld wie Mr. Fine, aber ich hoffe, daß Jane das nicht stört.«

Plötzlich sah Bernie Grossman voller Entsetzen an und beugte sich zu ihm, um ihm zuzuflüstern: »Wovon redet er da?«

Wieder nickte der Richter und betrachtete Chandler mit Wohlwollen.

»Es geht hier nicht um materielle Werte. Ich bin natürlich sicher, Sie werden Mr. Fine das Besuchsrecht bei Jane einräumen.«

Bernie warf Grossman einen entsetzten Blick zu und flüsterte: »Was redet der Kerl da? Was heißt ›Besuchsrecht‹? Ist er nicht bei Trost?«

Grossman wartete einen Augenblick und fragte dann den Richter nach dessen Absichten, und dieser bat Bill einen Augenblick um Geduld, um seine Überlegung allen Beteiligten zu erklären:

»Es ist für mich keine Frage, daß Mr. Fine seine Stieftochter liebt, darum geht es hier nicht, doch die Tatsache bleibt bestehen, daß ein leiblicher Vater zu seinem Kind gehört, wenn die Mutter nicht mehr lebt. Nach dem unglücklichen Tod von Mrs. Fine muß Jane bei ihrem Vater leben. Das Gericht hat Verständnis, daß dies für Mr. Fine eine schmerzliche Entscheidung ist, und wird sich aufgeschlossen zeigen, wenn wir sehen, wie diese neuen Umstände sich bewähren.« Er lächelte Scott wieder zu, während Bernie zitternd dasaß. Er hatte versagt. Er hatte Liz im Stich gelassen, jetzt würde er Jane verlieren. Er hatte das Gefühl, er wäre verurteilt worden, seinen Arm zu verlieren, und das wäre in der Tat nicht so schlimm gewesen, er hätte alle Gliedmaßen zur Verfügung gestellt, aber kein Opfer konnte ihm noch nützen. Der Richter sah die Kontrahenten an, auch deren Anwälte, und tat seine Entscheidung kund: »Hiermit wird Chandler Scott das Sorgerecht zugesprochen – unter der Voraussetzung, daß er Bernard Fine das Besuchsrecht in zufriedenstellendem Ausmaß zugesteht, etwa wöchentlich zweimal«, schlug er vor, während Bernie aufsprang.

»Das Kind muß Mr. Scott in achtundvierzig Stunden übergeben werden, zu Hause, um zwölf Uhr mittag, am dreiundzwanzigsten Dezember. Ich glaube sicher, daß das kleine Malheur in Mexiko nur ein Anzeichen dafür ist, wie sehr es Mr. Scott darum geht, mit seiner

Tochter ein normales Leben anzufangen. Das Gericht würde es gern sehen, wenn er diese Gelegenheit möglichst rasch ergriffe.« Zum erstenmal in seinem Leben war Bernie einer Ohnmacht nahe, als der Richter mit seinem Hammer auf den Tisch klopfte. Er war leichenblaß und starrte auf die Tischfläche vor sich. Der Raum begann sich um ihn zu drehen, und er hatte das Gefühl, als wäre Liz noch einmal gestorben. Fast konnte er ihre Stimme hören »...Bernie, du mußt mir versprechen, daß er nicht in Janes Nähe kommt...«

»Sind Sie in Ordnung?« fragte Grossman erschrocken. Über Bernie gebeugt, bedeutete er dem Gerichtsdiener, er solle ein Glas Wasser bringen. Bernie bekam einen aufgeweichten Pappbecher mit lauwarmem Wasser in die Hand gedrückt. Ein Schluck genügte, um ihn zur Besinnung zu bringen. Schweigend stand er auf und folgte Grossman aus dem Gerichtssaal.

»Kann ich Berufung einlegen? Gibt es noch eine rechtliche Handhabe für uns?« Seine Erschütterung hätte nicht größer sein können.

»Sie können einen erneuten Termin beantragen, müssen das Kind aber in der Zwischenzeit aufgeben.« Das sagte Grossman ganz sachlich, in dem Bestreben, die Emotionen zu entschärfen – ein nahezu unmögliches Unterfangen. Bernie starrte ihn mit unverhohlenem Haß an. Es war Haß auf Scott, auf den Richter und das System, und Grossman war nicht sicher, ob Bernie nicht auch ihn verabscheute. Es wäre ihm nicht zu verübeln gewesen. Die Entscheidung war ein Hohn, und doch waren ihnen im Moment die Hände gebunden.

»Und was ist, wenn ich Jane dem Kerl am dreiundzwanzigsten nicht übergebe?« fragte Bernie halblaut auf dem Korridor.

»Dann wird man Sie früher oder später ins Gefängnis stecken. Dann wird Chandler Scott Ihnen aber mit einem Sheriff auf den Pelz rücken müssen.«

»Gut.« Bernie kniff die Lippen zusammen und sah seinen Anwalt an. »Und Sie machen sich schon mal bereit, mich gegen Kaution herauszuholen, weil ich ihm Jane nicht geben werde. Und wenn er kommt, mache ich ihm ein großzügiges Angebot. Er will mir das Kind verkaufen? Großartig. Nennen Sie den Preis, ich kaufe.«

»Bernie, alles wäre einfacher, wenn Sie ihm Jane übergeben und dann versuchen würden, mit ihm ins Geschäft zu kommen. Das Gericht wird einen schlechten Eindruck bekommen, falls...«

»Zum Teufel mit dem Gericht«, schleuderte Bernie ihm entgegen. »Und zum Teufel mit Ihnen. Keiner von euch Juristen ist tatsächlich an meinem Kind interessiert. Ihr wollt euch nur gegenseitig beruhigen und das verdammte Boot nicht zum Kentern bringen. Aber hier ist nicht die Rede von einem Boot, hier ist die Rede von meiner Tochter. Und was für sie gut ist und was nicht, das weiß ich. Eines schönen Tages wird dieser Schweinehund mein Kind töten, und dann werdet ihr mir alle versichern, wie leid es euch tut. Ich habe vorausgesehen, daß er sie entführen würde, und ihr habt mich für verrückt erklärt. Aber ich hatte recht. Und diesmal sage ich, daß ich sie ihm am Donnerstag nicht übergebe. Grossman, wenn Ihnen das nicht paßt, dann legen Sie meinetwegen den ganzen Fall nieder.« Bernie tat Grossman aufrichtig leid. Es war eine verfahrene Situation.

»Ich habe nur versucht, Ihnen klarzumachen, wie das Gericht diese Situation sieht.«

»Das Gericht hat den Kopf in den Sand gesteckt und zeigt keine Gefühle. Das Gericht, wie Sie es nennen, ist ein dickes altes Männchen, das dort oben thront und als Anwalt keinen Erfolg hatte. Deshalb macht er jetzt den Menschen das Leben zur Hölle und kommt sich wichtig vor. Er hat nicht mal beachtet, daß Scott Jane entführt hat, und es wäre ihm wahrscheinlich einerlei, wenn er sie vergewaltigt hätte.«

»Da wäre ich nicht so sicher, Bernie.« Er mußte das System verteidigen, für das er arbeitete und an das er glaubte, aber in manchem hatte Bernie natürlich recht. Das war sehr betrüblich.

»Sie sind nicht sicher, Bill? Na, ich um so mehr.« Bernie war richtig in Rage geraten, als er, gefolgt von Bill, zu den Aufzügen ging... Schweigend fuhren sie hinunter, und Bernie warf ihm beim Hinausgehen einen wütenden Blick zu.

»Ich möchte, daß Ihnen eines klar ist: Wenn der Kerl am Donnerstag kommt, werde ich ihm Jane nicht geben. Blake und ich werden am Eingang Posten beziehen, und ich werde ihm sagen, daß er abhauen soll, und danach frage ich ihn rundheraus, wie hoch sein

Preis ist. Ich mache dieses Spiel nicht länger mit. Und diesmal muß er mir sein Leben verpfänden, wenn er das Geld bekommt. Nicht wie beim letzten Mal. Und wenn ich hinter Gittern lande, erwarte ich, daß Sie mich gegen Kaution freibekommen oder mir einen anderen Anwalt besorgen. Haben Sie verstanden?« Grossman nickte stumm, und Bernie ging ohne ein weiteres Wort davon.

Am Abend rief er seine Eltern an, und Ruth weinte am Telefon. Bernie dachte daran, daß sie seit einem Jahr kein glückliches Gespräch mehr geführt hatten. Erst hatte es die schmerzlichen und in gedämpftem Ton geführten Telefonate über Liz' Krankheit gegeben – und jetzt diese Katastrophe mit Chandler Scott. Er sagte seiner Mutter, was er vorhatte und daß er vielleicht im Gefängnis landen würde, und sie schluchzte haltlos, halb wegen des Enkelkindes, das sie vielleicht nie mehr wiedersehen würde, halb wegen ihres Sohnes, dem eine Haft drohte. Seine Eltern hatten am Freitag kommen wollen, aber Bernie hielt es für besser, daß sie warteten. Im Moment war sein Leben zu verworren. Doch als er auflegte, widersprach ihm Mrs. Pippin.

»Lassen Sie doch die Großmutter kommen, Mr. Fine. Die Kinder sollen sie sehen, und ich möchte sie kennenlernen. Das wird allen guttun.«

»Und wenn ich ins Gefängnis komme?«

Zuerst kicherte sie, dann zog sie gleichgültig die Schultern hoch. »Dann werde ich den Truthahn eben selbst tranchieren müssen.« Er liebte ihren rollenden Akzent und ihren trockenen Humor. Es gab offenbar nichts, dem sie auswich, sei es Überschwemmung, Seuche oder Hungersnot. Als er am Abend Jane zu Bett brachte, merkte er, wie groß ihre Angst davor war, daß er sie wieder Scott auslieferte. Er hatte versucht, dies der Sozialarbeiterin am Familiengericht zu erklären, die aber hatte ihm nicht glauben wollen. Nach einem fünf oder zehn Minuten dauernden Gespräch mit Jane war sie zu der Meinung gelangt, das Kind sei eben ›schüchtern‹ dem leiblichen Vater gegenüber. In Wahrheit hatte sie panische Angst vor ihm, und die Alpträume, an denen sie in jeder Nacht litt, waren die schlimmsten, die sie jemals gehabt hatte. Um vier Uhr morgens traf er in Janes Zimmer mit Mrs. Pippin zusammen, als die Kleine angstgepeinigt aufschrie. Er nahm sie schließlich zu sich ins Bett. Er hielt ihre Hand fest und merkte, daß sie im Schlaf immer wieder zusammenzuckte. Nur Alexander schien unbekümmert von der Tragödie, die seit seiner Geburt über sie hereingebrochen war. Er war ein fröhliches, sonniges Kind und fing schon zu sprechen an. Das war das einzige, was Bernie ein wenig aufheiterte. Am Donnerstag morgen führte er wieder ein Gespräch mit Jack Winters.

»Die Wohnung existiert wirklich«, sagte Jack. »Er ist mit seiner Freundin vor ein paar Tagen eingezogen. Den Job bei der Atlas Bank konnte ich nicht verifizieren. Es hieß dort, man habe ihn im Rahmen eines Programmes angestellt, mit dem man Exhäftlingen eine Chance geben möchte. Ich glaube, eine richtige Arbeit ist es nicht, und angefangen hat er auch noch nicht. Ich halte die ganze Sache für einen Werbegag, um zu beweisen, wie liberal diese Bank ist. Aber wir ermitteln weiter und halten Sie auf dem laufenden.«

Bernie gefiel nicht, daß Scott mit einer Freundin zusammenwohnte. Er war überzeugt, daß sie wieder mit Jane verschwänden, wenn sich ihnen die Möglichkeit bot. Aber Blake würde dafür sorgen, daß es nicht dazu käme. Bob hatte an jenem Morgen in der Küche gesessen, in Hemdsärmeln und mit einer großen .38er in einem Schulterholster, auf den Alexander unter Nannys mißbilligendem Stirnrunzeln ständig zeigte und »Bumm« rief. Aber Bernie wollte, daß Blake ständig bewaffnet war, und er wollte, daß auch Scott es sah, wenn er zu Mittag kam und sie sich weigerten, ihm Jane auszuliefern. Bernie spielte mit ihm kein Gesellschaftsspiel mehr. Jetzt war es ganz ernst.

Und wie beim ersten Mal, so ließ Scott sich auch diesmal Zeit, um Jane abzuholen, die sich in ihrem Zimmer versteckt hatte. Nanny war bei ihr.

Um ein Uhr war Scott auch noch nicht da, auch nicht um zwei. Bill Grossman, der die Spannung nicht aushielt, rief an, um zu fragen, was los sei, doch Bernie konnte ihm nichts Neues sagen. Um halb drei kam Jane auf Zehenspitzen aus ihrem Zimmer, aber Bernie und Bob Blake saßen noch immer im Wohnzimmer und warteten, während die Uhr tickte.

»Der läßt sich nicht blicken«, sagte Bernie zu Grossman, als dieser wieder anrief. Er konnte sich keinen Reim auf dieses Verhalten machen.

»Er kann es doch nicht vergessen haben.«

»Vielleicht hat er sich vollaufen lassen. Schließlich steht Weihnachten kurz bevor… möglich, daß er an einer Firmenfeier teilgenommen hat.« Um fünf fing Nanny an, das Abendessen zuzubereiten, und Bernie überlegte, ob er Bob nach Hause schicken sollte, doch Bob bestand darauf zu bleiben, bis man mehr wußte. Womöglich tauchte Scott zehn Minuten, nachdem Bob das Haus verlassen hatte, auf. Und Bernie war einverstanden und mixte für sich und Bob einen Drink, während Jane das Fernsehgerät einschaltete, um zu sehen, ob es einen Trickfilm oder eine lustige Show gäbe, es gab aber nur Nachrichten. Und dann sahen sie ihn plötzlich.

Sein Bild erschien auf dem Bildschirm. Erst in Zeitlupe, dann in einem Standbild, in dem von Menschen wimmelnden Schalterraum der Atlas Bank. Er hatte eine Pistole in der Hand. Dann lief der Film weiter. Scott wirkte auf dem Bildschirm groß und blond und sehr hübsch. Er lächelte jemandem zu, als er abdrückte und mit drei Schüssen eine Lampe neben jemandem zerschmetterte. Wieder lachte er. Jane war so entsetzt, daß sie weder schreien noch Bernie rufen konnte. Sie deutete nur hin, als Bernie und Bob mit den Drinks in der Hand hereinkamen, und Bernie konnte seinen Augen nicht trauen. Es war Chandler Scott, der am hellichten Tag die Atlas Bank überfiel.

»Der Gangster, der zum Zeitpunkt der Aufnahme noch nicht identifiziert war, betrat die Atlas Bank an der Sutter und Mason Street heute morgen kurz nach elf, in Begleitung einer Frau mit Strumpfmaske. Sie schoben der Angestellten am Schalter einen Zettel zu und verlangten eine halbe Million Dollar.« Das schien für ihn die magische Zahl zu sein.

»Als die Kassiererin sagte, es sei nicht soviel in der Kasse, verlangte er das ganze Geld, das sie hatte.« Die Stimme des Kommentators sprach monoton weiter, während der in der Bank aufgenommene Film gezeigt wurde. Plötzlich fing Scott zu schießen an. Als schließlich die Polizei die Bank umstellte, da die Kassiererin es geschafft hatte, einen Alarmknopf zu drücken, hielten er und seine Begleiterin alle Anwesenden als Geiseln fest. »Von den Geiseln wurde niemand verletzt«, fuhr der Sprecher fort, »es kam zu einer kleinen harmlosen Schießerei, die der Bankräuber und seine Komplizin begonnen hatten. Er drängte zur Eile und behauptete, daß er zu Mittag eine Verabredung hätte. Doch zu Mittag war bereits klar, daß die Gangster die Bank nicht verlassen konnten, ohne sich aufzugeben oder eine Geisel zu verletzen. Sie versuchten, sich den Weg schließlich freizuschießen, wobei beide getötet wurden, noch ehe sie den Gehsteigrand erreichten. Bei dem großen blonden Mann handelt es sich um den mehrfach wegen Betruges vorbestraften Chandler Anthony Scott, alias Charlie Antonio Schiavo, und bei der Frau um Anne Stewart.« Jane starrte auf den Bildschirm.

»Daddy, das ist die Frau, die mit uns in Mexiko war... Sie hieß Annie!« Scott und die Frau wurden gezeigt. Beide lagen mit dem Gesicht nach unten auf dem Gehsteig in einer Blutlache. Dann sah man, wie ein Krankenwagen die Leichen abholte und die Geiseln aus der Bank stürzten.

»Daddy, er ist tot.« Sie starrte Bernie mit großen Augen an, der zuerst sie und dann Robert Blake ansah. Alle standen sie unter Schockeinwirkung und fragten sich, ob es sich nicht um einen anderen Chandler Scott handelte, doch das war unmöglich. Unglaublich, daß jetzt alles vorüber sein sollte. Er nahm Jane in die Arme und hielt sie fest, während er Bob ein Zeichen gab, das Fernsehgerät abzuschalten.

»Liebling, es tut mir ja so leid, daß du das alles mitmachen mußtest, aber jetzt ist alles vorüber.«

»Er war ein schrecklicher Mensch«, sagte sie sehr traurig, sie wirkte so klein. Dann sah sie wieder Bernie an. »Ich bin froh, daß Mami das alles nicht erlebt hat. Sie hätte sich entsetzlich aufgeregt.«

Bernie lächelte über ihre Ausdrucksweise.

»Das hätte sie wohl. Aber jetzt ist alles vorüber... alles.« Es war so überraschend, daß er es nicht fassen konnte und die Wahrheit nur langsam begriff. Scott war aus ihrem Leben verschwunden. Endgültig.

Ein wenig später riefen sie die Großeltern in New York an und baten sie, mit der nächsten Maschine, die sie bekommen konnten, zu kommen. Bernie erklärte ihnen alles, ehe Jane etwas sagen konnte, doch die genauen Einzelheiten berichtete sie ihrer Großmutter selbst.

»Er lag da in einer großen Blutlache... ehrlich... auf dem Gehsteig... es war richtig gruselig.« Man sah ihr an, wie erleichtert sie war. Plötzlich sah sie wieder aus wie ein ganz normales kleines Mädchen. Das alles erzählte Bernie auch Grossman, und Nanny lud Bob Blake zum Abendessen ein, doch er hatte es eilig, nach Hause zu seiner Frau zu kommen. Sie waren zu einer Weihnachtsfeier eingeladen. Bernie, Jane, Nanny und Alexander setzten sich zu Tisch. Jane musterte Bernie und dachte an die Kerzen, die sie mit Großpapa an den Freitagabenden entzündet hatte, ehe ihre Mutter gestorben war. Sie wollte es wieder tun, und plötzlich hatten sie auch Zeit für alles. Sie durften sich auf ein ganzes Leben freuen. Gemeinsam.

»Daddy, können wir morgen die Kerzen anzünden?«

»Was für Kerzen?« Er hatte ihr eine Portion Fleisch auf den Teller gelegt, und plötzlich begriff er, was sie meinte, und empfand Schuldbewußtsein, weil er die Traditionen, mit denen er aufgewachsen war, nicht mehr beachtet hatte.

»Aber sicher, mein Schatz.« Er gab ihr einen Kuß, und Nanny lächelte. Alexander patschte mit den Fingern im Kartoffelpüree herum. Das Leben war fast wieder normal. Vielleicht würde es eines Tages wieder ganz normal sein.

Kapitel 33

Bernie schauderte es bei dem Gedanken, wieder in den Gerichtssaal zu müssen, aber es ging um etwas, das ihm viel bedeutete. Und seine Eltern waren eigens an die Westküste geflogen, um dabeisein zu können. Grossman hatte den Richter gebeten, daß alles in seinem Dienstzimmer abgewickelt werde. Sie waren wegen Janes Adoption ins Rathaus gekommen.

Die Papiere waren unterschriftsbereit, und der Richter, den Jane nie zuvor zu Gesicht bekommen hatte, lächelte ihr zu und sah dann die Familie an, die sie begleitete, Bernie und seine Eltern und Nanny in ihrer besten blauen Schwesterntracht mit weißem Kragen. Sie nahm nie einen Tag frei und trug nie etwas anderes als die tadellos gestärkte Schwesterntracht, die sie sich aus England kommen ließ. Sie hatte Alexander in einem blauen Samtanzügelchen mitgenommen. Der Kleine plapperte munter vor sich hin, während er sämtliche Bücher des Richters von den niedrigeren Regalfächern nahm und sie aufstapelte, so daß er daraufsteigen und die nächsten herunterholen konnte. Bernie nahm ihn in den Arm und hielt ihn fest, während der Richter die Anwesenden ernst ansah und erklärte, warum sie gekommen waren.

Den Blick auf Jane gerichtet, sagte er: »Wie ich höre, möchtest du adoptiert werden, und Mr. Fine möchte dich adoptieren.«

»Er ist mein Vater«, sagte sie leise, worauf der Richter ein wenig verwirrt dreinsah und dann den Blick wieder auf seine Unterlagen richtete. Bernie hätte einen anderen Richter für diese Formalitäten vorgezogen, da er ihn von dem Fiasko im Dezember her in schlechter Erinnerung hatte, als er Chandler Scott das Sorgerecht gewährt hatte, doch davon sprach jetzt niemand mehr.

»Nun gut, wir wollen sehen.« Er ging die Adoptionspapiere durch und bat Bernie um die Unterschrift, sodann Grossman als Zeugen. Bernie bat seine Eltern, ebenfalls als Zeugen zu unterschreiben.

»Kann ich auch unterschreiben?« fragte Jane, die an allem teilnehmen wollte. Der Richter zögerte. Eine ähnliche Bitte war noch nie geäußert worden.

»Hm... notwendig ist es nicht... aber... Jane... wenn du möchtest, dann kannst du auch unterschreiben.«

Da lächelte sie Bernie und dann wieder den Richter an.

»Wenn es möglich ist, dann möchte ich es.«

Er nickte und schob ihr eines der Dokumente hin, und sie sah ihn ernst an und schrieb ihren Namen. Dann blickte der Richter alle an.

»Dank der mir vom Staate Kalifornien übertragenen Vollmacht erkläre ich hiermit, daß Jane Elizabeth Fine die rechtmäßige Tochter von Bernard Fine ist, adoptiert heute, am achtundzwanzigsten Januar.« Er klopfte mit einem Hämmerchen auf den Tisch, stand lächelnd auf und schüttelte Bernie die Hand, ungeachtet der schrecklichen Sache, die er ihm angetan hatte. Anschließend nahm Bernie Jane in die Arme, so wie damals, als sie noch viel kleiner gewesen war, und er küßte sie und stellte sie wieder auf die Füße.

»Daddy, ich habe dich lieb«, flüsterte sie.

»Ich dich auch.« Er lächelte und wünschte sich, Liz hätte dabeisein können. Und ebenso wünschte er, daß er dies schon vor langer Zeit getan hätte. Er hätte ihnen allen viel Kummer erspart. Chandler Scott hätte keine wie immer gearteten Ansprüche stellen können. Aber es war zu spät, sich deswegen den Kopf zu zerbrechen. Jetzt war alles vorüber. Für sie alle hatte ein neues Leben begonnen. Jane war jetzt wirklich seine Tochter. Großmama Ruth küßte sie unter Tränen, und Lou schüttelte Bernie die Hand.

»Herzlichen Glückwunsch, Sohn.« Es war, als hätte er wieder geheiratet, und gemeinsam gingen sie zu ›Trader Vic's‹ essen, mit Ausnahme von Nanny und Alexander. Während alle ihr Essen bestellten, faßte Bernie mit einem Lächeln nach Janes Hand und streifte ihr wortlos einen Ring über den Finger. Es war ein schlichter Goldreif mit einer einzelnen Perle. Sie starrte den Ring mit großen Augen an, um dann wieder ihren Blick Bernie zuzuwenden.

»Daddy, er ist wunderschön.« Irgendwie kam sie sich vor wie verlobt. Jetzt wußte sie, daß niemand sie Bernie wieder wegnehmen konnte. Niemand. Niemals wieder.

»Du bist wunderbar, Schätzchen. Und du bist ein sehr, sehr tapferes Mädchen.« Beide dachten an die Tage in Mexiko, doch das lag nun hinter ihnen. In Gedanken bei Liz tauschten sie einen Blick, und Bernie lächelte dabei, weil er im Innersten seines Herzens spürte, daß Jane Elizabeth Fine jetzt wirklich seine Tochter war.

Kapitel

34

Zum erstenmal seit zwei Jahren übernahm Bernie wieder die Auswahl der Kollektionen, obwohl es für ihn sehr schmerzlich war, ohne Liz Paris und Rom zu besuchen. Er erinnerte sich zu deutlich an das erste Mal, als er Liz mit nach Europa genommen hatte. Wie hatte sie sich über die Kleider gefreut, die sie kaufte, wie hatte sie die Museen genossen, die Mittagessen bei ›Fouquet‹ und die Diners bei ›Lipp‹ und im ›Maxim's‹. Jetzt war alles anders, obwohl er in seinem Metier sofort wieder Tritt faßte. Er hatte das Gefühl, sehr sehr lange auf einem Abstellgleis gestanden zu haben. Nachdem er die Prêt-á-Porter-Kollektionen gesehen und mit seinem bevorzugten Couturier verhandelt hatte, fühlte er sich wieder viel lebendiger. Er wußte genau, was in diesem Jahr für Wolff richtig war, und als er auf dem Rückflug in New York Station machte, setzte er sich mit Paul Berman zu einem ausgedehnten Essen im ›Le Veau d'or‹ zusammen, und sie besprachen Bernies Pläne. Paul wußte zu schätzen, daß Bernie alles wieder im Griff hatte, und freute sich, ihn bald wieder in New York bei sich zu haben. Es hatte sich zwar noch niemand gefunden, der an seiner Stelle das Haus in San Franzisko übernehmen konnte, doch war zu hoffen, daß Bernie zum Jahresende wieder in New York sein würde.

»Wie würde das zu deinen Plänen passen, Bernard?«

»Gut, denke ich.« Die Rückkehr nach New York war ihm nicht mehr so wichtig wie früher. Seine alte Wohnung hatte er vor kurzem verkauft, da sie ihm ohnehin zu klein gewesen wäre. Und der Mieter, den er jahrelang gehabt hatte, wollte sie erwerben.

»Ich werde mir wegen Janes Schule etwas einfallen lassen müssen, ehe wir zurückkommen, aber das hat ja noch etwas Zeit.« Er hatte es nicht mehr eilig. Es gab nichts mehr, weswegen er eine Rückkehr hätte überstürzen müssen. Er hatte nur Nanny und die Kinder mitzubringen.

»Sobald wir Ersatz für dich haben, sage ich dir Bescheid.« Es war wirklich nicht einfach, jemanden zu finden, der für die Aufgabe in San Franzisko geeignet war. Bislang hatte er Gespräche mit zwei weiblichen Bewerbern und einem Mann geführt, doch bei allen dreien hatte er feststellen müssen, daß ihre Qualifikationen sehr begrenzt waren. Keiner hatte es mit Bernards Erfahrung und mit seinen Fähigkeiten aufnehmen können. Und Berman wollte unbedingt vermeiden, daß aus dem Haus ein öder Provinzladen wurde. Unter Bernies Händen war es hinter dem New Yorker Stammhaus der größte Geldbringer geworden, ein Umstand, der Paul Berman sehr gefiel – noch viel mehr hatte es den Vorstandsmitgliedern behagt.

Vor seinem Rückflug besuchte Bernie kurz seine Eltern, und Ruth machte den Vorschlag, daß er ihr die Kinder über den Sommer überlassen sollte.

»Du wirst keine Zeit haben, dich den ganzen Tag mit ihnen abzugeben, und in der Stadt haben sie um diese Jahreszeit nun wirklich nichts verloren.« Ohne daß er es hätte sagen müssen, hatte sie gewußt, daß er keine Ferien mehr in Stinson Beach plante. Es wäre für ihn zu schmerzlich gewesen, andererseits wußte er nun nicht, wo er Urlaub machen sollte. Er war mit Liz dort gewesen, seit er nach Kalifornien gezogen war, und ohne sie konnte er sich auch keinen anderen Ort vorstellen.

»Wenn ich zurück bin, will ich es mir durch den Kopf gehen lassen.«

»Vielleicht möchte Jane diesmal in ein Ferienlager.« Jane war eigentlich schon alt genug, aber Bernie wollte sie auf keinen Fall allein in die Ferien schicken. Sie hatten zuviel durchgemacht. Seit Liz' Tod war noch kein ganzes Jahr vergangen. Und am schockierendsten fand er, daß seine Mutter ihm in eindringlichem Ton erzählte, daß Mrs. Rosenthals Tochter, die sich kürzlich hatte scheiden lassen, in Los Angeles lebte, so als erwarte sie, er würde sich bemühen, sie kennenzulernen.

»Warum schaust du nicht mal bei ihr vorbei?« Er hatte sie angestarrt, als hätte sie von ihm verlangt, in Unterwäsche auf die Straße zu gehen. Gleichzeitig war er ziemlich verärgert. Sie hatte kein

Recht, sich in sein Leben einzumischen und ihm Frauen zuzuspielen.

»Und warum sollte ich das?«

»Weil sie ein sehr nettes Mädchen ist.«

»Na und?« Jetzt war er richtig wütend. Die Welt war voller netter Mädchen, von denen keine einzige so nett wie Liz war, und er wollte sie nicht kennenlernen.

»Bernie...« Nach einem tiefen Atemholen faßte sie Mut und sagte alles, was sie auf dem Herzen hatte. Sie hatte schon bei ihrem letzten Besuch in San Franzisko mit ihm darüber sprechen wollen. »Du mußt hin und wieder mal ausgehen.«

»Das mache ich ohnehin.«

»Das meine ich nicht. Ich meine mit Mädchen.« Am liebsten hätte er ihr gesagt, sie solle sich um ihre eigenen verdammten Angelegenheiten kümmern. Er würde nicht dulden, daß sie in offenen Wunden herumstocherte.

»Ich bin neununddreißig. Ich interessiere mich nicht für Mädchen.«

»Du weißt, was ich meine, Liebling.« Sie bohrte unentwegt, und er wollte nichts mehr davon hören. Liz' Kleider hingen wie früher im großen Einbauschrank, nur das Parfum wurde immer weniger spürbar. Zuweilen öffnete er den Schrank, um an Liz denken zu können, und dann überwältigte ihn immer der schwache Duft... er rief Fluten von Erinnerungen wach, und es kam auch vor, daß Bernie nachts in seinem Bett lag und weinte.

»Du bist noch jung. Höchste Zeit, daß du an dich denkst.« Nein, hätte er am liebsten geschrien. Nein! Er wollte an Liz denken! Tat er es nicht, würde er sie für immer verlieren. Und er war noch nicht bereit, sie loszulassen. Er würde es nie sein. Er würde ihre Garderobe für immer in seinem Schrank aufbewahren. Er hatte die gemeinsamen Kinder und seine Erinnerungen. Mehr wollte er nicht. Und das wußte auch Ruth.

»Ich möchte das nicht mit dir besprechen.«

»Du mußt langsam anfangen, darüber nachzudenken.« Das sagte sie sanft und liebevoll, und doch war er wütend, weil sie ihn bemitleidete und drängte.

»Wenn ich nicht will, brauche ich an gar nichts zu denken.« fuhr er sie an.

»Und was soll ich Mrs. Rosenthal sagen? Ich habe ihr so gut wie versprochen, daß du ihre Tochter anrufst, sobald du wieder an der Westküste bist.«

»Dann sag ihr, daß ich die Nummer nicht finden konnte.«

»Mach dich ja nicht lustig über mich... die Ärmste kennt doch niemanden.«

»Warum ist sie dann nach Los Angeles gezogen?«

»Sie wußte nicht, wo sie sonst hätte hingehen sollen.«

»Und was hat ihr an New York nicht gepaßt?«

»Sie wollte in Hollywood Karriere machen... du mußt wissen, daß sie ein bildhübsches Mädchen ist. Sie hat als Mannequin bei Ohrbach gearbeitet. Weißt du...«

»Nein, Mutter!« Das sagte er lauter als nötig, und es tat ihm auch gebührend leid, daß er so abweisend war, aber er war zu solchen Dingen einfach nicht bereit. Bernie konnte sich gar nicht vorstellen, daß er es je wieder sein würde. Er wollte mit niemandem ausgehen. Niemals wieder.

In San Franzisko wurde Alexanders zweiter Geburtstag gefeiert, als sie ankamen. Nanny hatte eine kleine Party arrangiert, zu der sie alle Freunde des Kleinen aus dem Park einlud. Sie hatte selbst einen Kuchen gebacken, über den er sich mit Wonne hermachte und den Großteil über Gesicht und Hände verteilte, allerdings auch eine ansehnliche Menge in den Mund stopfte, als er in Bernies Kamera lächelte. Aber Bernie empfand wieder Trauer, bei dem Gedanken, daß Liz dasein und Alexander hätte sehen sollen... und plötzlich überwältigten ihn die Erinnerungen an den nur zwei Jahre zurückliegenden Tag, als sie ihren Sohn geboren hatte. Er war dabeigewesen und hatte miterlebt, wie ihnen Leben geschenkt wurde, und dann hatte er mitangesehen, wie Leben genommen wurde. Das alles zu verstehen war sehr schwer, und als er Alexander abends einen Gutenachtkuß gab und dann in sein Zimmer ging, fühlte er sich noch einsamer als je zuvor. Und unwillkürlich ging er an Liz' Schrank. Es war fast wie ein körperlicher Schlag, als er die Augen schloß und wieder ihren Geruch einatmete.

Da er am Wochenende nicht wußte, was er sonst hätte unternehmen sollen, machte er mit den Kindern einen Ausflug. Jane saß im Wagen neben ihm, während Nanny hinten geduldig auf das Geplapper von Alexander einging. Sie fuhren in eine andere Richtung als sonst bei ihren Ausflügen. Meist trieben sie sich um Marin herum oder besuchten Paradise Cove in Tiburon, oder aber sie wanderten in Belvedere herum oder fuhren nach Sausalito und aßen Eis. Diesmal aber fuhr Bernie nach Norden ins Weinland, wo alles üppig grünte und wunderschön war. Nanny fing an, ihnen von ihrer Kindheit auf einer schottischen Farm zu erzählen.

»Dort sah es fast so aus wie diese Gegend hier«, bemerkte sie, als sie an einer riesigen Meierei vorüberkamen. Bernie fuhr unter majestätischen Bäumen dahin, und Jane lächelte jedesmal, wenn sie Pferde, Schafe oder Kühe sichtete, während Alexander beim Anblick der Tiere entzückt aufschrie, hindeutete und die passenden Geräusche von ›Muhh‹ bis ›Baah‹ von sich gab und damit alle, sogar Bernie, zum Lachen brachte. Die Gegend sah wirklich aus wie das Paradies.

»Hier ist es hübsch, nicht wahr, Daddy?« fragte Jane – sie wollte bei allem seine Meinung hören. Chandler Scott und der Kummer, den dieser ihnen beschert hatte, hatten sie einander noch nähergebracht.

»Es gefällt mir hier sehr gut.«

Manchmal wirkte Jane älter, als sie es den Jahren nach war, und wenn sich ihre Blicke trafen, lächelte er ihr zu.

Die Weinkellereien wirkten solide, die kleinen Häuser im viktorianischen Stil, an denen sie vorüberfuhren, glänzten in altmodischem Charme. Und plötzlich fragte er sich, ob sich in dieser Gegend nicht ein geeigneter Ferienort für den bevorstehenden Sommer finden ließe. Es war hier so anders als in Stinson Beach, so daß sie sicher unbefangen Ferienfreuden genießen würden. Er sah Jane lächelnd an.

»Was hältst du davon, wenn wir mal ein Wochenende hier verbringen und uns genauer umsehen würden?« Er beriet sich fast so mit seiner Tochter, wie er es mit Liz getan hätte.

Diese Aussicht begeisterte Jane, und Nanny lachte vor Vergnügen, als Alexander ausrief:

»Mehr... noch mehr Kuh!... Muuuh!« Sie fuhren gerade an einer ganzen Herde vorüber.

Am nächsten Wochenende kamen sie wieder und bezogen Quartier in einem Hotel in Yountville. Es war wie für sie geschaffen. Das Wetter war angenehm warm, es fehlte der Küstennebel, der Stinson zuweilen einhüllte, das Gras war grün, die Bäume hoch, die Weingärten schön, und an ihrem zweiten Tag hatten sie in Oakville das ideale Sommerhaus gefunden. Es war ein geradezu hinreißendes viktorianisches Haus, vom Highway auf einer schmalen, kurvenreichen Landstraße zu erreichen. Das Haus war von einer Familie, die vorübergehend nach Frankreich gezogen war, renoviert worden. Es wurde für einige Monate möbliert vermietet, bis die Familie sich endgültig entschieden hatte, ob sie ins Napa Valley zurückkehren würde.

Der Besitzer der Frühstückspension, in der sie wohnten, zeigte es ihnen, und Jane klatschte begeistert in die Hände, während Nanny erklärte, es sei der ideale Ort, um eine Kuh zu halten.

»Könnten wir auch Hühner halten, Daddy? Und eine Ziege?« Jane war außer sich vor Entzücken, und Bernie lachte befreit.

»Moment mal, wir wollen keinen Bauernhof betreiben, wir suchen nur ein Sommerhaus.« Es war für sie genau richtig. Bevor sie am Abend die Rückkehr in die Stadt antraten, sprach er noch bei dem Makler vor, der die Vermittlung übernommen hatte. Der Preis erschien Bernie als gerechtfertigt. Er konnte das Haus vom ersten Juni bis zum Labor Day haben. Bernie war mit allem einverstanden, unterschrieb den Mietvertrag, schrieb einen Scheck aus – und sie hatten ein Sommerhaus. Er hatte die Kinder nicht zu seiner Mutter schicken wollen, weil er die Ferien lieber mit ihnen gemeinsam verbringen wollte. Und er konnte von Napa aus genauso ins Büro fahren wie von Stinson aus. Die Fahrt war nur unwesentlich länger.

»Ich glaube, damit wäre die Frage, ob Ferienlager oder nicht, beantwortet«, meinte er lachend zu Jane.

»Ja, sehr gut.« Sie schien sich zu freuen. »Ich wollte ohnehin nicht ins Lager. Glaubst du, die Großeltern kommen uns hier draußen besuchen?« Platz genug hatten sie. Jeder hatte ein eigenes Zimmer, und dazu gab es noch ein Gästezimmer.

»Sicher werden sie kommen.« Ruth aber hielt das ganze Projekt von Anfang an für einen Fehler. Das Haus lag weitab von der Küste in einer Gegend, wo es wahrscheinlich viel zu heiß war. Zweifellos wimmelte es dort von Klapperschlangen, und überdies hätten es die Kinder bei ihr in Scarsdale viel besser, behauptete sie.

»Aber, Mom, die Kinder sind außer sich vor Begeisterung. Und das Haus ist wirklich zauberhaft.«

»Und dein Beruf?«

»Ich werde pendeln. Es ist nur eine Stunde Fahrzeit.«

»Umstände, nichts als Umstände. Genau das, was du brauchst. Wann wirst du endlich Vernunft annehmen?« Ruth hätte ihn zu gern gebeten, er solle Evelyne Rosenthal anrufen, entschied sich aber, lieber eine Weile zu warten. Die arme Evelyne war in Los Angeles so einsam, daß sie erwog, wieder nach New York zurückzugehen. Und dabei hätte sie so gut zu Bernie gepaßt! Vielleicht war sie nicht so ideal wie Liz, aber nett. Und gut für die Kinder. Sie hatte ja selbst zwei, einen Jungen und ein Mädchen. Und da sie ihre Gedanken von dem Thema nicht losreißen konnte, sagte sie dummerweise doch etwas zu Bernie.

»Weißt du, heute sprach ich mit Linda Rosenthal. Ihre Tochter ist noch immer in Los Angeles.«

Er konnte es nicht fassen, daß sie imstande war, ihn immer noch mit diesem Thema zu belästigen. Nachdem sie getan hatte, als sei sie Liz sehr zugetan... das erbitterte ihn besonders. Wie konnte sie nur.

»Ich sagte schon, daß ich nicht interessiert bin.« Seine Kehle war wie zugeschnürt, und jeder Gedanke an andere Frauen schmerzte ihn.

»Warum nicht? Sie ist ganz reizend. Sie ist...«

Aufgebracht schnitt er ihr das Wort ab.

»Ich muß aufhören zu telefonieren.«

Bei Bernie war dies ein heikles Thema, und wie immer empfand Ruth Mitleid mit ihm.

»Es tut mir leid, ich dachte nur...«

»Laß das lieber.«

»Hm, die Zeit ist wohl noch nicht reif.« Ihr Seufzen machte ihn nur noch wütender.

»Die Zeit wird nie mehr reif sein, Mom. Ich werde nie wieder jemanden wie Liz finden.« Plötzlich standen Tränen in seinen Augen, und auch die Augen seiner Mutter brannten, während sie in Scarsdale ihm zuhörte.

»So kannst du doch nicht denken.« Ihre Stimme klang sanft und traurig, als ihr die Tränen langsam über die Wangen liefen. Er tat ihr so leid, weil sie wußte, daß er mit seinem Schmerz leben mußte, und das wiederum bereitete ihr Kummer.

»Doch, ich kann so denken. Sie war alles, was ich wollte. Ich werde nie wieder jemanden wie Liz finden.« Das sagte er so leise, daß es nahezu unhörbar war.

»Du wirst vielleicht eine andere finden, die du auch liebst, aber eben anders.« Sie versuchte es mit großem Taktgefühl, da sie wußte, wie empfindlich er war. Trotzdem war sie der Meinung, daß es langsam Zeit würde, daß er sich wieder fing, während er diese Meinung nicht teilte.

»Versuch wenigstens, hin und wieder auszugehen.« Mrs. Pippin hatte ihr anvertraut, daß er die ganze Zeit zu Hause mit den Kindern verbrachte, und das war nicht gut.

»Mom, das interessiert mich nicht. Ich bin lieber zu Hause bei den Kindern.«

»Die werden eines Tages erwachsen sein. So wie du herangewachsen bist.« Beide lächelten, aber sie hatte immer noch Lou, und einen Augenblick lang empfand Ruth Schuldbewußtsein.

»Da müssen noch viele Jahre vergehen. Darüber zerbreche ich mir jetzt nicht den Kopf.« Im Moment wollte sie ihn nicht noch mehr drängen. Statt dessen sprachen sie von dem Haus, das er in Napa gemietet hatte.

»Jane möchte, daß du uns im Sommer besuchst, Mom.«

»Schön und gut... ich komme.«

Und als sie dann eintraf, war sie ebenso begeistert. Es war genau der Ort, an dem man sich herrlich gehenlassen und faulenzen konnte, wo man im Gras spazierengehen, sich im Baumschatten in der Hängematte aalen und in den Himmel schauen konnte. An der hinteren Grenze des Grundstücks plätscherte sogar ein Bächlein vorüber, über dessen Steine man gehen und sich die Füße kühlen konnte wie in Bernies Kindheit in den Catskills. In gewisser Weise erinnerte ihn Napa daran, und auch Ruth dachte daran. Sie sah den im Gras spielenden Kindern zu und bemerkte Bernies Miene, der die Kinder ebenfalls beobachtete. Sie hatte seinetwegen ein besseres Gefühl als seit langem. Und als sie wieder Abschied nahm, mußte sie zugeben, daß es wirklich der ideale Ort war. Bernie sah glücklicher aus als seit langem und die Kinder auch. Ruth flog nach Los Angeles, um sich mit Lou bei einem Ärztekongreß in Hollywood zu treffen. Von dort aus wollten sie mit Bekannten nach Hawaii. Sie erinnerte Bernie noch einmal an Evelyne Rosenthal, die noch immer in Los Angeles lebte, und diesmal lachte er sie nur aus. Er war in viel besserer Stimmung, wenn auch an Frauen noch immer nicht interessiert. Aber wenigstens fuhr er sie deswegen nicht wütend an.

»Mom, du gibst wohl nie auf, wie?«

Sie hatte ihn angelächelt.

»Schon gut, schon gut.« Am Flughafen gab sie ihm einen Kuß und warf ihm einen letzten Blick zu. Bernie war noch immer ihr großer, gutaussehender Sohn, mit mehr Grau im Haar als im Jahr zuvor und mit tieferen Falten um die Augen. Man sah ihm seinen Kummer immer noch an. Liz war jetzt ein Jahr tot, und er trauerte noch immer. Aber wenigstens war die Wut nicht mehr da. Die Wut darüber, daß sie ihn verlassen hatte. Er war nur so entsetzlich einsam ohne sie. Er hatte nicht nur die Geliebte und Ehefrau verloren, er hatte auch seinen besten Freund verloren.

»Gib acht auf dich, mein Schatz«, flüsterte seine Mutter ihm beim Abschied zu.

»Das gilt ebenso für dich, Mom.« Er umarmte sie und winkte, als sie an Bord ging. In den letzten ein, zwei Jahren waren sie einander nähergekommen, aber um welchen Preis! Unfaßbar, was alles passiert war. Auf der Fahrt zurück nach Napa dachte er an alles... an Liz... er konnte es noch immer nicht fassen, daß sie nicht mehr da war... daß sie nicht nur weggegangen und eines Tages wieder zurücksein würde. Für immer fort – das war unbegreiflich. Und er war in Gedanken noch immer bei Liz, als er vor dem Haus in Oakville ankam und den Wagen abstellte. Nanny war noch aufgeblieben und erwartete ihn. Es war schon zehn Uhr vorbei, und das Haus war ruhig und still. Jane war im Bett bei der Lektüre von Black Beauty eingeschlafen.

»Mr. Fine, ich glaube, bei Alexander braut sich etwas zusammen.«

Bernies Augen verengten sich. Sofort meldete sich Besorgnis bei ihm.

»Was ist los mit ihm?« Der Kleine war ja erst zwei, praktisch noch ein Baby, besonders in Bernies Augen. Alexander würde für ihn immer ein Baby bleiben.

Nanny gestand mit schuldbewußter Miene:

»Ich glaube, ich habe ihn zu lange im Pool gelassen. Vor dem Zubettgehen jammerte er wegen seines Ohres. Ich habe ihm warmes Öl eingeträufelt, das hat leider nicht viel geholfen. Wenn es bis morgen nicht besser wird, müssen wir vielleicht in die Stadt zum Arzt.«

»Machen Sie sich keine Sorgen.« Er lächelte ihr zu. Sie war so unglaublich gewissenhaft, und er dankte seinem Glücksstern, daß er sie gefunden hatte. Nur mit Schaudern dachte er an die sadistische Schweizer Kinderschwester oder an die schlampige Norwegerin zurück, die sich an Liz' Sachen vergriffen hatte.

»Das kommt sicher wieder in Ordnung, Nanny, gehen Sie ruhig zu Bett.«

»Möchten Sie vor dem Schlafengehen noch warme Milch?«

Er schüttelte den Kopf. »Nein danke.«

Ihr war seit Wochen aufgefallen, daß er sehr lange aufblieb, keinen Schlaf fand und unruhig auf und ab lief. Vor einigen Tagen hatte sich Liz' Todestag gejährt, und sie wußte, daß er sehr traurig war. Jane litt wenigstens nicht mehr an Alpträumen. Doch in dieser Nacht war es Alexander, der um vier Uhr heulend aufwachte. Bernie war eben erst zu Bett gegangen. Rasch schlüpfte er in seinen Schlafrock und lief ins Kinderzimmer, wo bereits Nanny vergeblich bemüht war, den Kleinen zu trösten und in den Schlaf zu wiegen.

»Ist es das Ohr?« Sie nickte und sang dem Kind laut etwas vor.

»Soll ich einen Arzt rufen?«

Sie schüttelte den Kopf.

»Ich glaube, Sie müssen ihn ins Krankenhaus bringen. Wir können ihn nicht länger leiden lassen. Der arme Kleine.« Sie drückte ihm einen Kuß auf Stirn, Wange und Köpfchen, und er klammerte sich verzweifelt an sie, als Bernie auf dem Teppich niederkniete und Alexander ansah, bei dessen Anblick ihm warm ums Herz wurde und der ihn gleichzeitig quälte, weil er seiner Mutter so ähnlich war.

»Na, bist du krank, Kleiner?« Alexander nickte seinem Daddy zu und hörte zu weinen auf, aber nicht für lange.

»Komm zu Dad.« Er streckte ihm die Arme entgegen, und der Kleine kam zu ihm. Er hatte hohes Fieber und ertrug auch nicht die leiseste Berührung auf der rechten Kopfseite. Da wußte Bernie, daß Nanny recht hatte. Er mußte mit dem Kind ins Krankenhaus. Sein Kinderarzt hatte ihm die Adresse gegeben, für den Fall eines Unfalls oder einer Krankheit. Er gab Alexander zurück an Nanny, zog sich eilig an und suchte die Visitenkarte in seinem Schubfach. Dr. M. Jones, stand da – und die Telefonnummer. Er rief die Vermittlung an und ließ sich mit dem Nachtdienst verbinden, dem er erklärte, was mit dem Kind los war. Er bat, Dr. Jones zu rufen, doch die Vermittlung war plötzlich wieder da und erklärte, Dr. Jones befände sich wegen eines Notfalls bereits im Krankenhaus.

»Könnte er uns dort empfangen? Mein Sohn hat große Schmerzen.« Er hatte schon lange Probleme mit den Ohren gehabt, Penicillin hatte oft geholfen. Dies und jede Menge Liebe von Jane, Daddy und Nanny.

»Ich sehe nach.« Die Vermittlung war sofort wieder da.

»Ja, das paßt wunderbar.« Er bekam nun Anweisungen, wie er das Krankenhaus auf schnellstem Weg erreichen konnte. Dann setzte er Alexander behutsam in den Wagen. Nanny blieb zu Hause bei Jane. Sie war verzweifelt, als sie Alex mit einer Decke zudeckte und dem kläglich weinenden Baby den Lieblingsteddy reichte. Sie ließ ihn nur ungern allein fahren.

»Mr. Fine, es gefällt mir nicht, daß sie allein fahren.« In der Nacht, wenn sie müde war, hörte man ihren harten, schottischen Akzent, in den Bernie ganz verliebt war, stärker.

»Aber ich kann Jane nicht allein lassen. Sie fürchtet sich sonst zu

Tode, wenn sie aufwacht.« Seit der Entführung war sie ängstlicher, wie beide genau wußten.

»Ich weiß, Nanny. Alexander kommt wieder in Ordnung. Wir werden uns beeilen.« Inzwischen war es halb fünf geworden, und er beeilte sich, ins Krankenhaus zu kommen. Von Oakville bis nach Napa war es ziemlich weit, und Alexander weinte noch immer, als Bernie ihn in die Klinik trug und ihn behutsam auf den Tisch in der Notaufnahme setzte. Das Licht war so hell, daß es in den Augen schmerzte, und Bernie setzte sich zu seinem Sohn auf den Tisch und nahm ihn auf den Schoß. Er schirmte seine Augen ab, als eine große, dunkelhaarige junge Frau in Jeans und Rollkragenpulli hereinkam. Sie war fast so groß wie Bernie und hatte ein freundliches Lächeln auf den Lippen. Ihr Haar war so schwarz, daß es einen Blauschimmer hatte. Fast wie eine Indianerin, dachte er nach einem müden Blick. Doch ihre Augen waren blau, wie die von Jane und... Liz... Er verdrängte diesen Gedanken und sagte, daß er auf Dr. Jones warte. Er wußte nicht, wer die Frau war, und nahm an, daß sie eine Angestellte der Verwaltung sei.

»Ich bin Dr. Jones.« Wieder lächelte sie. Ihre Stimme klang warm und tief, und als sie einen Händedruck wechselten, spürte er, daß sie kühle, kraftvolle Hände hatte. Trotz ihrer Größe und ihres spürbaren Engagements hatte sie etwas sehr Herzliches und Sanftes an sich. Und ihre Art, sich zu geben, wirkte mütterlich und sexy gleichzeitig. Sie nahm ihm Alexander ganz vorsichtig ab und untersuchte das Ohr, das ihn quälte, während sie sich die ganze Zeit über mit dem Kleinen unterhielt, ihm Geschichtchen erzählte, mit ihm plauderte und hin und wieder einen Blick zu Bernie hin warf, um ihn zu beruhigen.

»Tja, leider ist sein Ohr sehr entzündet, und das andere ist auch ein wenig gerötet.« Sie schaute ihm in den Hals, sah bei den Mandeln nach und tastete das Bäuchlein ab, um sicherzustellen, daß es dort keine Probleme gab. Dann verabreichte sie ihm eine Penicillinspritze. Zuerst schrie Alexander, aber nicht lange, und dann blies sie für ihn einen Luftballon auf und bot ihm mit Bernies Erlaubnis einen Lutscher an, womit sie trotz seines geschwächten Zustandes einen großen Erfolg erzielte. Alexander saß aufrecht auf Bernies

Schoß und blickte sie nachdenklich an. Und sie lächelte ihm zu und schrieb dann für Bernie ein Rezept aus, das er abholen sollte. Zur Sicherheit verschrieb sie noch Antibiotika und gab Bernie zwei kleine Tabletten mit, die er dem Kleinen zerdrückt geben sollte, falls die Schmerzen nicht nachlassen sollten. Aber nach einem Blick auf Alex' bebende Unterlippe sagte sie: »Warum geben wir ihm eigentlich nicht gleich eine? Welchen Sinn hat es, daß er sich quält?« Sie verschwand und kam mit einem Löffel wieder, auf dem die zerdrückte Tablette lag. Das dunkle Haar schwang bei jeder Bewegung um ihre Schultern, und die Medizin war hinuntergeschluckt, ehe Alex es sich versah. Sie ließ alles wie ein Spiel erscheinen, und der Kleine kuschelte sich seufzend an seinen Vater, lutschte am Lollie, und gleich darauf war er eingeschlafen, während Bernie noch einige Formulare ausfüllte. Bernie lächelte und warf dann der jungen Ärztin einen anerkennenden Blick zu. Ihre freundlichen Augen verrieten, daß sie warmherzig und fürsorglich war.

»Danke.« Bernie strich dem Kleinen übers Haar und sah dann wieder Dr. Jones an.

»Sie können wirklich gut mit Kindern umgehen.« Das war für ihn ungemein wichtig, denn seine Kinder bedeuteten ihm alles.

»Vor einer Stunde wurde ich wegen eines anderen Falles von Ohrenschmerzen hierhergerufen.« Sie erwiderte sein Lächeln, denn sie fand es nett, daß zur Abwechslung mal der Vater kam, anstatt der erschöpften und geplagten Mutter, die niemanden hatte, der ihr half. Es war nett zu sehen, daß ein Mann einsprang. Das sagte sie aber nicht. Vielleicht war er geschieden oder hatte keine andere Wahl.

»Leben Sie in Oakville?« Er hatte seine Urlaubsadresse angegeben.

»Nein, wir wohnen eigentlich in der Stadt. Wir sind nur für den Sommer hergezogen.« Sie nickte und lächelte, als sie ihren Teil des Formulars seiner Versicherung wegen ausfüllte.

»Aber Sie sind aus New York?«

Er grinste.

»Woher wissen Sie das?«

»Ich bin auch aus dem Osten. Boston. Aber den Akzent eines New Yorkers erkenne ich immer noch.«

Und er hörte bei ihr die Bostonerin heraus.

»Wie lange sind Sie schon hier?«

»Mehr als drei Jahre?«

Sie nickte.

»Ich bin hierhergekommen, weil ich in Stanford Medizin studiert habe, und ich bin gleich hiergeblieben – das ist jetzt vierzehn Jahre her.« Sie war sechsunddreißig, ihr Ruf war gut, und Bernie gefiel ihr Stil. Sie wirkte intelligent und freundlich, und in ihren Augen lag ein Funkeln, das auf Humor schließen ließ. Nachdenklich sah sie ihn an. Sie mochte ihn.

»Ein hübscher Ort. Es läßt sich hier gut leben. In Napa, meine ich. Na ja« – sie legte die Formulare beiseite und blickte auf den schlafenden Alex nieder – »kommen Sie doch in zwei Tagen in meine Praxis nach Saint Helena. Das ist für Sie nicht so weit.« Ihr Blick umfaßte die antiseptische Umgebung der Notaufnahme. Außer in Notfällen behandelte sie Kinder hier nicht gern.

»Gut zu wissen, daß Sie in der Nähe sind. Bei Kindern weiß man ja nie, wann man einen Arzt braucht.«

»Wieviel haben Sie denn?« Vielleicht war das der Grund, warum die Frau nicht mitgekommen war, dachte sie bei sich. Vielleicht hatten sie zehn Kinder, so daß sie zu Hause bleiben mußte. Irgendwie fand sie die Vorstellung amüsant. Sie hatte einen Patienten mit acht Kindern, die sie alle prächtig fand.

»Ich habe zwei«, sagte Bernie. »Alexander und eine neunjährige Tochter… Jane.«

Sie lächelte. Er war ein netter Mann. Und in seinen Augen leuchtete es auf, wenn die Rede auf seine Kinder kam. Aber sonst wirkte sein Blick irgendwie traurig wie der eines Bernhardiners. Sie schalt sich sofort. Er war ein gutaussehender Mann. Ihr gefiel die Art, wie er sich bewegte… der Bart… Beruhige dich, sagte sie sich, während sie ihm die letzten Anweisungen mit auf den Weg gab, und er mit Alex auf dem Arm ging.

Als sie sich selbst für den Nachhauseweg bereitmachte, sagte sie schmunzelnd zur Schwester: »Diese späten Fälle darf ich nicht mehr übernehmen. Um diese Zeit gefallen mir die Väter.« Beide lachten. Sie hatte natürlich nur einen Witz gemacht. Wenn es um ihre Patienten und deren Eltern ging, nahm sie alles sehr ernst. Sie winkte den Schwestern zu und ging zu ihrem Wagen. Es war der kleine Austin Healy, den sie seit der Studentenzeit hatte. Mit offenem Verdeck fuhr sie zurück nach Saint Helena und ließ ihr Haar im Wind fliegen.

Als sie den langsamer fahrenden Bernie überholte, winkte sie ihm zu, und Bernie winkte zurück. Sie hatte etwas an sich, das ihm gefiel. Er war nicht sicher, was es war. In Oakville fuhr er in seine Zufahrt ein, als die Sonne über den Bergen aufging, und er fühlte sich glücklicher als seit langem.

Kapitel 35

Zwei Tage darauf fuhr Bernie mit Alexander zu Dr. Jones. Diesmal in die Praxis, die in einem kleinen sonnigen viktorianischen Haus am Stadtrand gelegen war. Sie betrieb die Praxis zusammen mit einem anderen Arzt und hatte oberhalb der Praxisräume ihre Wohnung. Wieder war Bernie beeindruckt von der Art, wie sie mit dem Kind umging, vielleicht noch mehr als beim erstenmal. Heute trug sie über den Jeans einen gestärkten weißen Mantel, doch ihre Art, sich zu geben, war lässig, ihre Berührung sanft und ihr Blick warm, als sie mit Alexander und seinem Vater scherzte.

»Ja, seine Ohren haben sich sichtlich gebessert.« Sie lächelte erst Bernie, dann seinem Sohn zu.

»Aber du hältst dich jetzt einige Zeit vom Pool fern, Freundchen.« Bei diesen Worten fuhr sie Alexander übers Haar, und in diesem Augenblick sah sie mehr wie eine Mutter als wie eine Ärztin aus, und in Bernies Herz wurde etwas angerührt, das er ganz schnell wieder verdrängte.

»Möchten Sie ihn noch mal untersuchen?« Sie schüttelte den Kopf, und fast tat es ihm leid, daß sie nicht ja gesagt hatte. Er ärgerte sich über sich selbst. Sie war nett und intelligent, das war alles, und sie hatte die Sache mit dem Kind gut hingekriegt. Falls Alex noch einmal in die Praxis mußte, dann konnte Nanny ihn begleiten. Das war sicherer. Er ertappte sich, wie er das schimmernde schwarze Haar anstarrte, und wieder ärgerte er sich. Ihre blauen Augen erinnerten ihn so sehr an Liz...

»Ich glaube nicht, daß ich ihn mir noch mal ansehen muß. Aber ich brauche noch ein paar Informationen für meine Unterlagen. »Wie alt ist er genau?« Sie lächelte Bernie zu, und er versuchte, gleichmütig zu bleiben, als hätte er seine Gedanken anderswo. Sie waren so blau... wie ihre... er zwang seine Gedanken zurück in die Realität.

»Zwei Jahre und zwei Monate.«

»Ist der allgemeine Gesundheitszustand in Ordnung?«

»Ja, sehr gut.«

»Impfungen auf dem laufenden?«

»Ja.«

»Welchen Kinderarzt haben Sie in der Stadt?« Er nannte ihr den Namen. Es war viel einfacher, über diese Dinge zu reden. Er brauchte sie nicht mal anzusehen, wenn er nicht wollte.

»So, und jetzt die Namen der anderen Familienmitglieder?« Wieder lächelte sie, während sie sich alles aufschrieb, dann sah sie ihn wieder an.

»Sie sind Mr. Bernhard Fine?« Sie glaubte sich von der ersten Konsultation her an den Namen zu erinnern, und jetzt war es an ihm, beinahe zu lächeln.

»Richtig. Und seine Schwester heißt Jane und ist neun.«

»Ich weiß.« Wieder lächelte sie. Dann sah sie ihn erwartungsvoll an. »Und?«

»Das wär's dann schon.« Er hätte mit Liz gern noch ein oder zwei Kinder gehabt, doch war dazu keine Zeit gewesen.

»Der Name Ihrer Frau?« Etwas in seinem Blick deutete auf heftigen Schmerz, und sie dachte unwillkürlich sofort an eine häßliche Scheidung.

Aber er schüttelte nur den Kopf. Ihre Frage hatte ihn wie ein unerwarteter und schmerzhafter Schlag getroffen.

»Hm... nein... sie ist nicht...«

Die Ärztin machte ein erstauntes Gesicht. Er hatte sonderbar auf ihre Frage reagiert, und seinen Blick konnte sie nicht deuten.

»...nicht was?«

»Nicht mehr am Leben.« Die Worte waren kaum hörbar, und plötzlich wurde ihr klar, welchen Schmerz sie ihm zugefügt hatte. Es tat ihr unendlich leid. Der Schmerz über den Tod eines Menschen war etwas, gegen das sie nie unempfindlich geworden war.

»Das tut mir so leid...« Sie sprach nicht weiter und sah das Kind an. Wie schrecklich es für alle gewesen sein mußte, besonders für das Mädchen. Alexander war noch zu klein, um es zu begreifen. Und der Vater schien sich noch immer nicht von dem Schock erholt zu haben.

»Es tut mir leid, daß ich danach gefragt habe.«

»Schon gut. Sie konnten es nicht wissen.«

»Wann ist es passiert?« Es konnte noch nicht so lange her sein, da Alexander erst zwei Jahre alt war. Ihr Herz schmolz dahin, als sie Bernies Blick begegnete, und sie spürte, wie ihr die Tränen kamen.

»Vergangenen Juli.« Mehr zu sagen war für ihn zu schmerzlich, und sie fuhr fort, ihre Karteikarte auszufüllen, aber das Herz lag ihr schwer in der Brust. Als die beiden gegangen waren, wollte ihr die Sache nicht aus dem Kopf gehen. Man hatte ihm angesehen, wie schwer es ihm fiel, darüber zu sprechen. Der Arme. Den ganzen Tag über mußte sie an ihn denken, und sie war nicht wenig erstaunt, als sie ihm ein paar Tage später im Supermarkt begegnete. Der kleine Alexander saß wie immer im Einkaufswagen, Jane war auch dabei. Sie plapperte unentwegt, und Alex deutete auf etwas und schrie in voller Lautstärke:

»Gummi, Dad, Gummi!«

Dr. Jones stieß fast mit der kleinen Gruppe zusammen. Sie stutzte und lächelte. Die Fines sahen nicht annähernd so traurig aus, wie sie sich vorgestellt hatte. Tatsächlich wirkten sie ausgesprochen glücklich.

»Na, wie geht's denn unserem kleinen Freund?« Sie sah Alex fragend an und entdeckte Freude in Bernies Blick, als sie zu ihm aufschaute.

»Viel besser. Er hat auf die Antibiotika gut angesprochen.«

»Er nimmt sie doch noch immer, oder?« Sie konnte sich nicht mehr erinnern, für wie lange sie das Präparat verschrieben hatte.

»Ja. Aber er ist schon wieder ganz auf dem Damm.« Bernie lächelte ihr zu. Er wirkte etwas abgehetzt. Er trug Shorts, und sie fand, daß er gut darin aussah. Sie versuchte es zu übersehen, nahm es unwillkürlich aber doch wahr. Er war ein ausgesprochen attraktiver Mann. Und Bernie dachte dasselbe von ihr. Megan Jones trug Jeans, eine Sportbluse und rote Espandrillos. Ihr Haar schimmerte frischgewaschen. Da sie ihren Ärztekittel nicht trug, konnte Jane natürlich nicht wissen, wer sie war. Bernie machte die beiden miteinander bekannt, und Jane reichte ihr widerstrebend die Hand, als hätte sie Angst, zu freundlich zu sein. Mißtrauisch beäugte sie die Frau und erwähnte sie erst wieder, als sie im Wagen waren.

»Wer war denn das?«

»Die Ärztin, zu der ich Alex unlängst in der Nacht gebracht habe.« Das sagte er ganz beiläufig, hatte aber das Gefühl, erst fünf Jahre alt zu sein und von seiner Mutter ausgefragt zu werden. Er mußte lachen, weil die Situation so viel Ähnlichkeit hatte. Es waren dieselben Fragen, die Ruth ihm immer gestellt hatte.

»Und warum hast du ihn ausgerechnet zu ihr gebracht?« Die Betonung sagte ihm genau, was sie sich dachte, und er fragte sich sofort, warum sie Dr. Jones nicht mochte. Nie wäre er auf den Gedanken gekommen, daß Jane eifersüchtig war.

»Doktor Wallaby hat mir die Adresse gegeben, ehe wir in die Ferien fuhren, nur für den Fall, daß etwas passiert. Ich war sehr froh, daß ich sie hatte. Und ich fand es sehr nett, daß sie Alex mitten in der Nacht im Krankenhaus behandelt hat. Eigentlich war sie schon fort, wegen eines anderen Falles.« Ihm fiel plötzlich ein, daß sie in Stanford studiert hatte.

Jane gab kaum mehr als ein Brummen von sich und entgegnete nichts.

Doch als es nach ein paar Wochen wieder zu einer zufälligen

Begegnung kam, ignorierte Jane Dr. Jones und begrüßte sie nicht einmal. Auf dem Weg zum Wagen schalt Bernie sie deswegen aus.

»Weißt du, daß du eben sehr ungezogen warst?«

»Ach, was ist schon so toll an ihr?«

»Toll ist, daß sie Ärztin ist und du sie vielleicht mal brauchen wirst. Außerdem hat sie dir nichts getan. Du hast also keinen Grund, so unfreundlich zu sein.« Er war froh, daß wenigstens Alex sie gut leiden konnte. Im Supermarkt hatte er sie mit freudigem Krähen begrüßt und sie sofort mit einem sonnigen ›Hallo‹ bedacht. Er konnte sich an sie erinnern, und sie machte viel Getue um ihn und hatte auch einen Lutscher in der Tasche bereit. Jane hatte den angebotenen Lollie abgelehnt, was Megan großzügig übersah. Sie ließ sich überhaupt nichts anmerken.

»Schätzchen, sei bitte nicht so unhöflich zu ihr.« Jane war in letzter Zeit so schrecklich empfindlich. Er wußte nicht, ob es ihr Alter war, das ihr zu schaffen machte, oder ob sie noch immer unter dem Verlust der Mutter litt. Nanny sagte, wahrscheinlich träfe beides zu, und er argwöhnte, daß sie recht hatte wie immer. Nanny Pippin war die Stütze ihres Lebens, und Bernie hielt große Stücke auf ihre Meinung.

Megan begegnete er erst auf einer Party wieder, zu deren Besuch er sich am Labor Day überreden ließ. Seit fast zwei Jahren war er auf keiner Party mehr gewesen – nicht mehr, seitdem Liz erkrankt war, und schon gar nicht nach ihrem Tod. Doch der Makler, der ihm das Haus verschafft hatte, ließ nicht locker und wollte ihn unbedingt bei dem Grillfest dabeihaben, das an jenem Abend veranstaltet wurde. Es wäre sehr unhöflich gewesen, nicht hinzugehen, wenn er auch nur kurz bleiben wollte. Bernie fühlte sich wie ein totaler Außenseiter, da er keine Menschenseele kannte und sofort merkte, daß er zu korrekt gekleidet war. Alle waren in T-Shirts und Jeans, in Shorts und trägerlosen Tops gekommen. In seinen weißen Hosen und dem hellblauen Hemd fühlte er sich völlig fehl am Platz. In dieser Aufmachung hätte er besser nach Beverly Hills oder Capri gepaßt als ins Napa Valley, und es war ihm richtig peinlich, als sein Gastgeber ihn fragte, wohin er anschließend gehen wolle, als er ihm ein Bier brachte.

Bernie tat die Frage lachend und mit einem Achselzucken ab. »Ich glaube, ich habe zu lange in der Modebranche gearbeitet.« Der Makler nahm ihn anschließend beiseite und fragte ihn, ob er interessiert sei, das Haus noch länger zu halten. Die Hausbesitzer wollten doch länger in Frankreich bleiben als ursprünglich geplant und hätten es sehr gern gesehen, wenn er das Haus behalten hätte.

»Ehrlich gesagt, die Idee könnte mir gefallen, Frank.« Der Makler freute sich über seine Bereitwilligkeit und schlug vor, daß er es auf monatlicher Kündigungsbasis behalten sollte, wobei er ihm versicherte, das Tal sei im Herbst noch viel schöner. »Auch im Winter ist es hier nicht schlecht. Sie könnten ja immer herkommen, wenn Sie Zeit haben, und was die Miete betrifft, so kann man nicht sagen, daß sie überhöht ist.« Sein geschäftlicher Spürsinn verließ ihn keine Sekunde, und Bernie lächelte, in Gedanken schon im Aufbruch begriffen.

»Ja, ich glaube, diese Lösung käme uns allen sehr gelegen.«

»Na, hat Frank Ihnen womöglich einen Weinkeller angedreht?« fragte da eine Stimme, die ihm nicht unbekannt vorkam. Ihr Lachen hatte etwas Klingendes an sich, so wie Silberglöckchen, und Bernie drehte sich um und sah das schimmernde, schwarze Haar und die blauen Augen, die ihn bei jeder Begegnung verwirrten. Es war Megan Jones, die sehr, sehr hübsch aussah. Jetzt erst fiel ihm richtig auf, wie braungebrannt sie war. Ihre Haut war ganz dunkel und bildete einen aparten Kontrast zu den hellen blauen Augen. Sie trug an jenem Abend einen weißen, üppig weiten Rock, dazu weiße Espandrillos und ein hellrotes Top. Sie sah nicht nur hübsch aus, sie war schön, was ihm irgendwie unbehaglich war. Man konnte sie leichter in Jeans und Ärztekittel betrachten. So aber wirkte sie viel zu zugänglich, und ihre seidigen glatten Schultern zogen seinen Blick auf sich. Er mußte sich zwingen, ihr in die blauen Augen zu sehen, und das fiel ihm nicht viel leichter.

Ihre Augen weckten immer wieder die Erinnerung an Liz, und doch waren sie anders. Kühner, älter, weiser. Diese Frau war ein völlig anderer Typ. Man ahnte in ihr ein Mitgefühl, das sie älter erscheinen ließ, als sie den Jahren nach war, für ihren Beruf eine sehr nützliche Eigenschaft. Er versuchte den Blick von ihr loszureißen, stellte aber erstaunt fest, daß er es nicht schaffte.

»Frank hat mich nur überredet, meinen Mietvertrag zu verlängern.« Das sagte er ganz leise, und ihr fiel auf, daß seine Augen nicht mitlächelten, wenn sein Mund es tat. Sie waren still und ruhig und gaben jedem zu verstehen, er möge Distanz halten. Sein Kummer war noch zu frisch, als daß er ihn mit jemandem geteilt hätte. Das alles spürte sie, während sie ihn beobachtete und an seine Kinder dachte.

»Heißt das, daß Sie hier bleiben wollen?« Sie schien interessiert, während sie an einem Glas Weißwein nippte.

»Nur an Wochenenden, schätze ich. Den Kindern gefällt es hier sehr. Und Frank sagt, im Herbst sei das Tal sehr schön.«

»Da hat er recht. Deswegen bin ich hier hängengeblieben. Es ist in Kalifornien die einzige Gegend, in der es annähernd herbstlich wird. Das Laub verfärbt sich, wie bei uns im Osten, das ganze Tal wird rot und gelb. Einfach herrlich!« Bernie versuchte, sich auf das zu konzentrieren, was sie sagte, doch er sah ständig nur ihre bloßen Schultern und ihre blauen Augen, und ihm war, als erwidere sie seinen Blick und wolle ihm mehr damit sagen. Das weckte seine Neugier – aber genaugenommen war er seit der ersten Begegnung neugierig auf sie gewesen.

»Und warum sind Sie sonst noch geblieben?«

Sie reagierte mit einem Achselzucken, und ihr glattes bronzefarbenes Fleisch lockte, als er nach dem zweiten Bier griff und stirnrunzelnd abzuleugnen versuchte, daß er sie anziehend fand.

»Ich weiß es nicht. Ich konnte mir einfach nicht mehr vorstellen, zurück nach Boston zu gehen und für den Rest meines Lebens ernst und würdig zu sein.« Die spitzbübische Ader, die er in ihr vermutete, ließ ihre Augen funkeln, und er lauschte wieder ihrem silberhellen Lachen.

»Ich kann mir vorstellen, daß es in Boston wirklich ernst zugeht, sogar sehr.« Er sah so verdammt gut aus, wie er dastand und mit ihr plauderte, und sie entschied sich, eine persönliche Frage zu riskieren, trotz allem, was sie von ihm wußte.

»Und warum sind Sie in San Franzisko und nicht in New York?«

»Eine Laune des Schicksals. Meine Firma hat mich an die Westküste geschickt, weil hier jemand die neue Niederlassung leiten sollte.« Er lächelte nachdenklich, und dann verdunkelte sich sein Blick, als er daran dachte, warum er länger geblieben war... weil Liz todkrank gewesen war. »Und dann bin ich hier hängengeblieben.«

Ihre Blicke trafen aufeinander. Sie konnte ihn sehr gut verstehen.

»Und Sie wollen bleiben?«

Er schüttelte den Kopf und lächelte.

»Nein, ich glaube nicht, daß ich noch viel länger bleibe. Irgendwann nächstes Jahr werde ich wahrscheinlich nach New York zurückgehen.« Sofort huschte Bedauern über ihr Gesicht, und unwillkürlich freute er sich. Plötzlich fand er es gut, daß er auf die Party gegangen war.

»Und was halten die Kinder von Ihren Plänen?«

»Das weiß ich nicht.« Er machte ein ernstes Gesicht. »Für Jane wird es sicher schwer sein. Sie hat immer hier gelebt. Es wird ihr schwerfallen, auf eine neue Schule zu gehen und sich neue Freundinnen suchen zu müssen.«

»Sie wird sich rasch umgewöhnen.« Megan sah ihn forschend an, von dem Wunsch beseelt, mehr zu erfahren. Er war ein Mensch, der in einem den Wunsch weckte, zu wissen, woher er kam und wohin er strebte. Er war ein Mann, wie man ihn nur selten traf, warmherzig, kraftvoll und realistisch, aber unnahbar. Und seit seinem letzten Besuch in ihrer Praxis wußte sie warum. Sie hätte ihn gern aus der Reserve gelockt, um richtig mit ihm sprechen zu können, wußte aber nicht, wie sie es anfangen sollte.

»Bei welcher Firma sind Sie eigentlich?«

»Bei Wolff.« Das sagte er bescheiden, als sei es eine ganz unbedeutende Firma, und sie lachte ihn mit großen Augen an. Kein Wunder, daß er so aussah. Er verfügte über den unfehlbaren Stil eines Mannes, der täglich mit Mode zu tun hatte, doch auf jene sehr maskuline und lockere Weise, wie sie sie liebte. Tatsächlich war einiges an ihm, was sie sehr mochte.

In ihrem Lächeln, das sie Bernie schenkte, lag Wärme.

»Ein herrliches Kaufhaus. Alle paar Monate fahre ich hin, stelle mich auf die Rolltreppe und staune mit offenem Mund. Wenn man hier im Tal lebt, dann verschwendet man nicht viel Gedanken an die schönen Dinge.«

»Ich habe mir den Sommer über den Kopf oft zerbrochen.« Er machte einen interessierten und nachdenklichen Eindruck, als teile er mit ihr ein geheimes Projekt. »Schon immer habe ich mir einen Laden in einem Ort wie diesem gewünscht. Ein kleines, einfaches, ländliches Geschäft, in dem man alles bekommt, von Reitstiefeln angefangen bis zur Abendkleidung, aber nur wirklich gute Ware von allerfeinster Qualität. Die Leute hier in der Gegend haben keine Zeit, hundert Meilen wegen eines hübschen Kleides zu fahren. Ein großes Warenhaus würde nicht herpassen, aber etwas Kleines, Einfaches und wirklich Gutes wäre toll... meinen Sie nicht auch?« Er hatte sich richtig hineingesteigert, und sie konnte es nachempfinden. Beiden erschien es als großartige Idee.

»Aber nur das Beste und davon alles in kleinen Mengen. Man könnte eines der viktorianischen Häuser umbauen und in einen Laden verwandeln.« Je länger er darüber nachdachte, desto besser gefiel ihm die Idee, und dann lachte er. »Träume sind Schäume. Ich glaube, wenn man Kaufmann ist, dann beeinflußt dies das Denken, wo immer man ist.«

Er lachte, und sie lächelte ihm zu. Ihr gefiel der Ausdruck seiner Augen, wenn er davon sprach.

»Und warum verwirklichen Sie diesen Traum nicht? Wir haben hier wirklich keine Einkaufsmöglichkeit, bis auf ein paar miserable Läden, die nicht der Rede wert sind. Dabei gibt es hier viele zahlungskräftige Leute, besonders im Sommer. Dank der florierenden Weinbaubetriebe gibt es hier aber das ganze Jahr über Geld.«

Er kniff die Augen zusammen und schüttelte den Kopf. Die Sache wollte ihm nicht aus dem Kopf, doch es war zwecklos, darüber nachzudenken.

»Ich wüßte nicht, wann ich die Zeit für ein solches Projekt finden sollte. Dazu kommt, daß ich wirklich sehr bald zurück nach New York gehen werde. Aber träumen darf man ja noch.«

Er hatte sehr lange Zeit keine Träume mehr gehabt. Von nichts geträumt. Von niemandem. Das spürte sie genau. Sie genoß es, mit ihm zu plaudern, und seine Idee gefiel ihr. Aber noch viel mehr gefiel er ihr. Er war ein ungewöhnlicher Mann. Voller Wärme, Kraft und Ehrlichkeit. Er besaß die Sanftheit der ganz Starken, und das mochte sie.

Er bemerkte den Piepser, den sie an die Innenseite ihres Gürtels gehängt hatte, und fragte sie danach. Von einer Modeboutique zu sprechen erschien ihm banal, obwohl es sie mehr interessierte, als ihm klar war.

»Viermal wöchentlich habe ich Nachtdienst, und Praxisstunden sechsmal. Das hält mich auf Trab, wenn ich nicht eben jemanden wegen Schlafmangels angähne.« Beide lachten. Bernie war beeindruckt von ihrer Gewissenhaftigkeit, die sie sogar den Piepser auf eine Party mitnehmen ließ. Ihm fiel auch auf, daß sie nach einem Glas Wein jedes weitere abgelehnt hatte.

»Sie müssen wissen, daß hier nicht nur schicke Boutiquen fehlen, wir leiden hier oben auch unter Ärztemangel.« Sie lächelte. »Mein Partner und ich, wir sind die einzigen Kinderärzte im Umkreis von zwanzig Meilen. Das klingt vielleicht nicht nach viel, aber manchmal kann es sehr lebhaft zugehen, so wie damals, als Sie ins Krankenhaus kamen. Damals war Alex mein dritter Patient in dieser Nacht. Bei dem ersten Fall habe ich einen Hausbesuch gemacht, der zweite verließ das Krankenhaus, kurz bevor Sie kamen. Ein ruhiges Leben kann man das nicht nennen.« Und doch schien sie nicht unglücklich darüber. Sie wirkte zufrieden und ausgeglichen und liebte ihren Beruf über alles. Das merkte man an ihrer lebhaften Art, wenn sie davon sprach. Und ihm hatte gefallen, wie sie mit Alexander umgegangen war.

»Was hat Sie bewogen, Ärztin zu werden?« Ihm selbst imponierten Ärzte zwar, doch hatte er nie Neigung für diesen Beruf erkennen lassen, dem sie offenbar mit Feuereifer anhing. Bernie hatte von Kindesbeinen an gewußt, daß er nicht in die Fußstapfen seines Vaters treten wollte.

»Mein Vater ist Arzt«, erklärte sie. »Geburtshelfer und Gynäkologe, ein Fach, das mich nicht interessierte. Um so mehr interessierte mich die Kinderheilkunde. Mein Bruder ist Psychiater. Meine Mutter wollte im Krieg Krankenschwester werden, brachte es aber nur bis zur Rotkreuzhelferin. Vermutlich sind wir alle mit dem Mediziner-Bazillus infiziert. Es ist uns wohl angeboren.« Beide lachten. Sie und ihr Bruder hatten in Harvard studiert, ein Umstand, über den sie selten sprach. Sie hatte zuerst das Radcliffe College besucht, um dann in Stanford Medizin zu studieren und als zweitbeste ihr Diplom zu machen, eine Tatsache, die jetzt keine große Rolle mehr spielte. Sie war mit alltäglichen Fällen beschäftigt, kurierte Ohrenentzündungen, gab Injektionen, schiente gebrochene Knochen, heilte Husten und war einfach für die Kinder da, die sie liebte und um die sie sich kümmerte.

»Mein Vater ist auch Arzt.« Bernie fand es nett, daß sie etwas gemeinsam hatten. »Hals-Nasen-Ohren-Arzt. Mir kam dieser Beruf nie sehr verlockend vor. Ich wollte eigentlich Lehrer werden und an einer Schule in Neuengland russische Literatur unterrichten.« Wie albern sich das jetzt anhörte. Die Zeit seiner Begeisterung für russische Literatur schien tausend Jahre zurückzuliegen, und die Erinnerung daran brachte ihn zum Lachen. »Zuweilen regt sich in mir der Verdacht, daß Wolff mich vor einem Schicksal bewahrt hat, das schlimmer als der Tod ist. Ich wollte an einer kleinen Schule in einem verschlafenen Städtchen unterrichten – so hatte ich es mir jedenfalls vorgestellt –, aber Gott sei Dank bot sich nirgends eine Anstellung, denn ansonsten wäre ich vermutlich inzwischen zum Alkoholiker geworden.« Beide lachten. »Oder ich hätte mich glatt aufgehängt. Es ist verdammt viel besser, als in einer Kleinstadt zu versauern.«

Die Beschreibung, die er von Wolff lieferte, brachte sie wieder zum Lachen. »So sehen Sie also sich und Ihren Beruf?«

»Mehr oder weniger.« Ihre Blicke trafen aufeinander, und er spürte eine plötzliche unerklärliche Zuneigung.

Sie plauderten über seinen Laden, als ihr Piepser sich meldete. Sie entschuldigte sich und ging ans Telefon, um gleich darauf zurückzukommen und zu sagen, daß sie sofort ins Krankenhaus müsse.

»Hoffentlich nichts Schlimmes.« Bernie war besorgt, was ihr ein Lächeln entlockte. Diese Notfälle waren für sie alltäglich – sie liebte ihr abwechslungsreiches Leben.

»Nur eine Beule am Kopf, aber für alle Fälle möchte ich mir das

Kind ansehen.« Sie war vorsichtig, vernünftig und als Ärztin so gut, wie er vermutet hatte.

»Bernard, es war sehr nett, Sie wiederzusehen.« Sie streckte ihm die Hand entgegen, die sich kühl und fest anfühlte, und zum ersten Mal fiel ihm das Parfüm auf, das sie benutzte, als sie einen Schritt auf ihn zutrat. Es war ein Duft, der sexy und feminin war wie sie selbst, aber nicht zu aufdringlich.

»Besuchen Sie mich doch in meinem Büro, wenn Sie nächstes Mal in der Stadt sind. Ich werde Ihnen französisches Brot verkaufen, nur um Ihnen zu beweisen, daß ich wirklich weiß, wo es ist.«

Sie lachte. »Ich bin der Meinung, Sie sollten Ihren Traumladen hier in Napa aufmachen.«

»Das würde ich sehr gern tun.« Doch es war nur ein Traum. Seine Zeit in Kalifornien war fast vorbei. Wieder trafen sich ihre Blicke, und als sie sich bei den Gastgebern verabschiedete, bedauerte sie, daß sie gehen mußte. Er hörte das Aufheulen ihres Wagenmotors und sah sie im nächsten Augenblick mit wehendem Haar davonfahren. Wenig später verabschiedete sich auch Bernie und ging nach Hause, in Gedanken bei Megan. Er fragte sich, ob er sie je wiedersehen würde, und fand es erstaunlich, wie sehr sie ihm gefiel und wie hübsch sie ausgesehen hatte.

Kapitel 36

Einen Monat später, an einem verregneten Samstag, machte Bernie für Nanny ein paar Besorgungen und stieß vor dem Haushaltswarengeschäft mit Megan zusammen. Zu ihrem langen gelben Regenmantel trug sie rote Gummistiefel und über dem dunklen Haar ein hellrotes Kopftuch. Sie erschrak bei dem Zusammenstoß mit Bernie, der wie sie mit Päckchen beladen war, begrüßte ihn aber mit einem herzlichen Lächeln. Sie hatte seit ihrer letzten Begegnung oft an ihn gedacht und machte aus ihrer Freude über das Wiedersehen keinen Hehl.

»Ach, hallo. Wie geht's?« Ihre Augen leuchteten auf wie blaue Saphire, und sein Blick ruhte wohlgefällig auf ihr.

»Viel zu tun... sonst ist alles in Ordnung... und Sie?«

»Auch viel zu tun.« Was ihrer guten Laune keinen Abbruch zu tun schien.

»Wie geht's den Kindern?« Es war eine Frage, die sie jedem stellte, doch es war ihr anzumerken, daß sie echtem Interesse entsprang.

»Sehr gut.« Als er ihr zulächelte, fühlte er sich selbst wieder wie ein Kind und genoß dieses Gefühl.

Sie standen im strömenden Regen da, er in seinem alten Tweedhut, einem englischen Regenmantel, der schon bessere Tage gesehen hatte, über seinen Jeans, und plötzlich kniff er im Regen die Augen zusammen.

»Darf ich Sie zu einer Tasse Kaffee einladen, oder haben Sie es sehr eilig?« Er dachte an den Piepser und die Kopfbeule, zu der sie von der Party am Labor Day gerufen worden war.

»Für heute bin ich fertig und würde gern Kaffee trinken gehen.«

Sie deutete auf ein Café, das ein Stück weiter lag, und er lief ihr nach, von der Frage bewegt, warum er sie eigentlich eingeladen hatte. Immer wenn sie zusammentrafen, merkte er, daß er sie mochte, und ärgerte sich, weil er sie anziehend fand. Das war seiner Meinung nach nicht recht. Es war nicht richtig, daß er sich von ihr angezogen fühlte.

Nachdem sie einen Tisch gefunden und sich gesetzt hatten, trat die übliche peinliche Pause ein. Sie bestellte eine heiße Schokolade, er einen Capuccino, und dann lehnte er sich zurück und sah sie an. Wirklich ungewöhnlich, wie schön sie war, obwohl sie überhaupt nicht zurechtgemacht war. Sie gehörte zu jenen Frauen, die auf den ersten Blick eher unscheinbar wirken. Erst später merkte man, daß mehr an ihnen ist, daß sie ebenmäßige Züge haben, daß ihre Augen bemerkenswert sind, ihre Haut makellos ist und daß dies alles zusammen sie zu etwas Besonderem macht. Und doch war dies alles nicht so auffallend, daß man es auf den ersten Blick bemerkt hätte.

»Was sehen Sie?« Sie merkte, daß er sie anstarrte, und hatte das Gefühl, sie sähe schrecklich aus, aber er legte lächelnd den Kopf schräg.

»Ich dachte eben, wie hübsch Sie doch in dem Regenmantel und Stiefeln und mit dem Kopftuch aussehen.« Er wirkte aufrichtig angetan, und sie errötete heftig und lachte dann.

»Sie müssen blind oder angetrunken sein. Vom Kindergarten an war ich immer die größte meines Jahrgangs. Mein Bruder sagte immer, ich hätte Beine wie Laternenpfähle und Zähne wie Klaviertasten.« Und Haar wie Seide... und Augen wie helle Saphire und... Bernie verdrängte diese Gedanken und zwang sich, etwas ganz Gewöhnliches zu sagen.

»Ich glaube, Brüder sagen wohl immer Dinge dieser Art, meinen Sie nicht? Aus eigener Erfahrung weiß ich es nicht, da ich ein Einzelkind war, aber mir scheint, die Rolle eines Bruders im Leben besteht darin, seine Schwester nach besten Kräften zu ärgern.« Die Erinnerungen, die damit geweckt wurden, brachten sie zum Lachen.

»Mein Bruder war ein wahrer Meister darin. Aber ich liebe ihn über alles. Er hat sechs Kinder.« In ihrem Lächeln lag Nachdenklichkeit. Auch Bernie lachte. Wieder eine Katholikin. Seine Mutter wäre erschüttert. Und plötzlich fand er die Vorstellung amüsant. Sie war zwar nicht Mrs. Rosenthals Tochter und nicht Mannequin bei Ohrbach, aber sie war Ärztin. Das wiederum hätte seiner Mutter imponiert und seinem Vater ebenso. Falls das überhaupt von Bedeutung war. Dann ermahnte er sich und rief sich in Erinnerung, daß es nur um heiße Schokolade und Kaffee an einem verregneten Nachmittag in Napa ging.

»Ist Ihr Bruder katholisch?«

Sie schüttelte den Kopf und lachte über die Frage.

»Nein. Er gehört der Episkopalkirche an. Er liebt Kinder über alles. Seine Frau sagt, sie möchte ein Dutzend.« Megan machte ein Gesicht, als beneide sie ihren Bruder und dessen Frau, und Bernie erging es ähnlich.

»Ich fand große Familien immer wunderbar«, sagte er, als sie ihre

Getränke bekamen. Auf ihrer Tasse schwamm Schlagsahne, und sein Kaffee hatte eine Haube schäumender Milch und war mit geriebenen Nüssen bestreut. Er trank einen Schluck und sah sie an, von der Frage bewegt, wer sie war, woher sie kam und ob sie eigene Kinder hatte. Er wußte ja nur ganz wenig von ihr.

»Sind Sie verheiratet, Megan?« Er hatte eigentlich nicht den Eindruck, doch war ihm klar, daß er nicht einmal das mit Sicherheit wußte.

»Dafür ist bei mir leider nicht viel Spielraum... bei nächtlichen Hausbesuchen und einem Achtzehn-Stunden-Tag.«

Daß sie ihren Beruf über alles liebte, war klar, damit war aber nicht geklärt, warum sie noch ledig war. Und plötzlich entschloß sie sich, ganz offen zu sein. Wie Liz vor langer Zeit, so sah auch Megan in ihm einen Menschen, zu dem man aufrichtig sein und ganz offen sprechen konnte.

»Ich war vor langer Zeit verlobt. Er war auch Mediziner.« Sie schenkte Bernard ein Lächeln, und die Offenheit, die er darin las, traf ihn unvorbereitet wie ein physischer Schlag.

»Nachdem er seine Krankenhausausbildung hinter sich hatte, wurde er nach Vietnam geschickt. Dort kam er um, kurz bevor ich mit meiner Krankenhauszeit anfing.«

»Wie schrecklich für Sie.« Das meinte er ehrlich. Besser als jeder andere konnte er sich vorstellen, was sie durchgemacht haben mußte. Aber für sie lag das schon lange zurück. Marc fehlte ihr zwar immer noch, doch war es nicht mehr so wie zu Anfang. Es war nicht mehr derselbe scharfe Schmerz, mit dem Bernie leben mußte, denn seit Liz' Tod war kaum mehr als ein Jahr vergangen. Aber er hatte jetzt das Gefühl, sie verstehe ihn besser, und er empfand eine Verwandtschaft mit ihr, die zuvor nicht dagewesen war.

»Ja, es war schrecklich. Wir waren schon vier Jahre verlobt, und er hatte abgewartet, bis ich mit dem Studium fertig wurde. Er war auch in Harvard, als ich dort die vorklinischen Semester machte. Na ja«, sie wich kurz seinem Blick aus und sah ihn dann wieder an. – »Es war ehrlich gesagt ein Schlag. Ich wollte ein Jahr aussetzen und meine Klinikzeit verschieben, aber meine Eltern redeten es mir aus. Ich erwog sogar, das Studium ganz aufzugeben oder in die Forschung zu gehen. Ja, ich war ziemlich lange total aus der Bahn geworfen. Aber die Arbeit an der Klinik brachte mich wieder ins richtige Lot, und anschließend kam ich dann hierher.« Sie lächelte unmerklich, als wolle sie ihm zu verstehen geben, daß man jeden Verlust, und sei er noch so schmerzlich, überwinden könne.

»Kaum zu glauben, aber seit seinem Tod sind schon zehn Jahre vergangen. Seit damals habe ich für niemanden mehr richtig Zeit gehabt.« Sie errötete und lachte dann. »Das heißt nicht, daß ich keine Verabredungen gehabt hätte. Aber etwas Ernstes war es nie. Erstaunlich, nicht?« Die Tatsache, daß zehn Jahre vergangen waren, erschien ihr bemerkenswert. Marcs wegen war sie nach Stanford gegangen und war dann im Westen geblieben, weil sie ihm dadurch näher zu sein glaubte. Und jetzt konnte sie sich ein Leben in Boston nicht mehr vorstellen.

»Zuweilen bedauere ich, daß ich unverheiratet bin und keine Kinder habe.« Sie trank einen Schluck Schokolade, und Bernie sah sie voller Bewunderung an. »Dafür ist es fast schon zu spät, aber schließlich habe ich meine kleinen Patienten, die kann ich bemuttern und verhätscheln.« Trotz ihres Lächelns war Bernie nicht überzeugt, daß dies ausreichte.

»Das ist nicht dasselbe.« Er sagte es ganz leise, neugierig geworden, von all dem, was er in ihr sah.

»Nein, natürlich ist es nicht dasselbe, aber auf eigene Weise doch sehr befriedigend. Und der Richtige ist eben nie wieder gekommen. Die meisten Männer haben Schwierigkeiten, sich mit einer Frau abzufinden, die einen Beruf hat, der sie voll ausfüllt. Es hat also keinen Sinn, Tränen über etwas zu vergießen, das es nicht gibt. Man muß das Beste aus seinem Leben machen.«

Er nickte. Das versuchte er auch – ohne Liz, aber es war für ihn noch immer so verdammt schwer, und er hatte jetzt endlich jemanden gefunden, dem er das sagen konnte.

»Mit Liz, meiner Frau, geht es mir ebenso ... ich habe das Gefühl, es wird nie wieder eine wie sie geben.« Dabei sah er sie so aufrichtig an, daß sie spontan Sehnsucht nach ihm fühlte.

»Nein, vermutlich nicht. Aber es könnte eine andere geben, wenn Sie sich nicht dagegen sperren.«

Er schüttelte den Kopf, in dem Gefühl, eine Freundin gefunden zu haben.

»Das tue ich aber.« Sie war der erste Mensch, dem er das eingestehen konnte, und es war eine Erleichterung, es auszusprechen.

»Mir ging es ebenso. Aber mit der Zeit ändern sich die Empfindungen in diesem Punkt.«

»Warum haben Sie dann nicht einen anderen geheiratet?« Seine Worte trafen sie wie ein Fausthieb. Sie sah ihn mit ernstem Blick an.

»Ich glaube, ich wollte es nie.« Sie war völlig aufrichtig. »Ich war der Meinung, Marc und ich seien ein ideales Paar. Und ich fand nie wieder einen Partner wie ihn. Aber wissen Sie was? Es könnte sein, daß ich mich geirrt habe.« Das hatte sie noch nie zugegeben, am allerwenigsten ihrer Familie gegenüber. »Ich wollte immer jemanden, der genauso ist wie er. Und vielleicht wäre ein anderer für mich ebensogut gewesen, wenn nicht besser. Vielleicht hätte der Richtige nicht Kinderarzt sein müssen wie ich. Vielleicht hätte ich einen Anwalt oder Schreiner oder Lehrer heiraten sollen und wäre ebenso glücklich geworden und hätte mittlerweile ein halbes Dutzend Kinder.« Sie sah Bernie fragend an, und er antwortete ihr mit tiefer und sanfter Stimme.

»Sie wissen vermutlich, daß es nicht zu spät ist.«

Lächelnd lehnte sie sich zurück. Jetzt fühlte sie sich entspannter und lockerer. Vor allem aber war sie glücklich, daß sie mit ihm sprechen konnte.

»Inzwischen bin ich zu festgefahren in meinen Gewohnheiten – eine alte Jungfer durch und durch.«

»Und darauf auch noch stolz«, meinte er lachend und glaubte ihr keinen Moment. »Was Sie sagen, hilft mir sehr. Meine Mutter drängt mich, wieder unter Menschen zu gehen, aber ich bin dazu noch nicht bereit.« Das war als Entschuldigung gedacht für das, was er wollte und zugleich auch wieder nicht wollte, weil er nicht begriff, was er empfand, als er sie ansah und alte Erinnerungen wach wurden, Erinnerungen, die ihn verwirrten.

»Bernard, lassen Sie sich bloß nicht von irgend jemandem einreden, was Sie tun müssen. Sie selbst werden am besten wissen, wann der Zeitpunkt gekommen ist. Und es wird für die Kinder einfacher sein, wenn Sie wissen, was Sie wollen. Wie lange ist es jetzt her?« Sie meinte, wann Liz gestorben war, und er konnte die Frage nun schon gelassener beantworten.

»Knapp über ein Jahr.«

»Lassen Sie sich Zeit.«

Ihre Blicke trafen sich, und er sah sie forschend an.

»Und was dann? Was passiert dann, wenn man nie wieder dasselbe findet?«

»Man kommt soweit, daß man auf andere Weise liebt.« Sie streckte die Hand aus und berührte seine Hand. Sie war die uneigennützigste Person, der er seit langem begegnet war.

»Sie haben ein Recht darauf.«

»Und Sie? Warum hatten Sie nicht auch das Recht darauf?«

»Vielleicht, weil ich es nicht wollte... vielleicht, weil ich nicht den Mut hatte, es wieder zu versuchen.« Es waren weise Worte, und dann sprachen sie über andere Dinge. Über Boston, New York, das Haus, das er gemietet hatte, über den Kollegen, mit dem sie die Praxis teilte.

Er erzählte ihr sogar von Nanny Pippin, und gemeinsam lachten sie über die Abenteuer, die sie bestanden hatten. Es war ein bezaubernder Nachmittag, und er bedauerte sehr, als sie sagte, daß sie gehen mußte. Sie fuhr nach Calistoga, wo sie eingeladen war, und er war plötzlich neugierig, wen sie besuchte, Frau oder Mann, Freundschaft oder Romanze. Als er ihr nachsah, wie sie davonfuhr, und ihr nachwinkte, dachte er an das, was sie gesagt hatte.

»Vielleicht weil ich nicht den Mut hatte, es wieder zu versuchen...« Als er nach Hause fuhr, wo Nanny und die Kinder ihn erwarteten, fragte er sich, ob er je wieder er selbst sein würde.

Kapitel
37

Bernie hatte den Kopf voll mit anderen Dingen, als seine Sekretärin in der folgenden Woche zu ihm kam und ihm sagte, eine Dame wolle ihn sprechen.

»Eine Dame?« Er war erstaunt, weil er sich beim besten Willen nicht vorstellen konnte, wer das sein sollte. »Was für eine Dame?«

»Ich weiß es nicht.« Seine Sekretärin war nicht weniger verwundert. Im allgemeinen waren bei ihm weibliche Besucher eher selten, wenn es sich nicht um jemanden von der Presse handelte, um eine Vertreterin der Junior League, die seine Unterstützung für eine Modenschau erbitten wollte, oder aber Paul Berman schickte jemanden aus New York. Doch in allen diesen Fällen waren es fixe Termine, und diese Besucherin hatte keinen Termin bei ihm. Dafür war sie attraktiv. Seiner Sekretärin war das sofort aufgefallen. Aber sie wußte nicht, wer die Besucherin war. Es fehlte ihr das stereotype Erscheinungsbild der Junior-League-Damen mit blonden Haarsträhnchen, Goldohrringen und Schuhen mit Goldriemchen. Auch war sie nicht der Typ biedere Matrone, die Wohltätigkeitsveranstaltungen plante, ebensowenig der haifischartige Typ der New Yorker Einkäuferinnen oder Journalistinnen. Sie wirkte gesund und sauber und war irgendwie sehr gut zurechtgemacht, obwohl sie in ihrem marineblauen Kostüm mit der beigefarbigen Seidenbluse weder sehr aufregend noch übermäßig modisch gekleidet war. Dazu trug sie Perlenohrringe und dunkelblaue Schuhe mit hohen Absätzen. Sie hatte sehr schöne Beine und war sehr groß. Fast so groß wie Bernie. Verblüfft starrte er seine Sekretärin an, weil sie ihm nichts Genaueres sagen konnte.

»Haben Sie sie nach dem Namen gefragt?« Seine Sekretärin war nicht auf den Kopf gefallen, doch diesmal mußte sie passen.

»Sie sagte nur, sie sei gekommen, um Brot zu kaufen... und ich sagte ihr, sie sei in die falsche Abteilung geraten. Hier seien nur Büros, doch sie bestand darauf, daß ich es Ihnen sage, Mr. Fine…« Plötzlich lachte er laut auf und schnellte aus seinem Stuhl hoch, um, verfolgt vom Blick seiner Sekretärin, zur Tür zu laufen. Er öffnete und sah sich Meg gegenüber. Megan Jones war sehr schick und wirkte gar nicht wie eine Ärztin. Kein weißer Kittel und keine Jeans, und sie lächelte spitzbübisch, als er sie angrinste.

»Sie haben meiner Sekretärin einen Riesenschreck eingejagt«, sagte er halblaut. »Was treiben Sie hier?… Ich weiß… ich weiß… Sie wollen Brot kaufen.« Seine Sekretärin verschwand leise durch die andere Tür, und Bernie bat Megan in sein Büro. Sie folgte ihm und blickte sich um. Tatsächlich verfügte er über alle äußeren Anzeichen eines bedeutenden Mannes, und sie war gebührend beeindruckt, als sie sich in einem der großen Ledersessel niederließ und Bernie zulächelte, der sich auf die Schreibtischkante setzte. Er schien sich über ihr Kommen sehr zu freuen.

»Also, was führt Sie wirklich hierher, Frau Doktor?… Vom Brot abgesehen, natürlich.«

»Eine alte Freundin aus der Studentenzeit. Sie gab das Studium auf, heiratete und bekam Kinder. Jetzt kam vor kurzem Nummer fünf, und ich habe versprochen, sie zu besuchen. Außerdem muß ich mir ein paar neue Sachen kaufen. Über die Feiertage möchte ich nach Hause, und meine Mutter wird bittere Tränen vergießen, wenn sie mich in meiner ländlichen Aufmachung sieht. Ich darf nicht vergessen, daß man sich in Boston ganz anders anzieht.« Sie lächelte verlegen. »Ich muß zumindest am Anfang anständig aussehen. Am dritten Tag greife ich ohnehin meist wieder zu Jeans. Aber diesmal werde ich mich zusammennehmen.« Ihr Blick glitt an ihrem blauen Kostüm hinunter, um dann wieder zu Bernie zurückzuwandern. »Heute habe ich schon ein wenig geübt. Na, wie sehe ich aus?« Einen Augenblick wirkte sie unsicher, und er fand das rührend, weil sie sonst eine so fähige und tüchtige Person war.

»Sie sehen reizend aus, sehr schick und sehr hübsch.«

»Ohne meine Jeans komme ich mir nackt vor.«

»Und ohne weißen Kittel… irgendwie sehe ich Sie immer im weißen Ärztemantel oder in Ihrem Regenmantel vor mir.« Sie lächelte. Sie selbst sah sich auch nicht anders. Sie aber hatte Bernie stets in dem offenen blauen Hemd und in der weißen Hose in Erinnerung, die er auf der Party am Labor Day getragen hatte. Damals hatte er so gut ausgesehen, doch sie mußte zugeben, daß er in seinem korrekten Anzug auch sehr beeindruckend wirkte. Fast beängstigend... aber nicht sehr, da sie ihn schon zu gut kannte.

»Soll ich Sie im Haus herumführen?« Die Berge von Papier auf dem Schreibtisch sagten ihr, daß er sehr beschäftigt war. Stören wollte sie nicht, aber es war sehr nett, ihn wenigstens für ein paar Minuten zu sehen.

»Ich komme auch allein zurecht. Ich wollte Sie nur kurz begrüßen.«

»Das freut mich.« Bernie wollte sie noch nicht gehen lassen. »Wann wollen Sie Ihre Freundin besuchen?«

»Ich habe mich für vier angekündigt, sobald ich meine Einkäufe erledigt habe.«

»Wir wär's nachher mit einem Drink?« Er machte ein hoffnungsvolles Gesicht. Manchmal fühlte er sich in ihrer Gegenwart wie ein kleiner Junge. Er wollte ihr Freund sein... und eigentlich wollte er noch mehr... doch er unternahm nichts... er wußte gar nicht, was er von ihr wollte, außer Freundschaft. Aber darüber brauchte er sich jetzt nicht den Kopf zu zerbrechen. Beide genossen diese Freundschaft, und auch sie wollte gar nicht mehr. Megan Jones schien sich über seine Einladung zu freuen.

»Ja, gern. Ich brauche nicht vor elf zu Hause zu sein. Bis dahin vertritt mich Patrick.«

»Und anschließend haben Sie Dienst?« Bernie war entsetzt. »Wann schlafen Sie eigentlich?«

»Niemals.« Der Schalk blitzte in ihren Augen. »Heute war ich bis fünf Uhr morgens auf, wegen eines fünf Monate alten Babys, das an Krupp-Husten leidet. Mit der Zeit gewöhnt man sich daran.«

Bernie stöhnte auf. »Das könnte mir nie passieren. Deswegen arbeite ich lieber für Wolff und bin kein Arzt geworden, wie meine Mutter es sich gewünscht hätte. Aber Sie«, er lächelte Megan zu, »Sie sind der Wunschtraum jeder jüdischen Mutter. Wären Sie meine Schwester, meine Mutter wäre selig.«

Sie lachte. »Und meine Mutter bat mich flehentlich, nicht Medizin zu studieren. Sie lag mir ständig in den Ohren, daß ich Krankenschwester oder Lehrerin oder Sekretärin werden sollte. Irgendeinen netten Beruf, bei dem ich einen Mann zum Heiraten kennenlernen würde.«

Die Schilderung entlockte Bernie ein Lächeln.

»Ich möchte wetten, daß sie jetzt vor Stolz platzt.«

Megan tat seine Bemerkung mit einem lässigen Achselzucken ab.

»Ja, hin und wieder schon. Gottlob hat sie dank meines Bruders Enkel, sonst würde sie mich total in den Wahnsinn treiben.« Sie warf einen Blick auf die Uhr und sagte dann: »Ich muß jetzt gehen. Wo wollen wir uns treffen?«

»Im ›L'Étoile‹ um sechs?« Das sagte er ohne Überlegung und fragte sich sofort, was er da vorgeschlagen hatte. Sie war die erste Frau, die er seit Liz dorthin ausführte, von seiner Mutter abgesehen – aber was soll's? Es war eine wunderbare Atmosphäre für ein paar Drinks, und ihr gebührte nur das Beste. Megan Jones hatte Klasse, und das reizte ihn. Sie war nicht eines der Mädchen, denen man dutzendfach begegnete, und das wußte er. Sie war eine gescheite Frau, ein guter Freund und eine hervorragende Ärztin.

»Also, bis später.« Sie lächelte ihm von der Tür aus zu, und der ganze Tag erschien ihm schöner, weil sie dagewesen war. Um halb sechs ging er aus dem Büro und ließ sich Zeit, ins ›L'Étoile‹ zu kommen. Er war in guter Stimmung und brachte Meg eine Stange französisches Brot mit, dazu eine Flasche ihres Lieblingsparfums. Megan erschrak, als er ihr die Sachen über den Tisch zuschob.

»Du lieber Himmel, was soll das?« Aber sie schien sich sehr zu freuen, und der melancholische Ausdruck ihrer Augen, der ihm gesagt hatte, daß ihr Tag nicht wie erhofft verlaufen war, verflog.

»Ist etwas schiefgelaufen?« fragte er schließlich, als sie an ihren Kirs nippten. Sie hatten entdeckt, daß sie beide diesen Drink sehr mochten. Megan hatte ein Jahr in der Provence verbracht und sprach ein fehlerfreies Französisch, was ihn sehr beeindruckte.

»Ich weiß nicht...« Seufzend lehnte sie sich zurück. Sie war ihm gegenüber immer aufrichtig gewesen, und er hörte sich gern ihr Bekenntnis an.

»Als ich heute das Baby sah, da ging etwas in mir vor.« Er wartete geduldig auf ihre Erklärung.

»Es war das erste Mal, daß ich jenen beängstigenden Schmerz spürte, von dem Frauen sprechen... der Schmerz, der einen zu der Frage drängt, ob man in seinem Leben das Richtige getan hat.« Nach einem weiteren Schluck sah sie ihn an, und es lag so etwas wie Trauer in ihrem Blick. »Es wäre doch schrecklich, nie Kinder zu haben, meinen Sie nicht? Dieses Gefühl hatte ich vorher nie. Aber vielleicht war ich nur müde, nach der langen Nacht mit dem kranken Kind.«

»Ich glaube nicht, daß das der Grund war. Meine Kinder sind das Beste, was mir im ganzen Leben widerfahren ist. Und Sie sind klug genug, um sich über das Familienleben im klaren zu sein. Sie wissen, was Ihnen fehlt, im Unterschied zu den meisten anderen Frauen.«

»Und was nun? Soll ich losgehen und ein Baby entführen... oder mich von meinem Metzger am Markt von Napa schwängern lassen?« Ihr Lächeln konnte nicht darüber hinwegtäuschen, daß sie ein wenig bedrückt war. Bernie erwiderte das Lächeln mit einem Anflug von Mitgefühl.

»Ich vermute, daß es da geeignetere Kandidaten gäbe.« Es wäre ihm unglaublich erschienen, wenn es anders gewesen wäre. Sie errötete andeutungsweise in dem gedämpften Licht des Raumes. Aus dem Hintergrund war leise Klaviermusik zu hören.

»Schon möglich, aber ich halte nichts davon, ein Kind ohne Vater aufzuziehen. Ich bin nicht mal sicher, ob ich überhaupt wirklich ein Kind möchte. Aber heute«, ihre Stimme klang verträumt, und in ihren Blick trat etwas Entrücktes, »... als ich das Baby hochnahm... was für ein Wunder Kinder doch sind.« Dabei blickte sie zu ihm auf und zog dann die Schultern hoch. »Albern, wenn man die Sache so verklärt sieht, nicht? Ich führe immerhin auch ohne Kinder ein wunderbares Leben.«

»Es könnte vielleicht noch besser sein.« Das sagte er mehr zu sich als zu ihr.

»Vielleicht.« Gespräche dieser Art weckten unweigerlich Erinnerungen an Marc, und die schmerzten noch immer, auch nach all den Jahren. Einen wie ihn hatte es nicht mehr gegeben.

»Denken Sie doch an die unzähligen Windeln, die ich nicht wechseln muß. Ich darf statt dessen herumlaufen, mein Stethoskop schwenken und die Babys anderer Leute niedlich finden.« Das hörte sich so einsam an. Er selbst hätte sich ein Leben ohne Jane und Alexander nicht mehr vorstellen können, und das wollte er ihr sagen.

»Ich war Mitte Dreißig, als Alexander geboren wurde, und er ist das Beste, was mir je passiert ist.«

Dieses Eingeständnis rührte Megan zu einem Lächeln.

»Und wie alt war Ihre Frau?«

»Fast neunundzwanzig. Aber ich glaube, sie hätte auch noch ein Kind bekommen, wenn sie zehn Jahre älter gewesen wäre. Sie wollte einfach mehr Kinder.« Ein Jammer, daß es nicht mehr geworden waren. Ein Jammer, daß sie hatte sterben müssen. Ein Jammer, daß auch Marc hatte sterben müssen. Doch so war es nun einmal. Es war die Wirklichkeit. Und Bernie und Megan hatten sie überlebt.

»In meiner Praxis habe ich es sehr häufig mit älteren Müttern zu tun. In meinen Augen sind sie ungeheuer tapfer. Das Schöne bei einer Mutterschaft in vorgerückten Jahren ist der Umstand, daß man getan hat, was man tun wollte, daß man die Freiheit genossen hat, daß man sich ausleben und im Beruf bewähren konnte. Manchmal glaube ich, ältere Mütter sind dadurch auf die Mutterrolle besser vorbereitet.«

»Ach?« Er lächelte, weil er sich plötzlich wie seine eigene Mutter fühlte. »Dann nichts wie los... schaffen Sie sich doch ein Kind an.«

Sie lachte schallend. »Ich werde meinen Eltern von Ihren weisen Ratschlägen berichten.«

»Sagen Sie ihnen auch, daß Sie meinen Segen haben.«

»Mach' ich.« Sie lächelten einander zu, und sie lehnte sich bequem zurück und lauschte den gedämpften Pianotönen.

»Wie sind Ihre Eltern?« Er war neugierig und wollte unbedingt mehr über Megan erfahren. Er wußte, daß sie wegen ihres Kinderwunsches ins Grübeln geraten war, daß sie Radcliffe und Stanford absolviert hatte, daß ihr Verlobter in Vietnam gefallen war, daß sie aus Boston stammte und in Napa lebte, aber mehr wußte er nicht, nur, daß sie eine tolle Frau war und ihm gefiel. Sehr sogar. Vielleicht zu sehr, nur wollte er es sich nicht eingestehen. Er tat so, als mochte er sie nur ein bißchen.

»Meine Eltern?« Die Frage schien sie zu überraschen, und er nickte.

»Nett, glaube ich. Mein Vater arbeitet zuviel, und meine Mutter himmelt ihn an. Mein Bruder hält beide für verrückt. Er selbst möchte reich werden und will nicht nächtelang aufbleiben, um Kindern ins Leben zu verhelfen, deswegen ist er Psychiater und nicht Geburtshelfer geworden. Ich glaube aber, daß er seine Arbeit sehr ernst nimmt« – einem nachdenklichen Blick folgte ein Lächeln – »so ernst wie sonst nichts. Mein Bruder ist total verrückt, klein und blond, genau wie unsere Mutter.«

Die Vorstellung fand Bernie sehr komisch.

»Und Sie sehen eher wie Ihr Vater aus?«

»Genau.« Sie schien es nicht zu bedauern. »Mein Bruder bezeichnet mich als Riesin. Ich nenne ihn Zwerg, was der auslösende Faktor für tausend Kämpfe in unserer Kindheit war.«

Bernie brachte diese Schilderung zum Lachen.

»Wir sind in einem hübschen Haus in Beacon Hill aufgewachsen, das meinem Großvater und einigen Verwandten meiner Mutter gehörte. Sie sind ziemlich hochgestochen. Ich glaube nicht, daß sie meinen Vater je richtig akzeptierten. Für sie ist ein Arzt nicht gut genug, was ihn aber nicht stört, da er seine Arbeit liebt und er anerkannt wird. Als Studentin war ich in den Ferien bei einigen Entbindungen dabei, die er leitete, und ich sah, daß er dank seines Könnens einer Anzahl von Neugeborenen das Leben rettete, die es sonst nicht geschafft hätten. Fast hätte auch ich Geburtshilfe als Fach gewählt, aber dann entschied ich mich doch für die Kinderheilkunde und bin jetzt froh darüber.«

»Und warum wollten Sie nicht in Boston bleiben?«

»Möchten Sie eine ehrliche Antwort?« Sie seufzte. »Der familiäre Druck wurde mir zu stark. Ich wollte nicht in Dads Fußstapfen treten. Ich wollte nicht Frauenärztin werden, wollte auch keine Hausfrau mit Leib und Seele werden wie meine Mutter, die sich nur um

Mann und Kinder kümmert. Ihrer Meinung nach hätte ich das Medizinstudium allein Marc überlassen sollen und mich damit zufriedengeben, meinem Ehemann das Leben zu erleichtern. Daran ist ja auch nichts auszusetzen, doch ich wollte mehr. Und dieses sanfte, episkopalisch gefärbte, puritanische Drängen hätte ich auf die Dauer nicht ertragen. Man hätte von mir erwartet, daß ich eine gute Partie mache, in einem Haus lebe, das unserem ähnelt, und Teegesellschaften für Freundinnen gebe wie meine Mutter.« Allein der Gedanke daran schien ihr angst zu machen, was ihrer Miene anzumerken war. »Das ist nichts für mich. Ich brauchte mehr Freiraum, neue Menschen und meine Jeans. Ein Leben, wie es meine Eltern führen, kann einen sehr einengen.«

»Davon bin ich überzeugt. Der Druck unterscheidet sich nicht wesentlich von jenem, dem ich in Scarsdale ausgesetzt war. Ob jüdisch, katholisch oder Episkopalkirche, es läuft alles auf dasselbe hinaus. So sind die Leute eben, und sie erwarten, daß man auch so wird. Manche können es, manche nicht. Ich konnte es nicht. Wenn ich es gekonnt hätte, wäre ich jetzt ein jüdischer Arzt, mit einem netten jüdischen Mädchen verheiratet, das sich in diesem Augenblick die Nägel maniküren läßt.«

Megan lachte. »Meine beste Studienfreundin kam aus einer jüdischen Familie. Sie praktiziert jetzt als Psychiaterin in Los Angeles und verdient ein Vermögen damit, aber ich gehe jede Wette ein, daß sie sich noch nie ihre Nägel maniküren ließ.«

»Dann ist sie eine Ausnahme, glauben Sie mir.«

»War Ihre Frau auch Jüdin?« Auch Megan war neugierig. Er schüttelte den Kopf. Die Erwähnung von Liz machte ihm nicht mehr zu schaffen, wie sein Lächeln zu erkennen gab.

»Nein. Sie hieß Elizabeth O'Reilly.« Er mußte lachen, als ihm eine scheinbar tausend Jahre zurückliegende Szene einfiel. »Als ich meiner Mutter das sagte, bekam sie fast einen Herzanfall.«

Megan lachte darüber, und er berichtete ihr die Geschichte in allen Einzelheiten.

»Meine Eltern reagierten ähnlich, als mein Bruder ihnen seine Zukünftige vorstellte. Sie kann es an Verrücktheiten mit ihm aufnehmen und ist Französin. Meine Mutter war fest überzeugt, französisch bedeutete, sie hätte für freizügige Fotos posiert.« Jetzt mußten beide lachen, und es folgten Geschichten über die Schrullen ihrer Eltern, bis Bernie auf die Uhr sah und feststellte, daß es acht Uhr war. Er wußte, daß sie um elf in Napa sein mußte.

»Möchten Sie hier etwas essen?« Er war davon ausgegangen, daß sie zusammen dinieren würden – zumindest hatte er es gehofft –, und es war ihm einerlei, wo sie essen gehen würden. Er wollte nur mit ihr zusammensein. »Wollen Sie chinesisch essen oder irgendwie exotisch?«

In ihrem Blick lag Zögern, da sie die Zeit überschlug.

»Mein Dienst beginnt um elf... das heißt, daß ich hier um halb zehn losfahren muß –« Sie lächelte hilflos. »Wären Sie sehr enttäuscht, wenn wir zusammen irgendwohin auf einen Hamburger gingen? Das geht schneller. Patrick dreht durch, wenn ich mich verspäte und ein Hausbesuch droht. Seine Frau ist im achten Monat, und er steht Todesängste aus, daß bei ihr die Wehen einsetzen, während ich irgendwo festgenagelt bin. Deswegen muß ich sehr pünktlich nach Hause kommen.« Nicht, daß sie unbedingt nach Hause wollte. Lieber hätte sie stundenlang mit Bernie geplaudert.

»Ich habe nichts gegen Hamburger. Und ich kenne sogar ein amüsantes Lokal«, er winkte den Kellner heran, der sofort kam, als Bernie seine Brieftasche hervorzog –, »das nicht weit ist, falls Ihnen ein gemischtes Publikum nichts ausmacht.« Dort sah man alles, von Dockarbeitern bis zu Debütantinnen. Ihm gefiel die Atmosphäre, und er glaubte, daß es ihr auch gefallen würde. Und er sollte recht behalten. Megan war begeistert, kaum daß sie das Lokal betreten hatten. Es war eine Kneipe für Hafenarbeiter, die sich ›Olive Oyl‹ nannte und in der sie Hamburger und Apfelkuchen verspeisten. Um halb zehn trennte sich Megan mit Bedauern von Bernie und fuhr nach Napa zurück. Da sie Angst hatte, sich zu verspäten, begleitete er sie nach dem Essen rasch zu ihrem Austin Healy.

»Werden Sie es gut nach Hause schaffen?« Er machte sich Sorgen, denn es war schon spät für eine relativ lange Autofahrt, sie aber lächelte.

»So ungern ich meine Größe ins Spiel bringe, aber ich bin ein großes Mädchen.« Da lachte er. Sie war empfindlich, was ihre Körpergröße betraf. »Es war ein wunderbarer Abend.«

»Ja, das war es.« Er meinte es ehrlich. So gut unterhalten hatte er sich schon lange nicht mehr. Das Zusammensein mit ihr war sehr angenehm, da er mit ihr über seine geheimsten Gedanken sprechen konnte und ihr gern zuhörte.

»Wann kommen Sie wieder nach Napa?« Megan sah ihn hoffnungsvoll an.

»Das wird dauern. Nächste Woche muß ich nach Europa fliegen, und Nanny fährt mit den Kindern während meiner Abwesenheit nicht hin. In knapp drei Wochen werde ich wieder zurücksein und Sie sofort anrufen. Vielleicht können wir wieder einmal zusammen essen.« Lächelnd sah er sie an, als ihm etwas einfiel. »Wann fahren Sie nach Hause?«

»Zu den Weihnachtsfeiertagen.«

»Wir auch. Nach New York. Aber Thanksgiving wollen wir diesmal in Napa feiern.« Er wollte an diesem Tag nicht in der Stadt sein und an das erinnert werden, was nicht mehr war. »Ich rufe Sie an.«

»Geben Sie schön acht auf sich und arbeiten Sie nicht zu viel.«

Er ging bis zum Wagen mit ihr und lächelte über ihre Worte.

»Jawohl, Frau Doktor. Dasselbe gilt für Sie, und fahren Sie nicht zu schnell.«

Sie winkte, und er sah auf die Uhr, als sie losfuhr. Genau neun Uhr fünfunddreißig. Um Viertel nach elf rief er sie von zu Hause aus an. Sie sagte, sie sei eben zur Tür hereingekommen und habe den Mantel aufgehängt.

»Ich wollte mich nur vergewissern, ob Sie gut nach Hause gekommen sind. Sie fahren zu schnell«, schalt er sie.

»Sie machen sich zu viele Gedanken.«

»Das ist Vererbung.« Er lachte, und in diesem Fall stimmte es. Er hatte sich sein Leben lang Sorgen gemacht, aber das führte auch dazu, daß er in allem so gut war. Er war ein Perfektionist, in allem, was er anfaßte, und diese Eigenschaft hatte bei Wolff zu hervorragenden Resultaten geführt.

»Bernie, heute ist es in Napa wunderschön. Die Luft ist frisch und klar, und die Sterne funkeln.« Die Stadt lag unter einer Nebeldecke, doch er war gern in San Franzisko, obwohl er auch gern mit Megan zusammengewesen wäre. Der Abend war zu rasch zu Ende gegangen.

»Ach übrigens, was sind Ihre Ziele in Europa?« Sie war neugierig auf sein Leben, da es so anders war als das, was sie machte.

»Paris, London, Mailand, Rom. Diese Reise unternehme ich zweimal im Jahr für das Unternehmen. Und anschließend muß ich in New York unterbrechen, weil firmeninterne Besprechungen folgen.«

»Hört sich ja sehr interessant an.«

»Ist es auch. Manchmal.« Mit Liz war es schön gewesen. Auch vorher. In letzter Zeit nicht mehr. Wie alles andere, was er tat, so führte ihm auch dies seine Einsamkeit vor Augen.

»Bernie, der Abend war wunderbar. Vielen Dank.«

Er lachte, in Gedanken bei ihrem Essen im Hafenlokal ›Olive Oyl‹.

»Das ›Maxim‹ war es nicht.«

»Mir hat es gefallen.«

Und dann ertönte ihr Summer, und sie mußte auflegen.

Später hörte Bernie noch immer ihre Stimme in den Ohren. Nur um sich einen klaren Kopf zu verschaffen, ging er an den Einbauschrank, blieb davor stehen und atmete tief den Duft von Liz' Parfum ein, das hier noch schwebte. Man mußte sich jetzt mehr anstrengen, um es zu spüren.

Und als er die Tür schloß, tat er es mit einem Anflug von Schuldbewußtsein. An jenem Abend dachte er nicht an Liz, sondern an Megan. Und plötzlich war es ihr Parfum, nach dem er sich sehnte.

Kapitel 38

Bernie blieb länger als geplant in New York. Es war für die Firma ein sehr wichtiges Jahr, da große modische Veränderungen zu erwarten waren. Deswegen wollte Bernie auf dem laufenden bleiben. Als er schließlich nach San Franzisko abflog, konnte er mit dem Stand der Dinge sehr zufrieden sein. Und das Tuch, das er für Megan bei Hermès gekauft hatte, fiel ihm erst wieder ein, als er mit den Kindern und Nanny nach Napa fuhr. Ganz unvermittelt fiel ihm ein, daß er es in den Koffer gesteckt hatte, und er machte sich auf die Suche. Als er es gefunden hatte, entschied er sich, es ihr persönlich zu übergeben. Er fuhr in die Stadt und hielt vor dem Haus an, in dem sie wohnte und ihre Praxis hatte. Ihr Partner sagte, sie sei nicht da, deswegen ließ Bernie die kleine braune Schachtel zurück und legte die Nachricht bei:

»Für Megan aus Paris. Alles Liebe Bernie.«

Am Abend rief sie ihn an, um sich zu bedanken, und er freute sich, daß es ihr so gut gefiel. Das Tuch war in Blau, Rot und Gold gehalten und hatte ihn an sie erinnert, als sie rote Stiefel, Jeans und einen gelben Regenmantel trug.

»Als ich nach Hause kam, fand ich es auf dem Schreibtisch vor. Patrick muß es hingelegt haben. Bernie, es ist wunderschön, ich bin ganz begeistert.«

»Das freut mich. Wir eröffnen im März eine Hermès-Boutique.«

»Das finde ich toll! Mir gefallen die Sachen sehr gut.«

»Die gefallen jedem, und das ist gut für uns.« Er erzählte ihr von den Abschlüssen, die er getätigt hatte, und sie war sehr beeindruckt.

»Und ich habe nur drei Ohrenentzündungen diagnostiziert, sieben Infektionen, eine Bronchitis im Anfangsstadium und eine Blinddarmentzündung, ganz zu schweigen von unzähligen Schnitten, Beulen, Splittern und einem Daumenbruch.« Das klang ein wenig frustriert, was er nicht verstehen konnte.

»Das hört sich für mich sehr wichtig an. Von meiner italienischen Koffer-Boutique oder einer französischen Schuh-Kollektion hängt kein Menschenleben ab. Was Sie tun, ist viel wichtiger.«

»Ja, vermutlich.« Dennoch wirkte sie niedergeschlagen. Die Frau ihres Praxispartners hatte vor einigen Tagen ihr Baby, ein Mädchen, bekommen, und wieder verspürte sie jenen sonderbaren Schmerz. Doch das sagte sie Bernie nicht. Er hätte womöglich den Eindruck bekommen, sie habe eine Neurose, was anderer Leute Kinder betraf.

»Wissen Sie schon, wann Sie endgültig nach New York ziehen?«

»Noch nicht. Wir hatten gar keine Zeit, das zu besprechen. Im Moment ist im Geschäft sehr viel los. Na, wenigstens wird es nicht langweilig. Hätten Sie Lust, morgen mit mir zu Mittag zu essen?« Er wollte sich mit ihr im Café in Saint Helena treffen.

»Leider geht das nicht. Patricks Frau hat diese Woche entbunden, und ich muß ihn vertreten. Ich könnte aber bei Ihnen vorbeischauen, wenn ich ins Krankenhaus fahre. Oder würde Jane das zu unwillig aufnehmen?« Sie war ganz offen, denn sie hatte Janes Ablehnung bei der letzten Begegnung gespürt und wollte eine Wiederholung der Situation vermeiden.

»Ich wüßte nicht warum.« Bernie verstand nicht, was Megan meinte, zumindest nicht so genau.

»Hm, ich glaube nicht, daß sie weibliche Besucher sehr gern sieht.« Sie meinte Besuche bei Bernie, sprach es aber nicht aus.

»Sie hat keinen Grund, Sie abzulehnen.«

Megan war nicht sicher, ob Bernie begriff, was diese Ablehnung bedeutete. Jane wollte die Erinnerung an ihre Mutter wahren, und das war nur zu verständlich. Megan war bestrebt, Janes Seelenlage nicht unnötig zu erschüttern.

»Ich möchte niemanden grundlos aufregen.«

»Sie werden mich aufregen, wenn Sie nicht vorbeikommen. Außerdem ist es höchste Zeit, daß Sie Nanny Pippin kennenlernen. Sie ist unser bestes Stück. Um welche Zeit können Sie kommen?«

»So um neun herum. Ist Ihnen das recht, oder ist es zu früh?«

»Ideal. Wir sitzen um diese Zeit beim Frühstück.«

»Also dann, bis morgen.«

Bernie dachte mit Herzklopfen an ein Wiedersehen. Er redete sich ein, seine Aufregung komme daher, weil sie eine so interessante Frau war, und er zwang sich, nicht an das schimmernde schwarze Haar zu denken oder an das Gefühl in seiner Magengrube, wenn er sich Megan Jones vorstellte.

Megan kam am nächsten Morgen um Viertel nach neun, nachdem er das Set aufgelegt und noch ein weiteres Gedeck für den Gast bereitgestellt hatte. Jane hatte daneben gestanden und ihn fragend angesehen.

»Für wen soll denn das sein?«

»Für Dr. Jones.« Er versuchte ganz ruhig und sachlich zu wirken, während er so tat, als blättere er die New York Times durch. Aber Nanny beobachtete ihn. Und Jane auch – wie ein Luchs.

»Wer ist denn krank?« wollte Jane wissen.

»Niemand. Sie wollte nur zum Kaffee vorbeikommen.«

»Warum das? Wer hat sie gerufen?«

Bernie drehte sich zu Jane um.

»Schätzchen, warum regst du dich auf? Sie ist eine nette Frau. Trink schön deinen Saft aus.«

»Ich hab' keinen Saft.« Sie aßen Erdbeeren, und er blickte zerstreut auf und grinste.

»Na, trink ihn trotzdem.«

Da grinste auch Jane, aber ihr Mißtrauen war geweckt. Sie wollte nicht, daß jemand in ihr Leben trat. Sie hatten jetzt alles, was sie brauchten, sie, Dad, Alex und Nanny Pip. Alex war es, der angefangen hatte, sie Pip zu rufen, und der Name hatte eingeschlagen. Nanny Pippin war für den Kleinen zu lang gewesen.

Und dann kam Megan mit einem großen Strauß gelber Blumen und einem sonnigen Lächeln für alle. Bernie stellte sie Nanny Pip vor, die ihr mit strahlendem Lächeln fast die Hand ausriß. Es war klar, daß sie begeistert von ihr war.

»Eine Ärztin, wie wundervoll! Und Mr. Fine sagte, Sie seien so lieb zu Alex gewesen, als er die Sache an dem Ohr hatte.«

Megan plauderte liebenswürdig mit Nanny, und diese ließ klar erkennen, daß sie sie billigte, als Ärztin und als Frau. Das zeigte sie, indem sie sie mit Aufmerksamkeit überhäufte. Sie goß ihr Kaffee ein, legte ihr Gebäck, Eier, Speck und Würste auf und bot ihr Erdbeeren an, während Jane die Besucherin mit kaum verhüllter Abneigung anstarrte. Sie war wütend, daß sie gekommen war und noch wütender, weil sie mit Bernie befreundet war.

»Ich weiß gar nicht, warum Daddy Sie gebeten hat zu kommen«, sagte sie laut, als Megan die Köstlichkeiten gelobt und sie angelächelt hatte. »Hier ist niemand krank.«

Bernie war entsetzt über diese Unhöflichkeit und Nanny ebenso, aber Megan lächelte nur freundlich und zeigte sich von den Worten des Kindes unbeeindruckt.

»Ach, weißt du, ich möchte meine Patienten auch mal kennenlernen, wenn sie gesund sind. Hin und wieder ist es einfacher, sie zu behandeln, wenn man sie gesund gesehen hat«, erklärte sie geduldig, ungeachtet Janes finsterer Blicke.

»Wir haben in San Franzisko sowieso noch einen Arzt.«

»Jane!« Ein einziges Wort im Warnton. Bernie ärgerte sich maßlos über sie. Er sah Megan um Entschuldigung bittend an, während Alexander zu Meg tapste und sie neugierig anstarrte.

»Schoß«, verkündete er. »Will Schoß sitzen.« Seine Sprechweise hörte sich noch immer wie eine Fremdsprache an, doch Megan verstand ihn glänzend und hob ihn auf ihre Knie. Sie reichte ihm eine Erdbeere, die er ganz in den Mund schob. Liebevoll beobachtet von der lächelnden Megan.

Bernie, der die beiden ansah, fiel auf, daß sie das Tuch trug, das er am Tag zuvor bei ihr abgegeben hatte. Es freute ihn, es an ihr zu sehen, doch fast gleichzeitig fiel es Jane auf. Sie hatte das Schächtelchen auf seinem Schreibtisch entdeckt und ihn gefragt, was es enthalte. Er hatte gesagt, es sei ein Tuch für eine Bekannte, und Jane konnte sich jetzt ausrechnen, für wen. Sie konnte sich noch an die Hermès-Tücher erinnern, die er Liz mitgebracht hatte. Diesmal hatte er auch eines für Nanny Pippin mitgebracht. Ein schönes in Blau, Weiß und Gold, das zu ihrer Schwesterntracht, dem dunkelblauen Mantel und den Sportschuhen paßte und vor allem zu dem Hut, der sie aussehen ließ wie Mary Poppins.

»Woher haben Sie das Tuch?« Jane benahm sich, als hätte Megan es geklaut, so daß die hübsche junge Frau zusammenzuckte. Sie fing sich aber rasch. Fast hätte Jane gewonnen, zu guter Letzt aber ging der Punkt noch an Megan.

»Ach... das Tuch... ja, das habe ich von einem Freund bekommen, es ist schon lange her. Als ich in Frankreich lebte.« Sie wußte sofort, was zu tun war, und Bernie war ihr sehr dankbar. Es war, als hätten sie sich zu einer Verschwörung zusammengetan, ohne es jemals beabsichtigt zu haben, doch nun waren sie plötzlich Partner.

»Tatsächlich?« Jane schien erstaunt. »Sie waren in Frankreich?« Sie war der Meinung gewesen, Bernie sei der einzige Mensch auf der Welt, dem Hermès ein Begriff war.

»Ja.« Megan klang ganz überzeugend und ruhig. »Ich war ein Jahr in der Provence. Und du... warst du mit deinem Daddy schon in Paris, Jane?« fragte sie unschuldig, und Bernie mußte ein Lächeln verbergen. Megan konnte großartig mit Kindern umgehen. Alex schmiegte sich mit zufriedenen leisen Geräuschen an sie und half ihr nun, nachdem er alle ihre Erdbeeren gegessen hatte, mit den Eiern und vertilgte sogar ein Stück Speck.

»Nein, ich war nicht in Paris. Noch nicht. Aber ich war schon in New York.« Jane kam sich mit einemmal sehr wichtig vor.

»Finde ich ja toll. Und was gefällt dir dort am besten?«

»Die Radio City Music Hall!« Ohne es zu wollen, hatte sie sich in ein Gespräch ziehen lassen. Doch schon sah sie Megan mißtrauisch an. Ihr war eben eingefallen, daß sie keine Sympathie für sie entwikkeln wollte, und sie weigerte sich, das Gespräch fortzuführen. Jane beschränkte sich auf einsilbige Antworten, bis Megan sich verabschiedete.

Bernie fühlte sich bemüßigt, sich für Janes Benehmen zu entschuldigen, als er Megan zum Wagen begleitete.

»Ich fühle mich ganz jämmerlich. So ungehobelt ist sie sonst nicht. Es muß wohl eine Art Eifersucht sein.« Er war ganz außer sich, und Megan schüttelte nur lächelnd den Kopf. Er war in Dingen, die sie nur zu gut verstehen konnte, völlig unwissend, nämlich, wenn es um Herzweh und die Konflikte der kindlichen Seele ging.

»Machen Sie sich bloß keine Sorgen. Das ist völlig normal. Jane hat nur mehr Sie und Alex. Und sie verteidigt ihr Terrain.« Ihre Stimme klang sanft, sie wollte ihm Schmerz ersparen, indem sie nicht zu unverblümt war. Seine Psyche war noch zu zerbrechlich, wie sie wußte. »Sie verteidigt die Erinnerung an ihre Mutter. Es fällt ihr schwer, sich mit einer Frau in Ihrer Nähe abzufinden, auch wenn alles ganz harmlos ist.« Sie lächelte. »Bringen Sie bloß keine Blondinen mit viel Sex-Appeal nach Hause, sonst vergiftet sie die.«

Beide lachten, als er ihr die Wagentür aufhielt.

»Ich werde mich daran halten. Aber Sie haben sie wunderbar im Griff, Megan.«

»Sie dürfen nicht vergessen, daß dies mehr oder weniger zu meinem Beruf gehört. Sie verkaufen Brot, ich kenne mich bei Kindern aus. Manchmal.« Wieder lachte er und beugte sich zu ihr, von dem plötzlichen Wunsch erfaßt, sie zu küssen. Ebenso schnell ging er wieder auf Distanz, erschrocken über seine Reaktion.

»Ich werde versuchen, daran zu denken. Hoffentlich sehe ich Sie bald wieder.« Und dann fiel ihm ein, was er sie eigentlich hatte fragen wollen. Thanksgiving war schon in zwei Wochen, und bis dahin würde sie nicht mehr herkommen. »Möchten Sie zum Thanksgiving zu uns kommen?« Er hatte lange darüber nachgedacht, ob er sie einladen sollte, eigentlich während des ganzen Heimflugs von New York hierher.

Nachdenklich sah sie ihn an. »Glauben Sie, Jane ist dafür schon bereit? Sie dürfen ihr nicht zu viel zumuten.«

»Was soll ich denn tun? Den Rest meines Lebens allein in meinem Zimmer sitzen?« Er klang wie ein enttäuschtes Kind. »Ich habe ein Recht auf Freunde, meinen Sie nicht?«

»Ja, aber Sie müssen ihr auch die Chance geben, zu Atem zu kommen. Wir wär's, wenn ich nur zum Nachtisch käme? Das wäre doch ein anständiger Kompromiß, oder?«

»Haben Sie noch etwas anderes vor?« Er wollte wissen, mit wem sie sich sonst noch traf. Sie war immer so eingespannt in ihre Arbeit, und er hätte gern gewußt, was für Bekannte sie hatte. Kaum zu glauben, daß ihre Arbeit sie so in Trab hielt, und doch schien es so zu sein.

»Ich habe Jessica, Patricks Frau, versprochen, ihr zu helfen. Sie haben Verwandtenbesuch aus der Stadt, und sie kann Hilfe bei den Vorbereitungen gebrauchen. Aber ich könnte ihr ja zuerst an die Hand gehen und dann herkommen, oder?«

»Und was haben Sie sonst noch vor? Wollen Sie unterwegs jemanden mit Erste Hilfe retten?« Er konnte über sie nicht genug staunen. Ständig tat sie irgend etwas für andere. Kaum etwas für sich.

»So schlimm ist es doch gar nicht.« Sie schien verwundert, denn sie dachte nie darüber nach. So war sie einfach, und das gehörte zu den Dingen, die ihm an ihr am besten gefielen.

»Mir scheint, Sie tun immer nur für andere etwas und nie für sich selbst«, murmelte Bernie besorgt.

»Vermutlich gibt mir das etwas. Ich brauche nicht viel.« Zumindest war es bislang so gewesen. Aber in letzter Zeit war sie selbst im Zweifel. Es gab Dinge, die ihr auf einmal fehlten. Das wußte sie, wenn Alexander zu ihr aufblickte und auf ihren Schoß wollte, und auch wenn Jane sie wütend anfunkelte, plötzlich hatte sie es satt, immer nur in Ohren und Hälse sehen zu müssen und Reflexe zu überprüfen.

»Wir sehen uns am Thanksgivingtag. Zum Nachtisch, wenn schon sonst nicht.« Aber er war noch immer enttäuscht, daß sie nur auf einen Sprung kommen wollte, und schob die Schuld insgeheim auf Jane, so daß er seinen Ärger zeigte, als er wieder hineinging. Noch ärgerlicher wurde er, als sie ihrer Abneigung gegen Megan Luft machte.

»Mensch, ist die aber häßlich, nicht wahr, Daddy?« Sie sah ihn durchdringend an, was ihr einen sehr unwilligen Blick eintrug.

»Jane, das finde ich gar nicht. Im Gegenteil, sie ist eine sehr gutaussehende junge Frau.« Er würde nicht zulassen, daß sie so über Megan sprach.

»Jung? Daß ich nicht lache! Die ist doch mindestens hundert Jahre alt.«

»Warum haßt du sie so sehr?«

»Weil sie blöd ist.«

»Nein.« Er schüttelte den Kopf. »Sie ist nicht blöd. Sie ist sehr gescheit. Man wird nicht Ärztin, wenn man blöd ist.«

»Ach was, ich kann sie trotzdem nicht ausstehen.« Plötzlich funkelten Tränen in ihren Augen, und ein Teller entglitt ihren Händen und zerbrach, als sie Nanny Pip beim Abräumen des Tisches half.

Bernie ging ruhig zu ihr.

»Schätzchen, sie ist doch nur eine Bekannte, mehr ist nicht dahinter.« Megan hatte recht, Jane hatte Angst, daß eine Frau in sein Leben treten würde. Das konnte er jetzt deutlich erkennen. »Ich habe dich sehr, sehr lieb.«

»Dann laß nicht zu, daß sie wiederkommt.« Jetzt heulte sie, und Alexander starrte sie an, erschrocken, aber fasziniert und ahnungslos, wovon die Rede war.

»Warum nicht?«

»Wir brauchen sie hier nicht, darum.« Sie lief hinaus und knallte die Tür hinter sich zu. Nanny Pip sah Bernie wortlos an und hob abwehrend die Hand, als er Jane folgen wollte.

»Mr. Fine, lassen Sie Jane eine Weile in Ruhe. Sie wird sich beruhigen. Sie muß lernen, daß es nicht immer so weitergeht...« Sie lächelte ihm mütterlich zu. »Das hoffe ich jedenfalls Ihretwegen – und auch Jane zuliebe. Die Ärztin hat mir sehr gut gefallen.« Sie betonte das Wort ›sehr‹.

»Mir auch.« Bernie war dankbar für die Ermutigung. »Sie ist eine sehr nette Frau und eine gute Freundin. Ich wünschte, Jane hätte sich nicht so schlecht benommen.«

»Sie hat Angst, Sie zu verlieren.« Genau das hatte auch Megan gesagt.

»Das wird nie der Fall sein.«

»Das müssen Sie ihr deutlich sagen. Sehr oft. Und ansonsten wird sie sich daran gewöhnen müssen. Sie müssen langsam vorgehen... sie wird sich schon beruhigen.« Langsam vorgehen? Wieso? Er wollte gar nicht vorgehen. Weder mit Megan noch mit einer anderen. Er sah Nanny ernst an.

»Nanny Pip, es ist ja nicht, was Sie denken. Ich wollte, daß Jane das begreift.«

»Na, da wäre ich an Ihrer Stelle nicht so sicher.« Nanny sah ihn direkt an. »Sie haben ein Recht auf mehr, als was das Leben Ihnen jetzt bietet. Es wäre nicht gesund, wenn Sie bis ans Ende Ihrer Tage so leben.« Sie wußte genau, daß er keusch lebte, und sie kannte auch den Schrank voller Kleider, den er oft öffnete und so tat, als suchte er etwas. Sie war der Meinung, es sei höchste Zeit, die Sachen loszuwerden, gleichzeitig aber wußte sie, daß er dazu noch nicht bereit war.

Kapitel 39

Megan hielt Wort und kam nach dem Thanksgiving-Dinner und brachte eine selbstgemachte Fleischpastete mit, die Nanny überschwenglich lobte, während Jane behauptete, sie hätte genug gegessen. Als Bernie ein Stück nahm, staunte er, wie gut sie war.

»Einfach köstlich«, lobte er spontan, und Megan freute sich über das Kompliment. Sie trug ein rotes Kleid, das sie damals bei Wolff gekauft hatte, als sie mit ihm essen gegangen war.

»Tatsächlich bin ich die lausigste Köchin der Welt. Ich kann kaum ein Ei kochen, und mein Kaffee schmeckt unbeschreiblich. Mein Bruder fleht mich jedesmal an, ja nie seine Küche zu betreten.«

»Das scheint mir aber ein komischer Vogel zu sein.«

»Nun, in diesem Fall hat er recht.« Jane grinste unwillkürlich, und Alex machte sich wieder an Megan heran und kletterte auf ihren Schoß, diesmal, ohne um Erlaubnis zu fragen. Als sie ihm von der Pastete ein Stückchen gab, spuckte er den Bissen aus. »Seht ihr, Alexander weiß Bescheid. Habe ich recht?« Er nickte feierlich, und alle lachten.

»Meine Mami war eine prima Köchin, stimmt's, Dad?« Der Vergleich wirkte halb ungezogen und halb traurig, so wie Jane ihn vorbrachte.

»Ja, das war sie, Liebling.«

»Sie hat immer viel gebacken.« Jane dachte an die herzförmigen Plätzchen am letzten Schultag und hielt mit Mühe die Tränen zurück, als sie Megan ganz unglücklich ansah.

»Das bewundere ich restlos. Einfach fabelhaft, wenn man all diese Dinge kann.«

Jane nickte.

»Und hübsch war sie auch.« Ihrem unbeschreiblich traurigen Blick sah man an, daß es eher eine Erinnerung als ein Vergleich war. Bernie schmerzte es, das alles zu hören, doch er wußte, daß Jane so etwas sagen mußte.

»Sie war blond und dünn und klein.«

Megan lächelte Bernie zu. Daß er sich zu ihr hingezogen fühlte, weil sie seiner verstorbenen Frau ähnelte, war also nicht der Fall. Sie war fast das genaue Gegenteil, und irgendwie war ihr deswegen wohler zumute. Wie oft kam es vor, daß ein völlig identischer Ersatz für den verlorenen Partner gesucht wurde, und dann entstanden Schwierigkeiten. Ständig im Schatten eines Toten zu stehen war unmöglich. Sie sah Jane sehr verständnisvoll an.

»Du wirst es nicht glauben, aber meine Mutter ist zierlich und blond und sehr klein. Mein Bruder auch.«

Jane lachte laut. »Ehrlich?«

»Ehrlich. Meine Mutter ist nur so groß.« Sie deutete auf ihre Schulter.

»Ich bin wie mein Vater.« Doch das war nicht weiter schlimm. Beide waren gutaussehende Menschen.

»Ist Ihr Bruder auch so klein wie Ihre Mutter?« Jane war fasziniert, und Bernie lächelte. Vielleicht konnte er hoffen, daß Jane sich schließlich doch beruhigen würde.

»Ja, das ist er. Ich nenne ihn immer Zwerg.«

»Jede Wette, daß er Sie deswegen haßt.« Jane kicherte verhalten, und Megan lächelte.

»Ja, das tut er wohl. Vielleicht ist er Psychiater geworden, um damit besser fertig zu werden.« Darüber lachten alle, und Nanny brachte Tee. Die Frauen tauschten ein verständnisinniges Lächeln. Danach mußte Alexander in die Badewanne, und Megan half Bernie und Jane, den Tisch abzuräumen. Sie trugen Geschirr in die Küche und spülten. Als Nanny wiederkam, war alles fertig. Sie war nahe daran zu sagen, daß es nett sei, eine Frau im Haus zu haben, besann sich aber eines Besseren und beschränkte sich darauf, allen für die Hilfe zu danken, was viel diplomatischer war. Megan blieb noch eine Stunde und plauderte mit allen vor dem Kamin, bis sich ihr Piepser meldete. Sie ließ Jane den Antwortdienst anrufen, und sie durfte mithören, als Megan den Anruf entgegennahm. Jemand hatte sich an einem Truthahnknochen verschluckt. Man hatte den Knochen zwar herausbekommen, doch nun war die Kehle des Kindes aufgerieben. Und ein kleines Mädchen hatte sich am Tranchiermesser geschnitten und mußte genäht werden.

»Huuuuch.« Jane schnitt ein Gesicht.

»Das klingt ja schrecklich.«

»Ja, hin und wieder ist es wirklich schlimm. Aber dieser Fall scheint mir nicht so arg. Es ist kein Finger oder sonst was abgeschnitten.« Sie lächelte Bernie über Janes Kopf hinweg zu. »Sieht aus, als müßte ich gehen.«

»Werden Sie wiederkommen?« Er hoffte es, sie aber wollte Janes wegen Vorsicht walten lassen.

»Nachher wird es zu spät sein. Man wird nie so schnell fertig, wie man zunächst glaubt. Sie werden doch nicht wollen, daß ich noch um zehn Uhr an ihre Tür poltere!« Bernie hätte nichts dagegen gehabt. Allen tat es leid, als sie ging, sogar Jane, und Alex, der nach dem Bad noch kam, um ihr Adieu zu sagen, weinte, als Jane ihm sagte, sie sei gegangen. Das rief Bernie in Erinnerung, was den Kindern fehlte, und er fragte sich, ob Nanny Pip recht hatte. Vielleicht sollte er sein Leben doch ändern. Im Moment konnte er es sich noch nicht vorstellen. Als einzige Veränderung konnte er sich einen Umzug nach New York vorstellen, obwohl er daran eigentlich immer weniger dachte, denn in letzter Zeit hatte er sich in Kalifornien fast heimisch gefühlt.

Zu den Weihnachtsfeiertagen fuhren sie nach New York, ohne daß es noch zu einem Treffen mit Megan gekommen wäre. Sie hatten keine Zeit mehr, ins Napa Valley zu fahren, da Bernie zuviel zu tun hatte und die Kinder in der Stadt einiges vorhatten. Nanny besuchte mit ihnen das Nußknacker-Ballett und die Kinder-Show in der Symphonie. Natürlich sahen sie sich auch den Weihnachtsmann bei Wolff an. Alex war begeistert, während Jane nicht mehr an ihn glaubte, aber Alex zuliebe mitging.

Vor dem Abflug rief Bernie Megan noch einmal an.

»Alles Gute für die Feiertage«, wünschte er ihr mit Nachdruck. Sie verdiente wirklich alles Gute, nach allem, was sie das Jahr über Gutes getan hatte.

»Ihnen auch. Liebe Grüße an Jane.« Sie hatte Jane einen warmen Wollschal und eine Mütze für den Flug nach New York geschickt, doch die Sachen waren noch nicht angekommen, als Bernie mit ihr sprach. Alex hatte sie eine drollige Weihnachtsmann-Puppe zugedacht.

»Es tut mir sehr leid, daß wir Sie vor den Feiertagen nicht mehr sehen werden.« Es tat ihm noch mehr leid, als sie ahnte. In den letzten Wochen hatte er sehr oft an sie gedacht.

»Vielleicht sehen wir uns in New York«, meinte sie darauf nachdenklich.

»Ich dachte, Sie würden in Boston Ihre Familie besuchen.«

»Tue ich auch. Aber mein verrückter Bruder und meine Schwägerin fahren nach New York, und sie wollen mich unbedingt mitnehmen. Eine unserer vornehmen Kusinen heiratet mit großem Pomp im ›Colony Klub‹. Ich bin nicht sicher, ob ich ein solches Ereignis heil überlebe, aber sie bestehen darauf, daß ich mitkomme, und ich habe versprochen, daß ich es mir überlege.«

Sie hatte zugestimmt, damit in New York ein Treffen mit Bernie möglich wurde, aber jetzt kam es ihr albern vor, dies einzugestehen. Bernie jedoch fand die Aussicht, sie wiederzusehen, sehr aufregend.

»Werden Sie mich wissen lassen, wann Sie kommen?«

»Natürlich. Ich stelle erst mal fest, wie die Hochzeit geplant ist, und sobald ich Bescheid weiß, rufe ich an.« Er gab ihr die Nummer in Scarsdale und hoffte inständig, daß sie sich meldete.

Als er an jenem Abend nach Hause kam, fand er den riesigen Karton mit Geschenken, den sie geschickt hatte. Mütze und Schal für Jane, die Puppe für Alex, eine Pringle-Jacke für Nanny Pip, die genau ihrem Geschmack entsprach, und ein schönes ledergebundenes Buch für ihn. Er sah auf den ersten Blick, daß es ein altes Buch, ja eine Rarität war, und in Megans Begleitschreiben stand, daß es aus dem Besitz ihres Großvaters stamme und ihr in schweren Zeiten sehr geholfen habe. Sie hoffte, es würde ihm ähnlich gute Dienste leisten. Sie wünschte ihm alles Gute für das kommende Jahr, und den Kindern wünschte sie fröhliche Weihnachten. Als er ihre Zeilen las, meldete sich wieder Sehnsucht nach ihr. Er bedauerte, daß sie das Fest nicht zusammen verbringen konnten und daß das Leben sich zuweilen so kompliziert gestaltete. Weihnachten würde für ihn sehr einsam. Das Fest erinnerte ihn an Liz und an ihren Hochzeitstag. Während des Fluges an die Ostküste war Bernie deshalb sehr wortkarg. Zu einsilbig, dachte Nanny bei sich. Er war in Gedanken in der Vergangenheit bei Liz. Das erkannte sie an seinem kummervollen Gesichtsausdruck. Die Bindung an Liz war noch immer sehr stark. Auch Megan verbrachte ihren Flug damit, ihre Gedanken in die Vergangenheit schweifen zu lassen. Sie verglich insgeheim Bernard mit ihrem Verlobten. Es waren zwei völlig verschiedene Typen, die ihr beide Respekt abforderten. Doch im Moment war es Bernie, der ihr fehlte, und sie rief ihn nach der Ankunft an, nur um mit ihm zu plaudern. Seine Mutter war wie vor den Kopf geschlagen, als er einen Anruf erhielt, kaum daß sie eingetroffen waren. Ruth musterte ihren Sohn besorgt. Megan hatte sich als Dr. Jones gemeldet, und Ruth blieb neugierig in der Nähe, bis er sie nervös mit einer Handbewegung verscheuchte. Sie glaubte, jemand sei krank, und fast hätte Bernie laut gelacht, als er den Hörer nahm. Nachher wollte er seiner Mutter alles erklären. Aber erst hatte er es sehr eilig, mit Megan zu sprechen, denn er verging fast vor Sehnsucht.

»Megan?« Sein Gesicht leuchtete auf wie ein Weihnachtsbaum. »Wie war der Flug?«

»Ganz gut.« Auch sie war glücklich, als sie seine Stimme hörte, wenngleich es ihr ein wenig peinlich war, daß sie es war, die sich gemeldet hatte. Andererseits fand sie nichts dabei. Bei ihrer Ankunft in Boston hatte sie sich so einsam gefühlt, daß sie ihn unbedingt sprechen mußte.

»Anfangs ist es immer irgendwie sonderbar, wenn man nach Hause kommt. Es ist, als hätten die Eltern vergessen, daß man erwachsen ist, und sie fangen an, einen herumzukommandieren, als wäre man ein Kind. Daran gewöhne ich mich nie.«

Bernie lachte, da er es ähnlich empfand. Und er wußte noch, wie sonderbar er und Liz sich in seinem alten Zimmer vorgekommen waren – wie Vierzehnjährige, für die Sex verboten ist. Er selbst hätte es vorgezogen, im Hotel zu bleiben, aber mit den Kindern kam das nicht in Frage. Sie waren ja gekommen, um die Feiertage mit den Großeltern zu verbringen. Und in Gesellschaft der Kinder konnte – anders als im Hotel – viel weniger das Gefühl der Einsamkeit aufkommen. Doch er wußte genau, was Megan meinte.

»Ich weiß genau, wie Sie sich fühlen. Es ist, als täte man einen Schritt zurück und liefere den Beweis, daß sie immer recht gehabt hätten. Man ist vierzehn und ist zurückgekommen, um es diesmal so zu machen, wie die Eltern es wollen... nur tut man es nicht. Und schließlich bekommen alle eine wahnsinnige Wut auf einen.«

Sie lachte. In Boston war es bereits soweit. Ihr Vater war eine Stunde nach der Ankunft zu einer Entbindung gerufen worden, und sie hatte nicht mitkommen wollen, weil sie müde war, worauf er offensichtlich verärgert reagierte, während ihre Mutter sie schalt, daß sie keine warmen Stiefel mitgebracht hatte und die Sachen im Koffer falsch zusammengelegt waren. Wenig später war sie getadelt worden, weil sie in ihrem Zimmer ein Chaos hinterlassen hatte. Nach so vielen Jahren Selbständigkeit war das Zusammenleben mit der Familie gelinde gesagt schwierig geworden.

»Mein Bruder versprach, mich heute zu retten. Er und seine Frau geben eine Dinnerparty.«

»Wird die nach Bostoner Sitte eher gesetzt verlaufen oder total verrückt?«

»Wahrscheinlich beides, wie ich meinen Bruder kenne. Vermutlich läßt er sich vollaufen, und jemand wird sich seiner Kleidung entledigen, vermutlich ein Psychoanalytiker, ein Jungianer, den er dann handgreiflich bremsen muß.«

»Na, dann geben Sie acht, daß er Sie nicht bremsen muß.« Es fiel ihm schwer, sich Megan in diesem Milieu vorzustellen. Plötzlich überfiel ihn das Gefühl der Einsamkeit, weil ihm klar wurde, wie sehr sie ihm fehlte. Er schwankte, ob er es ihr sagen sollte. Irgendwie wäre es ihm ungehörig erschienen, obwohl er genau spürte, daß an ihrer Beziehung sehr viel mehr war und daß es noch gründlicher gegenseitiger Erkundung bedurfte.

»Kommen Sie zu der Hochzeit nach New York?« Er rechnete fest damit, sagte es aber nicht.

»Sieht ganz so aus. Ich weiß zwar nicht, was meine Eltern dazu sagen werden, weil ich doch bei ihnen zu Besuch bin, aber ich werde mal darüber sprechen und sehen, wie sie reagieren.«

»Na, hoffentlich erlauben Sie Ihnen die Fahrt.« Das klang wie aus dem Mund eines schüchternen Teenagers, was beide zum Lachen reizte. Wieder dieses Teenager-Syndrom.

»Sie sehen, was ich meine!«

»Hören Sie, kommen Sie einfach nur für einen Abend. Wäre doch nett, wenn wir uns hier mal treffen könnten.«

Sie widersprach nicht, von dem Wunsch beseelt, ihn wiederzusehen. Seit Wochen schon dachte sie immer intensiver an ihn und hatte es bedauert, daß es zu keinem Wiedersehen gekommen war, bevor sie beide an die Ostküste flogen, doch beide hatten Berufe mit großer Verantwortung und entsprechend viel Arbeit. Vielleicht war ein Treffen in New York gar keine schlechte Idee.

»Ich will sehen, was sich machen läßt. Sicher wäre es sehr amüsant.« Da fiel ihr etwas noch viel Besseres ein, und sie hörte sich an wie ein begeistertes Kind, als sie mit dem Vorschlag herausrückte.

»Möchten Sie mit mir zu der Hochzeit gehen?« Je länger sie darüber nachdachte, desto besser gefiel ihr die Idee. »Haben Sie ein Dinner-Jackett dabei?«

»Nein, aber ich kenne einen großen Laden, in dem es welche gibt.« Beide lachten. »Sind Sie sicher, daß es nicht als unpassend angesehen wird... ich kenne das Brautpaar ja gar nicht.« Eine Hochzeit im ›Colony Klub‹ erschien ihm als sehr noble, steife Angelegenheit, und allein der Gedanke daran wirkte einschüchternd, doch Megan lachte nur.

»Alle werden so betrunken sein, daß es niemanden kümmert, wer Sie sind. Wir können uns ja rechtzeitig empfehlen und allein weiterfeiern... zum Beispiel im ›Carlyle‹, wo Bobby Short auftritt.« Dazu sagte er nichts, denn dies gehörte in New York zu seinen bevorzugten Lokalen. Er kannte Bobby aus seiner New Yorker Zeit und hatte den Weg des Sängers seit Jahren verfolgt.

»Ja, das wäre wunderbar«, sagte er mit belegter Stimme, Megans

Bild vor Augen, von dem Gefühl erfüllt, wieder ganz jung zu sein. Es war, als beginne für ihn das Leben, und nicht, als hätte er nie eine Tragödie erlebt.

»Bitte, versuchen Sie nach New York zu kommen, Meg.«

»Ja, das werde ich.« Zwischen ihnen herrschte nun eine gewisse drängende Spannung, die ihr fast angst machte, und doch wollte sie Bernie in New York wiedersehen. Sie wollte nicht warten, bis sie beide wieder in Napa waren. »Ich werde mein Bestes tun. Streichen Sie den sechsundzwanzigsten in Ihrem Kalender rot an. Ich komme ziemlich früh und wohne im ›Carlyle‹. Mein verrückter Bruder pflegt immer dort abzusteigen.«

»Ich hole mir noch diese Woche ein Dinner-Jackett aus dem Kaufhaus.« Alles hörte sich wie ein Riesenspaß an, von der Hochzeit abgesehen, der er mit Beklemmung entgegensah. Das Ereignis lag nur drei Tage vor seinem eigenen Hochzeitstag mit Liz. Sie hätten in diesem Jahr den vierten Hochzeitstag gefeiert. Aber daran durfte er jetzt nicht denken. Er konnte nicht Jahr für Jahr Jubiläen feiern, die keine Bedeutung mehr hatten. Plötzlich hatte er das Verlangen, die Hand nach Megan auszustrecken, wie um seine Erinnerungen zu verdrängen. Sie merkte, daß er besorgt klang. Es war, als würde sie ihn viel besser kennen, als es tatsächlich der Fall war. Sonderbar, was für eine enge Art der Kommunikation zwischen ihnen existierte – ein Umstand, der beiden aufgefallen war.

»Alles in Ordnung?« Ihre Stimme klang sanft, und er nickte mit mattem Lächeln.

»Mir geht es gut. Hin und wieder überfallen mich Gespenster... besonders um diese Jahreszeit.«

»So etwas ist für jeden schwer.« Auch sie hatte das durchgemacht, doch alles lag schon so lange zurück, und um diese Jahreszeit hatte es meist einen Mann in ihrem Leben gegeben. Oder sie hatte Dienst im Krankenhaus gemacht und war mit kranken Kindern beschäftigt gewesen. So oder so, sie litt weniger als er. Sie konnte nur hoffen, daß seine Familie nett zu ihm sein würde. Sie wußte, wie schwierig sich die Feiertage für ihn und die Kinder gestalten konnten, besonders für seine Tochter.

»Wie geht es Jane?«

»Ach, die ist selig, daß sie hier sein kann. Sie und meine Mutter sind die besten Freundinnen. Sie haben immer so viele Pläne, daß sie drei Wochen damit füllen könnten, und Nanny bleibt hier bei ihnen, wenn ich abfliege. Ich muß am dreißigsten zu einer Sitzung in San Franzisko sein, Jane aber hat erst am zehnten Schule, deswegen bleiben ihnen zwei Wochen länger Zeit. Darauf freuen sie sich sehr.« Megan fragte sich, ob er in dieser Zeit einsam sein würde.

»Werden Sie mal nach Napa kommen, während Sie allein sind?«

»Möglich.« Nun trat Schweigen ein, während beide ihren Gedanken nachhingen und gleichzeitig davor zurückschreckten. Sie versprach, ihn Ende der Woche anzurufen und ihm von ihren Plänen zu berichten. Aber so lange hielt es Bernie nicht aus. Nur zwei Tage, nachdem sie in New York eingetroffen waren. Es war der Weihnachtstag, und Megs Vater beantwortete den Anruf mit dröhnender Stimme. Er rief Megan mit der Aufforderung, sich zu beeilen, ans Telefon. Ganz atemlos kam sie angelaufen, und Bernie lächelte, als er ihre Stimme hörte.

»Fröhliche Weihnachten, Meg.« Unwillkürlich nannte er sie beim Spitznamen, und sie freute sich darüber. So war sie seit ihrer Kindheit mit Ausnahme von ihrer besten Freundin von niemandem genannt worden, und es wurde ihr warm ums Herz.

»Auch Ihnen frohe Weihnachten.« Sie war glücklich, seine Stimme zu hören, doch aus dem Hintergrund ertönte Lärm, und jemand rief ihren Namen.

»Störe ich?« fragte Bernie.

»Wir wollten eben zur Kirche fahren. Kann ich zurückrufen?« Und als sie anrief, meldete sie sich bei seiner Mutter wieder als Doktor Jones. Bernie führte mit ihr ein nettes längeres Gespräch, und als er auflegte, musterte Ruth ihn voller Neugierde. Die Kinder spielten unter der Aufsicht von Nanny Pip in ihrem Zimmer mit den Weihnachtsgeschenken. Den Großteil der Geschenke hatten sie aus Anlaß des Chanukkah-Festes bekommen, doch hatte Großmama Ruth Weihnachten nicht ganz übergehen wollen, damit sie nicht enttäuscht waren. Deshalb kam nun der Weihnachtsmann auch in ihr Haus, was Bernie einigermaßen belustigte. Hätte er als Kind Weihnachten feiern wollen, wären seine Eltern entsetzt gewesen.

Doch bei den Enkelkindern war alles erlaubt. Im Laufe der Jahre waren seine Eltern sehr tolerant geworden. Aber nicht hundertprozentig.

»Wer war denn das?« Seine Mutter bemühte sich vergeblich um einen naiven Gesichtsausdruck, nachdem er das Gespräch mit Meg beendet hatte.

»Nur eine Bekannte.« Das Spiel war ihm vertraut, wenngleich er es sehr lange nicht mehr mit ihr gespielt hatte, und es amüsierte ihn insgeheim.

»Jemand, den ich kenne?«

«Glaube ich nicht, Mom.«

»Wie heißt sie doch gleich?« Das war immer der Punkt, an dem er explodiert war, doch mittlerweile war er schon so abgeklärt, daß es ihn nicht mehr berührte. Er hatte nichts zu verbergen, auch nicht vor ihr.

»Sie heißt Megan Jones.«

Der Blick seiner Mutter war halb erfreut, daß jemand angerufen hatte, halb verärgert, weil die Anruferin nicht Rachel Schwartz hieß. »Ach, wieder so eine.« Aber insgeheim freute sie sich. Er bekam Anrufe von einer Frau. Er war wieder voller Leben. Und in seinen Augen lag ein Ausdruck, der sie Hoffnung schöpfen ließ. Das sagte sie auch Lou, als er abends heimkam, doch der behauptete, er könne bei Bernie keine Veränderung erkennen. Das konnte er nie. Aber Ruth konnte es sehen, so auch jetzt.

»Wie kommt es, daß du nie jüdische Mädchen kennenlernst?« Das war Frage und Anklage zugleich, und diesmal sah er sie an und grinste.

»Vermutlich, weil ich nicht mehr in die Synagoge gehe.« Sie nickte und fragte sich, ob er mit Gott haderte, weil Liz tot war, aber das wollte sie ihn lieber nicht fragen, was eine sehr kluge Entscheidung war.

»Welcher Konfession gehört sie an?« Zwischen ihren Fragen lagen längere Pausen, und Bernie mußte ein Lächeln verbergen.

»Sie ist Angehörige der Episkopalkirche.« Bernie dachte an die lange zurückliegende Szene im ›Côte Basque‹.

»Oh.« Ein einsilbiger Laut, mehr lakonische Feststellung einer

Tatsache als Ausdruck eines Gefühls. »Angehörige der Episkopalkirche. Ist es ernst?«

Sein Kopfschütteln kam allzu rasch, und sie fragte sich warum. »Nein, ist es nicht, sie ist nur eine Bekannte.«

»Sie ruft aber oft an.«

Zweimal insgesamt. Und sie wußte, daß auch er sie angerufen hatte, sagte aber nichts.

»Ist sie nett? Versteht sie sich mit den Kindern?« Diesmal eine doppelläufige Frage. Bernie entschloß sich, Meg in ein günstiges Licht zu rücken, damit ihr die Achtung seiner Mutter sicher war.

»Sie ist Kinderärztin, falls das überhaupt von Bedeutung ist.« Natürlich war es das, wie er wußte. Der Jackpot für Megan Jones! Er lächelte verstohlen, als er die Miene seiner Mutter beobachtete.

»Eine Ärztin?... Natürlich... Dr. Jones... warum hast du mir das nicht gleich gesagt?«

»Du hast mich nicht danach gefragt.« Dieselben alten Antworten im selben alten Spiel. Wie ein Lied, das sie einander jahrelang vorgesungen hatten. Inzwischen fast ein Schlummerlied.

»Wie hieß sie doch gleich?« Jetzt wußte er, daß sie seinen Vater veranlassen würde, Erkundigungen über Megan einzuholen.

»Megan Jones. Sie hat in Harvard angefangen, dann in Stanford weitergemacht und ihr Praktikum an der UC absolviert. Dad braucht nicht nachzuschlagen. Seine Augen sind nicht mehr wie früher.«

»Sei nicht so frech.« Sie tat, als sei sie verärgert, in Wahrheit war sie beeindruckt. Lieber wäre ihr zwar gewesen, Bernie wäre der Arzt gewesen, und seine Bekannte hätte bei Wolff gearbeitet, aber was soll's? Man konnte im Leben nicht alles haben. Das war inzwischen ihnen allen klar.

»Wie sieht sie denn aus?«

»Sie hat Warzen und Pferdezähne.«

Diesmal lachte seine Mutter. Nach fast vierzig Jahren lachte sie endlich mit ihm über eine solche Angelegenheit.

»Werde ich sie einmal kennenlernen, diese Schönheit mit Warzen und Pferdezähnen und den sagenhaften akademischen Würden?«

»Schon möglich, wenn sie herkommt.«

»Ist es etwas Ernstes?« Sie kniff die Augen zusammen, als sie diese Frage erneut stellte, und er wich aus. Es war ganz nett, sich spielerisch mit diesen Dingen zu befassen, aber er war noch nicht bereit, ernsthaft damit umzugehen. Im Moment waren er und Meg nur Freunde, egal wie oft sie ihn oder er sie anrief.

»Nein.«

Im Laufe der Jahre hatte Ruth eines gelernt. Sie wußte, wann es Zeit war, klein beizugeben, und als sie seine Miene sah, erkannte sie, daß es soweit war. Als Megan wieder anrief, um ihm zu sagen, wann sie am nächsten Tag im ›Carlyle‹ sein würde, sagte seine Mutter keinen Ton.

Megan kam, um mit ihm zur Hochzeitsfeier zu gehen. Er hatte sein Dinner-Jackett bereits nach Hause gebracht und gesehen, daß es ihm tadellos paßte. Seine Mutter war überrascht, als sie ihn am nächsten Tag ausgehen sah. Noch verblüffter war sie über die langgestreckte Limousine, die vor dem Haus auf ihn wartete.

»Ist das ihr Wagen?« Ihre Augen waren groß, ihr Ton gedämpft. Was für eine Ärztin das sein mochte? Nach vierzig Jahren und einer gutgehenden Praxis an der Park Avenue in New York konnte Lou sich eine solche Limousine nicht leisten. Nicht daß Ruth sich eine gewünscht hätte, aber... Bernie lächelte. »Nein, Mom, es ist mein Wagen. Ich habe ihn gemietet.«

»Ach so.« Damit war die Luft ein wenig raus. Trotzdem war Ruth sehr stolz auf Bernie und beobachtete ihn hinter dem Vorhang hervor, als er einstieg und der Wagen losfuhr. Seufzend trat sie ins Wohnzimmer, um jetzt erst zu bemerken, daß Nanny Pippin sie beobachtete.

»Ich wollte nur... nur sehen, ob alles in Ordnung ist... heute ist es glatt draußen.« Als ob es einer Entschuldigung bedurft hätte.

»Er ist ein guter Mensch, Mrs. Fine.« Das hörte sich an, als sei auch Nanny Pippin stolz auf ihn, und ihre Worte rührten an Ruths Herz.

Ruth Fine blickte um sich, wie um festzustellen, ob sie belauscht wurden. Dann näherte sie sich vorsichtig Nanny Pippin. In letzten Jahr hatte sich zwischen ihnen eine Andeutung von Freundschaft entwickelt, von Ruths Seite von Achtung getragen, bei Nanny von Zuneigung. Ruth konnte sich ausrechnen, daß Nanny über alle Vorgänge in Bernies Leben Bescheid wußte.

»Wie ist die Ärztin?« Das fragte sie so leise, daß Nanny sie kaum verstand.

»Sie ist eine gute Frau und sehr intelligent«, antwortete sie mit einem Lächeln.

»Ist sie schön?«

»Eine hübsche Person.« Die beiden würden ein schönes Paar abgeben, doch Nanny wollte Ruth nicht zuviel Hoffnungen machen. Es lag kein Grund zu der Annahme vor, zwischen beiden würde sich ernsthaft etwas entwickeln, obwohl sie es gern gesehen hätte. Megan wäre geradezu ideal für ihn.

»Sie ist ein gutes Mädchen, Mrs. Fine. Vielleicht entwickelt sich eines Tages eine Beziehung zwischen ihnen.« Aber mehr wollte sie nicht sagen, und Ruth nickte nur, in Gedanken bei ihrem einzigen Sohn, der in einer Mietlimousine in die Stadt fuhr. Was für ein hübscher Junge... und ein guter Mensch... Nanny hatte recht. Sie wischte sich eine verstohlene Träne ab, als sie die Lichter im Wohnzimmer löschte. Während sie sich zum Zubettgehen zurechtmachte, war sie in Gedanken noch immer bei Bernie und wünschte ihm alles Gute.

Kapitel 40

Die Fahrt in die Stadt dauerte wegen des Schnees länger als sonst. Bernie, der auf dem Rücksitz saß, dachte voller Vorfreude an Megan. Er hatte das Gefühl, seit dem letzten Zusammensein in Napa sei eine Ewigkeit vergangen. Um so mehr freute er sich auf das Wiedersehen, ganz besonders in dieser Umgebung. Es war neu und anders und aufregend. Ihm gefiel das stille, einfache Leben, das sie führte, die verantwortungsvolle Arbeit, die sie mit Liebe und Hingabe tat. Doch da war noch mehr, ihre Familie in Boston, ihr verrückter Bruder, von dem sie so liebevolle Beschreibungen lieferte, die vornehmen Verwandten, von denen sie voll distanzierter Ironie sprach, wie beispielsweise die Kusine, deren Hochzeit bevorstand. Am wichtigsten aber war das, was er für sie empfand. Achtung und Bewunderung und wachsende Zuneigung. Mehr noch, es existierte eine körperliche Anziehungskraft zwischen ihnen, die er nicht mehr leugnen konnte, trotz des Schuldbewußtseins, das er deswegen empfand. Denn dieses Schuldbewußtsein war noch immer vorhanden und wurde mit jedem Tag stärker. Während der Wagen die wegen der Glatteisgefahr mit Salz bestreute Madison Avenue entlangfuhr, ehe er an der Sechsundsiebzigsten Straße in östlicher Richtung abbog, war er in Gedanken ständig bei Megan. Vor dem Hotel stieg er aus und betrat die elegante Lobby, um nach Dr. Jones zu fragen. Der Empfangschef, ganz korrekt im Cut mit weißer Nelke im Knopfloch sah im Register nach und nickte ernst.

»Dr. Jones hat Zimmer vierhundertzwölf.«

Bernie fuhr mit dem Lift in die vierte Etage und wandte sich dann gemäß der Anweisung nach rechts. Mit angehaltenem Atem drückte er den Klingelknopf. Plötzlich konnte er es nicht erwarten, sie zu sehen, und als sie in einem dunkelblauen Abendkleid aus glänzendem Satin die Tür öffnete, raubte ihm ihr Anblick den Atem – ihr schimmerndes schwarzes Haar und die leuchtenden blauen Augen! Sie trug ein wunderschönes Saphirhalsband und dazu passenden Ohrschmuck. Der Schmuck stammte von ihrer Großmutter, doch waren es nicht die Juwelen, die ihm die Sprache verschlugen, es waren vielmehr ihr Gesicht und ihre Augen. Ganz spontan streckte er die Arme aus und umarmte sie. Es war eine Umarmung, die beiden wie ein Heimkommen erschien. Unglaublich, wie sehr sie sich in dieser kurzen Zeit gefehlt hatten, aber sie konnten kaum ein paar Worte wechseln, als auch schon ihr Bruder hereingepoltert kam, ein zweideutiges französisches Lied auf den Lippen. Er war genauso, wie Megan ihn beschrieben hatte. Samuel Jones sah aus wie ein hübscher blonder Jockey von aristokratischer Herkunft. Die zierliche Eleganz hatte er von der Mutter. Alles an ihm war winzig, abgesehen von seinem Mund, der Stimme, seinem Humor, und, wenn man seinen Prahlereien Glauben schenken wollte, seinem Sexualtrieb. Er riß Bernie bei der Begrüßung fast den Arm aus, warnte ihn, je das Ergebnis der Kochkunst seiner Schwester auszuprobieren oder mit ihr zu tanzen, und schenkte ihm einen doppelten Scotch ein, während Bernie versuchte, zu Atem zu kommen. Einen Augenblick später erschien Megs Schwägerin in einem grünen wehenden Gewand, mit roten Haaren, mit Gekicher und französischem Geplapper und einer Unmenge großer Smaragde. Das Zusammensein mit diesen Menschen erweckte in Bernie das Gefühl, daß er in einen Wirbelwind geraten war. Erst als er mit Megan in der Limousine saß und zur Kirche fuhr, konnte er sich in aller Ruhe zurücklehnen und sie ansehen. Sam und seine Frau fuhren im eigenen Wagen.

»Megan, Sie sehen absolut umwerfend aus.«

»Sie auch.« Das Dinner-Jackett und die schwarze Fliege standen ihm blendend. Und nie hätte man sie sich in Jeans und Regenmantel vorstellen können. Bernie entschloß sich, ihr ganz offen zu sagen, was er empfand.

»Sie haben mir sehr gefehlt. Diesmal bin ich mir hier richtig verloren vorgekommen. Ständig wünsche ich mir, in Napa zu sein und mit Ihnen zu plaudern oder irgendwo spazierenzugehen... oder im ›Olive Oyl‹ zu sitzen und einen Hamburger zu essen.«

»Statt diesem Pomp?« neckte sie ihn und deutete lächelnd auf ihre elegante Aufmachung und den Wagen.

»Ich glaube, ich ziehe das einfache Leben in Napa vor.« Der Gedanke daran ließ ihn lächeln. »Vielleicht taten Sie recht daran, Boston zu verlassen.« Fast tat es ihm leid, daß er wieder nach New York gehen würde. Die Stadt lockte ihn längst nicht mehr so wie früher. Im Moment wollte er nichts wie zurück nach Kalifornien, wo das Klima mild war und die Menschen liebenswürdiger und wo er Meg in Jeans und Ärztekittel sehen würde. Auf sehr komische Weise regte sich bei ihm Heimweh nach der Westküste.

»Ich komme mir hier auch fehl am Platze vor.« Sie verstand ihn sehr gut und konnte es kaum erwarten, in vier Tagen wieder in Kalifornien zu sein. Silvester wollte sie in Napa verbringen und Patrick vertreten, der an Weihnachten den Dienst übernommen hatte.

Beide waren sich einig, daß sie einen dritten Mann für ihre Praxis brauchten. Doch das alles war an diesem Abend weit weg, und Bernie hielt Megan an der Hand, als sie vor der Saint James' Church ausstiegen. Nie hatte sie reizvoller ausgesehen, und er war stolz, ihr Begleiter sein zu dürfen. Sie hatte etwas Königliches an sich, eine unaufdringliche Eleganz und Würde. Sie machte den Eindruck eines Menschen, auf den Verlaß war. Während der Trauung stand er neben ihr und platzte fast vor Stolz auf sie. Anschließend lernte er ihre Verwandten kennen und plauderte mit ihrem Bruder und dessen Frau, um erstaunt festzustellen, daß ihm beide gefielen. Er ertappte sich bei dem Gedanken, wie sehr Megan sich von Liz unterschied. Sie besaß eine starke Bindung an ihre Familie, die sie über alles liebte, anders als die arme Liz, die ganz allein auf der Welt gestanden hatte und für die Jane, Alexander und er die einzigen Menschen gewesen waren.

Er tanzte mit Megs Schwägerin, und, was noch wichtiger war, er tanzte mit Meg. Er tanzte mit ihr bis zwei Uhr morgens, und nachher saßen sie in ›Bemelans Bar‹ im ›Carlyle‹ bis halb fünf, sprachen mit anderen, machten einander Geständnisse und machten auch Entdeckungen. Es war fast sechs Uhr morgens, als er wieder in Scarsdale ankam. Und später trafen sie sich zum Lunch. Er hatte seit neun Uhr Besprechungen in der Firma gehabt und war noch erschöpft von der Nacht. Gleichzeitig aber fühlte er sich in Hochstimmung und war glücklich.

Als er Megan zum Lunch im ›21‹ abholte, sah sie in einem hellroten Mantel besonders hübsch aus. Im ›21‹ trafen sie zufällig ihren Bruder, der angeblich seine Frau an der Bar abholen wollte und behauptete, einen schrecklichen Kater zu haben. Seine Hand ruhte auf der Kehrseite seiner Frau, als er die Speisekarte studierte, und Bernie konnte nicht umhin, herzlich über ihn zu lachen. Er war jungenhaft, schockierend und unmöglich, einundvierzig Jahre alt und gleichzeitig wie ein Neunjähriger, wie Megan behauptete, und dazu ein hübscher Bursche. Schließlich gingen er und Marie-Ange hinauf und ließen Megan und Bernie allein. Samuel hatte Megan schon gesagt, daß er hoffte, sie könnte sich Bernie angeln. Er hielt ihn nämlich für großartig und für genau das, was sie brauchte: Stil, Intelligenz und

Potenz, wie er sich ausdrückte, aber er hatte dabei das Beste vergessen. Ein Herz, das riesengroß war. Und das war es, was Megan so an Bernie liebte. Beim Lunch im ›21‹ sah sie ihn fast unentwegt an, und sie sprachen von Napa Valley. Beide konnten es kaum erwarten, wieder dort zu sein.

»Bernie, warum machen Sie dort nicht ein Geschäft auf?« Die Idee erschien ihr noch immer sehr verlockend, und in seinen Augen leuchtete es auf, als sie davon sprachen.

»Wie könnte ich das? Das ist ein Projekt, das man nicht nebenbei betreiben kann.«

»Doch, das könnten Sie, wenn Sie sich die richtigen Mitarbeiter sichern. Sie könnten die Boutique von San Franzisko, ja sogar von New York aus betreiben, wenn sie erst richtig eingeführt ist.«

Bernie schüttelte den Kopf. Sie hatte ja keine Ahnung, wieviel Mühe dahintersteckte, wenn man ein Vorhaben dieser Art realisieren wollte. »Das glaube ich nicht.«

»Warum versuchen Sie es nicht trotzdem?« Sie hatte ihm schon einige Male Mut gemacht, und er spürte, wie in ihm der Funke des Interesses wieder aufflammte.

»Ich will mir die Sache durch den Kopf gehen lassen.« Viel aufregender fand er die Pläne, die sie für Silvester geschmiedet hatten. Sie wollten den Abend zusammen verbringen, obwohl sie Dienst hatte. Das machte ihm nichts aus, und er hatte versprochen, am dreißigsten, nachdem seine Besprechungen erledigt waren, nach Oakville zu kommen. Das erleichterte ihm jetzt den Abschied. Nach dem Essen mußte Megan ihre Sachen im ›Carlyle‹ packen und zurück nach Boston fliegen. Und er hatte eine Besprechung mit Paul Berman. Die noch verbleibenden Tage mit seinen Eltern und den Kindern vergingen wie im Flug. Zwei Tage später saß er in der Maschine nach San Franzisko und freute sich auf das Wiedersehen mit Megan. Er konnte es kaum erwarten, am nächsten Abend nach Oakville zu fahren. Sie war am Tag zuvor aus Boston eingetroffen, doch als er sie anrief, war sie mit einem Kind, das einen entzündeten Blinddarm hatte, in der Notaufnahme. Erst als er wieder allein daheim war, merkte er, wie leer das Haus, sein Leben und sein Herz ohne sie waren. Er war nicht sicher, ob sie oder ob Liz ihm fehlten, und er litt unter seiner Gefühlsverwirrung. Als das Telefon um elf Uhr abends schrillte, war das für ihn eine große Erleichterung. Er war im Schlafzimmer und packte gerade seine Sachen für Napa zusammen.

Es war Megan, und er war so froh, ihre Stimme zu hören, daß er fast geheult hätte, was er natürlich nicht tat.

»Alles in Ordnung, Bernie?« Das fragte sie ihn sehr oft, und es rührte ihn zutiefst.

»Jetzt schon.« Er war ganz offen.

»Das Haus ist so leer ohne Jane und Alex.« ...und Liz... und dich... er zwang sich, nur an Megan zu denken, ungeachtet seines Schuldbewußtseins.

Sie erzählte ihm von den medizinischen Fachzeitschriften auf ihrem Schreibtisch, und er lächelte unwillkürlich in Erinnerung an seinen Vater. Er berichtete ihr von den Besprechungen, die ihn am nächsten Tag erwarteten, und Megan fing wieder mit dem Plan an, in Napa ein Geschäft zu eröffnen. Sie habe eine Freundin, die einen solchen Laden perfekt managen könne.

»Sie heißt Phillippa Winterturn. Eine Frau, die Ihnen auf den ersten Blick gefallen wird.« Megans Eifer und ihre Begeisterung waren umwerfend. Immer steckte sie voller Ideen.

»Du lieber Gott, Meg, was für ein Name.«

Megan lachte. »Ich weiß. Der Name paßt einmalig zu ihr. Sie ist vorzeitig ergraut, hat grüne Augen und mehr Stil als alle meine Bekannten zusammen. Heute bin ich zufällig in Yountville mit ihr zusammengestoßen. Bernie, sie wäre ideal. Sie hat für Women's Wear gearbeitet und für Bendel in New York. Sie ist einfach sagenhaft und momentan frei. Wenn Sie wollen, mache ich Sie mit ihr bekannt.« Sie wollte unbedingt, daß er seine Idee in die Tat umsetzte, denn sie spürte, daß ihm das viel bedeuten würde.

»Schon gut, ich werde mir die Sache überlegen.« Doch im Moment hatte er andere Dinge im Kopf. Unter anderem den nächsten Abend.

Sie waren übereingekommen, am nächsten Abend bei ihm zu essen. Sie wollte die Einkäufe besorgen, gekocht sollte gemeinsam werden, und mit etwas Glück würde sie vor Mitternacht keinen Hausbesuch machen müssen. Bernie konnte das Wiedersehen kaum erwarten. Und als er den Hörer auflegte, stand er da und starrte Liz' Schrank an, doch diesmal ging er nicht an die Schranktür. Er öffnete ihn nicht, und er sah nicht hinein. Zoll um Zoll entfernte er sich von Liz. Er wußte, daß es notwendig war, auch wenn es schmerzte.

Kapitel

41

Am nächsten Abend traf er um sechs in Napa ein und zog sich rasch um, weil er seine Bürosachen loswerden wollte. Eine lässige Flanellhose, dazu ein kariertes Sporthemd und darüber eine dicke Wolljacke. Mehr brauchte er nicht, als er losfuhr, um sie abzuholen. Vor ihrer Praxis angekommen, spürte er, daß sein Herz vor Erregung zu zerspringen drohte. Sie öffnete, und ohne zu überlegen, nahm er sie in die Arme.

»Bitte, achten Sie auf Ihr Benehmen, Doktor Jones«, zog ihr Partner sie auf, der die Szene beobachtet hatte. Er wußte, daß Megan in letzter Zeit sehr glücklich war, und jetzt kannte er den Grund. Er vermutete auch, daß die beiden sich in New York getroffen hatten, obwohl sie nichts davon erzählt hatte.

Zu dritt gingen sie aus der Praxis, und Bernie schleppte die Lebensmittel ins Auto, während sie ihm berichtete, wie es bei ihr den Tag über gelaufen war. Sie hatte einundvierzig Patienten behandelt, Grund für Bernie, sie zu necken, daß sie zu wenig arbeite.

Sie fuhren zu ihm nach Hause, machten Steak und einen schönen bunten Salat, und als sie mit den Steaks fertig waren, meldete sich ihr Piepser, und Megan sah Bernie um Entschuldigung bittend an.

»Tut mir leid, ich ahnte, daß es so kommen würde.«

»Ich auch. Aber denken Sie daran, ich bin ein guter Freund, also nehme ich nichts krumm.« Er setzte Kaffee auf, während sie ans Telefon ging. Gleich darauf war sie wieder da, Sorge im Blick.

»Einer meiner Patienten im Teenageralter hat sich vollaufen lassen und sich im Bad eingesperrt.« Seufzend setzte sie sich und nahm dankbar die Kaffeetasse, die er ihr reichte.

»Sollte man nicht lieber die Feuerwehr einschalten?«

»Ist bereits geschehen. Aber der Bursche ist in Ohnmacht gefallen und mit dem Kopf aufgeschlagen. Ich muß schauen, ob er eine Gehirnerschütterung hat. Vielleicht hat er auch die Nase gebrochen.«

»Allmächtiger!« Er lächelte.

»Wie wär's, wenn ich heute Chauffeur spielen würde?« Er wollte nicht, daß sie am Silvesterabend am Steuer saß, und sie war gerührt über seine Besorgnis.

»Bernie, das wäre reizend.«

»Trinken Sie aus, während ich das Geschirr in die Küche bringe.« Das tat sie, und wenig später fuhren sie los. Ihr Ziel war das Städtchen Napa.

»Hier drinnen ist es richtig nett und gemütlich«, murmelte sie ganz beglückt. Unterwegs genossen sie die festliche Stimmung, die in der Luft lag, obwohl sie arbeiten mußte.

»Ich bin immer froh, daß das Dach des Austin undicht ist. Es ist darin immer so kalt und zugig, daß ich in der Nacht auf den Fahrten von und zum Krankenhaus wach bleibe. Andernfalls hätte ich schon oft mit den Bäumen am Straßenrand Bekanntschaft gemacht. Aber wenn ich mir den Hintern abfriere, besteht die Gefahr nicht.«

Es war eine Vorstellung, die ihm nicht behagte, deswegen war er froh, daß er am Steuer saß. Es waren an diesem Abend doch etliche Betrunkene unterwegs. Anschließend wollten sie wieder zu ihm und dort den Nachtisch essen und Kaffee trinken. Wenn Megan Dienst hatte, verzichtete sie auf Champagner.

»Dr. Jones... Dr. Jones in die Notaufnahme...« Sie wurde zu einem Notfall gerufen, kaum daß sie im Krankenhaus angekommen war, und Bernie ließ sich im Warteraum mit einem Stapel Zeitschriften nieder. Megan versprach, sich zu beeilen, und war auch genau eine halbe Stunde später wieder da.

»Fertig?« fragte er, und sie nickte. In ihrem weißen Kittel wirkte sie sehr professionell. Während sie hinausgingen, zog sie den Kittel aus und trug ihn über dem Arm.

»Ein leichter Fall. Der Arme war nicht bei Bewußtsein, aber gottlob war sein Nasenbein in Ordnung, und eine Gehirnerschütterung war auch nicht festzustellen. Dafür war seine Beule gewaltig. Und morgen wird er sich jämmerlich fühlen. Ehe seine Eltern ihn fanden, muß er etliche Gläschen Rum gekippt haben.«

»Auweh. Das ist mir nur einmal passiert – auf dem College. Ich mischte Rum und Tequilla. Als ich erwachte, glaubte ich, ich hätte einen Gehirntumor.«

Sie lachte. »Mir ist dasselbe in Harvard mit Margaritas passiert. Jemand gab eine mexikanische Party, und plötzlich konnte ich mich nicht mehr rühren. Es war im zweiten Studienjahr, und mein Ruf hat sich nie wieder ganz erholt. Offenbar habe ich alles mögliche angestellt – mit Ausnahme lauten Bellens auf der Straße im Evakostüm.« Die Erinnerung brachte sie zum Lachen, und Bernie stimmte mit ein.

»Wenn ich an diese Dinge zurückdenke, komme ich mir vor wie ein Hundertjähriger.« Sie wechselten einen Blick, aus dem menschliche Wärme und Zuneigung sprach.

»Das Nette daran ist, daß man es Ihnen nicht ansieht.« Megan sah aus wie allerhöchstens dreißig und keinesfalls wie sechsunddreißig. Bernie fand es unglaublich, daß er bald vierzig sein würde. Manchmal fragte er sich wirklich, wohin die Zeit verflogen war.

Eineinhalb Stunden nachdem sie das Haus verlassen hatte, waren sie wieder zurück, und er ging ins Wohnzimmer, um im Kamin Feuer zu machen, während sie Wasser für Kaffee aufsetzte. Er lächelte, als er sie in der Küche hantieren sah. Eine sonderbare Art, Silvester zu verbringen, aber beide waren glücklich dabei. Als sie sich mit gekreuzten Beinen vor dem Kamin niederließ, zufrieden und glücklich, brachte er ihr eine dampfendheiße Tasse Kaffee.

»Ich bin so froh, daß Sie übers Wochenende hergekommen sind. Ich mußte Sie sehen«, sagte sie und sah ihn an.

Das war nett gesagt und entsprach genau seinen Gefühlen.

»Mir ging es ganz ähnlich. Ich fühlte mich im Haus in der Stadt so verdammt einsam. Silvester verbringt man viel lieber mit jemandem, den man mag.« Er wählte die Worte mit Bedacht, und sie verstand.

»Ich dachte daran, die ganze Woche hierzubleiben, solange die

Kinder in New York sind. Das Hin- und Herfahren stört mich nicht.«

Bei diesen Worten erhellte sich ihre Miene. »Das hört sich wunderbar an.« Sie war sichtlich angetan von seinen Plänen, als sich wieder ihr Piepser meldete. Diesmal ging es um eine Fünfjährige mit erhöhter Temperatur, und Megan brauchte nicht loszufahren. Sie begnügte sich damit, allgemeine Anweisungen zu geben, und sagte, daß sie das Kind am Morgen untersuchen wollte. Man solle sie anrufen, falls die Temperatur auf über achtunddreißig anstiege.

»Wie schaffen Sie das nur Nacht für Nacht? Es muß sehr anstrengend sein.« Er wußte, wie viel die Arbeit ihr bedeutete.

»Sie geben so viel von sich, Meg.« Das beeindruckte ihn immer wieder.

»Ich habe es sonst niemandem anderen zu geben, warum also nicht meinen Patienten?«

Bei diesen Worten sah sie gar nicht traurig aus. Es war ein Thema, das sie schon oft besprochen hatten. In gewisser Weise war sie mit ihrer Praxis verheiratet... Doch als sie ihn ansah, geschah etwas Sonderbares. Bernie war nicht mehr imstande, die Grenzen, die er sich selbst gesteckt hatte, einzuhalten. Die Umarmung zur Begrüßung hatte Türen aufgestoßen, die er nicht mehr schließen konnte. Als wäre es das Natürlichste der Welt, nahm er sie in die Arme und küßte sie. Er küßte sie sehr, sehr vorsichtig, als müsse er sich erst ins Gedächtnis zurückrufen, wie das vor sich ging. Während er die Lippen nicht von ihr löste, fand er immer mehr Gefallen daran. Schließlich hielt er inne, und beide waren atemlos.

»Bernie?«... Ihr war nicht bewußt, was sie taten und warum. Sie wußte nur eines sicher – daß sie ihn liebte.

»Soll ich jetzt sagen, es täte mir leid?« Er suchte ihren Blick, las aber nur Zärtlichkeit darin. Da küßte er sie wieder, ohne ihre Antwort abzuwarten.

»Was soll dir leid tun?« Megan war wie betäubt und ließ sich wieder küssen und schmiegte sich an ihn. Er konnte kein Ende finden. Viel zu lange hatte er sie begehrt, ohne es zu wissen, und jetzt war sein Verlangen so groß, daß er es nicht mehr beherrschen konnte. Plötzlich machte er sich von ihr los und stand auf. Es war ihm peinlich, daß sie die Auswölbung in seiner Hose sah. Er hatte eine gewaltige unkontrollierbare Erektion.

»Tut mir leid, Meg.« Mit einem tiefen Atemzug trat er ans Fenster und versuchte, sich Liz ins Gedächtnis zu rufen. Als es nicht glückte, geriet er in Panik. Mit dem Blick eines verlorenen Kindes drehte er sich zu Meg um, die dicht hinter ihm stand.

»Schon gut, Bernie... niemand tut dir etwas zuleide.« Und als sie das sagte, nahm er sie wieder in die Arme und fing zu weinen an. Er hielt sie fest, als brauche er ihre Wärme. Dann sah er ihr in die Augen, und aus seiner Miene sprachen Ernst und Kraft.

»Meg, ich weiß nicht, was ich sonst noch empfinde... aber ich weiß, daß ich dich liebe.«

»Ich dich auch... und ich bin dein Freund...« Er wußte, daß es so war. Mit beiden Händen umfaßte er ihre Brüste, strich dann über ihren flachen Bauch unter ihren Jeans und tastete sie sanft ab, während sie leise aufstöhnend die Augen schloß. Sie protestierte nicht, als er sie zur Couch trug, und dort lagen sie vor dem Feuer und entdeckten den Körper des anderen. Ihre Haut war hell, ihr Fleisch von zartem Weiß, wie Mondstrahlen, ihre Brüste klein und fest, und als er ihre Brustspitzen berührte, wurden sie hart. Sie öffnete seine Hose und streichelte ihn, und er schnellte geradezu vor, schob den Rest ihrer Kleidung fort, während er sich an sie drückte und dann in sie eindrang. Sie stöhnte laut vor Begierde, und plötzlich schrien beide vor Verzweiflung, vor Schmerz, Leidenschaft und Freude, und sie klammerte sich an ihn, als sie zum Höhepunkt kam, während er das Gefühl hatte, sein ganzes Leben fände ein Ende, als sie den Himmel erreichten und gemeinsam wieder zur Erde fielen.

Lange Zeit lagen sie wortlos nebeneinander. Er hielt die Augen geschlossen, während sie ihn sanft streichelte und ins Feuer starrte, erfüllt von ihrer Liebe.

»Danke.« Seine Worte kamen im Flüsterton. Er wußte, wieviel sie ihm gegeben und wie verzweifelt er es gebraucht hatte. Mehr als er geahnt hatte. Er brauchte ihre Liebe, ihre Wärme und Hilfe. Er löste sich von Liz immer mehr, und das war fast so schmerzlich wie damals, als sie gestorben war, schmerzlicher sogar, weil es für immer war.

»Sag das nicht... ich liebe dich.«

Er schlug die Augen auf, und als er ihr Gesicht sah, glaubte er ihr.

»Nie hätte ich gedacht, daß ich das je wieder hören würde.« Er war so erleichtert wie noch nie zuvor. Er empfand Erleichterung, Frieden und Sicherheit, nur weil er mit ihr zusammen war. »Ich liebe dich«, flüsterte er auch. Sie lächelte und hielt ihn umfangen wie ein verlorenes Kind. Und Bernie schlief in ihren Armen ein.

Kapitel 42

Beide erwachten am nächsten Tag ganz steif, und Megan war halb erfroren. Als sie einander beklommen musterten, stellten sie fest, daß es nichts zu befürchten gab, und waren glücklich. Es war der Neujahrstag, und Bernie neckte Megan weidlich wegen des ungewöhnlichen Silvesterabends. Doch sie lachte nur.

Er ging, um Kaffee zu kochen, und sie folgte ihm, in einen seiner alten Bademäntel gehüllt, in die Küche. Ihr langes, dichtes schwarzes Haar war ganz durcheinander, dennoch sah sie wunderbar aus, als sie sich setzte und die Ellbogen auf die Frühstückstheke stützte.

»Weißt du, daß du ein schöner Mann bist?« So sexy war noch kein Mann gewesen, mit dem sie geschlafen hatte. Noch nie hatte sie empfunden, was sie für ihn empfand. Gleichzeitig wußte sie, daß es für sie gefährlich werden konnte – es hieß, ein gebrochenes Herz herauszufordern. Er war über den Tod seiner Frau noch nicht hinweg und wollte in wenigen Monaten nach New York ziehen. Das hatte er ihr selbst gesagt. Und sie war alt genug, um zu wissen, daß es zuweilen die Aufrichtigen und Offenen waren, die einem den größten Schmerz zufügten.

»Woran denkst du? Sie machen ein so schrecklich ernstes Gesicht, schöne Frau.«

»Ich denke daran, wie leid es mir tun wird, wenn du nach New

York übersiedelst.« Auch sie wollte aufrichtig sein. Sie mußte es. Sie hatte im Laufe der Jahre ihre eigenen Tragödien überstanden und trug Narben, die nicht wegzuleugnen waren.

»Komisch, die Aussicht auf die Rückkehr freut mich gar nicht mehr so sehr. Zuerst wollte ich allerhöchstens zwei Jahre bleiben –« Er zuckte mit den Achseln und schob ihr eine Kaffeetasse hin, ganz schwarz, so wie sie immer ihren Kaffee trank.

»Und jetzt wünschte ich, ich müßte nicht zurück. Am besten, wir denken jetzt nicht daran.«

»So oder so, es wird nicht ohne Schmerz abgehen.« In ihrem Lächeln spiegelte sich philosophische Abgeklärtheit. »Aber ich könnte mir denken, daß es die Sache wert ist.«

»Hübsch gesagt.« Bernie hätte ihretwegen auch jeden Preis gezahlt. Es setzte ihn immer wieder in Erstaunen, wie sehr er sie liebte.

»Als du damals in der Nacht mit Alexander ins Krankenhaus kamst, fand ich dich fabelhaft, und ich habe noch zur Schwester gesagt... ja, egal, jedenfalls dachte ich, du wärest verheiratet. Auf der Heimfahrt hielt ich mir dann selbst eine Standpauke, damit ich gegenüber den Vätern meiner Patienten kühlen Kopf und ein kühles Herz bewahre.«

Bernie lachte, und Megan beteuerte: »Ehrlich, so war es.«

»Worte, nichts als Worte. Von kühl konnte letzte Nacht wohl keine Rede sein.«

Sie errötete, und er setzte sich neben sie, von dem Wunsch beseelt, noch mehr von ihr zu haben, als er haben konnte... er wollte sie für immer haben. Im Moment lebten sie wie in einem Märchenland der Liebe. Doch je länger er sie ansah, desto mehr wollte er. Sacht schob er den Bademantel auseinander, den sie nur Augenblicke vorher sorgfältig gegürtet hatte und der zu Boden glitt, als er Megan in sein Zimmer führte. Diesmal liebten sie sich auf seinem Bett und dann noch einmal, ehe sie unter die Dusche ging und darauf bestand, sich anzuziehen, da sie mit Patrick die Visite im Krankenhaus machen mußte.

»Ich komme mit.« Aus seinem Blick sprach mehr Glück als seit zwei Jahren, und sie drehte sich noch naß von der Dusche zu ihm um.

»Möchtest du wirklich wieder mitkommen?« Nichts war ihr lieber, als ihn bei sich zu haben und ihr Leben mit ihm zu teilen, aber sie wußte auch, wie gefährlich das sein konnte. Früher oder später würde er sie verlassen müssen.

»Meg, ich muß in deiner Nähe sein.« Er machte kein Hehl daraus. Es war, als könne er nicht ertragen, noch einen Menschen zu verlieren, und sei es auch nur für eine Stunde.

»Gut, wenn du es möchtest.«

Das ganze Wochenende über waren sie zusammen. Sie aßen und schliefen zusammen und liebten sich drei-, viermal am Tag. Er war wie ein Mann, der nach Liebe, Sex und Zuneigung ausgehungert war und nun von ihr nicht genug bekommen konnte, weil er die versäumte Zeit nachholen mußte. Und die ganze folgende Woche kam er Tag für Tag ziemlich früh aus der Stadt zurück, besuchte sie in ihrer Praxis, brachte ihr kleine und größere Geschenke und Köstlichkeiten. Es war wie seinerzeit in den Anfängen seiner Beziehung zu Liz. Dennoch wußten beide, daß es nicht von Dauer sein konnte. Eines Tages mußte er nach New York ziehen, und es würde aus und vorbei sein. Nur würde es bis dahin noch eine Weile dauern, weil Paul Berman für ihn noch keinen Ersatz gefunden hatte. Und während ihrer letzten gemeinsamen Nacht vor der Rückkehr der Kinder entkorkte er eine Flasche Champagner, und Megan bereitete das Abendessen zu. Patrick hatte Notdienst, so daß sie sich bis zum Morgen ungestört ihrer Leidenschaft hingeben konnten.

Den Tag über nahm Bernie sich frei, damit er mit Megan zusammensein konnte. Da die Kinder aber schon um sechs kommen sollten, müßte er schon um vier in die Stadt fahren.

»Ich lasse dich nicht gern allein.« Zehn Tage waren sie unzertrennlich gewesen, und er fand es unerträglich, daß er sie jetzt verlassen mußte. Waren die Kinder wieder da, würde alles anders sein, vor allem Janes wegen. Sie war schon zu groß und beobachtete zu scharf, um sich durch Ausflüchte hinters Licht führen zu lassen. Sie würden nicht offen zusammensein können, ohne Jane zu verunsichern und die Eigentumsrechte zu verletzen, an die sie glaubte. Stets würden sie Versteck spielen müssen, wenn sie sich lieben wollten, es sei denn, er übernachtete bei Megan und schlich sich frühmorgens heimlich in sein Haus, bevor die Kinder erwachten.

»Meg, du wirst mir schrecklich fehlen.« Er war den Tränen nahe, und Meg küßte ihn.

»Ich laufe nicht weg. Ich bin zur Stelle und warte auf dich.« Er hörte es mit Rührung. Er hatte einen Bereich ihrer Seele berührt, der lange, lange leer gewesen war. Meg wußte, wie sehr sie ihn liebte, vielleicht sogar mehr, als sie ihm sagen konnte, und sie wußte, daß sie ihn mit offenen Armen aufnehmen mußte. Sie hatte kein Recht, sich an ihn zu klammern, und sie hatte sich fest vorgenommen, es nicht zu tun.

»Ich werde übers Wochenende kommen, mein Liebes.« Daß sich manches ändern würde, wußten beide, und er versprach, abends, sobald die Kinder im Bett waren, anzurufen. Aber als er auf dem Flughafen Jane und Alex erwartete, hatte er das Gefühl, er habe etwas sehr Kostbares verloren. Er verspürte den Drang, zu Megan zu laufen und sich zu vergewissern, ob sie noch da war. Doch erst als er mit Nanny Pip und den Kindern wieder zu Hause war, traf ihn dieses Gefühl mit voller Wucht, und es brachte ihn fast um.

Es passierte, als er sich auf die Suche nach einem Karton machte, von dem Jane behauptete, er müsse irgendwo sein, eine Schachtel mit alten Fotos der Großeltern. Jane wollte sie in ein Album kleben und es ihnen schenken. Bernie öffnete Liz' Schrank, und plötzlich war ihm, als stünde sie da und rüge ihn für das, was er mit Meg getan hatte. Von dem Gefühl überwältigt, Liz hintergangen zu haben, knallte er den Schrank zu und verließ atemlos den Raum, ohne die Fotos, die Jane haben wollte, gesucht zu haben. Der Schrank samt Inhalt war ihm unerträglich geworden.

»Ich finde die Bilder nicht.« Sein Gesicht war unter dem Bart blaß geworden. Was hatte er getan? Was hatte er Liz angetan? Hatte er sie vergessen? Er hatte gesündigt. Schrecklich gesündigt. Und er war überzeugt, daß Gott ihn strafen würde. Er hatte Liz betrogen.

»Aber du hast die Bilder«, beharrte Jane. »Großmama hat es mir gesagt.«

»Nein. Ich habe sie nicht«, rief er laut und ging in die Küche. Man merkte ihm an, daß ihn irgendwas beschäftigte. »Großmama weiß nicht, wovon sie spricht.«

»Was ist denn los?« Die total verwirrte Jane konnte sich seine Reaktion nicht erklären.

»Ach, gar nichts.«

»Doch, es ist etwas. Fühlst du dich nicht wohl, Daddy?« Er drehte sich zu ihr um, und sie sah nun, daß er den Tränen nahe war. Da lief sie zu ihm und schlang erschrocken die Arme um ihn.

»Tut mir leid, Kleines«, stieß er hervor. »Ihr habt mir so gefehlt, daß ich vor Sehnsucht fast verrückt wurde.« Er war nicht sicher, ob die Entschuldigung ihr oder Liz galt, aber als die Kinder im Bett waren, rief er trotzdem Megan an. Sein Verlangen nach ihr war so überwältigend, daß er auf der Stelle bei ihr sein wollte. Er hatte das Gefühl, es ohne sie keine Sekunde länger aushalten zu können.

»Ist bei dir alles in Ordnung?« Ihr war sein verzweifelter Ton nicht entgangen, und sie war sofort im Bilde.

Daß die Rückkehr ins Haus, in dem er mit Liz gelebt hatte, schmerzlich sein würde, war nur zu verständlich, besonders, wenn man bedachte, in welcher Verfassung er sich befand. Seine Schuldgefühle drohten ihn zu überwältigen.

»Mir geht es tadellos.« Es hörte sich aber keineswegs so an.

»Wenn es anders wäre, dann wäre es nur zu verständlich.« Seufzend mußte er sich eingestehen, daß sie ihn zu gut kannte. In gewisser Weise eine Erleichterung, in anderer Hinsicht wieder ärgerlich. Die Gefühlsverwirrung, die ihm zu schaffen machte, war ihm peinlich, ebenso seine Schuldgefühle, doch das war die Realität, der er sich stellen mußte.

»Du klingst ganz wie meine Mutter.«

»Ach.« Meg lachte, hütete sich, ihn weiter zu drängen.

»Schon gut, schon gut.« Bernie entschloß sich, ihr reinen Wein einzuschenken. Letztendlich würden sie einander dadurch noch näherkommen.

»Ich fühle mich so verdammt schuldig. Ich habe Liz' Schranktür geöffnet und hatte das Gefühl, sie wäre da...« Er wußte nicht, was er sonst hätte sagen sollen, aber Megan verstand auch so.

»Du hast ihre Sachen noch?«

Auch das war peinlich. »Ja. Vermutlich...«

»Schon gut, du brauchst dich nicht zu entschuldigen. Es ist dein Leben. Du hast ein Recht auf die Erinnerung.« Sie war der erste Mensch, der das zu ihm sagte, und er liebte sie deswegen um so mehr.

»Ich liebe dich. Du bist das Beste, was mir seit langem passiert ist, und ich kann nur hoffen, daß ich dich nicht verrückt mache.«

»Das tust du. Aber nicht so, wie du glaubst.« Sie errötete. »Auf angenehme Weise.«

Er lächelte. Wieder war er glücklich – ein Gefühl, das er schon lange nicht gehabt hatte.

»Wie schaffen wir es, dieses Wochenende zusammenzukommen?« Sie entwickelten einen Plan. Bernie würde freitags die Nacht mit ihr verbringen und ganz zeitig am nächsten Morgen nach Hause fahren. Und es klappte. Es klappte auch samstags. Auch am folgenden Mittwoch fuhr er zu ihr. Zu Jane sagte er, er hätte geschäftlich in Los Angeles zu tun.

Das behauptete er von nun an jede Woche, und einmal blieb er sogar zwei Nächte aus. Nur Nanny Pip kannte die Wahrheit. Er wollte, daß sie wußte, wo er war, für den Fall, daß mit den Kindern was los war. Bei wem er war, sagte er ihr nicht. Er gab ihr nur die Telefonnummer mit der Weisung, sie solle nur im äußersten Notfall anrufen. Die Sache war ihm höchst unangenehm. Aber Nanny sagte kein Wort und schien auch nicht schockiert – im Gegenteil, sie tat, als sei es die natürlichste Sache der Welt. Er vermutete, daß sie wußte, wen er besuchte. Und immer verabschiedete sie sich von ihm mit einem Lächeln und einem leichten Klaps auf die Schulter.

An den Wochenenden fuhren sie gemeinsam nach Napa, und Megan kam zu ihnen zu Besuch. Sie brachte Jane bei, wie man ein Nest für einen vom Baum gefallenen jungen Vogel baut, und half ihr dabei, das Vogelbein zu schienen, als sie entdeckten, daß es gebrochen war. Sie nahm Alexander auf Besorgungen mit, und er krähte vor Vergnügen, wenn er sie kommen sah.

Janes Verschlossenheit geriet ins Wanken. »Wie kommt es, daß du sie so magst, Daddy?« fragte sie eines Tages, als sie das Geschirr in die Spüle taten.

»Weil sie eine nette Frau ist. Sie ist intelligent, freundlich und liebevoll. Eine Kombination, wie man sie nicht oft findet.« Er hatte sie gefunden. Zweimal sogar. Also war er doch ein Glückspilz. Und das Glück würde ihm treu bleiben, so lange, bis er wieder von Kalifornien nach New York ziehen mußte. In letzter Zeit stellte er diese Entscheidung immer häufiger in Frage.

»Liebst du sie?«

Er hielt den Atem an, ratlos, was er sagen sollte. Eigentlich wollte er ehrlich sein, wollte Jane andererseits aber auch nicht überfordern.

»Vielleicht.«

Jane war wie vom Donner gerührt.

»Wirklich? So sehr wie Mami?« Zorn und Fassungslosigkeit hielten einander die Waage.

»Nein. Noch nicht. So lange kenne ich sie noch nicht.« Jane nickte bedächtig. Also war es doch ernst. Aber so sehr sie sich auch bemühte, sie konnte Megan nicht mehr hassen. Megan war viel zu nett und zu lieb zu ihr und Alex, und als Bernie im April wieder nach Europa mußte, fragte Jane, ob sie die Wochenenden bei Megan verbringen durften. Das war ein gewaltiger Durchbruch. Bernie wurden vor Dankbarkeit und Erleichterung die Augen feucht.

»Möchtest du die Kinder wirklich bei dir haben?« Er hatte Jane versprochen, Megan wenigstens zu fragen.

»Ich könnte Nanny mitschicken.«

»Ja, riesig gern sogar.« Ihr Haus war zwar winzig, aber wenn sie auf der Couch schlief, was sie unbedingt wollte, dann konnte sie Nanny ihr Zimmer überlassen und den Kindern das Arbeitszimmer. Jane und Alex waren begeistert. Gleich nach Schulschluß an einem Freitag fuhren sie hin. Und Bernie kam rechtzeitig zu Alexanders Geburtstag zurück, es war sein dritter. Sie feierten gemeinsam, und anschließend unternahm Bernie einen langen Spaziergang mit Megan.

»Ist in New York etwas passiert?« Sie schien besorgt. »Du bist gar so still.«

»Berman glaubt, er hätte so gut wie sicher Ersatz für mich gefunden. Eine Frau, die er von einer anderen Firma abwerben möchte. Es geht nur noch um die Höhe ihres Gehalts. Zweikämpfe dieser Art besteht er fast immer siegreich. Meg, was soll ich tun?« In seinem Blick lag soviel Schmerz, daß es sie zutiefst rührte. »Ich möchte dich nicht verlassen.« Als er in Europa war, hatte sie ihm sehr gefehlt, mehr, als er es für möglich gehalten hätte.

»Wir werden uns der Situation stellen, wenn es soweit ist.« Und an jenem Abend liebten sie sich, als würde es kein Morgen geben. Zwei Wochen darauf kam er extra aus der Stadt, um ihr die Neuigkeit zu überbringen. Berman hatte den Kampf verloren. Die Frau hatte mit ihrem alten Unternehmen einen Vertrag unterschrieben, der ihr fast doppelt soviel einbrachte. Es war eine Erleichterung. Bernie spürte, daß das Schicksal es gut mit ihm meinte.

»Gott sei Dank!« rief er und machte seiner Freude Luft. Er hatte Champagner mitgebracht, und sie gingen zur Feier des Tages in die ›Auberge du Soleil‹ und verbrachten dort einen wunderbaren Abend. Um acht Uhr am nächsten Morgen wollte er zurück in die Stadt, doch Megan bestand darauf, daß er sich vorher unbedingt etwas mit ihr ansehen müsse. Sie fuhr in ihrem Austin Healy voraus zu einem wunderhübschen viktorianischen Haus, das sich ein wenig abseits des Highway zwischen die Weingärten schmiegte.

»Sehr schön. Wem gehört es?« Bernie sah das Haus mit nüchternen Augen, so wie man die Ehefrau eines anderen ansieht, voller Bewunderung, aber ohne Besitzverlangen. Megan lächelte ihn an, als habe sie einen Trumpf im Ärmel.

»Es gehört zum Besitz der alten Mrs. Moses, die starb, als du in Europa warst. Sie wurde einundneunzig. Das Haus ist in tadellosem Zustand.«

»Möchtest du es kaufen?« Seine Neugierde war erwacht. Megan schien sich ja sehr eingehend informiert zu haben.

»Nein. Ich habe eine viel bessere Idee.«

»Und die wäre?« Er sah heimlich auf die Uhr, da er dringend zu einer geschäftlichen Besprechung mußte.

»Wir wär's, wenn du hier deinen Traumladen aufmachst? Ich wollte nichts sagen, bis du sicher wußtest, ob du nach New York mußt oder nicht. Aber auch wenn du nur noch ein paar Monate bleibst, Bernie, könnte es sich als tolle Investition erweisen.« In ihrer Erregung wirkte sie fast rührend mädchenhaft. So sehr es Bernie bedauerte, er wußte, daß er es nicht tun konnte, weil er keine Ahnung hatte, wie lange er noch in Kalifornien bleiben würde.

»Meg... das geht nicht.«

»Warum nicht? Ich möchte dich wenigstens mit Phillippa bekannt machen.«

Phillippa Winterturn hatte den lustigsten Namen und das aparteste Gesicht, das Bernie je gesehen hatte. Sie war eine hübsche weißhaarige Person Anfang Fünfzig und hatte in ihrem Leben schon viel geleistet – ein Geschäft in Palm Beach und eine ganze Ladenkette auf Long Island geleitet, sie hatte für Womens' Wear Daily und für Vogue gearbeitet und Kinderkleider entworfen. Sie hatte in den letzten dreißig Jahren in allen Bereichen der Modebranche mitgemischt und besaß sogar ein Diplom von Parsons.

Als Megan den beiden zuhörte, tat sie es mit unterdrücktem Lächeln. Es machte ihr nicht einmal etwas aus, als sie fortmußte, um einen Achtjährigen eine gebrochene Hand einzugipsen. Als sie wiederkam, waren die beiden noch immer in ihr Gespräch vertieft. Und nach dem Lunch entdeckte sie ein Funkeln in Bernies Augen. Phillippa wußte genau, was sie wollte, und sie wollte nichts lieber, als mit ihm gemeinsam etwas aufzuziehen. Das nötige Kapital besaß sie zwar nicht, aber Bernie war sicher, daß er es aufbringen konnte. Er dachte dabei an ein Darlehen von einer Bank und an einen Zuschuß von seinen Eltern.

Schwierig daran war nur der Umstand, daß eine Diskussion darüber wenig Sinn hatte, solange er nicht wußte, wann er nach New York übersiedeln mußte. Aber die Idee wollte ihm nicht mehr aus dem Kopf. Er fuhr einige Male an dem Haus vorbei, das Megan ihm gezeigt hatte, und es reizte ihn immer mehr, aber es hatte keinen Sinn, in Kalifornien etwas zu kaufen, es sei denn, als reine Kapitalanlage.

Jedesmal wenn Paul anrief, war Bernie irgendwie befangen und zurückhaltend. Plötzlich wurde er auch wieder von alten Geistern heimgesucht. Liz kam ihm in jüngster Zeit viel zu oft in den Sinn, und das machte ihn reizbar im Umgang mit Megan.

Den ganzen Sommer verbrachte Bernie im Kaufhaus in San Franzisko, körperlich jedenfalls, während Herz, Verstand und Seele anderswo waren. In Napa bei Megan und bei dem Haus, das ihm so gut gefiel, sowie bei dem Laden, den er gern aufgemacht hätte. Schuldbewußt registrierte er seine gemischten Gefühle, und Megan schien zu spüren, was in ihm vorging. Sie blieb ruhig, gelassen und hilfreich und stellte ihm keine Fragen. Dafür war er ihr dankbar. Eine wirklich bemerkenswerte Frau. Doch er machte sich deswegen auch Sorgen.

Sieben Monate lang hatten sie von geborgter Zeit gelebt und mußten sich früher oder später den Tatsachen stellen. Und das behagte ihm nicht. Er war sehr gern mit Megan zusammen, unternahm lange Spaziergänge mit ihr, plauderte mit ihr bis spät in die Nacht, ja, er begleitete sie sogar ins Krankenhaus, wenn sie in der Nacht gerufen wurde. Dazu kam, daß sie wundervoll mit den Kindern umgehen konnte. Alexander war vernarrt in sie, und Jane ließ Anzeichen von Zuneigung erkennen, ganz zu schweigen von Nanny Pippin. Megan war für Bernie die ideale Frau... nur war da noch immer die Erinnerung an Liz, mit der er fertig werden mußte. Er war stets bemüht, die beiden nicht zu vergleichen – sie waren auch zu verschieden –, und immer, wenn Jane es versuchte, gebot Megan Einhalt.

»Deine Mami war etwas ganz, ganz Besonderes«, pflegte Megan zu sagen. Das blieb unwidersprochen, und Jane empfand es als tröstlich, das aus Megans Mund zu hören. Sie kannte die Kinder schon sehr gut und Bernie noch besser.

Plötzlich mochte er nicht mehr in der Stadt wohnen, weil er das Haus bedrückend fand. Die Erinnerungen, die es erfüllten, waren keine glücklichen mehr, da er jetzt nur mehr die kranke und sterbende Liz vor sich sah – die Liz, die verzweifelt versucht hatte, sich ans Leben zu klammern, die sich in die Schule geschleppt hatte, für die Familie bis zuletzt gekocht hatte und von Stunde zu Stunde schwächer geworden war. An dies alles wollte Bernie nicht mehr erinnert werden. Zwei Jahre war es her, daß Liz die Ihren verlassen hatte, und er befaßte sich inzwischen lieber mit anderen Dingen, denn es fiel ihm schwer, an sie zu denken, ohne ihr Sterben vor Augen zu haben.

Im August kamen seine Eltern zu Besuch. Bernie war mit den Kindern den Sommer über in Napa, wo sie sich so heimisch fühlten wie im Jahr zuvor. Seine Eltern ließen es sich nicht nehmen, mit Jane eine kleine Reise zu machen. Als sie Jane wieder zurückbrachten, stellte er ihnen Megan vor. Nach der Beschreibung, die er Ruth einmal von ihr geliefert hatte, war sofort klar, wer sie war. Seine Mutter, die sie mit wissendem Blick unter die Lupe nahm, konnte keinen Makel entdecken – im Gegenteil, sie empfand sogar spontan Sympathie für Megan. Etwas anderes wäre auch nicht zu erwarten gewesen, auch nicht bei seiner Mutter.

»Sie also sind die Ärztin.« Fast klang Stolz aus Ruths Worten, und in Megans Augen schimmerten Tränen, als sie ihr einen Kuß gab. Als sie am nächsten Tag ihre Praxisstunden hinter sich hatte, spielte sie für seine Eltern Fremdenführerin in Napa, da Bernie keine Zeit hatte. Bernies Vater konnte zu seinem Leidwesen nur ein paar Tage bleiben. Er mußte zu einem Ärztekongreß in San Diego. Ruth bot Bernie an, indessen die Kinder zu betreuen, doch galt ihre Sorge in erster Linie ihrem Sohn. Sie spürte, daß er trotz seiner Beziehung zu Megan noch immer um Liz trauerte. Als sie mit Megan im ›Saint George‹ in Sant Helena saß, sprach sie darüber ganz offen, denn Ruth spürte, daß sie dieser jungen Frau, die ihr so gut gefiel, Vertrauen schenken konnte.

»Er ist so verändert.« Das sagte sie bekümmert und von der Angst geplagt, er würde nie wieder so wie früher sein. Gewiß, in mancher Hinsicht hatte er gewonnen, war empfindsamer und reifer geworden, doch hatte er nach Liz' Tod seine frühere Lebensfreude verloren.

»Mrs. Fine, alles braucht seine Zeit.« Trotz der Zeit, die vergangen war, hatte der Heilungsprozeß eben erst eingesetzt. Jetzt waren es vor allem die Entscheidungen, die auf ihm lasteten. Die Entscheidungen, die so schmerzlich waren. Megan oder die Erinnerung an Liz, San Franzisko oder New York, ein eigenes Geschäft oder seine Loyalität Wolff und Paul Berman gegenüber. Bernie fühlte sich zerrissen, und Megan spürte dies genau.

»Zur Zeit kommt er mir so ruhig vor.« Ruth sprach mit ihr wie mit einer alten Freundin, und Megan hörte lächelnd zu. Es war das Lächeln, das wehe Finger, schmerzende Ohren und Bauchweh milderte und das jetzt auch Ruth tröstete. Sie hatte das sichere Gefühl, daß ihr Sohn mit dieser Frau glücklich sein würde.

»Es ist für ihn eine schwierige Zeit. Ich glaube, er versucht sich darüber klarzuwerden, ob er sich überhaupt von ihr lösen will oder nicht. Das ist für jeden Menschen ein angsteinflößendes Gefühl.«

»Sich wovon lösen will?« Ruth begriff nicht.

»Von der Erinnerung an seine Frau, von dem Trugschluß, daß sie wieder zurückkommt. Jane muß etwas Ähnliches durchmachen. Solange sie mich ablehnt, kann sie so tun, als käme ihre Mutter eines Tages wieder.«

»Das ist aber nicht gesund«, sagte Ruth mit gefurchter Stirn.

»Aber normal.« Bernies Traum von einem eigenen Geschäft in Napa Valley ließ sie unerwähnt. Damit hätte sie Ruth Fine nur noch mehr aufgeregt.

»Ich glaube, Bernie steht im Begriff, Entscheidungen zu treffen, die ihm nicht leichtfallen. Wenn er sie getroffen hat, wird er sich wesentlich besser fühlen.«

»Das will ich hoffen.« Ruth sparte sich die Frage, ob eine dieser Entscheidungen eine Ehe mit Megan betraf. Sie plauderten über dies und jenes, und als Megan Ruth nach dem Essen vor dem Haus absetzte und ihr nachwinkte, war Ruth viel wohler zumute.

»Das Mädchen gefällt mir«, eröffnete sie Bernie am Abend. »Sie ist intelligent, empfindsam und sehr nett.« Sie holte kurz Atem. »Und sie liebt dich.« Nach Bernies Erinnerung war es das erste Mal, daß seine Mutter den Eindruck machte, als hätte sie Angst, ihn zu verärgern, und das entlockte ihm ein Lächeln.

»Sie ist eine großartige Frau.« Er konnte nicht umhin, ihr recht zu geben.

»Warum unternimmst du in der Sache nichts?«

Nun trat längeres Schweigen ein, während er dem Blick seiner Mutter eisern standhielt. Dann machte er sich mit einem Seufzer Luft.

»Sie kann ihre Praxis nicht nach New York verlegen, und meine Firma wird mich nicht für ewig hier behalten.« Er wirkte so zerrissen, wie er sich fühlte. Sofort regte sich Mitleid bei seiner Mutter.

»Bernard, ein Unternehmen kann man nicht heiraten.« Ihre Stimme war sanft und leise. Sie sprach gegen die eigenen Interessen, jedoch für die Interessen ihres Sohnes, weil es sich lohnte, wie sie fand.

»Daran habe ich schon gedacht.«

»Und?«

Wieder ein Aufseufzen. »Ich verdanke Paul Berman sehr viel.«

Einen Augenblick sah Ruth richtig wütend aus.

»Nicht genug, um dein Leben ihm zuliebe aufzugeben oder dein Glück oder gar das Glück deiner Kinder! Wenn ich es recht bedenke, verdankt er dir mehr als umgekehrt, nach allem, was du für die hiesige Niederlassung getan hast.«

»So einfach ist das alles nicht, Mutter.« Bernie wirkte so niedergeschlagen, daß ihr fast das Herz brach.

»Vielleicht sollte es aber sein. Du mußt dir alles genau überlegen.«

»Das werde ich.« Schließlich rang er sich ein Lächeln ab und gab ihr einen Kuß. »Danke«, flüsterte er.

Drei Tage darauf flog sie zu Lou nach San Diego, und Bernie tat es aufrichtig leid, daß sie abreiste. Im Laufe der Jahre war sie eine echte Freundin geworden. Auch Megan tat es leid.

»Bernie, sie ist eine wunderbare Frau.« Er schenkte der Frau, die er so verzweifelt liebte, ein spitzbübisches Lächeln. Sie waren an diesem Nachmittag zum erstenmal wieder allein, seit seine Mutter abgeflogen war, und es tat gut, wieder neben Meg zu liegen.

»Dasselbe hat sie von dir gesagt.«

»Ich habe große Hochachtung vor ihr. Und sie liebt dich über alles.«

Er lächelte. Wie erleichtert war er, daß die beiden füreinander Sympathie empfanden! Und Megan war glücklich, daß sie mit ihm zusammensein konnte. Sie wurde seiner Gesellschaft niemals müde, und sie verbrachten soviel Zeit miteinander wie nur möglich, sie redeten, umarmten und liebten sich. Es kam vor, daß sie die ganze Nacht über aufblieben, nur um die Nähe des anderen genießen zu können.

»Ich habe das Gefühl, als hätte ich dich seit Wochen nicht mehr gesehen«, flüsterte er, an ihren Hals geschmiegt. Er hatte sich nach ihrem Körper, nach dem Gefühl ihrer Haut an der seinen, wenn sie

Seite an Seite dalagen, gesehnt... da hörten sie von weitem das Telefon läuten.

Es setzte ihn immer wieder in Erstaunen, wie ausgehungert sie nach Liebe waren. Das Verlangen hatte in den acht Monaten ihrer Beziehung nicht nachgelassen, und sie waren noch immer ganz atemlos, als sie sich losmachte und nach dem Hörer griff, da sie Dienst hatte. Bernie rückte näher und liebkoste ihre Brust. Er wollte nicht, daß sie ihn allein ließ.

»Baby, ich muß...«

»Nur dies eine Mal... wenn sie dich nicht finden, rufen sie ohnehin Patrick an.«

»Vielleicht ist er nirgends aufzutreiben.« Ihr Pflichtbewußtsein wurde durch ihre Liebe nicht beeinträchtigt. Megan hatte sich schon aufgesetzt, und nach dem vierten Klingelton griff sie nach dem Hörer, während Bernies Liebe sie noch umgab. Er war ihr nachgerückt und versuchte sie festzuhalten.

»Hier Dr. Jones.« Das war ihre Berufsstimme, dann folgte Stille wie immer.

»Wo?... Wann?... Wie viele?... Wie oft? Sofort auf die Intensivstation... und rufen Sie Dr. Fortgang.« Schon griff sie nach ihren Jeans, die Liebe war vergessen. Diesmal schien sie in größter Sorge. »Und einen Anästhesisten. Einen guten. Ich komme sofort.« Sie legte auf und drehte sich zu ihm um. Es war keine Zeit, um den heißen Brei herumzureden. Sie mußte es ihm sagen.

»Was war das?«

O Gott... es war das Schlimmste, das sie je einem Menschen hatte antun müssen... »Liebling... Bernie...« Sie fing zu weinen an und haßte sich wegen ihrer Tränen. Er wußte sofort, daß jemandem, der ihm nahestand, etwas Schreckliches zugestoßen sein mußte. »Es ist Jane.«

Bei diesen Worten glaubte er einen Schlag zu erhalten.

»Sie war auf ihrem Rad unterwegs und wurde von einem Auto angefahren.« Megan zog sich an, während sie sprach, und er stand da und hörte nicht auf, sie anzustarren. Da streckte sie die Hände aus und berührte sein Gesicht. Bernie sah aus, als hätte er kein Wort begriffen. Doch er hatte sie verstanden, er konnte es nur nicht fassen. Er konnte nicht glauben, daß Gott so grausam sein konnte. Nicht zweimal in einem Menschenleben.

»Was ist passiert? Verdammt Megan, sag schon!« Er schrie sie an. Sie mußte fort, schleunigst, um sich im Krankenhaus um Jane zu kümmern.

»Ich weiß es noch nicht. Sie hat eine Kopfverletzung, und man will einen orthopädischen Chirurgen beiziehen…«

»Was ist gebrochen?«

Sie mußte es ihm ganz rasch sagen. Die Zeit raste.

»Bein, Arm und Hüfte, und es könnten daneben noch Verletzungen an der Wirbelsäule vorliegen. Das konnte man noch nicht feststellen.«

»Mein Gott…« Er schlug die Hände vors Gesicht, doch Megan reichte ihm seine Jeans und holte seine Schuhe.

»Du darfst dich jetzt nicht gehenlassen. Das bringt nichts. Wir müssen zu ihr. Vielleicht ist es gar nicht so schlimm, wie es sich anhört.« Doch es hörte sich sogar für sie als Medizinerin schlimm an. Es bestand die Möglichkeit, daß Jane nie wieder würde gehen können… Und falls die Kopfverletzung einen Gehirnschaden nach sich zog, dann würden die Folgen katastrophal sein.

Er faßte nach ihrem Arm. »Aber es könnte auch schlimmer sein, nicht wahr? Sie könnte sterben oder zum Krüppel werden und ihr ganzes Leben lang nur dahinvegetieren.«

»Nein… das glaube ich nicht… komm…«

Als sie den Wagen startete und auf den Highway zuraste, starrte er geradeaus. Sie versuchte krampfhaft, ihn zum Reden zu bewegen.

»Bernie, sag etwas.«

»Weißt du, warum es passiert ist?« Er sah aus, als wäre sein Ende nahe, und genauso fühlte er sich auch.

»Warum?« Sie fragte das, weil ihr nichts anderes einfallen wollte. Sie raste mit über neunzig Meilen dahin und betete darum, daß die Polizei kommen und sie eskortieren würde. Die Schwester in der Notaufnahme hatte ihr gesagt, wie es um Janes Blutdruck stand. Das Kind war dem Tod nahe, und sämtliche lebensrettenden Apparate standen bereit.

»Es passierte, weil wir zusammen im Bett waren. Gott wollte mich strafen.«

Sie spürte Tränen in den Augen und trat aufs Gas.

»Wir lieben uns, und Gott will uns nicht dafür strafen.«

»Doch, das will er. Ich hatte kein Recht, Liz zu betrügen... und...«

Er fing an, hemmungslos zu schluchzen. Seine Worte hatten Megan bis ins Innerste getroffen. Trotzdem redete sie auf der Fahrt ununterbrochen auf ihn ein, damit er nicht total den Verstand verlor.

Als sie auf den Parkplatz fuhren, sagte sie: »Ich springe sofort hinaus, und du parkst den Wagen und kommst nach. Sobald ich weiß, was los ist, sage ich dir Bescheid. Das verspreche ich.« Der Wagen blieb stehen, und sie sah Bernie an. »Bete für Jane. Bete für sie. Ich liebe dich.« Und fort war sie und kam nach zwanzig Minuten in einem grünen Kittel und Papierhüllen über den Schuhen ins Wartezimmer.

»Jetzt operiert der Orthopäde. Er versucht festzustellen, wie groß der Schaden ist. Aus San Franzisko werden zwei Kinderchirurgen per Helikopter eingeflogen.« Sie hatte die beiden kommen lassen, und er wußte sofort, was das bedeutete.

»Sie wird es nicht schaffen, nicht wahr, Meg?« Seine Stimme klang wie die eines Halbtoten. Er hatte Nanny angerufen und ihr über Janes Zustand Bericht erstattet. Sie hatte ihn kaum verstehen können, weil er seine Worte unter Tränen stammelnd hervorstieß. Energisch befahl sie ihm, sich zusammenzunehmen, und sagte ihm noch, daß sie am Telefon auf Nachricht warte. Sie wollte Alexander nicht erschrecken, indem sie mit ihm ins Krankenhaus kam. Der Kleine sollte es am besten gar nicht erfahren.

»Ist sie...?« drängte Bernie Megan, und sie las in seinen Augen, wie schuldig er sich fühlte. Wieder wollte sie ihm sagen, daß es nicht seine Schuld war, daß er nicht dafür gestraft würde, weil er Liz betrogen hatte, doch war es nicht der richtige Ort. Sie wollte es ihm später ausreden.

»Sie wird es schaffen, wenn wir großes Glück haben, wird sie wieder gehen können. Das mußt du dir jetzt vor Augen halten.« Was aber, wenn nicht? Dieser Gedanke quälte ihn auch noch, als Megan wieder verschwand. Und er sank wie eine Gliederpuppe auf einem Sessel zusammen, als eine Schwester ihm ein Glas Wasser brachte. Er wollte es nicht. Es erinnerte ihn an Dr. Johanssen, als dieser ihm eröffnete, daß Liz Krebs hatte.

Zwanzig Minuten später landeten die Helikopter, und die beiden Chirurgen näherten sich im Laufschritt. Alles war vorbereitet, der hiesige Orthopäde und Megan assistierten. Für alle Fälle hatten sie einen Neurochirurgen hinzugezogen, aber die Kopfverletzung war nicht so ernst, wie man zunächst befürchtet hatte. Viel schlimmer stand es um Janes Hüfte und den unteren Wirbelsäulenbereich. Das war die echte Gefahr. Die Brüche an Arm und Bein waren glatt. Und in gewisser Hinsicht hatte Jane sogar Glück gehabt. Wäre der Bruch in ihrem Rückgrat zwei Millimeter tiefer gewesen, dann wäre sie für immer von der Hüfte abwärts gelähmt geblieben.

Die Operation dauerte vier Stunden, und Bernie war der Hysterie nahe, als Megan wieder zu ihm kam. Endlich war alles überstanden. Sie hielt ihn in den Armen, während er wieder Tränen vergoß, diesmal vor Erleichterung.

»Es geht ihr gut… wirklich…« Und am nächsten Nachmittag stand fest, daß Jane wieder würde gehen können. Nach einer gewissen Zeit und Behandlung würde sie laufen und spielen und gehen und tanzen können. Bernie war unendlich dankbar für diese gute Nachricht. Er blickte auf die schlafende Jane nieder. Beim nächsten Erwachen lächelte sie ihm zu und sah dann Megan an.

»Na, wie geht's dir?« fragte Megan leise.

»Es tut sehr weh«, klagte Jane.

»Das dauert noch. Aber du wirst bald wieder draußen spielen können.«

Jane lächelte müde und sah Megan an, als rechne sie auf deren Hilfe. Bernie streckte beide Hände aus, eine nach Megan, die andere nach Jane.

Den Anruf bei seinen Eltern erledigten sie gemeinsam. Natürlich war es auch für Ruth und Lou ein Schock. Doch Megan lieferte Bernies Vater die medizinischen Einzelheiten, so daß dieser sich rasch beruhigte.

»Sie hatte großes Glück«, sagte er voll banger Erleichterung, und Megan gab ihm recht.

»Sie haben alles Menschenmögliche für Jane getan, da bin ich ganz sicher.«

»Danke, Sir.« Es war ein Kompliment, das sie zu schätzen wußte. Nachher gingen sie und Bernie einen Hamburger essen, um zu besprechen, wie es in den nächsten Monaten und Wochen weitergehen sollte. Jane würde mindestens sechs Wochen im Krankenhaus bleiben müssen und anschließend monatelang an den Rollstuhl gefesselt sein. Es war ausgeschlossen, daß sie die Treppen des Hauses in San Franzisko bewältigte, auch nicht mit Nannys Hilfe. Sie würden in Napa bleiben müssen, eine Idee, die ihm aus bestimmten Gründen nicht unangenehm war.

»Warum bleibt ihr nicht hier? Da braucht ihr euch über die Treppen nicht den Kopf zu zerbrechen. Zur Schule kann sie ohnehin nicht, aber du könntest ihr eine Hauslehrerin besorgen.« Megan sah ihn nachdenklich an, und er lächelte. Plötzlich war ihm manches klar, und dann ganz plötzlich, als er sie anblickte, fiel ihm ein, was er gesagt hatte, als es passiert war.

»Megan, ich möchte mich bei dir entschuldigen.« Er sah sie über den Tisch hinweg zärtlich an.

»Ich fühlte mich so schuldig… seit langem schon. Und ich habe mich geirrt, das weiß ich jetzt.«

»Schon gut«, flüsterte sie. Sie konnte ihn gut verstehen.

»Zuweilen fühle ich mich schuldig, weil ich dich so sehr liebe… als dürfe ich es nicht… als müßte ich Liz noch immer treu sein… aber sie ist fort… und ich liebe dich.«

»Ich weiß. Und ich weiß auch, daß du dich schuldig fühlst, das brauchst du aber nicht, und eines Tages hat es bestimmt ein Ende damit.«

Doch das Sonderbare an der Sache war, daß er plötzlich spürte, daß dieses Gefühl ihn verlassen hatte, irgendwann während der letzten ein, zwei Tage. Plötzlich empfand er kein Schuldgefühl mehr, weil er Megan liebte. Egal, wie lange er Liz' Kleider im Schrank aufbewahrt hatte und wie sehr er sie geliebt hatte… Liz gab es nicht mehr.

Kapitel 43

Die polizeilichen Ermittlungen, in deren Verlauf die Fahrerin des Wagens sich sogar einem Alkoholtest unterziehen mußte, ergaben, daß Jane die Schuldige war. Vorwürfe waren unangebracht, da sie genug gestraft war. Sie würde wochenlang im Krankenhaus liegen und sich von der Operation erholen müssen. Daran würden sich Monate im Rollstuhl und eine langwierige Behandlung anschließen.

Die Frau, die Jane angefahren hatte, behauptete, sie würde sich von dem Schrecken nie mehr erholen.

»Warum können wir nicht zurück nach San Franzisko?« Jane war enttäuscht, weil sie die Schule versäumen würde und ihre Freundinnen nicht besuchen konnte. Alexander war schon im Kindergarten angemeldet, doch jetzt hingen alle ihre Pläne in der Luft.

»Schätzchen, du schaffst die Stufen nicht. Und Nanny kommt mit einem Rollstuhl nicht zurecht. Hier kannst du wenigstens aus dem Haus, wenn du willst. Wir werden dir eine Hauslehrerin besorgen.« Janes Enttäuschung hätte nicht größer sein können. Der ganze Sommer sei für sie ruiniert, klagte sie. Doch der Unfall hätte beinahe ihr ganzes Leben ruiniert, und Bernie war überglücklich, daß alles wenigstens so ausgegangen war.

»Wird Großmama Ruth uns besuchen?«

»Sie sagte, daß sie kommen würde, wenn du es möchtest.« Im Moment war alles in Schwebe.

Diese Aussicht zauberte endlich ein kleines Lächeln auf Janes Gesicht. Megan verbrachte die meisten freien Stunden bei ihr, und sie nutzten die Zeit zu langen nachdenklichen Gesprächen. Dabei kamen sie sich viel näher als je zuvor. Der Widerstand schien Jane zu demselben Zeitpunkt abhanden gekommen zu sein, als Bernie sein Schuldgefühl losgeworden war. Er war nun ausgeglichener als seit langem. Um so mehr erschütterte ihn der Anruf am nächsten Tag. Der Anrufer war Paul Berman.

»Meinen Glückwunsch, Bernie.« Es folgte eine bedeutungsvolle Pause, und Bernie hielt den Atem an. Er ahnte, daß nun etwas Welterschütterndes folgen würde.

»Ich habe dir etwas Wichtiges zu sagen. Eigentlich sind es drei Neuigkeiten.« Paul verlor keine Zeit.

»Ich gehe in einem Monat in den Ruhestand, und der Vorstand hat dich zu meinem Nachfolger ernannt. Und wir haben es eben geschafft, Joan Madison von Saks zu engagieren, die dich in San Franzisko ablösen soll. In zwei Wochen wird sie zur Stelle sein. Kannst du bis dahin in San Franzisko deine Zelte abbrechen?« Bernies Herzschlag drohte auszusetzen. Zwei Wochen? Vierzehn Tage, um Megan Adieu zu sagen? Wie sollte er das fertigbringen? Und Jane würde sich noch monatelang nicht rühren können, doch das war jetzt nicht der Punkt. Er hatte etwas ganz anderes auf dem Herzen, und das mußte er Paul sagen. Es hatte keinen Sinn, damit länger hinterm Berg zu halten.

»Paul...« Er spürte eine solche Enge in der Brust, daß er schon einen Herzanfall befürchtete. Dies hätte allerdings alles erleichtert. Doch das war auch keine Lösung. Nur jetzt nicht den Weg des geringsten Widerstands gehen! Nein, er wußte genau, was er wollte. »Ich hätte es dir schon längst sagen müssen. Hätte ich geahnt, daß du an Ruhestand denkst, hätte ich es auch getan. Ich kann den Job nicht annehmen.«

»Nicht annehmen?« Paul Berman traute seinen Ohren nicht. »Was heißt das? Du hast zwanzig Jahre deines Lebens darauf verwendet, dich auf die Aufgabe vorzubereiten.«

»Das weiß ich. Aber als Liz starb, hat sich für mich manches geändert. Ich möchte nicht mehr fort von hier.« Oder fort von Megan... oder von meinem Traum...

Berman bekam es plötzlich mit der Angst zu tun.

»Hat man dir von anderer Seite einen führenden Job angeboten? Hat dich Neiman Marcus... oder I. Magnin abgeworben?« Er konnte sich zwar nicht vorstellen, daß Bernie desertieren und für ein anderes Unternehmen tätig werden würde, aber vielleicht hatte man ihm ein großartiges Angebot gemacht. Bernie beeilte sich, Pauls Befürchtungen zu zerstreuen.

»Paul, das würde ich dir nie antun. Du kennst meine Loyalität dem Unternehmen und dir gegenüber. Nein, es geht um etliche andere Entscheidungen, die ich für mein Leben getroffen habe. Es gibt da bestimmte Dinge, die ich hier machen möchte und anderswo nicht machen könnte.«

»Ich kann mir nicht vorstellen, was das sein könnte, um Himmels willen. New York ist der Lebensnerv unserer Branche.«

»Paul, ich möchte ein eigenes Geschäft eröffnen.« Nun trat am anderen Ende betroffenes Schweigen ein. Bernie lächelte.

»Was für ein Geschäft?«

»Einen Laden. Einen kleinen Laden, eine Boutique für ganz besondere Dinge in Napa Valley.« Kaum waren diese Worte ausgesprochen, als er sich plötzlich wie ein freier Mensch fühlte. Die Spannung der letzten Monate schien von ihm zu weichen.

»Für euer Unternehmen keine Konkurrenz. Ich stelle mir da etwas ganz Besonderes vor.«

»Hast du schon etwas Konkretes unternommen?«

»Nein, erst mußte ich mich entscheiden, ob ich bei Wolff bleibe oder nicht.«

»Warum machst du nicht beides?« Berman war verzweifelt, das merkte Bernie genau.

»Mach dein Geschäft auf und nimm dir jemanden, der es führt, dann kannst du nach New York kommen und in unserem Unternehmen den Platz einnehmen, den du dir redlich erarbeitet hast.«

»Paul, davon habe ich jahrelang geträumt, aber jetzt ist es für mich nicht mehr das Wahre. Ich muß hierbleiben. Es ist die richtige Entscheidung, das weiß ich.«

»Hm... für den Vorstand wird das ein schwerer Schlag sein.«

»Tut mir leid, Paul. Ich wollte dich nicht in Verlegenheit bringen oder dir Unannehmlichkeiten bereiten.« Er lächelte wieder. »Sieht aus, als könntest du dich noch nicht aufs Altenteil zurückziehen. Du bist ohnehin zu jung, um dich auf die faule Haut zu legen.«

»Mein Körper würde dir heftig widersprechen, besonders heute morgen.«

»Tut mir aufrichtig leid, Paul.« Das war ehrlich gemeint, aber gleichzeitig war Bernie sehr glücklich. Noch lange nachdem das

Gespräch beendet war, saß er in friedvoller Stille in seinem Büro. Seine Nachfolgerin würde in zwei Wochen eintreffen. Nach jahrelanger Tätigkeit für Wolff würde er in vierzehn Tagen ein freier Mensch sein... frei, um sein eigenes Geschäft aufzubauen... aber erst galt es, anderes zu erledigen. Zu Mittag verließ er eilig das Büro.

Grabesstille herrschte im Haus, als er den Schlüssel umdrehte. Die Stille, die ihn empfing, war so schmerzlich wie nach Liz' Tod. Noch immer erwartete er unwillkürlich, daß sie da war, daß sie lächelnd aus der Küche kam, das lange blonde Haar zurückwarf und ihre Hände an der Schürze abwischte. Doch da war niemand. Nichts. Zwei Jahre lang nichts. Alles war längst vorbei, auch die Träume, die mit ihr gestorben waren. Jetzt war es Zeit für neue Träume, für ein neues Leben. Während ihm das Herz bis zum Hals schlug, schleppte er Umzugskartons in die Diele und dann weiter ins Schlafzimmer. Er ließ sich kurz auf dem Bett nieder und stand dann entschlossen auf. Er mußte es tun, ehe wieder die Erinnerungen kamen, ehe er den Duft der fernen Vergangenheit zu tief einatmete.

Er nahm die Kleider gar nicht von den Bügeln, sondern hob ganze Armladungen von den Stangen, wie das Personal in den Probierkabinen, und stopfte alles in die Kartons, zusammen mit Schuhen, Pullovern und Handtaschen. Nur das traumhafte cognacfarbene Abendkleid und das Brautkleid behielt er. Vielleicht würde Jane die Kleider einmal haben wollen. Eine Stunde später standen sechs riesige Kartons in der Diele. Eine weitere halbe Stunde benötigte er, um die Kartons in seinen Wagen zu schaffen. Dann betrat er ein letztes Mal das Haus. Er wollte es loswerden, denn ohne Liz war nichts darin, woran ihm gelegen hätte. Es übte keinen Zauber mehr auf ihn aus. Mit Liz war der Zauber ihres ganzen gemeinsamen Lebens dahin. Vorsichtig schloß er die Schranktür. Im Schrank hingen nur mehr die zwei besonderen Kleider in ihren Plastikhüllen von Wolff. Sonst war er leer. Jetzt brauchte Liz keine Kleider mehr. Sie ruhte in Frieden in seinem Herzen, wo er sie immer finden konnte. Mit einem letzten Blick umfaßte er das schweigende Haus, ging zur Tür und trat hinaus in die Sonne.

Die Fahrt zu dem Laden, in dem Liz Janes abgelegte Sachen verkauft hatte, war kurz. Liz hatte nie etwas verschwendet, denn es gab immer jemanden, der Verwendung für die Sachen hatte, die man selbst nicht mehr brauchte. Die Frau im Laden war freundlich und gesprächig. Sie bestand darauf, Bernie eine Empfangsbestätigung für seine ›großzügige Spende‹ zu geben, doch er wollte sie gar nicht. Mit einem traurigen Lächeln ging er wieder zu seinem Wagen und fuhr zurück ins Büro.

Als er mit der Rolltreppe in den vierten Stock fuhr, sah er das Kaufhaus mit anderen Augen. Irgendwie ging Wolff ihn nichts mehr an. Das Unternehmen gehörte anderen. Es gehörte Paul Berman und dem Vorstand in New York. Bernie wußte, daß der Abschied schmerzlich sein würde, doch er war dazu bereit.

Kapitel

44

Bernie ging früher als sonst aus dem Büro, weil er noch viel zu erledigen hatte. Er war in Hochstimmung, als er unterwegs einmal innehielt und dann die Richtung zur Golden Gate Bridge einschlug. Um sechs Uhr hatte er einen Termin bei der Maklerin, und er mußte wie verrückt fahren, um pünktlich zu sein. Dennoch kam er mit zwanzigminütiger Verspätung an, da der Verkehr in San Rafael ihn aufgehalten hatte. Zum Glück hatte die Maklerin gewartet. Ebenso wartete das Haus, das Megan ihm vor Monaten gezeigt hatte. Der Preis war sogar heruntergegangen, und in der Zwischenzeit war auch das Nachlaßverfahren abgeschlossen worden.

»Werden Sie mit Ihrer Familie dort wohnen?« fragte die Maklerin, als sie die vorläufigen Dokumente ausfüllte. Bernie schrieb als Anzahlung einen Scheck aus, den Rest der Kaufsumme mußte er noch auftreiben.

»Eigentlich nicht.« Er mußte sich noch die Bewilligung zur gewerblichen Nutzung des Gebäudes verschaffen. Im Moment war er nicht bereit, der Maklerin viele Erklärungen abzugeben.

»Wenn man nur etwas Arbeit hineinsteckt, ließe es sich wunderbar vermieten.«

»Ja, das glaube ich auch.« Er lächelte. Um sieben Uhr war das Geschäft perfekt. Bernie ging zu einer öffentlichen Telefonzelle und rief Megans Nummer in der Hoffnung an, daß sie und nicht Patrick Dienst hatte.

Als sich gleich darauf eine andere Stimme meldete, verlangte er Dr. Jones. Die sachlich klingende Stimme am anderen Ende teilte ihm mit, Dr. Jones sei in der Notaufnahme. Er möge seinen Namen, den Namen seines Kindes und die Art der Erkrankung angeben. Geistesgegenwärtig behauptete er Mr. Smith zu sein, dessen kleiner Junge namens George, neun Jahre, sich den Arm gebrochen hätte.

»Könnte ich nicht einfach in die Notaufnahme kommen? Der Kleine hat große Schmerzen.« Er kam sich ganz schlecht vor, weil er zu diesem üblen Trick griff, doch geschah es zu einem guten Zweck. Die Stimme am Telefon versprach, Dr. Jones von seinem Kommen in Kenntnis zu setzen.

»Vielen Dank«, sagte Bernie darauf. Gutgelaunt lief er zu seinem Wagen, um schnurstracks ins Krankenhaus zu fahren. Als er die Notaufnahme betrat, sah er sie mit dem Rücken zur Tür am Schreibtisch stehen. Es war ein Anblick, der ihn mit unbeschreiblicher Freude erfüllte. Das schimmernde schwarze Haar, die große schlanke Gestalt – den ganzen Tag hatte er es kaum erwarten können, sie zu sehen. Er trat hinter sie und gab ihr einen liebevollen Klaps, so daß Megan erschrocken zusammenfuhr. Gleich darauf lächelte sie, vergeblich bemüht, eine vorwurfsvolle Miene zustande zu bringen.

»Hallo… ich warte auf einen Patienten.«

»Ich könnte mir schon denken, wer das ist.«

»Nein, kannst du nicht. Er ist neu. Ich kenne ihn selbst noch nicht.«

Da beugte sich Bernie zu ihr hin und flüsterte ihr ins Ohr: »Mr. Smith?«

»Ja… woher…?« Und dann lief sie rot an. »Bernie! Wolltest du mich reinlegen?« Sie war sehr überrascht, aber nicht wirklich verärgert. Es war das erste Mal, daß er zu einem solchen Mittel gegriffen hatte.

»Du meinst den kleinen George mit dem Armbruch?«

»Bernie!« Sie drohte ihm mit erhobenem Zeigefinger, und er zog sie in eine Untersuchungskabine, während sie ihn ausschalt. »Das macht man nicht. Denke an den kleinen Jungen, der rief ›Der Wolf ist da!‹ «

»Ja, das war die Firma Wolff, für die ich nicht mehr tätig bin.«

»Wie bitte?« Megan, die von dieser Eröffnung total überrumpelt wurde, starrte ihn fassungslos an. »Was war das eben?«

»Heute habe ich gekündigt.« In seinem Lächeln lag große Erleichterung, und er wirkte jungenhafter, als es der angebliche George hätte sein können.

»Warum denn? Ist was passiert?«

»Ja.« Er lachte. »Paul Berman bot mir seinen Job an. Er möchte sich zurückziehen.«

»Ist das dein Ernst? Warum hast du nicht angenommen? Dein Leben lang hast du darauf hingearbeitet.«

»Das sagte er auch.« Bernie suchte etwas in seiner Tasche, sichtlich erleichtert und sehr glücklich, während Megan ihn noch immer erstaunt anstarrte.

»Warum? Warum hast du nicht...«

Er sah ihr in die Augen.

»Ich sagte ihm, ich hätte die Absicht, ein eigenes Geschäft aufzumachen. Im Napa Valley.«

Sie sah jetzt wenn möglich noch erstaunter drein, während er sie voller Stolz anstrahlte.

»Bernie Fine, bist du noch bei Sinnen oder total verrückt?«

»Beides, aber davon später. Erst möchte ich dir etwas zeigen.« Er hatte es sehr sorgfältig und mit Bedacht ausgesucht, nachdem er aus dem Büro gegangen war. Jetzt übergab er ihr ein kleines, in Geschenkpapier gehülltes Schächtelchen, das sie argwöhnisch betrachtete.

»Was ist denn das?«

»Eine winzige schwarze Spinne. Gib beim Öffnen gut acht.« Er lachte wie ein kleiner Junge, und Megans Finger zitterten, als sie mit der Verpackung kämpfte und schließlich das schwarze Samtetui eines international renommierten Juweliers in der Hand hielt.

»Bernie, was soll das?«

Er stand ganz dicht bei ihr und berührte sanft ihr seidiges schwarzes Haar.

»Das, meine Liebe, ist der Beginn eines ganzen Lebens«, sagte er so leise, daß nur sie es hören konnte. Er öffnete das Etui für sie, und ihr blieb der Mund vor Staunen offenstehen, als sie den Smaragdring sah, dessen Stein von winzigen Diamanten umgeben war. Es war ein schöner Ring und ein schöner Stein. Der Smaragd war ihm für Megan genau passend erschienen. Der Ring war ganz anders als der, den er Liz geschenkt hatte. Es sollte jetzt ein ganz neues Leben beginnen. Er war bereit dafür. Und als er sie anblickte, sah er, daß ihr Tränen übers Gesicht liefen. Sie weinte, als er ihr den Ring überstreifte und sie dann küßte.

»Ich liebe dich, Meg, möchtest du mich heiraten?«

»Was machst du da...? Kündigst einfach... machst Anträge... willst einen Laden aufmachen... solche Entscheidungen trifft man nicht an einem einzigen Nachmittag. Das ist heller Wahnsinn.«

»Ich treffe diese Entscheidungen schon seit Monaten, und das weißt du. Es hat nur sehr lange gedauert, bis ich wirklich den ersten Schritt tat, und jetzt ist es soweit.«

In ihrem Blick lag Freude, aber auch ein wenig Angst. Bernie war ein Mann, der es wert war, daß man auf ihn wartete, aber einfach war es nicht gewesen.

»Und was ist mit Jane?«

»Was soll mit ihr sein?« Bernie schien erstaunt.

»Meinst du nicht, wir sollten sie vorher fragen?«

Plötzlich wurde auch er von einer gewissen Beklemmung erfaßt. »Sie wird sich unseren Wünschen fügen müssen«, sagte er tapfer.

»Hm, ich halte es für besser, sie erst zu fragen, ehe wir sie vor vollendete Tatsache stellen«, gab Megan zu bedenken, und nach einer Diskussion von zehn Minuten war Bernie einverstanden, in den ersten Stock hinaufzugehen und mit Jane zu sprechen, obwohl er fürchtete, daß sie dazu noch nicht bereit war.

»Hallo.« Seine Mundwinkel zuckten nervös, als er sie anlächelte, so daß Jane sofort spürte, daß etwas los war. Und die Tränen an Megans Wimpern entgingen ihr ebensowenig.

»Ist etwas passiert?« fragte Jane besorgt, und Megan schüttelte den Kopf.

»Unsinn. Wir wollten nur deinen Rat in einer bestimmten Angelegenheit.« Damit Jane den Ring nicht sofort sehen konnte, hatte Megan die Linke in die Tasche ihres Ärztekittels gesteckt.

»Um was geht es?« Janes Neugierde war geweckt, und sie kam sich plötzlich sehr wichtig vor. Und sie war wichtig. Für beide.

Megan warf Bernie einen Blick zu. Er ging näher und faßte nach Janes Hand.

»Liebling, Megan und ich möchten heiraten, und wir wollen wissen, was du davon hältst.«

In dem langen, bedeutungsvollen Schweigen, das nun eintrat, hielt Bernie den Atem an, und Jane sah von einem zum anderen, ehe sie sich mit einem Lächeln wieder ins Kissen zurücksinken ließ.

»Und da fragt ihr mich zuerst?« Beide nickten, und Jane grinste. Das war einsame Spitze! »Oh. Das ist ja wirklich toll!« So weit war nicht mal ihre Mutter gegangen, doch das sagte sie Bernie lieber nicht.

»Also, was sagst du dazu?«

»Tja... ich glaube, das geht in Ordnung...« Sie lächelte Megan zu. »Nein, ich glaube... es wäre richtig nett.«

Jetzt lächelten alle drei, und Jane kicherte.

»Wirst du ihr einen Ring schenken, Daddy?«

»Habe ich eben getan.« Er holte Megans Hand aus der Kitteltasche.

»Sie wollte erst ihr Jawort geben, wenn feststeht, daß du nichts dagegen hast.«

Jane warf Megan einen Blick zu, in dem zu lesen war, daß sie deswegen lebenslang Freundinnen sein würden.

»Wird es eine große Hochzeit geben?« erkundigte sich Jane, und Megan lachte.

»Das haben wir uns noch nicht überlegt. Heute hat sich so viel Neues ergeben.«

»Das kann man wohl sagen.« Bernie sagte Jane, daß er nicht

mehr für Wolff arbeiten würde, und dann eröffnete er ihnen, daß er das Haus gekauft hatte, in dem er den Laden einrichten wollte. Beide starrten ihn erstaunt an.

»Das willst du wirklich tun, Daddy? Ein Geschäft aufmachen? Und wir sollen nach Napa ziehen?«

»Ja, ganz sicher.« Er schenkte seinen beiden Damen ein Lächeln und setzte sich auf einen für Besucher vorgesehenen Stuhl. »Mir ist unterwegs sogar ein Name für den Laden eingefallen.«

Megan und Jane warteten gespannt.

»Ich dachte an euch beide und an Alexander und all die guten Dinge, die mir in letzter Zeit widerfahren sind... die schönen Augenblicke in meinem Leben, und dann fiel mir der Name ein.« Megan faßte nach seiner Hand, und er spürte den Stein an ihrem Ring. Voller Freude lächelte er ihr und dann seiner Tochter zu.

»Der Laden soll ›Schöne Dinge‹ heißen. Na, was haltet ihr davon?«

»Ich finde es großartig.« Megan war selig, und Jane stieß einen Entzückungsschrei aus. Jetzt machte es ihr nichts mehr aus, daß sie im Krankenhaus liegen mußte. Um sie herum passierte so viel Schönes.

»Meg, darf ich Brautjungfer sein? Oder Blumenmädchen oder sonst was?« In Megans Augen standen Tränen, als sie nickte. Bernie beugte sich zu ihr und gab seiner Braut einen Kuß.

»Megan Jones, ich liebe dich.«

»Und ich liebe euch alle drei«, flüsterte Megan, die alle in Gedanken einbezog, als ihr Blick vom Vater zur Tochter wanderte. »Und ›Schöne Dinge‹ ist ein wundervoller Name... Schöne Dinge...« Es war die genaue Entsprechung dessen, was er erlebt hatte, seit er ihr begegnet war.